Matthes & Seitz Berlin

Reto Hänny

Sturz

Das dritte Buch vom Flug

Nun kann ich gehen; gehen lernen nicht mehr

Walter Benjamin

I

Das Mögliche ist ungeheuer

Friedrich Dürrenmatt

1

... durchaus möglich. So viel steht fest: Weit abseits, am Ende einer Nebenpiste, hinter Werftschuppen und Lagerhallen, da, wo am Rande des längst zubetonierten Moors anstelle der träg und abweisend heutzutage die Landschaft verbarrikadierenden fensterlosen Kuben und Stahlungetüme einstmals nur ein paar improvisierte, mit Segeltuch bespannte windige Baracken verloren in der Fläche standen, die bei zugezogenen Vorhängen eher an geschlossene Bühnen wandernder Komödianten als an Flughangars gemahnten und auf deren Giebelfeldern statt Allerweltlogos die Namen der Aviatiker wie Firmenzeichen in schwebenden Schriftzügen verwegene Abenteuer heraufbeschworen, hatte der kleine Vogel auf das Männergrüppchen gewartet, welches an diesem Frühsommermorgen, vom Zufall zusammengewürfelt, die einen aus Vorgartenlandschaften mit gerechelten Kieswegen und gepflegten Rabatten, andere aus klimatisierten Hotelzimmern mit moosweichen Spannteppichen, welche alle intimen wie geschäftlichen Unterhaltungen dämpfen, im Taxi direkt zum Haupteingang gefahren, wer den Zug genommen hatte, vom Grundwasser umflossen tief unter der Erde im nachtblauen, von Farbbändern aufgelockerten Untergrundbahnhof ausgestiegen, nach und nach in die

Hallen des Flughafens eintröpfelte, ob von zu Hause angereist, wo beim Abschied kaum Zeit für eine flüchtige Zärtlichkeit bleibt – der letzte Blick, wie immer, gilt dem Spiegel –, oder, unterwegs von da nach da, geschäftig mit sich selbst beschäftigt in Bilanzträume verstrickt, mit Argwohn im Blick den andern dennoch kaum beachtend, fliegenden Schritts über Rolltreppen und durch Glasschiebetüren vorpreschend, die sich, ohne dass man den Gang abzubremsen braucht, wie von Zauberhand durch Lichtschranken gesteuert vor einem öffnen, nicht enden wollende Korridore entlang und Hallen querend, in denen, an exponierten Punkten und in Abständen auf die Wände appliziert, eckige weiße Männchen, die, von stilisiert rot züngelnden Flammen vorangepeitscht, auf grünem Grund in Pfeilrichtung einer zum hellen Geviert stilisierten Türöffnung entgegenhastend Fluchtrichtung und Fluchtwege weisen, vorbei an den blinkenden klackenden Anzeigetafeln für Abflug und Ankunft, die mit geübtem Blick rasch zu erfassen sind, unter versteckten Lautsprechern durch, aus denen, ohne dass man die Schallquellen richtig orten kann, gedämpft Musik rieselt – oder das, was sich als solche ausgibt –, unterbrochen immer wieder von einer warmen, melodischen, sinnlich sanften, dennoch ohne jede Gemütsregung alles durchdringenden Frauenstimme, welche, zwischen deutsch und englisch switchend (in den abgeschatteten Räumen im hastenden Gedränge auf Schritt und Tritt gelenkt wie abgelenkt von einer sich auf der Netzhaut einbrennenden Collage aus Dingen, die auf den ersten Blick nicht zusammengehören: Füllfederhalter, Lippenstifte, die wie Projektile aussehen, Kotflügel, Kühlerhauben, Körperteile, Schlünde von Orchideenblüten, nackte Haut, von der eingeölt, eben den Fluten entstiegen, in Schwarzweiß Wasser perlt, jeder Tropfen die Umgebung spiegelnd, einer

Akkumulation aufreizender Zurschaustellungen in gekonnt kadrierten Großaufnahmen, die aus von innen beleuchteten Reklamekästen strahlend in Weltformat verführerisch schön für Düfte Uhren Pelze Dessous Strümpfe Schmuck und weitere Artefakte einer hedonistischen Gesellschaft werben, leeren Bildern letztlich, die einem, indem man auf sie zusteuert, ohne, von Reflexen geblendet, all den zu Lippen Brüsten Hüften Schenkeln fragmentierten Torsi einen Schritt näherzukommen, die Wunde vergrößernd das Hirn in Schraubenbewegungen ein Stück weiter aus dem Kopf drehen, versucht man die Stimme einem ebenmäßigen, passend zum Unort irreal perfekten Körper zuzuordnen, sie mit der Vorstellung eines Gesichts in Verbindung zu bringen, eines darin isolierten Mundes, den man, ganz Ohr und im Glauben, selber angesprochen zu sein, ohne dass in den aufgezählten Namen, fremdländischen meist und wiederholt oftmals die gleichen, der eigene je auftauchte, wie in Zeitlupe theatralisch sich öffnen, runden und schließen sieht), zur Eile auffordernde Anweisungen flötet, die bei einer technischen Panne, einer Fehlschaltung, ohne dass die entscheidenden Wörter und Satzpartikel, welche zur Wahrung oder Erlangung eines Sinnzusammenhangs nötig wären, wiederholt werden, oft mitten in einem Wort beginnen, als ob die Sprecherin spürte, dass sich die durch die Hallen geschleuste Männerwelt in dem Moment ihre sich öffnenden und schließenden Lippen zu vergegenwärtigen versucht, gelegentlich so verzerrt gesprochen, dass aus den Durchsagen nichts mehr verständlich hervorgeht, im Sog undefinierbar ineinandervermischter Parfüms in einem zielstrebigen Durcheinander aus riesigen Hallen in immer kleinere wechselnd, nach Passkontrolle und Passieren der Sicherheitsschranke (wo einem ein älterer, bulliger Herr in dunkelblauer Uniform, kaum dass man von einem giftigen Piepsen aufgeschreckt den massiven Metallrahmen durchschritten hat, hinter zugezogenem Vorhang, das Gesicht zur Wand gekehrt und die Beine auseiandergegrätscht, auch schon wie ans Kreuz genagelt baff dasteht, mit tausendfach eingeübten Handgriffen roboterhaft unter die Arme greift, über Achseln, Brust und Rücken hinunter jede Unebenheit abtastet, um mit den Handkanten im Schritt unvermittelt an die Eier hochzufahren, dass es einen darob zusammenzuckend auf die Zehenspitzen stellt und aus dem Gleichgewicht würfe, wenn der Sicherheitsbeamte, der seinen Überraschungsangriff im Gegensatz zu jenem Physiotherapeuten, welcher es während der Behandlungen in jeder Lage des Patienten schaffte, am Ende mit sicherem Griff den Schwanz in die Hand zu bekommen, ohne jegliche Nebenabsicht getätigt, nicht sogleich kräftig die ob der unangenehmen Berührung leicht nachzitternden Schenkel umfasste, einen gleichsam erdend, und als wollte er die Hosen auspressen, über Knie und Waden hinunter die Beine abstreifte, bevor er einen hierauf, eh man sich's versieht, an den Fesseln gepackt umdreht und, indem er im Aufstehen mit der einen Hand den Vorhang zurückschiebt, mit einem sanften Schubs stumm wieder aus dem engen Kabäuschen stößt, dass man auf dem Schirm des Überwachungsmonitors, bis die Durchreiche sich über der nächsten in den Apparat geschobenen Tasche schließt, blau in blau kurz das Röntgenbild des eignen Handgepäcks aufscheinen zu sehen glaubt, welches man, sobald es das Gerät ausgespuckt hat, von einer Uniformierten überreicht bekommt, die es einem, als wär's ein stinkend aus der Jauchegrube gezogenes Wäschestück, am Tragriemen entgegenstreckt) zu dieser frühen Vormittagsstunde schließlich alle im selben Raum eingetrudelt, ohne diesen, freimütig in die Falle, zumindest in eine Sackgasse geraten, vorerst verlassen zu können, nach der Hektik in den Korridoren und Hallen auf diesem Niemandsfleck gestrandet, am besten, das suggeriert die Atmosphäre sogleich, und fühlte man sich auch wie eine Daunenfeder, stoisch alles hinnehmend, gleichsam als schwere, dumpfe Masse sich zu keinem unnötigen Schritt verlocken lassend, ohne Scham noch Reue zu fühlen mit Tierblick den andern beäugend und gleichzeitig, im Bestreben, die Ruhe zu bewahren und nichts außer ihr mehr bestehen zu lassen, das, was vom Leben als Gespenst noch übrig ist, mit eigener Hand niederdrückend (eine charakteristische Bewegung in einem solchen Zustand ist das nervöse Streichen des kleinen Fingers über die Augenbraue oder des Daumens über die Oberlippe), ohne, von Ausnahmen abgesehen, mit jemandem ins Gespräch zu kommen, und wenn, dann nur Floskeln austauschend, verbunden allein durch die Tatsache, dass allen das Gleiche bevorsteht, mit unterschiedlicher Motivation alle aufs gleiche warten, den Flug, der einen nach dem Start in einem weit nach Nordosten ausschwingenden Bogen ab Höhe des Bodensees in südöstlicher Richtung über die Alpen tragen wird; vorerst jedoch, eingesperrt und ausgeschlossen zugleich, ist jeder sich selbst überlassen zum Warten verdammt; die einen angespannt herumstehend, um plötzlich, wie von einer inneren Unruhe getrieben oder als erwarteten sie einen Bekannten oder Geschäftspartner, der sich verspätet hat und doch längst da sein müsste, den Raum auf und ab zu tigern; die meisten der Eintreffenden jedoch peilen, mehr oder weniger unauffällig, damit ihnen niemand zuvorkommt, zielstrebig einen Sitzplatz an, die Blicke auf das Abfertigungstor, eine schmale Tür, gerichtet, die sich, soviel Gewissheit oder Erfahrung, oder beides zusammen, hat hier jeder, irgendwann, zumal in dem Moment über der Tür auf einer Tafel, welche codiert den bevorstehenden Flug anzeigt, zwei Lämpchen alternierend zu blinken beginnen, in wüstes Gelände öffnen muss, oder sie starren, gleichsam blind, durch die Scheiben aufs Flugfeld hinaus, wobei ihnen die Aussicht, sie jedesmal aus ihren Gedanken reißend, regelmäßig von den dicht vor ihren Füßen entlang der leicht getönten Scheiben unruhig Auf-und-ab-Tigernden verwischt wird; ein paar, sichtlich genervt, in den wenig bequemen Sesseln darauf harrend, dass es endlich vorwärtsgehen möge, überbrücken die bei der Warterei unnütz verrinnende Zeit – der Schmerz über den Verlust sinnlos geraubter Minuten ist den Gesichtern abzulesen –, indem sie rauchen, wie auf dem Sprung im Sitz leicht vorgekrümmt, in der einen Hand, nervös mit ihr fächelnd, die Bordkarte, mit der anderen, eine Zigarette zwischen Zeige- und Mittelfinger geklemmt, unrhythmisch auf den Oberschenkel des übergeschlagenen Beins morsend, ohne dass das Geklöpfel einem ehemaligen Übermittlungssoldaten, so aufmerksam er es auch verfolgte, einen Text ergäbe; mal da, mal dort, mal brüsker, mal weniger brüsk, in einem Armheben die Zigarette zum Mund führend, mit mechanischen Saugpumpsaugbewegungen der Backen Rauch einziehend, der über Lippe und Nasenlöcher sogleich wieder ausströmt, den Bewegungsablauf kurz stoppend, um, die Sitzstellung wechselnd, den Ellenbogen in Denkerpose aufs Knie oder die Armlehne des Plastikschalensitzes abzustützen, bei dessen Polsterung an schadhaften Stellen die Struktur des Untergewebes durch die gestanzte Narbung des kälbermistfarbenen Kunstleders drückt und an den schartigen Rändern des Polsters bei einem Sessel gar das in Fetzen heraushängende Innenleben aus Polyurethan der ersten Generation quillt; der Armhebel mit der Zigarette in der Hand sinkt in die Waagrechte zurück, gleichzeitig schnickt ein Tippen des

Zeigefingers Asche weg, die auf Lehnenhöhe in den auf eine gebürstete Aluminiumröhre montierten, mit einem groben Sieb abgedeckten Ascher fällt, in dessen Innerem sich etwas Wasser befinden muss, vom Surren der Klimaanlage überdeckt kaum hörbar darin aufzischend, oder sie rieselt, falls der Ascher verfehlt wird, den Herren, die mehrheitlich, als einzigen Farbakzent in den Krawatten ein dezentes Rot oder Blau zulassend, dunkel gekleidet sind und dazu weiße Hemden mit steifen Kragen tragen, an denen wie auch an den Manschetten keine Zeichen von Abnützung zu erkennen sind, unbeachtet den Beinen entlang in die Hosenaufschläge oder bleibt gleich Staubfusseln, die von der Zugluft der Aircondition gelegentlich leicht bewegt werden, in grauen Schattenflocken auf den fünffrankenmünzengroßen Noppen des glänzenden und dennoch rutschfesten schwarzen Gummibodens liegen. Leicht abseits, die Krawatte gelockert, liest einer; so, wie sein Rücken sich vorkrümmt, und so rasch, wie er umblättert (es dürfte sich um einen *Fumetto* handeln, die letzte Nummer von *Lucifera* vielleicht, in deren mit harten Schwarzweißkontrasten realisierten Bildfolgen eines rudimentär umgesetzten, hanebüchenen Plots, auf den es aber nicht ankommt, im Gewusel der vibrierenden, peitschenden Körperschwünge, einem Wirrwarr von Brüsten Hüften Hintern, in dazwischengeschobenen Detailansichten als erstes die in gewagtesten Perspektiven überdimensioniert hervorgehobenen primären Geschlechtsteile ins Auge springen, triefende Mösen und explodierend gleichsam wie Rammböcke aus dem Bild auf den Leser oder besser Betrachter zustechende Schwänze, wobei die an Tintoretto und Tiepolo geschulten anonymen Zeichner in diesen Close-ups mit flinkem Stift und spitzem Pinsel der kleinsten Einzelheit, jeder Eichelglanzstelle, jeder Vorhautfalte, jedem Vulvakräuseln, jedem

Spermatropfen, ihr ganzes Können schenken), scheint er vom Lektürestoff richtiggehend in die Seiten hineingezogen; etwas abseits, am Ende der hintersten Sitzreihe, ganz außen neben dem, ramponiert, leer bleibenden Sessel, sitzt einer, der Älteste der Gruppe, der Kleidung nach Jäger, auf dem Weg vielleicht zu Freunden in das gemeinsam gepachtete Revier im Bärental, ganz in sich versunken einfach da, gelegentlich liebevoll den Lodenmantel glattstreichend, den er sich sorgfältig über die Beine gelegt hat, die Hände nach geraumer Zeit wie zum Gebet über dem Bauch verschränkend, den Kopf, wobei sich die Unterlippe leicht aufwirft, auf die Rückenlehne des Sessels legend, den Blick bei halb geschlossenen Augen zwischen schweren Lidern und bläulich geäderten, leicht geschwollenen großen Tränensäcken verschleiert, als hinge er fernen Erinnerungen nach, unbestimmt und vermutlich ohne bewusst etwas wahrzunehmen, auf die entfernteste Ecke des für die wenigen an diesem Morgen hier Gestrandeten viel zu großen Raums gerichtet. Käsig bleich, übermüdet, übernächtigt schauen die meisten der hier Wartenden aus, unleidig und wie von Kopfschmerzen gequält, aber wer so einen Alltag durchsteht, vermag, an diesem Unort weiterhin gezwungen, kostbarste Zeit zu vertrödeln, fürs Geschäftsleben abgerichtet wahrscheinlich jeden Schmerz zu überwinden. Nach weiteren sinnlos verstreichenden Minuten – außer Atem, vielleicht ist er erst an das falsche Gate geeilt, scheint inzwischen auch der letzte eingetroffen zu sein –, als die zwei Lämpchen alternierend plötzlich rascher blinken, wird das Grüppchen, über Lautsprecher begrüßt zum Mitkommen aufgefordert, von einer höflichen Dame, die, von ihrem hohen Hocker heruntergleitend, auf dem sie zuvor mit übergeschlagenen Beinen, den einen Fuß im Hockerring eingehakt, mit dem andern auf-

und abwippend, gesessen hat, nach Kontrollieren der Bordkarten leichtfüßig den Herren voraustrippelt, durch zwei dicht hintereinander angeordnete und mit Lichtschranken gesicherte Doppelglastüren aus dem Warteraum im Terminal zu einem bereitstehenden Bus der Flughafengesellschaft geleitet (wie würzig die von der Verkehrszentrale mit Flugaufnahmen unberührter Landschaften in den Gängen angepriesene Schweizer Luft ist, hat, aus der klimatisierten Halle tretend, jeder mit dem ersten Atemzug sogleich in der Nase), um sich von diesem schildkrötenartig flachen niederflurigen Gefährt, ohne dass in dem Ungetüm im ersten Moment ein Fahrer auszumachen ist, über ein verwirrendes Geflecht verschiedenfarbiger Bodenmarkierungen, vorbei an Schleppfahrzeugen, riesig in die Länge gezogenen Tankwagen, über denen die Luft flirrt, und gestikulierenden Arbeitern in leuchtfarbigen Overalls, die überdimensionierte rote oder gelbe Plastikkopfhörer zum Schutz vor dem Lärm sowie für den sie in ihrer Arbeit steuernden Funkverkehr übergestülpt haben, von um die Wette blinkenden orangen, grünen und blauen Positionslichtern geleitet, in elegant rasanten Bögen durch Kerosinwolken übers Rollfeld hierher ans Ende dieser Nebenpiste chauffieren zu lassen, wo die Sieben, kaum dass der Bus anhält und die pneumatisch gesteuerten Klapptüren aufspringen, wie futterneidische Alpschweine am Morgen auf dem Weg zum Schottentrog vorbei an ihrem freundlichen Schneewittchen, die dem Rudel geschickt ausweicht, indem sie sich auf ihren hochhackigen roten Schuhen in der Manier einer Pole-Tänzerin um eine Haltestange dreht, dabei mehr die Illusion von Anwesenheit verkörpernd als wirklich vorhanden zu sein, so wenig Beachtung wie ihr von den Herrschaften mit einem Mal zuteil wird, die sich während der kurzen Fahrt vom Terminal hierher unverhohlen noch ganz an ihren Formen weideten, drängelnd und einander schubsend ins Freie rüpeln, wo sie, von einem ruppigen Wind überrascht, mehr hastig denn entschlossen gegenseitig sich überholend – nach der quälenden Warterei scheint jeder der erste sein zu wollen – übers Flugfeld auf die bereitstehende Maschine zu hasten, forsch dann, überholen können sie sich dabei nicht mehr, die steilen Stufen hinanstampfen, wobei oben, am Ende der schmalen Treppe aus dem Flügelschatten tretend, ihre rasierten Nacken für einen kurzen Moment nochmals von der flach einfallenden Sonne gestreift werden, bevor sie, von Copilot und Pilot begrüßt, einer hinter dem andern, jeder dicht auf den Fersen des Vordermanns, von der engen Einstiegsluke verschluckt geduckt im Dunkeln der zweimotorigen schlanken Turboprop, die im Vergleich mit dem in diesem Augenblick auf der Piste nebenan ausrollenden Interkontinental-Riesen eher einem Spielzeug ähnelt, verschwinden, wie verschämt, als befürchtete jeder der sieben Zwerge im letzten Moment ertappt zu werden

2

Niemand kommt in verwegener Kleidung die Hallen und Hangars entlang übers holprige Flugfeld einhergeschritten, leicht hinkend, infolge jenes Unfalls im Jahre 1909, als am 25. Juli, bei seinem Rekordflug, zum Schluss etwas schief lief, nachdem er, in Sichtweite auf dem Wasser zu Beginn begleitet von einem französischen Zerstörer, den Kanal erfolgreich, wenn auch nicht ganz ohne Probleme bezwungen hatte, vom Meer her drehend, aus grauem Dunst heraus über Stahl und Eisen hinweg, die versammelt im Hafen liegenden Schlachtschiffe der Atlantischen Flotte – brausender Jubel der Seeleute erhob sich von der Mole zu seinem Empfang, ohne dass er, abergläubisch wie er ist, diesen zurückwinkend erwiderte; das einzige Mal, wo er winken wird, muss sein Sieg sein –, beim Anflug auf Dover, North Foreland Meadow, der in weitem Umkreis geeignetste, erst nach langem Rekognoszieren gefundene Landeplatz hinter dem Schloss, deutlich markiert durch eine riesige Trikolore sowie zwei auf dem Gras zu einem Kreuz ausgelegte Längen Kaliko – ein paar von den umliegenden Weiden herbeigeeilte Hüterbuben, die ihr Vieh sich selbst überließen, wetteifern darum, das Tuch auf der Erde festzuhalten –, schon in Sicht, nach Passieren der Küstenwachstation zur Landung angesetzt hatte, ein erstes

Mal, um jedoch, zum Erstaunen aller (abgesehen von den an der Mole grölenden Seeleuten eigentlich recht wenigen, denn die meisten Journalisten – *Daily Mail* hatte den Wettbewerb ausgeschrieben und auf den Sieger eine Prämie von tausend Pfund gesetzt – hingen zu dieser frühen Morgenstunde, falls wach und auf den Beinen, das Sprichwort strafend noch beim Katerfrühstück in den Hotelhallen an der Bar, zu Rollmops und Klarem fachsimpelnd, beim Versuch, jeder den andern zu übertrumpfen, bald in haarspalterisches Gezänk verstrickt, und die etwas weniger Verkaterten, die Trinkfesteren, indem sie im Wissen, zu spät dran zu sein, die Fahrer ihrer gemieteten Automobile immer unflätiger, als gälte es auf besoffene säumige Droschkenkutscher einzudreschen, zur Eile antrieben, waren erst unterwegs hinaus Richtung Landeplatz, als sie den Flugkörper tief über den Bäumen grad noch als Mücke vom Meer her abdrehen sahen), die Maschine schon wiederum hochzuziehen und, in der Absicht wohl, für den Rekord Zeit zu schinden, lange konnte die Treibstoffreserve nicht mehr reichen, mit letzter Anstrengung in weiten Schleifen über das angrenzende Tal zu kreisen (einen Landstrich in dem unverkennbar englischen Grün, der sich dem in seinem gebrechlichen Gebilde gefangenen Bezwinger der Lüfte tief gewölbt wie die Fläche einer einladenden Hand entgegenstreckt, so einer der rasenden Reporter, der, nicht als einziger in seinem Rennwagen prompt zwischen tausend Fuhrwerken und anderen Fahrzeugen sowie der im Bemühen Ordnung zu schaffen den Vehikeln entgegen galoppierenden Kavallerie, in einem heillosen, von Flüchen, Peitschenknallen, Gewieher und Gehupe grundierten Verkehrschaos steckengeblieben, den entscheidenden Moment dieses historischen Ereignisses nur vom Hörensagen kannte, was ihn allerdings nicht hindern sollte, sich in die Behauptung zu versteigen: Von der ungeheuren Schönheit dessen gefesselt, was zu sehen wir das Glück hatten, werden uns, den vom Schicksal begünstigten Augenzeugen, diese Erinnerung selbst tausend Jahre nicht auszulöschen vermögen), bevor der Held der Lüfte, aus der Gegenrichtung, von hinten aufs Schloss zu diesmal und mit gefährlichen Aussetzern des Motors plötzlich, erneut einen Landeversuch einleitete, unter weit ungünstigeren Bedingungen, wie er sogleich merkte, aber noch zuversichtlich und ohne sich groß Gedanken zu machen

(schließlich nicht der erste Schreckmoment während des Flugs: den brenzligsten hatte es gegeben, als, kaum recht über dem Wasser, draus empordampfend unversehens Nebel aufgekommen war und drin eine niederziehende Kraft, die das Flugzeug, das, nachdem es die am Ufer bei Calais Zurückgebliebenen im Azur schon aus den Augen verloren hatten, wiederentdeckt vor der grauen Schieferwand nicht mehr einem majestätischen Vogel glich, sondern mehr einer Motte, die es auf eine graue Fensterscheibe klatscht, wie eine tote Scholle fünfzig Meter fallen ließ, wobei er, indem er beobachtete, wie sich der Stoff auf der Oberfläche der Flügel unregelmäßig blähte, als hätten Böen bereits Löcher in ihre Unterseite gerissen, das Gefühl hatte, er würde geradewegs in den düsteren Rachen eines Tiers mit hydrologischem Stoffwechsel steuern, um von dessen Schlund Hals Magen Darm aufgesogen zu werden wie dazumal Jonas vom Wal, nur ohne mit dessen Glück rechnen zu können, von diesem Unwesen, das töten kann, bevor es lebt, und fressen noch, nachdem es tot ist, drei Tage darauf unversehrt wieder an Land gespien zu werden – *après moi le déluge,* schreit er, ans Steuer geklammert von Turbulenzen geschüttelt in die Tiefe sackend, der Unbill trotzig entgegen; niemals wieder, schießt es ihm dabei im Stürzen durchs Hirn, wird eine Geschichte so erzählt werden können, als gäbe es nur sie –, dass ihm, um damit, statt unauffindbar auf den Wellen zu zerschellen, ein rettungsloses Abschmieren vielleicht noch auffangen zu können, vom Ehrgeiz gestachelt alles, was beim Absacken an Höhe verloren gegangen, koste es was es wolle, wieder wettzumachen, kaum noch ein Gefühl in den Zehen das letzte aus dem Motor quetschend, dessen Brüllen, vom Gegenwind zurückgeschlagen, sich ins Unerträgliche steigerte, nichts blieb, als auf Biegen und Brechen das Steuer herumzureißen, um sich vom Wind, der ihn, auch wenn es sich anfühlte, als würde das Flugzeug nach dem Fall beinahe in der Luft stehen, brutal stets weiter hinunter drückte und dabei nach Osten abdrängte, blind in eine steile Kurve zwingen zu lassen – das einzige und letzte, was sein Bewusstsein, nachdem ihm im Gewittersturm alle Gliedmaßen längst zu Eiszapfen mutiert schienen, die, dem Druck nicht länger standhaltend, jeden Augenblick brechen mussten, ja, die gesamte Oberfläche seines von der Fliehkraft in den Sitz gequetschten Körpers ob der durch alle Kleidungsschichten dringenden Kälte zu erstarren drohte, das letzte, was er im wilden Wabern, das ihm bald jegliche Orientierung raubte, noch wahrzunehmen imstande war, ehe sich die Nebel, so rasch wie sie aufgekommen, über dem festen englischem Grund zum Glück wieder lichteten, waren das Pfeifen der ihm wie mit Nadeln das ungeschützte Gesicht schmirgelnden Regenluft und zu seinen Füßen – die Rettung! –, gleich dem verlässlichen Galopp von Old Shatterhands treuem Swallow, das kontinuierliche Klopfen und Hämmern des nur dank Kälte und Niesel nicht überhitzten Motors),

bis beim Sinken, knapp über dem Feld schon, wo Freunde ihn mit Flaggzeichen zur günstigsten, sichersten Stelle auf der weiten Wiese zu leiten versuchten – just als an deren Rand

Büsche und Bäume, die, ohne dass ein Blättchen sich gerührt, eben noch bewegungslos dagestanden, mit einem Mal wie von innen geschüttelt erschauerten, der aus den Wäldern eben noch ruhig sich ringelnd gen Himmel aufsteigende Rauch von Hirtenfeuern jählings verwirbelt und das Gras in der breiten Weideschneise von den Kreideklippen her, eine Minute zuvor aufrecht und kaum gekrault, unter eisigem Wind flach –, ein tückischer Luftwirbel den Flug-Apparat erfasste und zu Boden drückte (vielleicht war Ungeduld des Piloten hinzugekommen, hatte er den Motor aus Angst, der Treibstoff sei zur Neige, zu früh gedrosselt), dass die Maschine, zu tief bereits, um sie noch abfangen zu können, in viel zu steilem Winkel hart aufstieß, das Unterwerk einknickte und verbog, die Schraube sich in den Rasen rammte und zersplitterte, ehe das Gestell – die Flügel blieben unversehrt – auf die Nase gekippt zum Stillstand kam, erstaunlicherweise ohne dass dabei mehr zu Bruch gegangen; der Pilot, leicht verdattert, aber nicht den kleinsten Kratzer abbekommen, nach einem Schockmoment mit zittrigen Knien aus dem Sitz kletterte – die nicht aufhörende Bewegung seiner Kinnbacken ließ vermuten, dass er mit den Zähnen knirschte – und, irritiert den Kopf schüttelnd neben dem Wrack stehend, in die plötzliche Stille hinein als erstes tüchtig ausspuckte – allfällige Flüche schluckte der Wind –, um hierauf, nachdem er, damit seine Fassung wiedererlangend, ein paarmal gravitätisch den havarierten schepsen Vogel umrundet, über den Rasen auf seine wie angewurzelt am Rand der Landungswiese stehenden, verlegen die eingerollten Flaggzeichen in Händen drehenden Freunde zuzutreten, die Zähne zusammenbeißend kaum hinkend, auf dem ölverschmierten Gesicht, wobei er im Näherkommen, als wollte er sich Schweiß oder den durchgestandenen Schrecken abwischen, immer wieder mit der Hand drüberfuhr – nun erst schien er sich des Rekords gewiss und ihm das Preisgeld sicher –, ein Schritt um Schritt immer helleres Strahlen

Niemand steht, die Fäuste in die Seiten gestemmt, breitbeinig auf dem Rasen, vor dem Wagnis schon vom Applaus geschmeichelt, der ihm entgegenbraust, die Brille mit den ovalen dunklen Gläsern um die gepolsterte Sturmkappe gespannt, als zweites Augenpaar keck auf die Stirn geschoben, ungerührt, ohne sich die Aufregung anmerken zu lassen, ruhig und scharf Himmel und Wetter beobachtend, die Windsäcke prüfend

Niemand greift kräftig in die Schraube, packt den einen Flügel des hölzernen Propellers, holt aus, einmal und nochmals, um sich, starken Arms den Motor schließlich angeworfen, zum Rekordversuch im Double elegant vor den Gast ins Gestell zu schwingen, die Aviatikerbrille, indem er deren Sitz prüft und sich vergewissert, dass die Gläser nicht angelaufen sind, von der Stirn über die Augen stülpt, den Kinnriemen der Kappe festzurrt, derweil Mechaniker und Hilfspersonal in verdreckten, im Luftzug der rotierenden Schraube sich bauschenden Arbeitsmänteln, die staubigen Füße, um der immer stärker werdenden Fliehkraft standzuhalten, in Bodenvertiefungen gekeilt, den vibrierenden Apparat, während der dreizylindrige Anzani-Verbrennungsmotor des Blériot XI, der nach einer Reihe von Fehlzündungen brüllend in Schwung kommt und, nach und nach runder laufend, auf vollen Touren hämmert, Faustschläge immer unerbittlicher auf die Trommelfelle prasseln, an den Flügelspitzen sowie am Heckruder zurückhalten, das Kolbenhämmern spitzer und greller wird, bis es einem wie Nadelstiche ins

Hirn fährt – den Druck auszugleichen, sperren alle das Maul auf, und dennoch: bald dröhnt der Kopf, droht zu platzen – und der Pilot, der sich mit dem, wie ihm plötzlich schwant, wohl eher schwergewichtigen Passagier im Nacken, welchen er sich für den Flug hat aufhalsen lassen – aber der war unter den Hauptsponsoren für diesen Rekordversuch im Tandem nun mal ausgelost worden –, auf einem improvisierten Sitz so gut das geht kleinzumachen versucht, die Linke um den Steuer-Knüppel geklammert seitlich sich aus dem Gestell lehnend, mit der Rechten, einen roten Stoff-Fetzen schwenkend, den Wink zum Loslassen gibt, Händepaare hinten locker lassen, Finger sich vom Gestänge lösen; ein Ruck, und die wacklige Konstruktion, kaum zu glauben, fährt an, rollt rüttelnd auf Fahrradrädern übers Rollfeld, hüpft mit ächzenden Streben über Erdschollen, hoppelt über das beim Springderby in der vergangenen Woche von den Hufen aufgerissene, letzten Sonntag beim Automobilmeeting in strömendem Regen von den schmalen Vollgummireifen der Rennwagen durchfräste und durchfurchte Feld, das der aufgekommene Föhn und die mit dem Fallwind verbundene Hitze in den folgenden Tagen zum Glück wiederum weitgehend ausdörrt, rattert, Dreck aufwirbelnd und einen feinen Schweif golden in der Sonne blinkenden Staubs hinter sich her ziehend, über den geschundenen Rasen, in bläulich schwelendem Dunst kleiner werdend, fast insektenhaft klein, um nach sechzig Metern Anlauf mit Schwung über die Startschanze zu schießen, auf und davon –

Nein, Blériots Ära liegt weit zurück

3

Kaum dass der letzte eingestiegen ist, der Pilot im offenen Cockpit sich an die Apparaturen gesetzt, der Copilot die Einstiegstüre zugezogen und von innen verriegelt hat, derweil außen die kleine Leiter weggeschoben und an einen Schlepper gehängt wird, dem das Bodenpersonal im Wegfahren flink aufspringt (der Bus mit der an eine Haltestange gelehnten Dame, die sich, statt wie bei einem Großraumflugzeug als Teil der Besatzung mit einzusteigen, den nächsten Flug abzufertigen um Kuben und Schuppen zum Terminalausgang zurückrollen lässt, ist längst außer Sicht), heulen, nachdem auch der Copilot sich in seinem Sessel eingerichtet, auf Knopfdruck schon die Triebwerke auf, ein Sirren erst ist's, als hielte man sich eine zu hart angeschlagene Stimmgabel ans Ohr, in Wellen rasch sich in höchste Tonlagen schraubender Gesang, und kaum dass jeder Passagier das in die Kabine mitgenommene kleine Handgepäck sowie den ihm in einer transparenten Plastikbox auf dem Sitz bereitgelegten Reiseproviant verstaut hat und, nach einem kurzen Blick durch das Fenster erschöpft in den Sitz fallend, es sich darin, so gut es geht, bequem gemacht – mit dem Anschnallen stellt man als erstes das Blinken FASTEN SEAT BELT PLEASE NO SMOKING ruhig; die Piktogramme werden während des Flugs, bei jedem Raucher die Lust auf eine Zigarette ins Unermessliche steigernd, gleichbleibend grünblau von der Decke herab scheinen –, setzt sich der Flieger fast unmerklich in Bewegung, rollt von der Nebenpiste auf die Startbahn, hält in Position nochmals kurz an, rollt, derweil sich vom Feld nebenan ein kreisender Knäuel Möwen hochschraubt, die dem Blech, dessen Triumph sie mit ihrem Gelächter verhöhnen, vormachen, was Fliegen wäre, entschlossener los, und nach kurzer Beschleunigung – kräftig durchgeschüttelt, wird man dabei vom Schub angenehm in die Polster gedrückt – hebt der stählerne Vogel auch schon von der mit schwarzen Bremsspuren schraffierten Betonpiste steil ab, reißt sich, kaum in der Luft, scharf auf Südwest abdrehend, aus seinem mitjagenden Schatten, der, ungeachtet aller richtungweisenden Positionslichter, unten über den Pistenrand hinaus schlittert, sich rasch verkleinernd über den kerosingebleichten Rasen auf ein Wäldchen zu zitternd, dem umzäunten Geviert am Rande des Flugfelds, in dem Feldhasen und ein paar Rehe äsen, dem Tag X entgegen, an dem das liebevoll gehegte Wild (es geht vor allem um das fliegende, das, wie man später lesen wird, neuen Flugzeugtypen mit tiefer liegenden Turbinen beim Start immer mehr zur tödlichen Gefahr werde, wenn die Vögel, die paar Fasane und was sich sonst hier eingenistet, allen Lärm gewohnt und durch keine Zäune aufzuhalten draußen auf dem Feld den Pistenrändern entlang auf Nahrungssuche, vom Schatten der startenden Maschinen gestreift wild aufflatternd in die Triebwerke geraten), von Jagdhunden in dem umzäunten Idyll inmitten dieser Ödnis aufgespürt aus den Verstecken ins Offne hechtend, den treffsicheren Hegern im Zielfernrohr direkt vor Kimme und Korn getrieben, durch schallgedämpfte Präzisionswaffen, mit Tierschützern ist nicht zu spaßen und an jeder Ecke zu rechnen, zur Strecke gebracht wird, beim Versuch, dem Gebell und Gejaule zu entkommen, aus den Büschen flüchtend im Sprung über den Haufen geschossen und alles, was sich fliegend zu retten versucht, ohne den Flugbetrieb zu beeinträchtigen wie beim Tontaubenschießen vom Himmel geholt, und während der Schatten unten verloren über Hecken und Höfe hüpfend schon bald sich im Block- und Giebelgewirr des zur Schlafstadt zerhüttelten Bauerndorfes verliert, gewinnt das Flugzeug, beim Durchschneiden einer von feinen Dunstschleiern angezeigten Föhnströmung kaum merklich gerüttelt, wie mit sanften Flügelschlägen rasch an Höhe und kippt, über den Pisten noch, in die Schräge

4

Den Pistenrändern entlang keine staunenden Massen, die wie dazumal, dicht auf Tribünen gedrängt und, der Plebs, diesen gegenüber auf flacherem Feld sich in der Tiefe verlierend, jubelnd Taschentücher und Hüte schwenkend mit gerecktem Kopf den heil in die Lüfte Entführten nachwinkten.

Sur place, wie von der *Tages-Zeitung* am Vorabend ganzseitig angekündigt und bei seinem ihn lauthals umwieselnden Gefolge auch kaum zu übersehen, niemand geringerer als Gabriele d'Annunzio, mit Tommaso Marinetti und dem Künstler Umberto Boccioni, zwei weiteren Exzentrikern am Hofe der Macht, eben erst aus Milano angereist, wie der Speaker, die Nachricht bestätigend, stolz verkündet (auf der mehrtägigen Promotionstour für die italienische Automobilindustrie hatten unterwegs – man nimmt es hin, der Schaden wird vergütet – eine unbestimmte Anzahl Hühner dran glauben müssen, einige Schafe sowie, in der Schöllenen, kurz vor der Teufelsbrücke, zu unguter Letzt noch ein Kalb, das sich dumm, wie Rindviecher sind, auf die Straße verirrte; der Tross gleichwohl, wie im Tourplan vorgesehen, aus der Mitte des Urnersees begrüßt mit der Ouvertüre zu *Guillaume Tell,*

Rossinis letzter Oper zu Ehren des eidgenössischen Nationalhelden, den ein kränkelnder Poet aus dem Schwäbischen, der in Ruch infolge einer den Grisonen wenig schmeichelnden Bemerkung in den *Räubern* lebenslänglich steckbrieflich ausgeschrieben war und dem, wie das Gerücht es will, ohne faulende Äpfel in der Tischlade partout nichts einfallen wollte, indem er eine nordische Sage über einen mutigen Terroristen aufmöbelte, dem Land andichtete, das die Freiheit im Herzen Europas seit Urzeiten gepachtet; zur Schande der berggängigen Fahnenschwinger, die, ab Flüelen, in Abständen an exponierten Punkten postiert, das Nahen der Wagenkolonne mit Juchzern und von Fels zu Fels weiterzureichenden Flaggensignalen anzukündigen gehabt hätten, durch den in einer riesigen Staubwolke vom Gotthard heranbrausend alle Vier- und Zweibeiner in die Flucht schlagenden Tatzelwurm aber derart in Staunen versetzt worden waren, dass sie ihre Fahnen, wiewohl man doch tagelang bis ins Detail alles geübt hatte, anstelle des Teufelzeugs allerdings nur mit ein paar Reitern auf Ackergäulen, zu schwingen versäumten, furzten die Posaunen und Wagnertuben nach einem vom Komponisten nicht vorgesehenen Böllerschuss, dessen Rückstoß den brandneuen Raddampfer *Schiller* ordentlich in Schieflage gebracht und die strammen Bläser der Harmoniemusik um Haaresbreite über die Reling in den See gekippt hätte, leider erst los, als der Tross die Tellskapelle längst passiert hatte, wobei die vom Oberdeck in den Äther geschmetterten Harmonien zusammen mit deren mehrfach gebrochenem Echo – das sei zur Ehrrettung der urchigen Hirtenpatrioten eingestanden, die vom Einbruch des neuen Zeitalters überrumpelt auf ihren Felsen alle wohl die Münder sperrangelweit aufrissen, aber eben ohne auch nur einen einzigen Pieps aus ihren Kehlen zu bekommen, und, statt zu jodeln, noch lange nachdem aller Staub sich gelegt, erstarrt wie Lots Weib in die Gegend glubschten – den illustren Gästen aus dem Süden, während diese in den offenen Wagen über die Axenstraße gen Brunnen bretterten, beim Lärm der Motoren und dem Geratter der Vollgummireifen über den Kies und dem Geflatter, Gegacker und Gequietsche der vom Trassee spritzenden Hühner und Sauen auf den wenigen offenen Strecken zwischen den vielen zappendusteren Tunneln, so sie unter ihren Sturmhauben überhaupt etwas hätten davon erhaschen können, reflektiert von den unterhalb Seelisberg senkrecht aus dem Wasser emporschießenden zerklüfteten Wänden der Schwandenflue allenfalls als eine Art Kakophonie widerhallten).

Als Ehrengast des Meetings, nach den anstrengenden opulenten Galaempfängen und Attraktionen an den Etappenorten der Promotionstour endlich am Ziel angekommen, hat sich der Dichterfürst, der, wenn man ihn neben dem einen Kopf größeren hageren Übersetzer und Dolmetscher, welcher nicht von seiner Seite weicht, an der Tribünenbrüstung stehen sieht, abgesehen vom exaltierten Gehabe erstaunlich klein und zierlich wirkt, standesgemäß sich selbstverständlich an der besten Adresse der Stadt eingemietet und mit seiner Paradiesvogel-Entourage im Grand Hotel *Baur au Lac,* von der Fahrt verdreckt, gefeiert wie ein Gladiator nach bestandenem Kampf im Circo Massimo, einfallend den Portier überrumpelnd und schachmatt setzend, indem er ihn schulterklopfend wie einen alten Bekannten begrüßte und ihm bei der Umarmung, die beide um Haaresbreite zu Fall gebracht hätte, kurz etwas in die Tasche steckte, eh er, in der Halle ein Teekränzchen aufscheuchend, das wie eine Schar Leghennen vor dem Fuchs auseinandergackerte, forsch an die Réception stürmte, um, auf Zehenspitzen den Grandseigneur markierend, als erstes für sich und seine Corrida lauthals eine Runde Champagner zu ordern, *il migliore per piacere,* beim Hurra-Grölen seiner ihm zuprostenden Getreuen flink ein gut gefülltes Couvert über den Tresen schiebend, dank den simplen Tricks allen andern zuvorkommend, zum Leidwesen etlicher der nicht genannt sein wollenden Stammgäste, die für einmal, mit dem Versprechen der besseren Seesicht und der bei den im Haus zu erwartenden nächtlichen Festivitäten größeren Ruhe, in die obersten Etagen auszuweichen hatten, für die Dauer der Flugtage gleich die ganze Beletage in Beschlag genommen.

Den Aufbauten für den Dichterfürsten und dessen Anhang gegenüber, auf einem separaten, gleichfalls in den Farben der Tricolore geschmückten Podest und in kaum minder Aufmerksamkeit heischender Begleitung, von Weitem schon an der Nase zu erkennen, welcher die mit wachsendem Ruhm immer teureren Tropfen anzusehen sind, ist der seit seinem letzten Besuch in Chrysopolis wieder etliches beleibtere Opernkomponist auszumachen, im Gegensatz zum Dichterfürsten unten an der Promenade während der Flugtage oben am Hang mit atemraubendem Rundblick über die Stadt und den See auf die Berge nicht weniger feudal untergebracht, beim Blick aus den Fenstern seiner Suite zu Füßen weiß leuchtend aus allem herausstechend das nach Plänen des erfahrenen Architektenbüros Fellner und Helmer eigentlich für Krakau geplante und, als Miniaturausgabe der Wiener Staatsoper weitgehend baugleich mit dem Kroatischen Nationaltheater Zagreb und dem Hoftheater zu Wiesbaden, von den Zünften und der hiesigen Industrie gesponsert am Rande des Sechseläutenplatzes in kürzester Zeit aus dem

Boden gestampfte, erst wenige Jahren zuvor, wenn auch nicht zum Gusto aller Honoratioren, mit *Lohengrin* eröffnete neue Stadttheater, das zum Abschluss des Meetings dem Maestro zu Ehren eine Gala mit *La Bohème* geben wird.

Und vor all den Publikumsaufbauten, direkt an den in einigem Abstand zu diesen gespannten Absperrseilen den in herausfordernder Haltung hüftschwingend über den Rasen auf und ab promenierenden obligaten Damen in der neuesten Mode ausweichend, welche, als schwebten sie mit exotisch zurechtgeschminktem Blick und staunenerregend frisierter Haarpracht, die Coiffeurkunstwerke von kutschenradgroßen Hutkreationen behelmt, auf denen sich Volieren türmen und Kleingärten wuchern, an einer Fashion Week zu Paris oder Milano über den Laufsteg, mit ihrem Auftreten jedem Pfau die Schau stehlend klar zum Ausdruck bringen, dass sie keineswegs bereit sind, die Aufmerksamkeit der sie aushaltenden Männerwelt ein paar lärmender stinkender Kisten wegen kampflos der Luft zu überlassen, steht, in einen für die Jahreszeit etwas zu schweren Mantel gehüllt, auf aparten Pumps die Beine im eng geschnittenen Rock zart auseinandergestellt, nur einen einfachen schwarzen Hut ins straff zurückgekämmte blond gefärbte Haar gepresst, die Arme vor dem Busen verschränkt, den Nacken, als fröstelte sie, in den hochgeschlagenen Silberfuchskragen gekuschelt, von allen übersehen still und stolz eine junge Frau, die Partnerin des Piloten – die für den heutigen Tag, wird manch einer frotzeln, wenn er die Schöne am Abend an der Seite des Helden vom Platz stöckeln sieht –, hin und her gestoßen, ohne dass ihr das aufgeregte Geschubse und Getue viel anzuhaben vermag, den Blick aus katzengrünen Augen, die sich, wenn sie den Kopf hebt, geblendet zu Schlitzen verengen, in der Einöde des Himmels dem Geliebten im zerbrechlichen Gebilde folgend, das den Signalmast hinter sich lässt, in weitem Bogen zurückkurvt, über den Tribünen erneut abdreht und sich mit heulend stampfendem Motor in immer weiteren Kreisen über dem Feld in den Äther schraubt – am heutigen Tag steht neben anderen Glanzleistungen der Höhenrekord noch aus –, um, stetig weiter steigend, über Wiesen und Äcker davonzugleiten, wo Wind wie seit je das wogende Korn kämmt, eine Herde schwarzweiß gefleckter Schlachtbullen, vom ungewohnten Lärm aufgeschreckt, mit hochgestellten Schwänzen, als wären sie in ein Nest Erdwespen getreten oder verfolgte sie ein Bremsenschwarm, brüllend aus der Weide bricht, durch die Frucht preschend und diese niederstampfend in einer Schneise der Zerstörung auf das nahe Dorf zu, mitten hinein in den von der Stadt her immer neue Massen zum Meeting herauskarrenden Verkehr, derweil auf dem Festgelände der Motorenlärm der sich entfernenden Maschine bald untergeht im Redeschwall der Menge, die sich, während der Flugapparat am fernen Waldrand immer knapper über die Wipfel streicht, dass es aussieht, jeden Augenblick müsste er sich in den Baumkronen verheddern, nach aufmerksam verfolgtem Start rasch anderem zugewandt (alle nützen die hart verdiente Pause, man steigt die Treppen der teuren Tribünen auf und ab, begrüßt einander, man verneigt sich, erkennt sich wieder – verständlich gelegentlich die kurze Verzögerung, war's letzte Nacht doch wieder spät geworden –, es gibt Umarmungen, man schwankt im Geschiebe, hält sich an irgendjemandem fest, bittet um Verzeihung, schaut in schöne Augen, irgendjemand stolpert, reißt einen mit, ohne zu stürzen, man bekommt Dank, und nach der Hektik in der Luft kann jetzt endlich leiblichen Genüssen gefrönt werden, vor Bierzapfsäulen und rauchenden, stinkenden Grillbuden anstehend, wenn nötig, damit es endlich voran geht, gegenseitig sich die Ellenbogen in die Seiten rammend, über Zylindervolumen, Kolbenzahl und Pferdestärken streitend, einer den andern überbietend mit irrwitzigen Sensationen auftrumpfend, während von hinten, auf den billigen Plätzen, das Pfeifen und Grölen der Massen, denen der Zugang zu den *Grands Buffets Internationaux* verwehrt ist, immer bedrohlicher anschwillt), bis, es geht gen Abend, das Programm ist erneut schwer in Verzug, die schöne Gespielin, ihre Rechte, um das Gleißen der schon tief stehenden Sonne abzuschirmen, das ihr durch die kleinen Löcher des Strohhuts aufs Gesicht tropft, als Schild an der Krempe, ähnlich wie Segantinis stolze Hirtin auf der Hochebene – das Bild ist in aller Munde, seit der von den Futuristen aufgrund seiner Maltechnik als einer der Ihren gerühmte Künstler bei der großen Ausstellung in der Galleria nazionale an der Piazza del Duomo für sein Bild *Mezzogiorno sulle alpi* posthum mit einer Goldmedaille geehrt wurde –, die Linke in die Seite gestemmt, wobei ihre stolze Haltung mehr Verstellung ist, denn im Funkeln ihrer großen Augen, in dem Dunkel ihres heißen Blicks, ganz so, wie es im Lied sich reimt, schwingt die Erregung ihres Herzens mit, schwankend zwischen Stolz und Angst inmitten der brodelnden Menge nur noch in die leere Hitze schaut –

Blériots Ära; ja

5

36 **Der ikarische Traum,** ein uralter Mythos ist's, der Wunsch, es den Vögeln gleichzutun, der Sieg über die Schwerkraft, obgleich die Kanalüberquerung in einer Bruchlandung endete, hat sich mit einem Mal erfüllt, und Blériot, der Pionier, ist nach seinem Husarenstück, er kann es selber noch kaum fassen, der gemachte Mann; nach Jahren der Entbehrung, von einem Aeroclub zum nächsten von Bankett zu Bankett weitergereicht, reißt das letzte Provinzblatt sich jetzt um ein Interview mit ihm, wird er vom Sensationsjournalismus, indem dieser in täglich prächtiger ausgeschmückten Reportagen mit immer neuen Wagnissen und Gipfelleistungen aufwartet, zum Nationalhelden, zum kosmopolitischen Genie stilisiert, zum Künstler der neuen Epoche, und während sein Bild, von der Werbung vereinnahmt mit allen notwendigen Insignien und Ausschmückungen versehen, fast über Nacht von Plakaten für hochalpine Luftkurorte und Hotelketten grüßt, auf Zündholzschachteln, Zigarrenkisten prangt und für Schuhcrème, einheimische Schokoladehasen mit einem Glöckchen am feisten goldnen Hals, für stoßsichere Taschenuhren, Brillengestelle, auslaufsichere Füllfederhalter, herbe Parfums, Sonnenschutz und Liqueure herhalten muss, sieht man ihn als Bannerträger des martialischen Fortschritts morgen schon

mit Ziegel und Kelle in der Hand in Frack und Zylinder bei der Grundsteinlegung von Munitionsfabriken posieren, als Held unter Helden puppenhaft zwischen schwer dekorierte Honoratioren gezwängt Militärparaden abnehmen: der einstige Tüftler und verlachte Spinner lässt sich schieben und feiern, ohne selber neuen Träumen nachzuspinnen – andere tun das jetzt für ihn.

Und es geht wie mit jedem Traum: was heute für geile Sensation gut ist, für Trubel und Hektik, ausgelassene Geschäftigkeit, die Freude über das dank ein paar Spinnern Errungene, wird in wenigen Jährchen dem Kampf Platz machen; nach dem Geschrei von Freiheit und Abenteuer und dem Blumenregen auf die Helden der Lüfte werden Bombergeschwader den Himmel verdunkeln, Air-Raids die Nacht aufreißen, wird Baron von Richthofen, der Schießer, gefeiert als das As der Asse – knapp vor Kriegsende, bevor er seinen Erfolg richtig umzumünzen imstande ist, wird er sich zum Bedauern nicht weniger bei einem seiner Einsätze dann selbst erwischen lassen –, mit mehr Treffern und Abschüssen als jeder andere trumpfen, und da in der Euphorie am Ende sich ein jeder vollkommener Leistungen für fähig hält, nimmt man auch das bald als überholt hin; Mut braucht's dazu keinen, Feigheit genügt, Mut bräuchten die unten, das ihnen von oben Bescherte durchzustehen, den Regen der Zerstörung, der Städte versengt, bevor ihre Bewohner Zeit finden, die Bilder, zu denen sie eben noch mit in den Nacken geworfenen Köpfen emporgehimmelt, von der Wand zu nehmen und zu zertreten. Blériot, den Pionier, schert das wenig; vom Ruhm gepolstert, mit beiden Beinen auf dem Boden, den Kopf, der ihm seit je fest auf dem Hals sitzt, längst nicht mehr in den

Wolken, ohne dass ihm groß geleuchtet zu werden brauchte, rasch lernend, wo's lang geht, vom Flieger zum Flugzeugfabrikanten mutiert, profitiert er, beargwöhnt von der Konkurrenz, als Geschäftsmann und führender Vertreter einer rasch aufblühenden Industrie von dem tödlichen Spiel.

Nur ab und zu, spät nachts, am Horizont graut bereits der neue Tag, mag er, verschwitzt, sturmen Kopfs und den Magen von unzähligen wahllos durcheinandergeschütteten Drinks gequält, nachdem er sich, mit Verbeugungen nach allen Seiten seinen Rücken ruinierend, einmal mehr von Event zu Event hat schleifen lassen, müd im Hotel zurück ganz für sich allein am offenen Fenster stehen, leicht vornübergebeugt, mit Händen sich breit auf dem Sims abstützend, die Beine auseinandergestellt, seine Standfläche zu vergrößern, nackt, fröstelnd – einen Augenblick glaubte er Hundegebell zu hören, doch dieser Laut verliert sich im Heulen des Winds, vermischt sich mit diesem, und er ist nicht mehr sicher, ob es Gebell war oder ob er immer noch bloß das Heulen des Sturms während der Kanalüberquerung im Ohr hat, als er, in eine Nebelwand geraten, die Orientierung verloren und schon geglaubt hatte, *le déluge* im Bonmot der festfreudigen, sich durch die Schlossgemächer hustenden Marquise de Pompadour würde ihm, allem Spott zum Trotz, letale Gewissheit –, und während er in Gedanken versunken in die Gräue hinausschaut, Nachtfeuchte seinen Körper kühlt – wie lange mag er schon am Fenster stehen, vielleicht eine Stunde, vielleicht mehr; oder erst zehn Minuten? –, derweil die ihm für die Nacht ins Hotel nachgereichte Gespielin, an deren Gesicht er sich morgen, nachdem sein eignes ihm abhanden gekommen, so wenig wird erinnern können wie an das der gestrigen, auf dem zerwühlten riesigen Rundbett in Satin gekuschelt schläft – ruhig geht ihr Atem in der Tiefe des Raums; groß anzustrengen brauchte sie sich nicht; nach dem hektischen Tag war er es zufrieden, dass jemand ihm die Stiefel auszog und er ein wenig in die Arme genommen alle Viere von sich strecken konnte –, fragt Blériot in einer ruhigen Minute sich dann doch: Kann ich überhaupt fliegen, oder habe ich es nur als Kind gekonnt; wie alle

II

sehr Schnee, sehr Wald, sehr Hans Hassler

1

... vielleicht wie ich, um den Stubentisch kurvend, während Großvater auf dem Sofa Publikum spielte, mich anfeuernd, wenn ich mit weit ausgebreiteten Armen Runden um Runden kreiste, die Schnörkeltassen von Großmutters feinem Kaffeeservice, das nur bei besonderen Gelegenheiten – an Taufen und Beerdigungen – aus dem Glaskasten genommen wurde, zu klirren anfingen, die Wanduhr über dem Sofa bei jeder Kurve heftiger erschauerte, den Perpendikel ein Zittern erfasste, das ihn aus dem Takt zu wackeln drohte, die Hämmerchen des Schlagwerks zu vibrieren begannen, an die Glocke dröhnten und das Barometer neben der Uhr an der Wand aufs Täfer klöpfelte, bis ich im Taumel ins Trudeln geriet, von der Bahn abkam, auf den gewichsten Dielen ausrutschte, hinschlitterte und am Ofenrand zerschellte, mir an der Kante des Kachelofens eine Kerbe in die Stirn schlug und – für einen Augenblick war nur das Ticken und Perpendikeln der Wanduhr zu hören gewesen – durch einen Funkenregen hindurch heulend in Großmutters Arme floh, um anderntags mit einem Pflaster auf der Stirn weiterzufliegen, hüpfend den in einer Schießbude herausgeschossenen Jahrmarktspropeller, welchen der Besuch aus der Stadt mitgebracht hatte, vor mir hin und her schwenkend, immer sturmer und aufgedrehter, den Raum vergessend, in waghalsigen Volten und Loopings immer ausgelassener den Besuch umjagend

Bub, jetzt hör doch endlich auf mit dem Gelärme und Getue, man kann ja sein eigenes Wort nicht verstehen, versuchte Großmutter mich noch klönend zu beschwichtigen, als der Großonkel, der sich sonst doch so bedächtig setzt und umständlich erhebt, ständig darauf bedacht, keine überstürzten und unkontrollierten Bewegungen auszuführen, ja, dem anscheinend jede Anstrengung erspart werden musste, denn eben noch, als er nach seiner Ankunft Anstalten getroffen, sich niederzusetzen, hatte ihm die Großtante eiligst einen Stuhl hingestellt und diesen ihm schließlich gar untergeschoben, auch schon aufsprang, brüsk, um beide Hände frei zu haben, den Hut, der auf seinem linken Knie gelegen, aufsetzte, in der Hektik etwas schief, auf Suff gestellt, und mit seiner wuchtigen Masse ungeschlacht in meine Bahn trampend mir den zum Trost mitgebrachten Propeller entriss und zerbrach, futternd und wetternd, um die Bruchstücke, wild mit ihnen in der Stube herumfuchtelnd, in den kaum aufgesetzt fahrig wieder vom Kopf gerissenen abzeichengeschmückten gamsbartbestückten Grenzwächterhut zu werfen, den er, sich wiederum setzend, umständlich, wenn auch weniger bedächtig als sonst, seine Hand zitterte, auf den Stuhl rechts nebenan legte

Obwohl das Begrüßungsgeschnatter auf einen Schlag verstummte und mechanisch angesetzte Gesten mitten in ihrem Bewegungsablauf einfroren – in der sonntäglich aufgeräumten Stube schien es nun erst recht lebendig zu werden: Blicke kreuzten sich, schossen durch den Raum

Großvater, der mit Großmutter am Fenster gestanden (die beiden Alten waren stehengeblieben, auch nachdem der Besuch sich auf die ihm am großen Tisch angebotenen Plätze niedergelassen hatte), Großvater drehte sich ab, trommelte, als gälte es ein Bataillon Landsknechte ins Feld zu führen, mit den Fingern seiner Linken dumpf aufs Fensterbrett und schaute interessiert hinaus, wie wenn sich draußen vor den Stubenfenstern ein seltener Sommervogel, ein Pfauenauge, wenn nicht gar, majestätisch mit den Flügeln klappend, ein Admiral, auf den Geranien niedergelassen hätte;

oder er äugte, mit Händen am Fensterbrett aufgestützt sich leicht vorbeugend, über die Geranien und Fuchsien hinweg schräg in den Hof hinunter, zum Brunnen vor dem alten Hühnerstall, wie um sich zu vergewissern, dass dort in diesem Augenblick, dem dümmsten natürlich, hellhörig und wie aus dem Boden gestampft nicht gerade wieder die Nachbarin stand, unwirsch die vor dem Hennenstall sich sonnend mit den Schnäbeln halb offen schläfrig die roten Augen verdrehend in Staubkuhlen badenden, mit wildem Gegacker aufflatternden Pullen vom Mäuerchenaufbau hinter dem Steintrog verscheuchend, vorgeblich damit beschäftigt, ihren aschigen Ofenlappen auszuwaschen, hatte die Romontscha gestern ja Backtag gehabt, und, den Blechkessel auf den Brunnenrand abgestellt, das Ohr nur um so schärfer in Richtung Stube gespitzt, mit einer großen Holzkelle kaltes Wasser in den dampfenden, wieder einmal zur Unzeit zum Koben getragenen Schweinesud zu rühren;

oder Großvater sah über die mastigen Blumenstöcke auf dem Meiengestell hinweg nach dem Viehstall, wo Vater, zurück von einem Gang auf die Weide, bei dem er den Stoppzaun entlang da und dort ein Büschel an den Draht gewachsener und so den Strom erdender Halme ausgerissen, einen von den Kühen beim Ranggen schiefgedrückten Sparren gradgerichtet, in schweren, mit Patentflicken geplätzten Gummistiefeln auf dem Miststock stand, tief gebückt, mit dem Rücken beinah an die Stall-Laube stoßend, das Körpergewicht, um im schmatzenden Matsch mantschend nicht über die Knöchel tief einzusinken, abwechselnd von einem Bein aufs andere verlagernd, eine den Stiel hoch verdreckte verkrustete vierzinkige Mistgabel in Händen, heute nicht damit beschäftigt, den Rand des vor der Stallwand in großem Geviert hochaufgeschichteten Mistpyramidenstumpfs fein nachzöpfelnd weiter aufzustocken, nein, die *Süberi* der Heimkuh, welche an diesem Morgen verworfen hatte, tief im Mist zu vergraben, außer Reichweite der streunenden Hunde aus der Nachbarschaft und der an allem, was nach Blut, nach Lebendigem und Verwesendem riecht, mit gefräßig gewetzten Messerchen herumsichelnden Katzen, die bei einer Kälberung schnurrend und miauend kaum warten mögen, bis das Kalb im Stroh liegt, und noch ehe die Kuh sich fertig geputzt hat, der letzte Fetzen Nachgeburt in die Streue im Schorrgraben oder ins sauber gefegte Tenn geklatscht ist, hochbeinig übers Grabholz dahertäppeln, elegant und vorsichtig, damit sie nicht in den Pflöder treten, die Pfötchen nicht in die Gülle tunken, um sich, die Lippen aufgeworfen und die Schnauzhaare flach am Kopf zurückgespannt, mit rosiger Zunge dran herumschleckend auch schon über das aus der Kuh hängende, ihr zwischen den schleim- und blutverschmierten Sprunggelenken hin und her plampende langsam erkaltende *Gschlüder* herzumachen, gierig und doch so, als ekle sie davor

Großmutter wischte sich die Hände an der Schürze, wandte sich zur Kommode und griff dort, die Hausbibel verrückend, nach der Schuhschachtel mit ihren Ansichtskarten, fingerte durch die wie in einer Bibliothekskarteischublade in die Schachtel gestellten Karten, verweilte, diese oder jene zurechtrückend, bei der einen oder anderen etwas länger, sie eingehender betrachtend, im schummrigen Winkel vielleicht gar aus dem Stapel an die Helle hochhebend, um Einzelheiten wahrzunehmen, sie dann umdrehend, um auf der Rückseite die Adresse, den knappen Gruß, die paar Mitteilungen, den Absender und am Ende die Bildlegende zu überfliegen, das meiste im Gedächtnis gespeichert, sodass ein kurzer Blick genügt, den Rest in Erinnerung zu rufen, ehe Nana sie an die mit dem in den Stapel geklemmten Zeigefinger der Linken markierte Stelle in der Schachtel zurücksteckte; eine von Tante Bertas Amerika-Karten vielleicht, die uns Buben immer wieder Rätsel aufgaben:

Aus der Leere, dem Nichts unerhört breiter Straßen, die im Moment allerdings von zu wenigen, mit falschem Fluchtpunkt stark stilisiert gezeichneten Autos befahren werden, als dass von einem regen Verkehr gesprochen werden könnte, das Gewimmel der Passanten hilflos durch übertrieben die Raumtiefe verdeutlichende Strichmännchen nur angedeutet, stemmt sich, aus einem nahezu würfelförmigen Sockel herausgearbeitet, scharfkantig ein ziselierter Fels in die Leere empor, rötlichbraun, von der Farbe verwitterten Backsteins, auf der Karte so ins Bild gestellt, dass die Kante wie der Bug eines Ozeanriesen leicht rechts der Mittelachse dem Betrachter zugekehrt ist, gegen oben hin, die große Höhe unterstreichend, sich verjüngend: ein gigantischer Komplex aus, je höher sie sich auftürmen, desto kleiner werdenden, wie die Stufen eigentümlicher Pyramiden versetzt übereinandergestaffelten, türmchengekrönt und kuppelüberspannt in den bleichblauen Glast ragenden Kuben, um dessen Basis, gleich einem schillernden Kragen mit abgerundeter Spitze, ein hellerer Streifen, V-förmig und die Schenkel nach hinten schmaler werdend, den Gehsteig markiert, deutlich abgehoben vom gleichmäßigen Grau des Straßenbelags, welcher rechts von zwei auf Horizonthöhe in einen Strich auslaufenden Schienenpaaren durchschnitten wird, die im Vordergrund in diesem Augenblick ein im Verhältnis zu den übrigen Passanten viel zu groß geratener Mann überschreitet, ein Schutzmann, der auf die außerhalb des Bilds liegende Verkehrsinsel zusteuert, um den demnächst aufkommenden Rush-Hour-Verkehr zu dirigieren oder, in seine Kanzel hochgestiegen, diesen blockierend, einem von Motorrädern eskortiert rasant heranratternden Automobiltross freie Bahn zu verschaffen. Gleichfalls auf der rechten Gebäudeseite, in der hinteren Hälfte der langgestreckten Fassade, spannen sich Markisen in einem verwaschenen Königsblau über das hell schimmernde Trottoir: der Eingang, durch dessen Drehtüren – ein Diener in Livree, wie das Negerli in der Kirche mechanisch nickend, steht daneben – pausenloses Kommen und Gehen zu beobachten ist; der Bordsteinkante entlang davor eine Reihe geparkter Gefährte, wobei nicht zu unterscheiden ist, ob es sich um Autos oder zweispännige Droschken handelt. Darüber türmt sich Stockwerk auf Stockwerk; Sockelgeschoss und erster Stock in Bruchsteinmauerwerk mit tief liegenden Fugen, Renaissancepalästen nachempfunden, an die aus Gründerzeit und Jahrhundertwende stammenden Post-, Gefängnis- und Bankgebäude erinnernd oder, entfernt, an den Raster von Straßenplänen auf dem Reißbrett ausgebrüteter Städte: die einzelnen Bossen gleichen den dunkler schraffierten Blockgevierten auf dem Plan, rechtwinklig gerastert von helleren Straßenfugen. Darüber Stockwerke in glatten, von kaum vorspringenden Simsen strukturierten Backsteinmauerverbünden, an den Ecken nacktbrüstige Karyatiden, die Spitzen ihrer von steinernen Riemen gestützten steilaufragenden Brüste heller, der Witterung ausgesetzt weniger abgasablagerungsverschattet, sich mit wulstbäuchigen Atlanten abwechselnd, die mit der Last über ihnen liegender Stockwerke auf den gekrümmten Schultern den Bau Stufe um Stufe hochzuwuchten scheinen; Etage um Etage, Fensterreihe um Fensterreihe (rundbogig in den untersten zwei Stockwerken; von einem geraden unverzierten Fenstersturz abgeschlossen und umgeben von einem Mauerband die zu Paaren gekuppelten Fenster in den höherliegenden) gleitet der Blick jetzt über Balkone, auf denen sich da und dort, mal dichter, mal weniger dicht, Leute drängen, fliegenklein über die schnörkligen Gusseisengeländer und Mauerbrüstungen gelehnt mit Blumenschmuck zu verwechseln; gleitet höher über Balustraden, Pilaster und Säulenpartien, Architrave und Zierleisten mit stilisierten Eierformen, über Tropfenplatten und Triglyphen, die Reliefs im Fries dazwischen nur als undeutliche Schummerung wahrzunehmen, über Kranzgesimse, Zahnschnitte, Traufleisten und eine Reihe stockwerküberspannender Blendbogen hoch zu einem wuchtigen Dachgebilde, bleibt an Volutengiebeln und rollwerkumwucherten Kartuschen, an bizarren Dachgauben und Ochsenaugen hängen; der Eckturm oder eckturmähnliche Kubus, welcher, eine Kante dem Betrachter zugewandt, die in übersteigerter Fluchtpunktperspektive steil nach hinten abfallenden Seitenflügel, die links und rechts ungleich hochgezogen sind, um etliches überragt, teilt sich über einem markanten, mehrfach gestuften Gesimsband und der einem Mezzanin oder Zwischengeschoß entlang die Waagrechte zusätzlich betonenden Balustrade in vier Türmchen, jedes von zu Paaren gekoppelt freistehend übereckgestellten pilasterflankierten Kolossalsäulen mit römischen Kompositkapitellen (laut Architekturlexikon müssten auf die

beiden Reihen der überfallenden, buchtig ausgerandeten Akanthusblätter des korinthischen Kapitells ionische Voluten aufgesetzt sein, abgeschlossen durch gekröpftes, konkav den Grundriss überragendes Gebälk, von einem reich verzierten Kranzgesims gekrönt) zwei Etagen hochgestemmt, in ein Giebelgebilde ausschwingend, das Architektur und Bildhauerei zur Einheit zu bringen versucht; darüber eine achteckige welsche Haube oder Zwiebelkuppel als Unterbau für mehrfach geschweifte Aufbauten, von einer leichten Laterne gekrönt, auf der gestikulierende Figuren, den Blick entrückt in dunstige Ferne gerichtet, von den vier Turmspitzen aus ihre steinernen oder erzen grünspanigen Flügel weitgespannt nach allen vier Winden hin zum Flug spreizen. Doch damit nicht genug, der längst in den Himmel gewachsene verwirrende Bau, unten im Nebel steckend, während oben die Sonne mit Schatten um die Verzierungen spielt, ist weiter ausgeschmückt: In den Lücken zwischen den Ecktürmen und so hoch wie diese, erheben sich zur Gliederung der Traufseite im von leicht zurückversetzter Basis steil hoch- und über die Türmchen hinausgeführten Mansarddach, zwerchhausähnlichen Dachausbauten vorgeschildet, barock wuchernde zweigeschossige Blendgiebelfassaden, deren von reichem

Band- und Beschlagwerk umrankte Fenster über dem laufenden Hund, einem Mäander, welcher den Balustradenfries entlang der Traufe ablöst, zu Dreier- und Zweierrhythmen gekoppelt sind, gerahmt von in Nischen kauernden Eroten und Nachtmahren, schlitzohrigen fledermausflügeligen Teufelchen, die Volutenschwünge der Giebelschräge in Spitzsäulen, Pinienzapfen und Urnen auslaufend, während auf den gesprengten Dreiecksgiebeln schließlich Akroterien in Form von Sphinxen und Greifen thronen; der Pyramidenstumpf des Mansarddachaufbaus wird durch ein weiteres Dockengeländer abgeschlossen, auf dessen Eckpfosten, die Türmchenbekrönung gleichsam verdoppelnd, wiederum Figuren stehen, die weit übers Meer schauend die Fahne bewachen, welche, von einem lauen Lüftchen mehr schlecht als recht geschwenkt, schräg am alles überragend in wässrige Bläue spießenden Mast hängt, schlaff wie ein Windsack nach Föhnzusammenbruch. Obwohl der Reichtum des Bauwerks hiermit längst nicht ausgeschöpft ist, Genaueres lässt sich nicht ausmachen; durch eine Lupe betrachtet, lösen sich alle weiteren Details, alle weiter vermuteten Feinheiten, in grobe Rasterpunkte auf, und ein ganzer Gebäudeteil mitsamt einem Stück des von aufgelockerter Bewölkung durchbrochenen Himmels fehlt. Um sich der Briefmarke zu bemächtigen, hat jemand die obere rechte Ecke der Reproduktion einer linkisch retouchierten und nachträglich kolorierten Schwarzweiß-Fotografie ohne jede Rücksicht auf das Abgebildete im rechten Winkel großzügig ausgeschnitten, dabei aber, wie man die Karte umdrehend feststellt, sehr darauf geachtet, die Zähnung des Wertzeichens nicht zu verletzen. Einzig ein kleines Bogensegment des Stempels und in dessen doppelt gezogenem Kreisbogen als Teil eines Schriftfrieses ein angeschnittener Buchstabe, ein großes N, haben die Operation überdauert; daneben, als der übriggebliebene Teil eines Schriftbogens, über der Adresse ins Stempelsegment verflochten und gleichfalls angeschnitten, in gespreizter Grotesk das Wort TRADE, darunter, in Groteskkapitälchen, das Schriftfragment THIS SIDE IS und waagrecht dazwischen, in fetten Antiquaversalien extrem weit laufend, die Letternfolge P O S T, das T um die rechte Hälfte des Querbalkens gebracht. Links dieses Aufdruckfragments, die Karte in zwei gleiche Hälften unterteilend, als Strich beginnend, der in Schrift übergeht, welche, im Stil einer sich senkrecht über die Fassade hinziehenden Leuchtreklame Buchstabe unter Buchstabe gesetzt, am Ende wieder in einen Strich ausläuft, PUBLISHED BY THE UNION NEWS CO.; links davon, oder darunter, sofern man die Karte um neunzig Grad gedreht hält, gewohnt laufend THIS SPACE IS FOR COMMUNICATION ONLY! Das angeschnittene Satzfragment neben der weggeschnipselten Marke ließe sich analog dazu, wieder mit Ausrufezeichen, zu FOR ADDRESS ONLY ergänzen

Einen herzlichen Gruß von eurer Tante aus Amerika New York 22 VIII 14, liest die Großmutter, an die Kommode gelehnt kaum hörbar vor sich hinmurmelnd – der Text dieser knappen Mitteilung, teils verwischt und die Tinte unterschiedlich ausgebleicht, in Tante Bertas großzügiger deutscher Sütterlinschulschrift, mit Ausnahme der Wörter *Amerika* und *New York* (hinter New und York jeweils ein Punkt gesetzt), sowie auch das Wort *Tante,* die bereits in lateinischen Buchstaben geschrieben sind, in einer Schrift, der, abgesehen von den Anfangsmajuskeln mit mächtig kreisenden Schwüngen, als sollte zu was Großem angesetzt werden, eindeutig die Übung fehlt.

Mit der Lesebrille, einem lottrigen Nickelgestell, der eine Bügel am Scharnier mit Heftpflaster geflickt und die Gläser vom vielen Putzen zerkratzt, die natürlich irgendwo verlegt ist, wenn man sie bräuchte – in der Nachtruhe zwischen Wiefelgarnspülchen, Fadenschlag und Scheren, im Strickkorb unter Wollknäueln und Socken mit durchgewetzter Ferse, in deren einer Großvaters aus einem Rosenwurzelstock geschnitzte Stopfkugel steckt, oder mit unerledigter Briefpost auf dem Tisch in die Zeitungen gerutscht –, hätte Großmutter im Feld für die Mitteilungen längs des oberen Kartenrandes und quer zum Handschriftlichen auch das Kleingedruckte lesen können: *WALDORF-ASTORIA HOTEL, New York City, located on Fifth Avenue between 33rd and 34th Street, the finest and most well known Hotel in America,* Buchstabe für Buchstabe und Komma für Komma, ohne ihr allerdings einen Sinn zu ergeben; und selbst wenn, Großmutter hätte die Legende zu etwas gelesen, das nur noch Bild war (das originale Waldorf-Astoria, ein ganz nobles Nobelhotel, größer und höher als wenn man alle in den hiesigen Kurorten übereinanderstellen würde, wird Neni, danach gefragt, was wohl Nana, die heut nur die Lippen bewegt habe, sonst denn immer so unverständlich vor sich hin bruddle, wenn man sie mit der Karte von Tante Bertas Haus allein in der Stube an der Kommode stehend erwische, am Abend zu erzählen wissen – und bestimmt wird Großvater auch diese Weisheit wieder aus seinem zweiten Buch, *Meyers Konversationslexikon des allgemeinen Wissens,* haben –, das Waldorf sei niedergerissen worden; seit Anfang der Dreißigerjahre stachle an seiner Stelle *The Empire State Building* in den Himmel).

Warum nur hat Tante Berta nicht eine Karte mit ihrem Wohnhaus schicken können, damit man auf einen Blick gesehen hätte, wo und wie sie aufgehoben war; so wie es die Verwandten aus Neuseeland gemacht haben:

Die Abbildung zeigt einen auf Pfählen ruhenden eingeschossigen einfachen Holzbau, zu dem zentral über ein paar Stufen eine geländerlose Treppe auf eine die ganze Längsseite des Gebäudes einnehmende Terrasse hochführt, und auf der, bedingt durch die lange Belichtungszeit, eher steif, und verschafft wesentlich älter ausschauend, als sie es wohl sind, eine Frau und ein Mann sitzen, auf dem Feierabendbänklein neben dem Eingang Schulter an Schulter mit den Rücken an die Bretter der weiß getünchten Hauswand gelehnt, die knochigen Hände mit einwärts gebogen zur lockeren Faust gekrümmten Fingern verlegen im Schoß; dem Paar zu Füßen – tiefstehende Sonne auf den Gesichtern macht die beiden blinzeln, und das Geländer der Terrasse wirft lange Schatten über die Bohlen – ein Neufundländer, den schweren Kopf bei gestreckten Läufen zwischen die Pfoten gelegt, den Blick aus tränenden, nachkoloriert blutunterlaufenen Augen traurig auf den Betrachter gerichtet: Wir haben nun Sommer und auch viel Arbeit auf der Farm, Ihr seid denke längst eingeschneit, wenn's nur nicht zu viel Luft gibt dass es uns die Birnen wieder grün von unseren Bäumen bläst und die Dachziegel nimmt und ihr den halben Winter in den Wächten steckt und mit dem Galtvieh in den Bruch müsst wenn ihr vom Pass herab z' Kirch kommen wollt, also guten Appetit zu Birnbrot und Rucher Röteli ha ha ha, liest Großmutter: Ja, die dort unten, die haben gut lachen

Und so es denn das Haus von Tante Berta ist: wo in diesem eigentümlichen Fels von Gebäude hat sie denn gewohnt, das fragt man sich schon; mit einem Pfeil, einem kleinen Kreuz hätte sie die Stelle wenigstens anzeichnen dürfen, aber sie hauste wohl in einem rückwärtigen Teil, irgendwo im Hinterhaus, in der Bedienstetenetage in eine winzige Kammer gesteckt, vertraut mit der Enge war sie ja

Wenn nicht, hatte Tante Berta diese spätestens auf der Überfahrt kennengelernt, eingepfercht wie Frachtgut im verkotzten Zwischendeck, kaum an Land, an der Freiheit vorbei auf Ellis Island gestrandet, nach dem Anlegen in die Quarantänekäfige der großen Halle des Immigration Depot eingesperrt, auf den Korridoren und in den Büros der Einwanderungsbehörde, dreckiger behandelt als ein Stück Vieh, von vogelköpfigen Beamten schikaniert, die ihr mit behandschuhten Händen das Maul aufzwängten, an ihrer Zunge zerrten, ihr mit Geieraugen in den Rachen schielten, an den Zähnen rüttelten und, ihr mit spitzen Fingern die Lider anhebend und runterspannend, unter dem in die Iris stechenden Strahl einer Lampe brachial die Augen öffneten, abgebrühte Inspektoren, die in den ihr grob aufgeflochtenen Zöpfen nach Ungeziefer aus der alten Welt fummelten und die junge Frau, nachdem sie ihr unter den hochgeschlagenen schweren langen Röcken erst ein paarmal zwischen die Beine gefahren, sich nackt vor ihnen auszuziehen zwangen, um ihr mit Hämmerchen ausgiebig an den Kniescheiben und an den unmöglichsten Stellen am Leib herumzuklopfen, bevor sie es – falls nicht, gestraft durch eine zu gute Figur, das Prozedere mit anderen Protagonisten am nächsten Tag von vorn begann – zu einem weiteren in die Papiere geklatschten Stempel schaffte, ihre paar

Habseligkeiten unter dem Arm, mit dem ergatterten Passierschein zerpflückt und zerzaust in die Freiheit entlassen, welche sie sich anders vorgestellt (*Gebt mir eure müden, eure bedrängten Massen, die frei zu atmen es verlangt, sendet sie zu mir, die Heimatlosen, Sturmzerzausten: Ich erhebe meine Fackel neben dem goldenen Tor,* prahlt doch die Inschrift auf dem Statuensockel der Freiheit, welche nach diesen Erfahrungen besser mit im Brackwasser erstickter Fackel flach hingestreckt in der Bucht läge; aber Menschen vertrauen heißt, von Kindsbeinen an sich fortwährend ein wenig umbringen lassen, so viel hat selbst eine vom Berg rasch kapiert, warum sollte das hier also anders sein, und nie oder so gut wie nie fragen die kleinen Leute nach dem Warum all dessen, was sie zu erdulden haben; sie hassen einander, das reicht: in der Jugend ein Schmetterling, am Ende als Wurm alle gleich), ein paar Schritte weiter durfte, von der Insel der Tränen ein kurzer Blick hinüber auf Manhattan, die Insel der Hoffnung, von Ellis Island direkt in die Ghettos der Lower East Side, sodass ihr noch das kleinste Zimmerchen irgendwo tief drinnen im Nobelhotel – im Sommer von tropischer Schwüle, winters eisnadelgespickt, mit Blick, wenn es hochkommt, auf einen engen Lichtschacht, von unten Tag und Nacht das Geschepper und die Dünste der Küchen und hoch oben, woher die Spur Helligkeit kommt, als Deckel ein ausgestanztes Stück fahlen Himmels, kränklich und grau wie dicker Filz aus schmutziger Watte, durch den am Tag ab und zu Möwen kreuzen und in dem nachts sich nie auch nur ein Stern zeigt – wie das Paradies hatte vorkommen müssen

Aber man weiß ja nichts, Tante Berta hat von drüben kaum noch geschrieben, und wenn, nur diese knappen Grüße, in immer größeren Abständen: Wir sind gesund was wir von

Euch auch hoffen und wünschen allen von Herzen viel Glück und Segen im neuen Jahr. Ja ja. Nachfragen hat man nicht können, nach ein paar Karten hat man einfach nichts mehr von ihr gehört, ohne dass es einem anfangs groß aufgefallen wäre. Aber anders war sie schon immer. Zu zart für die Feldarbeit, stets was Besseres vor Augen, früh vom Hof weg als Dienstmagd in die Stadt verdingt, zu einem altledigen Advokaten, von diesem losgekommen, sich mit rotausgelaugten Händen, dass ihr das ausgelassene Schweineschmalz und das Murmelifett, über das sie zuhause, behauptend, es wäre ranzig, die Nase gerümpft, jetzt wohl mehr als recht gewesen, in der Villa eines Seidenhändlers empordienend, dort unten später einen Zuckerbäcker aus der Surselva kennenlernend, einen Schwarzen ausgerechnet, einen von dem aus Rom, mit dem sie Hals über Kopf auswanderte. Ins gelobte Land, wie der Zuckerbäcker geschwärmt habe, ins Land ihrer Träume, nach Genua hinunter erst, Bergler träumen seit je vom Meer, und wo liegt das näher, ohne zuvor sich daheim zu verabschieden – tagelang habe die Mutter geheult, als sie auf dem Pass oben von dieser *Komeedi* endlich erfuhren –, mit der *Sirio* von dort übers große Wasser nach Amerika oder, wie Nana sagt: *go Amerika ihi*

Die Hochzeitsreise der beiden Auswanderer die Überfahrt im Zwischendeck; auf der Suche nach den unbegrenzten Möglichkeiten, von der Freiheit als elender Abfall überquellender ferner Ufer begrüßt, mit Tausenden an Land geschwemmt, als der Optimismus grad Konkurs anmeldete, während umgekehrt auf die Erstklass-Passagiere (jene in luftiges Leinen gehüllten europäischen Anämien, welche, mit Batterien von Handkoffern reisend, nicht zu reden vom eigentlichen Gepäck, das ihnen billig abgespeiste Träger bald dahin, bald dorthin nachzuschleppen hatten, ihre Einreiseformalitäten, im großen Salon von uniformierten Kultivierten, die für ein mäßiges Trinkgeld diskret wegzuschauen gelernt haben, zuvorkommend bedient, in einer Dinnerpause, schwankend zwischen Kitzel und Ekel, vom Oberdeck durchs Monokel die unten Eingepferchten wie die Exemplare einer fremden rückständigen Spezies betrachtend, noch an Bord des Schiffes erledigen können, einzeln unterwegs, den Kavalier markierend sich rasch eine begüterte Muse anlachend, die mit viel Ringen, Schmuck und Schminke von ihrem welken Hals abzulenken versucht, oder, den nicht Involvierten ist das Genörgel die reinste Gaudi, unablässig sich streitend und anschreiend – keiner begreift, warum das Paar überhaupt zusammen ist und der Hass die beiden nicht längst auseinandegebracht hat –, in Begleitung einer Schar lärmiger Kinder, fetter Maden, die auf der Überfahrt jenen unten in einem gleichgestellt sind, der Dauerdiarrhöe), beim Débarquement vom Kapitän persönlich verabschiedet, derweil am Quai schon Wagen mit Fahrer für sie bereitstehen, im Zentrum Manhattans die Hotel- und Wohnpaläste am Central Park warten, das *Waldorf*, das *Dakota Building*, das *Baresford*, das *Plaza*, mit Blick ins Grüne und auf die malerischen Hüttchen der Squatters, die sich mit aus den verschlammten Teichen geangelten Fischen und den paar in die geschickt im Parkgebüsch ausgelegten Drahtschlingen gehenden Hunden, Hasen und verwurmten Schwänen und Enten, welche ihnen die Parkwächter – wen stört das aus luftiger Höhe – meist jedoch weggeschnappen, bevor sie selber der Beute habhaft werden können, durch die Krise zu hungern versuchen

Tante Bertas Wohnfels war es jedoch nicht, was Großmutter, an die Kommode gelehnt, an jenem Sonntag suchte, auch jene andere Karte nicht, deren bräunlich vergilbte, abgegriffene, matt gewordene Oberfläche feine Haarrisse überziehen:

In einem weitläufigen Raum, hinter einem kleinen ovalen Tischchen, über das ein Spitzendeckchen gebreitet ist, sitzen in eng geschnürten, mit Stickereieinsätzen und Rüschen an Busen, Kragen und Ärmeln reich verzierten Kleidern drei dunkelhaarige Schöne beim Tee; die eine einen strassbesetzten Reif im vollen gewellten Haar; die zweite, in der Bildmitte plaziert, den schmachtenden Blick vom Kameraauge hypnotisiert auf den Betrachter gerichtet, während, links außen sitzend, die dritte der drei Grazien, von der etwas Hochmütiges ausgeht, aus langen Seidenbändern eine weiße Schmetterlingsschleife sich in die Haarwellen geschlungen hat; ihrer durch Schönheit eroberten Stellung bewusst, die beiden Freundinnen oder Konversationspartnerinnen süffisant schräg aus den Augwinkeln beobachtend, ist sie im Begriff, mit der noch leicht auf dem Spitzendeckchen aufliegenden Rechten, den kleinen Finger elegant abgespreizt, ihre flache Teeschale vom Untertellerchen zu heben – das Silberlöffelchen hat sie nach dem Umrühren des dem Tee beigegebenen Schusses Milch auf den Rand der Untertasse abgelegt –, und scheint, in der Bewegung innehaltend, immer stärker von dem ovalen Medaillon angezogen zu sein, das die in der Bildmitte sich an einem breiten schwarzen Samtband derart eng um den Hals gelegt hat, dass es ihr ein ungeniertes Kopfdrehen erschweren dürfte. Was dieses Medaillon abbildet, an dem ihre Linke, den Ellbogen auf dem Tischchenrand aufgestützt, mit Patschfingerchen spielt, ist nur zu erraten, zu fabulieren (vermutlich liebkosen ihre Finger ein Männerprofil in Form einer als Basrelief gearbeiteten Horn-, Schildpatt- oder Korallenschnitzerei), und so gerne man es gewusst und sich davon Aufschluss über ihren irritierenden Silberblick erwartet hätte: nichts lässt sich erkennen, zum einen der Unschärfe wegen, andererseits, weil die Fingerchen das Medaillon größtenteils verdecken; kurz, der verschleierte Blick der Pummeligen in der Mitte, der, wie hypnotisiert einen anschmachtend, gleichsam durch einen hindurch in weite Fernen schweift, oder somnambul ganz nach innen gerichtet ist, bleibt rätselhaft: welche Erinnerungen ihn geformt haben, welchen Gedanken die Dame in diesem Moment nachhängt, man weiß es nicht, wird es nie erfahren. – Die rechts am Tischchen, jene mit dem feinen, diamanten funkelnden Reif im Haar, der ihr hochgeschnürter Busen, verhielte sie nicht den Atem, jeden Moment die Seidenbluse sprengte, lächelt, ein Lächeln wie schlecht hingemalt, zu gequält, um natürlich zu wirken; mit der Rechten, den kleinen Finger beim Versuch, es der links außen sitzenden gleichzutun, eine Spur übertrieben abgespreizt, führt sie ihre Teeschale zum Mund, während sie mit der Linken, das Handgelenk auf der Tischkante liegend, ein Gebäck hält, die Finger, was an der Studiosituation liegen mag, verkrampft, dass man meint, die Knöchel weiß anlaufen zu sehen. Auf dem Geschirr, den feinen Teeschälchen, der schlanken Kanne, deren Henkel in einer Jugendstilranke ausläuft und deren Deckel als Griff eine schnörklige, blass gewordene Koralle ziert, und dem ebenso schlanken, aber wesentlich kleineren Milchkännchen, das von der hochstieligen gläsernen Gebäckschale mitten auf dem Tischchen leicht verdeckt wird, meint man, so, wie die Szenerie sich dem Betrachter in einem weichen, seitlich einfallenden Licht präsentiert, Andeutungen chinesischer Tuschmalereien auszumachen, Landschaftsdarstellungen, es könnten auch, gleichfalls verschwommen, Blumenbouquets sein, wobei der Kontrast zwischen den drei im Halbkreis ums Tischchen gruppiert bis ins letzte Detail ausgeleuchteten, apart geschminkten und gepuderten Teetrinkerinnen, der Plastizität ihrer zarten Gesichter, dem exquisiten Geschirr, der feinen Tischlerarbeit, der spitzendurchwirkten Decke und dem diffusen Hintergrund kaum größer sein könnte. Zu erkennen, immerhin, ist soviel: über den schwarzweiß gewürfelten, an flämische Meisterwerke erinnernden Fliesenboden, dessen Karos, man hat ein bestimmtes Bild von Pieter de Hooch vor Augen, sich als auf die Spitze gestellte Vierecke in der streng perspektivischen Zeichnung nach hinten fliehend verflachen, wird der Blick rechts von der um das Tischchen plazierten Personengruppe zu einer die Terrasse einfriedenden Balustrade geführt, verweilt kurz auf den pinienzapfengekrönten Zierurnen, welche die verstärkten Eckpfosten des Geländers abschließen, um sich dahinter in der waldigen Tiefe einer ausgedehnten Gartenlandschaft im englischen Stil zu verlieren. Am linken Bildrand angeschnitten ein hohes Fenster; ihm vorgezogen ein schwerer, sich kaum bauschender Brokatvorhang, und da zusammen mit dem sichtbaren Teil des Fensterrahmens und dem schmalen Ausblick, den die angeschnittene Öffnung gewährt, auch dieser Vorhang unscharf und verschwommen ist – die gewährte oder simulierte Aussicht hell und bis zur Unkenntlichkeit ausgewaschen –, lässt sich nicht mit Bestimmtheit sagen, ob das Fenster nun die Quelle des schräg einfallend zart auf den Gesichtern der drei Damen spielenden Lichts ist (so gesehen die schattige Parklandschaft mit darin verwobenen Resten nie aufgeklärten Grauens wie auf Vermeers *Mädchen mit dem Weinglas* Teil der eine ganze Wandseite des Raums einnehmenden Gobelin-Tapete), oder ob das Fenster nicht ebenfalls zu dem mit der Präzision des Trompe-l'œil gemalten illusionistischen Hintergrundprospekt gehört, der mitsamt den für die Aufnahmen vermutlich geliehenen Kleidern Hoffnung und Reichtum illustriert, und das Licht, das die Szene in der Manier alter holländischer Schule ausleuchtet, von geschickt in den Kulissen versteckten Studioscheinwerfern stammt. Rechts der Mitte über den drei Damen in einer Jugendstilschrift ins Foto projiziert: THE TEA PARTY, wobei das Anfangs-T des geprägten Schriftzugs, welcher, wenn die Karte entsprechend ins Licht gehalten wird, plastisch erhöht Schatten wirft und, einem schlanken, von Reben umrankten Kreuz gleichend, dadurch deutlicher zutage tritt; die Titelzeile versetzt schräg darunter ergänzt durch ein Distichon, dessen Text in wesentlich kleinerer, aber ebenfalls plastisch leicht hervorgehobener Schrift die Großmutter, an der Kommode lehnend mit dem Zeigefinger sorgsam den Zeilen nachfahrend, still vor sich hin buchstabieren kann, ohne dass ihr das mehr als taktile Sensation böte, obwohl es sich um den Anfang eines Spottgedichts handeln dürfte, dessen Fortsetzung wie die Strophen eines gerade in aller Munde liegenden Schlagers eigentlich bis in die schwärzeste Provinz bekannt gewesen sein müsste, nicht aber am Glaspass oben; die Melodie des Zweizeilers, von den einschmeichelnden Klängen eines Stehgeigers untermalt, welche dieser von Tisch zu Tisch gehend zu vorgerückter Stunde in der Nachtbar seinem Instrument entlockt, wenn das von einem Verfolger aus dem Dämmer der kleinen Rundbühne gestanzte, etwas in die Jahre gekommene, sich in einem überknappen Futteralkleid räkelnde Sternchen die Verse weiß geschminkt Zarah Leander imitierend mit Herzmündchen als zotige Schnulze ins Mikrophon haucht, von den angeheiterten Gästen nur mehr dissonant mit- und nachgeträllert, bis die fröhliche Runde, einander zublinzelnd die einen, vielsagend lächelnd die andern, akzentuiert durch die klirrenden, von Mal zu Mal stets leicht veränderten Akkorde der immer wieder und immer unachtsamer angestoßenen, fettfingrig oder von Lippenstiftbögen gezeichneten Gläser (zusammengesetzten schrägen Sekunden und Terzen, ein Geräusch, das, mag rundum im Taumel die Welt zugrundegehen, alles überdauern wird), am Ende, dem Takt hinterherhinkend, nur noch deren Rhythmus skandiert, taram tatam taram tatam taram tatam, und damit, indem der Text der folgenden Verse ausgespart wird oder dekonstruiert im Saufgelalle untergeht, das Zweideutige, das darin mitschwingt, umso schlüpfriger hervortreten lässt –

2

Vieles, was Nana rätselhaft vorkam, meint man heute deuten zu können, doch manches, was sich einem einst beim Betrachten der Bilder zu sagenhafter Geschichte reimte, bleibt nun verschlossen; einiges jedoch, etliches mehr, als die Großen einem zutrauten und zugestanden, hatte man zusammen mit dem Dorfdeppen, wenn der, weil Nana für ihn stets etwas Süßes parat hatte, zu Besuch vorbeischaute und mitlesend die Rätsel ergründen half, als Kind durchaus verstanden; die Adresse auf Tante Bertas Karten etwa, mit der nur unsere Familie gemeint sein konnte, und vor allem das Wort, mit dem sie die Adresse jeweils ergänzte: *Schwitzerland* –

3

Wenn es tagelang strätzte und das Heu auf den Heinzen auslaugte, dass sie beim ersten zaghaften Sonnenstrahl, kaum recht angetrocknet und bevor der nächste Landregen sie nässte und weiter bleichte, falbrot wie in die Landschaft gestellte tollwütige Füchse ausschauten; goss und strätzte, bis die Schochen, sich immer flacher duckend, als mit Regenwasser vollgesogene, unansehnliche Fladen langsam in ihrem Saft verfaulten, dass man sich, wechselte das Wetter dann doch, ließ der Regen endlich nach, sodass es nach langen zwei Wochen schien, als kehrte die Welt zurück – guck, der Himmel, und selbst der Horizont ist wieder da –, beim Versuch, die schwarzschimmligen Heuhaufen auseinander zu bekommen, schier die Arme vom Leib schüttelte; Tage und Nächte durch die Traufrohre gurgelte, Wiesenwässerlein bedrohlich anschwollen, am Rasen fressend überquollen; die Kanetten links und rechts des Trassees die Wasser nicht mehr zu kanalisieren vermochten, die Straße nach und nach sich zu einem Bachbett wandelte, bald zu einer von tiefen Gräben zerrissenen Rüfe, durch die, stetig tiefer sich in den Untergrund fressend, eine dicke braungelbe Brühe Geröll und Kies in das vom Dauerregen flachgewalzte Heu und das Äckerchen Hafer warf –;

wenn der Nebel tagelang über Land strich und ums Haus schlich, aus der *Brenta* unvermutet Gespenster auftauchten, um, kaum hatte man mit angehaltenem Atem sie als Baumstrunk, als lottrigen Hackzaun erkannt, von ihr verschluckt wieder zu verschwinden –;

oder wenn's winters um die Gwetten heulte, Schneegestöber wie auf Brueghels *Anbetung der Könige im Schnee* das Haus einhüllte, Wirbel feiner Körnchen, die den Boden kaum berührten, wenn es für Momente aufwärts zu schneien schien, wirblige Wolken durch die Luft drehten, der Wind Schneefahnen von den Dachfirsten pfiff, vor die Haustüre niederwarf, auf Treppen und Wege, ins schwarze Wasser des Brunnens peitschte, Triebschnee die Türe zum Hühnerstall pflästerte, Schnee durch alle Ritzen stob, zwischen den Rundhölzern durch den Heustock stäubte und den Holzschopf in den hintersten Winkel hinein auspuderte, bis der Wind, so plötzlich wie er aufgekommen, fällt und es nach kurzer Verschnaufpause, in der die Luft über dem Tal wie leergefegt bewegungslos dazuhängen scheint, erst richtig zu schneien beginnt, Schneekristall auf Schneekristall fällt, mit einem feinen, kaum hörbaren Knistern Schneeschicht auf Schicht schichtet. Es schneit und schneit; ein Vorhang senkrecht fallender und im Fallen verspielt schlingernder Flocken hat sich vor die Stubenfenster geschoben, die Aussicht gerastert, schraffiert, ein dichter Schleier über den Tag gestülpt, ein grauer Schleier, der sich einzig um die Mittagsstunden etwas hebt, wenn die Sonne, die seit Tagen nur noch zu ahnen ist, sodass man sie zu vergessen beginnt, für ein paar Stunden knapp über dem Grat den Bergrücken entlang rollt, den Nebel hellt, bevor der Himmel erneut auf die Baumwipfel, die Dächer, die Stauden, die Zäune sinkt, Zäune und Runsen und Gräben langsam verschwinden, von Schnee und Dämmer aufgefüllt werden, als zögen die Sparren sich lautlos in den Boden, glättete und entspannte sich das zerfurchte Gesicht der Landschaft, und es im Dunkeln unermüdlich weiterschneit, Schneeflocke über Schneeflocke aufhäuft; die hochgebundenen Johannisbeersträucher, tags zuvor wie eine weißeingemummte Personengruppe erstarrt im Garten stehend, Viehhändler etwa oder Feuerwehrmannen nach einer Alarmübung könnten es gewesen sein, ein Grüppchen vom Männerchor, der das Jahr aussingen gekommen, angeheitert ins Gespräch vertieft vom Winter eingefangen, sind über Nacht zu einer Ansammlung kaum aus dem Schnee ragender Höcker verlaufen, weg der gestern noch als weicher Wall sie umfriedende Hag; einzig der Christbaum, welcher an Sylvester, als er in der überheizten Stube zu rieseln begonnen, bei der geringsten Berührung, wenn im Vorbeigehen ein geschmücktes Ästchen gestreift oder die Katzen mit einer tief hängenden Schmuckkugel spielten, Nadeln auf das unter den Baum geschobene, von farbigen Wachstropfen gesprenkelte Packpapier regneten, abgeschmückt vom Vater auf den Eckpfosten des Gartenhags genagelt, den Spatzen zum Spaß, steht am Morgen noch an seinem Ort, überragt als zusehends beleibter werdender Vorsitzender die Höckerversammlung, die sich, wenn es so weiterschneit, und kein Zeichen deutet darauf, dass es aufhören wolle, wie ein Nachbar meint, noch vor dem Mittagessen sang- und klanglos verflüchtigen wird; an deren Stelle dann eine samtene weiße Fläche ausgespannt, mit einer kleinen, weichen Beule drin. Das Haus und der Stall nebenan, in welchem die Schafe in ihrem Krommen mäuen, Bällchen des vorgekauten, grob zerkleinerten, harten Bergheus aus dem Pansen hochgorpsen, mit raschen Kieferbewegungen mahlen und wieder zurückstoßen, um, nach kurzer Pause, das nächste aus dem Pansen hochgestoßene Maulvoll Bolus um Bolus durchzukauen und wieder runterzuschlucken, in den nächsten Magen, hochträchtige Auen, die breit hingeflarzt an einen Haufen gedrängten, bald lämmernden Mutterschafe, wenn sie sich auf dem gestampften Mist und der täglich verteilten frischen Streu mit ihren dicken Bäuchen auf die andere Seite legen, zwischendurch leer mit den Zähnen knärscheln, wo Hühner im Dung scharren, aufsteigender und an den Balken kondensierter Wärmedampf von der niederen Decke tropft, Kondenswasser über die beschlagenen, salpeterzerfressenen Mauern sickert und das Mastschwein in seinem Verschlag im feuchten Düster durch den Tag döst, bis ihm der eines Tages unweigerlich hereinschauende Störmetzger, nachdem er das Tier, es sachte aus dem Pferch ins Tenn und vom Tenn über die Schwelle in die Helle drängend, vor dem Stall mit einem Hinterlauf an einen in den gefrorenen Boden getriebenen Pflock geknotet, den Bolzen auf die Stirn setzt: Haus und Stall sind im Laufe des Vormittags am Dach zusammengewachsen; der Weg über den Hof zur Haustüre, vom Brunnen die paar Steinstufen hoch, dann am Scheithaus vorbei den Plattenweg entlang, ist unversehens zum Gang durch einen Tunnel geworden. Vom hinteren Küchenfenster, vom Kochherd aus – das vordere beim Tisch geht jetzt auf den Tunnel – wird der Blick von einem Wattewall aufgehalten; den Hügel und die Stangen, welche oben am Hang von Kuppe zu Kuppe einander die Starkstromleitung weiterreichen, mit den Masten als schwärzeren Strichen gestern als kaum wahrnehmbare Abstufung im Grau durch Nebel und Flockenvorhang hindurch in einem schmaler werdenden Streifen am oberen Fensterrand noch schwach auszumachen, haben die Schneemassen verschluckt. *In dr Chuchi a Tünkli wia inara Chua* – Dunkelheit wie in einer Kuh herrsche in der Küche, den ganzen Tag brauche es Licht, wolle man bei den Verrichtungen etwas sehen, beim Essen den Teller finden. – Die Katzen, faul und träge, lägen am liebsten den geschlagenen Tag lang eingerollt auf dem Ofen, im Schlaf, von Träumen geglückter Fänge gekitzelt, gelegentlich die Zähne fletschend, mal zuckt dazu eine Pfote, die Krallen ausfahrend; nach dem Essen aus der Haustüre an die frische Luft bugsiert, erscheinen sie flugs wieder vor den Stubenfenstern, mit gesträubtem Fell um Einlass buckelnd. Von den Katzen nicht behelligt, brauchen die Spatzen, die zu Federbällchen geplustert dicht aneinandergereiht auf dem Laubengeländer, auf Scheiterbeigen, Firstbalken und Trämeln sedeln, jetzt nur darauf zu warten, dass vom Hühnerfutter etwas für sie abfällt, oder bis beim Ausmisten des Galtviehstalls frischer Dung und Streu auf den verschneiten Stock geworfen wird und es, bevor alles Stein und Bein gefroren ist, für kurze Zeit etwas zu picken gibt. – Abends, eigentlich ist es erst gut *Zvieri*-Zeit, wenn jene Bauern, die das Vieh in den Winterfütterungen abseits der Siedlung besorgen gehen müssen, nach dem Vesperbrot durch den Schnee stapfend auf dem Weg zu ihren Ställen sind, zur Zeit, wenn der diffuse Tag unmerklich in die Nacht überzugehen beginnt, wiederum Raben, die in Schwärmen lautlos über den Hof segeln, knapp über die Dächer hinweg, deren durchgebogene Firstbalken unter der weißen Last ächzen, dem Wald entgegen; hochschauend sieht man: die mit trägen Flügelschlägen in ruhigem Rhythmus dahinschwingenden Vögel, vom Flockenfall gesprenkelte, schraffierte schwarze Fetzen, frieren – warum denn sonst haben sie ihre Beinchen so eng an den Leib, dicht ans Gefieder geschmiegt, die Zehen eingekrallt, die Krallen in den Flaum gegraben? Und die Raben verhießen weiteren Schnee, unkt der halb gelähmte Nachbar, dem es vor Jahren im Wald beim Holzen, als er, auf einem glitschigen Rindenstück ausgerutscht, in die Seilwinde geraten war, ein Bein zerquetschte, das ihm nun steif an der Hüfte steckend das Gehen verleidet, die Jagd vergällt – grad noch die Passjagd bleibe ihm, Fellwild aufs Aas zu zööken –, so dass er, von der Pirsch träumend, mit der Flinte im Arm nun nächtelang im Stubenfenster lehnt, den Füchsen lauert, die das Tobel herauf schnuppernd aufs ausgelegte Aas geschlichen kommen, das bei dem verdammten Hudelwetter zugeschneit sei, kaum dass er's ausgelegt habe, alles Warten also wenig bringe; Schnee verhießen die Raben, wenn sie den ganzen Tag sich so nahe bei den Höfen aufhielten, stundenlang in den Tannen des Tobels hockten, die Köpfe eingezogen, mal einer, mal der andere, aus der Starre sich reckend, ein langes, heiseres Krächzen aus dem Hals würgend, das Gefieder schüttelnd, einen Ast wechselnd, den Schnabel dran wetzend, um wiederum bewegungslos dazuhocken, strub, meint der Nachbar, aus dem Stubenfenster gelehnt mit dem Feldstecher nach dem Wild spiegelnd, aus dem Verhalten der Tiere aufs kommende Wetter schließend – als ob der was sähe; bei schönem Wetter sonne er stundenlang die Glatze, bei Frost kühle er sein Oberstübchen, döse, ins Fenster gehängt, halbe Tage seinen Rausch aus, maulen die Leute: was der so zusammensaufe, lasse sich ausrechnen, wenn man beobachte, wieviel vom Lastwagen der landwirtschaftlichen Konsumgenossenschaft bei dessen wöchentlicher Tour den Berg hoch Freitag für Freitag vor seiner Tür abgeladen werde, nicht nur Süßmostharasse; aber die einen müssten eben arbeiten, während andere bechernd auf ihrer Rente lägen. – Und es schneit weiter, schneit und schneit; schneit den Schneepflug zu, welcher oberhalb der Sägerei, in der Kehre vor der Brücke, übers

Wegbord geraten ist; den Fahrer müssen die schiefgedrückten Schneestangen irritiert haben – der Vorfall von der Nachbarin im Haus an der Straße natürlich sogleich bemerkt; vom Gwunder gestochen mit Argusaugen stundenlang mitten in der Stube passend, um beim ersten ungewohnten Laut bereits aufgeregt durch die Gardinen zu spähen, entgehe der nichts, und sich stante pede ans Telefon hängend ist von ihr auch schon Kunde darüber in Umlauf gesetzt worden, die wie ein Lauffeuer von Mund zu Mund wandert, bis Dorf um Dorf der Hinterstletzte von der im Weiterreichen ausgeschmückten Neuigkeit weiß. Nach wenigen Stunden, kaum dass die Nachricht über den Unfall zuäußerst am Berg angelangt ist, unterscheidet sich das neben die Straße geratene Schneepfluggerät nicht wesentlich von einer unordentlich geschichteten, von Spätherbststürmen vor dem Einschneien durcheinandergerüttelten Holzbeige, die immer dickeren flaumigen Polster obendrauf bald überlappend. Die Rücklichter und die gelben Warnblinker des Lastwagens, welche, nachdem der Wegmacher, im Abrutschen des Wagens aus der Kabine geschleudert durch den über ihn gekippten *Saurer* erdrückt, von Straßenarbeitern, jenen, die in weiten Pelerinen und klobigen Gamaschen auf der Ladebrücke stehend rechtzeitig hatten abspringen können, mit Hilfe der aus Neugier herbeigeeilten Dorfbewohner unter verbogenen Blechen und zermalmtem Glas aus dem roten Schnee gegraben, in Decken gehüllt auf einen Hornschlitten gelegt, nach einer kurzen Gedenkpause, in der die Versammelten, ihre Hüte und Kappen in Händen drehend, mit gesenktem Kopf stumm den Schlitten umstanden, weggezogen worden war, noch einige Zeit in den Dämmer hinein weiterleuchtend und blinkend, nach und nach schwächer, unregelmäßiger, immer stärker abgefiltert vom sich im Laufe von Stunden auf ihnen ansetzenden Weiß, sind erloschen. – Anderntags, es schneit weiter, gibt der Hund zu bestimmter Vormittagsstunde nicht an; er wird nach zehn Uhr nur etwas irritiert hochblicken, kurz die Ohren spitzen, um, den Kopf zwischen die Pfoten gelegt, vor der Ofentür im Flur weiterzudösen. Da die Post nicht fährt, hat der Pöstler nichts auszutragen: keine Zeitung; keine Rechnungen für Kurzfutter; keinen eingeschriebenen Brief jenes kauzigen Dorfbewohners, der sich, am Hang oben in seinem Haus verschanzt, auf randvoll geschmierten winzigen Zettelchen unverschämte Forderungen für alles und jedes stellend, mit den Leuten nur noch schriftlich unterhält; keine Kartengrüße; keine Ausverkaufskataloge von Vögele, Tschümperlin und Jelmoli, in dessen zweimal jährlich versandter Ausgabe uns die Welt vorgespienzelt wurde, die nie unter unserm Weihnachtsbaum lag; keine AHV-Rentenzahlungen, auch die spärlichste hochwillkommen; von Ackermann keine Wollmustersendungen, die mit den in langen Reihen aufgezurrten farbigen Schnipseln uns mitten im Winter, wenn der Berg die Sonne stiehlt, jeweils den Regenbogen heraufbeschworen; keine VKB-Mitteilungen (das Bulletin des Verbands für künstliche Besamung kam ohnehin erst später, als es im Dorf keine Zuchtstiere mehr gab und der Tierarzt das Geschäft erledigte, indem er der stierig sehnlich den Rücken einkrümmenden Kuh mit über den Arm gestreiftem Plastikhandschuh hinten reingriff, das aus dem Trockeneis in der Kühlbox gezogene Röhrchen in ihre Scheide entleerte); und keine Post bedeutet: kein Hundegebell, Sonn- und Feiertage ausgenommen Vormittag für Vormittag auf die Viertelstunde genau, dass man die Uhr danach richten könnte. Jetzt, wo die Straße gesperrt ist, japst kein wütendes, den Schwerhörigsten aufschreckendes Gekläff Hof um Hof los wie sonst, wenn der Pöstler, eine

Ordonnanzmütze über die Glatze gestülpt, um die Hausecke gebogen kommt, an seiner Ledertasche fummelt, vom Riemen an der Achsel vielleicht ein Paket schnallt. Taucht die dunkelblaue Uniform für einmal nicht auf, wirft sich kein Schäferhund, der eben noch mit den Kätzchen in den Besen neben der Haustüre gespielt, zähnefletschend auf die Hinterbeine gestemmt hechelnd und geifernd in die Kette, fährt kein Hofhund vor der Ofentür knurrend aus dem Schlaf, um, sobald jemand die Türfalle drückt, den Hausflur entlang zum Eingang zu poltern: Dieses Tag für Tag über den eingeschüchtert die Post auszutragen gezwungenen Mann hereinbrechende Gegeifer und Gebell, nicht halb so gefährlich, wie es klinge, sei den braven Viechern nicht abzugewöhnen, wie ernsthaft man es auch versuche, Pöstler würden von Hunden nun mal gehasst. – Während es weiterschneit, statt dessen Stille, die auf die Trommelfelle dröhnt, fast schmerzend. Die Schritte ausgelöscht, jede Spur sogleich verwischt; das Murmeln des Brunnens gedämpft; selbst der Bach ist so gut wie verstummt. – Am Abend fällt das Postflugzeug aus; jedenfalls, so scheint es uns, selbst wenn der Schein wohl trügt, rumpelt die allabendliche Kursmaschine, der wir diesen Namen gegeben, nicht mehr hoch über dem Hof den Himmel entlang, der Hall vom Berg grollend zurückgeworfen, wenn der stählerne Vogel (bei klarem Wetter dem Schall nach hochschauend, eigentlich nichts weiter als ein kontinuierliches Blinken, das in gerader Linie über Schwärze und Sternnebel dahin Lichtpunkt hinter Lichtpunkt an den Himmel tupft, wie Einschusslöcher, die sich umgehend schließen, am Ende ein Streufeuer schräg über den riesengroß den Horizont überragenden Leib des Orion) bereits hinter den Bergflanken verschwunden ist: unterwegs nach Mailand, nach Genua, nach Rom, Neapel und Palermo, erklärt Großvater. Über die Alpen hinweg, unterwegs nach Süden; ins Licht, in die Wärme. Vielleicht weiter, übers Meer und die Wüste. Ja. Auch über den Urwald und Tarzan und die Affen – wohin? Ja, wohin eigentlich? Übers Kaff hinweg halt. Ohne uns hier unten, in diesem eingemummten, eingewatteten Kessel, in dieser Scharte gefangen, überhaupt wahrzunehmen. Vielleicht, wer weiß, weiter bis Neuseeland; die Postkarten kämen bei den Verwandten dann schneller an. Aber Grüße, Luftpost hin oder her, erreichen die jetzt keine mehr. Aus dem Fenster gelehnt in die Nachtschwärze hinaushorchend, hört man Stille rauschen; dazwischen, ab und an, fernes Rollen, anschwellend, verebbend: die Lauenen, die unweit vom Hof auf der andern Talseite niederdonnern; ein Husten genügt, sie auszulösen, von einer Wächte brechende Schneebrocken, weniger noch: die Schneeschicht, stetig anwachsend, sich spannend und spannend, angespannt schließlich bis zum äußersten, reißt mit einem satten Knacks, sackt ab, rutscht auf den steilen, kahlen Flanken weg, überwirft sich, stiebt, neue Schneemassen mit sich reißend, auseinander, feinkörniger, trockener Neuschnee, Pulverschneewirbel, Luft vor sich her wälzend, anschwellend zu orkanartigem Luftstrom, der als stiebende Schneewolke zu Tal fährt, Wald und Hänge niederwischt, wenn die Lawinen aus den Zügen brechen, in den Bannwald fahren; Luftdruck, der alles aus dem Weg fegt, erstickt, auseinanderreißt, überrollt und im nachschießenden Sog durcheinanderschleudert. Wie Spielzeug. Oder gleich Strohhalmen und Heu, wenn Vater nach dem Füttern mit einem frischen Birkenrutenbesen im Schwung das Tenn wischt und alles in den Schorrgraben fliegt: was hat es da, als Bub kaum imstand, den Besen zu halten, nicht immer wieder zu staunen gegeben; kein Hälmchen, kein Blättchen blieb unter Vaters Schwung auf den

Brettern zurück. – Das Wild verreckt; Gemsen und Rehe bleiben im Schnee stecken; ein gefundenes Fressen; Füchse robben sich an sie heran, werfen sich auf die zitternden, ermattet in der Schneefalle gefangenen Leiber, reißen sie, und kein Schmerzschrei, kein kehliges, heiseres Bellen dringt zu den Höfen: die nächste Bodenwelle schon verschluckt die Todespfiffe; auf dem Weiß breiten sich rote Flecken aus und schlierige Schleifspuren, werden zugedeckt, verschwinden; wie die paar liegengelassenen, von Fellfetzen zusammengehaltenen, verrenkten Gelenke; im Frühjahr, beim Hüten, wird man am Rande der Weide auf sie stoßen: knochenweiße Stäbe, im Grün durcheinandergeworfen. – Der Wald scheint sich zu ducken; eingemummt Tannen und Stauden, und es schneit weiter, eine Zeitlang etwas feiner, dann wieder grobflockiger, ohne Unterlass. Immer müder zwar, dünke es einen, wenn man durchs Fenster hinauslinse, meint Großvater, und keiner begibt sich jetzt unnötig nach draußen, es sei denn, er gehe Schnee schaufeln, um zu den Hühnern zu gelangen, schaufle den Weg, um im Holzschopf Ofenscheiter zu holen, auf dem Heustall für den Abend dem Vieh das Futter zu rüsten, es durch eine Luke vom Heuboden in die *Rüschala* im Unterstall zu fällen. Die geschaufelten Wege Schluchten, täglich tiefere Gassen; kaum freigeschaufelt, häuft sich wiederum der Schnee auf ihnen. Und Schnee häuft sich auf die Tannen im Tobel, polstert Äste, biegt sie, die Polster werden dicker und schwerer, die Äste geben nach, neigen sich tiefer, bis die Polster abrutschen, der weggleitende Schnee schüttelt Äste darunter, eine Lawine stiebt den Baum hinab, die von der Last befreiten Äste schnellen hoch, winken nach, strecken sich, und erneut setzt sich Schnee auf sie, häuft sich wiederum an, lastend, krümmt Äste, biegt sie nieder, bis ein Rabe sich draufhöckt und es wieder baumabwärts stiebt,

Unmengen in der Luft taumelnder und wirbelnder Stäubchen; Mondlicht ließe sie glitzernd aufleuchten, schräg einfallendes Sonnenlicht zauberte funkelnde Regenbogen in die niedersinkenden Schneestaubvorhänge. – Und eines Tages stand hinter dem Schneeschleier unter den Tannen ein Wolf; unbeweglich; er bleckte die Zähne, seine Augen glühten vor Hunger, und niemand vermochte mir danach auszureden, dass er dort gestanden hatte. Es war keine Katze und weder ein Baumstrunk noch ein Hund, noch ein Fuchs: ich habe einen Wolf dort im Tobel unter den Tannen im Schnee stehen sehen. Genauso wie jener Fuchs, der im Sommer zuvor nach einem Gewitter auf Höhe des Galgenbühls aus Holunderstauden und Nielengestrüpp heraus in einem gewaltigen Satz über den Weg setzte, knapp vor dem munter daherpfeifenden Buben durch, welcher, weil er es, derweil Vater und Mutter, als die Donner im Amphitheater des Beverin verhallten, das Gewitter in Schnürregen überging und Nebelgeister aus dem Schiefer winkten, unter dem eintönigen Geprassel auf die Schindeln bald eingenickt, in ein Blachentuch gewickelt tief und tiefer im frischen Heu versinkend, einander näherrückend das ihnen nach einer strengen Heuet-Woche gar nicht so ungelegene Nachmittagsschläfchen genossen, im kitzligen Heu mit dem Gehüpfe der im Futter auf den Stall geratenen Heugümper nicht lange ausgehalten hatte, auf dem Weg heim zu den Großeltern beim Gelächter der Häher mitten im Lauf wie erstarrt verharrte, klatschnass sich lange weder vorwärts noch über den gedeckten Kanal zurück zum Kreuzmatten-Stall trauend, ein Wolf gewesen war. – Bis eines Nachts plötzlich Lichtwischer durchs Fenster auf die Bettdecke flackern, der Mond, einen aus dem Schlaf blendend, über den Himmel jagt, durch schmutzige Wolken und Nebelfetzen fräst, sie zerzaust, frisst. Anderntags, alle Wege sind zugestoben, ist der Wald schwarz; über den Graten sind Schneefahnen vor die Sonne geschoben, es heult vom Berg her, das Tal saust: Wind ist über Nacht in den Flaum gefahren, und immer noch peitscht es in den Pfetten –;

wenn die draußen galoppierenden Windstöße dann schwer wurden, der Wind nach Föhnzusammenbruch drehte und die schwarze Bise vom Grat herab ins Tal scharrte, um alle Hofecken heulend einem ins Gesicht biss, wie mit Rasierklingen Nase und Hände schabte, die Ohren mit Nadelzangen kniff, einem Kälte in Mund und Hals stopfte und den Bruder und mich, uns jegliche Lust auf Schneeballschlachten verstiebend (bei denen wir, die Hände vom Frost blaurot geschwollen, außer Atem hinter dem Scheiterberg in Deckung trotzig Bälle knetend unsere Munitionsvorräte aufstockten, um, unvermutet ums Eck stürmend und in einem Sperrfeuer losballernd, nach geschlagener Schlacht, am Ende stets die Sieger, unter dem Haus, auf dem hochaufgeschichteten riesigen Erlenhaufen ums Gleichgewicht ringend, mit vor Erregung zündroter Birne an einer Schnudernase suckelnd, hüpfend und krakeelend Großvater zuzuwinken, der, als General im Stubenfenster stehend, das Schlachtgeschehen jeweils mitverfolgte, sodass wir, wenn er unseren Sieg quittierte und salutierend zurückwinkte, gleichsam von ihm dirigiert wie an der Landsgemeinde, wenn die Stimmen ausgezählt sind und der neu gewählte Präsident, mag der Applaus dem Resultat entsprechend noch so flau und knapp ausfallen, aber mit etwas Schmiralia, und das allein zählt, klappte es ja, die Treppe zur reisiggeschmückten Rednertribüne über der großen, die ganze Front einnehmenden Fahne hochsteigt, mit Trompeten, Trommeln und Tschinellen unserem Sieg zu Ehren die Blechmusik tätschen und prätschen hörten), im

Haus gefangen hielt, wir bei diesem Hudelwetter in der überheizten Stube, die mir seit der Attacke des großkotzigen Besuchs auf mich, den passionierten Flieger, nie mehr die gleiche wie zuvor schien und mich noch lange danach wie elektrisch aufgeladen dünkte, alleingelassen mit unseren Träumen stundenlang durch Großmutters Schatztruhe fingerten, die eine oder andere Ansicht, wenn sie uns gar grau vorkam, bei der Gelegenheit aus der Schachtel nahmen und mit unseren Farbstiften etwas nachkorrigierten, ja, schien die Situation besonders günstig, uns gelegentlich sogar an eins von Nanas wertvollen Fotoalben trauten, an jenes vor allem, das, in Leder und weinroten Samt gebunden, als stetige Versuchung neben der blauen Schuhschachtel auf der Kommode das Buch beschwerte, um, aufgeregt vor Angst, man könnte jeden Moment von Mama oder Nana bei dem uns verbotenen Tun überrascht werden, das mit goldenen Metallschnallen verschlossene Wunder aufzuschlagen, und wir dann auf den vergilbten Fotografien, altersbraunen Ferrotypien, welche, als einstige Jahrmarktsattraktion in kunstvoll gestanzten Kartonpassepartouts mit dem Prägestempel der schwungvollen Unterschrift des Fotografen in den Alben zu Schätzen geedelt, später – wie man, das Album durchblätternd, feststellt – durch mit Transparentecken eingeklebte verblasste schwarzweiße und fehlfarbene Abbilder ergänzt wurden, manche der alten Aufnahmen wie versengt, als hätte man sie zusammen mit Würsten in der Rauchkammer getrocknet, andere wie vom Rostfraß befallen, uns jedes Mal Gestalten aus dem eigenen, gegen oben stark ausgelichteten Stammbaum in Form einer Eiche gegenübersahen, einem Jäger etwa, der, mit den Unterarmen sich drauf abstützend, den Martinistutzer quer vor die Brust gehängt, eine erlegte alte Gemsgeiß geschultert, das Tier mit überkreuz zusammengebundenen Beinen über dem verwurstelten Wetterhut als Polster an die Stirn gehängt, unter der Last gekrümmt den Kopf leicht schräg geneigt in die Kamera zu blicken gezwungen ist, von der Seite betrachtet als Kippfigur einer vergilbten Solarisation seiner selbst gleichend, wir neben dem Jäger und weiteren längst verblichenen Einzelpersonen, zu denen sich jedesmal neu etwas ausdenken ließ, Paaren und kleinen Gruppenbildern, bei denen es einem nicht besser erging, wenn niemand nachhalf, vor allem aber immer wieder riesigen Hochzeitsgesellschaften begegneten, die eher an Abdankungen erinnern, ein paar jüngere der Schwarzgewandeten, in den hintersten Reihen Schabernack treibend, mit verzerrten Visagen zu Schattenwischen und Geistererscheinungen verschwommen, vorn in der Mitte eingekreist das Brautpaar, in seinem furchteinflößenden Ernst uns Buben wie Großeltern vorkommend (tote Gesichter, die bleich aus einer dahingewirbelten Welt starren, Masken der Unsicherheit, zurückschaudernd vor der in einem Augenaufschlag vom Mann unter dem Tuch mit dem Druck auf den Auslöser ins Silberbromid der Kollodiumschicht gebannten Unsterblichkeit oder, vor dem starren Glasauge der Kamera festgenagelt, auch nur verwirrt vom Tempo der Zeit: eben noch als Mädchen mit Margeriten im Haar durchs taufeuchte Gras hüpfend, von der Sippe erdrückt schon unter dem Brautschleier gefangen); eine Seite weiter räkelt sich, auf einem langhaarigen Schaffell als Frucht verbotener Liebe und Lust mit verschmiertem Mund aus dem Bild lachend, ein feister Säugling; erneut umblätternd als geschönte Karikatur einer von Ängsten gezeichneten Geißbubenherrlichkeit die Puppe im Matrosenanzug; einige Leerseiten überschlagend – wohin sind die einmal hier Eingeklebten verschwunden, warum hat man sie aus dem Album entfernt? –, in konturarmem Schwarzweiß überbelichtet ein junger Bursche, welcher, den zu engen Zopfmusterpullover aus grauer Schafwolle in die steiftuchenen, hochbundigen grauen Keilhosen mit messerscharfen Bügelfalten gestopft, an das Drahtgeflecht des Hühnerhofs gelehnt, die Hände auf dem Rücken mit leicht verdrehten Schultern den Starken markierend, unter grauverhangenem Himmel im Schnee stehend einen aus traurigen Augen anblickt; dazu lose ins Album gelegt – wohin gehörte der eigentlich? – ein altersloser Veteran, Lederkoppel und Schulterriemen über der strammen Brust gekreuzt, die Beine bis zu den Knien in Wickelgamaschen, in der Hand den Lauf eines Langgewehrs mit aufgepflanztem Bajonett, statt einem Hüterbubenschlapphut den Tschako auf, in der Haltung wie der gute Hirte in der Schlafkammer der Großeltern, nur dass jener, statt einer Waffe, als Stütze seinen Hüterstock hatte; und immer wieder beeindruckend ganz vorn im Album das Familiengruppenbild, das Ältestenpaar sitzend, die in selbstgeschustertem Schuhwerk steckenden Füße einwärts gerichtet, die Hände, als fürchteten die Protagonisten beim nächsten Augenaufschlag vom Magnesiumblitz erschossen zu werden, zu Fäusten geballt im Schoß, mit hochstehenden Wangenknochen und engliegenden Augen sie einer uralten Squaw gleichend, an ihrer Seite, wie ein Pionier aus dem Wilden Westen, der Patriarch mit hoher Stirn und mächtigem Bart, welcher seine gesamte untere Gesichtshälfte verdeckt (das Kinn dieser Männer bekam man nie zu sehen, und sollte sich einer von ihnen einmal unbedacht rasiert haben oder sei es, dass er nach einer heftigen Nacht, ein böser Streich, im Schlaf rasiert wurde, hätte es ausgesehen, als wäre ihm ein schlimmer Unfall zugestoßen, als wär ihm ein Körperteil, ja ein Teil seiner Persönlichkeit weggeschnitten worden); hinter den Eltern vier Söhne, zwei mit, zwei ohne

Bart, der jüngste links außen leicht schielend, und einer der Bärtigen – nur, welcher der beiden war Nanas *Ätti* – muss also unser Urgroßvater sein –,

indes Mutter, durch nichts von der im Haushalt anfallenden Arbeit abzuhalten, draußen im Hof flockenumwirbelt die Wochenwäsche walkte, mit klammen Fingern und gefrorener Schürze am Brunnen auf dem Waschbrett mistige Überkleider und Stallhemden schrubbte,

während Vater, zwischen dem Füttern tagsüber in den Erlen, hinten im Tobel, am Rande der Schlucht, Brennholz schlug, um am späten Nachmittag, wenn der Dämmer sich wieder ins Tal einnistete, sein Tagwerk an abgeasteten und zurechtgesägten Stämmen, deren Schnittflächen blutig durch den Schnee leuchteten, vor dem Zvieri vom Pferd nach Hause schleifen zu lassen, die Fäustlinge an einer Schnur um den Hals gehängt, in kniehohen, schneeverklumpten Wollgamaschen nach dem Anschieben des Schlittens mit vom Frost dampfendem Atem flink von hinten rittlings aufs Fuder hüpfend und die Hände, nachdem er sich, vor Anstrengung noch einige Zeit Atemfahnen ausstoßend, auf den Erlen oben richtig gesedelt und, einen gefrorenen Rotztropfen von der Nasenspitze wischend, die schwarze Zipfelmütze tief über die Ohren gezogen, zu Fäusten geballt in den Hosensäcken vergrabend, die Zügel, damit diese während der Fahrt nicht bremsend unter die Kufen glitten, locker an die Bindkette geknotet; der altersfalbe Fuchs, im Winter für ein paar Wochen von einem Bauern aus der Ebene geliehen, jener Klepper, den man auch zwischendurch, wenn im Dorf ein Weggestorbene zum Friedhof zu karren war, aus dem Tal heraufholte, kannte den Weg, ohne gelenkt zu werden, hatte er vom Tobel quer durch den Wald ins Dorf doch einfach der Schleifspur im Schnee zu folgen und von dort, wo diese bei der Sennerei in die Straße mündet, sich tüchtig ins Geschirr werfend den Stutz zum Hof hoch,

derweil Nana oben in der Schlafkammer der Großeltern, die Bodenklappe über dem Ofen, damit sie beim Arbeiten nicht fror, vielleicht aber auch, um mitzubekommen, was in der Stube unten vorging, einen Spalt breit geöffnet, stundenlang glättete, Weißwäsche und Buntes, beim Werken mit ihrer vor Jahrzehnten gegangenen Mutter als stummer Partnerin ins Gespräch vertieft, uns Buben lächernd pausenlos irgendetwas vor sich hin brabbelnd, das sofort aufhörte, wenn man, einander anstupsend, von unten nachfragte,

und Neni, der sich nach dem Frühstück jeweils still auf den Ofen verzog, sei es, um für unsere Spiele Platz zu machen, oder weil er auf den warmen Kacheln den nicht enden wollenden Winter aus den rheumatischen Gelenken zu heizen hoffte, vielleicht beides in einem, ohne uns beim Ausmalen der Welt damit im Geringsten zu stören, auf dem Juhee oben seine Träume sägte,

stießen der Bruder und ich bei diesem liebsten unserer Schlechtwetterspiele früher oder später, tuschelnd und kichernd mit Fingern auf neuentdeckte Details weisend, immer wieder auf Amerika, was uns dann derart in Beschlag nahm, dass wir für Stunden die Zeit vergaßen: Tante Bertas wunderliches Amerika, das diese vor langer Zeit – lange vor unserer Zeit – der Familie übers große Wasser hergeschickt hatte, uns ins *Schwitzerland,* wie auf jeder Karte deutlich vermerkt ist, vom Rest abgehoben dieser Adresszusatz stets in lateinischen Buchstaben und darum im Gegensatz zu ihrer spitzen Sütterlin von uns Buben überhaupt halbwegs zu entziffern; Grüße und Wünsche, die, ohne anfangs groß aufzufallen, bald einmal ausblieben, wie Nana, immer wieder den Kopf schüttelnd, zu erzählen wusste, wenn sie, über ihre Schwester sinnierend, sich einmal die Zeit nahm, mit uns neben all den vertrauteren Ansichten die paar wenigen Karten aus der Neuen Welt durchzugehen, die uns – es ist nun mal um vieles schöner, wenn einem jemand etwas erzählt, statt alles stets selber aus den Fingern saugen zu müssen –, süchtig auf Nanas Worte, vor allem die kleinen Variationen darin, die uns nach und nach auffielen, sodass wir jedes Mal gespannt drauf warteten, welche Details neu hinzukamen oder was sie wegließ, um danach, obwohl es uns eigentlich nur aufs Erzählen ankam und all ihre Ausführungen uns gleich überzeugend dünkten, zu rätseln, was jetzt stimme, nicht zuletzt darum mehr als all die anderen in ihrer Kartei faszinierten: *Greetings from New York,* man stelle sich das einmal vor, von der Rückseite der Erde, also gewissermaßen von hinter dem Mond, auf direktestem Weg übers große Meer und diverse europäische Länder nach Überwinden aller Hindernisse, tütato, den Berg hoch, pünktlich einen Monat, nachdem das Bertali drüben in Amerika mit ihrer Post für die Lieben daheim, um die sie sich zuvor nicht sonderlich gekümmert, dem gelben Kasten, oder welche Farbe er dort halt hat, das Maul gestopft, ausgetragen vom Glatzkopf in die Stube geflattert kamen, wie Neni zu Nanas Verdruss, aber er fällt ja allen gern ins Wort, vom Ofen aus sich in ihr Räsonieren über die ausgewanderte Schwester einklinkt, um, noch bevor Großmutter ihn mit einer unwirschen Handbewegung zurechtweist und er sich auf den warmen Platten umdreht, ebenso unwirsch abzuwinken: Ach, lass es, Marie, das ist ein weites Feld (sein Schlaf schien nicht allzu tief zu sein, und so schlecht, wie der Flunkerer vorgab – besser man hört nicht alles, mag er sich gesagt haben, und hört es trotzdem –, war es um sein Gehör also nicht bestellt):

Die Freiheitsstatue mit dem in weitem Bogen dran vorbeidampfenden weißen Schiff, das Tante Berta, Schmalhans' Regiment entronnen, nachdem es auf dem Glaspass am Tisch für alle Münder nirgends mehr hinreichte, von Genua heil übers große Wasser getragen haben wird; statt im gelobten Land anzukommen, nach wochenlanger strapaziöser Überfahrt, sich zum Lärm und dem Vibrieren der Maschinen tief unten im stinkenden Rumpf gründlich ausgekotzt, zusammen mit anderen Auswanderern – den Kopf voller Träume hatten sich damals, von einem Pfarrer oder Arzt angeführt, ganze Sippschaften aus den kargen Tälern ins Weite aufgemacht – auf Ellis Island, in den Quarantänekäfigen des *Immigration Depot* strandend (wenn Neni davon erzählte, dem beim Betrachten jeder Karte immer neue Details dazu einfielen, stellten wir Buben uns darunter so etwas wie Schafhurden vor, in welche die Tiere nach der Sömmerung, umtanzt von den Hirtenhunden im Herbst wie ein weißlicher Schatten über die falbenden Weiden sich talwärts bewegend, aus den Alpen zurück zur Zählung und der anschließenden großen Scheidung getrieben wurden, zusammengepfercht ein plärrend hin und her wogendes Wollmeer).

Oder, nicht weniger faszinierend, jene andere Karte mit dem geheimnisvollen, felsenhaft in den Himmel getürmten Haus, über der brütend wir werweißten, hinter welchem der abertausend Fensterchen – markieren hätte sie es schon dürfen, da hatte Großmutter recht – Tante Berta als Weißwäscherin, auch das so ein Wort, wohl untergebracht war, bevor sie drüben, nachdem die Behörden dem Pasticciere aufgrund seiner Mehllunge, von der sie behaupteten, es wäre Tuberkulose, die Einreise verwehrt und ihn auf Kosten der Familie, die, um den Transport abstottern zu können, zum Dank danach doppelt schuften durfte, mit dem nächsten Kahn nach Europa zurückspediert hatten, angeblich jenen ominösen Cowboy geheiratet habe – nach den Hirten vom Glaspass gleich wieder an einen Viehtreiber geraten, Nenis Kommentar vom Ofen her –, um, ohne dass man vom Neuen je ein Bild gesehen hätte, sich mit diesem von New York aus durch Indianerland in den Wilden Westen aufzumachen und bald darin zu verlieren: massakriert, prostituiert, was weiß unsereiner denn schon.

Allen voran aber – abgesehen von der Karten-Handorgel über die Schlittschuhläufer im *Central Park,* bei deren genauerer Betrachtung sich herausstellte, dass es Rollschuhläufer sind, und auf deren zweitem Blatt, im Vordergrund, ein Jungspund, ohne bei seinem spontanen Entschluss die Folgen seines Tuns zu bedenken, in weit ausholender Geste mit der Rechten galant einen Handschuh aufzulesen versucht, sich brüsk nach vorn bückend seinen Hut verliert und, indem er, will er im Weiterrollen nicht drüberstraucheln, diesen sogleich wieder aufzusetzen bemüht ist, im nächsten Augenblick höchstwahrscheinlich über die eignen Füße stolpert, dass sein so schwungvoll und entschieden aus der Laufbewegung heraus eingeleitetes Manöver ziemlich läppisch ausgehen dürfte, als dunkle und bizarre Silhouette mit Hand in Handschuh, dessen Daumen knapp von der Sonne gestreift wird, nach Handschuh ohne Hand greifend, welcher im Gegensatz zu allem anderen auf dem Bild seltsamerweise keinen Schatten wirft, aber so verführerisch hell und zart vor dem forschen jungen Mann im Sand liegt, dass dieser gar nicht anders kann, als den verfänglichen Gegenstand zu erbeuten, den eine ihm vorauskurvende Dame, die, zu jener Zeit wohl eher unüblich, wenn nicht gar anrüchig, als einzige ohne männliche Begleitung läuft, anders als ihre Mitläuferinnen in einem Kostüm ohne Turnüre, womit sie sich modisch von der Reihe der plüsch- und rüschendekorierten Damen in männlicher Begleitung absetzt, stark nach rechts geneigt, das linke Bein, mit dem sie sich soeben Schwung gegeben, soweit es der schmale Rock erlaubt hintausgestreckt, als fast kegelartige Abbreviatur dem Jüngling voraus übers Feld davonkurvend, selbst von schräg hinten betrachtet eine berückend schlanke Schönheit (die auffällig Elegante – für einen Moment stellt man sie sich als leichtbekleidete Diana vor, deren vorspringender linker Fuß auf den Zehen ruht, während der andere im Flug weit zurückschwingt, in der rechten Hand bei verdrehter Schulter einen Speer, mit dem sie auf einen Löwen zielt, der, mit einer Tatze zum Schlag ausholend, vor ihr lauert – könnte möglicherweise die Tochter eines Diplomaten oder Großgrundbesitzers vom Rio de la Plata sein, so, wie sie, in ihrem Kostüm aus allen übrigen herausstechend, bereits auf der die Bildfolge eröffnenden ersten Karte, im Gegensatz zur hochformatigen zweiten einem Querformat, in auffallend selbstbewusster Pose an der Hallenwand auf einem barhockerähnlich hohen Stuhl sitzt; als einzige Person noch ohne Rollschuhe an den Füßen, hat sie ihr an gestreckter Leine angriffslustig die Rennbahn anwauwauendes Schoßhündchen am Nebenstuhl angebunden, den eine Jacke, die ihre wohl, beschwert, damit ihn das Hündchen, das dran zerrt und, von dem wuselnden Geschehen angeregt, den Rollschuhläufern, so es nur könnte, am liebsten in die Waden führe, nicht umreißt, und auf den sich setzen zu dürfen ein modisch gekleideter junger Mann, indem er sich mit der einen Hand, vielleicht weil er sieht, wie sturzgefährdet der nur mit dem Mantel beschwerte Stuhl ist, schon drauf abstützt – indes die übrige Gesellschaft, deren Blickkontakte vor der verspiegelten Fensterfront der Eingangshalle mit der gardinenverhängten Balustrade darüber ein kompliziertes Liniengitter bilden, mehrheitlich auf ein verdutzt dreinschauendes Mädchen im Bildzentrum konzentriert ist, das, aus lauter Freude, erstmals auf Rollschuhen zu stehen, bei einer ungeschickten Drehung aus dem Gleichgewicht geraten, mit im Stürzen in die Luft geworfenen, weit gespreizten Beinen einem Paar, das, so überrascht wie es dreinschaut, kaum seine Eltern sein können, direkt vor die Füße auf den Hintern plumpst –, die Dame zu bitten scheint, indem er sich zwar artig, wenn auch reichlich steif, verneigt, aber ohne, wie es sich gehörte, vor der Schönen, die weiter gradausstarrt und ihn keines Blicks würdigt, die Melone zu lüften, sodass, sich mehr Erfolg versprechend, der sie kurz danach auf dem Rollfeld verfolgende andere Jüngling, der, gleichfalls ohne das unglücklich gestürzte Mädchen am Boden zu beachten, auf dem ersten Bild zusammen mit einem weißbärtigen Herrn im schwarzen Frack abseits der andern links außen am Bildrand steht und sich eifersüchtig ganz auf die Schöne konzentriert, als wär er Fürst Mony Vibescu himself in Gedanken um sie werbend, sich schon als Gaucho ihres Vaters über die Pampa reiten sieht), bei ihrem Versuch, dem mit angelegten Ohren vorauswetzenden Hündchen hinterher eine Dreiergruppe einzuholen (zwei Männer, die offensichtlich im Begriff sind, eine Frau zu entführen, welche, beidseits streng untergehakt in die Mangel genommen, mit mächtig sich bauschender Turnüre vom Boden abgehoben, vor Schreck, gekidnappt zu werden, aus der Rolle fallend zu strampeln vergisst, derweil die beiden Wüstlinge mit der Wehrlosen in rasantem Tempo diagonal über die Rollbahn auf eine niedere Abschrankung zusteuern, um, diese in einem Synchronsprung überhüpfend, mit dem Opfer in den Schutz der Wand dunkler Büsche dahinter zu entkommen), verlor, beziehungsweise absichtlich fallen ließ —— jener Handschuh, der Jahre später beim Buben, als er sich, von der Bergwiese auf den Stadtrasen verpflanzt, heillos verknallt eine mögliche Fortsetzung der unerhörten Begebenheit ausmalt, in seinen Fantasien und Träumereien einige Turbulenzen auslösen wird, wenn er, mitten in der Nacht in der Pension aus dem Schlaf hochfahrend, das nicht zurückgegebene, also geraubte Objekt in weißer Reinheit plötzlich vor sich auf der Bettdecke findet, Bett und Nachtschrank mit der noch nachrauchenden Kerze, einem dreiviertel leeren Glas und einigen weiteren verschatteten Utensilien aber inmitten einer Landschaft ausgestellt, in der die angebetete Person schräg hinter vier dünnen, im Wind winkenden Baumstämmchen, die wie Finger einer Hand oben zu fünf blühenden Kronen auswachsen, vor den in die Höhe und Fläche projizierten Bergen mit einem Hügel davor, über dem sich, dem Schatten eines aus dem Himmel stürzend jeden Moment aufschlagenden Riesen ähnelnd, ein eigentümlicher Buschwald kräuselt, unerreichbar fern jenseits eines kleinen Wasserlaufs tief unten in einem Talgrund steht, bevor, herangezoomt, der Handschuh auch schon in der Schwärze eines stürmischen Meers, zu dem die zerwühlte Bettdecke sich unversehens gewandelt hat, unterzugehen droht, aus einem auf den

Wellenkämmen dahertanzenden Boot vom Schiffer, der Kahn und Segel Wind und Wetter überlässt, mittels eines Hakens an langer Stange im letzten Moment aus den brodelnden Fluten geangelt wird, ehe der Fetisch im nächsten Bild – im Aussehen längst nicht mehr der anfänglich auf der Rollbahn schlaff im Sand liegende Gegenstand der Begierde, und auch die Szenerie hat sich ein weiteres Mal komplett verwandelt – aus einer mächtigen, sich gleich einem riesigen Mund mit glänzend geschminkten Lippen öffnenden Muschel zwei Schimmel zügelt, welche, Schwimmflossen an den Hufen, das phantastische Gespann durch die im Mittagsglast gleißende See ziehen, Apollos Sonnenwagen, zum Triumph der Weiblichkeit umgepolt, die Pferdekraft an straffem Zügel gebändigt durch weibliche Überlegenheit, derweil am unteren Bildrand, zwischen dem aufschäumenden Meerrankengeringel, das eher eingerollten Hobelspänen als wogend an den Strand klatschenden Wellen gleicht, ein schuppiges Wesen keck seine Nase herausstreckt, das, nach einigen weiteren Wandlungen der Szenerie, im zweitletzten Bild, angewachsen zu einer Art Flugrochen oder Riesenfledermaus, in hohem Tempo und mit einem Knall, darob einem die Trommelfelle platzen, das Turmfenster durchschlägt und, ohne dass das Viech von den ihm durch zersplittertes Glas hinterhergestreckten dünnen, langen Ärmchen am stachelartigen Schwanz zurückgehalten werden kann – vor Schmerz zuckt auf, wem einmal ein Rochen, unglücklich am Stachel gehalten, aus der Hand geglitscht –, mit triumphierendem Ausdruck, den geraubten Handschuh im langen, mehr einem Krokodilmaul ähnelnden Schnabel, entlang einer Hecke, in der, grell beleuchtet, exotische Blumen vom dunkel radierten Hintergrund abstechen, in die Nacht entfliegt, ehe das Ende der damit längst nicht in allen Facetten ausgedeuteten bös-schönen Traumgespinste auf der letzten Tafel einen charmant gähnenden Amor zeigt, der, im blendend hellen Tageslicht dem Betrachter den Rücken zuwendend, mit libellengleich zarten Flügelchen auf der hinteren Tischkante sitzt und, den Kopf gedreht, über die Schulter vergnügt auf den überdimensionierten Handschuh im Vordergrund blickt, dessen Zeichnung in den Umrissen einer wunderbar fülligen, entspannt sich darbietenden Frau gleicht, links vorn auf dem Blatt ergänzt durch Bogen und Köcher, in dem ein Pfeil fehlt, die Bildgeschichte am rechten Blattrand von einem hinter dem Zeichentisch hochrankenden Rosenstock abgeschlossen, dessen Blüten wie ein schützender Baldachin über dem Objekt der Begierde hängen –:

mit Ausnahme dieses Leporellos, das, von einem statischen Genrebild um eine Gruppe von Rollschuhfahrern ausgehend, die alptraumhaft sich entwickelnde Geschichte eines weißen Handschuhs erzählt, der sie anfänglich, denn zu exotisch war wohl der Inhalt, wenig Beachtung schenkten, hatten es uns Buben in Nanas Schuhschachtel immer wieder die drei Schönen beim Tee angetan: könnten diese Grazien, werweißten wir, am Ende nicht alle drei unsere Tanten sein, von denen man bislang einfach nicht wusste? Selbst wenn sie, trotz aller Nachkorrekturen, mit ihren zarten Patschhändchen und den pausbackigen rosig gepuderten Gesichtchen in den duftig feinen, schillernd sich über fülligen Brüsten spannenden Roben komplett anders aussehen als unsere hageren, stolzen, schweigsam verschlossenen Basen vom Berg, die uns im Vergleich mit den drei Schönen, vor allem wenn sie sonntags zu einer Kanne dünnem Kaffee und ein paar *Guatali,* den vom Weihnachtsgebäck übrig gebliebenen staubtrockenen Plätzchen, bei Nana auf einen Schwatz vorbeischauten und wir aus der Fluchtburg unter der Treppe heimlich ihren Erzählungen lauschten, bis, vom Tratsch belustigt, einer von uns loswieherte und wir, im Kasten ertappt, Sapperlott, das ist doch nichts für euch Bengel, mit einem Klaps auf den Hintern aus der Stube spediert wurden) immer alt vorkamen, steinalt, uralt: windschiefe, krumm gebeugte Gestalten in schlaff von spitzen Schultern hängenden Kleidern, die den Frauen um ihre mageren Hüften schlottern, die Lederhaut vom Wetter gegerbt und vom Wind geschabt, die strengen, ausdrucksschönen Gesichter statt mit Schminke verkleistert von der Arbeit geformt, die schrundigen Hände mit splitternden Fingernägeln in den spärlichen Ruhepausen, sonntagnachmittags, derweil die Mannsbilder für ein paar Stunden auswärts auf einen Jass oder beim Schießen des Obligatorischen sind, ineinanderverschränkt in den Schoß gelegt, verschämt die arthritischen Fingergelenke liebkosend, den im Lauf der Jahre dünn gewordenen Ehering drehend, zuhause alleingelassen hinter dem offenen Stubenfenster mit Blick übers Meiengestell Erinnerungen nachhängend, still in sich gekehrt zwischendurch immer wieder einnäpsend, oder, sind sie nach der strengen Woche im Heuet dafür nicht zu müde und lädt die Witterung ein, draußen zu sitzen, während es vom nahen Schießstand wie an jedem hellen Sonntag, wenn nicht aus dem Nolla herauf dampfend der Nebel, so duster, dass man die Hand vor dem Gesicht kaum mehr sieht, alles in Watte hüllt, übers Maitlatobel plafft, mit Ihresgleichen unter dem Haus neben der Kellertüre auf dem Feierabendbänklein im Schatten vom nachmittäglichen Sommerwind umweht sich in Geschichten über die Imponderabilien des Alltags hineinplaudernd, die sie plagenden Gebresten und längst Vergangenes, jede im eigenen Erinnerungsnetz gefangen in die Zeit zurückversetzt, als sie voller Erwartung am Herbstfest auf der Waldwiese sich Margeriten ins Haar gesteckt; und stets schwarz gekleidet waren diese Tanten vom Berg, denn irgendwem aus der Verwandtschaft galt es gewiss nachzutrauern:

jenem beispielsweise, den anfangs Sommer, als er, beim Alpauftrieb über Lawinenreste einem vom Weg abgekommenen Kalb nachhastend, durch eine Schneebrücke einbrach, der Gletscherbach verschluckt hatte, um ihn, vom schäumenden Schmelzwasser in den Gletschermühlen gedreht und geknetet, die Haare ihm vom Kopf geschabt, die Kleider, die Haut abgeschürft, zu einem unkenntlichen Fetzen zerwalkt Wochen später aus den Wirbeln freigegeben, die tosende Schlucht hinauszuschwemmen

oder dem jungen Burschen, dem einzigen Sohn der Familie, den, als er, kaum im Offenen, als Train-Rekrut zum ersten Mal so richtig vom Hof weggekommen, während der Verlegung beim Saumen am Umbrail in ein Schneebrett geraten, das ein paar auf Skiern dem Zug vorausgestiegene Offiziere ausgelöst hatten, sein Maultier, welches, eine Mitrailleuse gebastet und zwei zu schwere Munitionskisten an den Seiten, durch den dumpfen Knall der losbrechenden weißen Massen erschreckt über den Pfad ins Leere sprang und sich, ohne dass es zu halten war, überschlug, mit in die Tiefe gerissen

dem Sechsundsiebzigjährigen, der im Dürrwald, hoch über dem Schwattlabach mit der Seilwinde des Traktors eine Tanne sicherte und den der Sohn, welcher dem Vater vor dem Fällen des Baums im Lärm des Wasserfalls, der eine normale Verständigung nicht zuließ, mit Händen ausdrücklich bei der Maschine zu bleiben oder sich gegen die Furkel hoch nach Steinpilzen fürs Gasthaus umzusehen bedeutete, nachdem die Tanne in die Tobelhalde gekracht war, beim Entasten erschlagen unter deren Wipfel fand

dem Taglöhner, den es im Wald beim Holz-Riesen, von einem den vereisten Schneekännel herabschießenden Stamm erfasst in hohem Bogen durch die Luft katapultiert, wie einen Fladen an die Seilbahnstation klatschte

dem beim Mistziehen in der Seilwinde Zerquetschten

dem, den, seine beiden Heimkühe als *Meni* im Joch, mager, dass man den Hut an ihren Kreuzbeinen hätt aufhängen können, mit dem letzten Füderchen Bergheu auf dem Heimweg, im Gädemli-Tobel beim Überqueren des Wassers, kaum dass ihm Böen vom Glaspass herab, hinter dem eine blauschwarze Wand sich unbemerkt vor die Sonne geschoben, die ersten Hagelkörner ins Gesicht peitschten, der Blitz mit seinem Gespann niedergestreckt hatte

den beiden Brüdern, die, nachdem sie beim Schweißen im Viehstall an einer defekten Starkstromleitung kleben geblieben, mitsamt dem im Bau befindlichen neuen Gaden verbrannten

dem beim Sprengen vom Steinhagel einer zu früh hochgegangenen Ladung Erschlagenen

dem in der Güllengrube Erstickten

dem vom Heustock herab ins Schroteisen Gestürzten

dem vom Zuchtstier mit einem Hornstoß an die Stalltür Gespießten

dem ein letztes Mal schmerzverzerrt sich von seinem schweißdurchtränkten Totenlager aufbäumenden Dorfmächtigen, der, mit schwerem Seufzer schlapp zurücksackend, von den Armen des an der Matratzengruft wachenden Schwiegersohns aufgefangen in die Kissen gebettet, mit dem Wort *Erbschleicher* auf den Lippen sein Leben aushauchte

 dem Jungbauern, der, nicht länger gewillt, seiner Stündeler-Sippe den *Galööri* zu spielen, da ihm bei deren Zusammenkünften, die sich selbst im Heuet, wo weiß Gott anderes zu tun und früh aus den Federn zu kriechen war, wollte man mit Mähen im taufeuchten Gras vorankommen, bevor Brand der Sense den Hau nahm, jeweils bis tief in die Nacht hinzogen, deren neueste Berechnung des Jüngsten Tages so wenig einleuchtete wie die zuvor bereits falsch berechneten, vom Gespött der Schriftkundigen in die Enge getrieben, mit dem Bescheid, er habe das Rechnen satt und werde übers Wochenende im Maiensäß oben übernachten, wo es, nachdem die Kühe gealpt, noch den Stall zu misten und, ohne dass ihm dabei langweilig würde, dies und das in der Hütte und im Käskeller aufzuräumen gebe, auf dem Weg dorthin sich an einer Lärche aufknüpfte, sich selbst besudelt mit blau angelaufenem Gesicht am knarzenden Strick baumelnd der rechenvernarrten Welt die von Schmeißfliegen schwarze Zunge streckend, als ihn anderntags seine Söhne, die mit den Buben aus dem Unterdorf nach der Predigt von hinter der Kirche auf ihrer sonntäglichen Schnitzeljagd in Richtung Brunei unterwegs waren, im Tobel entdeckten der ins Wasser Gegangenen

deren jüngerer Schwester, der stilleren der beiden, die, ohne im Leben einmal laut geworden zu sein, ihr nachfolgend ein paar Wochen drauf unauffindbar verschwand

dem Alten, der sich, den Tag über draußen am Holzrüsten, nach dem Nachtessen in der warmen Stube auf dem Sofa am Kachelofen rasch schläfrig geworden, zur gewohnten Zeit, spätestens, als ihm die Zeitung ein zweites Mal aus der Hand aufs Gesicht fiel, ins Bett gelegt, um anderntags, ungeachtet des Muhens und Brüllens seiner drei Kühe, die ihn mit geschwollenen Eutern zum Melken riefen, nicht mehr aufzustehen

dem Trisomie-*Taascheli,* das, von allen ständig belehrt und bei allem, was es, handikapiert, so gut es das vermochte zu tun versuchte, dauernd zurechtgewiesen, am Ende der Bettagspredigt, vom Pfarrer, derweil die andern zum Abendmahl schritten, durch ein Zeichen angehalten, in der Kirchenbank sitzenzubleiben, sein, wie es hinter vorgehaltener Hand hieß – aber in der Sippe sei das kein Wunder –, von der Inzucht gezeichnetes Mondgesichtchen in die auf der Lehne gekreuzten Arme gebettet, den Daumen im Mund ins Leere staunend, ein Strahlen auf dem Gesicht, als wollte es der Gemeinde die düstere Dorfkirche erhellen, nicht mehr mitbekam, dass alles Predigen auf einen Schlag aus

dem andern leicht Zurückgebliebenen, dem Altledigen mit dem Kropf, der an einem strahlenden Frühlingstag, statt bis zum Mittag – er brauchte für alles etwas länger – vom Besorgen des Galtviehs zurückzukommen, wie eine vom Föhn umgerissene Vogelscheuche oder als hätte ihn ein Axtschlag ins Genick gefällt – Herzstillstand, wie der Arzt dann meinte, was zwar besser klang, aber nichts dran änderte, dass der Familie nun eine Hilfskraft fehlte –, auf den Rücken geworfen, von Fliegen umschwirrt die Augen weit aufgerissen den Himmel als Abgrund unter sich, im Maiensäß auf dem Miststock lag

der Witwe des Schreiners, einer kundigen Kräuterfrau, über welche, seit man, der Meinung, modern zu sein, den Pillen vom Taldoktor mehr als den alten Hausmittelchen traute, im Dorf alle nur mehr spotteten, die, ohne dass der Nachbarin, als sie ihre Kühe einen Steinwurf entfernt dem Zaun entlang zur Tränke trieb, etwas aufgefallen wäre (ansonsten das verlässlichste Gemeindetagblatt, war ihr, seit der Mann mit gebrochenem Kreuz im Spital lag und sie allein genug am Hals hatte, der Gwunder vergangen), beim Jäten und Häufeln – ausgerechnet, nachdem sie den Tod ihres viel zu früh gegangenen Mannes, der den Dörflern jahrelang ihre letzte Behausung gezimmert, endlich verwunden geglaubt und sie sich, wie sie tags zuvor bei einem Schwatz am Brunnen noch berichtet hatte, ohne länger halbe Nächte wachzuliegen, wieder puschper fühle – auf dem Acker zusammenbrach, wo der Älteste, zurück aus der Schule der Herd noch kalt, als er verunsichert nachschauen gegangen, die Mutter, umtanzt von Kohlweißlingen, mit der Hacke an der Seite bäuchlings in einer Furche zwischen zwei Zeilen blühender Kartoffelstauden fand

dem frühpensionierten Bähnler, den, nach dem schweren Rangierunfall, welcher ihn beinahe einen Arm gekostet, von Pfingsten bis kurz vor dem Einschneien die Sommer im Berghaus verbringend, bei jedem Wetter alle Tage stundenlang unterwegs, dem Wild nachsteigend, Beeren und Pilze sammelnd und von seinen Wanderungen stets einen Sack Kräuter für den Tee heimtragend, der ihn über die Wintermonate gesund hielt, im Herbst – niemandem im Dorf, wo jeder dem andern in die Suppe spuckt, wollte aufgefallen sein, dass er den Garten nicht mehr bestellte und im Fenster nach dem Eindunkeln kein Fernsehlicht mehr flackerte –, die Nachbarn, die aus dem Nebel im Unterland in die Höhe gekommen, nachdem er zwei Wochen bereits tot dagelegen, in seiner Stube auf dem Teppich ausgestreckt fanden, im flach einfallenden Sonnenlicht einen Schimmer Bart auf der Wange, als schliefe er, friedlich wie ein Kind im Wägelchen den Kopf in den Arm geschmiegt

der Bäuerin, welche, nach dem Mittagessen, als ihre Mannsbilder, bevor es wieder ans Mistausführen ging, sich kurz aufs Ohr gelegt und sie mit der Arbeit in der Küche fertig war, bevor es damit vorbei sein würde sich ein paar Stunden das schöne Herbstwetter gönnend, beim Hüten in einem köchellangen indigofarbenen Kittelkleid, unter dem an ihren blaubestrumpft übereinandergelegten Beinen grobe Arbeitsschuhe mit genagelten Sohlen wie blinde Spiegel dem Licht zugekehrt in den Tag lugten, vor der vom Zaun in waagrechte Streifen geschnittenen Landschaft mit dem Dorf im Hintergrund an die grau verwitterten Bretter gelehnt im schon leicht ins Gelbliche gebleichten Gras sitzend, das straff nach hinten gekämmte dunkle Haar zu einem Knoten zusammengesteckt, gegen den Luftzug ein weißes Halstuch umgelegt, umgeben von ihren paar Schafen, welche, die Köpfe gesenkt, mit gereckt überkreuzten Hälsen mäuend in der dem Grat entlangstreichenden Sonne dösten und die Frau, nachdem sie sich nicht mehr rührte und den *Auen*, den von ihren

Lämmern umhüpften Muttertieren, kein trockenes Brot mehr aus der Schürzentasche reichte, mit feuchten Nasen immer wieder sanft anstupsten, neben einer krummen kleinen Birke, die, vom ersten starken Frost gebrüht, über Nacht ihre Blätter verlor, eine rote Stickarbeit im Schoß, der Kopf auf die Brust geknickt, wie wenn sie nur kurz eingenäpst, abends, als die Sonne längst hinter dem Horn verschwunden und mit den feinen Nebelchen aus dem Nolla herauf in die Glieder schleichende Kühle sich übers Tal senkte, nicht mehr von der Herbstweide heimkehrte

dem Störmetzger, der beim Aushelfen im Steinbruch in die Kiesbrechmaschine geriet

dem Wegmacher, den man, nachdem er beim Pfaden mit dem *Saurer* im Nebel über die Straße geraten, zermalmt unter dem über ihn gekippten Lastwagen aus dem roten Schnee gescharrt hatte, vorsichtig, damit das verbeulte Vehikel (das auf den Rücken gekippt mit seinem verdrehtem Fahrgestell obenauf der sommers zuvor auf der Suche nach Wasser hinter dem Heidbühl zu Tode gestürzten galten Kuh glich, welche, ohne dass der Hirt ihr Fehlen merkte, zur unförmigen Kugel aufgedunsen, die gebrochenen Beine abgeknickt steif von sich streckte, als man sie, durch den drüber kreisenden Schwarm Raben auf die Stelle aufmerksam geworden, an einem Sonntag nach dem Heuen tief unten im ausgetrockneten *Chüawangtobel* fand, so dass Vater ihr, um sie in der brütendsten Nachmittagshitze im steinigen Boden der Rüfe verscharren zu können, zum Zischen Abertausender erschreckt aufschwirrender Fliegen mit der Axt erst das Gärgas aus dem Bauch hacken musste) bei der Bergung des Toten nicht mit den Rettern ins Tobel rutschte dem Altledigen, den, im Winter zwischen dem Füttern die Dorfsägerei betreibend, am Vorabend in der *Heimat* beim Jassen wieder überhöckelnd, am nächsten Morgen, nachdem er die Sägeblätter nachgefeilt, rittlings auf dem Block sitzend im eintönigen Lärm der sich ins Holz fressenden Zähne von der Müdigkeit übermannt vornüber auf den Stamm gekippt, der unerbittlich weiter vorruckelnde Wagen schlafend ins Säggatter geschoben

dem Jäger, welchem Kollegen auf der Hochjagd, missgünstig auf sein Jagdglück, mit Teilmantelmunition aus nächster Nähe ins Kreuz schossen

dem Zimmermann, der, vom Knochenkrebs zerfressen ums Überleben ringend, im letzten Morphiumrausch endlich schmerzbefreit, aus den Kissen entsetzt Zeichen fuchtelnd, als stünde der leibhaftige Tod vor ihm und streckte die dürre Hand nach ihm aus, die eigene Frau vom Sterbebett wies

dem Kranzschützen schließlich, der, solange er gut bei Schnauf, in der Dorfkapelle die Klarinette liebkoste, als ihm das Asthma, wie im Jahr zuvor schon seinem Zwillingsbruder, den Atem abzuklemmen drohte, eines Nachmittags, sich beim Mittagessen am Küchentisch sich nichts anmerken lassend – vielleicht keuchte er eine Spur lauter, wurde im Nachhinein gewerweißt, ja, und vielleicht aß er noch etwas weniger und munggte am Wenigen länger –, während die Frau mit dem Buben und dem ein Jahr älteren Töchterchen in der steilen Halde über dem Tristelstall das letzte dürre Emd rechte, da er keinen Stutz mehr hochkam, in der Stube unter dem Trophäenkasten sich auf eine Stabelle setzend, den Karabiner in den Mund voll Wasser gerichtet, das Hirn aus dem Schädel übers Täfer geblasen

und all den anderen nicht weniger, die einfach von der Arbeit verzehrt ohne viel Aufhebens abtreten:
Müttern
Schwestern
Gatten
Vettern
Basen
Töchtern
Söhnen
Kindern
100 rasch erkaltend drei Tage bei nachts offenem Seelenbalken, der kleinen Öffnung unter den Fenstern, um der Seele den Weggang zu ermöglichen und, ist sie einmal draußen und der Schieber oder das aus einem Balken gesägte Loch in der Wand wieder dicht und verriegelt, ihr als Wiedergänger den Eintritt zu verwehren, mit hochgebundenem Kiefer in der Schlafkammer auf ein Brett gelegt, wie Großvater, der, nach Wochen ohne Nachricht, tief im Winter krank vom Ausfüttern des Galtviehs in einem Maiensäß hinter Sankt Antönien heimgekehrt, ein Schaffell übergelegt und ein ihm von Nana immer wieder erneuertes, mit im Rohr heiß gemachtem Murmelifett getränktes Pflaster auf der Brust, am nie genug Wärme abstrahlenden Ofen vor sich hin hustend die letzten Tage nur mehr laut Psalmen las, am Abend kaum noch die steile Treppe ins Zimmer hochzubekommen war, bevor er nicht mehr aufstehen und auch von uns Buben nichts mehr wissen wollte, bis wir, den ganzen Tag schon war ein Geläuf im Haus gewesen, dabei war doch weder Sonntag noch einer dieser verhassten Feiertage, mitten in der Nacht von Mutter mit der Bemerkung geweckt, der Neni gehe jetzt, brav aufstanden und, schlaftrunken über den eiskalten Gang ihr hinterher, vorn in der Stubenkammer der Großeltern, dort

die halbe Verwandtschaft antreffend – warum nur, Neni verreiste ja immer wieder, für längere Zeit oft, und auch gehustet hatte er häufig –, in unseren Nachthemden zu ihm ans Bett traten und, ihm die Hand gebend, mit guten Wünschen für die Reise uns von ihm verabschiedeten – am Morgen drauf, ohne Näheres erklärt zu bekommen, nicht zur Schule mussten, wunderbar, da konnten wir ausschlafen und danach den ganzen Tag spielen und lesen, was auch erlaubt wurde, nur eins, in die vordere Kammer hoch sollten wir nicht (Grund genug, dass ich am Vormittag dort heimlich nachschauen ging, um perplex festzustellen, dass Neni gar nicht gegangen war, sondern, mit einer Bandage um, als hätte er Ohrenweh, mucksmäuschenstill den toten Mann spielend, was er ja bestens konnte, die Hände auf der Brust gefaltet, er, der sonst eher mit den Fäusten betet, im Nachthemd und, statt des Deckbetts, nur ein Leintuch übergezogen – so warm war es in der Kammer trotz des Stubenofens, zumal die Klappe zu blieb, auch wieder nicht, dass er, der die letzten Tage doch immer zu kalt hatte, nicht hätte frieren müssen –, flach ausgestreckt neben dem Bett auf einem Brett lag, die Nasenspitze, in welche ich, nachdem er nicht reagierte, sanft reinbiss, kalt, dass es einen schudderte, die Lippen seltsam blau, und, das Irritierendste, durch kein Kitzeln aus seiner Starre zu locken, wie oft ich es auch versuchte, sodass ich, irgendwann nicht mehr weiter wissend, nachdem er sich, trotz heftigen Schüttelns, so steif verhielt, als wär er ein Stück Holz, mehr fliegend als gehend aus dem Zimmer der Großeltern treppab in die Küche stürzte, Mutter, die am Kochherd stand, Pizokel gebe es, was alle ja so gern möchten, ihr mit Fäusten in die Seite knuffend, eine verdammte Lügnerin schimpfte, für diese Unverschämtheit postwendend eins gewischt bekommend aus dem Haus in den Schafstall floh, zuhinterst in den Krommen zu den erschreckt aufspringenden Auen, das Heulen verwürgend im Eck ein am Vortag zur Welt gekommenes Lamm in den Arm nehmend und streichelnd); der Leichnam, von den alten Frauen gewaschen und in der Tracht oder ins Sonntagsgewand gekleidet vom Brett in den Sarg umgebettet, die letzten Stunden im Kreis der versammelten Familie unten in der Stube vor dem florverhängten Spiegel aufgebahrt; der Totenbaum, in dessen aus einem alten Stück Täfer zurechtgesägtem Stirnbrett der Holzwurm weitertickt, auch nachdem alles längst unter dem Boden ist

und sein Klopfen bei der Geschäftigkeit oben niemand mehr hört, nach dem Zunageln und einem letzten Blick durchs Fensterchen auf die geschlossenen Augen, bevor auch dieses mit dem sonnenradgeschmückten Schieber verschlossen und verschraubt wird, von Nachbarn mit den Füßen voran über die Schwelle getragen im Hof draußen auf einen großrädrigen Leiterwagen verladen, dem in gewichstem Zaumzeug ein Ackergaul vorgespannt ist, welcher, den Kopf gesenkt auf die Fuhre wartend, mit tiefdunklen, rotunterlaufenen, feuchten Augen unter langen Wimpern gelangweilt im Hafersack schnobert, mit dem Gespann, die Kummet-Rollen während der Fahrt mit Stroh ausgestopft, nach einem Moment der Besinnung, begleitet vom ganzen Dorf, das sich, aus allen Richtungen zusammenstrebend, nach und nach beim Trauerhaus eingefunden, in einer Stille, die mit jedem Eintreffenden dichter wird, kaum ein Wort miteinander wechselnd, jeder und jede mit sich alleingelassen in ein Erinnerungsnetz versponnen, dem plötzlich der Faden gerissen ist, hinter dem Fuhrwerk her schreitend, vom schleppenden Klacken der Hufe, dem Quietschen der ausgeleierten Radnaben und dem Knirschen der ächzend über den Kies rollenden Eisenreifen untermalt, die Räder mit ungleichem Sturz etwas eiernd, in einem langsam die Kehren bergauf kriechenden schwarzen Wurm zum Geläut der während des ganzen Wegs weit ins Land schallenden Kirchenglocken zur Ruhe geleitet, dem Zug voraus als Kranzträgerinnen die ledigen Töchter, hinter dem Wagen mit dem schlichten, rohen Sarg, auf dem neben einem Strauß Erika vielleicht ein paar Federnelken welken, welche die Schwiegertochter, die zwischen dem Heuen im Älpli oben käst, in den Magerwiesen von Casaritsch gepflückt, in Begleitung des Pfarrers die Angehörigen, nach Grad geordnet dann die übrigen Verwandten, gefolgt von den Mannsbildern, und am Schluss, die Hände um ein *Nuschi,* ein gesticktes Fazzolettli, das sie sich am Markt hatten andrehen lassen, und das Gesangbuch gekrampft, eng aneinandergedrängt untergehakt, in einer Reihe zu zweit, zu dritt nebeneinander, die Dorffrauen, welche mit vorrückendem Alter, ihre Gatten und oft auch die eignen Kinder überlebend, kaum mehr herauskommen aus den langen schwarzen Fahnen, die sie geduldig tragen und tragen, bis sie, vom vielen Waschen fadenscheinig geworden, geflickt und zusammengeplätzt, als Ofenlappen und Putzlumpen aber noch lang gut genug, eines Tages doch ersetzt werden müssen, durch neue gleiche, solang es sie noch gibt, im Herbst, beim ersten großen Viehmarkt, wenn ein paar Jahrmarktbuden im Kreisort unten für einen Tag Akzente ins Grau setzen, fahrende Händler aus dem Unterland ihre Waren anpreisen:

Bärendreck, Zuckerwatte und Magenbrot, Dreierpackungen Nylonstrümpfe, Büstenhalter, Unterhosen, Stiefelsocken, Gummistiefel, Filzpantoffeln, Holzpantinen, Tricunischuhe und Endefinken, Tassen, Teller, die in einem Wutanfall zu Bruch gegangenen zu ersetzen, Essbesteck, Sparschäler, Holzkellen, Hand- und Geschirrtücher, Eisenpfannen, Topfdeckel, Dampfkocher und weiteres Küchenzubehör, für den Mähder Steinfässer, Wetzsteine, Sensen, die dazu passenden Worbe mit gedrechselten oder aus einer Astmaserung geschnitzten Griffen, Holz- und Aluminiumheurechen, Güllenschöpfer, Furken, Schlepprechen, Pendelhacken und Zapine, Gertel, Geißfüße, Stechbeitel, Spaltkeile und Schroteisen, Bügelsägen, Klauenpflegewerkzeug, Sackhegel, Schindelmesser, die längst keiner mehr zu handhaben versteht, seit die Dächer mit Blech eingedeckt werden und die Dörfer bei dem rasch rostenden Zeug wie unter einer Tarnblache ausschauen, Strohschneidmaschinenmesser, die auch niemand mehr braucht, seit das Vieh tierschutzgerecht im Winter tagsüber draußen knietief im Dreck steht, Schneckenbohrer, Steinschlegel, Äxte und Eschenstiele, Pferdegeschirre und anderes knarzendes Lederzeug, Schubkarrenräder, Bindseile, Reitel, Tretschen, Trüeggeln, Anseilketten, Aufschwänzschnüre, Güntel, Vorhängeschlösser und Fässer mit allergattig weiterem Eisenzeug, Kappennägel, Nieten, Schrauben, Ösen, Karabiner, Ringe, Schnallen, Viehlocken in jeder Größe, Schellen, Rollen, Chlepfen, Treicheln, Töndeln, Plumpen, die entsprechenden Riemen, verziert und glatt, in jeder Breite, jeder Länge, Melkstühle, Tansen, feuerverzinkte Blecheimer, Tränkbecken, Kälbernuggel, Milchzentrifugenersatzteile, Tschifern, Räfe, ein Kupferkessi, Gebsen, Gone, Harfen, Jerbe und was es zum Käsen noch braucht, Heublachen- und Trachtenstoff, Stricknadeln, Stopfkugeln, Gipseier, Fäustlinge, Gamaschen, Wadenbinden, Zipfelkappen, Capute, Pelerinen Cadishosen, Sennenhemden, Hirtenhüte, Hakenstecken, Tabakpfeifen, krumme und grade, Burger-Grobschnitt, Schnupftabak, Steinschlösser, Benzinfeuerzeuge, aus Armeebeständen ausrangiertes Gerümpel und andere Artikel, die den Anschein von Nützlichkeit haben,

Stahlwolle, Sandseifen, Sigolin, Petroleum, Konsistenzfett, Karbid für die Stalllaterne, Rostschutzfarbe fürs Blechdach, Karbolineum für Zaunsparren, Stoppzaundraht, Viehhütapparate, auslaufsichere Batterien, Isolatoren, Torriegel, Kastriergummi, Bolzenschussapparate, passende Munition, Glaubersalz fürs Schweinebad, Borstenschaber, Aufziehstahle, Metzgermesser und in roter Schachtel nicht fehlend die Haarschneidmaschine, nebst Mengen weiterer Gegenstände für Haus und Stall, von denen nicht einmal die Verkäufer sagen könnten, zu was sie nützen, auf dem Platz vor der alten Post die ersten Rapid-Motormäher mit Zapfwellenanhänger, die ersten Heuraupen, Kreiselheuer, Mistzetter, dem Platz gegenüber vor dem *Weißkreuz* der Stand mit Spielsachen für uns Kinder, Blechflieger, Holzpferde, Windrädchen, Feuersonnen, Vulkane, bengalische Zündhölzchen, Nonnenfürze – und, unerreichbar hoch hingehängt, das Luftgewehr

Die faszinierenden Dinge, deren konfuseste Aufzählung dem Kopf mehr Raum lässt als jede Beschreibung, verführerisch schön ausgelegt auf langen Ständen, die, mit Lieferwagen und Kleintransportern vom Marktflecken des Vortags herangekarrt, in aller Herrgottsfrühe im Handumdrehen der Hauptstraße entlang aufgeschlagen werden – die Händler haben Übung; jeden Tag an einem andern Ort, bauen sie dieselben Stände mit denselben Handgriffen auf, preisen sie mit gleichen Sprüchen die gleichen Waren an –, derweil aus den Dörfern in den Sonnenaufgang hinein die Bauern mit den zum Verkauf zurechtgestriegelten trächtigen Rindern als ihrem ganzen Kapital, deren ein letztes Mal mit Schleifpapier und Speckschwarte nachpolierte Hörner die Hoffrauen vor dem Abmarsch noch mit Ringelblumen, Astern und Mannstreu-Bouquets bekränzen, den üppigsten Maien, die sich aus der Pracht im Garten binden lassen, zum infernalischen Lärm der schweren Treicheln und Glocken, die den prächtig gesömmerten Tieren an reich verziertem Riemen am Hals plumpen, trüppchenweise bergab der Marktwiese entgegentrotten, vorbei an da und dort bereits in einer Kehre lauernden, an ihre staubigen Amerikanerschlitten gelehnt auf dicken *Rössli*-Stumpen herumbeißend, die Wurstpfoten in die Hosenträger oder das Gilettäschli eingehakt, mit verächtlichen Blicken die Marktpreise drückenden Viehhändlern aus dem Thurgau und dem Appenzellischen.

Vor dem Adler, an der Ecke, wo die Straße vom Oberplatz den Kirchenstutz hinab in die an diesem Tag für den Durchgangsverkehr gesperrte Hauptstraße mündet, am ersten Herbstmarkt, von einem mächtigen buntfarbigen Schirm überspannt weit sichtbar aus den übrigen herausragend, wie jedes Jahr der Stand des Billigen Jakob, welcher dem guten Fraueli, falls es rasch zugreife, für den Preis der schwarzen Berufsschürze, wie er das begehrte Kleidungsstück ausschreit, eine Kernseife und ein Fläschchen Kölnisch Wasser drauflegt, und für den sonntäglichen Kirchgang, der den gottlosen Protestanten, welche mit ihrer Zeit während der Woche Gescheiteres anzustellen wüssten, als alle paar Stunden in die Messe zu springen, für ihr Seelenheil ausreiche, ein feines weißes Tüchlein, ein schmuckes Fazzolettli mit Stickereibordüren, echte Handarbeit, verstehe sich, dazu zwei Kleiderbügel mit Hosenstange und Rockhaken, und weil Haar wie Häs, per fare bella figura, bekanntlich nicht nur in der Stadt gepflegt sein wollten, außerdem gratis noch eine Bürste samt Kamm, echte Borsten, echt Horn, ma certo, und ein Rüstmesser, um nebst den Patate e Cipolle la Verdura in die Pizzoccheri neri zu schnetzeln, scharf geschliffen, dass ihm auf der handgeschmiedeten Spezialstahlklinge, dem Feinsten vom Feinen, besser niemand wie auf dem alten, diesem seit Urururahns Zeiten in der Küchentischschublade vor sich hin rostenden abgewetzten Hegel, der nicht mal mehr faule Äpfel auszuschneiden tauge, geschweige denn ein Huhn um den Kopf zu kürzen, mit blankem Arsch pfeilschnurgrad durch die Lüfte über alle Pässe und Berge hinweg gen Rom reite, inmitten eines Schwarms aufgescheuchter Flugratten über dem bröckligen Oval ein paar Runden drehend, ohne die Population räudiger Katzen auf den Rängen zu stören, die mit sich selber beschäftigt ob dem knatternden Geflatter nicht mal die Köpfe beim Paaren höben, nach dem Aug voll Gemäuer, dem von Taubenkot und der Pisse verätzt täglich mehr zerfallenden Bauchnabel der Heiligen Stadt, im Vorbeikurven einen flüchtigen Blick auf die versteinerten Engel von San Pietro werfend, danach flugs aber wieder zurück an seinen Stand, ohne bei diesem Ausflug sich den werten Hintern zu verschrammen, nein, Messerritte auf der rasierklingenscharfen Schneide von Billig Jakobs Rüstmesser mit Qualitätsschliff – in einem Hieb, ein Raunen geht durch die Menge, haut er einen hochgehaltenen *Freien Rätier* entzwei –, die unterlasse man besser, falls einem an heiler Haut etwas liege, dafür lege er seine Hand darunter, und wenn es auf den Abend zugeht, die Schatten gegenüber bereits kräftig am Hotel *Via Mala* hochlecken und die ersten Händler schon zusammenzupacken beginnen, Billig Jakobs Marktgeschäft, obwohl er eigentlich weiß, wo Barthel den Most holt, trotz allen Kniffen und Künsten aus unerfindlichen Gründen bislang zu wünschen übrig ließ, er seinen für heute bestimmten Warenberg jedoch unbedingt abgetragen haben möchte, auf den ordentlichen Packen drauf, damit bei dem ewigen Hudelwetter am Ende nicht gar jemand die gute Laune verlöre – aber scheine ein paar Tage hintereinander die Sonne, jammerten die ersten bereits über Brand, ja, wer es da jedem recht zu machen verstünde –, noch einen Regenschirm, farbig gestreift wie seiner, nur etwas kleiner, und um alles herum, damit das Billigbündel den Berg hinauf schön zusammenhalte, zu guter Letzt einen Kälberstrick geschlungen, gratuitamente, perche mi manca spaga, ein Grilon-Strickli fürs Mastmuneli, garantiert absolut hundertprozent reißfest gut für manches mehr, so Billig Jakob, beim Auftürmen das Ganze mit aus vollster Kehle geschmetterten Sprüchen würzend, um es ruck zuck an die Käufer zu bringen, dass niemandem Zeit bleibt, am Preis für den aufgestockten Ramsch zu ersticken, bevor er mit flinker Handbewegung die paar lumpigen, für den Plunder aus dem Portemonnaie zu klaubenden und vor ihn hinzublätternden Nötli hokus pokus verschwindibus in seiner großen, zur Kasse umfunktionierten Amarettiblechkiste eingestrichen hat: Alles billig, alles gut, alles garantiert erste Qualitätsware, wer heute die Gelegenheit nicht nutzt, ist selber schuld, domani kommt er unweigerlich zu spät und bis in einem Jahr, chi sa, posaunt Billig Jakob, als gälte es eine Quadriga zu lenken, die Augenpaare der um seinen Stand geballten Käufer- und Lauscherscharen auf Konsum zügelnd, siegesgewiss in die Runde, peitscht prustend und schwitzend noch eins drauf und noch einen aus dem Ärmel geschüttelten Spruch hinzu, den alle vom Vorjahr kennen, um trotzdem darüber zu lachen, hantiert und tschinggt in der Luft herum, dass ob dem Auflauf, den er mit seinem Gedröhn anlockt, die Standnachbarn den Handel vergessen können, vorzeitig einzupacken gezwungen sind, wollen sie nicht Gefahr laufen, mitsamt der Ware sich auf die Seite putzen zu lassen, hinten an die Hausmauern gequetscht und vorn in den mit dem Abbau der Stände nach und nach anrollenden Verkehr, und ehe man sich's versieht, hat Billig Jakob ein weiteres Paket an seine Kundschaft gebracht, flink, mit einer Hand, während er mit der anderen schon das nächste aufstockt, drum herum, naturalmente, den obligaten Kälberstrick, und zur Feier des Markterlöses – selbst die schindeldürrste Vacca, nach der kein Schweizer Kollege auch nur den Kopf wende, bringe dem Purli bei den lombardischen Händlern noch ein paar Batzeli – gratis ein weiteres Strickli hinzu, mit dem das gute Fraueli ihrem Mannli, falls dieser, mit Jassen und Trumpfen im *Adler* überhöckelnd den Heimweg ums Teufels nicht mehr alleine finde, gehörig heimzünden könne, bevor der ein halbes Rindli zu Wein umgemünzt habe in Geist aufgehen lassen, das gute Fraueli mit ihrem Hansli am Gängel gleitig den schönsten Berg der Welt hinauf komme, er mit seiner *Tschifera* von einer Kanette zur andern die ganze Straßenbreite ausmessend und, immer öfter innehaltend, zwischendurch, den Kopf ins Genick geworfen, den hinter Wolken versteckten Vollmond anglarend und danach, die Drehbewegung der Erde in seinem Kopf in den Griff zu bekommen, auf seine Schuhe starrend, als ob er diese verkehrt herum an den Füßen trüge, auf dem Hof ankommend beide, er schon fast wieder nüchtern, trotz aller Pausen zeitig vor dem ersten Hahnenschrei, dass Zeit bleibt, der Arbiet zuvorkommend in Minne nebeneinander auf der durchgelegenen Rosshaarmatratze wenigstens für ein Stündchen sich in den Morgen zu schnarchen –

4

110 **Wetterwechsel, Todesfälle, Begräbnisse,** die Marktgeschichten mit Billig Jakobs Geschrei und den um seinen Stand geschart wie Krähen im Ramsch Pickenden, soviel war bekannt. Wie viele solcher Geschöpfe aber wie auf der geheimnisvollsten von Tante Bertas Karten, wie viele dieser fein gepuderten, elfenhaft wächsernen Wesen es neben den müden verschafften verwetterten alterslos alternden Frauen vom Berg es in der weitverzweigten Verwandtschaft wohl geben könnte, interessierte einen immer brennender, wenn rundherum im Schwitzerland, mochte es auch schneien, stieben, Kröten hageln, dass an Stellungskriege in Schneeburgen nicht zu denken war, noch, selbst am heiterhellen Tag und damit vor allen Wölfen sicher, an Schnitzeljagden durchs Tobel oder gar an der Sandegga vorbei zu den Fuchshöhlen tief im Staudenwald, wohin man allein sich ungern traute, unterschiedslos geschuftet wurde und man, sich die Welt ausdenkend, an der Wärme durch Großmutters Schatztruhe fingernd, früher oder später auf diese rätselhaften Damen beim Tee stieß, die gut, immer überzeugter war man, alle drei unsere Tanten sein könnten, welche, es satt, auf dem Glaspass weiter mit Schmalhans zu tafeln, ihr Glück im blühenden Alter in der Ferne gesucht hatten. Und wohin überall

könnten sie ausgewandert sein? *Go Amerika ihi,* das wusste man von Nana. Aber wohin noch? Nach Afrika? In die Tropen? Zu den Wüstenscheichs, oder, ohne genau zu wissen, wo all diese Destinationen liegen, in den Dschungel, zu den Negern, zu Tarzan, den Affen? Oder zu den Gauchos und den Cangaceiros aus dem Grande Sertão, den Schafzüchtern in den Bergen Neuseelands, den Viehhirten im Wilden Westen, von denen Großvater spintisierte. – Spielt's eine Rolle? Wahlverwandtschaften, das Futter für Träume, sind wichtiger und weit packender als die richtige –

5

 Tante Bertas Postkarten, vergilbte Botschaften einer traumnahen Welt, welche Nana wie Schätze hütete, und weder mit allem Klimbim ausgestattete Western, in denen Cowboys auf flinken Mustangs in meilenlangen Staubfahnen Viehherden über kahlgeweidetes Grasland und durch reißende Flüsse den Fleischfabriken von Chicago entgegentreiben und schlechtgefederte sechsspännige, Postkutschen gedrängt voll raffgieriger Goldgräber, die sich auf den harten Bänken neben zugeknöpfte, verwelkte steifbeinige Ladies quetschen, welche mit heiligstarrem Eifererblick, mehr schlecht als recht von den paar mitreisenden Apothekern beschützt, die, im Polsterwinkel verschlafen an der Knarre fingernd, aus den zivilisierteren Städten im Osten dem großen Glück im Westen hinterher sind, das ihnen auf dem Weg bald an die Wäsche gehende wenig wohlriechende Männervolk so gut es geht zu ignorieren versuchen und vom Schicksal gebeutelt, als reichten die ungehobelten Stinker nicht, noch in die Gesellschaft von ein paar gar offenherzigen Damen geraten, die in Begleitung gefinkelter Rechtsverdreher zusteigen, parfümierter Galane, welche, einander zuzwinkernd, ihre Hände so wenig wie die Augen im Zaum zu halten imstande, an knüppeldicken Zigarren lutschend, unterwegs zu einer Hängung, gewichtig irgendwelche luschen Kassiber austauschen, die sie unterm Schweißband ihrer Zylinder hervorzaubern und gleich wieder verschwinden lassen, vorbei an Schlacke und Steinschutt, Schemen von Schachtöffnungen und staubweiß im Morgendämmer schimmernden Grubenkarren erschöpfter Minen, deren verkohlt ins Leere ragende Gerüst- und Fassadenfragmente wie faule Zähne am Himmel nagen, auf Rädern, die in den Naben quietschen und trotz der zwischen die Eisenreifen und sonnenrissigen Felgen getriebenen Eichenkeile von Tag zu Tag ärger eiern, dass deren Spuren im Sand immer mehr denen von Klapperschlangen ähneln, von einem Saloon zum nächsten durch vom Wind gepeitschte halbverlassene Siedlungen rattern, entlang in den Boden gerammten stiefelgeschmückten Steckenkreuzen den Kolonnen bei der kleinsten Steigung im Geröll eines staubigen Arroyos steckengebliebener Planwagen ausweichend, vor denen Kinder und Frauen um einen Schluck Tranksame betteln, von Wasserloch zu Wasserloch über Stolperpisten ächzend sich durch Prärie und Steppe mühen, um, wie es das Fatum oder vielmehr das Drehbuch will, aus heiterem Himmel von Horden grimmig zurechtgemachter Indianer überfallen zu werden, Wilden, die, halbnackt oder in Kleidung wie aus einem Fiebertraum, in Tierhäuten und Seidenputz und mit noch vom Blut der einstigen Träger beklebten Uniformstücken ausstaffiert, mit Röcken erschlagener Dragoner und in betressten Reiterjacken, der eine einen eingedrückten zerschossenen Zylinder auf, ein anderer in der Rüstung eines spanischen Conquistador, auf Bruststück und Stoßkragen tiefe Kerben, durch Morgenstern oder Säbel verursacht, mit denen Männer, deren Gebeine längst Staub sind, in einem fremden Land einstmals gefochten hatten, ein dritter in weißen Strümpfen, ansonsten nackt bis auf die Unterhosen, einen blutbesudelten Brautschleier um die Hüften geschlungen, der Kopfschmuck mal ein Gewirk aus Adler- und Kranichfedern, mal Rohlederhelme, mit Langhornrinder- und Büffelhörnern bestückt, die Gesichter ein bizarres Gewirr weißer Striche, gelber Zickzacklinien sowie roter und indigoblauer Punkte, die Schilde vor der Brust mit Spiegelglassplittern drapiert, die den Augen der Bleichgesichter, diese blendend, tausend zerstückelte Sonnen entgegenwerfen, von der Regie angewiesen, in Rothautmanier alles niederzumetzeln, als eine lächerliche Schar Jahrmarkt-Clowns auf wendigen Rossen urplötzlich über einer

Canyonkante auftauchend oder aus der imaginären Gischt eines nicht vorhandenen Sees, zum Pfeifen der Beinflöten über den Treck herfallen, in einem Pfeilregen Planen und Decken in Brand stecken, die schlappen Wasserschläuche löchern und in grellem Diskant lärmend die Leitpferde scheuchen, welche, sich vom Gespann losreißend, mit flatterndem Lederzeug und wirr fliegenden Mähnen in alle Richtungen über die Walstatt davonwirbeln, das Kriegsbeil schwingend auf Radnaben einhacken und die durch Giftspeere zuvor gelähmten Zugochsen abmurksen, ehe sie, der Skalpe sicher, siegesgewiss schon im Begriff sind, sich der in Erwartung des ihnen Bevorstehenden mit weißverkrampften Fingerknöcheln zu Gott flehenden Enggeschnürten anzunehmen und sie mit den Offenherzigen zusammen zu rupfen, aus der führungslos übers Steppengras dahinschlingernden Kutsche heraus aber, nachdem diese, von einem herangezoomten Stein erwischt in Schieflage geraten sich überschlagend, mit im Leeren weiterdrehenden Rädern auf die Seite gekippt zum Stillstand gekommen, den tüchtig durchgerüttelt plötzlich hellwachen Apothekern sowie den beiden Varieté-Schönheiten, die, in den Staub geworfen, kurz ihre von Glitzerfäden durchwirkten Röcke über den im Stürzen weiß entblößten Schenkeln glattstreichen, bevor sie den hasenfüßig mit einem Mal kreidebleich mundtot sich ins Eck verkrümelnden Galanen todesmutig die Schießeisen aus den Zitterhänden winden, im erbitterten Kampf gegen das Böse als lebensrettendes Bollwerk dient, durch gezielte Schüsse aus Repetiergewehren und Trommelrevolvern der Reihe nach niedergestreckt werden, wobei die blutiggeschminkt zur Strecke gebrachten Rothaut-Schurken – in den Schutzgebieten für eine Handvoll Dollar rekrutierte Stuntmen sind's, deren Stammesahnen, das Kriegführen durch Kriege zu lernen gezwungen, von den mit Feuerwaffen überlegenen Eindringlingen aus der alten Welt von der Ostküste über den Kontinent gejagt wurden, aus den Eschenhainen in die Prärien, über den großen Strom westwärts in die Blutlande – in kunstvollen Verrenkungen ihre stolze Vergangenheit verhöhnend durch die Luft katapultiert zu Boden gehen und, von den eigenen Rossen niedergetrampelt, indem diese, auf dem Set durch unsichtbare Fangleinen zu Fall gebracht, sie überrollen, zerquetscht selbst im Tod, wie das Indianerklischee es will, weiter angestrengt Blutgier zu mimen haben,

noch Erzählungen von hinterwäldlerischen bärtigen Trappern, die, weitab aller Siedlungen, in roh gezimmerter Hütte, derweil Blizzards, an den Brettern reißend, Schnee durch alle Ritzen peitschen, zwischen zum Trocknen aufgespannten Häuten fellvermummt am Kanonenofen kauern, welcher bei jeder Bö auszugehen droht, die durchgeladene Winchesterbüchse griffbereit auf den Knien, der Einsamkeit trotzend von abgehalfterten Fantasien heimgesucht Tabak kauend sich selber und dem ihnen treu ergebenen zotteligen Hund zu Füßen grauslige Geschichten von Mut und einem gewöhnungsbedürftigen Gerechtigkeitssinn erzählen, den Ausführungen Nachdruck verleihend, indem sie, sich kurz von der Kamera abwendend, aus der Backe mit scharfem

Strahl Pfriemsaft in die Ecke zischen und so, beim zur Neige gehenden Whiskeyvorrat ist das fast unvermeidlich, vom aufkommenden Hüttenkoller gepackt mit ihrem Jägerlatein sich selbst in Angst und Schrecken versetzend, bald einmal von in Kompagniestärke sie einkreisenden Rudeln kalbgroßer weißer Wölfe zu berichten wissen – der Hund, heulend wie jene, jault, etwas irritiert den Kopf hebend, zu den Erzählungen brav mit –, von mehrschwänzigen fauchenden Pumas, aus deren Rachen, größer und gefräßiger als die von Pamirtigern, wie bei einem aufgerissenen Haifischmaul doppelreihig die Reißzähne blecken, um, haben sie sich derer erwehrt, unvermittelt aus Schneewehen empor haushoch sich vor ihnen aufbäumenden Grizzlybären gegenüberzustehen, die, in der Nase den Geruch von Honig und Fleisch, mit einem Prankenhieb, so man den Ungetümen durch einen gezielten Blattschuss aus dem Unterhebelrepetierer Modell 1873 nicht zuvorkommt, die stabilste Blockhütte zu Kleinholz zerschmettern, wobei der letzte normal gewachsene Bär, den sie als Akteure billigster B-Movies zu Gesicht bekamen, im *National Museum of Natural History* ausgestopft in einem gepanzerten Glaskäfig steht: zur Strecke gebracht von bärtigen Trappern, welche, sie brauchen durchaus nicht alle auf den Namen Natty Bumppo zu hören, gespielt, unter anderen, von Burt Lancaster, zu einer Zeit, als der Wilde Westen weit im Osten lag und der amerikanische Traum gerade erst begann, halbwegs mit Natur und Indigenen im Einklang an den Quellen des Susquehanna in der Nähe von Tempelton, dem heutigen Cooperstown, siedelnd, auf ihren Jagdzügen als Fallensteller, Waldläufer und Bärentöter mit indianischen Verbündeten auf beiden Seiten in Kämpfe der Franzosen gegen die Engländer um die koloniale Vorherrschaft verwickelt, nachdem Chingachgook, der letzte Mohikaner-Häuptling, beim Versuch, die dunkelhäutige Cora, die verschleppte bildhübsche Tochter eines mit dem Chief befreundeten englischen Kommandanten, aus den Händen der mit den Franzosen paktierenden Huronen zu befreien, in einem Gefecht hinterrücks niedergemacht das Leben ausgehaucht und in die heiligen Jagdgründe abgetreten – gebt mir Pfeil und Bogen, das Tomahawk und die Pfeife mit ins Grab, denn Chingachgook wird zur Nachtzeit von der Erde scheiden wie ein Krieger, der in den Kampf geht, röchelt er, auf dem Set sich mühsam erhebend, breitet seine Arme gen Westen aus, wobei ein Strahlen der Freude sein dunkles Gesicht erhellt und, ohne ein weiteres Wort herauszubekommen, eine leichte Bewegung einen Augenblick spielend um seine Lippen zuckt, eh er die Arme fallen lässt und die Gestalt des großen Kriegers tot gegen den Felsen sinkt, die glasigen Augen weit geöffnet starr auf die fernen Berge gerichtet –, angewidert von den immer martialischer aufgerüstet vorrückenden, sich um jeden Quadratzentimeter gegenseitig bekriegenden europäischen Siedlern, indem diese sie und die Indigenen ihrer fürs Überleben notwendigen irdischen Jagdgründe beraubten und westwärts auszuweichen zwangen, wie die letzten zivilisationsüberdrüssigen, versprengten Desperados auf verlorenen Fährten durch die endlosen Wälder und Wüsten der Neuen Welt über Wildwechsel und Trampelwege einsam in das zerklüftete, von der Sonne versengte dornenverzahnte Gebiet der Kiowa pirschen, wild entschlossen, dem Stamm den Fellertrag, die Ausbeute eines mühsamen Jahres, um den die Wilden sie, weil Häuptling Satank, wie auch sein Stellvertreter Satanta, die Häute als Stammeseigentum betrachten, ihrer Meinung nach betrogen, wiederum abzujagen, mit eisernen Fäusten, wenn's denn sein muss – wie immer geht's um Ruhm und Ehre –, nachdem man sich zuvor, bis die Gesichtsfarben nicht mehr zu unterscheiden waren, in einem Schlammloch mit einem Schwarzen geprügelt, einem entlaufenen Sklaven, der, nichts als seine Freiheit suchend, als gebildeter Stadtmensch, des Lesens und Schreibens kundig, die Birne voll lateinischer Verse hat, vom Leben in der Wildnis aber keine Ahnung, derweil man selber, knapp mit drei Kreuzen zu zeichnen imstande, jede Freiheit für sich beanspruchend mit dem Fernziel El Dorado einzig den wertvollen Pelzen hinterher jagt, dabei noch dem von Telly Savalas gespielten Skalpjäger Jim Howie und dessen gesetzloser Bande auf ihren Schleichwegen nach New Mexico in die Quere kommend;

die Abenteuer und blutigen Fights in traumhaften Landschaften ausgetragen, deren wilde, weite Unberührtheit (dass, bevor man selber in sie vordrang, darin schon welche lebten, zählt nicht, und wenn schon, die Zeiten haben sich geändert: das rothäutige Ungeziefer, das sich einem auf den entbehrungsreichen Eroberungstrecks westwärts immer frecher in den Weg stellt, gehörte mitsamt den einem durch ihr Geheul und Gehechel des Nachts den Schlaf vergällenden Coyoten und den brüllend über die Steppe donnernden Büffelherden ausgetilgt, bis auf ein paar letzte, alle Massaker überlebende Exemplare, deren in Reservate gepferchte Nachkommen, vom Alkohol und weiteren zivilisatorischen Errungenschaften gefügig gemachte verfettete Wracks, die in verbeulten bulligen Pick-ups, wahren Rostlauben, am Morgen aus ihren ärmlichen Behausungen angefahren kommend, zum Dank, dass ihre Ahnen verschont worden sind, als Attraktion im Touristik-Zoo präsentiert nun zu gewerkschaftlich geregelten Arbeitszeiten, damit noch der letzte, der ihnen im Wohnmobil unterwegs mit gezücktem Fotoapparat zuschaut, beim Blick durch den Sucher sich jederzeit vergewissern kann, wie weit es der *American Way of Life* gebracht hat, vor imposanter Naturkulisse auf Parkplätzen federngeschmückt tanzbärenhaft tolpatschig das Tomahawk zu schwingen haben, oder, nicht weniger erbärmlich, sich kaum noch auf den Beinen zu halten imstande, als Veteranen vom Chief der USA in einer Zeremonie im Weißen Haus, bei der hinter dem Rednerpult sinnigerweise das Porträt von Andrew Jackson, dem siebten Präsidenten, hängt (der, wie das auch der fünfundvierzigste mit der blondgetönten Haartolle noch bei der unpassendsten Gelegenheit twittert, gerne als Vertreter des kleinen Mannes auftrat, den Indigenen sich jedoch, verantwortlich für die Deportation Abertausender aus dem Südosten über den Mississippi hinaus nach Westen, eine militärisch durchgesetzte Zwangsumsiedlung, die als *Trail of Tears* in die Geschichte einging, spätestens seit dem Massaker von Wounded Knee mit dem Beinamen Indianerkiller ins Bewusstsein gebrannt), für ihre Verdienste im Zweiten Weltkrieg geehrt werden, wo sie als *Code-Talker* im Pazifik Funker-Dienst zu leisten hatten, weil sie in einem Code zu kommunizieren verstanden, der, aus ihrer nie zu erlernenden Navajo-Sprache entwickelt, von den der US-Flotte in Pearl Harbor arg zusetzenden Schlitzäugigen nicht zu knacken war, im Gegensatz zur leicht zu entschlüsselnden Allerweltssprache, mit der sich heute jeder mithilfe von ein paar Dutzend Vokabeln durch die Welt walzt) für den heutigen Reisenden, wenn der, mit seinen auf alt getrimmten nietenbesetzten Jeans, die in sporenbewehrten Lederstiefeln stecken, und dem ausgebleichten, von Kampf- und Schmauchspuren gezeichneten Fransenwams Indianer auf dem Kriegspfad wie Rothautkiller in einem, als Easy Rider diese Landschaften durchblochend, deren Realität von Wunschvorstellungen verspiegelt ist, wenn er auf seiner Harley Davidson Dyna Wide Glide über den nachmittags als Hitzeschild flimmernden Highway, der sich wie ein Versprechen vor ihm ausrollt, berauscht im Truck-Konvoi den unter blutroten Wolkenriffen weit in der Ferne gefräßig aus dem Horizont in den riesigen, elliptisch verformten glutroten Sonnenball wachsenden Hochhaustürmen entgegenbretternd, deren Silhouette am opalen Himmel im zur Neige gehenden Tag an rätselhafte Behausungen unbekannter, in jedem Fall aber furchteinflößender Lebewesen denken lassen müsste, an der Death Valley Junction kurz überlegend, wo's jetzt am besten weitergeht, auf die muschelgekrönte blitzblanke Tankstelle stößt, die, nachts sich zu einem Neonaquarium wandelnd, in die Wüste geklotzt wurde, um Verdurstenden auf dem Weg in die Spielhöllen von Las Vegas weiterzuhelfen, und, wenn der Sprit im Tank zur Neige zu gehen droht, mit ihrem Schriftzeichengefunkel und den wabernden Leuchtreklametafeln wie eine Fata Morgana in Erscheinung tretend weit verheißungsvoller lockt als das dem *Amargosa Opera House* der Reisetänzerin Martha Beckett angegliederte Motel nebenan, welches der Tourist, den Tank gefüllt, mag der Werbeturm an der Straße mit blauviolett pulsierenden Saguaros vor einem in allen Farben flammenden Sunset, der, eher einem Nordlicht gleichend, jeden realen Sonnenuntergang in den Schatten stellt, den Biker auf seinem Stahlross zur Rast einladend, noch so verheißungsvoll an die wagenburgumstellten Lagerfeuer einstiger Pioniere zu erinnern versuchen, die am Morgen nach durchspielt-durchzechter Nacht mit täglich kläglicherer Habe und weniger Mulis im Planwagen westwärts weiterzogen, der nächsten einladenden Spelunke entgegen, in der tanzende, singende Saloonschönheiten, gurrend und zwitschernd Lust und Vergessen verheißend, den durchreisenden Goldwäschern, die für ein warmes Bad mehr als nur das Hemd herzugeben bereit waren, mit ein paar

Augenaufschlägen das Silber aus den Taschen klimperten, in geschäftiger Eile links liegenlässt), so etwas wie den Anschein von Utopie bewahrten –,

Landschaften, die einen selber, wenn man den Filmen heute (doch damit griffe man jetzt weit vor, gerieten die Zeiten endgültig durcheinander) spätnachts in einem dritten Programm begegnet, nachdem man in Ruch seinerzeit, im *Rex* und im *Rätus* in speckige durchgefurzte Kinosessel gelümmelt, auf deren abgeschabter Polsterung der Zettel durchs Gewebe zeichnete, in den Sog der wie die antiken Tragödien aus Versatzstücken montierten Filme geraten und, einmal von ihnen infiziert, mit viereckigen Augen auf die Leinwand starrend darin aufgehend, als kaugummikauender Held, eine Latte zwischen den Beinen, welche die zu enge Jeans zu sprengen droht, verklemmt an der sich ob dem musiküberdonnerten Geknalle ängstigend an einen schmiegenden Freundin herumknutschend, durch John Fords über die Netzhaut flimmernde Landschaftskulissen des Monument Valley und deren tausendfachen Verschnitt ritt, mit den Leinwandhelden um die Wette ballernd über traumhafte Prärien preschend, welche als Ausdruck jenes Landes der unbegrenzten Möglichkeiten, dessen Wunschvorstellung bereits Tante Berta den Blick vernebelte und das sich in den Sechziger-Jahren, während man in der Mittelschule zu büffeln gehabt hätte, um sich stattdessen in Sit-ins zu üben, in der Rolle des Weltsheriffs gerade anschickte, weniger gut Gerüsteten am andern Ende der Welt mittels Agent Orange und Napalm seinen Frieden aufzuzwingen, wehmütig in jene von unerfüllten Sehnsüchten zerrissene Zeit ihrer Entdeckung zurückzuversetzen vermögen – :

keiner dieser Filme und keine der vom Duft nach Freiheit und Abenteuer durchweht die Geschichte verbrämenden

Stories, allein Tante Bertas paar Postkarten aus der Neuen Welt, schwarz-weiß oder linkisch koloriert und, wo nötig, mit den an Weihnachten vom Christkind unter den Baum gelegten *Caran d'Ache*-Farbstiften nachkorrigiert, das war am Berg, wo man in den 50er-Jahren von Television nichts wusste und wo im Marktflecken unten ein Wander-Kino im Säli des Hotels *Via Mala* die immer gleichen Heidi- und Ganghofer-Verfilmungen zeigte, des Buben Amerika, Bilder, in der Kindheit ins Hirn gefroren, lange bevor *il buono, il brutto e il cattivo* auf dem sich zur Arena weitenden Friedhof aufeinandertreffen und der Showdown, weil keiner der drei als erster schießen will, aus Angst, dabei von der dritten Partei angegriffen zu werden, andererseits niemand die Waffe als erster einstecken mag, weil er dadurch dem schnelleren der beiden andern einen Vorteil verschaffte, in eine Situation mündet, aus der niemand als Gewinner hervorgeht – oder eben, wie sich am Ende von Sergio Leones drittem Teil seiner *Dollar-Trilogie* herausstellt, der Blonde, dank vorgängigem Betrug, indem er dem Hässlichen nachts zuvor hinterrücks die Waffe entlud, dass er sich anderntags, wenn's um Leben und Tod geht, nur auf den Bösen zu konzentrieren braucht, um, hat er den mit drei Schüssen samt Hut und Revolver ins Grab geknallt, dem übriggebliebenen Dritten, der vergebens am Abzug fingernd zu spät realisiert, wie übel ihm mitgespielt worden, einen Spaten zuzuwerfen, damit er ihm den Schatz ausgräbt, dem sie zu dritt hinterher waren, und der, was mit dem Versprechen, diesen freundschaftlich-friedlich zu teilen, mit ein paar großzügig spendierten Whiskeys und beim Spiel die beiden andern unter kleinstem Einsatz ein einziges Mal gewinnen lassend, leicht herauzusfinden gewesen, weder in dem noch in jenem Grab, sondern nur in dem einzigen namenlosen versteckt liegen konnte, nach vollbrachter

Arbeit den Hintergangenen mit vorgehaltener Knarre auf das wacklige Holzkreuz zu steigen zwingt, um ihm zum Abschied – bevor der sich's versieht, sind ihm die Hände auf den Rücken gefesselt – liebevoll den Strick überzuziehen, der von einem dürren Baum baumelt, ehe er, derweil der andere, von einem Restchen des ausgebuddelten Golds in der Grube geblendet, auf dem jeden Moment abbrechenden Querholz oben in einer Schnittfolge von schwindelerregenden Großaufnahmen immer verzweifelter ums Gleichgewicht ringt, im Nachspann mit der clever gewonnenen Beute zu Ennio Morricones Ohrwurm als der Gute von dannen reitet

III

Ich kann freilich nicht sagen,
ob es besser werden wird;
aber soviel kann ich sagen,
es muss anders werden,
wenn es gut werden soll.

Georg Christoph Lichtenberg

1

In die Gesellschaft von Winnetou und Old Shatterhand, zusammen mit Kara Ben Nemsi aus den Steppen Asiens, was alles nicht besser machte, geriet er spät, zu spät wohl; erst kurz vor Beginn der Mittelschule war es, als er sich, mit dem Dorflehrer heillos zerstritten vom Berg in die Stadt verpflanzt, in Euphorie, den Prügelorgien entkommen zu sein, vor allem aber in der Hoffnung, danach auf dem Pausenplatz mitreden zu können, unter der Bettdecke versteckt anschickte, durch ein paar Bände Prärie und Steppe zu pirschen, denn wollte er im Kreis vorlauter Halbstarker, deren Welt ihn fremder als die Wüsten des Monds ansprang, auch nur halbwegs mithalten, das spürte er, galt es mächtig aufzuholen, auf Teufel komm raus, mit allen Mitteln, damit ihn das Milieu baldmöglichst akzeptiere, im Glauben, aufgenommen zu werden, nach kleinsten Erfolgen rasch der Täuschung verfallend, aufgenommen worden zu sein, in Wahrheit jedoch längst nicht geachtet, vielleicht aber, und welch ein Fortschritt wäre das, wenigstens nicht länger geächtet von jenen Stadtschnöseln, die ihn in ihrer Überheblichkeit, welche sie von den Vätern am Mittagstisch zusammen mit der Suppe täglich neu eingelöffelt bekamen, wegen seines in ihren Ohren ungeschliffenen Dialekts und der nicht dem gängigen Schnitt und Stoff entsprechenden Hosen, wo immer er ihren Weg kreuzte, meinten bis zur Weißglut hänseln zu müssen, ja in ihrem Dünkel grundsätzlich mit dem Bewusstsein auftraten, etwas Besseres zu sein, da schon ihre Großväter etwas Besseres gewesen wären, mehr als andere gegolten hätten,

was, zumal von ihrer Warte aus, auch stimmte, nicht allein weil sie einstmals, im Taumel der Technik großgeworden, in der strengen Zucht der Urgroßväter beizeiten an die Hand genommen, in Kindertagen das Fliegen – statt wie er, der Meinung zu fliegen, wenn er, angefeuert von Neni, in einem

unbeschreiblichen Glücksgefühl mit ausgebreiteten Armen daheim um den Stubentisch kurvte, wobei der protzkopfige Großonkel aus der Stadt ihm die Hoffnung, eisern übend es eines Tages den Bergdohlen gleichtun zu können, irreparabel zum Einsturz brachte –, real erlebt hatten,

als Knirpse auf dem Flugfeld an deren Hosenbeine geklammert oder auf breite Schultern gesattelt mitfiebernd, wie der kollegiale Wettkampf im Äther dem Luftkampf Platz machte und es als Krönung – von der Geschichte begünstigt, brauchte man das nur aus der Ferne und, detaillierter, später in der Wochenschau mitanzusehen – andernorts alles verheerend Feuer vom Himmel hagelte, in einem Orkan von Vernichtung, der, mit Blut vermischt, in einem sengenden Phosphor- und Stahlsplitterregen über den aufgeweichten, blasenwerfenden Asphalt peitschend, die im Verwüstungssturm panisch Hin-und-her-Rennenden, ehe sie Zeit finden, die Bilder der Helden, zu denen sie, die Nichtse in den hinteren Rängen, eben noch, die Großen imitierend Hüte in die Luft werfend, mit in den Nacken geworfenen Köpfen ehrfürchtig emporgehimmelt, von der Wand zu nehmen und zu zertreten, wie Zündhölzchen entflammt, vom Schmerz gebäumt als brennende Fackeln ein Stück vorantreibt, bevor sie mit verrenkten Gliedern hinstürzen und gedunsen im siedenden Teer kleben bleiben, der Schrei erstickt, bei gebleckten Zähnen anstelle des Munds ein Loch und die gespannte Haut dessen, was Minuten zuvor Gesicht war, zur ledernen Maske gegerbt, über den Backenknochen aufgeplatzt und am Schädel verschrumpelt; durchgehende Kutschenpferde, in deren geweiteten Augen die Brandbombenblitze sich spiegeln, mit flammender Mähne durch die Ruinen eben noch intakter Straßen galoppieren, bis die Feuerwalze auch sie im Asphalt einbrechend erwischt, alles Fleisch schmilzt, verkohlt, mit Gebäuden, Brücken, Zäunen, zusammensackenden Tribünen zu Asche zerstiebt, während hierzulande, wie Großvater zu erzählen wusste, die Spanische Grippe die Reihen lichtete;

gut ein Vierteljahrhundert später, wiederum an der Grenze stehend, von sicherem Abhang aus, wie die Väter im Krieg zuvor, auf einer von der Natur wie eigens hierfür erstellten Tribüne in Feldherrenmanier über Rhein und Bodensee hinüber interessiert das von dumpfen Detonationen grundierte Farben- und Lichterspiel des Bombenspektakels mitverfolgend, das am andern Ufer die Nacht zum Tag verkehrt, konsterniert den Kopf einziehend und entrüstet Protestnoten entwerfend, wenn aufgrund eines Navigationsfehlers der Royal-Airforce-Piloten eine Bombe ihr Ziel verfehlte und diesseits der Grenze einschlug, haarscharf neben einer Munitionsfabrik, mit deren Produktion man sich den Frieden erkaufte, wobei es unter den Zuschauern, in den Fußstapfen der Väter mehr als nur deren Geschäfte führend, nicht wenige gegeben habe, so Neni, die, heimlich zu Beginn, dann, mit Gleichgesinnten in höherer Offiziersposition unbehelligt von Juden und Freimaurern, immer dreister, gipfelnd in der *Eingabe der Zweihundert,* einem Aufruf zur Anpassung ans Reich, unverfroren den Anschluss übten, Waffenschmiede

Versicherungsbonzen Bankiers Zahnärzte und weitere ehrenwerte Bürger, die und deren Dynastien, der Tradition verpflichtet geschickt heiratend, ihr blaues Blut oder was sie dafür halten und auf das sie sich so viel einbilden, über die Jahrhunderte bewahrend, auch wenn es nur das von Militäradel ist, zu dem die Altvorderen als Söldner sich in fremden Heeren auf Schlachtfeldern fern von Zuhause wenig zimperlich hochgedient, seither bis auf den heutigen Tag durch alle Generationen jede Situation goldrichtig meisterten,

nicht zuletzt jene wenige Dezennien zurückliegenden kurzen tausend Jahre, die im Nachhinein nurmehr mühsam auf Schleichwegen zu erschließen sind, weil eine Generation, ansonsten purlimunter und nach wie vor voller Tatendrang, durch die Anmaßung einiger junger Zeitforscher, die ihnen auf die Sprünge helfen wollten und dafür im Sumpf stocherten, in einen Zustand der Fassungslosigkeit versetzt, von einer partiellen Amnesie befallen heute sich plötzlich an nichts mehr erinnern kann, doch kultiviert, wie man sich gab, respektable Kunstsammlungen landauf landab zeigen es, hatten die Herrschaften es seinerzeit im Vollbesitz ihrer Kräfte bestens verstanden, die Beziehungen zu Größen des Reichs spielen zu lassen, am Vierwaldstättersee wie im nahen Davos, dort bei einem Winterurlaub vielleicht im gleichen Hotel tafelnd, oder, Liegestuhl neben Liegestuhl, soigniert übers Wetter und den Weltlauf konversierend, den braunen Gästen Gesellschaft leistend, wenn sie, mit Personalpapieren ausgestattet, welche nicht, wie die anderer Reisender, auf Empfehlung des Schweizer Botschafters zu Berlin durch ein J verunziert waren – man stellt sich den Herrn vor, wie er, nach der entscheidenden Unterredung über seinen genialen Einfall zu einem Bankett in eine Wannsee-Villa geladen, von Hitler und Göring durch eine Ausstellung entarteter Kunst geführt, nebenher vertraulich ein paar interessante Werke für sich und seine Freunde in der Heimat vor der Vernichtung sicherstellte, womit allen gedient war: den einen, die vielleicht gar nicht so sehr an der Säuberung deutscher Museen und Privatsammlungen interessiert waren, sondern in erster Linie daran, die dringend nötigen Gelder für ihre teuren Unternehmungen zu beschaffen, wie dem andern, der die nötigen Devisen aufzutreiben wusste und dem sie günstig zu Kunst verhalfen –, und deshalb, im Gegensatz zu jenen mit den unreinen Pässen, am Zoll freundlich begrüßt, ohne die kleinsten Schwierigkeiten aus ihren Gauen angereist, auf der verschneiten Terrasse der Höhenklinik, wo nicht allein Hans Castorp sich von der würzigen Bergluft sein Heil versprach, ihre vom frenetischem Siegheilschreien angegriffenen Kehlen kurierten; besser noch, mit den ausländischen Geschäftspartnern vor dem Dinner bei einem Tusch auf einen Sieg an der Ostfront anstoßend, von der Hotelterrasse aus sich am rotweißschwarzen Fahnenmeer einer ihrer lauten Aufmärsche ergötzend, welche sie, von den Schweizer Freunden der Bewegung unterstützt, von Behörden und Polizei erstaunlich unbehelligt zelebrierten, noch nachdem einer der ihren, ein Herr namens Gustloff, den, wie alte Postkarten es einem nahelegen und wie man, die von chächen Burschen mit Treichel-Schwenken und Fahnen-Schwingen angeführt eine ähnliche Fröhlichkeit an den Tag legenden Veranstaltungen heutiger sich als Führer aufspielender Parteimandarine vor Augen, anzunehmen geneigt ist, seine im Stechschritt *Die Fahne hoch die Reihen fest geschlossen* grölenden Schlägerbanden eigentlich rund um die Uhr bestens behütetet haben dürften, überraschend den Geist aufgegeben hatte, der Herr, seines Zeichens niemand geringerer als der Leiter der Landesgruppe Schweiz der NSDAP, durch Schüsse eines jungen David niedergestreckt, eines serbischen, in Bern immatrikulierten kränkelnden Medizinstudenten – eines Zugezogenen, wie die Zeitungen, den blamablen Zwischenfall vermeldend, umgehend klarstellten –, dem man, wie es sich für einen Rechtsstaat ziemt, für seine ruchlose Tat in Ruch nach geltenden Regeln umgehend den Prozess gemacht, und während dem treffsicheren Schützen sein Tun vor Gericht – obgleich es in unseren Tälern nicht wenige gegeben, so Neni, die Verständnis für das geglückte Attentat bekundeten, alle natürlich froh, dass kein Einheimischer den Mut dafür aufzubringen hatte; unweit der Grenze wollte den Führer im großen Kanton niemand unnötig reizen – achtzehn Jahre Haft im Sennhof mit anschließend lebenslanger Landesverweisung einbrachte, verstanden andere in der Zeit diskret bis dreist, in jedem Falle aber bedenkenlos, trefflich zu geschäften, mit der Mehrung des pekuniären Besitzes nebenher unter anderem ihre Kunstsammlungen vervollkommnend; und sobald die Geschäfte, trotz aller Waffenlieferungen und den nachts großzügig der Achse zur Verfügung gestellten Gleisen durch die Alpen, nicht mehr zur vollen Zufriedenheit liefen, spätestens nach der Kesselschlacht von Stalingrad war es soweit, als sich das Kriegsglück, bedingt durch sturköpfige Strategie, gepaart mit dem Größenwahn des vegetarischen Tierfreunds, dessen schlechtem Geschmack sie es verdankten, umso günstiger zu Besserem gekommen zu sein, selbst für den Gläubigsten einsichtig ins Gegenteil kehrte, reichte es, die Front wechselnd, im Herrenzimmer das Schnäuzchen von der Wand zu nehmen und nebenher ein paar Geschäftspartner auszuwechseln – wer darüberhinaus mit der richtigen Fahne auf den Einmarsch vorbereitet war, hatte, zur Unzeit einfeuernd, den im Schrank verwahrten rotweißschwarzen Fetzen zusammen mit dem Konterfei zu verheizen –, damit weiter alles seinen gewohnten Gang nahm (als Weltmeister in Sachen Opportunismus, wird man, sollte es sich eines Tages als notwendig erweisen und nicht länger umgehen lassen, denn Recht ist nun mal, was der eigenen Gesellschaft frommt, und Unrecht, was uns nicht gut tut, mit den Bonzen der Chinesen, den Vertretern der Diktaturen vom Golf und anderen potenten Geschäftspartnern kaum viel anders verfahren). –

Wobei es mehr als vermessen wäre, jetzt behaupten zu wollen, diese Verquickungen seien dem Buben, vom Unterricht eines als spinnert verlachten Großvaters abgesehen ohne jede Vorbildung in die Stadt gekommen, sogleich aufgegangen. Wie auch: nach der Sekundarschule am Berg mit C. F. Meyers Roman als Geschichtsbuch, dessen tolle Liebesgeschichte mitfiebernd jeder voll und ganz auf sich und seine eignen verworrenen Pubertätsprobleme bezog, sollte er es dank dieses im Roman zu einem Bismarck geschönten Raufbolds und Hallodris, der den Talar des eifernden Prädikanten durch den Brustharnisch ersetzte, um marodierend lukrativer mitzumischen, als Kriegsgewinnler eine Blutspur hinter sich herziehend aus propagierter Heimatliebe – was ihn posthum zum Nationalhelden adelte – nicht schlecht in die eigene Tasche wirtschaftete, bis es denen, die ihre Pfründe ungern mit einem hergelaufenen Aufsteiger ohne Stammbaum teilten, zu viel wurde und sie dem Spuk des Emporkömmlings durch den gezielten Axthieb eines willig angeheuerten Schlossknechts, der damit eine private Rechnung begleichen konnte, einen Punkt setzen ließen, in Ruch am Ende der Mittelschule, aber da das Andenken an unsere Geschichte stets getrübt und verworren war, sentimental und hysterisch verzerrt, angefangen bei der Mythologisierung der Räter bis zum allerneuesten Patrioten-Geschwätz erstaunt's niemanden, ein weiteres Mal nicht weiter als bis zum Dreißigjährigen Krieg bringen, vom Glück oder Pech begünstigt, als Professor in Geschichte einen Hagiographen und Panegyriker des verbürgten einheimischen und nicht dem Freistaat der Drei Bünde (welcher sich, weil beim Wiener Kongress zwar viel getanzt, aber miserabel verhandelt wurde, dass ihm die Untertanenlande mit ihren ertragreichen Weinbergen verlustig gingen, was viele bis heute wurmt, jetzt als ein Kanton unter anderen zufriedenzugeben hat) von einem Schwaben nur angedichteten Nationalhelden zu haben, der Klasse Stoff für gleich zwei volle Schuljahre bot; und um sicher zu gehen, dass im Vorfeld von Achtundsechzig, als Lehramtskandidaten zum Entsetzen gestandener Pädagogen sich plötzlich weigerten, in der Musterschule zu Probelektionen mit Krawatte und in der graublauen Berufsschürze vor die Klasse zu treten, und Frauen sich in Jeans und Stöckelschuhen nicht nur in die Schule trauten, sondern in dieser Aufmachung und mit toupierten Frisuren sich zu unterrichten anmaßten, keinem spendenfreudigen Mäzen ans Bein gepinkelt wird, hat der Bub als Stipendiat einer Stiftung zum Wohle von Kindern minderbemittelter Bergbauern, geschichtenversessen, wie er ist, seit er gesehen, wie spannend Romane sein können, sich in der Abschlussarbeit in Geschichte statt der bis heute aktuellen Zeit des Dreißigjährigen Kriegs ausgerechnet dem *Hexenhammer* zu widmen –

Item, nach seiner Rebellion gegen den Dorfpestalozzi, der mit dem Haselstock lehrte und seine schwarze Pädagogik in erster Linie an Schülern übte, von denen er wusste, dass sie der Alte, falls sie den Mut aufbrachten, daheim zu klagen, mit einer weiteren Tracht Prügel eindeckte, stand er, als Verweigerer unversehens das Glückskind, wie durch bloße Schwerkraft aus großer Höhe hinabbefördert, hinabgestürzt, hinuntergeschliddert, in zu groben Schuhen vom Berg unvorbereitet auf den überdüngten, akkurat getrimmten städtischen Rasen geplumpst, recht unsanft auf die Welt kommend, bislang durchaus nicht aufs Maul gefallen, fürs erste ziemlich verdutzt da:

Beim Fußball, das zeigte die erste Spielstunde, sah er keine Chance, zu brillieren, um in den Kreis von Advokaten-, Kanzlisten- und Kleingewerblernachwuchs aus Ruch und Umgebung aufgenommen zu werden; und da wenig Aussicht bestand, als ein Abkömmling vom Miststock, wie der Turnlehrer höhnte, mit seinen Kunststücken auf dem Rasen zu seiner Reputation je etwas beitragen zu können (im Gegenteil, bestimmt tappte er wieder in die Abseitsfalle, wenn er, der Meinung, die Spielregeln endlich kapiert zu haben, nach wie vor unfähig, auch nur zwischen Einwurf und Eckball zu unterscheiden, mit etwas Geschick grad imstande, Eigengoals zu vermeiden – wobei es beim Training fürs Klassenturnier ohne die Mannschaftsleibchen in der Hektik gar nicht so einfach ist, Freund und Feind, links und rechts auseinanderzuhalten –, bei der erstbesten Gelegenheit, kopflos übers Feld stürmend – rennen, das hatte er beim Hüten gelernt –, zum Schuss aufs Tor ansetzen wollte, mit Glück aufs richtige, unleidig, weil der prompte Abpfiff ihm natürlich nicht einleuchtete, die Arme verwerfend und unflätig ausrufend sich über die offensichtliche Parteilichkeit des Unparteiischen beschwerend, nebst dem Platzverweis noch einen Penalty provozierend), versuchte er es – nachdem er sie, die im Esszimmer der Schlummermutter zuoberst in der Bücherwand ein ganzes Regal beanspruchten, beim Suppenlöffeln ständig vor Augen hatte und sie seine Neugierde so lange steigerten, bis er eines Abends nach dem Essen einfach nicht anders konnte, als auf einen Stuhl zu steigen, um danach zu greifen – mit den versteckt hinter farbigen Einbandillustrationen in goldverzierten grünbraunen Halblederbänden gebündelten Abenteuern aus der *Mappe eines Vielgereisten;*

136 flüchtete, um den unerquicklichen Verhältnissen in der Heimat zu entkommen, von angeborenem Tatendrang über den Ozean getrieben, als erstes in den Wilden Westen, wo ihm, wie zu Zeiten von Tante Berta, die Bedingungen für das Fortkommen eines strebsamen jungen Menschen weit günstiger als auf dem Rucher Pflaster schienen, und er als Bergler hatte gute Gründe, zu Beginn dort die Route einzuschlagen, die ihm die Felsengebirge von den Quellen des Frazer-Flusses zum Hell Gate Pass und von da bis hinunter zur Wüste Mapimi erschlossen (sie musste sich, vermutete er, ohne Zeit zu finden, es im Atlas zu verifizieren, in unmittelbarer Nähe des Death Valley befinden), sodass danach zwar noch die Strecke vom Hell Gate Pass zum Nord Pik, eine Spanne von immerhin gut sechs Breitengraden, fremd blieb, in der, wie sich erweisen sollte, die interessantesten Orte zu entdecken waren (aber solange er sich in der eigentlichen Sierra bewegte, würde er bei den Erkundungen des Fremden auch dort wenig zu befürchten haben: in den Bergen gibt es reichlich Deckung; erst wenn sich vor einem nur noch kahle, von steilen Schluchten durchschnittene Plateaus dehnen, auf welchen jeder aus weiter Entfernung als wandelnde Zielscheibe auszumachen ist, wird ein Fortkommen heik-

ler, und die gefährlichste dieser Schluchten, der sogenannte Mistake-Canyon, der am meisten begangene Indianerweg zwischen der Ebene und dem Hochland, birgt echte Gefahr): steil aufragend, von fern ins Auge springend, die im Laufe von Jahrtausenden durch den Wüstenwind beinah perfekt gerundeten beiden Tetons, dahinter die Windriverberge und, besonders aufregend, tief eingeschnitten in das weit in die Ebene hinaus fächernde Delta, unter dem Südpass die Quellgegenden des Schlangenflusses;

trieb, im Anschluss an die ersten Eroberungen im Westen, rasch zu Ehren und Reichtum gekommen auf den Alten Kontinent zurückgekehrt, nach immer gleichem Muster quer durchs wilde Kurdistan;

fieberte, schon mal mehr oder minder in der Gegend, anschließend durch das Land der Skipetaren;

ließ sich durch Wüste und Harem über Stock und Stein von Bagdad nach Stambul leiten;

hastete, die durch die Tür hereindringende Aufforderung der draußen spionierend über den finsteren Flur schlurfenden Schlummermutter, es sei Zeit, das Licht zu löschen, damit er am Morgen aufmöge, ohne dass sie wieder das ganze Bett durchzuschütteln und mit einem kalten Waschlappen nachzuhelfen brauche, ungehört in den Wind schlagend, nach Damaskus und Baalbek;

stapfte im durch die übergezogene Bettdecke abgefilterten Lichtkegel des Nachttischlämpchens und, wenn selbst davon ein Lichtschimmer unter der Tür nach draußen drang und die Schlummermutter nach ihrem nächsten Spähspaziergang zur Toilette – was hat die überhaupt, wie von einem inneren Wecker getrieben, in immer kürzeren Abständen nächtelang schlurfend aufs Klo und zurück zu pilgern, ausgerechnet an seiner Zimmertür vorbei, wo sie doch ebensogut hintenherum könnte? – ohne Federlesens die Sicherung ausschraubte, tief unter Federbetten hinter Kissen verkrochen im Schein der tagsüber in der Kommode sorgsam zwischen der Unterwäsche versteckten Taschenlampe durch die Schluchten des Balkan, ins Reich des Silbernen Löwen;

erholte sich, ohne allzu großes Speien das Horn von Afrika umschifft und die Stürme am Kap der Guten Hoffnung gemeistert, als Passagier der *Sea Gull* an Land gegangen, bevor er in Begleitung eines gewissen Geronimo Sabuco, eines eher berüchtigten denn berühmten Andenführers, der von einem sterbenden Mönch – den er vielleicht selbst ermordet hatte – ein *Quipu* erhalten haben wollte, mit dem, so man die Knotenschnur zu entziffern verstünde, der Fundort ermittelt werden könnte, auf der Suche nach dem vergrabenen Inka-Schatz durch den Gran Chaco in die Cordilleren weiterzureisen gedachte, von all den überstandenen Strapazen kurz am Rio de la Plata, über dessen meerbusige Mündung allerdings grad ein kalter Pampero herüberstrich und die Straßen und Plätze von Montevideo mit einem Gemisch von Staub, Sand und großen Regentropfen bewarf, sodass er sich vorerst die Zeit besser in einem Zimmer des Grand Hotel *Oriental* vertrieb, zumal man ihn dort, vom Ober, ohne der schmeichelnden militärischen Anrede weiter Beachtung zu schenken, was ein Fehler war, ein kleiner, aber mit Folgen, da ihm, wie sich zeigte, aufgrund der Verwechslung mit dem Anführer der Revolutionspartei, in geheime Waffenlieferungen verwickelt unversehens zwischen die Fronten eines politischen Bandenkriegs geraten, bald eine Reihe von Anschlägen auf Leib und Leben bevorstand und er, vom Oberbefehlshaber der nationalen Streitkräfte, um an dem frechen Eindringling ein Exempel zu statuieren, vor ein Kriegsgericht gestellt, der Exekution an der Mauer hinter der Festung nur mit knapper Not entging – wiewohl er große Lust gehabt hätte, als Bücherwurm und Greenhorn unversehens in die Rolle eines Revolutionärs gedrängt, den Doppelgänger noch ein wenig weiter zu spielen, schließlich war er ja kein hergelaufener argentinischer Schafhirte, der sich wegen ein paar ihm untergeschobener Waffen und eines Laufmeters Ordner mit plump gefälschtem Beweismaterial in einer Justizfarce von dem Wort *General* in die Enge treiben, um nicht zu sagen, mittels billigster Tricks ins Bockshorn jagen ließe –, beim Bedienen unter wiederholten Bücklingen stets mit Herr Oberst angesprochen (die Kellner in Montevideo, sagte er sich, pflegten die gleiche Gewohnheit wie die in der Alten Welt, wo sie in Wien angeblich jeden dicken Gast Herr Baron, jeden Brillenträger Herr Professor und jeden Inhaber eines imposanten Schnurrbarts Herr Major titulieren), nebst dass man ihn mit den exotischsten Getränken verwöhnte, aufs vorzüglichste mit Büchern versorgte, darunter eins, dessen Inhalt sich, solche Zufälle gibt es, just auf das Land bezog, das er, sobald er von allen Reisestrapazen erholt wieder bei Kräften wäre und das Wetter sich bessern würde, ohnehin in natura kennenlernen wollte, den grünbraunen Band mit goldgeprägtem Rücken und einem farbig illustrierten Deckelbild, das vor bizarrem Berghintergrund, der eher einer Mischung aus Stätzerhorn und Monument Valley als den bolivianischen Anden gleicht, umgeben von den mit Ponchos und Sombreros auf lateinamerikanisch zurechtgemachten Bravi seiner Cuadrilla de malhechores den als Brustbild im Stile handgemalter Kinoplakate Jörg Jenatsch, dem wackeren Nationalhelden der Grisonen, wie aus dem Gesicht geschnittenen Bandenobristen zeigt, wie der in Operettengeneralsgala hoch zu Pferd lässig grad einen Joint raucht, aufs Geratewohl aufschlagend, erfuhr er – soweit des Spanischen mächtig – bereits in den ersten Absätzen, dass die Bevölkerung von Uruguay und der angrenzenden argentinischen Länder aus Nachkommen der Spanier bestehe, aus einigen, nicht sehr zahlreichen Indianerstämmen und aus den Gauchos, einer Art Viehtreiber, die, wiewohl Mischlinge, sich als Weiße betrachteten und, auf die Rassenzugehörigkeit sehr stolz, umgekehrt, indem sie sich meist mit indianischen Frauen vermählten, das Ihrige dazu beitrügen, die Bevölkerung wieder mehr und mehr mit dem Blut der Ureinwohner zu durchmischen, und, in ihrer Wesensart der wilden Entschlossenheit und dem Unabhängigkeitssinn dieser Ureinwohner verwandt, gepaart mit dem angelernten Anstand, dem Stolz, der edlen Freimütigkeit und dem vornehmen, gewandten Betragen des spanischen Caballero, sich als Feinde jeden Zwanges und Freunde glänzenden Tandes, den sie sich mit großem Eifer zu verschaffen wüssten – aber auch ohne große Bedenken wieder verlören –, zum Nomadenleben und zu abenteuerlichen Fahrten hingezogen fühlten, undsoweiter und so fort, alles, bis zum Einschlafen, in die entlegensten Details mit den abseitigsten Informationen ausgeschmückt;

und im fernen Westen wiederum, diesmal jenseits der ersten Felsengebirge – links drohen die finsterbewaldeten Vorberge der Salt River Range über den nordsüdlich fließenden Green River herüber, hinten scheinen die dunklen Black- und Tabernacle-Bluffs die Last des schweren Himmels zu tragen, und rechts, weit draußen, versammeln sich die Sweetwater-Giganten, Haupt an Haupt, je nach Sonnenstand und Beleuchtung, bald tiefernst, bald vorwurfsvoll, dann wieder nichts als hohnlächelnd auf einen niederblickend, weil man es gewagt hat, in eine Welt einzudringen, in der nur das Große, das Erhabene Platz findet und alles Kleine, Gewöhnliche erdrückt und zermalmt wird –, trottete er über Tage in einer Todeskarawane, schwitzend sich durch flimmernde Weiten voranmühend nach Wasser lechzend immer imposantere schattenspendende Bäume delirierend, auf denen, wie sich im Näherkommen zeigt, nichts als Teufelsköpfe wachsen, die jedem, der sie, im Hungerast mit Äpfeln verwechselnd, gierig von den Zweigen reißt und, dem Verdursten nahe, verschlingt, statt zu laben die Eingeweide zerfressen.

Was ihm bei all seinen Vorstößen ins Unbekannte indes immer wichtiger wurde, ob er nun – sei es als Weltenläufer, sei's als einfacher Reitknecht – die Prärie durchpirschte oder, unter Palmen versetzt, im Lande des Mahdi, aufmerksam umhegt von leichtverschleierten Frauen, im Mondscheinschatten einer Moschee mit Murad Nassyr bei einem Minzetee debattierte oder, von der Sonne Nordafrikas versengt und verglüht, während des Wüstenritts nach Khartum, auf Sklavenhändlerjagd mit dem Reïs Effendina, einem mit allen Sondervollmachten ausgestatteten hohen Beamten der Besatzungsarmee, Ibn Asl und dessen nicht weniger grausamem Vater Abd Asl hinterher, welch letzterer, nach einem legendären Katz-und-Maus-Spiel am Dschebel Arasch Kol gefangengenommen, umgehend zum Tode verurteilt und standrechtlich exekutiert, indem er, statt ihn zu erschießen zu hängen zu köpfen, zur Abschreckung den Krokodilen zum Fraß vorgeworfen wurde, hier wie im Wilden Westen, auf endlosen Durststrecken Sturm und Wetter preisgegeben, mit stets neuen Prüfungen und Gefahren konfrontiert: in Charlys Obhut fühlte er sich selten mehr allein, sondern jederzeit bestens aufgehoben; und wenn er, ob als Westman mit dem roten Gentleman im Bunde, oder als zölibatärer Orientfahrer in Begleitung von Hadschi Halef Omar Ben Hadschi Abul Abbas Ibn Hadschi Dawuhd al Gossarah, den nichts – er konnte es ihm nachfühlen – maßloser empörte, als wenn ihm in Verhandlungen die Kleinheit seiner Gestalt vorgehalten wurde, mit fingierter Migräne das Bett hütend ohne Rast und Ruh durch die plötzlich wie im Flug zerrinnenden Tage und schwülen Nächte abenteuerte, so mochte ihm Ruch dabei zwar weiterhin fremd bleiben, in der Sierra Rianca (dort insbesondere an seinem Lieblingsplatz, da, wo der Rio Pecos zwischen Skettel- und Head-Pik heraustritt und dem Reisenden sich, wenn die Schatten lang werden und von den Bergen mit dem über der Waldgrenze liegenbleibenden Sommerschnee, in dem nach und nach die Überreste in Winterstürmen verendeter junger wie alter und kranker Gemsen zum Vorschein kommen, ein kalter Wind die Hänge herabfegt, durch die kieferbewachsenen Hochwälder weht, zwischen den Stämmen der Zitterpappeln hindurch und schließlich über die flache Wüste streicht, am Ende des Tages, unterwegs an der mit aufsteigender Rauchsäule von weitem sich ankündigenden Hütte eines alten Klausners vorbeigekommen, der, hier im Grasland niedergelassen, wie ein Riesenfaultier, die Augen rot geädert, als wären sie mit glühendem Draht an den Höhlen befestigt, einsam, halb wirr vor seiner Einsiedelei plegernd, wenn man im Vorbeigehen ihn zu grüßen versucht, ohne umzusehen mit blindem Blick, nichts anderes mehr wahrnehmend, dem Lauf der

Sonne folgt, nach mühsamem Marsch durch Hitze und Staub gleich einem Traum aus tiefster Vergangenheit vom Schuttkegel am Ausgang der Schlucht im schrägen, rosafarbenen Abendlicht der vielleicht schönste Ausblick auf die täglich heimischer werdenden Regionen öffnet) fand er sich schnell zurecht, und der eisigste Blizzard, mochte der auch mit nach Eisen schmeckender Luft ihm bis aufs gefrierende Blut Nase und Wangen hobeln, konnte ihn so wenig schrecken, wie die stickigste Schwüle in der Gefangenenfeste Guadalupe ihm was anzuhaben vermochte, als er, von vermeintlichen Freunden verraten, in deren Verliesen zu schmachten hatte, bis, endlich, Rettung auch hier nahte und er sich, aus der Schlucht herauf verständigt durch die wiederholten Rufe eines Käuzchens, dessen Töne ein Echo zu haben schienen und mehrere Male in den finsteren, verschlungenen Zweigen und dem schwarzen Gewölbe der Blätter widerhallten, auf die er, als würde er sich in sein Schicksal schicken und selbstvergessen einfach so vor sich hin pfeifen, verhalten mit denen eines Ziegenmelkers, einer Nachtschwalbe, antwortete, auf dem Weg zur Exekution, während das Erschießungspeloton, die Gewehre im Anschlag, die erste Reihe kniend, dahinter eine stehend, schon im Schein einer großen Laterne vor der Wand für ihn parat stand, an einer Kehre über einen Stein zu straucheln vortäuschend, seinem Karma vertrauend vom Felsenriff, schwindelfrei war er ja, aber entschieden Nichtschwimmer, kurzentschlossen in die Finsternis über den braunen Wassern der engen Flussbiegung unweit Presidio de San Vicente hinunterstürzte – am Horseshoe, einen halben Tagesritt vor der Einmündung des Rio Pecos in den Rio Grande del Norte –, wo ihn, im Schutz der Nacht in der Strömung festgehalten von einer hüfttief im Fluss stehenden Rothaut, die beim Widerschein der Gestirne auf dem

Wasser unter einer verschatteten Felsnase einzig am Glanz der Augen knapp auszumachen war, auch schon ein Kajak und sein Pferd erwarteten.

Erst auf Sitara, zwischen Ardistan und Dschinnistan, im unwegsamen El Hadd, einem relativ schmalen, subtropischen Urwaldstreifen, durch dessen Baum- und Felsenlabyrinth der unendlich gefahrenvolle und beschwerliche Weg aus den sumpfigen Ebenen, einem miasmatischen, allen von Meer zu Meer brausenden Stürmen preisgegebenen Tiefland voller toxischer Pflanzen und reißender Tiere, von Süden her in immer trockenere Gebiete gelangend, über einen der beiden Zugänge, den westlichen, das Bab Ualhall, ein Felsentor, welches sich der Fluss Ssul gebrochen hat, bis er vor der Landenge Chatar versiegt und mit der Fluss-Schifffahrt auch der Landverkehr praktisch erliegt (die Sage weiß, dass die Wasser hier umgedreht hätten und nach Dschinnistan zurückgeflossen wären, was sich früher, als man, wenn nicht Dschinnistan selbst, so doch das Grenzland El Hadd noch ziemlich gut kannte, leicht hätte überprüfen lassen, im Gegensatz zu heute, nachdem kaum einer mehr lebt, der dort war, und auf alte Beschreibungen ist wenig Verlass, zumal gemunkelt wird, dass sich in den Bergen in letzter Zeit viel verändert habe, wovon man in den Niederungen nie etwas erfuhr, oder, um lieb gewordene Illusionen zu bewahren, nichts erfahren wollte, was nach und nach das Gerücht aufkommen ließ, es sei den Bewohnern von Ardistan überhaupt verboten, den Dschebel Allah zu überschreiten, um, links an der Schulter des Orion vorbei, ins Hochland zu gelangen, das, bei klarem Wetter, speziell bei Nordföhn, wenn einem die Luft vor den Augen flirrt, mit seinem weißen Spitzchen über dem Wald in der Ferne glänzt, *ewig jung und schön im Kusse des Sonnenstrahles, ein Garten Eden, ein Paradies,* wie Kara Ben Nemsi, in geheimer Mission im Auftrag Marah Durimehs unterwegs, voller Heimweh in einem Brief an seine Lieben in die Heimat schrieb), von wo aus es dann steil, sehr steil nach oben geht, über Märdistan, ein Zwischenland, in welches sich nur die Tapfersten wagen dürfen und worin jeder andere unweigerlich zugrunde geht, sei es, weil er schon der Geisterschmiede im Wald von Kulub nicht entgeht, dem eigentlichen Herzen der Finsternis, in der dem Teufel verfallene oder von diesem dorthin verschleppte Seelen in Gluthitze gepeinigt würden, bis ihnen jede Widerstandskraft gegen alles Böse gebrochen und jede Sehnsucht nach dem Edlen ausgetrieben wäre, oder sei's, weil der, welcher diese Qualen durchsteht, sodass ihm der Weg nach Dschinnistan nun offen stünde, danach entweder gleich in den Abgründen des Grenzgebietes verschwindet oder wenig später in den Fluten der Wasserfälle ersäuft, die sich aus dem El Hadd von sehr hoch herab in einen gewaltigen See stürzen, dessen Tiefe noch niemand ermessen hat – kurz, was man nun auch glauben mag, er zumindest tat sich im Vorankommen täglich schwerer, und in der immer dünneren Luft um den Mount Winnetou und den Dschebel Allah herum, jene mächtige, kompakte Felsmasse, welche sich, wo der Wald aufhört, in zwei hochaufragende Kuppen teilt, von wo aus der Weg durch eine Bergspalte und dann über einen Pfad, der eingemeißelt an der massiven Felswand eines Steilhangs dreihundert Meter über den Wolken entlangläuft, jäh in die Schlucht hinab führt, an gähnenden Abgründen entlang auf eine unergründliche Schwärze zu, aus der es für einen jeden, der da hinunterstürzt, keine Rettung gibt (so wenig wie in der ihm seit Kindsbeinen vertrauten Via Mala, wo er zugesehen, wie es auf einem Sonntagsausflug den Nachbarsbuben, mit dem Rad bergab zu waghalsig unterwegs, beim Versuch, alle andern zu überholen, an der

Punt da Tgiern übers Geländer katapultierte), sollte er sich – und falls nicht am *Arsch* der Welt, so war dieser von hier aus zumindest, wie ihm schien, deutlich zu sehen – in den jäh aufragenden, sagenumrankten Urwaldregionen Ardschs heillos versteigen. –

Vorerst jedoch, wie betäubt vom Budenorient und berauscht vom Jahrmarktsflitter der Western-Show, ob auf schwarzem Mustang einhersprengend oder – nichts kann abenteuerlicher sein – beim Straußenrennen, als würde er von einem Magnetberg angezogen auf verwunschenen Pfaden sich zielstrebig unterwegs ins Reich der Edelmenschen wähnend, war er in blindem Eifer nachts selbst zum Löwen Sachsens geworden, der, einer Bagatelle wegen aus dem Lehrerseminar gefeuert und eingebuchtet (laut Anklage jedoch nicht etwa, weil er sich gleich ihm, vom Land in die Stadt versetzt und also in die vermeintliche Freiheit, ab sofort jeder Haarschneidtortur verweigerte, sondern weil der arme Teufel im Advent für den heimischen Weihnachtsbaum der Eltern als Lichtwochner sechs Kerzen entwendet habe), in der Strafanstalt, um der Isolation etwas entgegenzuhalten, Traumwörter zu einem ausufernden Handlungsdickicht zu spinnen begann und, nachdem sich zeigte, wie einfach es ist, eingesperrt die Welt zu erobern, danach auch in Freiheit, ganz nach dem Motto *Was willst du die Wahrheit erzählen, solang dir viel Interessanteres einfällt,* Band um Band Wortstürme aus dem Hirn blies, bevor er, müde geworden, in seiner Villa *Shatterhand,* umgeben von den fleißig erschriebenen, teuer erstandenen Trophäen, sich zwischen Grizzlybärfellen und ziselierten Krummsäbeln mit aufgeschminkten Spuren eingetrockneten Blutes, den Henrystutzen im Arm breit hingelehnt endlich als den ablichten lassen konnte, der er immer schon hatte sein wollen: ganze Heuschreckenschwärme von Wörtern schnurrten dem Buben da Nacht für Nacht los, und alle aus dem einen Kopf, dem Kopf des im Kopf Vielgereisten, dessen Träume ihn, als er eines Frühlings, der Meinung, damit in der neuen Umgebung den Zugang zu schaffen, hoffnungsselig, um nicht zu sagen verzweifelt Band um Band die exotischsten Prärien und Steppen durchschmökerte, mit Haut und Haar gefangen nahmen und von den eigenen, täglich verwickelteren Angelegenheiten ablenkten. –

Woran aber mochte es liegen, dass der Reiz der abenteuerlichen Ritte, auf denen er wie im Flug die Welt durchtrabte, der Kitzel von etwas verboten Geglaubtem, das doppelt faszinierte, weil der Dorfschulmeister es zu Schund deklariert hatte und, als er einen Schüler mit dem *Schatz im Silbersee* erwischte (den mittels eines Dietrichs aus dem Giftschrank im Bibliothekszimmer zu entwenden dem gewitzten Peterli, der es, weil er während des ihm schnell langweilig werdenden Unterrichts vom ersten Schultag an oft und gern störte, um seine Rechen-Aufgaben zu lösen, aus der Schulstube in die Lehrerwohnung hochgeschickt, Jahre zuvor schon fertiggebracht hatte, des Primarlehrers Schwarzwälderuhr in Einzelteile zu zerlegen und sie nach der Pause, in der zu Beginn oben ein fürchterliches Gewitter losdonnerte, statt seine Strafstöckli zu rechnen – warum auch, sagte er sich, der Lehrer hatte ja einen Lösungsschlüssel –, noch vor dem Mittagsläuten zusammenzusetzen, dass sie nach der Bastelei genauer als zuvor lief, nicht schwer gefallen sein dürfte), den – wie der Lehrer wetterte – degenerierten Dreck ohne jeden Bezug zur Heimatscholle, welchen ein als

Seidenhändler in Ägypten reich gewordener Nachfahre einstmals vom Berg Ausgewanderter zusammen mit Goethe Schiller Meyer Keller Gotthelf Ganghofer, etwas Huggenberger und Rosegger, ergänzt mit *Peter Bandlis glücklicher Winter* von Felix Camani, John Knittels *Via Mala* und einem Regalbrett weiterer Heimatromane, die man gelten lassen könne, der Gemeinde als Grundstock der den Erwachsenen vorbehaltenen Dorfbibliothek gestiftet, vor der Klasse Band um Band im Schulofen verfeuerte, dennoch derart rasch nachließ, und was eben noch gefangengenommen hatte, zu langweilen begann, dass die Schlummermutter, wenn sie von Schmerzen in den aufgetriebenen Beinen gequält über den Gang schlurfte, mit ihrem ungehaltenen Pochen an seine Tür, spätestens bei der zweiten Aufforderung, nun sei es aber wirklich Zeit, das Licht zu löschen, ihn über der Lektüre eingeschlummert mitten in der Nacht aus dem Schlaf schreckte, dass er im Schein der nur mehr schwach leuchtenden Taschenlampe von Angst durchfahren glaubte, es müsse also bereits Morgen sein und höchste Zeit, zur Schule zu radeln, um unausgeschlafen sich dort (seit der Mathematik-Klausur am ersten Vormittag in der Stadt, die ihm, weil man, außer dem Bürgerlichen Rechnen, am Berg von Zahlenzauber nichts wusste, sodass die Prüfung entsprechend ausfallen musste, vom in der Lümmelburg amtenden Schulleiter – die Klassenkollegen, sich in die Bänke duckend, zogen, als er ausholte, wie mit von Schmerzen verzerrten Visagen ihre Köpfe ein und kniffen die Augen, aber nur, das Lachen unterdrückend und vor klammheimlicher Schadenfreude über das, was dem nichtsahnenden Neuling bevorstand – mit einer Siegelring-Nuss auf den Schädel benotet wurde, war der Tarif bekannt) der Prüfungstortur eines gerade an solchen Tagen zu jeder Perfidie bereiten Pädagogen auszusetzen.

Lag es am Ende daran, dass er sich in überstürztem Eifer auf etwas eingelassen, das die meisten aus der neuen Klasse längst erschlossen hatten und ihnen, wenn er, beim Versuch, städtischen Schritt zu imitieren, ungelenk über den quadratischen Pausenplatz stolzierend, der an der Rückseite mit einer hoher Buchshecke die dahinter auf der Tennisanlage mit anderen Rucher Schönheiten um den besten Aufschlag wetteifernd ihre Körper trimmenden Lehrersgattinnen vor den Blicken der pubertierenden Pickelgesichter abschirmte, mit seinen nächtlichen Ritten über blanke Hügelpaare und durch tautriefende Waldschluchten bluffte, eingeweiht feixend allenfalls noch für affiges Gekicher und nicht minder affige Anspielungen auf liebreizende Leibritzen gut war, die er, wie eifrig er nachts auf Expedition nach ihnen ausschwärmte, mit Haut und Haar jeweils wieder ganz von der Handlung eingenommen, mit nichts verbinden konnte, sodass ihm, als er dann doch was zu ahnen begann, allem Bemühen zum Trotz immer irritierter ob seiner Begriffsstutzigkeit, auch Kurdistan bald wie Kannitverstan klang? Da er aber in Ruch anfänglich niemanden wusste, mit dem er sich über seine Sehnsüchte, seine Ängste und seinen Argwohn hätte austauschen können, beschloss er, die Ohren zu spitzen und fürs erste nichts mehr zu sagen

2

150 **Im Bücherschrank der Schlummermutter** - was hatte er in fremden Kästen und Vitrinen überhaupt zu mausen? – war der Bub eines Tages auf *Gullivers Reisen* gestoßen, im Anhang der Ausgabe, was besonders einfuhr, Swifts *Bescheidener Vorschlag, wie man verhindern kann, dass die Kinder der Armen ihren Eltern oder der Gemeinde zur Last fallen,* sondern im Gegenteil, statt für den Rest ihres Lebens Mangel zu leiden, zur Ernährung und teilweise auch zur Kleidung Vieler beitragen und somit zu einer Wohltat für die Gemeinschaft werden könnten (welch ein Segen, überlegt man, beim Sichten alter Notizen die einstige Lektüre vergegenwärtigend, wäre das in den Augen nicht weniger gerade heute, in diesen beklagenswerten Zeiten, wo es, wie ein um das Wohl der Heimat besorgter Politiker der Vaterlandspartei seinen Vorstoß im Rat kürzlich begründete, jedem, der empfindsamen Auges in dieser unserer großen Stadt wie draußen auf unserem so mannigfaltigen kleinen, aber wie kaum ein anderes der Sonne zugekehrten Fleckchen Erde unterwegs, dessen Schönheiten für Kind und Kindeskinder und alle kommenden Generationen zu bewahren oberste Pflicht eines jeden verantwortungsvollen Patrioten sei, beim Gedränge in den überfüllten öffentlichen Verkehrsmitteln – inzwischen stapelten sich die Massen und Koffer und

Reisetaschen schon in den Gängen, wodurch das Pirschen von einem Waggon zum anderen, einst die größte Annehmlichkeit einer Zugfahrt, etwa durch den Sankt Gotthard zu den Compatrioten im Süden, zunächst erschwert und demnächst vollkommen unmöglich werde –, erst recht beim betrüblichen Anblick der Legionen auf Straßen, in Gassen, Bahnhöfen und vor den Eingängen der Supermärkte herumlungernden Refugees und sonstiger fremder Gestalten, die man bis vor wenigen Jahren als exotisch taxiert hätte, hinter denen sich meist drei, vier oder sechs Kinder drängten, die jeden Vorübergehenden in babylonischem Sprachengewirr um ein Almosen belästigten,
wobei mehr noch als die Kinder die Mütter zu bedauern seien, welche sich, statt für den ehrlichen Lebensunterhalt sorgen zu können, gezwungen sähen, ihre ganze Zeit auf Streifzügen zu vertun, weil jemand für die hilflosen Kinder ja Brot beschaffen müsse, da dieselben sich, es sei denn, die Veranlagung wäre besonders günstig, höchst selten den Lebensunterhalt vor ihrem sechsten Jahr unabhängig sichern könnten und später, ohne Arbeit zu finden, in der Mehrzahl fast automatisch zu Dieben würden – schließlich könnten sich nicht alle als Söldner bei irgendwelchen religiös eifernden Warlords verdingen oder auf den Strich gehen –, das Herz zuschnüren müsste), indem man nämlich diese Kinder, bevor sie ein Jahr alt sind, reichen und vornehmen Leuten zum Kauf anbietet, denn danach, und zwar bis zum zehnten oder zwölften Jahr, stelle ein Knabe oder ein Mädchen, wie Wirtschaftsexperten und Verhaltensökonomen einhellig versicherten, auf den gängigen Vertriebskanälen, außer übers Darknetz vielleicht, was aber nicht jedermanns Sache sei, keine marktgängige Ware mehr dar, und spätere Verkäufe, da die Unterhaltskosten nach dem ersten Jahr den besten Markterlös rasch um ein vielfaches überstiegen, lohnten weder für die Eltern noch für den Staat. –

Zwar ließe sich mit den über einjährig rasch für alles andere zu zähen der steigende Bedarf an Wildbret ausgleichen, der trotz aller außersaisonalen Nachjagden, die nötig sind, damit Rätiens Patent-Jäger nach der Waidmannslosung, *Dies ist des Jägers Ehrenschild, dass er beschützt und hegt sein Wild, es jagt waidmännisch, wie's gehört, den Schöpfer im Geschöpfe ehrt,* ihre während der regulären Jagd nicht verschossene Munition los werden, zu Engpässen führe, insbesondere bei Gemsen, deren Bestand allerdings nicht allein durch die übermäßige Bejagung – wie bei den Steinböcken der Trophäen wegen natürlich der kapitalsten Böcke – derart drastisch zurückgehe, oder weil ein Großteil von ihnen jährlich an der Gemsblindheit, die eigentlich Schafblindheit heißen müsste, erkranke und blind geworden bei Stürzen verrecke, sondern weil alle paar Meter die jungfräulich verschneiten Hänge hinauf und kreuz und quer bis in die abgelegensten Wintereinstände, die zum Wohle der Tiere eigentlich geschützt wären, was aber, solange niemand kontrolliere, niemanden zu stören brauche, ein naturverbundener Individualsportler, der für die zu Robotern mutierten Pistenflitzer, welche sich wie Sardinen in Kabinen gezwängt die Berge hoch verfrachten lassen, kein müdes Lächeln übrig hat, anderntags, nachdem er für die körperliche Ertüchtigung in der freien Natur sich am Vorabend im Wellbeing Resort mit Betörendem aus Küche und Keller verzaubern hat lassen

(angefangen, zur Begrüßung, bei der kleinen, von der Gastgeberin als Amuse Gueule gereichten Pizza, auf der wenig Schnittlauch und viel Kaviar liegt, als Vorspeise die Pizzoccheri, einstmals mit Kabis, Speck, reichlich Knoblauch und schwerem Alpkäse eine deftige Verpflegung für Holzknechte und sommers das Sennentuntschi nudelnde Älplerdumpfbacken, verwandelt in eine schwebend leichte

Kreation, die Buchweizennüdelchen, hauchzart und dennoch kräftig im Biss, auf eine aromatisch schillernde grüne Wirsingemulsion gebettet, anstelle des in gewissen Hochtälern einst daruntergemischten Gemszigers, der inzwischen, nachdem immer mehr der vormals blühenden Alpen planiert, verschüttet oder von Unwettern, die heut einfach alles bachab spülen, sonstwie ruiniert sind und sich die Wildmannli, verärgert über das Label *Naturpark,* das die Zuhälter des ewigen Schnees, mit dem es nicht mehr weit her ist, bald jeder bis an die Vegetationsgrenze hoch umbrochenen und zutodegegüllten Alplandschaft aufdrücken – wer darin unterwegs, an jedem Elektrozaun zwar vor Mutterkühen gewarnt, von einer ums Eck geschossen kommenden Horde Mountain-Biker über den Haufen geradelt wurde, weiß, was das Wort sagen will –, in die hintersten Krachen verkrochen haben, wenn nicht gar zusammen mit dem Enzian und der Feldlerche gänzlich ausgestorben sind, kaum noch aufzutreiben ist, heute mit mehrere Jahre in Naturkellern gereiftem Bergkäse verfeinert, der meist drastische Rauchton des Specks ins Ätherische sublimiert; die Pizzoccheri gefolgt von einem Gletscherwassersaibling aus der Fischzucht im Nachbartal, der, mit im Harz stehenden Arvenzapfen aus dem God da Tamangur und fermentiertem Magerwiesenheu eine Nacht lang fein angeräuchert, kaum erhitzt mit einem Hauch Frühlingsbutter an einer Sauce aus Alpsahne und Wildkräutern angerichtet, abgeschmeckt mit ein paar Tropfen schonend dampfentsaftetem Quittenjus von der Großmutter im Stöckli nebenan, als Gericht wie von einem andern Stern so frisch auf den Tisch kommt, dass es schwierig ist, die Gräten zu entfernen – vor dem Hauptgang, einer mit Hirnschaum garnierten Tranche Oberschenkel, verblüffender danach nur noch das Schweineschwänzchen:

knusprige Haut und winzig wenig zart-saftiges Fleisch, einen Tag lang im Holzofen niedergegart, serviert mit Biokarotten, einer Mousse aus oberhalb der Baumgrenze auf Wildlägern gepflücktem Heimelen-Spinat und Koriander, an einer XO-Sauce mit einem Schuss im Fass gereiftem Negroni der Genuss pur –; insgesamt umfasst das kleine Abendmenü neun Gänge, das große zwölf, und im Menu Surprise, das sich aber nicht zur Verköstigung zwischen zwei Skitouren eignet, erzählt der Maître de Cuisine in einem feinen Spiel zwischen Nostalgie und Avantgarde eine Geschichte mit bis zu

neunzehn aufregenden intensiven aufeinander abgestimmten Sinneserlebnissen, die den uneingeweihten Neuling, auch ein solcher verirre sich hierher, gelegentlich etwas perplex zurücklasse, den Stammgast jedoch – und zu diesem wird hier jeder, sobald er, verführt von dem edlen Ambiente auf Schloss Craptatsch, kaum anderthalb Autostunden außerhalb Ruchs von Bergen umstellt mitten im geschichtsträchtigen Jenatsch County gelegen, einmal Blut geleckt hat – Mal für Mal abholten und in die Zeit zurückversetzten, wo er als Kind im Wald und auf der Weide alles kostete, was er zwischen die Finger bekam, Ameisen wie Geißenkötel, um mit diesen ihm servierten Köstlichkeiten sowie ein paar weiteren Überraschungen die auf der Tour in der freien Natur verbrannten Kalorien auszugleichen, was gleichzeitig, dass die anstehende Frischzellenkur in Überlingen sich auch lohnt, den Cholesterinspiegel wieder ordentlich anhebt –; damit alles nicht zu sehr anschlägt, gönnt man sich nach einem kurzen Schwatz mit dem Besitzer, der, eine Flasche hundertjährigen Armagnac unter dem Arm – der geht dann auf mich –, in der *Stüva Grischa* zum Abschluss des Abends am Tisch seines Stammgastes vorbeischaut, Mitternacht ist schon wieder vorbei, noch ein paar Runden in der im Frühmittelalter mit der Entdeckung einer körperwarmen Heilquelle begründeten hauseignen Felsentherme am Schluchteingang),

versorgt mit der nötigen Energie, bei der Tour in der Früh auf Fellen als einsamer Wolf seine Spur durchs gleißende Weiß gipfelwärts zieht, wenn grad keiner der drei hauseignen schwarzen Helikopter zur Verfügung steht, und damit, naturverbunden, wie jeder um das Wohl des blauen Planeten Bemühte heute ist, in seiner Freestyle-Euphorie die Grat-Tiere, ganz vermeiden lässt sich das nicht, schließlich soweit verdrängt, dass sie sich durch die stressbedingt nachlassende Fruchtbarkeit, so idiotisch ist die Natur nun mal eingerichtet, selbst dezimieren –:

zwar, wie gesagt, ließe sich das der Kulinarik dadurch verlustig gehende Gemsfleisch summa summarum recht wohl durch für alles andere zu zähe Burschen und Mädchen nicht über zwölf Jahren decken, zumal, wie angedeutet, eine große Zahl junger Leute beiderlei Geschlechts vermehrt keine Arbeit finden wird und sich, statt den ganzen Tag am Handy fingernd auf Bahnhöfen herumzulungern, fürs Überleben bekanntlich auf Einkommenszweige zu verlegen genötigt sieht, die einer Gesellschaft, welche sich nicht rechtzeitig wappnet, weit weniger angenehm sind.

Und dennoch, dieser Verbesserungsidee für Swifts *Vorschlag,* wiewohl, rein ökonomisch betrachtet, wirksamer als alle letztlich untauglichen Mauern und Natostacheldrahtzäune – spätestens nach Ansteigen des Meeresspiegels um ein paar weitere Zentimeter wird sich das zeigen, wenn man bedenkt, was allein in Bangladesh für eine Zeitbombe tickt –, kann leider nur sehr bedingt zugestimmt werden, denn was die reifen Knaben betrifft, das versicherte bereits Reverend Swifts amerikanischer Bekannter, ist ihr Fleisch, wie das unserer Schulknaben, durch fortwährende sportliche Betätigung im allgemeinen mehr als zäh und gerade bei solchen aus Berggegenden trotz weltweit fettleibiger Kinder oft zu mager und im Geschmack meist so unangenehm wie das brünstiger Hirsche oder heißer Keiler, und die Burschen zeitig kastriert zu mästen würde die Kosten wiederum nicht lohnen; was aber die Mädchen angeht, so wäre die Umsetzung des modifizierten Swiftschen Plans ein herber Verlust für die Öffentlichkeit, weil diese, in Kürze selbst Mütter, allesamt die Vermehrung der Zucht befördern könnten; außerdem ist nicht auszuschließen, dass ein paar Überbedenkliche einem solchen Brauch den Vorwurf machen, da der Intellekt bis zu dem Zeitpunkt – die Pubertät tritt ja immer früher ein – bereits ordentlich ausgebildet sei, grenze es ein wenig an Grausamkeit, was in unseren von der Barmherzigkeit geprägten Breiten von jeher der stärkste Einwand gegen jede Innovation gewesen ist, so gut sie auch gemeint sein mochte; doch falls der Vorschlag jemandem wahrhaftig ohne jedweden parteistrategisch prestigeträchtigen Hintergedanken missfallen sollte, so sei speziell den Politikern und Sozialhelfern ans Herz gelegt, zunächst einmal die Eltern dieser Sterblichen zu fragen, ob sie es rückblickend nicht als großen Gnadenbeweis empfunden hätten, wenn ihr Nachwuchs auf die vorgeschlagene Weise im Alter von knapp einem Jahr als exklusives Nahrungsmittel (in dessen Genuss – ein schlagendes Argument – leicht ohne die von Tierschützern zu Recht beanstandeten üblichen langen Transportwege beim Schlachtvieh zu kommen ist und das darum gerade in jenen Kreisen, die ihr Leben streng nach dem ökologischen Fußabdruck ausrichten, ja, geradezu um den optimalen ökologischen Fußabdruck wetteifern, hoch willkommen sein müsste) auf dem Teller eines Feinschmeckers gelandet wäre, sodass ihnen dank dieses frühen Glücks die Straße ewigen Elends erspart geblieben, auf welcher voranzumühen sie sich nun gezwungen sehen, ohne, vor Mitte Monat stets stier und pleite, von Steuereintreibern und Gerichtsbütteln verfolgt, die in der Sozialwohnung aufkreuzend jedes Mal überrascht sind, dass unter den Lebensbedingungen überhaupt noch wer lebt, jemals zur Ruhe zu kommen, mit der unvermeidlichen Aussicht, dasselbe oder noch größeres Elend der nächsten Zucht aufzubürden, denn wer von Fortuna begünstigt – selbst dem Unbedarftesten ist das Glück ab und zu hold – am Tische des Herrn einmal hat naschen dürfen, der mag danach, um nur ein Beispiel zu nennen, ungern dauernd Currywurst, Thai- und sonstigen Junk aus irgendwelchen Budget-Supermarktketten und über die Straßen stinkenden Fressbuden futtern, damit es, neben der Verpflegung, fürs Leasing wenn nicht eines Maserati, der wohl ewig Traum bleibt, doch wenigstens eines anständigen SUV reicht, und wenn's nur eine aufpolierte japanische Schwarte wäre, denn wer weniger übermotorisiert aufkreuzt, macht sich auf jedem Ausflugs-Parkplatz verdächtig und kann lang drauf warten, bis ihm, auf den Vorplatz des Enjoyment Resorts einbiegend, bei Regen eine diskret parfümierte Hostess mit dem Schirm in der Hand die Autotür aufhält, ganz zu schweigen von den drei Wochen Mittelmeer, die, Staus hin oder her, mit denen auf den viel zu wenigen, dringend autobahnmäßig auszubauenden Alpentransversalen rund ums Jahr und bald an jedem Wochentag zu rechnen ist, auch noch drin liegen müssten. Kurz, alles spricht für den frühestmöglichen Verkauf des überzähligen Nachwuchses; wobei die Mütter gut beraten sind, ihre Babies all die Monate, insbesondere im letzten, reichlich zu säugen, damit diese für die gute Tafel auch schön rund, fleischig und fett werden (ein gesundes, gutgenährtes einjähriges Kind, wie ein Suckling Pig sauber ausgeweidet, klassisch mit etwas Pfeffer und Salz gewürzt, den Torso, um den Gaumen zu kitzeln, bestrichen mit einer Vinaigrette aus handgepresstem Olivenöl mit eingelegten Waldameisen, die Tierchen, mit dem nötigen Respekt natürlich, im Herbst mittels einer zuckerwassergetränkten sterilen Gaze mittags, wenn sie besonders aktiv sind und es nur so wimmelt, vom großen Haufen im goldenen Lärchenwald direkt über dem

Resort abgeschöpft – jeder Hüterbub, der die Krabbler, welche sich, gestört, schnell mal auf die Hinterbeine stellen, einzeln aus dem Gegramsel eines mit dem Hirtenstecken in Aufruhr versetzten Haufens zu pflücken und als Mutprobe zu zerbeißen hatte, weiß, welch schöne florale Säure sie haben, besser als die beste Zitrone, sauer und doch süß, rund und blumig, schlicht unbeschreiblich –, am Spieß gedreht, bis nach anfänglichem Röten die Haut sich gleichmäßig bräunt und danach aufspringt – um sie zu schonen, wird geraten, die Brüstchen zuvor abzutrennen und diese erst vor dem Servieren mit etwas Trüffelfond auf der Innenseite knusprig anzubraten –, aber ebenso auch geschmort, gebacken oder zu einem Fricassée oder Ragout verarbeitet, ist, will man Swift glauben, der sich dabei immerhin auf einen kenntnisreichen, bestens unterrichteten amerikanischen Gourmet berufen konnte, eine köstliche Speise, nahrhaft wie bekömmlich) und die Babies somit das Soll erfüllen, bei Lustbarkeiten im Freundeskreis oder zusammen mit Geschäftspartnern, in jenen immer rareren Wohlfühlmomenten, bei denen das Teilen von Kulinarik, Genuss und Zeit mit Gleichgesinnten im Mittelpunkt steht und, nach dem Credo des Küchenchefs, am Ende dennoch stets das Produkt der Star ist, wenigstens zwei

Gänge zu ergeben; der allein speisenden Familie wird das Vorder- oder Hinterviertel ausreichen und aufgewärmt noch am vierten Tage ganz ausgezeichnet, ja wie eine gute Minestra oder ein Gulasch sogar von Tag zu Tag besser schmecken, besonders zur kalten Jahreszeit, wo man deftigere Speise eher als im Sommer zu schätzen weiß.

Den nicht unbeträchtlichen Aufwand für die Vermarktung eingerechnet eine – zugegeben – nicht ganz billige Speise, doch für eine Elite, die das Exquisite zu schätzen weiß, Herrschaften, die, gewissermaßen bereits den größten Teil der Elterngeneration verschlangen und somit, naturgemäß, auch Anspruch auf die Kinder haben, wie geschaffen; wer wirtschaftlicher haushaltet – die Zeiten verlangen es, und schließlich sollten solche Köstlichkeiten gelegentlich auch dem gemeinen Mann zugutekommen –, mag die geschlachteten Leiber schinden: die Haut, kunstvoll gegerbt, ergibt, ob für den Eigengebrauch oder zum Weiterverkauf, nebst leichten Sommerstiefeln für den Herrn bewundernswert samtweiche Handschuhe, mit denen die gepflegte Dame im Parkett der Oper oder an Kunstvernissagen in den entsprechenden Galerien für Furore sorgt und nicht zuletzt auf jeder Party in einem der diversen Privat-Clubs, die sich zur Belebung der nachts toten Innenstadt-Geschäftsquartiere in den dank fortschreitender Digitalisierung nicht mehr für eigne Zwecke benutzten obersten Stockwerken zentral gelegener Bankpaläste einmieten, der gebührenden Aufmerksamkeit sicher ist. –

Obwohl es sich empfiehlt, die Kinder auf dem Markt lebend auszuwählen und sie, wie wir es bei Spanferkeln gewohnt sind, sogleich nach dem Abschlachten und Ausbluten noch lebendwarm herzurichten, könnten die Städte, da es nicht jedermanns Sache ist, es selbst an die Hand zu nehmen, zu diesem Zweck, analog den zentralen Schlachthöfen für den steigenden Bedarf an geschächtetem Halal- und Koscher-Fleisch, in passenden Gegenden Schlachthäuser oder Fleischbänke einrichten, stillgelegte Industriegelände und Bürobrachen gibt's in der Agglomeration genug, und an Schlächtern, in dem Punkt dürfte Swift schwerlich zu widersprechen sein, an Schlächtern wird es niemals fehlen, genauso wie unter Müttern bestimmt bald ein Wettstreit zu beobachten wäre, welche von ihnen das fetteste Kind zu Markte trüge. Nebst manch anderen Vorteilen, etwa, dass Minderbemittelte so unverhofft zu etwas Wertvollem kämen, das sich notfalls, nachdem die geleasten Autos und die wandfüllenden TV-Screens bereits beschlagnahmt und im Besitz der Bank sind, legal pfänden ließe und Vermietern so endlich wenigstens einen Teil der Mietschulden einzutreiben hülfe, wären die Frauen (es wimmelt geradezu von Schwangeren, die, kaum dass sie eins von der Brust haben, erneut rundbäuchig, sich mit ihren Kleinfamilienkampfpanzern in den Trams, allen andern im Weg stehend, um die dafür reservierten Plätze streiten), abgesehen vom Reinverdienst, den sie durch den Verkauf der Frischlinge zur Aufbesserung des nirgends hinreichenden Taschengeldes erzielten – man weiß, wieviel, um dem Begatter zu gefallen, monatlich allein schon fürs Fitness-Studio, den Beauty-Salon und den Friseur drauf geht –, von der Last befreit, ihre Kinder übers erste Jahr hinaus zu füttern.

Und diese Nahrung brächte, fünftens, den Nobelgastronomien viel ein, denn die Proprietari der Schlemmertempel wären sicherlich clever genug, ihre Kult- und Erlebnisköche, wahre Lichtgestalten der Kulinarik, die – nicht ohne Hintergedanken der Juroren, denn wer isst nicht gern mal fürstlich –, von gemeinnützigen Stiftungen wie von der öffentlichen Hand mangels anderer auszeichnungswürdiger künstlerischer Leistungen heute mit Kulturpreisen überhäuft werden, umgehend zu den ausgefallensten Rezepten anzuregen, um mit den aufregenden Kreationen im Gault Millau einige begehrte Punkte mehr zu ergattern, nebst dem gewonnenen Renommee für die Kochkünstler mit dem Resultat, dass sich die Genussoasen – Gastwirte lieben Prominente, da sie wissen, dass ihre Präsenz im Restaurant eine starke Anziehungskraft auf die Bevölkerungsschicht der reichen Schwachköpfe ausübt, die sie bevorzugt als Gäste zu gewinnen versuchen, und Prominente lieben Restaurants, sodass sich, wie ein französischer Soziologe kürzlich schrieb, eine Art von natürlicher Symbiose zwischen Gastwirten und Prominenten einstellt – einer Klientel, die sich mit Recht auf ihre Kenntnisse einer vorzüglichen Küche etwas zugutehält, bald kaum mehr zu erwehren wüssten (natürlich ist es legitim, einen gebratenen Steinbutt mit wenig Haldensteiner-Spargel und einer Sauce Hollandaise aus der Großtube zu servieren oder schlicht ein durch die Klopfmaschine gewalktes Wiener Schnitzel anzubieten, aber der Gast, der ein höher eingestuftes Lokal besucht, wo hoffentlich so gekocht wird, dass auch der in den Schlemmertempel mitgenommene Sohn, nachdem er zuhause schon an Kaviar, Austern, Schnecken und Froschschenkel gewöhnt worden ist, verzaubert wird und ohne seine Lupe dabeizuhaben im Härtetest einen Zehngänger locker wegputzt, erwartet heute einfach etwas mehr Kreativität und Aufwand und ist betucht genug, jede Ausgefallenheit, die an einer Ess-Séance aufgetragen wird, sei es bei einem intimen Tête-à-Tête oder in geselliger Runde, angemessen zu berappen: als Entrée zum Beispiel zwei großartige Gemüsegänge, eine Variation von der Neuenburger

Cœur de Boeuf-Tomate, auf Milzgrieben des Milchbabys gebettet, und Bohnen-Ravioli mit Oscietra Kaviar, gefolgt von einem Turbot-Rücken an raffinierter Orangensauce; vor dem eigentlichen Highlight, dem aufregendsten Produkt, das, erst am Tisch tranchiert, in jeweils zwei Variationen serviert wird, wie am Abend zuvor, beim *Diner secret des 19,* das zarte Rehkitzfilet auf Lebkuchenscheibchen in einem Ring aus Waldheu, ergänzt durch eine traumhafte Trilogie von der säugenden Gemsgeiß, die der alte König der Bernina, begleitet von einem Wildhüter, der sie ihm vors Zielfernrohr zuwies, außersaisonal fürs Haus persönlich in der Val Bever gejagt hat; zu jedem Gang von der Sommelière, der Gattin des Küchenchefs, selbstverständlich der passende einheimische Wein autochthoner Rebsorten kredenzt, abgerundet mit einem beeindruckenden Herrschäftler aus der Großflasche von Gilles de Grasse, der sich zur Ausreifung seines Tropfens jedes Jahr neue Fässer aus portugiesischer Eiche fertigen lässt, und zum Nachtisch, als Überraschung für den jungen Gourmet nach dessen Initiation, das Lieblingsdessert des Gastgebers: einen hauchdünnen, noch warmen Apfelkuchen aus Spezie-Rara-Äpfeln vom gutseigenen Bungert; der in Erinnerung bleibende Traum – auch fürs Übernachten ist gesorgt, entweder direkt in einer der Schloss-Suiten oder in den von einem auf einheimisches Holz spezialisierten Architekten zu individuell gestalteten Gästezimmern umgebauten Vieh- und Pferdeställen – all included zu einem schlappen Tausenderlappen aufwärts pro Nase zu haben, für jeden, der regelmäßig hier einkehrt, nicht mehr als ein großzügigeres Trinkgeld, das während einer Rauchpause auf der Terrasse zwischen zwei Gängen mit dem Smartphone am Ohr in einer kleinen Transaktion leicht zu egalisieren ist; wer mehr Stil zeigt, zahlt's, passend zur Speisekarte, dem Chef mit einem

Schein der alten, inzwischen ausgewechselten, aber weiterhin gültigen Banknoten-Serie, die vorderseitig das Konterfei jenes bekannten Psychiaters und Entomologen zeigt und verso den Vertikalschnitt durch einen Waldameisenhaufen, bar auf die Hand).

Sechstens würde Swifts Vorschlag zur Minderung der Armut und der Behebung des Hungers – das Argument, weil heute auch in Chrysopolis ohne Ehevertrag und kirchlichen Segen gevögelt werden darf und, sofern das nötige Kleingeld vorhanden, auch unverheiratet eine Wohnung gemietet werden kann, ohne dafür wie noch in den Siebzigerjahren des zurückliegenden Jahrhunderts nach Spreitenbach auszuweichen, mag altväterisch anmuten, dürfte aber bei den immer leereren Betschuppen Evangelikalen und all den andern nach wie vor der Jungfräulichkeit als der Voraussetzung allen Glücks huldigenden kirchlichen Kreisen mehr als gelegen kommen – ein großer Ansporn zur Ehe sein, zumindest zu solideren Partnerschaften (was heute aufs gleiche herauskäme, da, wie der Kinderpsychologe und Philosoph Pascal Bruckner unlängst in einem Aufsatz festhielt, angesichts des Scheiterns der Liebesheirat heute wieder die Vernunftehe deren Platz einnehme und, laut Thidian Da Silva, die familiäre Beziehung, insbesondere die zwischen Vater und Sohn, keinesfalls auf Liebe basiere, sondern auf der Übertragung von Können und einem umfassenden Erbe).

Und *last but not least würden* die Männer, um auch sie nicht außer Acht zu lassen, ihre Frauen während der Schwangerschaften so liebevoll umhegen wie die Bauern ihre trächtigen Stuten, Kühe und Sauen, wenn sie ein Füllen, Kalb oder Ferkel von ihnen erwarten, und sie aus Furcht vor einer Fehlgeburt nicht länger bei der kleinsten Meinungsverschiedenheit schlagen noch mit Füßen treten, wie sie es jetzt nur zu häufig zu tun gewohnt sind: ein Vorschlag, alles in allem, der es, selbst reduziert auf diese paar rudimentären Andeutungen, in sich hat.

Wehmut, schmerzende Wehmut überfiel den heimwehgeplagten, pubertierenden, also längst zu zähen Buben während der in seinen Fieberträumen nachhallenden Lektüre jener paar luziden Seiten aus dem frühen achtzehnten Jahrhundert beim Gedanken daran, was alles auch ihm erspart geblieben wäre, wenn er, während die Eltern bei der Feldarbeit sich krumm schufteten, um mit dem Ertrag der paar Rinder das von der Familie im Laufe des Jahres bei Trepp, Casparis und dem Konsum Angeschriebene abzustottern, auf dem Hof von Nana und Neni liebevoll betreut und gemästet, wie das Lamm, dem er beim Hüten auf der Weide in die Welt geholfen, im Alter von knapp einem Jahr Herrschaften zum Fraß vorgesetzt worden wäre, vom Schlächter zärtlich gekrault zu einem einlullenden Gebet den Bolzen professionell auf die Stirn gesetzt bekommen oder, ohne zu realisieren, was einem geschieht, mit einem präzise geführten Halsschnitt in einem Sternnebel explodierend nach ein paar Zuckungen alles auch schon überstanden und vorbei, statt jetzt, vom Berg kopfvoran ins Stadtlabyrinth gestürzt, zur Spott-Jagd freigegeben – und dabei hätte er als Hüterbub doch gewusst, dass noch das schwächste Tier die Möglichkeit besitzt, den Kampf zu vermeiden, indem es eine Demutsstellung einnimmt, aber seit dem jungen Törleß sind die Demütigungen gemeiner, die Brutalitäten widerlicher geworden – von Tag zu Tag vergelsterter durch Ruch Haken schlagen zu müssen im Bemühen, sich mit seinem bisschen Intelligenz, eher ein Hamster im Käfig denn ein Hase auf freiem Feld, gegen die ihn plump foppend Umtölpelnden zu behaupten

3

Wenig später, als draußen vor den Fenstern bereits alles grünte und spross und Rucher Schönheiten, die sich im Haushalt von Dienstmädchen vertreten ließen, hinter dem Schulhaus auf dem Tennisplatz durchtrainiert die Hüften schwangen, dass bei den durch betörend viel nacktes Bein und Busenwippen aufgegeilten Lümmeln im Schulzimmer oben – das Gerangel um die Fensterplätze war längst entschieden, sodass der Kleine vom Berg, als er vor Ostern, es ging für jene, welche, statt für den Übertritt in die Mittelschule zu büffeln, in eine Berufslehre wechselten, schon auf das Ende des Schuljahrs zu, in einem zu engen grauen Schafwollpullover, zu kurzen steiftuchenen Bügelfaltenhosen und zu groben, zu wenig spitzen Schuhen vom Direktor persönlich, gefolgt vom Pedell, der ein Pult trug, in die Klasse geleitet zu den Großen stieß, wo er dem Alter nach hingehörte, naturgemäß das Nachsehen hatte und von dem, was bei schwellenden Knospen Pausengespräch war, höchstens ein Aug voll mitbekam, wenn er, ins Schulzimmer zurückgeklingelt, um an seinen Platz im dunklen Winkel zu gelangen, einen Umweg außenherum an den Fenstern entlang einlegte, was bald allen auffiel und in der nächsten Pause Anlass zu neuem Gespött bot – die Aufmerksamkeit auf den Nullpunkt sank und noch mit den deftigsten Geschichten zur Geschichte, trotz darin marodierender Söldner und einer verwegen sich über die Schreckenszeiten mogelnden Marketenderin, die in Preßburg und Mantua, zu Prag wie am Rhein genauso zuhause war – oder vielmehr obdachlos – wie in Stralsund, Berlin oder auf den blutigen Feldern Böhmens und Mährens, von Westfalen an die Pyrenäen, von Flandern zum Balkan und vom Baltikum bis in die Lombardei, und dabei immer wieder auch durch Rätien, in einem chaotischen Europa, das religiös-ideologische Zwiste zerrissen, hinter denen sich die schäbigsten Machtinteressen verbargen, als couragierte Regimentsdirn und zu was mehr – die Zeitläufe sind hart – sie sich einspannen ließ, in ihren gut sechzig Jahren bestimmt etliche Male, sicher aber im Mai anno 1629, im elften Kriegsjahr, ohne vermutlich in den grauen Mauern bei der Gelegenheit dem später zum Nationalhelden geadelten Schlächter mit Buch und Schwert, der ihr als Major in Mansfelds Truppen einstmalen so großzügig aufgewartet – ein großer Mann, gut gebaut, vielleicht noch etwas hager, von edlem strengem Äußern und mit strammen Waden –, nochmals zu begegnen, da dieser sich damals, verheiratet rasch korpulent geworden, mit Frau und Kind auf neutralem Boden im neu erworbenen Schlösschen Katzenstein im eidgenössisch beherrschten Thurgau sicherer aufgehoben fühlte und im Übrigen zu der Zeit, als die Courasche in der kaiserlichen Kriegsmacht von zwanzigtausend Mann, welche, aufgeteilt in drei Heere, auf dem Weg über die Alpen durch den Freistaat der drei Bünde, das Land der Grisonen, brach, noch für die andere Partei focht – zum rechten Glauben bekehren, was ihm strategisch wie pekuniär mehr einbrachte, sollte er sich erst etliche Jahre später –, mit ihrem Bagagewagen, ihren kaum an die Brust geangelt gleich wieder weggeschossenen Mannsbildern, ihrem Plunder, kurz, ihrer Beute, von einer Schlacht zur andern walzend, einmal übers andere alles einbüßend, um das, was zu ihrem Handel und zu ihren Händeln vonnöten, raubend, hurend, stehlend und raffend, feilschend und schachernd sogleich von neuem zusammenzukriegen, auch die große Stadt Ruch passiert hatte, durch die Reichsgasse hinauf und, wenn nicht viel zu holen gewesen, entweder weil schon alles geraubt war oder aber die Konkurrenz ihr voraus den Handel versaut hatte, so rasch, wie sie in die Mauern gekommen, durchs Obertor wieder hinaus und die Welsche Straße weiter, gen Süden, nicht mehr von frischester Jugend, aber eine große, propere Frau, behende, wohlgerundet, freundlichen Gesichts, der Mund vielleicht ein wenig groß, aber schöne Zähne, volle Wangen, klare Augen, freie Stirn, wunderbare Haut, kurz, eine lebhafte, offene und freudige Physiognomie, und ein Busen, an den man sich gut und gern zwei Tage lang hätt schmiegen mögen, etwas starke Arme, ja, aber wundervolle Hände, wie gemalt oder vom Bildhauer geschaffen, aus der brenzligsten Situation noch zu retten sich imstande, indem sie, Not macht erfinderisch, aus ihren vielfach übereinander getragenen Röcken und den darin eingenähten Taschen Flugschriften für die jeweils richtige Partei zauberte, die, mit der Bise aus den kalten dunklen Ebenen des Nordens hergeweht, von der Furie des Kriegs über die Berge getragen oder von Fahrenden unter ihrer Ware versteckt ins Land geschmuggelt, mit Pulverdampf, Pesthauch und dem Brandgeruch über den Städten und Gehöften sogar bis hierher ins Garnisonsstädtchen Ruch gelangten: in der Welt draußen schienen mehr davon gedruckt worden zu sein, als irgendwer zählen konnte, die, weil sie tags danach – im Wind klirrende Fahnen drehen in unruhigen Zeiten schnell – tutti quanti so veraltet wie die Zeitung vom Vortag sind, ständig durch bissigere zu ersetzen waren, draus zitierend, munter durch Zeiten und Räume springend, der Lehrer außer von der Courage vom Schiff der Narren erzählte, das aus Erasmus' Landen gegen den Strom sich aufs Rheinknie zu kämpfte;

von Räubern, die, aus Erfahrung der Meinung, ein honneter Mann ließe leicht sich aus jedem Weidenstotzen formen, zu ihren ehrenwerten Unternehmungen hingegen es Grütz und ein gewisses Spitzbubenklima bräuchte, einander über die Gass hinweg rieten, ins Graubündner Land zu reisen, das sei, die Spatzen pfiffen es von allen Dächern, das Athen der heutigen Gauner;

von Wallenstein auch und vom Leu aus Mitternacht, dem Schwedenkönig Gustav Adolf, Retter und Märtyrer des rechten Glaubens – des evangelischen in dem Fall natürlich –, welchem, aus dem Sattel gestochen im Steigbügel hangend, ein Kaiserlicher zu Lützen in den Kopf gefeuert;

von Henri II de Rohan, dem Hugenottenherzog, der, von den einen verteufelt, andern, je nach Sicht auf Seiten der Guten, für die gerechte Sache kämpfend, nebst Cholera und der Beulenpest, die, wie verfrüht einbrechender Frost im Herbst die Fliegen, bis zu zwei Dritteln der ansässigen Bevölkerung dahinrafften – zu fressen hätt' es in den geplünderten, gebrandschatzten Dörfern, nachdem die Männer entweder rechtzeitig geflohen, niedergemacht oder unter wehenden Fahnen mit dem Feld weitergezogen waren, für die zurückbleibenden vergewaltigten Frauen, Alten und geschändeten Kinder eh nichts mehr gegeben –, mit seinen Soldaten die Blauburgunder-Rebe in die Herrschaft gebracht haben soll, aus der bis heute der Wein der Gegend gegoren wird, mehr ein Getränk zwar, doch gut gegen den Durst (und just diesem Guten Herzog, das nebenbei, verdankt der mit hängendem Kiefer über seines neuen Lehrers Fabulierkunst staunende Bub den Ruhm, vom schönsten Berg der Welt abzustammen, großgeworden für Rucher Verhältnisse leider mit dem falschen Zungenschlag, wobei der Dichter mit der löblichen Titulierung, die er dem schöngeistigen Heerführer in den Mund gelegt, in seinem Roman, welcher dem Dorfpädagogen, dem dafür alle Ehre gebührt, als Geschichtsbuch diente, der obersten Klasse die stets aktuelle Epoche des Dreißigjährigen Kriegs nahezubringen – erfolglos; sich gegenseitig die Köpfe einschlagen konnten die Schüler auch ohne darin unterwiesen zu werden –, mit dem schönsten Berg der Welt statt der sanft ansteigenden Muntogna wohl die imposante schneeweiße Pyramide des Piz Beverin gemeint haben dürfte, welche es, sich aus der Ebene vor ihm auftürmend, dem spinnerten Conrad Ferdinand, als er mit Betsy, seiner Schwester und Partnerin, ohne die er keine Zeile zustandegebracht, in Bünden auf Recherche durch das im Blust stehende Domleschg gezogen, derart angetan hatte, dass er rund um den Marktflecken am Ausgang der Via Mala nach einem stattlichen Anwesen Ausschau hielt – sich hier ansiedelnd wär er seiner Sippe entkommen, die ihm in Chrysopolis standesgemäß als gute Partie eine ältliche, wenig attraktive Industriellenjungfer zuhielt –, und was außer Schloss Rietberg hätte sich da angeboten, denn an kaum einem Ort wär der Dichter seinem Romanhelden je nähergekommen, die ausgetretenen Steinstufen des Bergfrieds hochsteigend, um oben beim Blick durch die Ochsenaugen, die ganze Geschichte vor sich ausgebreitet, vor Augen gen Süden den Beverin, aus dessen Flanke winters im Mondschein ein Greis übers Tal schaut, und gen Norden das weiße Spitzchen über dem Wald, turmauf jedes Mal an dem Kamin mit dem kleinen Kreuz vorbeikommend, das bis heute von allem Ruß sauber gehalten in der Rauchfangrückwand prangt, ob später dort angebracht oder vom Mörder nach vollbrachter Heldentat seinerzeit selbst mit der Axt über dem Abgeschlachteten in den Stein geschlagen, bleibe dahingestellt, schließlich ist des Helden Legende die Wahrheit, und da es die absolute nicht gibt und jeder Augenblick der Realität, sobald er vorbei ist, zur Fiktion wird, mag das, rückblickend, erklären, warum der neue Lehrer in seinen Geschichtsgeschichten des Öfteren auf jenen schlitzohrig mischelnden einheimischen Terroristen und Aufsteiger zurückkam, der, nachdem er sich mit der Hand auf der neuen Bibel durch die Zeitläufte gehungert, nicht zufrieden damit, von seinem Pfarrstübchen aus verzehrende Blicke nach den erleuchteten Fenstern des schönen Schlossfräuleins zu richten, nächtens um deren Turm schmachtend aber vergeblich drauf wartend, dass sie ihm das Haar herunterließe – erstaunlich eigentlich, warum von Jenatschs Hagiographen bis heute keiner auf die Idee gekommen ist, der brünstige Hitzkopf, als zweiundzwanzigjähriger bereits in den Justizmord an einem Erzpapisten verwickelt, welcher übergewichtig der peinlichen Befragung nicht standhielt, habe den sich im Rauchfang versteckt von seinem winselnden Schoßhündchen verratenen Schlossherrn einzig und allein aus Frust erschlagen, nicht an dessen bildhübsche Tochter Lucretia herangekommen zu sein, anders gesagt: als dem Teufel zugelaufener armer Pfaffe von der Hochwohlgeborenen verschmäht, in Wut auf sich und die Welt Buch und Talar beiseitelegte, zum Degen gegriffen, um, da schon einmal Blut an den Händen klebte, das gewinnmehrende militärische Handwerk beim Pfälzergeneral Mansfeld auf Schlachtfeldern fern der Heimat bis hinunter nach Sarajewo zu perfektionieren, bevor er in Harnisch und Ehren ganz im Stile eines im Dreck ersaufenden

Italo-Western das Erlernte daheim und in den wie die Trauben ausgepressten Untertanensprengeln nicht weniger unzimperlich durchexerzierte: von Axthieb zu Axthieb) –;

und vielleicht – überlegt man jetzt – handelten die Flugschriften, aus denen der Lehrer fleißig zitierte, gerade darum immer wieder auch von der großen Pfaffentorheit, die das Leid erst übers Land bringt, vom bösen Papst am Tiber wie von jenem Antipapst zu Wittenberg (über welchselbigen – wie der Lehrer mit sichtlichem Spaß zu ergänzen wusste – unser Lemnius Emporicus, der über Ruch hinaus wenig bekannte Sohn des aus dem Prättigau eingewanderten Gion Margadant und einer Jenal aus dem Samnaun, der, gezwungen die Fronten zu wechseln, um als vor der weiten Welt draußen gescheiterter Dichter in der hiesigen Nicolaischule Papistenzöglingen Latein beizubringen, nachdem er, als Student noch Schützling des eifernden Melanchthon, nach einem Disput über die richtige Lehre beim jähzornigen Luther und dessen Entourage in Ungnade gefallen, als Schand-Poetaster verschrien heim in die grauen Lande zurück hatte flüchten müssen, in seiner gegen den Teuflischen in Umlauf gesetzten *Monachopornomachia* wettert: Nun, fetter Martin, leidest selber du an Dysenterie und schreist beim Kacken, und sie, die du anderen gewünscht, widerfährt nun dir, der du, während du andere laut Scheißer nennst, doch wohl selbst mit Scheiße reich gesegnet zum Scheißer geworden bist, und wenn früher dir die Wut deinen schiefen Mund gelöst, jetzt dein Arsch dir die Ladung deines Bauchs löst, aber so große Pest wie die, welche jetzt, um hervorzubrechen, einen Weg hintenaus findet, konnte aus deinen Lippen zuvor sich nie ergießen), sowie, nicht zu vergessen, nebst dem Wittenberger von dessen nach außen züchtig gestreng sich gebenden, im Vergleich mit Calvin allen Genüssen aber durchaus nicht abgeneigten Kollegen an der Limmat, dem in den schwarzen Landen als Prediger von Anarchie und Revolution apostrophierten Großmünsterprälaten;

und, nicht zuletzt, natürlich, erzählte der Lehrer von ihm, Hannikel, ohne den Historie in Ruch so undenkbar ist wie ohne den omnipräsenten Gieri Giorgio Jörg oder, im Dialekt der Walser, Schorsch – nie aber Jürg, wie es, gegen den Willen des Autors, der Verleger schließlich durchdrückte –; Hannikel, der, als eine Grobversion von Eulenspiegel, wenn man so wolle, aus Ebershardt, Nagold und Altensteig zu uns gekommen, raubend und, wenn's halt ums Verrecken nicht anders zu machen war, mordend die Rheintäler heimsuchte, mit seiner bunten Truppe, als fahrende Gaukler getarnt, durch die Ebene an Gartenmauern hinziehend, durch Dörfer ohne Geläut, wo graue Wirtshäuser trauerten, voran die Kinder im Jubel, die andern folgten wie im Traum, und hörte man von ferne den Trubel, so zitterten die Früchte am Baum, mit dabei im Tross ein Bär und, wohlabgerichtet bettelnd, ein Affe, mitsamt einem Dutzend schöner Frauen und dreimal mehr räudigen Bälgern, die Bande in der Ruine Rappenstein hinter der Neuburg hoch über Untervaz aufgespürt von Jagdhunden, die einem Rudel Wölfen hinterher waren, welche, nachdem die das Land heimsuchende Soldateska die Wälder leer gefrevelt, vom Hunger getrieben nachts in die Dörfer einfielen, durch die Jäger oben auf der Felskante mit vorgehaltenen Spießen solange gestellt, bis aus der Stadt zur Verstärkung ein Regiment Gendarmen anrückte, seiner und seiner Getreuen habhaft zu werden, das Pack hierauf eingetürmt zuunterst im Schelmenturm, dem sichersten Verlies in Ruchs Mauern, woraus der Malefikant kurze Zeit später, weit mehr vermögend als Wasser zu trinken und an einem Kanten harten Brotes zu nagen, kaum eingelocht bereits wieder entflohen, aus der einen Schlinge geschlüpft dem Strick ein paar Marken weiter am Ende dennoch nicht entrinnend: Wir, die aus den Gemeinen drei Bünden, wir kannten, gemäß des Lehrers Deutung – aus welchem Roman er das wohl wieder her hatte? –, sein wie zum Hohn auf Rätiens Wappen gelb-blau geschecktes Wams mit dem Konterfei des auf die Hinterbeine gestellt brünstig züngelnden Gehörnten im weiß-silbernen Feld, wir kannten die schwarz-weiß gespaltene Kapuze und den Mantel aus Kalbfell, wir kannten sein hageres Gesicht, die kleinen, eng beieinanderstehenden Augen, die hohlen Wangen und die Hasenzähne, die Hose aus gutem Stoff und die Stiefel aus feinem Leder, seine Hände jedoch, das waren Diebes- oder Federfuchserhände, weiß und zart, ohne Lederhaut noch Schwielen von Sense und Rechen, der Hacke und dem Beil, Hände von jemandem, der nie anders gearbeitet, niemals etwas anderes in der Hand gehalten als – warum nicht? – Pinsel und, wer weiß, sogar Werkzeuge vielleicht, die noch leichter wiegen, die Feder oder die reine Überlegung; unverhofft aufkreuzend, die Rechte in den Zügeln, in der Linken die Peitsche, grüßte er stets höflich, von seinem Planwagen herab artig sich hierhin und dorthin verneigend, um, kaum auf dem Platz, mit seiner Bagage blitzschnell verschwunden, hinterrücks zuschlagend die ins Leere glotzenden Bauern zu übertölpeln:

das Kaleidoskop der Geschichte, vom Lehrer eindringlicher vorgeführt, als der Dorfpfarrer es verstand, wenn er die Kinder, bevor er anschließend in der Predigt den Erwachsenen die Leviten las, im winters feuchtkalten, nach abgestandenem Schweiß miefenden Seelenschuppen, wo sich als einzige Zier auf der kalkbleichen Wand der Spruch *Wachet, steht fest im Glauben, seid mannhaft, seid stark!* 1. Korinther 16,13, rund ums Chor spannt, alle Rollen in seiner Person vereint das

Längsschiff auf und ab tobend, dabei die Augen verdrehend, bis nur mehr deren Weiß zu sehen war, mit seinen biblischen Szenen das Fürchten lehrte, und weit grauenvoller als Großvaters Horrorsagen über das, was sich im Lauf der Jahre im Bergtal so zuträgt – Sachen, über die eigentlich nicht geredet werden dürfe, was nicht heiße, dass sie nicht passiert seien, noch, dass man's je vergessen könne –, womit Neni, wenn sich nach dem Eindunkeln Stille über die Alp senkte und er im Ticken des Holzwurms schon den Feind hörte, gegen den es bis zum letzten Atemzug anzureden gelte, seinen Hüterbuben Abend für Abend ins Staunen versetzte und früher oder später mit raunender Stimme in den Schlaf munkelte, wo der Bub mit seinen Alpträumen dann allein fertig zu werden hatte –:

all diese Schreckensgeschichten der Kindheit waren nichts im Vergleich mit des großen Cla Suaden vom Krieg, vom Söldnerleben, vom gemeinsamen Reiten und dem Klirren der Waffen, von der Freundschaft der Männer und der Bewährung in Gefahr, dem Jubel der pfeifenden Kugeln, der Schönheit des Sterbens und der jauchzenden Freude eines jeden, der auf dem Pferd dem Feind entgegengaloppiert, das Ganze vom Lehrer nicht als Rekonstruktion ausgeziert, sondern, Anschauung und Zeugenschaft von unten, als Verhungern und Verrecken verkehrt ins nackte Gegenteil, dass es den Schülern, wären die, statt in ihrer Drangsal im späten Frühling aus den Fenstern nach Ruchs welkenden Primaveren zu gieren, nicht zu blöd zuzuhören gewesen, eiskalt über den Rücken hätt laufen müssen, als die beste Unterweisung, später, und wär's allein aus Feigheit, nicht wie Kälber brav in die Rekrutenschule zu trotten, um dort, angeleitet von schießwütigen Offizieren, auf Scheiben in Form von Frauentorsi feuernd, für den Krieg gerüstet Mann zu werden –, nachdem also unter Aufbietung aller erdenklichen Tricks gegen die Verlockungen vor den Fenstern kaum mehr etwas auszurichten war, sodass dem Pädagogen – man hatte es bald heraus und wartete geradezu darauf –, am Ende seiner Weisheit angelangt, nichts blieb, als die Gitarre vom Nagel zu nehmen, um mit ein paar unvermittelt hart angeschlagenen Flamenco-Akkorden die Schwüle zu zerreißen und seine von Frühlingsgelüsten kirren Kerle mit *Bella ciao bella ciao, Donna, donna, ve a cha', Strampedemi* und *Ferm tabac,* Villons Balladen und Vians *Le Déserteur,* alle Strophen des Chansons bis dort, wo es heißt, *S'il faut donner son sang / Allez donner le vôtre. / Vous êtes bon apôtre / Monsieur le Président / Si vous me poursuivez / Prévenez vos gendarmes / Que je n'aurai pas d'armes / Et qu'ils pourront tirer,* wieder auf Trab zu singen, war der Bub eines Nachmittags nach vorn ans Lehrerpult gebeten worden (nach der letzten Stunde vor ein paar Ferientagen war es, als er wieder nicht aufhören wollte, unter der Bank zu wühlen, Zeit zu schinden, bis die Kameraden, den Kopf voller Fußballflausen oder den Schulschätzen hinterher, aus dem Haus gegrölt waren), doch statt, wie er es vom Bergpestalozzi gewohnt gewesen und worauf er nach den Erfahrungen in den ersten Schulwochen in der Stadt gefasst war, mit einer Standpauke das verfluchte Diktat aufs Pult geknallt zu bekommen – die stets gleich grässliche Bescherung, das ließ sich ohne viel Fantasie vorausahnen, wieder gespickt voll roter Fehlermarkierungen, die einen richtiggehend aufs Holz niedernagelten –, schob ihm der Lehrer, welch ein Wunder, ohne jede Ermahnung, von Schelte nicht zu reden, ein paar Wälzer übers Pult: Bücher, die er ihm, nicht ganz ohne Hintergedanken, über die Pfingsttage zur Lektüre ans Herz legen möchte, weil er die Hoffnung in ihn noch nicht aufgegeben und glaube, den wie rote Hagelschauer über die Heftseiten hinwegfegenden Flüchtigkeitsfehlerbombardements, die seine Aufsätze verhunzten – unser Schulsystem gewichte das Erzählen eben geringer als die Rechtschreibung, bei der noch der dümmste Inspektor mitreden könne –, sei einzig und allein mit Lesen beizukommen: Lesen müsse er, lesen, lesen und nochmals lesen, bis der Kopf surre, damit ihm der Knopf endlich aufgehe und sich ein Gespür für die Sprache einstelle, für Rhythmus und Melodie, das Schönste, was es gebe, wie er bald merken werde, und die Fehler – er wisse, was es heiße, als Legastheniker gestraft sich durch die Schulzeit zu mogeln; aus dem Unterengadin in die Beamten-Metropole versetzt, habe er es seinerzeit nicht besser getroffen – wie von selbst ausblieben: ein Versuch sei das doch wert.

Statt ihn jetzt aber, nicht sicher, ob er es, wiewohl im Hakenschlagen geübt, um die paar Ecken bis dorthin noch schaffe, bevor diese über die Feiertage eine Stunde früher als üblich dichtmache, mit einer Liste die Reichsgasse hinauf in die Kantonsbibliothek zu schicken, was vergebene Müh in mehrfacher Hinsicht wäre, *Vinzi und die glorreichen Taten der Schwarzen Hand, nebst den Untaten des rühmlichst bekannten Rüti*, die *Turnachkinder*, die *Rote Zora* und deren *Schwarze Brüder* werde er kennen, denn die habe es gewiss auch am Berg in den Holzkisten mit dem Schweizerwappen gegeben, die zweimal pro Jahr vom Bund für gute Jugendliteratur verschickt, in den Schulstuben im hintersten Krachen zu stehen hatten, und den May, der an den Aufsätzen abzulesen sei, dürfte er, hoffentlich bevor dieser ihn geschafft habe und zeitlebens von Spannenderem abhalte, langsam auch durch haben, dafür bräuchte er ihn also nicht im Eilschritt hinters Graue Haus zu bemühen, und die Bemerkung des Bibliothekars: So so, der Klassenlehrer schicke ihn, die

Liste zeige einmal mehr, welch fragwürdigen Geschmack der große Cla habe, könnten sie sich beide schenken, sei es einfacher, ihm die eignen Exemplare nach Hause mitzugeben, alle nicht mehr taufrisch, aber die Unterstreichungen und Marginalien brauche er nicht zu beachten – eigentlich, auch wenn er bei vielem nicht mehr wisse, warum er die Bücher damals damit verzierte, hätte er noch viel mehr anstreichen können –, und privat gebe er sie ihm mit nicht zuletzt, weil der tollste der Brocken, der sich ihm seinerzeit nicht auf Anhieb erschlossen, auch er werde mit etwas Geduld sich erst darin festbeißen müssen – harte Knochen, an denen es zu nagen gebe, die brauche es aber, denn nur die machten starke Zähne –, um sich, davon sei er überzeugt, statt, wie gewohnt, husch husch die Seiten überfliegend der Handlung hinterher zu hecheln, dabei das Wichtigste verpassend, durch dieses Sprachgebirge danach buchstäblich hindurchzufressen, das, nicht zu vergessen, auf dem Index der Katholiken stehe, hier in Ruch als unzüchtiges, politisch inkorrektes Werk gebrandmarkt also immer noch halbwegs verboten sei und drum, in der Kartei wie auf dem Buchrücken rot markiert jedem unmissverständlich signalisierend, dass über der Stadt nach wie vor der Bischof throne, und was für einer – sein Vorgänger, der uralt vor ein paar Monaten das Zeitliche gesegnet, habe immerhin, statt seinen Schäfchen einen Bezug zum Himmel vorzuheucheln, naheliegender noch an die Sagen und Mythen in den über hundertfünfzig mehr oder weniger verzauberten Tälern Rätiens geglaubt –, niemandem ausgeliehen werde, erst recht keinem Schulbuben, sondern, unter Vorweisen eines Ausweises, erst ab achtzehn, und für dieses Zugeständnis erwartete der Bibliothekar, der ob des unziemlichen Wunsches einen jeden, jung wie alt, von oben bis unten und von unten bis oben strafend musterte, noch gebührend Dank, und glaube man, das Buch endlich zu haben, dürfe man es noch lange nicht einpacken und nach Hause mitnehmen, nein, es werde einem unter Aufsicht des knochendürren Herrn Cadruvi Caluori Caflisch Caderas Cathomas Cahenzli oder wie der arme Teufel heiße, der, als unser Monsieur Hulot an einer kalten Pfeife suggelnd, im abgewetzten grauen Kittel eines Hilfsbibliothekars auf dem Hochsitz neben der Tür wache, damit kein inkriminiertes Sprengmaterial unterm Hemd oder in der Tasche verschwinde und nach draußen geschmuggelt in falsche Hände gerate (und sollte man dem liebenswürdigen Tscholi, welcher, aus einem weniger angesehenen Haus stammend, statt in der Bibliothek als Faktotum zu figurieren, im Waldhaus Tüten kleben, in der Psychiatrischen den geschlagenen Tag Kreuzworträtsel lösen oder, vom Heimweh verzehrt aus vergitterten Fenstern immer wieder über die Stadt ins Oberland glotzend, von vorn bis hinten und von hinten nach vorn Zeile für Zeile das Rucher Telefonbuch auswendig lernen dürfte, um einem das Memorierte, so man ihn mit einem Buchstaben aus dem Alphabet als Anhaltspunkt abfragte, kaum zu stoppen wie am Schnürchen herunterzubeten, vom nicht seltenen Glück begünstigt begegnen, wie er, den Güllensauger pfeifengrade zwischen den Beißern, mit dem Finger beim Einnicken auf der zuletzt gescannten Zeile verharrend, stundenlang reglos über einem Zeitungsband des *Freien Rätier* aus dem letzten Jahrhundert döste, sodass man mit der Schmuggelware problemlos an ihm vorbeikäme, am Hauptausgang spätestens, vom gestrengen Herrn Moor mit dem Röntgenblick stichprobenmäßig gefilzt, flöge alles auf; es reize ihn richtiggehend, so der Lehrer, nach den Festtagen es einmal auf das Experiment ankommen zu lassen, wie weit sie beide beim Versuch kämen, die moderne Odyssee für ihn als Schüler auszuleihen), jeweils höchstens in einer abgeschirmten Ecke des Lesesaals für ein Stündchen auf grünem Filz aufgelegt zum Durchblättern, was bei einem Leckerbissen wie diesem, auch für jemanden, den es nicht zum Frühstück bereits nach gerösteten Hammelnieren gelüste, sondern dem am Morgen, den Schlaf sich aus den Augen zu reiben, eine Tasse Milchkaffee und ein Teller währschafter Türkenribel genügten, um hellwach ins Buch abtauchend am Mittag, wenn der Magen zu knurren beginne und die Lider schwer würden, festzustellen, wieder einen halben Tag die Schule geschwänzt zu haben, meist ohne viel zu verpassen, rein gar nichts brächte, weniger als nichts

4

180 **Auf dem abgegriffenen,** mit Klebstreifen geflickten laminierten Schutzumschlag, der, oben wie unten da und dort eingerissen, an einigen ausgebrochenen Stellen das graugrüne Deckel-Leinen freilegt, zieht sich über den leicht ausgebleichten Buchrücken von der Vorder- zur Rückseite schmutziggelb grundiert und im unteren Drittel mit einem unterschiedlich breiten, gewellt eine Hügellandschaft oder einen Fluss assoziierenden blauviolett getönten Farbband transparent überdruckt eine Montage monochrom eingefärbter Stadtlandschaften, die beim ersten Blick als ein geschlossenes Panorama erscheinen: Hinten ist es der von schräg oben aufgenommene Ausschnitt einer von Straßenlaternen mit bischofsstabähnlichen Masten gesäumten, sehr breiten, durch die Optik stark zusammengedrängten, in der Tiefe nach links abknickenden Prachtstraße, oder eines Platzes, der hinten von einer niederen Häuserzeile abgeschlossen wird, aus welcher wenig links der aus einem mächtigen viereckigen Grundsockel wachsenden plumpen Säule, die den Platz vorne rechts dominiert, weit im Hintergrund ein Kirchturm hochstachelt. Am linken Bildrand, in Höhe der Säule rechts der Bildmitte (über deren analog zur Basis wiederum viereckiger, von einem Eisengeländer eingefasster Aussichts-

plattform ein mit aufgesetztem Zweispitz an napoleonische Zeiten erinnernder Feldherr, ein als Sieger in der Schlacht zu Tode gekommener General zumindest, Namen und Orte sind austauschbar, der, die Rechte auf der Brust in den Uniformrock geschoben, die Linke aufs mächtige Schwert gestützt, das Verkehrsgedränge überschaut), in starker Verkürzung angeschnitten die Ecke eines pompösen Gebäudes mit hohem, reich verziertem Säulenvorbau, auf halber Bildhöhe überdeckt von einem Balkon, ein wuchtiger Verwaltungsbau, das Parlament, die Hauptpost vielleicht oder ein Theater, das mit dem Säulenvorbau an den zwar wesentlich kleineren verglasten Eingang des Rucher Stadttheaters im einstigen Zeughaus erinnert; dran anschließend ein Gebäude, bei dem es sich aufgrund der zwischen den hohen schlanken Säulen sichtbaren Buchstabenfolge ETROPOLE, die zum Teil von einem davor hängenden zweiten Schild verdeckt wird, auf dem, in einer schadhaften Lücke endend, aus der ein paar Drähte krumm ins Leere ragen, dem Platz eines ausgebrochenen Leuchtschrift-Buchstabens vermutlich, mit den Lettern RAN nur noch der unvollständige Schluss eines Wortes zu lesen ist, um einen Filmpalast mit angegliedertem Restaurant handeln dürfte. Auf der Buchrückseite, oben auf Höhe des Feldherrn, der mit dem Zweispitz beinahe an den Bildrand ragt, im giftgelben Himmel von links drei Wörter, die ersten zwei schwarz gedruckt, das dritte, von den vorderen beiden durch einen fetten, in der Schrifthöhe eingemitteten Punkt abgetrennt, in Rot, wobei letzteres, in Schwarz wiederum, in doppelt großem Schriftgrad rund fünf Zentimeter von der Oberkante nach unten gezogen quer über den Buchrücken laufend wiederholt wird, ergänzt zuunterst in neutraler Antiqua mit RHEIN-VERLAG. Im rückseitigen fotografischen Ausschnitt unten rechts vor der Säule ein heller massiver, oben stark strukturierter Gusseisenrundmast, der ein großes rundes Schild trägt, auf dem, durch einen nach rechts weisenden Pfeil getrennt das Chaos aus Trambahnwagen, altmodisch eckigen Automobilen und einzelnen dazwischen eingekeilten Pferdefuhrwerken überragend, zweizeilig CROSS HERE zu lesen ist, die Rundung der weißen Scheibe an den Buchrücken heranreichend, wo bei genauerem Hinschauen ein Bruch im Bild-Panorama zu erkennen ist, das, ab hier auf die Vorderseite überlappend, im Gegensatz zum rückseitigen Ausschnitt des Platzes bei wesentlich tieferem Blickpunkt eine viel modernere, von Hochhäusern gesäumte, sich perspektivisch steil nach rechts hinten ins Offene verlierende Straßenschlucht zeigt, aus der sich (mit Ausnahme eines Herrn in Rückenansicht in der linken Bildhälfte und rechts vorn einer mit hochgeschlagenem Mantelkragen in elegantem Schritt der Häuserzeile entlang nach hinten gehenden Frau sowie eines von ihr halb verdeckten Jungen, der nach rechts in ein Schaufester blickt – die Glasspiegelung erlaubt nicht zu erkennen, was ihn darin fasziniert, vielleicht nur die Spiegelung) ein brodelnder Menschenstrom auf den Betrachter zuwälzt, die Herren, eindeutig in der Überzahl, alle in Mänteln und mehrheitlich breitkrempige Hüte aufgesetzt. Dominierend auf der Vorderseite, rot eingefärbt vor und über der von Hochhaustürmen gezahnten Silhouette halbtransparent bis hoch in den gelbgrünen Himmel projiziert, das Brustbild eines nicht mehr ganz jungen Mannes in einem dandyhaft geschnittenen dunklen Anzug, welcher, den Kopf leicht geneigt, den linken Mundwinkel unter schütterem, wohlfrisiertem Schnäuzchen skeptisch verzogen, die hohe Stirn in Falten, das graumelierte Haar streng nach hinten gekämmt, wie in Gedanken versunken mit der am Ellbogen stark angewinkelten Rechten – die magere Hand ist für das Alter des Mannes erstaunlich kräftig – eine zwischen gestreckten Zeige- und Mittelfinger geklemmte Zigarette zum Mund führt, den leicht starren Blick – der Eindruck verstärkt durch die kleine runde Brille mit den schwarz eingefassten Gläsern – an dem oberhalb der Bildmitte nach links aus der Fassade ragenden, die rechte Schutzumschlagkante beherrschenden Schild COSTUME TO HIRE vorbei ins Leere gerichtet, über den Buchkörper hinaus, aus dem im unteren Drittel, im violetten Wellenband das Brustbild überdeckend, in fetten und wiederum doppelt so hohen Versalien wie jene desselben Worts, das sich quer über den Buchrücken zieht, diesmal in einem Schrifttyp mit Schatteneffekt, wie man ihn im Kino aus der Titelei von Westernfilmen der Fünfzigerjahre kennt, stark gespreizt quer über die ganze Vorderseite laufend leuchtend gelb der Buchtitel ins Auge springt. Irritierend bei eingehender Betrachtung des vorderseitigen Umschlagausschnitts ist, dass im Schilderwald der Straßenschlucht mit Ausnahme des zweizeilig laufenden Schriftzugs COSTUME TO HIRE und dem von einer Markise angeschnittenen BAR alle übrigen unterschiedlich großen Aufschriften wie OTEL ROOMS, DRES, CUSTOM-MADE SHOES, sowie, ganz links außen, Buchstabe unter Buchstabe, das Wort PARKING, spiegelverkehrt zu lesen sind, was annehmen lässt, der Gestalter habe die vorderseitige Straßenansicht aus bildästhetischen Gründen gespiegelt auf den Umschlag gesetzt, und doch nicht stimmen kann, da die beiden dominierenden Anschriften COSTUME TO HIRE und BAR normal laufen, also, will man seiner Wahrnehmung trauen, und man hat nur diese, bedeutet, dass die vorderseitige Abbildung der Straßenschlucht in sich wiederum eine Fotomontage ist.

Der Umschlag des zweiten Bandes, eines zerlesenen dicken Taschenbuches aus der Fischer-Bücherei, der Deckel oben eingerissen und mit vergilbtem Tesa geflickt, an den

Ecken stark bestoßen, wird, fast randfüllend und das Geviert beinahe sprengend, von einer aus Zeitungsfetzen collagierten Figur ausgefüllt, die sich – die großen blauen Kulleraugen von einem tief in die Stirn gerutschten Papierzweispitz angeschnitten, der Mund in Form eines trapezförmigen schwarzen Flecks mit abgerundeten Ecken zum Schrei aufgerissen – eine grell aus dem Übrigen herausstechende Kindertrommel vor den Bauch gehängt hat, der Tonnenrand als grobgezackte Zahnreihe rot-weiß gemustert.

Drei weitere Bände ohne Schutzumschlag schließlich, nicht viel dünnere und alle von gleichem Format, deren schlichte dunkelbraune Leinendeckel nur der Name des Autors ziert, als Unterschrift in goldunterlegter leichter Prägung harmonisch in der Fläche eingemittet, der Abstrich des großen K in der kalligraphisch klaren, steil nach links geneigten Handschrift als schwungvoller flacher Bogen bis über die erste Silbe hinausreichend

5

Misstrauisch und eher widerwillig (was würde von den Packen gebundenen Papiers schon zu erwarten sein, jetzt, an Pfingsten, wo es zuhause am Berg – ohne zu ahnen, dass einem nach dem späten Frühling der kälteste Sommer seit Gedenken bevorsteht – viel Spannenderes gibt, als seine freie Zeit in ein paar zerfledderten Büchern wurmend zu vertun: in der Dämmerung die mit den Geweihen im Bast noch mächtiger wirkenden Hirsche beobachten gehen, welche die frisch sprießende Einsaat aus dem Wald lockt, oder die Gemsen, die nach dem strengen Winter ausgehungert von der andern Talseite aus dem Schnee der Foppa – vorige Woche noch sei welcher hinzugekommen – oft mitten am Tag in die Maiensäße aufs junge Grün kämen, ja, schrieb Mutter ihm, wie an einer Schnur aufgereiht, die eine am Schwanz der andern, den in den Schnee getretenen Pfad hinter dem Galgenbühl aus dem Staudenwald herauf sogar bis in die Kreuzmatte, einen Steinwurf von den ersten Höfen weg) begann der Bub, so viel Goodwill schuldete er dem neuen Lehrer, nachdem er für seine Krankheit nun immerhin einen Namen hatte, was sie nicht verschwinden ließ, aber weniger bedrohlich machte, zu Hause dann doch in den Büchern herumzublättern, die ihm der große Cla – ein sanfter Riese, der, in den Straßen Ruchs, alle Passanten überragend, von weitem zu erkennen, mit seinem markanten Kopf und dem schmalen grauen Haarkranz etwas Mönchisches ausstrahlt und bei jedem Wetter, weil sich mit seiner Schuhnummer nichts Tauglicheres finde, in Sandalen unterwegs ist, die Füße im Winter, um sie vor Frostbeulen zu schützen, in dicke handgestrickte Schafwollsocken steckend –, höflich zwar, aber so bestimmt, dass keine Widerrede möglich war, zur Lektüre aufgenötigt hatte, als Medizin gewissermaßen (indem er ihm den Stapel übers Pult zuschob, mit einer abwinkenden Handbewegung

lachend hinzufügend, auch vor ihm sei die Stadt nun für ein paar Tage sicher, denn wie in allen Ferien, die er gegen Ende des Schuljahrs noch heftiger herbeisehne, werde er sich über Pfingsten, in der Hoffnung, der Geist meine es gut mit ihm, in sein Haus bei den Teichen zurückziehen, ohne Familie und die Schule ausblendend die Zeit nutzend, dort ungestört ein wenig an eignen Sprachteppichen weiterzuweben, im Versuch, etwas Welt zu schaffen, mit den ihm zur Verfügung stehenden bescheidenen Mitteln weiter von *la müdada,* der Wende, der großen Veränderung träumend, sodass der Schüler, überrascht von des Lehrers Bemerkung, in dem Moment realisierte, nicht nur dem ersten Pädagogen gegenüberzustehen, der ihm die Legasthenie nicht als Dummheit vorhielt und ihn wegen seiner Rechtschreibfehler keinen faulen Hund schalt, sondern erstmals einem Dichter, falls Großvater, wenn er es sich recht überlegte, mit seinem Erzählen, ohne es selbst zu wissen oder dass es ihn interessierte, nicht ebenfalls einer war, denn verstohlen Notizen machte der sich ja auch; anders gefragt, und das sollte den Schüler länger beschäftigen: Was braucht es zum Dichter? Korrekte Rechtschreibung allein scheint nicht zu genügen), bis ihn das, was beim Blättern, an einem Absatz haften geblieben, sich mit einem Mal auftat, nicht weniger heftig traf als der Blitz, welcher ihn Jahre zuvor beim Hüten aus dem Schutz einer Wettertanne, unter der er Zuflucht gesucht hatte, obwohl Neni ihm eingeschärft, bei einem nahenden Gewitter in den Wald zu laufen und sich keinesfalls unter einem freistehenden Baum zu verstecken, weit hinaus in den über die Weide niedergehenden Hagel schleuderte, und er sich, als wär's gestern gewesen, an das Lektüreerlebnis – nicht allein, weil an jenem Tag über dem Rucher Talkessel, in welchem, den einen Kopfweh bescherend, die andern zum Spinnen bringend, oft tagelang der Föhn aufs Hirn drückt, auf seinem Stahlross schwer bepackt aus der Schule zurück grad gut und recht bei der Schlummermutter eingetroffen, ohne einen Tropfen abzubekommen am Schermen, ein verfrühtes Sommergewitter niederging –, bis auf den heutigen Tag zu erinnern vermag, ohne je zu wissen, was genau mit ihm die beiden Male passiert war; fest steht: mit den Wälzern vom großen Cla öffnete sich dem Buben eine völlig neue Welt, mächtig einfahrend

6

188 **Die Irrungen und Streiche eines Jungen,** der das Licht der Welt in Gestalt zweier Sechzig-Watt-Glühbirnen erblickt, ganz biblisch: es werde Licht, und es ward, als ersten Eindruck ein Faltergetaumel zwischen den Birnen mit auf den Weg nimmt (das Geräusch, das zwischen Falter und Glühbirne laut wird, ein Geschnatter, als wäre das Zwiegespräch des Falters letzte Beichte und nach jener Art Absolution, die Glühbirnen austeilen, hernach keine Gelegenheit mehr für Sünde und Schwärmerei – im Rückblick das: der Falter trommelte, dass jeder Zapfenstreich und alles Trommelfeuer dieser Welt auf Kesselpauken und Becken nichts ist gegen die Trommelorgie des Nachtfalters anlässlich der Geburt des Jungen), der somit zu jenen hellhörigen Säuglingen gehört, deren geistige Entwicklung bei der Geburt abgeschlossen ist und fortan sich nur noch bestätigen muss; der an seinem dritten Geburtstag als Geschenk eine Blechtrommel bekommt und gleichentags, mittels eines vorgetäuschten Sturzes von der Kellertreppe, bei dem nebenher ein paar Flaschen Himbeersirup draufgehen, vorsätzlich das Wachstum unterbricht, beschließt, auf keinen Fall Politiker und auch nicht, wie sein Vater, Kolonialwarenhändler zu werden, sondern vielmehr einen Punkt zu machen, ein Gnom zu bleiben,

mit dem Vorteil, dass vor ihm aufgrund seiner Größe hinfort niemand Geheimnisse hat, er das Spiel der Erwachsenen durchschauen kann, ohne dass sie es merken, auch wenn das, was sich ihm aus der Froschperspektive bietet, wenig verheißungsvoll ist, und statt dessen, stutzig geworden, als bei seinem ersten Schrei das Gehäuse der Standuhr zerspringt und hernach weder Spiritusgläser mit allerhand eingelegten Grauslichkeiten noch Himbeersirupflaschen vor seiner Stimme Bestand haben, die glorreiche Fähigkeit entwickelt, Glas zu zersingen: Zur Einstimmung lässt er am ersten und einzigen Schultag die Fensterscheiben zu Bruch gehen, und weil der Lehrerin vor Schreck nichts Besseres einfällt als zu stammeln, wie schön er trommle, doch nun wollen wir das Trommelchen im Klassenschrank verwahren, es wird müde sein und schlafen wollen, gleich noch deren Brillengläser; bald darauf zerscherbeln die Scheiben im Foyer des Stadttheaters und, da er von seiner Gabe rücksichtslos Gebrauch macht, nach und nach alles, was ihm missfällt, fast alles, denn bei Kirchenfenstern – ogottogott, der Teufel! – versagt sein Organ: so oder so ist's fantastisch, mit der Gabe lässt sich trefflich Schindluder treiben, man denke nur an all die Besserwisser, die es verdienen, dass man ihnen den Nasentöff zerscherbelt; und als ob das allein nicht genügte, entwickelt er als zweites eine weitere Fähigkeit, die, mittels seiner Kinderblechtrommel Marschkolonnen aus dem Takt zu werfen und sich die notwendige Distanz zu den Erwachsenen zu ertrommeln, um später, die Passion zum Beruf machend, in einer Band als versierter Drummer, der den Jazz liebt wie den Wiener Walzer – beides kann er spielen, muss aber nicht –, durch getrommelte Kinderlieder die Gäste im Zwiebelkeller in jauchzende, kichernde, töricht plappernde, fröhliche Kleinkinder zurückzuverwandeln, die nach der Sperrstunde, aus dem Nachtlokalgeglitzer unter einen wie auf Bestellung märchenhaft ausgesternten Frühlingsnachthimmel des Jahres fünfzig entlassen, in den Gassen der Altstadt noch lange kindischen Unfug anstellen und erst nach Hause finden, als Polizisten ihnen wieder zu Alter, Würde und Erinnerung an die eigene Telefonnummer verholfen haben.

7

Die Odyssee eines Annoncenacquisiteurs weder ohne Furcht noch ohne Tadel, der, teils wie unter Schock, einen geschlagenen hektisch anstrengenden Tag lang – einen, wenn man es bedenkt, völlig gewöhnlichen Frühsommertag, an welchem dann allerdings die lange Trockenheit ihren Höhepunkt erreichen sollte –, von morgens um acht quer durch den Tag bis weit über Mitternacht hinaus, das nimmer Neue mit immer neuer Hoffnung zu betrachten, durch das Labyrinth einer Stadt weit oben auf der nördlichen Halbkugel irrt, wo die vielen Kneipen den größten Teil der reichlich bemessenen freien Zeit und des der freien Zeit nicht ganz angemessenen Geldes beanspruchen und es zu dieser Jahreszeit kaum richtig dunkel werden will, also das Intimste noch vom Dämmer aufgehellt sich abspielt: Von zu Hause, wo er, zu dieser Morgenstunde ganz flau im Mund, der Gattin, welche, völlig ausgedörrt, wie sie betont, von oben nach ihm ruft und damit anzeigt, dass sie endlich aufgewacht, das Frühstück richtet; den Wasserkessel auf die Kohlen setzt; der mit hochgerecktem Schwanz maunzend um Waden, Tisch- und Stuhlbeine scharwenzelnden Katze, die es, gestreichelt von einem Bein aufs andere tretend, kaum erwarten kann, etwas zu lappen zu bekommen, aus dem blaugetupften Krug von der Anrichte wie jeden Morgen frische Milch in den Teller gießt; kurz außer Haus eilt, in der Schlachterei vorn an der Ecke für sich zum Frühstück eine Niere zu posten, ausnahmsweise, nicht ganz koscher, eine Schweinsniere, da donnerstags vom Hammel nichts zu haben ist; eiligst wiederum heimwärts wetzt, damit er vielleicht noch ein Aug voll jenes wogenden Gangs des Dienstmädchens von nebenan erhaschen kann, das mit schaukelnden Schinken wenig vor ihm den Laden verließ; zurückgekehrt, stinksauer auf den Metzger, der beim Einpacken derart plemperte, dass, endlich

draußen, von der jungen Erscheinung natürlich nichts mehr zu sehen war, die in der Zwischenzeit durch den Türschlitz geflatterte Post vom Flurboden aufliest; das Wenige sortiert; den gewichtigeren Teil, darunter, die kühne Schrift verrät es, wieder ein Billet ihres Liebhabers, dieses vermaledeiten Liederjans und schurkischen Maulhelden, der, nebst andern, auch noch mit kaufmännischen Fähigkeiten gesegnet, als Impresario für sie eine Konzerttournee arrangiert und für Nachmittag, um vier, wie sich herausstellen wird, seinen Besuch ankündigt, mit ihr den Koloraturen im gemeinsam einstudierten neuen Gesangs-Programm den letzten Schliff zu geben, nach flüchtigem Überfliegen seiner die Schlaftrunkene mimenden heißblütigen *prima donna* ins Zimmer hinauf reicht; zur Katze in die Küche hinunter Tee aufgießen geht; erneut treppauf seiner überreifen Schönheit, in deren Adern, vom Feuer Gibraltars geheizt, Spuren spanischen Blutes pulsen, das Frühstück oben in der dämmrigen Kühle des Schlafzimmers ans Bett stellt, beim Eintreten ins Zwielicht gerade noch mitbekommend, wie sie, unter dem die ganze Schlafstattbreite einnehmenden Öldruck einer untadeligen Nymphe inmitten zerwühlter Laken auf den Ellenbogen gestützt gekonnt gähnend die Ahnungslose mimend, den ominösen Brief hinter den Rücken unters Kopfkissen schiebt; sein *breakfast* dann, nachdem sie aus ihrer Lektüre das Wort *Metempsychose* hatte erklärt haben wollen, unten in der Küche einnimmt, in Gesellschaft der Katze, die einen Schnefel der ob dem ewigen Treppauf-Treppab in der Pfanne natürlich angeschmorten Niere abkriegt, ehe Maunze sich, das Maul leckend und gähnend die Hinterbeine streckend, zufrieden nach oben zu Molly verzieht und er auf dem Zweitabtritt im Garten draußen mit einer Ritze zum Nachbargrundstück, durch die er das Dienstmädchen neulich die Teppiche klopfen sah, bald in die Spalten eines vom Nagel gerissenen Häuschenbriefs mit Nachrichten von längst toten Leuten und vergessenen Ereignissen vertieft, Anzeigen für Arzneimittel und zum Kauf angebotenen Rindern, ausgiebig sich Erleichterung verschafft, während in den Straßen bereits drohende Schwüle brütet und im Land draußen das Vieh, von Maul- und Klauenseuche befallen, unter einem Hitzeschild gefangen dahinsiecht –;

von zu Hause, dem Techtelmechtel seiner Angetrauten nachgrübelnd, unter Pseudonym, mehr in Worten denn in Taten, *amoroso ma non troppo* gleichzeitig ein eignes kleines Verhältnis weiterpflegend, geht es als erstes aufs Nebenpostamt, vom Trottoirrand aus sich vergewissernd, in der Halle drinnen niemand Bekanntem zu begegnen, um mit falscher Visitenkarte, als Henry Flower, klammheimlich einen postlagernden Brief seines Schwarms abzuholen und, knapp bevor ihm einer, der schwer vom Hals zu kriegen ist, in die Quere läuft, das übliche Liebesgeringel, *Schatzilein* undsoweiter, kaum angelesen hinters Schweißband seines Huts zu klemmen; anschließend, musikvernarrt, wie er ist – zum Glück gelang es, den Kerl rasch wieder loszuwerden –, vom kalten Geruch geweihten Steins gelockt, durch eine Seitentür auf einen Sprung in die Kirche, an einen Pfeiler gedrückt aus sicherer Distanz – prima Idee, dieses Latein, überlegt er, betäubt erst mal, und Augen zu, Mund auf, die nächste; aber sie kauen es nicht einmal, das Zeugs, schlucken es bloß runter; komische Idee, Stückchen von einem Leichnam zu vertilgen; kann nur Kannibalen einfallen – der Wandlung beizuwohnen, in der Hoffnung, als Entschädigung, Singen soll gesund sein, ewig könnte man zuhören, und der Musik der Katholen, die alten Päpste, alle Feinschmecker und als solche tüchtig Fett ansetzend, geradezu versessen auf Kunst

jeder Art, verstanden was davon, wenn's auch ein starkes Stück, dass sie in ihrem Chor, wie klänge das überhaupt, ausschließlich Kastraten akzeptierten, ist in jedem Fall der Vorzug zu geben vor all dem, was die Konkurrenz zu bieten hat, ein Ohr voll der mächtig das Schiff durchschallenden Messegesänge aufzuschnappen – vergeblich; wobei heut selbst der innigste, der inbrünstigste Gesang seinem wunden Herzen kaum Labung wäre, so tief in den Gedärmen wurmt ihn jenes mit der Post im Flur gefundene Billet, und wo er tagsüber auch nur daran denken wird, ist's mit seiner Ruhe aus, kann er nur, zur Ablenkung und Beruhigung, nervös an seinen Nägeln nagen – ; von der Kirche weiter in die Drogerie, ein großes Stück Zitronenseife zu besorgen und für die Gattin, nachdem es auf dem gestrigen Gang vergessen ging, Gesichtslotion zu bestellen, sowie ihr Schönheitswässerchen aus Süßmandelöl, Benzoetinktur und Orangenblüten, vermischt mit weißem Wachs und einem Schuss *Peau d'Espagne;* danach, es reicht grad noch, wenn auch kaum mehr für Massage, ums Eck in die Hammam-Moschee, sich ein Bad zu genehmigen, das Nützliche mit dem Angenehmen verbindend gesalbt mit duftender schmelzender Seife nackt im wohligen Schoß der Wärme weichlich umwellt jählings das Glück sich fremd zu fühlen aufsteigen spürend, ehe es, eingepfercht mit Freunden in lottriger Kutsche auf knopflosen, stockfleckigen Polstern samt den Dreckresten der letzten Landpartie durch die Stadt dahinruckelnd, unterwegs das ihn beim Gerüttel im Sitzen plagende eckige Stück Seife – man lässt nichts liegen, selbst wenn es jetzt wie eine am Futter klebende Wanderniere nur mehr stört – erfolgreich aus der linken Gesäß- nach vorn in die innere Taschentuchtasche manövrierend, in einem Trauerzug über vier Brücken quer durch die Stadt auf den Friedhof geht, einen alten Bekannten zu verabschieden, den armen Paddy, der, nicht als erster sturzbetrunken vom Dach gefallen, viel zu früh gegangen ist, denn keine Woche noch ist's her, als man mit ihm gebechert, quicklebendig, von Betrübnis keine Spur, Freitag erst, oder Donnerstag war es, hat ihn eine Menge Geld gekostet, die rote Nase blau zu färben, am Montag, nicht zu glauben tot, sein letztes Lager auf Erden nun in dieser Kiste, und kaum dass der Lehm drauf festgetreten ist, beginnt schon das Vergessen, weil's aber allen so ergeht, ist's die reinste Holzvergeudung, das mit der obligaten Truhe, eine Bahre mit ausklinkbarem Boden, eine Art Falltür mit Rutschbahn, tät's doch auch, aber sogleich wollte wieder jeder seine eigene, und man wär gleich weit wie heute, was hilft all das dem Kumpel da in den sechs Fuß mal zwei, der die Radieschen bald von unten sprießen sieht, jedenfalls, es folgt eine Art Vertalgung, Verkäsung, bis langsam alles schwarz ist, natürlich, die Zellen, die leben weiter, verwandeln sich bloß, praktisch das ominöse ewige Leben, eben, aber Maden, Maden müssen die ausbrüten, Teufel noch eins, und massenhaft Fliegen kommen schon, bevor einer überhaupt richtig tot ist, legen Eier, damit fängt's an; nach der Abdankung, es geht auf Mittag zu, mit den Gedanken ist er woanders, rasch ins Zeitungsbüro, einiger Annoncen wegen und um sein schmales Gehalt abzuholen, bei der Gelegenheit beim Chef kurz anklopfend, im Bestreben, ihm eine Salärerhöhung abzutrotzen, denn so reicht's kaum mehr für die Sahne, und man wird besser gleich Reisender in Sachen Löschpapier; hinterher, von Hunger gequält und geschlaucht sich nach der Auseinandersetzung mit dem Chef gleichzeitig vor jeglicher Fütterung ekelnd, in den Pub, zum Lunch auf ein kleines Gorgonzola-Sandwich mit Senf, paar Oliven, wenig Salat – schließlich will man dem Vieh ja nicht alles Futter stehlen – und einem Glas Burgunder; von da, durch das frugale Mahl wieder etwas auf Trab gekommen und soweit gestärkt, unterwegs einem blinden Jüngling, Klavierstimmer wohl, dafür reichen Tastsinn und Gehör, vor einer schrill schellend daherscheppernden Tram über die Straße helfend weiter in die Bibliothek, um dort, den verflixten Brief nicht aus dem Kopf bekommend, eventuell herauszufinden, wie Bildhauer das Problem der Rückenansicht bei Göttinnen lösen, Grübchen und Kurven, die nicht allein der Impresario bewundert; vom Lesesaal der National-Galerie, umschwirrt von Geistesblitzen fürchterlich gelehrten Gedröhns, eingesargten Gedanken über Shakespeare & Co., die umzuschlagen scheinen formvollendet in Clownerie, zieht es ihn nach diesen Wortspezereien, überdies lässt sich der Hunger, mit dem Häppchen Käs und dem Schlückchen Burgunder mehr angekitzelt denn gestillt, länger nicht verleugnen, als letzte Besorgung für seine Frau *Die Süße der Sünde* unter den Arm geklemmt, triefender Schund, was sonst, den Band – nur wohin damit jetzt? – in der Bibliothek zu überhöhter Gebühr ausgeliehen, mit vernageltem Schädel unter dem Fallgitter hindurch in die nächste Bar, paar Straßen weiter, vorn am Fluss, wo beim Essen, Leberschnitten, aus Vorliebe für Innereien, und nach dem Schlückchen Wein gegen den Durst jetzt eine Flasche Cidre, von Stimmen aus dem Varieté nebenan umschmeichelt in leichtfüßige Unterhaltung über Wein, Weib und Gesang, Opernschwulst und lockere Mädchen verstrickt, gut halb fünf, just während die Gattin zu Hause mit dem Impresario, von diesem, *là ci darem la mano,* tüchtig angestachelt in höchsten Tönen gurrend, *voglio e non vorrei,* ungestört gar ungestüm ihr Programm durchübt, seine Uhr urplötzlich stehenbleibt: er konstatiert es – was bleibt dem Sanften anderes, dem Ich-fühle-mich-mit-einem-Mal-so-einsam-jetzt-doch-jammern-das-ist-ungesund – und nimmt, die in der Bar geschriebene Antwort für seine Martha in der Tasche, schnurstracks ein weiteres Abenteuer auf sich: als Zweiäugiger in die Höhle des einäugigen Nationalismus verschlagen, wegen des patriotischen Gelabers eines polternden Troglodyten, der, an Kunst sich delektierend, an Heimatkunst natürlich, mit Vorliebe blondzopfigen Mädchen, der Unschuld vom Land, nicht durch Gesetz noch Recht zu bändigen sich seiner Freiheit rühmend, den einen ihr Heilsbringer ist und anderen, da hilft ihm all sein mit Dreck und Dünger erschachertes Gold am Ende wenig, nie einer werden wird, aus einer weiteren Kneipe, kaum dass er sie betreten hat, in einen eschatologischen Disput über die letzten Dinge verstrickt – *was, hör ich recht, Jesus sagt der Frevler; ich schlag,* keift ihn der Bürger an, ein Koloss, rotgesichtig, mit dem Blick eines Stiers, den eben das Beil getroffen und der nicht mehr lebt und noch nicht weiß, dass er tot ist, vor Entrüstung japsend den Kiefer scheps, die Unterlippe schlaff das Maul stumpfsinnig offen die Hände verwerfend, eh er, sich fangend, mit der Faust auftrumpft, dass an der Bar die Pinten hüpfend überschwappen, und dadurch erneut in Rage, *dem gehörnten Jid das Hirn raus, wagt der Kerl, der Schuft, das Nichts, diese levantinische, nach Knoblauch stinkende*

Scheißhausratte, und wieder, wie ein Ochsenfrosch nach Luft schnappend, klafft ihm kurz der Kiefer, *tatsächlich den Heiligen Namen zu gebrauchen und rassisch sich mit unsrem Heiland gleichzusetzen, kreuzigen werd ich den hergelaufenen Hund, das werde ich, jawohl, gib her –,* wieder vertrieben, nach acht muss es sein, die Sonne ist am Untergehen, flieht er, mit Glück der ihm nachgeschmissenen Keksdose heil entkommen, die Gunst des Augenblickes nutzend dem aus der Kneipentür geschossen ihm hinterherkläffenden Köter des Wirts voraus kurzentschlossen auf die Plattform einer Karosse springend, die, beim Durchgehen des Gespanns den Randstein rammend prekär ins Ungleichgewicht gekippt, nur mehr auf zwei Rädern quietschend ums Eck davonprescht, echauffiert über bestimmte Vorgänge zu Hause stadtwegwund für eine Stunde an den Strand hinaus, den Kopf zu lüften und sich etwas auszuruhen; immer noch im schwarzen Anzug, den Halbzylinder auf, verschwitzt an den Fels gelehnt, derweil der Sommerabend die Welt in seine geheimnisvolle Umarmung nimmt, über der fernen Stadt Feuerwerk am Himmel platzt und tausendsternig niederregnet, ist es mit Ruhe nicht weit her, erliegt er vielmehr, die Flut beginnt zu steigen, alsbald den Verführungsreizen einer auf dem Felsen gegenüber sanft süß sanft mit ihm spielend sehr offenherzig sich immer weiter zurücklehnend nach den hoch und immer höher aufschießenden Feuergarben schielenden, beim Schlussbouquet, im Widerschein einer letzten berstenden Leuchtkugelröhre, aus der sich, als Funkenschauer himmelanstiebend und dann langsam niederrieselnd, eine Fontäne goldregenglänzender Haarfäden ergießt, mit verzeihendem Lächeln und einem Blick, in dem eine unendliche Fülle von Erbarmen liegt, zu ihm herüberzwinkernden und, als sie sieht, dass seine dunklen Augen in Anbetung des vor ihm weit aufgeklappten Schreins übergehen, unvermittelt spitz aufwiehernd, den Kopf schüttelnd überstürzt ihren mit fliegenden Zöpfen vorausgeeilten flittrig flatterhaften Freundinnen flink keck hinkend hintennach hüpfenden frühreifen Stadtgöre, leider ohne Mut zur Tat gefunden zu haben, aber zu spät ist immer zu spät, ehe es, sauber gekommen und entsprechend vollgesaut, mit angenäßter Hose zu einer niedergekommenen Bekannten ins Entbindungsheim sich aufzumachen gilt und, *hoppla, ein Bubeinbub,* von dort, inzwischen schlug das Wetter um, von Donnerkrosen untermalt brachen Regengüsse in die Schwüle, die Sicht, feuchtegesättigt, mit einem Mal vernebelt, das Reale ins Fantastische gelichtert, von Dick und Davy, zwei angehenden Medizinern, die froh sind, sich irgendwo festkrallen zu können, gepackt und mitgerissen, einer johlenden Meute hinterherhollernd schräg über die Straße in den nächsten Pub, um, *per deam Pertulam et Pertundam nunc est bibendum,* die Entbindung, die sich, nicht enden wollend, über Stunden, nein, insgesamt drei volle Tage hingezogen, angemessen zu begießen; gen Mitternacht, eingangs der Nachtstadt, am Rande eines ungepflasterten Tramwendeplatzes mit skelettigen Gleisen, grünen und roten Irrlichtern und einem Wald von Gefahrensignalen, angelockt durch einen hoch aufragenden Bau, unter regenbogenbuntem Geblinke das Tor durchschreitend, auf eine Runde Absinth ins Bordell zur Bella Cohen senza grazie; im Anschluss an die ausgesprochen lange Stunde im Puff zur Erholung auf ein Wurstbrot und eine Tasse Kaffee in die Kutscherkneipe an der Ecke, bevor, erbärmlich abgekürzt erzählt, der Weg schließlich doch – oder darf man sagen: unweigerlich – wiederum heimwärts führt, mit einem in der Maternité aufgegabelten, väterlich umhegten Freund zusammen, heim, nach Ithaka; an der Türe, doppelt ärgerlich so etwas jetzt zu dieser schlaftrunkenen Stunde unterm Himmelsbaum der Sterne behangen mit feuchter nachtblauer Frucht, sieht er sich, verflixt und zugenäht, zur Feststellung gezwungen, ohne Hausschlüssel in der Tasche dazustehen, den Schlüssel vielmehr, so dämmert's ihm, am Morgen beim Weggehen in der Werktagshose oben im Zimmer zurückgelassen zu haben, obwohl er sich, fällt ihm ein, zweimal ermahnte, nichts zu vergessen; dank einer Kriegslist, indem er aufs Umfriedungsmäuerchen steigt, das Absperrgitter überklettert, mit der Hand den Hut auf den Kopf drückt und, in Vorbereitung des

Aufpralls, beim Fallen sich in die Hocke krümmend, frei durch den Raum schnellend in den gepflasterten Vorplatzschacht zwischen Mülltonne, Klopfstange und ein Restchen Ziergarten hinabspringt, gelingt es ihm – rein oder nicht rein, Klopfen oder Nichtklopfen, das ist hier die Frage –, sich wie ein nächtlicher Einbrecher im Beerdigungsgewand unverletzt, wenngleich erschüttert durch den Aufprall, Zugang zur Küche im Soussol zu verschaffen, die er unverschlossen weiß, um nach einigen Verrichtungen – erst gab's da dies und das beiseit zu räumen – seinen torkelnden jungen Freund, ihm mit einer Kerze leuchtend, zur Flurtüre rein und in Socken leise dann die Wendeltreppe hinunter ebenfalls dorthin zu geleiten, wo er beiden eine Tasse Kakao aufsetzt, das dickflüssig angerichtete Getränk seines Gasts reichlich mit der eigentlich fürs Frühstück der fülligen Göttin reservierten Sahne versorgt, eh' er seinen arg mitgenommenen, mit dem Trunk leidlich auf die Beine gepäppelten Komplizen an die Türe zurückgeleitet und diesen, nachdem sie beide mit unterschiedlichem Strahl an der Hausmauer noch das Rosenbeet gedüngt, im Moment grad, als über ihnen ein Komet von der Vega in der Leier über den Zenit vorbei am Haar der Berenice auf das Zodiakalzeichen des Löwen zu seine Spur an den

Himmel zeichnet, draußen an der Straße verabschiedet, kurz den gleich der doppelten Vibration einer Maultrommel in der resonanten Gasse verhallenden Schritten nachhorcht und hierauf, während am östlichen Horizont sich zart der neue Tag ankündigt, beim Verblassen der unbarmherzigen Gestirne plötzlich die ganze Kälte des interstellaren Raums in den Gliedern, Tausende von Graden unter dem Gefrier-, beziehungsweise dem absoluten Nullpunkt von Celsius, Fahrenheit und Réaumur, sinnend, wohin die Wege der andern führten, denen er im Lauf des Tags begegnete – sie ruhn inzwischen, alle, im Bett, im Grab –, nach einem tiefen Seufzer umkehrt; ziemlich allein neben dem Kiesweg den Garten durchquert; auf Zehenspitzen das Haus betritt; im Wohnzimmerdunkel, daheim sich eigentlich zurechtzufinden glaubend, unschlüssig darin herumtigernd an einem während seiner Abwesenheit tagsüber verrückten Möbelstück, am klobigen Nussbaumbüffet, derart den Kopf anhaut, dass ihm die Sterne aufblitzen und, *sacra Bitch,* neunmal der Kuckuck ruft; benommen dann nach oben tappt; so leise es geht sich auszieht, ausgiebig kratzt, nach Abklingen des Juckreizes als letztes die Socken drannimmt, rasch den vorstehenden Nagel seiner rechten großen Zehe wegzwickt, der sich, vom vielen Rumlatschen schweißdurchweicht, in den Maschen der durchgeripschten Socke verfangen hat, eh' er, seiner Kleider beraubt und pedikürt, umsichtig und achtsam, als beträte er nicht nur den Schlupfwinkel oder das Versteck der Lust, sondern eine Natterngrube, im Bemühen, so wenig wie möglich zu stören, weder als der erste noch der einzige und alleinige zu seiner Schönen unter die Decke kriecht, um – war's anders zu erwarten? – der natürlich noch wach Liegenden hierauf, beim Rapport den Ritus des Onan und einige andere ihm vor ihr unangenehme Vorkommnisse geflissentlich unterschlagend, vom Frühstück am Morgen über die Beerdigung bis zu seinem jetzigen Bei-ihr-Liegen in großen Zügen fein säuberlich den verflossenen Tag zu rekapitulieren, bevor er, ist auch dieses letzte Abenteuer gemeistert, umströmt von feuchter wohliger Wärme, als Sehfrager im Sinnbad Sindbad dem Seefahrer nachsinnend und Tindbad dem Teefahrer und Windbad dem Wehfahrer und Zindbad dem Zehfahrer und all den andern, die da waren und noch kommen werden, hundsmüd auf Traumflügeln in den wohlverdienten Schlaf entschwindet — wohin? *nun ich zog ihn herunter zu mir dass er meine Brüste fühlte all die Düfte ja und das Herz ging ihm wie verrückt und ich hab ja gesagt ja ich will Ja.*

8

Staunend mehr denn begreifend und wie mit Fangarmen umklammert von all den Aromen und Gerüchen, die ihm aus den Seiten die Nase kitzelten: dank der Bücher vom großen Cla, in dem er seit jenem Tag einen Verbündeten sah, mit welchem ihn, was doppelt Mut machte, am Ende insofern mehr verband, als auch jener ein Vierteljahrhundert früher vom Dorf in die Stadt versetzt worden war, ist der Bub zum Leser geworden, ein Süchtiger und fortan für vieles unbrauchbar; hat geheime Lücken im Zaun ausfindig gemacht, die, wie er sich einbildet, in der Klasse, in der er sich, ewig gehänselt, bislang so schwer tat, nur ihm offenstehen und ihm, wenn's im Pferch des Schulalltags zu eng und stickig wird, jederzeit draus abzuhauen erlauben; ja, mit diesen Büchern hat er Ruch und alles, was ihn im Kaff zwischen Mittenberg und Pizoggel nervt, eigentlich bereits verlassen, ein- und für allemal. Kaum noch Ohren für den Hohn auf dem Pausenplatz, sind die fehlergespickten Diktate ihm jetzt wurst, eine zu vernachlässigende Bagatelle, und auch wenn die Nägel, die als Einser andernorts höchste Auszeichnung sind – so relativ ist die Welt –, nicht von einem Tag auf den andern ausbleiben, sondern als unangenehme Selbstverständlichkeit ohne viel Federlesens noch einige Zeit einzustecken und zu verschmerzen sind, sie sind mit einemmal nebensächlich geworden.

Tief in Pubertätskonflikte verwickelt, unbeeindruckt von mit fauligen Pferdeköpfen geangelten armdicken Aalen, die auf der Mole wütend sich aus dem Aas schleudern und zusammen mit den aus Maul Rachen Augenhöhlen Ohren und Pferdehirn gezerrten auf den glitschigen Planken winden, ist er ganz von Wunder und Wirkung des Waldmeisterbrausepulvers überwältigt: allen Speichel zusammensaugend, um ihn mit dem Rest Waldmeister dem Rest des ins Bauchnabeltöpfchen geschütteten Himbeerbrausepulvertütchens zukommen zu lassen, so dass der Krater zu sprudeln, zu kochen, zu schäumen anfängt, der Waldmeister wie ein Vulkan ausbricht, vertieft er die Zunge darin, sucht Himbeeren und findet immer mehr; jeder Himbeere verpflichtet, bald nur noch Himbeeren in Auge Sinn Herz und Gehör, mit dem schlafvertreibenden Bedürfnis, seiner erträumten Marie ungeahntere Möglichkeiten zu bieten, als sie im Brausepulver schlummern, beim Sammeln bald sich in Gegenden verlierend, wo kein nach dem Sammelschein fragender Förster sein Revier hat – die schlaksige Esther, der erste Schulschatz in der Stadt, ist zufrieden mit seinem Sammelfleiß –, lässt er sich, wenn die Zunge versagt, einen elften Finger wachsen, da die zehn gleichfalls versagen, und kommt so, alt genug ist er, zu einem dritten Trommelstock, von der Literatur bald mehr Aufregung erwartend als vom nackten Leben, auf dem Pausenplatz anderntags dennoch wieder Blech statt Moos trommelnd;

und hat er das halbwegs verschmerzt, auf dem Weg zur Schule an jeder Straßenecke durch Plakate aufmerksam gemacht, dass draußen auf dem Rossboden, auf dem Exerzierplatz hinter den militärischen Baracken, von sechs

Uhr in der Früh bis Mitternacht Personal für das Theater in Oklahoma gesucht werde – *Wer die Gelegenheit versäumt, versäumt sie für immer,* schreit es leuchtend grell von den Wänden; *wer an seine Zukunft denkt, gehört zu uns! Wir sind das Theater, das jeden brauchen kann!* –, und da die Bühne ihn anzog, seit er als Knirps auf Großvaters Knien fiebernd im Schulhaussäli gesehen, wie ein angeklebter Schnauz im Dorftheater einen Schüchternen zum feurigen Liebhaber machte, aus jeder Verhärmten mit ordentlich Schminke und dem entsprechenden Gewand eine Schönheit wurde, um die alle buhlten, sich kurz entschlossen dafür rekrutieren lassend – die Logik ist zwar unerschütterlich, aber einem Menschen, der leben will, widersteht sie nicht, muntert er sich, logisch denkend und und unlogisch handelnd, auf –, wird er, als in der Schule für Tage Verschollener bald in einen undurchsichtigen Prozess verwickelt, am Vorabend seines sechzehnten Geburtstags gegen neun Uhr in seiner Mansarde von zwei Herren besucht, in Gehröcken, bleich und fett, mit gemästeten Säuglingsgesichtern und scheinbar unverrückbaren Zylindern – vielleicht sind's alte Schauspieler, nein, Tenöre eher, denkt er beim Anblick ihres schweren Doppelkinns –, die ihn aus der Stadt hinausbegleiten, über Felder an blühenden Forsythien vorbei, hin zu einem kleinen Steinbruch hinter dem Hügel, auf dessen Kuppe das Kinderheim steht, wo sie ihm, nach Austausch einiger Höflichkeiten, den Rock, die Weste und schließlich das Hemd ausziehen – dabei fällt sein Blick auf das letzte Stockwerk des an den Steinbruch angrenzenden Hauses, wo, wie ein Licht aufzuckt, in dem Moment die Flügel eines Fensters auseinanderfliegen und ein Mensch, schwach und dünn in der Ferne und Höhe, sich mit einem Ruck weit vorbeugt und die Arme noch weiter ins Leere ausstreckt –, und nachdem der eine Herr den Gehrock öffnet und aus der Scheide, die an einem um die Weste gespannten Gürtel hängt, ein langes, dünnes, beidseitig geschärftes Fleischermesser zieht, es hoch hält und im Licht die Schärfe prüft, über ihn hinweg es dem andern reicht, dieser über ihn hinweg es wieder zurück reicht, dass es wohl seine Pflicht gewesen wäre, es, als es von Hand zu Hand über ihm schwebte, selbst zu fassen, legen die Hände des anderen Herrn sich an seine Gurgel, während der erste ihm das Messer tief ins Herz stößt und zweimal dort dreht – mit brechenden Augen sieht er noch, wie die Herren, nahe vor seinem Gesicht, Wange an Wange aneinandergelehnt, die Entscheidung beobachten: *Wie ein Hund!* –,

um, aus dem Schlaf hochschreckend, den Traum zu verscheuchen sich flugs ins nächste Abenteuer zu stürzen, nach einem weiteren geschwänzten Schultag, spät abends im Dorf ankommend, mit den Schwierigkeiten eines Landvermessers beim Vordringen ins Innere des Baus vertraut zu werden, etwas, das er zu kennen meinte: das Dorf – obwohl draußen im Baumgarten, ein Blick durchs Fenster in die mondhelle Nacht bestätigte es, die Kirschen in prächtigster Blüte stehen – lag in tiefem Schnee; vom Schlossberg war nichts zu sehen, Nebel und Finsternis umgaben ihn, auch nicht der leiseste Lichtschein deutete das große Schloss an; lange stand er auf der Holzbrücke, die von der Landstraße zum Dorf führt, und blickte in die scheinbare Leere empor, bevor er ein Nachtlager suchen ging; im Wirtshaus war man noch wach, der Wirt hatte zwar kein Zimmer, wollte ihn aber, von dem späten Gast äußerst überrascht und verwirrt, in der Wirtsstube auf einem Strohsack schlafen lassen; einige Bauern waren noch beim Bier, aber er wollte sich mit niemandem unterhalten, holte selbst den Strohsack vom Dachboden und legte sich in der Nähe des Ofens hin; warm war es, die Bauern waren still, ein wenig prüfte er sie noch mit den müden Augen, dann schlief er ein,

ehe er sich, lang vor Tagesanbruch wach und frisch, in die Weite der Ebene aufmachte, wie eine Barke, die ihre einsame nächtliche Navigation vollendet, in der Ferne hatte man beobachten können, wie sich der Mondschein sammelte, und von seinem gefurchten Schatten gefolgt eine verzauberte Ebene um die andere querend und hinter sich lassend, begleitete ihn dabei – sie schien vor der Tür auf ihn gewartet zu haben – eine der vorgeblich im Schloss Dienst tuenden Damen, mit der zusammen er rasch in Felder vorstieß, deren Enden er auf den ausgedehntesten Spaziergängen seiner Kindheit nie erreicht hatte, überschritt mit ihr jenen Kirchhügel, jenen Weiler, die er dem Namen nach schon gekannt zu haben meinte;

beim Einnachten änderte sich die Landschaft, sie mussten hochsteigen, Abhänge hinabgehen, und zuweilen, just wenn sie hinunter ins Mysterium eines tiefen Tals sahen, das vom Mondschein tapeziert wurde, hielten seine Gefährtin und er einen Augenblick inne, ehe sie in den Kelch aus Opal vordrangen und die Gespielin eines jener Worte fand, dank derer er sich, auf einen Schlag und unverhofft mit ihr vereint, in einem Leben wiederfand, zu dem er nie Zutritt zu finden geglaubt, an dem er nun aber Teil hatte, für immer, so schien ihm, aus dem sie ihn jedoch am nächsten Tag schon, als er zusammen mit ihr zum Schloss wollte, bereits wieder verstieß;

und wie es durch Traum und Wachen, welche oft und heftig wechselten, weiter spukte und rauschte, alles außen verschwamm und nur mehr das lebendige Innere da war, die Windungen des Gehirns, die Gedärme, das Herz, die Lunge, das Atmen, das Strömen, der Puls, der Organismus mit seinen Regungen, das Geschlecht, das Suchen nach weichen Gliedern, daran zu tasten, sie zu liebkosen, Brüste Hüften Schöße, sich an sie zu schmiegen, sich in sie zu drängen, und er so von Traum zu Traum sank, fiebrig farbig und blitzend, dunkel und schwül, dann wieder sich erhellend aus dunkelblauer Finsternis zu blumendurchwogter Klarheit, er noch und noch küsste und wieder geküsst wurde von Frauen, wie er ihnen zuvor nicht einmal in Filmen begegnet war, mit denen er sich – es war ihm peinlich und doch war er voller Stolz – eng umschlungen über den heimischen Kirchhof gehen sah, die ihm aber, eben noch in seinen Armen liegend, schon lachend enteilten, mit silberglänzenden Füßen über die großen Tümpel des Maitlatobels davonschwebten, ohne tiefer als bis zu den Knöcheln einzusinken, ja, fast als liefen sie auf dem Wasser, durch jene Gumpen, welche sie als Buben einst beim Hüten aufstauten, um auf ihnen des Pfarrers Übers-Wasser-Schreiten nachzuahmen, stets kläglich scheiternd, und ihn jetzt – die Dämme, die sonst kein halbes Jahr hielten, hatten allen Sommerunwettern, dem Frost wie der Schneeschmelze getrotzt – viel größer als damals dünkten, und wenn ihn dies ängstigte und er, ohne vom Fleck zu kommen, den Frauen nachzulaufen versuchte und aus Furcht, beim nächsten Wimpernschlag könnten sie einsinken und ertrinken, erwachte, war es, als ob die Gespielin, sein Schulschatz, wer denn sonst, die aber kein eindeutiges oder ein anderes als das ihm bekannte Gesicht hatte, von seinem Lager soeben und leibhaftig wegschliche, dass er verwirrt und betäubt auffuhr und die Angebetete laut beim Namen rief, vergeblich, ehe ihn die Stille in neue Träume hüllte, mit neuen, noch wilderen Abenteuern, in denen Engel und Dämonen, schauerliche Tiere und monströse Maschinen auftauchen,

Meerjungfern, Elfen und Seeungeheuer, wunderbar wie die Begegnung einer Fadenspule und eines Bleistiftstummels auf einem Nähmaschinentisch, dass nichts mehr seinen festen Platz hat, du plötzlich Herr über die Dinge bist und mit ihnen machen kannst, was du willst, die nächste Szene, wie einst bei Großvaters Erzählen, wieder mit *Es war einmal* beginnt, eh, groß herangezoomt, schon ein Rasiermesser durch ein menschliches Auge schneidet, dass es einen zusammenkrümmt, man sich vorgebeugt an Seilen, die sich über den Schultern spannen, mit ungeheurer Anstrengung zwei Konzertflügel durch endlose Korridore hinter sich her zerren sieht, auf deren jedem ein halb verwester Esel liegt, doch ehe man die Frau erreicht, die sich – ja, da ist sie wieder – mit schreckgeweitetem Blick in die hinterste Ecke des Zimmers verkrochen hat, entflieht sie erneut, schlägt, wie man nach ihr greift, die Tür zu, klemmt einem die Hand ein, aus deren verkrampft ins Leere ragendem Innern, aus einem Loch inmitten des groß eingezeichneten M, Ameisen hervorwimmeln, eh man sich, als wär man durch das schwarze Gegramsel hindurchgekrochen, handkehrum mit einem Buben zusammen in einem düsteren Zugabteil der Rhätischen Bahn findet, es ist aber nicht der Bruder, sondern jener Schulkamerad, den man, übergrell, wie als Solarisation hat man es vor sich, in der ersten Klasse beim Zeichnen, in Eifer geraten oder vielmehr Eifer vortäuschend, regelmäßig um den grünen und den braunen *Caran-d'Ache*-Farbstift bat, bis jener, stutzig, dass man alle andern Stifte stets selber aus der zwischen ihnen auf dem Pult liegenden Schachtel klaubte, einem eines Tages fürs Ausmalen der Wiese den braunen statt des verlangten grünen reichte und für die große Kuh mit dem prächtigen Euter, das bereits gelb leuchtete, gleich darauf den grünen statt des braunen, womit er einen als farbenblind outete, was zusammen mit der Zeichnung, die der Lehrer auch gleich an die Wandtafel heftete, für Gelächter sorgte; im Abteil außer ihnen beiden nur noch ein älterer Herr, der einem pikanterweise, ohne dass man sich dem Kollegen gegenüber was anmerken lässt, mehr als bekannt vorkommt, wie er, die Füße von sich gestreckt, den Hut ins Gesicht gezogen, die Hände über den mächtigen Pansen verschränkt, vom Rütteln des Zugs geschüttelt mit verrutschtem Mund im Eck lehnend vor sich hin schnarcht, mit dem sie, Gegenstände aus ihren Jackentaschen zaubernd, die unergründlich

zu sein scheinen, eine Blechtrompete, zwei Ballone, die sie aufblasen, wie einen Busen streicheln und, hart knetend, dann platzen lassen, Hühnerfedern, die sie sich als Indianer ins Haar stecken, ein paar Zigarren schließlich, die sie anzünden, um Rauchringe in die Luft zu schmauchen, bis das ganze Nichtraucher-Abteil zugenebelt ist, dazu, imaginäre Bäuche vorstreckend, die sie kaum zu umfassen vermögen, aus nicht existierenden Westen gravitätisch Uhren hervorziehend, um gewichtig die Zeit drauf abzugleichen, ausgiebig Schabernack treiben, den sie auslachen, ohne dass er ob ihrer immer derberen Späßen aufwacht, bis er, als der Zug mit einem Ruck hält und das Licht im Abteil angeht, von der Bank rutscht, sie, ihn wie Rumpelstilzchen umtanzend, *Er ist tot er ist tot* singen, sodass sie fast auszusteigen vergessen, im letzten Moment jedoch, über den Schwergewichtigen stolpernd, überstürzt ihre Schachteln und Rucksäcke aus der Tür werfen und ihnen hinterher aus dem bereits antuckernden Zug eine Böschung hinunterpurzelnd abhauen; durch den auf und zu gehenden Spalt der im Fahrtwind schlagenden Tür sieht man den Klassenkameraden an einem Sonntagvormittag in kurzen Hosen und mit verbundenen Augen zuhause kerzengerade auf einem Stuhl neben dem sonnenhellen hohen

Fenster sitzen, einem Herrn gegenüber, seinem Vormund vielleicht oder einem gestrengen Onkel, wobei man den eigentlich aber gar nicht sieht, man ahnt ihn nur hinter der aufgeschlagenen Zeitung über dem Tisch mit der gestickten Sonntagsdecke, während im Zimmer sich lange nichts rührt, bis ein kleines Mädchen auf Zehenspitzen langsam über den geschlossenen Deckel des Klaviers sich anpirscht und den Arm nach einer Glaskugel ausstreckt, die über dem Fenster hängt, wie eine Ballerina damit auf den Boden hüpft, vorsichtig dem Jungen die Augenbinde vom Gesicht löst, die beiden wie Verschworene mucksmäuschenstill dann nebeneinander sitzen und, während die Zeitung auf dem Tisch, als wär sie aus Gips, unbeweglich bleibt, fasziniert in die Kugel starren, in der ein Federschneesturm aus aufgeschlitzten Deckbetten und Kissen tobt, durch den man sie, ohne einen Ton zu hören, als Paar in wehenden Nachthemden in Zeitlupe singend davonsegeln und kurz darauf, als Sieger winkend, vereint mit der Klasse vom Dach Nachttöpfe, Schulbücher und Hefte, die sie zerfetzen und zu Schneebällen kneten, auf die geduckt mit erhobenen Armen sich zu schützen versuchenden Erwachsenen in den Schulhof hinabwerfen sieht, bis sich die Nacht dem Ende zu neigte und in seiner Erinnerung – aber wo hört der Traum auf, wo beginnt Wirklichkeit? Welten können in einer Nacht sich ändern, Leben erlischt, Dunkel breitet sich aus, und mit diesem wächst der Abstand zwischen den Sternen; man möchte was sagen, öffnet den Mund, doch etwas Schweres lastet auf der Brust, dass man nicht sprechen kann, bevor die bedrängenden Gestalten nicht verschwinden, das totenbleiche Mondlicht zu endlosem Schnee wird – langsam all die verschiedenen Zimmer vorüberzogen, zwischen denen sein Körper, unsicher über den Ort, an dem er zu erwachen glaubte, geschwankt, bis sein Gedächtnis ihm sagte, dass er sich, einquartiert nach wie vor bei der Schlummermutter, die in dem Moment draußen über den Gang schlurfte, in keinem anderen als dem eignen Zimmer befand, das er, ohne die Augen zu öffnen, auch sofort in seiner Gänze rekonstruierte, doch von seiner eigenen, für ihn immer noch ungewissen Lage ausgehend, hatte er dessen Ausrichtung in jeder Hinsicht falsch berechnet; folgernd, dass rings um ihn, da die Kommode, daneben der kleine Tisch mit den Büchern, dort der Ofen, weiter hinten das Fenster lägen, erblickte er, nun wirklich wach, über jener Stelle, die er der Kommode mit dem Spiegel zugedacht, als Sonnenlichtstreifen durch die Jalousie dringend, die Linien des Tags, der sich vor dem Fenster erhoben, Lichtstriche, in denen, sobald er die Bettdecke zurückschlug, golden der Staub zu tanzen begann –,

spätestens da wich das unter der Bettdecke bei den nächtlichen Expeditionen allmählich aufgekommene Gefühl der Gewissheit: die Steppenträume des Sachsen, welche er in der Hoffnung, in neuer Umgebung zu reüssieren, eine Zeitlang glaubte nachträumen zu müssen, schienen ihm, verglichen mit dem, was ihn jetzt Nacht für Nacht bis in die Träume wach hielt, mit einem Mal gleichsam wie mit Automaten bestückt, sie klapperten.

Nach Clas Büchern, welche in ihm auf der Suche nach der verlorenen Zeit rasch Hunger auf weitere weckten – sie brauchten in der Bibliothek durchaus nicht alle als verboten rot markiert zu sein, obendrein gab's neben den verwaschen gelblichen Bändchen der Klassenlektüre, worunter sich auch das eine oder andere spannende fand, ein halbes Jahr später (beginnend bei Blauviolett über Rot, Orange, Gelb, Grüngelb,

Grün, Blau, der erste Band des nächsten Jahres wiederum in Blauviolett undsoweiter, nach Abschied von den Eltern und Fluchtpunkt als zwei entscheidenden Augenöffnern auf der Suche nach einem eigenen Leben, von Don Juan oder der Liebe zur Geometrie, Wosnessenskis Dreieckiger Birne, Eichs Botschaften des Regens und Zazie in der Metro, über Benjamins Städtebilder und das Kunstwerk im Zeitalter der technischen Reproduzierbarkeit, Blochs Tübinger Einleitung in die Philosophie, Warten auf Godot und Wittgensteins Tractatus, bis zum Gespräch der drei Gehenden und dem Schatten des Körpers des Kutschers, in einer der achtundvierzig Farben des Sonnenspektrums, die sich auf dem Bücherbord über dem Bett im Winter, wenn die Sonne, die in der Schule hinten im Sand, in Ruchs schattigstem Quartier am Ausgang der Schlucht, trotz schönster Föhnbläue den Tag über gar nicht über den Pizoggel kam und abends, zurück in der Pension, längst über dem Oberland untergegangen war, nach und nach zum Regenbogen ergänzten, vor Augen immer wieder die Szene mit dem Kutscher und der Haushälterin auf dem Küchentisch, die man, aus dem Fenster lehnend die Nachtluft einsaugend, an den durch das Küchenfenster auf den Hof fallenden Schatten mitbekam: die Schatten der Beine der mit der vorgewölbten Linie der Brüste über dem Tisch zurückliegenden Haushälterin mit gebeugten Knien über den Schatten des Kutschers aufragend, während der Schatten des einen Arms des Kutschers, hineingebogen in den Schatten seines Unterleibes, einen stangenartigen Schatten daraus hervorzog, diesen, nachdem die Schatten der Beine der Haushälterin sich hoch über den Schatten der Schultern des Kutschers gelegt, in den schweren, prallen Schatten des Unterleibs der Haushälterin stieß, der Schatten des Kutschers in immer schneller werdendem Rhythmus sich über dem mittanzenden Schatten des Körpers der Haushälterin hob und senkte, die Schatten der Köpfe des Kutschers und der Haushälterin in den Profillinien ineinander verbissen, der Schatten des Leibs der Haushälterin schließlich sich hoch aufbog und der Schatten des Körpers des Kutschers sich mit gesammelter Gewalt in den Schatten des Leibs der Haushälterin hineinwarf, worauf die Schatten der beiden Körper, ineinander verkeilt, niederbrachen und ausgestreckt auf dem Schatten des Tischs liegen blieben, vom Atem gehoben und gesenkt, eindringlich, dass man in der Nacht danach lang nicht zum Schlafen kam, dazu im Ohr den Dialog zweier Vagabunden über die Vorzüge des Stricks, in welchem Estragon, der eine, unter einem mickrigen Bäumchen nach oben blickend, den andern fragt: *Sollen wir uns aufhängen?* und Wladimir, der andere, ohne aufzuschauen sich weiter seinen zu knappen Schuhen widmend, lakonisch meint: *Dann geht noch mal einer ab. – Dann geht einer ab? – Mit allen Folgen. Da, wo es hinfällt, wachsen Alraunen. Darum schreien sie, wenn man sie ausreißt. Wusstest du das nicht?*, worauf Estragon freudig: *Komm, wir hängen uns sofort auf,* um stattdessen, wie ihre Rollen es wollen, weiter zu warten, was einen, ergänzt mit Pozzos Abschiedsworten *Sie gebären rittlings über dem Grabe, der Tag erglänzt einen Augenblick und dann von neuem die Nacht,* sowie dem Diktum *Wovon man nicht sprechen kann, darüber muss man schweigen* am Schluss des Tractatus – jenes schmalen roten Büchleins, zu dem der Philosoph im Vorwort schreibt, vielleicht werde es nur einer verstehen, der die Gedanken, die darin ausgedrückt seien, schon selbst gedacht habe, es sei also kein Lehrbuch, sein Zweck wäre erreicht, wenn es dem, der es mit Verständnis lese, Vergnügen bereite, seine Sätze erklärten sich dadurch, dass sie der, welcher sie verstehe, am Ende als unsinnig erkenne, er sozusagen die Leiter wegwerfen müsste, nachdem er auf ihr hinaufgestiegen sei –, ziemlich ratlos zurückließ) in Paschas Bücherladen für jeden während der Woche mittags vom Mund abgesparten Teller Pommes frites mit einem Sprutz Ketchup drüber zu Dreisechzig weit Nahrhafteres zu kaufen, das einen, wie die Bücher vom großen Cla, voll in Anspruch nahm und nicht einfach so nebenher einzuschlecken war –: nach diesen Lektüren scharrte plötzlich kein Swallow mehr im Stall, wieherte ihm kein wackerer Mustang mehr zu, drauf fiebernd, am Morgen ausgeritten zu werden; Winnetou und die alte Schütterhand tot und weg, ohne Zeit für Tränen; die Schatztruhe leer; das Beschlagwerk Attrappe; unter der Hand übrig geblieben ein paar zerlesene grünbraune Halblederbände mit abgegriffenem Titelgold, die man der Schlummermutter unauffällig zuoberst ins Regal zurückschiebt, irritiert und erleichtert zugleich, dass von dem für echt gehaltenen Trompetengold, als hätte man die Bände nie in Händen gehalten, kaum etwas haftet.

War er bis anhin, aufgeladen von Old Shatterhands Träumen, frühmorgens mit geblähtem Kamm breitbeinig aus dem Haus gestakst und auf Onkels unverwüstlichem Stahlross, dem als Einstand für den Übertritt in die Stadt geschenkten Militärgöppel ohne Übersetzung, dafür mit Rücktritt, der beim kleinsten Bremsmanöver blockiert und einen aus dem Sattel hebt, dass es, wenn gleichzeitig die Vorderbremse blockt, einiges Geschick braucht, nicht über den Lenker katapultiert auf dem Asphalt zu landen, als stolzer Held selbstsicher durch Ruchs Straßenfluchten unterwegs um Canyonkanten gekurvt, dass der Split nur so unter den Felgen wegspritzte, die Pedale den Belag streifte, bis die Funken stoben: spätestens in der Schule war aus der Traum, wurde er in schönster Regelmäßigkeit vom Ross geholt (war es für einmal nicht sein Dialekt, nicht die Aussprache eines Wortes, das Anlass zum Gaudi bot, wenn er im Enthusiasmus ins Erzählen geriet und dabei nicht merkte, dass sie gar nicht zuhörten und nur über ihn lachten, grinsten sie über seine Hosen, die ihm Mutter von währschaftem Cadis aus der heimischen Tuchfabrik hatte schneidern lassen, welche weder im Stoff noch im Schnitt dem Trend entsprachen). Und selbst wenn sich, wie er rasch merkte, die Mundart vom Berg mit etwas Musikgehör auf den Rucher Tonfall und Zungenschlag korrigieren ließ, beim Wortschatz und den fremden Usancen – was am Ende der Sekundarschule, ohne dass er es wahrhaben wollte, schon klar war und im Seminar zur nicht mehr zu verdrängenden Tatsache wurde – wogen die Probleme schwerer. Und weniger noch als mit den Taten des Löwen von Sachsen war fatalerweise mit seinen neuen Abenteuern, denen er mit Haut und Haar verfallen war, Furore zu machen, mit den Irrungen und Wirrungen des durchschnittlichen Angestellten, der sich – mit seinem Schulschatz sollte es ihm bald ebenso ergehen – von seiner Schönen Hörner aufsetzen lässt, was ihn in den Augen der andern zu einem nichts als komplett lächerlichen, erfolglos sich durch den Tag treiben lassenden Versager macht, sowenig wie mit den Taten jenes Trommelwichts, der, was für ein Idiot, das Großwerden verweigert und es damit nie zum Stimmbruch bringen wird, um als Rammler bei den Mädchen Eindruck zu schinden, und schon gar nichts nutzten ihm die nutzlosen Annäherungsversuche eines Landvermessers in falschem oder längst vermessenem Gelände sowie dessen vergebliches Bemühen, im Schloss Fuß zu fassen – eine Serviergumsel kennt doch jeder, und jeder hat schon in der Vorderrheinschlucht oder auf der Katzenburg hoch über Haldenstein im Mondschein gevögelt, musst dich halt mal allein in den *Süßwinkel* trauen, du Hasenfuß, und bei der schönen Vintschgauerin scharren, dann kapierst vielleicht auch du was –: Hirnwichserei, nicht mehr, waren den Kollegen seine nächtlichen Abenteuer.

Gut, sagte er sich, wenn sie ihm bei den Burschen nichts als Hohn einbrachten und er im Sport nichts auszurichten vermochte, konnte er mit ihnen als Lektüreempfehlung ja bei den Mädchen zu punkten versuchen, bis es, verdammt rasch eigentlich, auch deswegen wieder krachte, ihn einer aus der Parallelklasse, als er auf dem Weg zum Bahnhof vor dem Kino *Rätus* in den Aushang für den nächsten Italo-Western und *L'amour à vingt ans* vertieft war, Filme, die er beide verpassen würde, weil es, wie Vater der Schlummermutter in einem Telegramm meldete, übers Wochenende daheim auf dem Hof zu tun gebe, von hinten anrempelte, ihm, ein Knie ins Kreuz gerammt ans Glas des Schaukastens geklatscht, den Kopf an den schulterlangen Haaren ins Genick riss: Du Gammler, verdammter, häng dich auf, dir soll's ergehen wie dem Cattivo da vor deiner Nase, auch dich vermisst keiner, untersteh dich aber, mir mit deinem Gefasel mein Tschick ausspannen zu wollen, was für ein Schwein muss sein, wer glaubt mit aus fauligen Pferdeköpfen gefingerten Aalen und einem Tütchen Brausepulver, das er, pfui Teufel, mit Spucke zum Schäumen bringt – ausgerechnet dieses tumbe Großmaul markiert plötzlich den Saubermann –, meine Freundin angeln zu können, lass es dir gesagt sein, Bürschchen, mach dich nicht nochmals an unsere Beeri heran, um sie mit deinem widerwärtigen Dreck und dem Getue zweier Landstreicher einzusülzen, du Mickerficker, das nächste Mal setzt es nicht nur Hiebe ab, dein Gebiss polieren wir dir, dass

Zähne gurgeln kannst und das Palavern dir vergeht – was blieb da, um der Tortur zu entkommen (den andern mit der Frage zu irritieren, ob er wisse, warum die Dinosaurier ausgestorben seien, nämlich weil die Meldungen des Schmerzes, wenn hinten Tiere anbissen, zu langsam vom Schwanz zum Gehirn gelangten, es zu spät zu Abwehrbewegungen kam, und diese schon wieder in ihr Fleisch gebissen hatten, ehe sie es merkten, diese Weisheit einem Grobian beibringen zu wollen, der sie gar nicht verstehen könnte, brächte wenig), als sich, nachdem, vom Gewaltsbrocken in die Mangel genommen, der Schmerz an der Kopfhaut kaum noch auszuhalten war, vom andern loszureißen und, aus Erfahrung klug das Drehmomentgesetz erinnernd, mit aller Kraft sich von der Scheibe abstoßend, das Bein angewinkelt, in der Hoffnung, seine empfindlichste Stelle zu treffen, und nach hinten ausschlagend, den Schwung nutzend, im Herumwerfen den anderen, bevor der einem zuvorkam, zack bumm, durch eins an den Kiefer zu stoppen, dass ihm das Lästern verging und er, verdutzt an seine Birne greifend, eine Weile mit sich selber zu tun hatte. –

Wiewohl er, allen Anfeindungen zum Trotz, in der Welt der Bücher Boden unter den Füßen zurückgewann, drin abtauchend sich wieder fand, wieder erfuhr, wie er hieß, woher er kam, und wohin er, dem Schulalltag einmal entkommen, weiterreisen würde; wo niemand etwas anderes von ihm erwartete, niemand ihn schalt, ihm drohte, man ihn unbehelligt ließ und alle Sprachen tolerierte, ja die Freiheit für ihn absolut war, er konnte sich darin verlieren und er konnte sich darin wiederfinden, konnte alles aufgeben und, allem voran, wieder zu sprechen beginnen, und die Sprache, die sich nach und nach einstellte, war keine andere als die, welche er mit seinem Großvater oder beim Hüten der Ziegen allein unterwegs am Anfang gelernt hatte, die nur ihm selbst gehörte, ihm zur Arbeit diente und nirgends mehr einen festen Wohnsitz hatte, die zu seinem Werkzeug wurde und mit der er sich auf seine Weise zu wehren begann – schön, wunderschön, nur galt das alles nichts in einem Umfeld, wo außer Großtun, Saufen, Schätzen und Sport kaum etwas zählte, der Spengler-Cup, Tschutten und Skifahren Trumpf waren (nicht auf billigen *Elan*-Latten natürlich, von denen der Dorfschreiner einige Paare, die im Lauf der Jahre jede Elastizität verloren, in der Werkstatt stehen hatte und von denen eines statt einem Paar Killy-Brettern dann unter dem Weihnachtsbaum lag), wo die stärkste Karte ausspielte, wer wie Uwe Seeler den Ball trat, mit runden Schultern, ausgestellten Ellenbogen und stämmigen Waden leicht vornübergebeugt als dessen perfekte Kopie über den Rasen zu trotten verstand, im gleichen Leibchen, den gleichen Hosen, dem gleichen Haarschnitt wie jener, dessen Akzent, was ihm viel später erst aufging, bis in Nuancen des Tonfalls zu imitieren nur ein Nachkomme derer verstand, denen es nach dreiunddreißig, jedenfalls bevor die Grenzen zweiundvierzig dichtmachten, nach Ruch zu entkommen gelang, einer, der Uwe gerufen werden wollte, mochte er in Wirklichkeit Jakob Peter Ariel Claude oder David heißen. Und wer nach dem Übertritt in die Mittelschule zu fortgeschrittener Stunde an einem Vereinsabend, die Hosen an den Knien sturzbetrunken auf dem Tisch oben wankend, bei der Schwanzschau aufs Kommando der Altherren des Rucher Mittelschul-Sport-Clubs nicht ruck zuck eine Latte hochzuwichsen schaffte oder, zu blau dafür, den ordentlich langen Riemen schlapp zu präsentieren wagte, aus Angst, mit zu kurzem Schnabel gestraft zu sein, zur Prüfung gar nicht erst antrat – sowas spricht sich herum –, der hat ausgeglöckelt, braucht nichts mehr zu beweisen, bleibt, statt einen Abend lang an der Bierflasche suggelnd in einer verrauchten Ecke herumzuhängen, mit übereinandergeklemmten Beinen und einem Stechen und Reißen in den Leisten den schwofenden Tanzpärchen zuzuschauen, die Burschen in engen Röhrlihosen und spitzen Italienerschuhen, die Schätze im steif gestärkten Petticoat, beim Tango sich ein wenig ungelenk auf schief getretenen Absätzen an ihre Partner lehnend – nur eine, das mathematische Genie der Klasse, hatte es drauf, wie mit dem Unterleib jedem einzuheizen war –, dem Schulfez besser fern.

Lernbegierig, wie er war, begann er zwar zu ahnen, wie gewisse Spielchen abliefen, bekam er dies und jenes allmählich mit, an entscheidender Stelle jedoch blieb der Zutritt ihm verwehrt: zu den wichtigen Sitzungen, wo die Altherren, die zu klein gewordenen Käppi auf ihre aufgetriebenen Köpfe gehöckt, die Brust mit den Farben dekoriert, stolz auf die Schmisse, die, mit eingelegten Haaren zum Eitern gebracht, beim nächsten Treffen wiederum aufgerissen und mit Urin und Bechern darübergeschütteten Biers ausgewaschen worden waren, Freibier spendieren, bis es den Fuxen aus allen Löchern tropft, voll Rohr zurück in die ex zu kippenden Humpen, die Mischung wiederum ausgesoffen, stur, wer hängt schon den Weichen heraus, und speit einer daneben, umso besser, das schafft Platz für frisches Bier, und weil das gemäß Bierverschiss, dem Rucher Bierkomment, Strafpunkte einbringt, gibt es, demokratisch per Handerheben verordnet, noch ein paar Becher ex dazu: Bier wird an solchen Abenden geschüttet, bis der letzte – die Mühe, ans Kotzbecken zu wanken, macht sich längst keiner mehr –, im verebbenden lallenden Geknurr grünangelaufen oder kreidebleich unter den Tischen sich inmitten der Scherben des Gelages dumpf grunzend in bleitiefen Schlaf röchelnd, längelang im eigenen Auswurf liegt: der Weg in Amt und Würde ist nur zu ebnen mit Altherren als Paten, die den Grünschnäbeln zeigen, wo's lang geht. Daneben, immer wieder, gewandtes, je nach Umstand und Umgebung mal rüderes, mal gepflegteres Reden über Dinge, die im Trend lagen, ihm aber, mochte er sich noch so anstrengen, fremd blieben und, wenn er glaubte, kapiert zu haben, worum es ging, bestimmt passé waren; die alle anderen, was ihn faszinierte wie verwirrte, bereden konnten, ohne dass sie ihnen in irgendeiner Weise nahegingen, völlig unbekümmert, in eindrücklicher, zu Hause am Mittagstisch nach den Nachrichten von Radio Beromünster mit Papa eingeübter Konversation gelehrig ihre Alten imitierend, über die sie in der Stammkneipe lauthals spotteten, um ihnen handkehrum zahm auf der Tasche zu liegen –: bis ihm das aufging und einleuchtete, sollte es dauern

9

222 **Für die Dorfschule untragbar geworden,** nachdem er sich mit ein paar Buben aus den oberen Klassen zusammengetan hatte, um dem Sohn der Schulhausabwartin, der, wo immer eine Fensterscheibe zu Bruch ging, ob vom Föhn eingedrückt oder weil mit einer Zwille oder dem Luftgewehr auf Spatzen gezielt worden war, wo eine Stakete aus einem Gartenhag gebrochen, eine Schafhurd geöffnet, so dass die Tiere, des Nachts aus den Umzäunungen ausbrechend, sich im Krautblätz an Runkeln und Erbsen den Bauch vollschlagen konnten, die immer gleichen, sie nämlich, die von den Höfen, beim Sek-Lehrer als Täter verpetzte, die verdiente Lektion zu erteilen, indem sie das verwöhnte Finöggeli, das sie eines Nachmittags, nach Schulschluss in ein Fangspiel verwickelt, hinter dem Dorf ins Tobel gelockt, wo es zappelnd und sich windend so laut nach seinem Schutzpatron stöhnen konnte, wie es mochte, ausgezogen bis auf die Unterhosen mit Kälberstricken an Händen und Füßen gefesselt und das Maul mit seinem Schnupftuch geknebelt, eine von Brennnesseln überwucherte Gerümpelhalde in ein Distelgestrüpp hinunterrollten, was beim Lehrer, von dem man einiges gewohnt war, das schlimmste Donnerwetter absetzte, als er am nächsten Morgen, den Kragen verwurstelt – es ging auf

Vollmond zu, die Alte musste ihn wieder einmal geschüttelt haben, man konnte also auf etwas gefasst sein –, leicht verspätet ins Schulzimmer gestürmt gekommen, mit den Stricken vor der Klasse herumfuchtelnd nach dem für die Heldentat im Tobel Verantwortlichen fragte – das Opfer fehlte – und ihn als einzigen, obwohl, wie ausgemacht, alle an der Lektion beteiligten mit ihm aufstreckten, zu sich nach vorn zitierte, statt zuzuschlagen es dann aber, weil er gesehen, wie sich in den hinteren Reihen ein paar, darunter der Hundertkilobrocken, zu jeder Keilerei mit dem Pädagogen bereit, aus ihren Bänken erhoben, bei einem verbalen Abrieb belassend (und als ob die tätliche Auseinandersetzung mit dem verhätschelten Fiesling und Petzer nicht gereicht hätte, hatte er sonntags drauf am Dorfrand von Urmein ausgerechnet noch dem Neffen des Lehrers, der ihn auf dem Heimweg vom Ballspiel im Nachbardorf mit Sprüchen über seinen als spinnert verlachten Großvater zum Jähzorn getrieben, bei der Rauferei, nachdem erst ein Regenschirm zu Bruch gegangen und es ein paar böse blaue Flecke gegeben, als der andere ihn ansprang, mit einem perfekt plazierten Kinnhaken den Unterkiefer ausgerenkt, nachträglich selber am meisten über seine Schlagkraft erstaunt), galt es, vom Berg nach Ruch versetzt, damit er dort die Sekundarschule beenden konnte, vor allem aber – so er es denn überhaupt dahin schaffen wollte –, um nach der wochenlangen Verweigerung in der Dorfschule besser unterwiesen für den Übertritt in die Mittelschule zu bügeln, auf Teufel komm raus aufzuholen, in den Lektionen wie, erst recht, außerhalb des Unterrichts. –

Büffeln, um aufzuholen, büffeln, büffeln und wiederum büffeln: sollte das am Ende alles sein, dessentwegen man so viel aufzugeben hatte? Jedenfalls, sich selbst verleugnend verbissen nach Sprüchen aus, mit denen er in der ungewohnten Umgebung möglichst bald wessen Gunst auch immer zu gewinnen hoffte (aber gelang ihm etwas, war aller Anstrengung zum Trotz der Klang wieder falsch, gab seine Sprache am neuen Ort willkommenen Anlass zu neuem Gelächter: *Ufenau* etwa, das Wort, als der Lehrer aus *Huttens letzte Tage* vorgelesen und gefragt hatte, wo der Gedichtzyklus spiele, blitzschnell aufstreckend, in seinem Walserdeutsch, das durch den angeeigneten Rucher Slang halt doch nicht so einfach zu überdecken war, mit viel zu gedehntem, zu hellem, zu hohem U ausgesprochen, und was dieses Ufenau überhaupt solle und dieser Hutten, fielen sie in der Pause über ihn her; damit könne er vielleicht beim Lehrer Eindruck schinden, nicht aber bei ihnen, ein verstaubter Quark sei das, verstaubt wie der Stuss von der Kanzel, den zur Strafe für ihre paar harmlosen Lacher übers Wochenende lesen zu müssen er ihnen mit seinem blöden Ufenau eingebrockt habe, aber das werde ihn noch reuen), war er, in der Bank kauernd auf Sicherheit bedacht, bald mit nichts anderem beschäftigt als den entscheidenden Tonfall nachzuäffen, sich städtisches Benehmen, Rummotzen und Feintun anzueignen, und wurde in der Pause einmal ein anderer geplagt, mit Vorliebe einer vom Stadtrand, wo die Neubauquartiere zwischen immer weiter zurückgedrängten Bauernhöfen ausfransen, rotzte er, vom kurzen Glück erfüllt, zu den Starken zu gehören, das Zeug in sich zu haben, an einer Exekution mitzuwirken, lauter als die andern, um das auserkorene Opfer, es bald, so dieses sich zur Wehr zu setzen wagte, worauf alle warteten, um Hilfe schreien hörend, übertönt von den eigenen pöbelnden Rufen (ein paar Flüche, sich bei den andern einzuschmeicheln, in der Hoffnung, sie damit vom Gedanken abzubringen, falls man sich zu wenig hervortue, könnten sie einen im nächsten Augenblick wieder selber greifen und ihren

Späßen aussetzen, sind schnell angeeignet: Mistkäfer, tumber Bauerntotsch, wo ist dein Mütchen geblieben, mit dem du Hosenscheißer eben noch aufgetrumpft, ja schrei nur, wir hören dich gern singen) nach allen Regeln der Kunst fertig zu machen: jeder, obgleich er weiß, dass er zu den Schwachen gehört, jeder von uns, wird er sich, ist der Traum verflogen, belügen, wurde doch schon zu foltern verführt – den andern so im Augenblick gleichgestellt, letztlich nur sich selbst verhöhnend

10

Dem Haselstock entkommen, den der Lehrer in der Bergschule, mitten in der Lektion, als wäre ihm eine Laus über die Leber gekrochen, kurz innehaltend und steif werdend, aus unergründlicher Wut plötzlich aufs Pult niedersausen lassen konnte, nach kurzer Pause gleich nochmals, nicht weniger heftig, in immer kürzeren Intervallen, so dass die Schläge in ein Trommeln übergingen, der Stock beim Auf-die-Platte-Wirbeln auszufransen begann, Späne durchs Klassenzimmer fetzten, bis ein Schlag die neben einem Heftstapel liegende, je näher die Stockwirbel ihr kamen, immer heftiger erzitternde Brille am Bügel erwischte, das Horngestell hochkatapultiert durch die Luft propellernd an die Decke schlug, im Verhallen der Stockschläge Scherben aufs Pult niederregneten, die wie aufs Blechdach trommelnde Hagelkörner von der Platte hochhüpften, zurückfielen, liegenblieben, oder, nach einem weiteren Aufhüpfen, über die Kante auf den Boden sprangen, und der Lehrer, nach einem Moment der Stille, in die unterdrücktes Gekicher platzte, erneut lostobte, die Reste seiner Brille von der Platte in den Papierkorb wischte, in ausholenden Schritten ums Pult herum auf die Bankreihen zusteuerte, dem erstbesten verstrubbelten Schüler mit beiden Händen ins Haar fuhr, sich darin festkrallte, ihn aus der ächzenden Holzbank hochriss – du hundsklinkerischer Drecksfott, verlotterter, blöd grinsen, das kannst, dich werde ich Mores lehren, du Saubub, wenn das dein Alter nicht schafft –, den Schlotternden durchs Zimmer schleifte, auf die Tür zu, ihn dort tüchtig durchschüttelte, an den Haaren in die Luft hob, dem im Leeren Zappelnden den Kopf auf die Wandtafel hämmerte: Hierher gilt es zu schauen, du Rotzgrind, stinkender, wasch dich gefälligst, bevor du nach der Stallarbeit dich nochmals hier blicken lässt, um ihn mit einem wuchtigen Tritt in den Steiß durch die aufgerissene Tür die Treppe hinunter zu verabschieden, die Tür sachte schloss, womit das die Holzstiege hinab sich entfernende Poltern verstummte, sich die Frisur richtete und die Jacke zurechtzog, nach einem Blick auf die rotweiß verschmierte Wandtafel sich umwandte, als ob nichts gewesen wäre: Wo sind wir stehengeblieben, prendete vostri quaderni italiani, fate la forma del participio passato del verbo urlare e fate frasi nel passato prossimo, no, oggi, ragazzi, oggi voglio parlarvi di Roma –,

Schlägen entkommen, um im neuen Schulhaus, in dessen steinernen oder gekachelten Gangfluchten und furchteinflößenden Treppenhäusern er sich zunächst gründlich verlief und Verlegenheit ihn durchsott, wenn er, lange nach dem zum Unterricht gellenden Schellen, in den hallenden Korridoren, in denen jener Verwandte, der, weil es an der Zeit sei, dass einer aus der Sippe es wieder zu etwas bringe, für seinen Übertritt hierher gesorgt hatte, bis vor wenigen Jahren mit dem unrühmlichen Titel *Quader-Hitler* als Zuchtmeister sein Unwesen getrieben, dem Rektor in die Quere lief, auf die Frage, was man um die Zeit noch hier auf den Gängen zu suchen habe, statt zu antworten, perplex dastand, ein blödes Grinsen auf dem Gesicht, in einer der ersten Lektionen Kopfnüsse einzustecken: Geh heim misten, du Hohlkopf, wer nichts im Hirn hat, lernt gescheiter den Pickel schwingen und die Karrette karren, was sucht einer wie du überhaupt hier, hast dich im Eingang geirrt, du Depp, lautete, als Begrüßung gleichsam, der Kommentar des Schulvorstehers, dessen Methodik sich darin erschöpfte, den Schülern in seinem Fach, Algebra und Mathematik – im Dorf kaum dem Namen nach bekannt –, die ungenügenden Prüfungszensuren mit seinem schweren Siegelring in den Schädel zu klopfen: Voll heimlicher Bosheit vor der Bank aufgepflanzt ein Koloss in weißer, um die Taschen herum und an den Seiten von Farbkreideschlieren verdreckter Berufsschürze, das aufgequollene, grobporige Gesicht, an dem sich die Räusche ablesen ließen, von einem eisengrauen, kantig gestutzten Bürstenhaarschnittgestachel gedeckelt, und hinter dickem Brillenvorbau das Augenpaar, das sich – blass vor Scham meint man in dem Wesen vor sich plötzlich den Verwandten zu erkennen – in den ratlos in der Bank Kauernden einfrisst: Wie bitte, mein Kleiner, lautet die Lösung, wenn selber zu fein zum Denken bist, hättest Gelegenheit gehabt, sie dir wie die anderen von einem Klügeren einflüstern zu lassen, was glotzt ihr Löffel denn so, will dem Bergtölpel nur die Chance einräumen, seinen Nagel, sowas kann jedem passieren und jeder von euch hat schon einen eingefangen, aus dem Notenheft zu ziehen. – Die eisige, jeden Widerspruch einfrierende Stimme hallt nach. Die geballte Hand des Vorstehers schwebt über der Bankplatte, der Siegelring mit dem Stammwappen am aus der Faust vorstehenden Ringfinger als böses drittes Auge und Hammer zum Schlag bereit. Rundum in den Bänken verschlucktes Gekicher, und statt der geforderten Antwort gequältes Schweigen: der Schlag muss kommen; sitzt präzise; bohrt sich ein – und wirkt lang über den abklingenden Schmerz hinaus nach. –

Das war der Anfang. Nach der kläglich ausgefallenen Prüfung in der Pause ungehemmtes Gelächter: Einen schönen Platten hast mit dem Nagel eingefangen, machst dich besser dran, die Eins umgehend auszubügeln, falls nicht von der Schule fliegen willst, bevor du hier recht gelandet bist, und Glück winkt dir, großes Glück, der Chef, der hat was übrig für knackige Bürschchen. – Über Tage war damit für Spaß gesorgt; versuchte er anfangs mitzulachen, ohne einen Laut aus der Kehle zu kriegen – die Stimme stockte im Hals –, hockte er, die Augen weit aufgerissen, bald immer verstockter einfach da, paralysiert, verstummt, da nichts zu ändern sein würde, so schnell jedenfalls nicht, mit bis in die Schläfen pochendem Herzschlag, von Scham zerfressen die Ohren spitzend, sich in der Position des Beobachters einrichtend, übers Pult gekrümmt den Finger in der zur Faust geballten Hand unten lassend, das wenige, das er wusste, für sich behaltend, in den Schulstunden so unauffällig wie möglich ausharrend, erst recht während der weit schlimmeren Pausen, ständig einen Fluchtweg im Augwinkel, um auf den Gängen oder wo er gerade stand nicht Spießruten laufen zu müssen; bis die Schulklingel ein letztes Mal über die Flure schrillte, das letzte Schrillen – ein Zauber – der Tortur des Schultages das Ende einläutete, die Klasse kichernd und wiehernd aus dem Zimmer lärmte und er, bis zum Zerreißen unter den leiblich lieblichen Verlockungen des Frühlingserwachens leidend, danach erst recht sich nicht in den *Süßwinkel* trauend, in der Stadt gefangen das Dorf vor Augen, die Erinnerungen an Bubenspiele, die Sommer mit Großvater auf der Alp, endlich fliehen konnte, fliehen durfte. Heim, in die Pension – wo nicht sein Zuhause war. Nichts als fremde Gerüche, gepflegte Sauberkeit, ohne den Schutz des Schmutzes; beißender Gestank von Putzmitteln anstelle der Würze vom Bauernhof, die ihm, kaum dass er das oftmals bedrohliche und, je älter er wurde, ihn desto mehr einengende Vertraute der ländlichen Abgeschiedenheit voller Hoffnung verlassen hatte, im Haus der Schlummermutter plötzlich fehlte, sobald sie sich aus der ihm von Mama in einem Post-Säckli nach Ruch geschickten frischen Wäsche, die daheim zum Trocknen auf der Stall-Laube gehangen, nach ein paar Tagen verflüchtigte – rascher noch, wenn er sie, um anderntags in der Schule nicht wieder als Stinker gescholten zu werden, nachts am offenen Fenster lüftete.–

Befreit, wie er meinte, aus der bodenlosen Geborgenheit hinter dem Wald und der puritanischen Prüderie, die in den Wald treibt, im Wunsch nach Anschluss übereifrig, wenn es auch kaum fruchten wollte, war ihm, in die Stadt übersiedelt, in und außerhalb der Schule sich Hals über Kopf in den Unterricht stürzend, zusammen mit seiner verlachten Mundart, der ihm abgewürgten und in wenigen Tagen ausgetilgten heimischen Sprache, alles Vertraute, die ganze Kindheit mit einem Schlag abhanden gekommen und entrückt:

Der Wald und tief drinnen der Fuchsbau, vor dem sich im Flirren und Flimmern durchs Astwerk tanzender Sonnenkringel an Frühsommermorgen die Welpen um eine zerfledderte Henne balgten; und wie man, fasziniert von deren Spiel die Zeit vergessend, beim Beobachten es nicht länger zurückzuhalten imstande, im Farn und Himbeergestrüpp eine Stelle freitrampelte, während im Dickicht dazu ein Vogel sang, sich auf einem Stein abstützend hinhockte und kackte, mit Sandblaktenblättern den Arsch abwischte, aufstand, bei einem Blick zurück auf sein Geschäft erstaunt, dass schon grünschillernde Fliegen gierig über den klumpigen Stuhl krabbelten, die Hosen hochzog und sie zuknöpfend, in der Hoffnung, die Welpen zeigten sich nochmals, erleichtert zum Fuchsbau zurückschlich

Das Tobel und die beim Viehhüten über den Bach gebauten Stege

Die Gerümpelhalde

Die in ihren Spielen den Buben bald zu Schiffen, riesigen Lastkähnen auf der Fahrt über die Meere, nach Neuseeland, *go Amerika ihi* und weiter, bald zu Raubritterburgen, dann wiederum zu Panzern werdenden Bretterbeigen am Rand der Allmend

Die Geschichten im Religionsunterricht, plastischer vor einen hingestellt, als die schönste Bilderbibel es vermöchte, weil der Pfarrer sie nicht nur erzählt, sondern spielt, als Moses und der brennende Dornbusch, David und Goliath, Kain und Abel in einem, mit flackerndem Blick zwischen den Bankreihen durch die Schulstube auf und ab sirachend zum leibhaftigen Geist in den verhexten Säuen wird, ja, losschnaubend und die Augen verdrehend, zur ganzen grunzend sich in den See stürzenden Herde;

oder des Pfarrers Geschichte von der Arche, die wir auf den Holzstapeln der Sägerei nachspielen und weiterspinnen, nachdem er uns Noahs Besäufnis als Besäufnis in allen Schattierungen erlebbar gemacht, um handkehrum eine imaginäre Magdalena im Arm kosend vor einem zu stehen und in der nächsten Stunde, zu Jochanaans aus dem Kerker emporgeschleuderten Prophezeiungen, untermalt von unserem verdrucksten Gekicher, raunend Salomes Schleier zu lüften;

man kugelt sich vor Lachen, wenn er die Philister und Wechsler aus dem Tempel schmeißt – was er dabei sagt, kann so genau nicht verstanden werden, zu leicht verflöge sonst der Zauber –, und staunt, wie er, über den gewichsten Linoleumboden wogend, uns Jesus' Übers-Wasser-Schreiten als die größte Selbstverständlichkeit vorführt, was, obwohl wir glaubten, ihm genau zugeschaut zu haben, bei den Gumpen im Tobel uns dann ums Teufels nicht gelingen will;

der zu Beginn der Stunden mit seinen rollenden Bregaglioter-R, das einer, im Schatten der Badile-Nordwand großgeworden, in alle Sprachen mitnimmt, als lechzender Hirsch an der Quelle Psalmen donnerte, welche man, durch seinen Vortrag elektrisiert und angespornt, willig auswendig lernt und dennoch bald vergisst;

der den Schülern etliche Jahre später, wenn es auf die Konfirmation zu geht, wie der leibhaftige Hiob mit Jeremia und noch strengeren Propheten klagend von der Sünde predigt, der Todsünde – wenngleich man es sich ungern eingestehen mag, dass an allem, was Lust bereitet, der Ruch des Verbotenen, Verdorbenen haften soll –;

der dem Buben aus der Selbstmördersippe, welche ausgedörrt gehöre, damit nicht weiteres Unheil über die armen Teufel und das Tal käme – der Alte seines Alten, der habe sich doch im Tobel oben ..., wie hinter vorgehaltener Hand gemunkelt wurde, ohne dass der Bub es mitbekommen wollte –, pastoral intervenierend, des Geistlichen Wort hatte nicht nur im Dorf Gewicht, bei der Mutter des Schatzes, einer verhärmten, nach Kampfer stinkenden Pietistin aus Chrysopolis, die wissen wollte, in wessen Hände ihr Töchterchen geraten sei, das sich von diesem Bauerntotsch den Kopf verdrehen ließ, Familieninterna tratschend den Schulschatz vergällen wird, dieses nie wiederkehrende Wunder der ersten Liebe zerstört, nachdem er der Klasse zum Abschluss des Konfirmandenunterrichts, nicht alle im Dorf stammen ja von Selbstmördern ab, doch das Hohelied vorgetragen hatte: wie soll einer da noch glauben ans Buch

Oder Großvaters Erzählungen, welchen der Bub – er kann nie genug davon bekommen, zittert und bebt innerlich zugleich vor Angst – an seinen Lippen hängend fasziniert lauscht, als er ihm und dem Albino, seinem Lieblingskalb in der kleinen Herde, den Sommer über auf der Alp Gesellschaft leistet, bevor im Herbst, etliche Wochen nach dem großen Viehmarkt mit den vielen bunten Warenständen der Hauptstraße entlang, erstmals die Schule ruft, wo der eigentlich grundgütige Lehrer, der es nicht besser verstand – oder weil es der Brauch halt so wollte –, dem Buben am Tag, welchem dieser seit Wochen entgegenfieberte, nachdem er mit Großvater zuvor tüchtig geübt, begeistert, was alles sich mit wenigen Zeichen anstellen lässt, mit dem B etwa, das, weil es bei Neni kein richtig und kein falsch gab und unwichtig, in welche Richtung die beiden Ausbuckelungen wiesen, zuerst immer unsere dicke Tante Berta war, nicht die ausgewanderte, nein, die aus dem Oberdorf, und wenn die Buckel sich nach oben wölbten und Großvater Nippelchen drauf malte, Tante Bertas Busen, der ihr am Sonntag, so wie sie in der Kirche aus der ersten Bankreihe auf der Frauenseite den Pfarrer anhimmelte, beinahe das Trachtenmieder sprengte; das B in ein in die Breite gezogenes H gelegt wiederum ergab Kissen und Federbett der Schlafstatt auf der Alp, und nach unten hängend war's das Euter der Ziege, was alles plötzlich nichts mehr gelten sollte, in der ersten Schulstunde klarstellend, wie ab jetzt zu schreiben sei, mit dem Gürtel, einem Militärceinturon, die Linke an die Banklehne bindet, sodass der Erstklässler, gezwungen das ABC mit der ungeübten Rechten auf die Schiefertafel zu kratzen, sogleich den ihm von Neni am Morgen noch fein nachgeschliffene Steingriffel zerbricht und zur Strafe für seine Ungeschicklichkeit vom halben Dorf beobachtet lange vor dem Mittagläuten nach Hause geschickt wird.

Nenis Geschichten von Kobolden, vom pochenden Knochenmann und von Hexen, die, auf den Vollmondausritt wartend, tagsüber im Kamin hocken und denen es beim Anfeuern, wenn es im Kaminzug stöhnt, lieb zuzureden gelte, damit sie den Rauch, auch wenn Mutter nicht zu Hause sei, um den Herd, im Umgang mit Hexen geübt, wie gewohnt zu besorgen, ungehindert abziehen ließen und ihn nicht, mit langen Fingernägeln einem in die Augen fahrend, durchs Ofenloch und zwischen den Pfannenringen hervor jedesmal in die Küche zurückwürfen;

Geschichten von Vögeln, die der Eule etwa und warum sie sich, von allen unter dem Himmel verfolgt, bei Tage nicht mehr blicken lässt, vor Scham in die Nacht zurückgezogen mit ihrem Ruf im Tal *Ungfell* und den Tod ankündigt; und wie dem Raben, der, schneeweiß, strahlend wie Silber in seinem hellen Gefieder, den wachsamen, schnatternden Gänsen nicht nachstehend noch dem Schwan, der Flüsse so gern hat, zur Strafe, weil er seinen Schnabel nicht im Zaum zu halten imstande, das flaumige Weiß sich ins Gegenteil von weiß wandelte;

oder die Geschichte der beiden Schwestern: die ältere die Frau des Störmetzgers, eines berüchtigten Wilderers – wobei sich bereits in der Hochzeitsnacht gezeigt hatte, dass es nicht gut enden würde, da über dem Paar, während die Lust in der Kammer das Laken besudelte, ein Uhu auf dem Dachfirst sedelte –, kaum unter der Haube ungemein in die Breite gegangen sich hinter einem Speckpanzer versteckend zum Schutz vor der Grobschlächtigkeit ihres Mannes – wenn die Leute im Dorf sein Lachen hörten, sperrten sie Türen und Fenster zu, verriegelten die Läden, brachten die Kinder zu Bett und verschlossen sich die Ohren mit Wachs –; die andere, als unnahbare Jungfrau sich nach ihrem Prinzen sehnend, schlank geblieben und strahlend schön wie der Morgentau auf einem Frauenmäntelchen bei Sonnenaufgang, vom lüsternen Schwager, der ihr mit der Flinte als Tarnung beim Pilzen und Beerenlesen nachstellte, bewusstlos gewürgt ins Brombeergestrüpp gedrückt und geschändet, woraufhin er ihr, um sie am Schreien zu hindern und damit sie über die frevlerische Tat niemandem Bericht geben könne, die Zunge herausgeschnitten, welche zu Boden geworfen zitternd etwas in die blutgeschwärzte Erde murmelt und wie der Schwanz einer verstümmelten Eidechse springt und, sich aufbäumend, sterbend die Füße ihrer Herrin sucht, die, ennet der Schlucht in einer in den Weißtannen verborgenen Waldhütte als sein stummes Opfer zur Verlustierung gefangen gehalten, in ihr Schicksal ergeben, während seiner zur Verwunderung im Dorf, je länger sie dauerten, immer unergiebigeren Pirschen ihm zu Diensten, hinter vergitterten Fensterchen und verriegelter Tür im Geheimen auf einem primitiven Webstuhl das schönste Tuch für ein neues Jagdgewand fertigt, in die Ornamente des Stoffs verborgen eine Botschaft über ihr Schicksal und wo der Wüstling sie festhalte einwebend, welche die Metzgersfrau, unansehnlich dick geworden, aber deswegen noch lang nicht auf den Kopf gefallen, Einkäufe buckelnd in ihrer schwarzen Fahne hinter dem in seinem neuen prächtigen Gewand über den Markt stolzierenden Gemahl her trampend, zu entziffern versteht, aus der Losung erfahrend, dass die Schwester nicht, als sie sich an einem Ast hochziehen wollte und dieser brach, am Schwattlabach-Wasserfall unauffindbar in die tiefe Klamm gestürzt, wie der Ruch, heimkehrend mit einer gefrevelten Rehgeiß, der er ein Tannenreis ins Maul gesteckt, Trauer heuchelnd geflunkert hatte, sondern lebe, sodass sie, als er sie, die Dicke, das nächste Mal auf dem Küchentisch besteigt – einfallsreich ist der Schmerz, und Not macht erfinderisch –, statt von Trauer zerrissen sein Wüten ein weiteres Mal einfach über sich ergehen zu lassen, Lust vortäuschend ihm Opium-Tropfen in den Wein träufelt, die Jüngere nächtens suchen geht, aus der Hütte befreit und nach Hause holt, wo sie dem Gatten, nachdem dieser mit einem Wolfshunger aus seinem Palari erwachte, aus Rache für das, was er ihrer Schwester angetan, den eignen Sohn geschlachtet als Verdämpftes vorsetzt, und zum Schluss, als der Fresssack in seiner Gier von seinem Leibgericht nicht genug kriegt und ein weiteres Mal nachgeschöpft haben will, von der Verstummten – nie hatte sie sich sehnlicher gewünscht, sprechen zu können, um ihre Genugtuung in Worte zu fassen, wie ihr Marterer sie verdiente – den an den Haaren herangetragenen blutigen Kopf seines Buben, seines Ein und Alles, auf den Teller bekommt, worauf der Grobian in einem Schrei, ob dem das Dach einstürzt, zu würgen beginnt, ohne kotzen zu können, und, das Jagdmesser gezogen, mit dem er eben sein Fleisch zerteilt, den Tisch umrennend sich auf die Schwestern stürzt, die so schnell vor ihm fliehen, dass ihnen Flügel wachsen und sie sich, um dem Wilderer zu entkommen, in Schwalben verwandeln, die eine, welche er bei der Schändung zur Luststeigerung immer wieder gewürgt, am Hals von einem blutroten Fleck gezeichnet, unter Dächer schlüpfend oder ihr Nest im Kuhstall an den Balken über dem Schorrgraben mauernd, die andere den Wald suchend, den dunklen jenseits der Schlucht, von wo ihr meckerndes Lachen, böse Buben um den Schlaf bringend, nachts zu den Höfen herüberdringt;

die Geschichten von in Fuchshöhlen steckengebliebenen, elendiglich jaulenden Jagdhunden, die, wenn ihre Kräfte erlahmten, ein letztes Mal aufheulend zerfetzt würden; nachts der Traum, selbst zum Fuchs geworden, im eigenen Bau verkeilt nicht mehr vor noch zurück zu kommen, vor und hinter einem im Loch Hunde, Zähneblecken, fletschendes Gekläff;

die Geschichten von den Wildmannli auch, die oben in der Steinwüste beim Seelein, das die Welschen ennet des Bergs *Lai da scotga* heißen, in einer Höhle versteckt sommers Gemsmilch kästen und auf saftig grüner Trift die Hirten mit nie leer werdenden *Broggen* Schotte labten, so dass diese, wie mager und gring sie im Frühjahr z'Alp zogen, zum Erstaunen der Leute bei der Entladung Herbst für Herbst kraftstrotzend zu Tal stiegen, bis einer der Deppen hinging und das Geheimnis im Dorf unten herumpralagte, worauf den gescheiten Leutchen aus dem Berg, die nicht größer sind als ein mittlerer Finger und so alt werden, dass sie eine kleine Unsterblichkeit auf ihren Buckelchen haben, ein betrübliches Ende vorausahnend, weil den Dörflern in ihrer Beschränktheit nichts besseres einfiel, als ein paar kränkelnde Burschen aus dem Unterland zur Mast aufzunehmen, statt wie bislang mit der Schotte nur Jungschweine zu alpen und sie der Hirtschaft zugutekommen zu lassen, nur noch auszuwandern blieb, nicht aber, ohne sich zuvor unter einem Regenbogen oder vielmehr im Erdgeschoß desselben, einem funkelnden

Zaubersaal, in den besten Feierkleidern und jedes sein goldenes Schüsselchen in einem seidenen Säcklein mit einem Quästlein auf dem Rücken tragend, für uns nicht größer als ein alter Batzen, für sie aber ein gehöriger Teller, an langen Tischen aus einigen Lärchenschindeln, über die feinstes Linnen gespannt war, alle ein letztes Mal zu einem Abschiedsschmaus zu versammeln, tafelnd, zu Beginn, wie beim Totenmahl, ziemlich bedrückt und ohne viel zu sagen, nach und nach immer fröhlicher und ausgelassener, bis das Spektrum der sieben Farben verblich, der letzte Abendschein der Dämmerung wich und alle überstürzt das Loch suchten, durch das sie den Bankettsaal betraten, sich auf die Fersen trampelnd und in den Rücken knuffend durch dieses ins Freie drangen und verschwanden, kein Mensch weiß wohin, der Saal und die Tische im Saal mit allem, was darauf stand, beim ersten Donner verlassen, bis auf ein lediges Weiblein, das allerjüngste von etwa zweihundert Jahren, was bei unsereinem einer Frau im blühenden Alter von ungefähr zwanzig gleichkäme, welches die Pflicht hatte, das ganze Geschirr und Besteck zu reinigen, trockenzureiben und sorgsam in eine eiserne Truhe zu verschließen, die es an der Stelle vergrub, wo hinter den Baracken der während des Kriegs einst in der Wildnis oben internierten Polen über der von jenen damals errichteten Freiluftkapelle mit einer geschnitzten Maria im schön aus Steinen geschichteten Altar, die, eine gefrorene Träne auf der Wange, hinter dem Fensterchen sehnsüchtig nach Osten blickte, einst der Regenbogen gestanden, eh auch es das Säcklein, worin sein eigenes Goldschüsselchen gewesen, auf den Rücken schwang, einen Stecken zur Hand nahm und, vom Luftdruck der in dem Moment vom Schottenhorn über die Alp niederkrachenden Gesteinsmassen in seiner rotgelben Tracht wie ein tanzendes Ahornblatt im Spätherbst davongewirbelt, aus dem Carnustal über den Glaspass die Muntogna hinab seelenallein in die Ferne wanderte, um einem andern Volk dieser Art das Gedächtnis des ausgestorbenen zu überbringen;

Nenis Geschichten vom Catherlieschen auch, das die Wunden der Erde mit Schmalz salbt;

die Geschichten von lang über den Tod hinaus keine Erlösung findenden, in Vollmondnächten im Rappentobel geisternd zum Steineklopfen verdonnerten Falschspielern und Wucherern;

von Wirten, die einst den Wein gepanscht und mit geblähten Bäuchen jetzt Nacht für Nacht Karaffe um Karaffe Wasser saufen müssen, bis ihnen die Wampen übers Gemächt plampen, die spindeldürren Beinchen unter dem Gewicht einknicken und sie wie aufgeblähte Kröten platzen, damit Schlag eins dem Spuk ein Ende setzend;

von Advokaten, die ihre eigenen Zungen fressend elendiglich daran ersticken;

von Gerichtsschreibern, die, sich die Hände abhackend, als Urkundenfälscher mit blutlosen Stummeln bis zum jüngsten Tag Missachten zu unterschreiben verdammt sind;

oder die Geschichte vom Teufel, einer recht blassen Erscheinung unter den Schacherern, die über die Wahrheit verfügend im Dorf das Sagen haben, der mit Eifer und Ausdauer jahrhundertelang unerkannt in der Silberhütte werkte, wo sich in den Giftfängen so viel Arsenik angelegt, dass mit dem Rauch alles, was lebt und blüht, fahl und kahl zu machen ist – ja, just der Schlawiner, so Neni, welcher, wenn du die Ziegen in die Foppa auf die Frühlingsweide treibst, an Föhntagen mit gesträubten Haaren oben auf der Furkel über den abschüssigen, fast lotrechten Hang gelehnt mit Steinen in die Erlen herab nach deiner Herde zielt –;

und die Geschichte vom gutmütig im Schlamm des Bergsees rumorenden vieläugigen Ungeheuer, das, als man, um Weideland zu gewinnen und in der Meinung, damit zugleich das Rutschen in den Maiensäßen zu stoppen, der kurzsichtigen Laune einiger Ingenieure folgend, drangeht, mit einem durch den Hügel getriebenen Loch den abflusslosen See auf dem Plateau abzulassen, in welchem es sich bis anhin, gegen den süßesten Schlaf gefeit, von seinen hundert Augen, den gleichen, die heute den Pfauenschweif schmücken und die Flügel des Nachtpfauenauges, schlossen sich abwechselnd zwei zwar zur Ruhe, die übrigen aber, so Neni, die blieben wach und gaben nachts auf die nach dem Melken an das Gestade getriebenen Kühe acht und auf die Schäfchen, die, wenn sie Sternblumen äsend über den Himmel ziehen, im Mondlicht gezählt werden müssen, will man keins an den Wolf verlieren, friedlich grummelnd gesuhlt und geräkelt, im Zorn Hütten Wiesen Weiden Wald mit sich reißend und zu einem blauschwarzen Brei vermantscht, knapp am Dorf vorbei das Tobel hinabrollt, unten in der Ebene, aus dem noch nicht korrigierten Flusslauf ausbrechend, mit gierigen Zungen sich in die Felder, in die reifende Frucht wälzt;

und das Rätsel mit den Kälbern, die in einer Gewitternacht, in der es im Spätsommer einen halben Meter Schnee über die Weide warf, mit aus dem Schädel tretenden Augen und Schaum vor dem Maul zu zweien in derselben Kette halb erwürgt am Barmen hängen, trotz allen Mutmaßens, aller Theorien nie zu erklären, denn als sie das Vieh, gewarnt durch Zeichen, die Neni das Unwetter ankündigten, am Vorabend, obwohl noch linder Föhn um die Gwetten güntelte, einstallten, hatte der Bub mit dem Albino und den anderen Fardeln und Mesen auch diese beiden Kälber jedes einzeln an die Kette gelegt, und wie er sich mit Neni, der ihn, von

Ahnungen getrieben, aus den Träumen geweckt, mit einer Sturmlaterne mitten in der Nacht im fahl durch den Nebel drückenden Mondlicht zum Obersäß aufmachte, führte im Schnee, außer der ihren, keine Spur zum Stall hin, noch von diesem weg, was ja noch nichts heißen musste, aber als Neni, nachdem sie bis in den hintersten Winkel alles durchforscht, mit der spitzzinkigen Mistgabel in immer größerer Panik noch das letztmögliche Versteck im Oberstall durchstocherte, kroch kein Wilderer, der rechtzeitig vor dem Wetter Schutz gesucht und dem abergläubischen Alten, von dem weitum bekannt war, dass er das Gras wachsen hört und sich darum leicht ins Bockshorn jagen lässt, indem er die beiden Kälber in eine Kette legte, einen üblen Scherz hatte spielen wollen, mit einer Schnapsfahne Entschuldigungen stotternd aus dem bisschen Heu zuhinterst im Tenn –,

während zu Großvaters Erzählen auf dem Tisch die Petrollampe blakt, in den Wänden der Holzbock tockt und Neni den Tod pöppeln hört, gegen den es hinter der Tür bis zum letzten Atemzug Geschichten aufzutürmen gelte, draußen der Berg grollt und Hirsche nachts im Mondschein ums Haus streichen, mit ihren mächtigen Geweihen kurz vor der sich mit dem ersten Schnee ankündigenden Brunst spielerisch ihre Kraft probend an den Hausecken reiben und ranken, ihre Stangen an den Kanten wetzen, bis, von Großvaters Sagen-Singsang in den Traum gelullt und irgedwann sachte auf den Türkenstrohsack gebettet, Rumpeln und ein seltsam knöcherner Klang einen zur Unzeit aus dem Schlaf schrecken

Oder der Hummelstich, als man, auf allen Vieren hinterm Hof die Halde hochkraxelnd, vom Schmerz durchfahren, welcher plötzlich im Zeigefinger der ins dürre Gras gesteckten Hand aufzuckt, glaubt, der ganze Hang mitsamt den eingezäunt in der Hitze an den Trossstauden zu einem Knäuel gedrängt ihre Köpfe in den Schatten streckenden Schafen begänne, von der Sonne angesteckt, zu brennen, und wie man, den lodernden Flammen entfliehend, an der verdutzten Nachbarin vorbei nach Hause rennt, heulend mit der Tür in die Küche stürzt, wo tröstendes Lachen die Feuersbrunstängste zerstreut, Großmutter einen an die Hand nimmt, auf den gerötet steif in die Höhe gehaltenen Finger bläst und mit dem Rockzipfel einem die Tränen abwischt – aber Buob, was hast denn wieder, so arg wird's wohl nicht sein –, das Zucken abebbt, wenn man, den Kopf in ihren Schoß gekuschelt sich an sie lehnend, derweil Nana auf dem mit einer Paste aus Asche und Sand weißgefegten Ahorntisch weiter ruhig Pizokelteig ausrollt, den Finger in den Mehltopf stecken darf, bis das Glühen gelöscht ist

Der vom Föhnsturm durch die Luft herangetragen vor den Stubenfenstern über die Stromleitung geschlagene eine Flügel des Blechdachs vom Nachbarhaus, den die ruppigen Windstöße wie ein zum Trocknen aufgespanntes Leintuch knatternd bauschen, bevor die Drähte bei der nächsten heftigeren Bö reißen und das Blech zu einem Knäuel zerknittert ins Tobel rollt, und wie der Sturm die Alte, indem er der geringen Frau mächtig unter die Röcke fährt und sie wie eine Glocke vom Boden hebt, als sie vom Börtli herauf Vater, dem Feuerschauer der Gemeinde, melden kommen will, dass ihrem Haus, während sie grad beim Einfeuern gewesen, der Kamin eingestürzt und das Dach weggeflogen sei und mit diesem samt Hochzeitshut ihres Verblichenen die ganzen auf dem Estrich gestapelten Erinnerungen auf ewig verloren durch die Luft davongewirbelt, mit im Leeren rudernden Armen über den Hügel zurückpustet, Mal um Mal, wenn sie sich aus der Mulde dahinter hochrappelnd nach Atem ringend auf allen vieren wiederum an der Kante oben erscheint, um Hilfe rufend von der nächsten Bö erfasst der Schrei ihr im Mund erstickt

Der Widder, der den Hüterbuben über den Haufen rennt, zurücktrottet und mit gesenktem Kopf und angespanntem Nacken darauf lauert, dass der zu Boden Gestoßene sich zu bewegen beginnt, bei dessen kleinster Regung aus dem Stand losstürmt und den Aufstehenden, bevor der recht auf den Beinen ist, umhaut und niederstößt, wieder und wieder, bis der Bub, in eine Mulde geworfen, mit verhaltenem Atem das Schluchzen verschluckend, reglos liegen bleibt, die Knie angezogen, die Arme um den Kopf geschlungen, während die stampfende Bestie lauernd Schritt um Schritt näher rückt, schnaubt, den nächsten Schritt tut, bis vom Hof Hilfe kommt, Vater das Tier mit einem Peitschenhieb auf die Nase in die Flucht schlägt

Tags darauf die Lämmerung im Freien, und wie man mittags, im Widerstreit mit Nenis Rätsel: Wer wird vor Ostern gemartert, gevierteilt und gehäutet und lässt seine markerschütternden Schreie zum Himmel emporsteigen, ohne dass wir es hören wollen, dem blökend hinterherzottelnden Mutterschaf vorauslaufend das goldgelbe, noch feuchte Lamm auf den Armen als Geschenk von der Weide zum Hof zurückträgt, wie auf dem Bild, das im geschnitzten schwarzen, durch eine feine Goldleiste verzierten Rahmen in der Schlafkammer der Großeltern über deren Betten hängt; allerdings die Knie zerkratzt, den Schädel von der Osterschur entstellt und in kurzen Hosen statt wie jener Hirte im wallenden Gewand

Der auf einem Stein an den gespreizten Hinterbeinen festgehaltene Frosch, welcher mit immer stärker vortretenden Augen an der ihm angesteckt ins Maul gezwängten Zigarette zieht und zieht, raucht und raucht, den Rauch verschluckt, immer runder sich bläht, bis ihm unter der sengenden Sommersonne mit einem flauen, dumpfen, enttäuschenden Knall der Bauch reißt, er in einer schwachen, unendlich langsamen Bewegung ein Händchen zum Gesicht zu heben versucht, als wollte er vor Scham die Augen verbergen, knapp davor in der Luft innehaltend, um schlaff in sich zusammen-

zufallen, mit einem kaum wahrnehmbaren Laut entspannt seine Beinchen streckt, welche wir losgelassen, nachdem er uns nicht mehr hatte enthüpfen können

Die geschundene Blindschleiche, der wir, in der Meinung, mit dem Gabelstecken eine Schlange gefangen zu haben, eine aus dem Heu zischelnd sich über den Rechenstiel ringelnde Kreuzotter zu morden, mit Großvaters ausrangiertem Ordonnanzmesser, das von unserem Im-Dreck-Schnefeln eher einer schartigen Säge gleicht, den Kopf absäbeln, ihren zuckenden Leib, die Brut und das Gedärme auspressen, um die leere, schillernde Haut als Speerschmuck über einen zugespitzten Haselstecken zu streifen

Die mit eimerweise die Halde hochgeschlepptem Wasser, das wir oben in die Löcher schütten, aus ihren verzweigten Erdgängen geschwemmten, kaum aus dem Loch mit einem Holzscheit erschlagenen Wühlmäuse, und wie wir mit unserer Strecke beim Feldmauser damit fünf Rappen zu ergattern versuchen

Der eigroße Eiterklumpen, welchen wir der von den stärksten zwei festgehalten zwischen die Alpenrosensträucher aufs Kreuz geworfenen Ziege aus dem entzündeten Euter drücken; die verdrehten Augen des Tiers und das heisere, kehlige, für Tage in den Ohren nachgellende Meckern; im Herbst dann der hechelnd der Herde spieliger Geißen hinterherzottelnde Bock, und wie der im Brunstfieber seinen Samen schier unerschöpflich in die Landschaft verspritzt, mit allem Waschen der penetrante Gestank kaum mehr aus Hemd und Hose zu bekommen

Die Mutproben am Stoppzaun: in Gummistiefeln, aufrecht mit einer Hand an den Draht fassend; die Hände auf dem Rücken verschränkt im regennassen Gras kniend, den Draht bei zurückgespannten Lippen wie eine Kandare zwischen den Zähnen; von Stromschlägen geschüttelt barfuß im Ried die bloßgelegte Eichel am Draht, und wie der, welcher danach als erster zuoberst auf dem Seilbahnmast steht, sich damit das Recht erlitten, sein Wendrohr auf die Nachsteigenden zu richten, den weniger Flinken und vielleicht nicht ganz so Schwindelfreien auf den Kopf zu schiffen zu seichen zu brunzen

Der Flug von der Wettertanne, hoch oben aus der Krone ins Leere hinausspringend, außen über die nachgebenden ausladenden Äste runterfedernd, und wie einer, den es im Flug überschlägt und kopfvoran zwischen den Ästen durchs Chris schüttelt, bei der Landung, auf einem weitauskrallenden Wurzelstrunk aufschlagend, sich den Arm bricht, und wie man, ein paar Wochen später, beim Hüten, von einem Gewitter überrascht, statt, wie einem eingebleut worden, vor einem Unwetter in den Wald zu fliehen, unter der im Freien stehenden uralten bärtigen Tanne Schutz gesucht hat, um irgendwann – wieviel Zeit mochte verstrichen sein? – klatschnass daneben in einer Senke wieder aufzuwachen, der Stamm der Tanne vom Blitz von oben bis unten gespalten

Die Versuche der Brüder, winters mit einer Karrette Gülle auszukarren, die, der jüngere mit Stricken der Holzbänne als Zugtier vorgespannt, der ältere hinten mit letzter Kraft die Holmen der Schubkarre anhebend, um ein Überschwappen der Jauche zu verhindern, fluchend bemüht nicht zu schwanken, kurz nach dem Stall kläglich im Neuschnee scheitern, weil sich der Matsch ums Eisenrad klumpt, das zum Gelächter der sich ihre langen Zöpfe um den Kopf windenden Cousinen vom Hof nebenan nach ein paar mühsamen Drehungen zu einer unbeweglichen Walze anwächst

Der behutsame, geschmeidige und gleichzeitig zum Zerreißen gespannte Gang der Katze, die vor dem Hühnerstall einen sich plusternd in der Streu pickenden Spatz anschleicht

Das Sausen des Beilschlags und der kopflos vom Scheitstock hochflatternde Hahn, welcher auf seinem letzten Flug quer über die frisch gewaschen auf der Laube zum Trocknen aufgespannten Leintücher eine ausfransende Blutspur kotzt, mit erlahmender Kraft knapp den First des Viehstalls erreicht, am Stirnblech abprallt, mit ausplampenden Flügeln niedertrudelt, schlapp auf den Miststock klatscht, mitten zwischen seine im Dung scharrenden Hennen

Oder wie man, vom Vater mit einer Kuh zum Stier mitgenommen, als Treiber auf dem schmalen Trampelpfad zwischen Schneewällen verschwindend hinter dem stierigen Rutli hergetrottet, vor dem Stall des Bullenhalters, das

Knacken in den Gelenken der alten Mucca in den Ohren, die, mit den Hinterbeinen im Sprungloch stehend, unter dem sich mit zitternden Flanken schnaubend über sie bäumenden Ungetüm ächzt, erstarrt ob der Wucht zum ersten Mal mitbekommt, wie Kälber gezeugt werden

Und dass man, als Fixpunkte in einem im Lauf der Zeit dichter und dichter geflochtenen Koordinatennetz, welches die hinter jedem Baumstrunk lauernden Gespenster allmählich bannt und gleichzeitig die Landschaft mehr und mehr zu etwas vertraut Fremdem schrumpfen lässt, nach und nach
jede Mulde kannte,
jede Krete
jeden Tümpel
jede Bachschlaufe
jedes Riedloch
jede bodenlose Stelle im Moor oben auf dem Pass
jeden Baum
jeden Berberitzenstrauch
jedes Brennnesselnest im Tobel
jeden Findling
jeden Marchstein
jede Wegbiegung,
in den Kehren bald alle Kiesel und die Randsteine vor allem, an deren einem man sich, als Sekundarschüler auf dem Velo bergab zum Schulhaus im Nachbardorf unterwegs, über die frisch gekieste Straße schlitternd, mit dem hinterherklappernden Rad in hohem Bogen kopfvoran aus einer zu scharf angesteuerten Kurve getragen – aber war's nicht eher bei Vollmond, auf dem Weg zum Schulschatz, das havarierte Rad nach dem Malheur am Dorfrand stehenlassend und von Gartenzaun zu Gartenzaun flitzend aufs Plätzchen

geschlichen, dort, ohne zu heulen sich klopfenden Herzens hinter den Brunnen niederkauernd, den Ruf des Käuzchens nachahmend, sehnsüchtig nach dem erleuchteten Fenster hoch oben linsend, in der Hoffnung, es bewege sich etwas hinterm Vorhang und die Angebetete käme über die Laube zu einem in die Arme geschlichen –, die ersten langen Hosen zerriss und die Knie wund schlug, um danach für Tage steif wie ein kastrierter Bock herumzustelzen, den Schmerz verkneifend und die Tränen, die erst nachts, beim Erneuern des Verbands, wenn man, um die Wunde mit der aus dem Glaskasten stibitzten, von der Gotte nach ihrem Geheimrezept mit einer Heidnischwundkrauttinktur und Murmeltierfett als Emulsion angerührten *Allerheilwundheilsalbe* frisch zu bestreichen, sich dabei schier die Zähne ausbeißend das verkrustete Taschentuch vom Knie reißt, zusammen mit dem übers Schienbein rinnenden Eiter umso ungehinderter fließen –

Alles fern jetzt, weit zurückliegend – und dennoch so nah. Vertraut, und zugleich fremd. Umsonst alle Anstrengung, es zurückholen zu wollen

11

Die Schlummermutter verstört ob des immer wortkargeren Burschen, der, wiewohl er die Aufnahmeprüfung ins Gymnasium geschafft hat, besser als erwartet, vor sich hinbrütend eines Tages nichts mehr essen will; wo so ein Bub doch essen muss, um wacker zu werden.

Immer noch oder schon wieder in der Schule, weil die Familie, beraten von einem Verwandten – verraten träfe es besser, und dazu ausgerechnet vom ehemaligen Stadtschulvogt, der, wie man von Neni wusste, und nun hat man's, ohne zu befehlen nie habe leben können und drum lang übers Pensionsalter hinaus in Ruch pro forma halt weiter in der Verwaltung mitmischle –, beschlossen hatte, dass aus ihm, der auf dem Hof, außer zum Hüten, kaum zu gebrauchen sein würde, etwas werden solle, wird er, statt endlich in die Klarinettenstunde zu dürfen, was er sich gewünscht, seit er an der Chilbi beobachten konnte, wie der Klarinettist in der Ländlerkapelle das schwarze Holz liebkoste, sodass ihm, wenn er beim Hüten oder unterwegs von der Alp durch den bei schlechtem Wetter erst recht nicht enden wollenden Staudenwald, sobald der sich endlich lichtet, an der Sandegga vorbeischleichend, wo es speziell auf der Hut sein hieß, seit dort einmal ein Fuchs, zurück zum Bau in die Finsterlöcher, am hellichten Tag mit einem Huhn im Maul über den Weg setzte, nach Überqueren der Maitlatobelbrücke, unter der, in die Enge getrieben, nach Gewittern das Wasser brüllt, am Brünnchen vorbei, wo sonnenbadende Vipern zu beobachten waren, die beim Aufstampfen in die Steine wegschossen, von da weiter über die Allmend an der Sennerei vorbei heim ins Dorf, um im kleinen Laden der buckligen Anna, die ihm für den Rückweg, und schon darum lohnte sich der Gang, immer

einige *Zeltli* in die Tasche steckte, alle vierzehn Tage, und das bei jedem Wetter, das, wie die Alte sagte, für die beiden Älpler reservierte Attenhofer-Brot abzuholen, in Nebel und Niesel, ob er nun eine der von Neni gebastelten, jeweils rasch ausdörrenden Haselpfeifen dabei hatte oder nicht, mit denen sich, im Gegensatz zur Blockflöte, dem mickrigen lausigen Ersatz für die Klarinette, immerhin gellende Glissandi in die Brenta schrillen ließen, aus Leibeskräften die Gespenster aus Großvaters Geschichten anpfiff, die hinter jedem Stein, jedem morschen Baumstrunk lauerten, mit den perlenden hüpfenden Läufen und überstelligen Trillern im Ohr war ihm, als bliese er selber durch das für ihn so magische Rohr gegen alles an, was ihn bedrängte, im Musikunterricht hinter die *Stimmen großer Meister* gezwungen: Wir tun's, wir hören es, in der Reihenfolge, wir ordnens, es zerfällt, wir ordnens wieder, wie der Lehrer zu Beginn der ersten Stunde, Rilke paraphrasierend, referierte, mit dürrem Knöchel den Bösendorfer antippend, dass die filterlosen Zigarettenstummel in dem stets übervollen Aschenbecher auf dem Deckel jedesmal leicht erzitterten und, falls er den Takt zu forsch klopfte, nebst den zerbröselnden Aschestäbchen der heruntergebrannten *Parisiennes* der eine oder andere gar auf den Klavierlack kippte, und während er in der Schule dieses gefürchteten großen Meisters aus Ruch, mit dessen didaktischem Gerede er beim besten Willen nichts anzufangen wusste, verkrampft und immer verkrampfter auf dem Drehstühlchen ausharrte, vor sich, wie gebleckte Zähne, Ebenholz zwischen Elfenbein eingelassen schwarzweiß geordnet die achtundachtzigteilige Tastatur, die es zu bearbeiten gälte, an der er sich aber Stunde um Stunde weit mehr wie ein Elefant fühlte, selten die richtigen Tasten treffend und ständig danebengreifend zwangsläufig alle Feinheiten zerhauend, die das Ohr wohl hörte – oder weit rascher als die Finger hören lernte –, die mit seinen steifen, an Rechen und Heugabel abgearbeiteten Klauen aber nicht zum Klingen zu bringen waren, dass er frustriert beim gestrengen Verwandten rebellieren ging, warum es ihn, wo er doch, wenn sie ihn schon weiter in die Schule zwängten, Klarinettist und nichts anderes werden wolle, nicht nur ans Klavier, sondern ausgerechnet noch zu diesem verschrienen Zuchtmeister an den allein schon mehr als einschüchternden Musiksarg habe verschlagen müssen, und ihn jener, statt dass er ihm einen einleuchtenden Rat wusste, wie vorauszusehen mit der Begründung abputzte, je später jemand zu einem Instrument komme, desto wichtiger sei nebst dessen Wahl gerade die des richtigen Professors, schwant ihm eins: man hat ihn in die Schule großer Meister gesteckt, und da lässt man ihn jetzt versauern, verstocken, wenn er nicht selber etwas unternimmt. Nur, was unternehmen, in so verfahrener Situation? Und ein Unglück, davon war Großvater überzeugt, kommt selten allein. So kam es, wie es kommen musste

12

 Kurz nach den langen Sommerferien, zu Beginn überglücklich, von allem Druck erlöst endlich wieder eine Weile frei atmen zu können, hatte er diese Wochen bald nur noch gehasst, weil sie für ihn, von pubertärem Ehrgeiz angestachelt, mit Wut im Bauch, es dem Vater zeigen zu wollen, ihn aus der Mahd zu schlagen, letztlich nichts als elende Krampferei waren, bei der es, mochte es auch Bindfäden regnen, von morgens bis abends, statt sich wenigstens einen halben Tag von der Schufterei erholen zu dürfen, auf dem Stall lesend sich ins Heu zu legen – einmal angefixt, kam er, bald süchtig, stets eins der handlichen *Dichten und Trachten* Breviere eingesteckt, die man beim Kauf der regenbogenfarbenen Bändchen vom Buchhändler geschenkt bekam und die Vater, nachdem er ins eins reingeschaut, als Papierverschwendung taxierte, die einen nur von der Arbeit abhalte, nicht mehr davon weg –, in den steilen Magerwiesen am Ausgang des Carnustals, wo mit dem Motormäher nichts mehr auszurichten war, den tief unten durch die Schlucht tosenden Bach im Ohr, in dem ein jeder, der bei einem unbedachten Tritt ausrutschte, mit dem Gras als Schlitten unter dem Hintern leicht auf Nimmerwiedersehen verschwände, tagelang die Sense schwingen hieß, sodass er abends, hundsmüd den

Wang hoch zurück in den Stall auf dem Pass, in welchem die Familie, nachdem das Futter aus den Wiesen im Dorf unter Dach war, zusammen mit einer Heimkuh und dem Mastkalb, den beiden Tieren, die, von der *Brüge* dem Esstisch gegenüber einem ihre Hintern zukehrend, bei dem Sauwetter übers Tenn hinweg wenigstens etwas Wärme abgaben, während der Heuernte hauste, wenn die andern nach dem Essen, eine Blache überziehend, sich entweder bald aufs Heu oder die Pritsche zuhinterst im Stall schlafen legten, beim Zischen der Karbidlampe, vom Schlaf übermannt über den Seiten jeweils einnickte, kaum dass er das Buch aufgeschlagen, war er Ende
Sommer froh, sich von der Muntogna wieder auf die Stadt umgewöhnen zu dürfen: eine Ewigkeit, dünkte ihn, war es her, dass er dank ein paar guter Geister, zu denen derselbe Dorfpfarrer zählte, der ihm am Berg den Schulschatz verteufelt, nach Monaten der Totalverweigerung aus der Schule des Prügelpädagogen entkommen – das Dorf lag noch tief im Schnee, während in der Stadt die ersten Forsythien zaghaft ihr leuchtendes Gelb zeigten, an das er sich, wie Mutter an die Kirschblüten, die bei seiner Geburt im Spitalgarten über Nacht aufgegangen seien, zeitlebens erinnern wird –, das erste Mal von daheim ausgezogen war und ihm der große Cla die paar Bücher in die Hand gedrückt, Türöffner in eine andere Welt und Rettungsanker, ohne die er die Aufnahmeprüfung nie geschafft und der Tortur – heim konnte er nicht mehr, und Ausweg wusste er keinen – längst den definitiven Punkt gesetzt hätte, zum Zeitpunkt, wo er in dem ihm anfangs so fremden Haus der Schlummermutter Gerüche zu unterscheiden gelernt, sich darin heimisch zu fühlen begonnen und er nach dem Wechsel in die Mittelschule (einem Wechsel, der, als weiterer gravierender Einschnitt, nicht ganz reibungslos verlaufen sollte, denn nach

dem ersten halben Jahr oben an der Halde im uralten Kantonsschulhaus mit den Klecksen der von rabiaten Schulmeistern nach ihren Zöglingen geschmissenen Tintenfässer an den Wänden wurden die Lehrämtler, wie sie die oben Verbleibenden verspotteten, aus dem Gymnasium in die neue Betonburg am Fluss unten abgesondert, aus der Sonne hinunter in den Sand in den Schatten) schon geglaubt hatte, sich in der neuen Umgebung nicht länger durch jeden Furz beeindrucken und aus dem Häuschen bringen zu lassen, starb das Fräulein Schocher, wie sie von ihren Pensionären angeredet werden wollte, ohne Aufhebens vom Krebs zerfressen eines Tages plötzlich weg, zu schnell, als dass es zu realisieren war, denn am Tag noch, als sie nach einer Kontrolle nicht mehr aus der Klinik heimkehrte und der Herd kalt blieb, hatte sie am Nachmittag, während er ihr, nachdem er, einer Hänselei wegen doch wieder rückfällig geworden, wutentbrannt aus der Schule abgehauen, von ihr in der Küche – was regst dich denn über diese eingebildeten Pinsel ständig auf, sie wissen es einfach nicht besser – mit einem schön starken Espresso getröstet, beim Zusammenlegen der Bettwäsche zur Hand gehen durfte, froh, nach seinem Jähzornsanfall sich wieder in den Griff zu bekommen, wobei er sie, die, wie ihm jetzt erst auffiel, nur mehr Haut und Knochen war, beim Strecken der Leintücher, indem er, in Gedanken immer noch woanders, zu fest zog, fast aus dem Gleichgewicht geworfen hätte, dass sie sich einen Moment auf einer Stuhllehne abstützen musste, von Metastasen geschüttelt noch gescherzt, es sei nichts, etwas Wasser in den Beinen, damit könne sie leben, besser als mit den geschwollenen Gelenken, die ihr gelegentlich zu schaffen machten, aber dauernd Pillen schlucken, das sei halt auch nichts, ja, und eben dieser harmlose Fleck da im Auge, der dem Doktor nicht gefalle, alles nicht der Rede wert, wenn sie sehe, wie miserabel es andern in ihrem Alter gehe; fast gleichzeitig war der neue Klassenlehrer, ein baumlanger, ungelenker und, zumindest nach außen, eher schüchterner Blondschopf aus dem Salzburgischen, der sie mit seiner Ukulele, bei nicht ganz stubenreinen Studentenliedern aus sich herausgehend, als wär's ein anderer, noch zum ersten Schulausflug auf die Schatzalp begleitet hatte, während eines Abendspaziergangs, von seinem Hund umtänzelt, der nicht verstand, warum ihm das Herrchen plötzlich keinen Stecken mehr zum Apportieren warf, im Fürstenwald, am Eingang ins Skaläratobel, da, wo es, laut Großvater, und der kannte sich damit aus, bekanntlich geistert, dem Tod begegnet – ein Kreislaufkollaps, wie in der Todesanzeige zu lesen war –, was beides einschneidende Veränderungen nach sich zog:

Zum einen hatte, so sehr sie den liebenswürdigen Salzburger beim Herbstausflug ins Herz geschlossen hatten und ihm nachtrauerten, mitten im ersten Schuljahr an der Kantonsschule innert einer Woche ein anderer Lehrer die Seminar-Klasse zu übernehmen; ein verrückter Bergsteiger werde kommen, hieß es, als Felskletterer im Bergell auf jeder Nadel oben gewesen, dazu, was besonders beeindruckte, himalayaerprobt, ein Aussteiger aus der akademischen Karriere, der für ein paar Höhenmeter die lukrativste Lebensstelle verscherzte, für die er in den Fußstapfen seines Vaters an der ETH, einer der berühmten europäischen Hochschulen, quasi prädestiniert gewesen, um sich stattdessen, aus den Bergen zurück auf soliderem Boden – nach dem Vergnügen die Pflicht, wie es von gewisser Seite höhnte –, als Mathematik- und Physiklehrer ausgerechnet nach Ruch in den Sand versetzen zu lassen, bei dessen Ochsengeschichten, in welche er seine physikalisch-mathematischen Spitzfindigkeiten kleidete, man dann ein weiteres Mal lesen lernte, wiederum anders, weil es, bevor man ans Rechnen denken konnte, in den halbseitigen Texten zuerst die darin verwobene Fragestellung herauszuarbeiten galt, um nebenher, das eigentlich Spannende, eine Menge über des Lehrers abenteuerliche Reise zu erfahren, die ihn 1953 durch Nepal in den Himalaya geführt hatte (für den Jungen zusammen mit der Antarktis und den großen Wüsten, über die er im Pestalozzi-Kalender gelesen hatte, einer jener Orte, von denen ein Abkömmling vom Miststock zeitlebens

nur träumen konnte; aber mit dieser Sehnsucht, die ihm der Lehrer mit seinen Geschichten in den Kopf gesetzt, sollte er es Jahre später, statt wie andere, die sich nach dem Nirwana sehnten, über den Khaiberpass nach Indien zu trampen, von Kabul aus, dort für einen Monat im Hühnerbasar in der feudalen Wohnung eines Freunds der Freundin untergebracht, in umgekehrter Richtung ins Bamiyan-Tal schaffen, im Lotussitz achtzig Meter über dem Boden auf dem Kopf des großen Buddhas thronend, aus dessen Felsnische als Ergebnis jener barbarisch bejubelten Heldentat von ein paar kopflosen Bartträgern heute die Leere über einem Garten Eden gähnt, mit der farbigsten Traumlandschaft vor und unter sich, ohne einen einzigen Zug Schwarzen Afghanen in der Birne zu haben dran erinnert – und nahe dran, es wieder zu probieren –, als Kind geflogen zu sein, und von hier aus mit einem einheimischen Fahrer in weitem Bogen über die Hochsteppe in die Ausläufer des Hindukusch, durch Traumtäler und entlang der durch die im Lauf von Jahrmillionen entstandenen natürlichen Travertindämme aufgestauten Seenkette von Band-e Amir, über welche der *Tchaikana*-Wirt, der – sein Gesicht und die hohe Stirn von kastanienbraunen, nur leicht angegrauten Haarlocken und ebensolchem Bart umrahmt, bekleidet mit einer langen weißen, vielmehr einst weißen Dschellaba und eine ebenfalls weiße Kufiya ums Haupt geschlungen – im Hochland oben, am Fuß des Band-e Haibat, dem Damm des Zorns, der den größten und tiefsten der sechs Seen staut, den Gästen, die mit Vierradantrieb und nicht, wie die gewöhnlich hier durchziehenden Wanderhirten, auf Kamelen zu ihm kamen, statt sie, wie sie es unterwegs gewohnt waren, draußen in der Kälte auf dem Dach des Landrovers übernachten zu lassen, unbedingt seinen Schlafraum aufschwatzen wollte, sodass man, das Angebot der Gastfreundschaft anzunehmen gezwungen, rundum von Wanzen zerstochen, nach ausgiebigem Kratzen ein paar Tage drauf ausschaute, als hätte man die Beulenpest, zu den feinen Fischen, die er den Gästen servierte, vom Fahrer gedolmetscht so wunderbar zu erzählen gewusst: wie Ali, der nach Mohammeds Tod ins Exil gezwungene Vetter und Schwiegersohn des Propheten, als seine auf Araberhengsten über die Hochsteppe jagenden Häscher ihm schon auf den Fersen waren, nach der einen Überlieferung seine Gefangennahme vereitelte, indem er fluchend über den Berg entkam, um von oben – die aus dem Gestein gebrochene Stelle an der Krete sei noch heute deutlich zu sehen, betont er, einen nach draußen in die Mondnacht führend, mit der Hand nach oben weisend – im Zorn einen mächtigen Stein auf seine Verfolger hinabzustoßen, der mit den Leichen unter sich den Fluss aufstaute; sicher aber sei, so der Wirt, und da könnten die kürzlich bei ihm aufgekreuzten Geologen erzählen, was sie wollten, sicher sei, dass Ali, ohne Reittier, das ihm unterwegs eingegangen, zu Fuß seinen Verfolgern zu entkommen versuchend, beim Start in den Himmel, ein anderer Ausweg sei ihm nicht geblieben, derart heftig aufstampfte, dass die Wüste aufriss und den Blick auf die türkisblau von Fischschwärmen bewohnten inneren Wasser der Erde freigab, bis tief in die Nacht, mit der nächsten Geschichte die vorausgehende überbietend, dass Großvater nur gestaunt und sich mit dem Erzähler bestens verstanden hätte; Tage später dann, höher oben schon, wo die Luft bereits dünn und jedes Voranschieben des Fußes eine heiden Anstrengung war – der Landrover hatte den Geist aufgegeben, und es war unsicher, bis wann er, in einer Schmiede wieder flott gemacht, ihnen nachfolgen würde –, von weitem über das Gegramsel auf einem Gletscher staunend, bis sich beim Näherkommen herausstellte, dass es Eismänner waren, ameisengleich bergaufwetzend, um aus dem Gletscher gesägte Blöcke zu schultern, schwer, dass jeder andere nach ein paar Schritten darunter zusammengebrochen wäre, um mit der Last, als ob es das Einfachste auf der Welt, barfuß über Schnee und Geröll zu den Lastwagen im Tal zurückzutrippeln, die das Eis als Kühlmittel von den Ausläufern des Hindukusch, aus über viertausend Metern über Meer, in die Suks der Städte transportierten) –:

Für unseren neuen Lehrer ging es von Kathmandu mit dem Flugzeug erst nach Pokhara und von da zu Fuß weiter, als Abkürzung den gefährlicheren Weg durch die von Leoparden und Bären bewohnten Schluchten einschlagend, um, im Übrigen heil durch dieselben kommend, in diesem Urwald voller Tiere, von einigen Affen abgesehen, nur Blutegeln zu begegnen, vielen Blutegeln, und mitten auf dem Dorfplatz von Boghara einem jungen Mann mit langem Haar, der, eine alte Muskete in den Fäusten, seine Ankunft erwartet zu haben schien, in unbeweglicher Würde dastehend und von solcher Erhabenheit, als handle es sich um eine Inkarnation Buddhas: Freund Tarzan – es gibt ihn also, Großvater hat nicht geflunkert –, ein Bergmensch, der ins Dorf gestiegen war, um dem Abenteurer der vorausgereisten Expeditions-Equipe hinterher durch den Dschungel ins Basislager zu helfen, welcher der Klasse in der letzten Stunde vor den Ferien, einer Lektion, der man über Wochen entgegenfieberte, statt sie, wie andere, mit Sonnenuntergängen und dem Meer bei Capri zu langweilen, jeweils ausführlicher – und so eindringlich, dass man bis heute und bis in den Traum hinein glaubt, dabei gewesen zu sein – von seiner Reise erzählte: immer wieder von seiner großen Freundschaft mit Tarzan, der mit allem fertig wurde, mit dem er sich dank der zwölf Worte Nepali und mit Händen, Augen und Füßen leicht verständigen, ja, mit dem er sogar lange Geschichten austauschen konnte – wo man sich verstehe, verstehen wolle, genügten erstaunlich wenig Worte –, und dass es, nebst Freundschaften, bei einer Expedition, die in erster Linie ein Transportunternehmen sei, darauf ankomme, die entscheidende Sardinenbüchse zur entscheidenden Zeit am entscheidenden Ort vorzufinden, wobei als Randbedingung gelte, den Ort möglichst in Gipfelnähe, die Zeit möglichst vor Monsunausbruch und die Sardinenbüchse möglichst preiswert anzusetzen, und man sich, da die Transportmittel – in diesem Falle geplagte menschliche Körper – Treibstoff benötigten, nicht mit nur einer Büchse begnügen könne und bei der Notwendigkeit ende, einen Tross von hundertzwanzig Kulis, zehn Sherpas und sieben Sahibs aufzubieten, alles zur Plazierung der entscheidenden sechs Sardinen, woraus folge . . . nun, darüber dürfe man sich, damit der Kopf bis zum Herbst nicht gänzlich ausdörre und er wieder mit allem von vorn anfangen könne, in den kommenden Wochen, die einen schwitzend beim Heuen und die anderen, weniger anstrengend, am Strand sich den Sonnenbrand holend, ein paar Gedanken machen, wie der Lehrer meinte;

der seiner Klasse vom Glück erzählte, Tag für Tag in der Morgenfrühe den Rucksack zu packen und zu wandern, durch eine Überfülle an Schönheit, und wie er mit den ersten, zaghaften Sonnenstrahlen nach steilem Anstieg eine bewaldete Kuppe erreichte und vor sich den stolzen Gipfel des Dhaulagiri gesehen habe, die gewaltigen Eisflanken, die grünblauen Grate, die wuchtigen Linien des Massivs,

oder vom Glück, als seine Kulis auf den Baum kletterten, um die kleinen sauer-süßen Früchte für ihn zu pflücken;

davon, dass ihm das Leben nie so lebendig erschienen,

seine Sinne nie so wach, sein Empfinden nie so intensiv wie damals gewesen seien, ja, dass das Erlebnis dieses Marschs manch tote Studienjahre auszufüllen vermochte, er aber, erzählend, schreibt er später, das Eigentliche, das es zu erzählen gäbe, das Ergreifende, wenn es ums Wesentliche gehe, stets verschwiegen habe, da die Sprache dafür ein zu grobes, zu stumpfes Instrument sei, das mit jedem Wort verrate und zerstöre, ein lächerliches, gemeinplätziges Ding, vermessen mit dem an Schönheit zu tasten, an jene Wunder, die den Traum überträfen, weil sie Wirklichkeit seien, zum Flüstern zwängen und taumeln machten, bei denen man leer werde, starre, staune –,

und der seinen Schülern in den übrigen Stunden mit unendlicher Geduld beizubringen versuchte, dass Mathematik, so gut wie Physik, vordergründig wohl aus Zahlen und Formeln bestehe, im Grunde aber Philosophie sei, der Sprache verwandt:

ihm, und nicht dem Deutsch- und Pädagogikprofessor, der, stets eine rote Krawatte umgebunden, beim Unterrichten sich wie ein Pfau in die Brust werfend, dem Jungen mit dem *Heliand* und ähnlich knochendürren Texten als Klassenlektüre das eben erst entdeckte Lesen zu vergällen, wenn nicht auszutreiben bemüht war (ein Glück, dass er von Jean Paul nichts und von Kleist und Büchner so wenig wie von C. F. Meyer und Heine hielt, so ist in deren Werken bis heute auf jeder Seite immer wieder Neues zu entdecken) und der sich, weit mehr von des Schülers Legasthenie fasziniert als von dessen Aufsätzen, mit denen er ihn vor der Klasse demütigte, indem er mit großer Gestik aus dem Zusammenhang gerissen Missglücktes draus deklamierte (höchst genüsslich, als in einem Aufsatz, von Paul Nizons *Canto* berauscht, Einkaufsfrauen *trottoirtröpfelnd* heimzu trippelten ... *und diese Frauen,* jede Silbe der Phrase, die dem Schüler, an den Pranger gestellt, selbst plötzlich etwas schal vorkommt, kostet der Herr Professor zum Gewieher der Klasse aus, während der Schüler, immer bleicher werdend, bei dieser Rezitation – wie lang selbst kurze Sätze sein können, vergisst man seitdem nicht mehr – vorn neben dem mit einem Podest erhöhten Pult auszuharren hat, den Blick ins Linoleum gebohrt und die Hände, mit denen er in so einem Moment nichts anzufangen weiß – dem Sadisten das Heft wegreißen und um die Ohren klatschen, was angebracht wäre, traut man sich nicht –, zu Fäusten geballt in den Hosensäcken vergraben: *diese Frauen,* nochmals lässt der Lehrer den Sprachschmelz auf der Zunge zergehen, *diese Frauen, die auf festen seidenprallen Beinen kreuzen den Mann, tragen sich heran, gehn in der Aura ihres sonnenwarmen Gesichts im Dunst ihrer offenen weichen Haut mit dem Dunkelblick im vogelgroß geweiteten Auge, das dich nicht anschaut, nur scheut und Dunkelblitz bereithält, wenn du es suchst, vielleicht stellst ...*), nebst solchen und ähnlichen Stilblüten, die dem Schüler, von der nächtlichen Lektüre elektrisiert, anderntags in den Aufsatz rutschten, ohne dass ihm das richtig bewusst gewesen, bis er vor der

Klasse fertig gemacht wurde, an nichts so sehr wie an dessen überraschenden Rechtschreibfehlern weiden konnte, sodass, da mochte der Schüler sich noch so bemühen, einem Bild, einem im Kopf drehenden Gedanken Form zu geben, als Gesamtnote für den Aufsatz am Ende wieder nicht mehr als eine drei bis vier herausschaute, bei einem Pädagogen, der bis zum letzten Schultag alles dransetzte, den Möchtegernpoeten (der es mit ihm endgültig verdarb, als er eines Tages, da er das Gespött über seine Schreibversuche, mit denen er auch neben der Schule Hefte füllte, so satt hatte wie die Quälerei mit dem Geleiere der abertausend stabreimenden Langzeilen und deren nicht weniger mühsamen Übersetzungen, renitent geworden das frühmittelalterlich-altsächsische Epos, damit dieses vielleicht eine Spur mehr Saft bekäme, nach dem Unterricht – zur Strafe, sich einmal mehr nicht vorbereitet zu haben, fiel ihm am Ende der Lektion die Ehre zu, die Wandtafel wischen zu dürfen – im Schulzimmerlavabo einweichte und am nächsten Morgen in der Deutschstunde, auf die er sich natürlich wieder nicht hatte vorbereiten können, statt, wie vom Lehrer aufgefordert, einen Abschnitt draus vorzulesen und zu übersetzen, erst den über Nacht schön aufgegangenen Reclam-Band aus dem Wasser zog und ihn dem Herrn Professor, der darob endlich einmal die Fassung verlor, triefend aufs Pult legte) mit besonders perfiden Grammatikaufgaben aus der Schule zu werfen, ihn zuletzt mit einer vertrackten Syntaxkonstruktion, die es mit farbigen Kreiden vor den Experten an der Tafel zu analysieren galt, durch die Abschlussprüfung sausen zu lassen, was um ein Haar gelungen wäre, hätte die triumphale Häme nicht vorzeitig des Professors Gesicht verzerrt, so dass der gebeutelte Kandidat, schon im Begriff, kapitulierend die Kreiden wegzulegen, gewarnt durch das

Grinsen, sich nochmals zur Wandtafel drehte, den diktierten Satz genauer anschaute und, mit der Analyse von vorn beginnend, sie diesmal, intuitiv, richtig zu Ende führte –:

nicht diesem schwarzen Pädagogen natürlich, nein, dem Mathematiker und Philosophen-Freund, der die Klasse beim Theaterspielen coachte und sie auf die tollsten Herbstausflüge mitnahm, rund um den Piz Ela, den Steinböcken nach, während gleichentags ein Kletterkollege von ihm, der keine Klasse hatte, gegenüber am Tinzenhorn zutode stürzte, ein andermal über den Stallerberg nach Juf, wo er den Jungen, als sie von außen über eine Beige Schafmistziegel in den Schlag der Mädchen zu klettern versuchten, zeigte, wie er sich, hoch oben im Val Roseg – statt über falbe Matten allerdings durch hüfthohen Tiefschnee bergan, den Fuß möglichst hoch hebend, um ihn gleich wieder im Schnee zu versenken, über Strecken die Füße kaum zu Gesicht bekommend, sodass es schien, als würden sie tief unter der flaumigen Pulverschicht von einer Klebmasse festgekittet und müssten dann sorgfältig losgedreht werden, was jeden Schritt zu einer kraftraubenden Angelegenheit machte –, auf seine Himalaya-Tour vorbereitet hatte, indem er die Testosteronbuben mit der Frage, wer von ihnen als erster wieder unten sei, um die Wette an die fünfhundert Höhenmeter eine Halde hoch hetzte und dann gleich nochmals, dass danach alle wie Murmeltiere schliefen, ehe es anderntags über die Forcellina und den Lunghin ins Engadin ging, in ein Licht über den Seen, das gesteigert mit dem Gold der Lärchen und den weißen Spitzen darüber einleuchten machte, dass, wer demselben zu lang ausgesetzt ist, unweigerlich durchdreht und sich an den Hals einer Schindermähre wirft;

den die Klasse zu ihren Feten einlud, zusammen mit seiner jungen Frau, weil die Burschen alle insgeheim, ohne es sich natürlich einzugestehen, in sie verknallt waren – hingegen, wie sie Jahrzehnte später noch lachen wird, sie zum Tanz zu bitten, worauf sie immer gewartet, denn Tanzen, das hätten alle gewusst, oder bald gesehen, war des Lehrers Stärke nicht, zu verklemmt gewesen seien –;

der jedem, wenn er wieder Mist baute und den Bettel hinschmeißen wollte, mit Rat und Tat zur Seite stand (ohne den Rat, als Offizier kannte er sich im Militär ja aus, neben dem obligaten Dienstreglement für die Rekrutenschule den *Tractatus* in den Tornister zu packen, wären die siebzehn

Wochen, in denen es derart viel sinnlos vertane Zeit gegeben, dass man froh war, an Sätzen knacken zu können – selbst wenn die im Rückblick gelegentlich eher Glaubenssätzen gleichen –, weit schlechter durchzustehen gewesen);

der mit seinem feinen, unergründlichen Schalk, seinem Blitzen im Blick, anspornte, Mut machte, die schlechtesten Zensuren wie die fieseste Abreibung durch den Schuldirektor wegzustecken, und der dennoch, wie nah man sich ihm fühlte, und auch wenn er nach der Schulzeit zum Freund werden sollte, einem zweiten Vater, der große Unbekannte blieb:

Marc und niemand anderem verdankt man die Erkenntnis, dass von dem Moment an, wo Mathematik als Kunst begriffen werde, man auf Regeln treffe, wie sie für Musik, Malerei, Architektur gälten; dass es am Ende zwar Lösungen brauche, natürlich, dass es aber weniger auf die ankomme als vielmehr auf den Denkprozess, der einen dahin führe, und für den Rest, das Ausrechnen, der Umgang mit dem Rechenschieber genüge – und, weit vorausschauend, wie der neue Klassenlehrer war, in Bälde der Computer –; dass es also, wie Novalis geschrieben, mit den mathematischen Formeln wie mit der Sprache sei: sie machten eine Welt für sich, spielten mit sich nur, drückten nichts als ihre wunderbare Natur aus, und eben darum seien sie so ausdrucksvoll, eben darum spiegle sich in ihnen das seltsame Verhältnis der Dinge; nur durch ihre Freiheit, und nur in ihrem freien Bewegen, äußere sich das, was die Romantiker Weltseele genannt, und mache sie, wie es in des Bergbauingenieurs *Monolog* aus dem Jahr 1798, dem helvetischen Revolutionsjahr, heiße, zu einem zarten Maßstab und Grundriss der Dinge –

einem Schneetreiben gleich rauscht beim Versuch, sich jene Zeit des Aufbruchs zu vergegenwärtigen, ein Sturm von Erinnerungen durch den Kopf, und jeder draus erhaschte Eiskristall, der beim Betrachten auf der Hand schmilzt, macht bewusst, wie vieles unerwähnt bleibt, nicht aber, weil man darüber nicht sprechen könnte;

die Matura-Reise zum Beispiel, die für die disziplinlose Klasse auf Weisung des Schuldirektors nicht ins Ausland gehen durfte, deren Planung, nachdem man bockte, aus Trotz gar keine machen wollte und stattdessen drei Tage herumzusaufen drohte, der Lehrer dann selber an die Hand nahm, indem er einen jeden und eine jede, ohne dass die andern davon erfahren durften – und alle hielten dicht –, ein Glied darin planen ließ, und statt nach Florenz oder Paris ging es mit der RhB halt nur bis Reichenau-Tamins, wo es, kaum dass man, alle Fenster aufreißend, im Zug recht Platz genommen, kurz hinter der ehemaligen Holzverzuckerung bereits aussteigen hieß und die Koffer – ziemlich ernüchtert dastehend, in die langen versteinerten Gesichter eingegraben die Frage, ob man den Anzug am Ende nur als Finte einzupacken hatte – in einen VW-Bus zu verladen waren, mit dem die Lehrersgattin, fröhlich winkend, losfuhr, während ennet der Brücke, nach einem vom Schlossherrn im Hof offerierten Gläschen *Completer* zur Stärkung, die Schulreise mit leichtem Wandergepäck und dem Nötigsten im Rucksack – heiß war's – in einem zügigen Tippel bergan Richtung Kunkels begann, verschwitzt auf dem Pass angekommen befürchtend, um Ruch und Umgebung sich einmal aus luftiger Höhe von oben anzusehen, wolle der Lehrer einen wohl auf den Calanda oder gar den Ringelspitz führen – Bergschuhe hatte man ja an; und von den Herbstausflügen mit ihm war man einiges gewohnt –, oder, kaum besser, es gelte bei der Hitze, einige jetzt schon über Blasen stöhnend, das enge und immer engere Tal steilab mindestens bis nach Vättis zu marschieren, standen – zerknirscht über den Kies schlurfend, meinte man, es konnte nur Sinnestäuschung sein, plötzlich vertraute Klänge im Ohr zu haben – hinter der ersten scharfen Kurve zwei Pferdefuhrwerke bereit, auf denen die Klasse zu Ländlermusik der beiden Mitschüler, von denen es zu unserem Bedauern am Morgen geheißen, sie wären krank, an Vättis vorbei die Tamina-Schlucht hinaus nach Bad Ragaz kutschiert wurde, zum Nachmittagstee in den *Quellenhof,* für ein britisches Damenkränzchen, das bald das Weite suchte, wohl etwas zu laut und *underdressed,* ehe es in die Strafanstalt Saxerriet, zum ersten Etappenort, weiterging; die nächste Nacht durfte dafür in weit feudaleren Zimmern und weicheren Betten geschlafen werden, auf Schloss Arenenberg, in Träumen sich ausmalend, wie es Louis Napoleon, der nichts anbrennen ließ, in diesen Pfühlen getrieben, doch statt zur Jagd auszureiten oder von Kutschen abgeholt zu werden, man hatte sich schon dran gewöhnt, hieß es anderntags, im Wald versteckte Militärgöppel suchen, um in Dreiergrüppchen mit ihnen nach dem Kompass über den Seerücken querfeldein zum Bahnhof Wigoltingen zu radeln; vom Bahnhofsvorstand begrüßt, der den Technik-Freaks in der Klasse, während die übrigen im Schatten herumalberten, das Bedienen der Weichen vorführte, ging es von dort im Zug nach Chrysopolis, wo alle erst eine Dusche nötig hatten, bevor, in Schale geworfen (die Koffer standen bei der Ankunft in den Zimmern, und auch er hatte inzwischen die richtigen Hosen samt Schuhen zusammengespart), nach dem Essen in der *Kronenhalle* bei Geschnetzeltem und Rösti – warum dort, im Angesicht von so viel Kunst, die, kein Ersatz für die Uffizien zwar und den Louvre, manch einem Provinzmuseum aber gut anstünde, und wer die Rechnung berappte, blieb Geheimnis –, abends in der Oper Nurejews Sprünge zu bewundern waren, wofür er zusammen mit der schönen Turnlehrerin, der er leider nie näher als da kam, zu sorgen gehabt hatte, einen Nachmittag Schule schwänzend – das fiel schon gar nicht mehr auf – in ihrem MG in die Großstadt gefahren, die knallrote Kiste, vor Sargans nach links in Richtung Walensee abbiegend, beim Ansteuern der Rampe, von einer Föhnbö erfasst um Haaresbreite aus der Kurve gekippt, nach Besuchen im *Odeon* und im *Globus*-Provisorium mit dem Duft der weiten Welt in der Nase für Karten anstehend, deren Vorverkauf am nächsten Morgen begann, bewacht von den möwenverkackten Marmorengeln oben auf dem Dach, eine verregnete kalte Nacht vor dem zugigen Eingang der Oper nebeneinander im Schlafsack verbringend – eine Überraschung folgte der andern, die missmutigen Gesichter beim Aussteigen in Reichenau-Tamins längst weggeputzt; und die Krönung stand erst noch bevor: auf welche Klasse, von der Maturareise heimkehrend, wartet am Bahnhof eine alte dicke Dampfwalze – unerheblich, ob sie grün, rot oder gelb war –, um sie auf einem Brückenwagen zum Rathaus zu fahren, das lärmende Ungetüm im Führerstand vom Klassenlehrer gesteuert, der seinen Schülern zur Freude sich den Jugendtraum erfüllte, die Welt einmal von der Dampfwalzenwarte aus zu betrachten, ehe zum Abschluss alle in der Rathaushalle open end zu Bündnerfleisch und einem nicht zu knappen Trunk *Herrschäftler* geladen waren, welcher uns – eher ein Getränk, er wisse es, entschuldigte sich der Lehrer, aber es stille den Durst, wie sein an kräftigere Tropfen gewöhnter Freund Fritz spotte, wenn er ihm zur Begrüßung eine Flasche *Malanser* auftische – wunderbar mundete, statt sich in Kulturstädten in die Touristenströme eingereiht zu haben, heimgekehrt mit reicheren Erfahrungen, als Florenz oder Paris in so kurzer Zeit zu vermitteln vermocht hätten –;

und mehr als einmal, bevor es in die Ferien ging, hatte man von diesem Lehrer, erinnert man, die Geschichte gehört, wie er, auf der Rückreise bereits, in Nautanva, einer Zollstation irgendwo an der nepalesisch-indischen Grenze, nach der langen Zeit in der Wildnis den Verkehr mit blasierten Beamten nicht mehr gewöhnt, im Regen hockend zum Warten verdammt, während die Zöllner, die für ihn am Vortag keine Zeit, ihm aber seine Zigaretten weggeraucht hatten, mit einem indischen Gast drinnen stundenlang tafelten, einem nackten Jungen, der durch den Schlamm watete, um das Silberpapier der weggeworfenen leeren Zigarettenschachtel zu ergattern, eine kleine Ansprache gehalten: Greif nach den Sternen, habe er den Jungen ermuntert, als der sich, scheu erst und dann zutraulicher, neben ihn hockte, dreckig, verheult, das Gesicht von helleren Strichen gezeichnet, welche Tränen in die Schmutzschicht der Backen gezogen, das pechschwarze Haar klebrig, die Beine statt braun grau: Greif nach den Sternen, manchmal liegen sie eben im Dreck, und du kriechst lange Zeit durch Morast, um schließlich erkennen zu müssen, dass es nur Flitterwerk war; manchmal glaubst du sie auf den höchsten Bergen zu finden, um festzustellen, dass diese – noch – eine Spur zu hoch für dich sind; greif trotzdem nach den Sternen, das Leben wird dich verprügeln und die Menschen dich verlachen, greif nach den Sternen, denn es lohnt. –

Nachdem er, kaum in der Mittelschule, kurz nach der Schlummermutter, wie gesagt, den Klassenlehrer verloren hatte, sodass der 4c das Glück beschieden, als neuen den bestmöglichen zu bekommen, war ihm mitten im ersten Schuljahr als zweite, nicht kleinere Umstellung – man konnte den Burschen ja schlecht einfach der Straße überlassen, und für nachhause jeden Abend war es trotz Bahn und Postauto zu weit – ein neues Zimmer zugewiesen worden, bei einer verwitweten, steinalten, jedenfalls, wie sich rasch herausstellen sollte, beinahe gehörlosen Dame, die, wenn nicht verwandt, der Familie zumindest bekannt war, weil sie ihre Dienstmädchen früher aus dem Dorf holte und während des Kriegs, als die Rationierungsmarken bei ihrem gutbürgerlichen Lebensstil nirgends hinreichten, immer öfter – weit öfter jedenfalls als die Onkel und Tanten vom Berg, die ja selber mit dem Nötigsten versorgt waren – für ein paar Eier und ein Mödeli Butter auf dem Hof aufgekreuzt sein soll

13

Der Gatte, Stadtgeometer a. D., laut der im Salon hängenden Urkunde mit dem im Lauf der Jahre angestaubtem Trauerband über der rechten unteren Ecke, vor Jahren eines Nachts auf dem Heimweg vom Club nahe der Kaserne in einem Kanalisationsschacht zu Tode gekommen – Herzstillstand, ohne vorherige vorsätzliche Fremdeinwirkung, wird im Obduktionsbericht stehen –, am Morgen drauf (da sie, seiner Schnarcherei wegen, den Vorwand brauchte es, längst getrennte Schlafzimmer hätten, sei die Abwesenheit, die sich, so sehr wie er mit Arbeit überlastet gewesen, nicht das erste Mal etwas länger hingezogen, zu Hause erst aufgefallen, als er auch nach ihrem zweiten Rufen nicht zum Frühstück erschien) vom den Graben weitenden Löffelbagger aus dem braungelben Brackwasser geangelt, und nachdem sich herausstellte, welche Beute da am Haken hing, umgehend diskret an den Gerichtsmediziner weitergereicht, der die stadtbekannte Größe auf dem Marmortisch in der Anatomie – ein Verbrechen lässt sich nie ausschließen – in aller Eile auseinandergenommen und rascher wiederum zusammengeflickt, ehe der Herr zehn Tage später, als alle wichtigen Persönlichkeiten benachrichtigt waren, mit großem Pomp zu Grabe geleitet werden konnte: Der schwarze Sarg, vorn im Chor, obwohl gebeten worden war, statt Blumen zu spenden die Berghilfe zu unterstützen, begraben unter einem Gebirge von Kränzen, auf vier mächtigen silbernen Löwenpranken ruhend, die sich ob der Last in den Steinboden von Sankt Martin zu krallen schienen, war seit dem frühen Morgen, als das Kondolenzbuch für die Öffentlichkeit aufgelegt wurde, und dann während der ganzen Abdankung von der ohne mit einer Wimper zu zucken wie ausgestopft dastehenden Fahnenwache im Vollwichs flankiert, zur einen Seite drei strammen Burschen der Studentenverbindung, deren Altherrenpräsident er gewesen, und drei Vertretern des Bürgerturnvereins, den er, während seiner Studienzeit, am Eidgenössischen den Riesen stemmend, einst in die Kränze geturnt, zur andern; die sich über den ganzen Nachmittag hinziehende Veranstaltung – eine stimmige Feier, wie alle, die dabei waren, und das waren nicht wenige, noch lange danach schwärmten –, zu der in der Zeitung über Seiten sich hinziehende Todesanzeigen geladen, dem Renommee des Verblichenen und weniger dessen Musikkenntnissen entsprechend, aber darum ging es ja nicht, und er hörte es nicht mehr, musikalisch reich umrahmt (nebst dem Orgelspiel – nach dem Segen zum Ausklang Bachs *Passacaglia*, nachdem, intoniert vom Hoforganisten, einem Musiker, den man, weil der hauseigene im *Sternen* bei einem Treppensturz sich das Handgelenk gebrochen und also ausfiel – qualitativ in jeder Hinsicht ein Gewinn; ein Bistum hat eben das nötige Kleingeld –, beim bischöflichen Konkurrenzunternehmen anheuern konnte, eine große Toccata mit *Fuga a tre voci con alcune licenze* die Feier eröffnet hatte, sowie, die zahlreichen Redebeiträge auflockernd, mehrere Choräle, die bei so einem Anlass nicht zu umgehen sind, unter anderem, von allen Beteiligten, Sängern wie Instrumentalisten, in vielfacher Stimmführung gemeinsam gestaltet, *Großer Gott, wir loben*

Dich, schmetterte von der Empore herab noch der Posaunenchor der Kadettenmusik, die der Verstorbene während einer Dirigenten-Vakanz kurze Zeit mit strammer Hand geleitet, *Ich hatt' einen Kameraden, Kein schöner Land* und, zum Schluss, dem großen, aus dem Bernbiet zugezogenen Rucher zu Ehren von der Trauergemeinde wenigstens mitgesummt, *Alles Leben strömt aus Dir,* das Appenzeller Landsgemeindelied), aus der protestantischen Hochburg, weil Schiff, Chor und Seitenschiffe von Sankt Martin den ganzen Aufmarsch, den Danksagungen als unerwartet groß vermerken werden,

nicht zu schlucken vermochten – was nicht verwundert, hatte für die Feier und den anschließenden kleinen Imbiss in den drei für das Leichenmahl reservierten Zunfthäusern außer höheren Chargen verwandter Ämter und Büros doch die gesamte kantonale Verwaltung frei bekommen –, in den nahen Ratssaal und für die große Öffentlichkeit, da aufgrund des unsicheren Wetters die Übertragung auf den Platz vor der Kirche und in die angrenzende Reichsgasse zum Schutz der Lautsprecher abgeblasen werden musste, regensicher in die große Rathaushalle übertragen, allein der Ton natürlich, denn Großbildübertragungen – die es damals noch nicht gab – wären, wie der *Freie Rätier,* gestützt auf ein Interview mit der Frau Oberst, die Berichterstattung ergänzte, der trauernden Witwe zutiefst zuwider gewesen: sie hätten schlecht zur Schlichtheit ihres Gatten selig gepasst, mit dem zusammen sie seit der Hochzeit und wieder, sobald man nach dem Krieg habe reisen können, alle Jahre zweimal für eine Woche nach Wien gefahren sei, vom Westbahnhof im Fiaker direkt an den Naschmarkt, ins *Theater an der Wien,* zu Lehár, Kálmán, Suppé & Co., um fern der Heimat für ein paar Tage ganz der Operette zu frönen, wo dem Parkett und den Rängen die Gemeinheiten, die man im Alltag mit Erfolg pflegt, so lange als liebenswürdig vorgesetzt werden, bis sie aufgrund der Operettenverharmlosung auch außerhalb der Operette als liebenswürdig erscheinen und das Dasein somit als Operette empfunden werden kann.

Vielleicht, nachträglich lässt sich das leicht sagen – *de mortuis nil nisi bene* –, hat der rührige Herr Geometer mit seinem nächtlichen Grabensturz auf dem unbestrittenen Höhepunkt seines Erfolgs wie seiner Macht sogar Glück gehabt: Die totale Auskernung und fassadenhafte Rückverwandlung der Altstadt in ein zeitloses Mittelalter nach der überall greifenden Formel: minimale Kultur bei maximaler Rendite, maximaler Raumnutzung über wie unter dem Boden – wo die eng bemessenen Bauabstände zum Glück unbesehen wortwörtlich unterwandert werden dürfen –, sowie die vollständige Verhüttelung und systematische Zubetonierung der Landschaft rund um Ruch, deren Anfängen er, als Verwaltungsrat in diversen sich gegenseitig absprechenden Bauunternehmen, nach allen Seiten die hohle Hand machend, nicht sonderlich gewehrt hatte, mitansehen zu müssen, blieb dem in treuer Pflichterfüllung unerwartet, aber tapfer Entschlafenen erspart – *wir werden dich alle vermissen,* stand auf der Schleife des mächtigsten, am Taufstein lehnenden Kranzes der Regierung –, dem hochgeschätzten Herrn Geometer, bei dessen vermutlich nicht nur wegen ihrer Altersschwerhörigkeit leicht krausen Witwe, der Gönnerin einer Stiftung, die sich gelehriger Bauernsöhne annimmt und mit der Drohung, den Geldhahn jederzeit zudrehen zu können, streng darauf achtet, dass die Burschen nicht zu laut oder gar renitent werden, der Junge ein neues Zimmer zugewiesen bekommen hatte, die ehemalige Bedienstetenkammer, welche, seit die Dame nach dem Tod ihres Mannes den reduzierten Haushalt, rüstig, wie sie sei, von einer Putzkraft abgesehen alleine führt, leer stand;

und machte ihm der Umzug aus der großen, mit wucherndem Grünzeug eingewaldet selbst bei Sonnenschein stets etwas düsteren Wohnung des Fräuleins zunächst schwer zu schaffen, ein Gutes hatte der Logis-Wechsel: Sofern es gelang, unbemerkt aus dem Haus zu kommen – und das gelang meistens –, konnte er nachts heimkehren, wann immer er wollte, wenn er, fürs Essen dankend und eine gesegnete Nacht wünschend, sich höflich von seiner Zimmerwirtin verabschiedete – abtrocknen, was er ihr mehrfach angeboten, lässt sie ihn nicht, weil sie keine Lust habe, dauernd neues Geschirr kaufen gehen zu müssen –, eh er möglichst vernehmlich die Treppe hinauf polterte – wofür er anderntags immer wieder gerügt wurde –, sich oben, derweil sie die Küche sauber machte, was dauern konnte, eine gewisse Zeit still verhielt, um dann – der beste Moment hierfür, wenn's unten ordentlich schepperte – möglichst rasch abzuhauen, die Schuhe in der Hand auf Zehenspitzen wieder treppab, sicherer jedoch aus dem Fenster über die an Tagen, an denen ihn bereits am Nachmittag die Drangsal, das Reißen überkam, bei der Heimkehr aus der Schule vorsorglich diskret an die Hausmauer gestellte Bongertleiter: die Dame hörte von allem nichts, wähnte ihren Zimmerherrn, der ja so viel aufzuholen habe, wie sie den Eltern, erfreut über seinen Lerneifer, schrieb, brav hinter den Aufgaben sitzen, und sie schlief längst, in Jungmädchenseligkeit versunken oder in Offiziersgattinnenalpträume verstrickt – das eine vom andern nicht zu trennen und nahtlos eins ins andere übergehend –, in der Stube vor dem Grammophon in ihrer Poltrona eingenickt oder, falls sie es die Treppen hinauf schaffte, im pompösen Ehebett, auf dessen gedrechselten Säulen Steinböcke, angriffslustig die Köpfe gesenkt, ihr mächtiges Gehörn nach allen vier Winden richteten, wenn er nach Mitternacht, falls ihm das Glück hold war, will heißen, er zuvor mit der im *Du Théâtre* angebaggerten Schauspielerin, die, frisch von der Akademie ans hiesige Theater engagiert, in *Andorra* die Barblin spielte, so umwerfend, dass er sich das Stück Aufführung um Aufführung anschaute, um sie seitdem, wenn sie sich in Rollen zu präsentieren hatte, die ihm weniger zusagten, nach den Vorstellungen am Bühnenausgang abzupassen und an einem Ort, an dem sie vor den andern sicher seien, zu einem Drink zu überreden, auf deren Zimmer gelandet war, wo außer Quatschen, Herumknutschen und Saufen dann doch nicht viel lief, einiges später und meist ordentlich angesäuselt, durchs Untertor aus der Altstadt hinaus schräg an der Molkerei vorbei, danach, wenn wie Loops die Szenen seiner ersten Wochen in Ruch vor ihm ablaufen, über den Hag gegen das verhasste Sekundarschulhaus spuckend, beglückt seine Fahne schwingend selbst bei bedecktem Himmel und im Niesel noch Sternschnuppen zählend, bei jeder sich etwas wünschend, ohne zu verraten was, mit einigen Zwischenhalten, einem längeren beim *teckten Brünneli,* die Loëstraße entlang heimwärts schlingerte – Gott sei Dank nicht jedes Mal gezwungen, wie wenn er mit Kollegen unterwegs war und, reichlich was intus, es dummerweise erst merkend, wenn sie nach der Sperrstunde auf die Straße gestellt draußen weiterlärmten – lauter, sobald jemand aus einem Fenster Ruhe forderte oder die Nachtruhestörer von oben vorwarnungslos mit einer Dusche taufte –, dass ihn ein dringendes Bedürfnis plagte, welches sich irgendwann länger nicht unterdrücken ließ, er nach seiner Notdurft aber, die ihn, als er neben dem aus den *Drei Mohren* gestolperten ebenfalls vollen Chorleiter, welcher ihn neben sich bemerkend nur grummelte, was ein Schüler draußen um die Zeit denn noch treibe, an der Mauer von Sankt Regula das Wasser abschlug, von der Streife in flagranti erwischt mehr als das Sackgeld eines Monats gekostet hatte, nicht wagt, wie die andern, die grölend ihn abzuschirmen versprachen, den Tank erneut einfach an der nächsten Hausecke zu entleeren, oder, kurz austretend, gegenüber beim Kunsthaus, der früheren Villa eines in Ägypten zu Geld gekommenen Seidenhändlers, sich über den Zaun schwingend wenigstens unter die tiefhängenden Äste der uralten Weymouthkiefer zu verdrücken, einen Umweg über den Bahnhof einzulegen, wo ihm, unterwegs immer wieder stehen bleibend die Beine überkreuz geklemmt seine Not grad noch zurückzuhalten imstande, eines Nachts, im Pissoir selig am Schiffen, die Arme im Polizeigriff unvermittelt auf den Rücken gedreht, sodass er schockstarr sich nicht wehren konnte, jemand um den Leib herum rüde an den Schwanz langte und beim Versuch, ihn so in der Mangel nach vorn an die Pisswand ins rieselnde Wasser gedrückt wie einen Hund von hinten zu bespringen, seinen Pinsel nicht mehr los ließ, den er, im Nachhinein darüber am meisten geschockt, im Griff des andern hart werden spürte, die Irritation nicht kleiner danach, wenn bei Vollmond, der vom Montalin herab die Kammer hellte, dass der dichteste Vorhang dagegen nichts half, somnambul sich im Bett wälzend allein die Vorstellung des nächtlichen Übergriffs genügte, dass sich bei ihm, ohne zu wichsen, sogleich wieder was regte: wenn das die Kumpane im Kaff erst erführen –

14

Auf nächtlichen Erkundungen begann der Junge sich daraufhin, allein in die Stadt einzulaufen; streunte und stromerte stundenlang umher, übte, so, wie er es im *Rex* und im *Rätus* auf Kinoplakaten abgeschaut hatte, mit hochgeschlagenem Kragen verstohlen den richtigen Schritt, huschte über ausgeleuchtete Plätze, aus dem Schatten in den Schutz der Dunkelheit, schlenderte schlurfte stakste schlich den Häusern entlang durch die Gassen, nach dem Zwischenfall im Bahnhof ohne irgendwo einzukehren an den Kneipen vorbei, aus der Altstadt hinaus an den Fluss. Dort – die Szene brannte sich ihm ein – sieht er sich eines Nachts lang am Geländer stehen, steigt drauf, balanciert, angespannt bis zum Äußersten, vor und zurück, auf beiden Beinen, dann, den Flieger machend, auf einem, doch statt, in Gedanken hat er alles bis aufs letzte Detail wieder und wieder minuziös durchgespielt, von der handbreiten Brüstung zu springen, wirft er die *Sigg*-Pistole, welche er sich, mit einem Dietrich war sie aus des Geometers Waffenschrank im Keller leicht zu behändigen gewesen, durchgeladen und entsichert vorsorglich in den Mund gesteckt, um im Sturz – Nichtschwimmer zwar, aber man weiß ja nie – abzudrücken, weitausholend, und dabei um Haaresbreite doch noch das Gleichgewicht verlierend, im hohen Bogen in die tosenden Fluten der Plessur, hüpft, wieder ausbalanciert, vom Geländer auf die Brücke zurück, geschlagen den Kopf schüttelnd, mit den Fingern sich übers Gesicht streichend und durch den Pilzschopf fahrend, schaut verdutzt auf seine nackten Füße, nimmt die von Mutter beim Schafhüten gestrickten Socken aus den Schuhen, zieht sie wieder an, schlüpft in die vor dem geplanten Sprung mit den Spitzen in Flussrichtung am Geländer abgestellten Galoschen, schnürt sie, um, erleichtert und bedrückt zugleich, heimwärts zu trotten; vom Obertor her durch die Gasse auf den Martinsplatz einbiegend, eben hat es ein Uhr geschlagen, erscheint Eulenspiegel drüben im Kirchturmfenster, winkt ihm, springt aufs Fensterbrett, tritt aufs Hochseil, als wäre es nichts, nur ein Schritt wie jeder – es sieht bloß ein bisschen geziert aus, wie er immer einen Fuß genau vor den anderen setzt, und um die kleinen Hüftbewegungen zu bemerken, mit denen er das Schwanken des Seils abfängt, muss man scharf hinsehen –; er macht einen Sprung, geht, einen Moment nur, in die Knie, spaziert, die Hände auf dem Rücken gefaltet, zur Mitte, dreht mit gewagtem Sprung um, schlaftrunken fliegt ein Spatz jetzt vom zitternden Seil hoch, macht aber nur ein paar Flügelschläge und setzt sich wieder, dreht den Kopf schräg nach unten, es ist so still, dass man ihn fiepen und piepen hört, und als der Junge so zu Tyll hochschaute, begriff er mit einem Mal, was Leichtigkeit war, wie das Leben sein kann für einen, der wirklich tut, was er will, nichts glaubt und keinem gehorcht, las er im Traum und erwachte; und nach kurzer Nacht, als ob nichts gewesen wäre, ruft am Morgen wieder die Schule; heißt es lernen

15

Gegenüber dem Junobrunnen sich in die Gartenbeiz setzen, zu Hänzu und Seifa, dem späteren Staatsanwalt;

zu Knocha und Öler, den beiden Söhnen des Oberförsters, der eine es zum Kantonsingenieur bringend, der andere zum kantonalen Jagd- und Fischereiinspektor;

zu Flip, der, dank seiner musikalischen wie sprachlichen Talente, die er nur von der Mutter, welche einst in Bergamo mit Arturo Benedetti Michelangeli im Konservatorium um die Wette Debussys Goldfische durch den Teich jagte und mit Godowskys Studien über die Etüden von Chopin ihre Finger strapazierte, um nach all der Mühe ihr Leben im Schatten des Pizoggel nun als Klavierlehrerin zu fristen, bestimmt aber nicht von seinem Prättigauer Vater geerbt haben konnte (welchem seine Gattin, dieser Feuerteufel aus der Brianza, eines Tages, als der Mann, der wie jeden freien Samstag nach dem Mähen der Wiese um die Bongertbäume weiter im Garten zwischen den Setzlingen werkelte und auch, nachdem ein zweites Mal *il pranzo è pronto* durchs Quartier gellte, was auch im Giardino nicht zu überhören war, keine Anstalten machte, zum Mittagessen zu erscheinen, den Teller Pastasciutta samt dem obligaten Glas Roten hinterher aus dem Esszimmerfenster in die Salatköpfe hinuntersegeln ließ), in Kürze jede Sprache akzentfrei spricht, neben der Schule bald als Übersetzer im Justizdepartement Dienst tut; was genau, ob nur dolmetschend oder ob wirklich als Spitzel der sich zaghaft etablierenden Kiffer-Szene – irgendwas, und je größer der Neid, desto abwegiger das Gerücht, müssen die ihn seiner Talente wegen und des damit verbundenen Erfolgs bei Frauen Beneidenden schließlich zu munkeln haben –, will, außer den Missgünstlingen, so genau niemand wissen, Hauptsache, und das wissen alle, die mal an einem der Feste dabeisein durften, er versteht es als patenter Musiker im Duett mit seinem Kumpel, einem stimmsicheren Sänger und Flamenco-Gitarristen, der seinen Cante jondo nicht einfach zu einer billigen Klampfe intoniert, sondern sich sein Instrument mit Golpeador und, wie bei der Violine, zum Spannen der Saiten Wirbeln statt Schnecken, höchstpersönlich von der Werkstatt der *Sobrinos de Domingo Esteso* in der Calle Gravina zu Madrid hat bauen lassen, jede schwüle Sommernacht am Crestasee und jedes Zusammensitzen im großen Anwesen des Gitarristen (dieser, wenn seine Eltern, weil die Mutter, eine pfiffige Poschiavinerin, zwischendurch, und das zum Glück immer öfter, einfach eine Nase voll Süden brauchte, über ein verlängertes Wochenende im Tessin weilten, wunderbar sturmfreien Bude, vor welcher die hochgezogenen Weinstöcke ihre langen Ranken herabhängen ließen, als fielen grüne Haare in lockiger Fülle über die Augen des Hauses, und einem weit vor der Türe schon, nicht unbedingt zur Freude der Nachbarn, die aber, wenn es sich einigermaßen im Rahmen halte, wie sie meinten, gegen den Fabrikanten nichts zu sagen wagten, wirbelnde Triller, hart angeschlagene Akkorde und Gelächter bunt entgegenklangen) bei einem herumgereichten Joint, einer gewaltigen *Guuge,* die einige nach dem ersten Zug schon umhaut, bis tief in die Nacht mit Musik zu verschönern, mit Blues von Leadbelly bis Woody Guthrie und Bob Dylan, mit *El duende, Baile Benita, la luz y la noche* und weiteren Rumbas gitanas, die nicht weniger einheizen als die von Manitas de Plata beim Zigeunertreffen in Les Saintes-Maries-de-la-Mer – zu dem, wer *in* sein will und es sich dank eines spendablen Patenonkels leisten kann, mit Schlafsack und Zahnbürste alljährlich pilgert –, nicht zu vergessen die herzzerreißenden Lieder von Atahualpa Yupanqui, die den Hartgesottensten in die Arme der Freundin schmelzen lassen, viel Jiddischem und Partisanenliedern, bis hin zu *Bella ciao,* wo beim Herumknutschen dann auch die mit weniger Musikgehör mitgrölen;

oder zu Rotz, dem zukünftigen Polizeikommandanten, der, in der Schule zu allem Blödsinn bereit, außer Befehlen und Strammstehen bald alles verlernt;

zu Logo, der, nicht zu seinem Nachteil, flink wie er lernt, von der richtigen Partei protegiert als Regierungsrat geflissentlich über alle mafiösen Preisabsprachen der Hoch- und Tiefbaulobby hinwegsehen übt;

zu Zappa und Crutsch, den Zwillingsbrüdern, die, in die Weinhandlung der Familie einsteigend, der Tradition verpflichtet Spanierverschnitt aus dem Valdepeñas in Veltliner veredeln werden – ob *Sforzato* oder *Flüssige Sonne,* das Etikett macht's;

zu Barschunader, dem Schöngeist, den es, statt mit einem Lyrikbändchen in der edition suhrkamp zu reüssieren, als Schreiber ans Kantonsgericht verschlägt, wo ihm genug Zeit bleibt, nebenher, bis zum Sankt Nimmerlein von einem Interview mit Mick Jagger träumend, als ewiger Lokalliterat und Pop-Kritiker im *Tagblatt* alljährlich die auf dem ersten Wagen vom Stadtpräsidenten angeführte Rucher Schlagerparade zu feiern;

zu Bix, der aus einer wohlhabenden Gutsherrenfamilie stammt, es dann aber doch nicht wie Beiderbecke zum umtriebigen coolen Trompeter schafft, sondern am Ende ein phantasievoller Bio-Bauer und spitzzüngiger Politiker wird;

zu Pica und Bürschta, zu Mausi Filo Hafa Humpa Stiefel Körbla, zu Watschli Watta Wanza Brüll und Orgla, zu Gogo Gaga Göli Schnorra Scharri Schümli Toro Duro Stanga Strizzi Keusch Stich Botsch Grinz Schlipf Spann Spitz Sprutz oder wie die in Burschenschaften geeicht in der Saufarena Versammelten alle heißen, um im Halbrund, wo es den Beizenhockern, bis die kunstvoll geschnittenen Bäume durch unproblematischere Schattenspender ersetzt wurden (bei gleichzeitigem Entfernen der Schwalbennesterbatterien an den umgehend mit Stachelbrettern versehenen Simsen der neoklassizistischen Hauswand – mag sein, dass von den Flugakrobaten zusammen mit den nicht zu vertreibenden vorwitzigen Spatzen der eine oder andere gelegentlich etwas fallen ließ und traf, aber die Vögel waren der bessere Insektenschutz als die danach installierten, bei jeder Mücke, die in sie gerät, blau aufblitzend stinkend aufzischenden Elektrofallen), im Herbst bei Föhn Rosskastanien aufs Haupt und ins Bier regnet, fraternisierend mitzusaufen: das ist rasch gelernt; niemand hat etwas dagegen einzuwenden, wenn einer da mittut, im Ausstich zwischen denen vom Turnverein gegen die vom Sportclub, gegen die Kadetten und die Jungschützen, und alle zusammen, sonst parteiisch zerstritten bis aufs Blut, in dem Moment aber ein Leib und eine Seele, die mineralwassertrocken theäterlend sich an *Onkel Wanja* und Luigi Pirandellos *Sechs Personen suchen einen Autor* abmühenden Ruchianer verhöhnend; und wer sich als Neuling nicht gar blöd anstellt, wird es, ordentlich getauft, nach einiger Zeit so fast automatisch auch zu einem Vulgo bringen, einem halboffiziellen zumindest: Otter vielleicht, ausgerechnet der chronische Nichtschwimmer, der, vom großen Pölli abgesehen, in jeder Hinsicht zu kurz geraten und von Natur aus überdies durch eine krumme Zehe stigmatisiert, im Schwimmbad, statt mit löchrigem Trommelfell ein zweites Mal vom Sprungbrett ins Wasser geplatscht die Orientierung zu verlieren, über *L'être et le néant* hinweg nach den Mädchen schielend den sonnenbadenden Existentialisten spielt, um, wie die andern für eine satte Bräune sich mit Melkfett einschmierend, als hellhäutiger Blondschopf rasch krebsrot, an allen Vieren gepackt zur Abkühlung am Ende, einen veritablen Tsunami auslösend, doch im Becken zu landen, absaufend wie ein Wetzstein – warum also, die Frage stellt sich und wird in der Runde demokratisch ausdiskutiert, warum, statt Strabo, der Schielende, er trug ja auch eine Brille, ohne die er verloren war, nicht gleich Wetzstein –

16

Zusammen mit dem ebenfalls von auswärts nach Ruch in die Mittelschule verpflanzten Sohn eines großmütterlicherseits entfernt verwandten Bergschullehrers aus dem Nachbartal, welcher dort, nebst dem Kratzen eigner Tänze auf einer selbstgebauten Geige, hoch im Bergwald oben fleißig Bienen hegt, Honig schleudert und als über alle Pässe hinweg bekannter Temperenzler unermüdlich gegen Bier und Schnaps wetternd in Vorträgen, nach denen seine Imker-Produkte reißenden Absatz finden, den Dörflern versprechend, sie vor Leberschäden, Verfettung und allgemeinem Verderben zu erretten, talaus talein von gesunder Volksernährung predigt, beginnt er, zu nachtschlafener Stunde Abbruchliegenschaften auszuschlachten (im Grandhotel *Steinbock* etwa, das, seit längerem leer stehend, am Bahnhofplatz Trümmerbirne und Spitzhacke entgegen dämmert und, sobald mit etwas pekuniärer Nachhilfe Räte und Gerichte alle Einsprachen gegen die Schleifung des Zeitzeugen abgeschmettert haben, ohne dass in Ruch jemand auf die Idee käme, sich dagegen zu Wehr zu setzen, in Flugblättern, wie sie weiter rheinabwärts für Furore sorgen, verkündend: Der Konsumzwang terrorisiert euch; wir terrorisieren die Ware, damit ihr Schluss macht mit dem Terror, der euch zu blinden Konsumenten macht, und mit der Begründung, wenn es so weitergehe, die Welt in Bälde zum globalen Einkaufszentrum werde, in dem Ideen und Produkte überall zur selben Zeit verfügbar seien und jede Authentizität verlören, geschweige, auf der Straße gegen die Vernichtung historischer Baukultur zu protestieren, einem Konsumtempel in Nullarchitektur zu weichen hat, der wesentlich weniger lang Bestand haben wird als der gründerzeitliche Prachtbau aus Zeiten, wo der Tourismus zu boomen begann, erweisen sich die auf ihren Erkundungstouren zum Glück rechtzeitig entdeckten, beim Schein einer schwach leuchtenden Taschenlampe in Schwerarbeit heimlich ausgebauten Lift- und anderen Elektromotoren als besonders einträgliches Geschäft; aber auch in den diversen luxuriös und weniger luxuriös ausgestatteten Villen, die inmitten viel zu großer Baumgärten, welche, seit man das Obst größennormiert und hart wie Steine in der Migros kauft, außer dass sie im Herbst ein Fest für die sich an vergorenem Fallobst besoffen fressenden Wespen sind, in bester Wohnlage ungenutzt vor sich hin gammeln, bis die Grundstücke, sobald geschickte Spekulation die Bodenpreise hoch genug getrieben hat, eines Tages (aber kein Verlust-Gejammer jetzt, dem barocken Arventäfer, das ein darauf spezialisierter Architekt für teures Geld vor dem Abbruch herausgerissen hat, begegnet der Gast beim Après-Ski in Flims oder Laax in einer der vielen, von den Malkünsten des gleichen Schmierers heimelig verunstalteten *Stüvas Grischas*) mit einem Büroklotz oder, weiter hangauf, einer großflächigen Terrassenarchitektur zubetoniert werden, die der Italienischlehrer, nachdem er und seine Frau, die schöne, für einige Nachbarn gar wilde Sängerin und Tänzerin von der dalmatinischen Küste, für das heruntergekommene Spekulationsobjekt jahrelang brav die Miete zahlend und sich am großen Garten erfreuend, samt ihrer Schar vorlauter Gören von der zerstrittenen Erbengemeinschaft aus der Villa hinausgeworfen mit einer hellhörigen, schlecht isolierten Hochhauswohnung im Rheinquartier vorlieb nehmen mussten, in die ihnen bei Bise der Gestank aus der Abdeckerei über den Balkon hereinwehe, dass ihre munteren Töchter Tag und Nacht bald nur noch kotzten, als Käfige für die Intensivhaltung nach Ruch zugezogener parasitärer Verwaltungsbeamter schalt, gab es, sofern es gelang, was leicht fiel, die Nachtwächter aus Saluzens Securitas zu übertölpeln und man, schwieriger zu bewerkstelligen, allfällige Wachhunde mit einer gestohlenen Cervelat, präpariert mit Schlafmitteln aus Schlummermutters Arzneischrank, stillzustellen verstand, genug abzumontieren, was glänzt), um die Beute, damit das fehlende Taschengeld tüchtig aufbessernd, beim Trödler im Welschdörfli, draußen hinter der einstigen Pulvermühle, zu verhökern: der lange schlaksige Sohn des Bienenzüchters, Lulatsch, wie er bald gerufen wird, findet für alles Abnehmer und ist ein Meister im Feilschen, dass sie beide, wenn sie sich an freien Nachmittagen und nach der Schule zu jenen, die von Haus aus mit dem Nötigen versehen sind, ins Gärtchen setzen, beim Zechen, mitsaufend bis zur letzten Runde gegen die in den Knochen hockende Angst, sich bei steigendem Alkoholpegel irgendwann zu verplappern, und, eines Nachts verpfiffen, bei ihrem einträglichen Tun einer Patrouille in die Arme zu laufen, auch mal großzügig ein paar Biere spendieren können, im Halbrund mitlümmelnd aus lauter Verlorenheit, den andern gleichgestellt in einem, dass anderntags ein jeder mit seinem Brummschädel auf seine Weise fertigzuwerden hat; er einige Zeit zusammen mit Lulatsch, dem Zweck-Freund, der ihn im Saufen wie als besserer Turner schnell überholt, wenn auch nicht ganz vor Rückschlägen gefeit: aus dem Konvikt geflogen, bis er etwas Neues gefunden, ein paar Wochen bei ihm nächtigend – die Schlummermutter, die Berghonig zu schätzen weiß und von Lulatschs Vater angetan ist, seit sie im *Duc de Rohan* einen seiner Vorträge besuchte, toleriert es –, wird der Lange im Anschluss an ein Französischexamen, das er schwänzte, unterwegs erst zu den andern stoßend schnell aufholend, nach einer mittäglichen Kneipen-Kehr die Turnprüfung sturzbetrunken antreten und am Barren tapfer einen Handstand zu stemmen versuchen, bis ihn, der lange pendelnd Schwung geholt, fast schon oben, die Kräfte verlassen, und ihm, statt sie durchzustemmen, die Arme einknicken, sodass er, wie ein Sackmesser zusammenklappend, kopfvoran zwischen den Holmen durchsackt und mit solcher Wucht unten aufschlägt, dass es sich für ihn, so er von seinem rasant schnell, für die Zuschauer wie in Zeitlupe ablaufenden Kunststück überhaupt etwas mitbekommen hat, angefühlt haben muss, als steckte er nach dem Sturz mit dem Kopf bis zu den Schultern im Turnhallenboden fest, überlegt man, selbst zur simpelsten Übung unfähig, reflexartig sich an die Birne greifend im hintersten Halleneck von einer Matte aus den Kamikazeflug des tüchtigen Kollegen mitverfolgend; den Trick, aufgrund einer anatomischen Abnormität das Gelenk überschnappen zu lassen und seinen rechten Daumen so abzuwinkeln, dass er, als gehörte er gar nicht zur Hand, mehr einem gespannten Revolverhahn ähnelt und, wenn man schmerzverzerrt auf die Lippen beißend wehleidig herumhüpfend den Arm am Handgelenk hochhält, wie ausgerenkt oder als ballerte ein Westernheld wild um sich, in die Luft absteht, den Trick, den er ein paarmal mit Erfolg durchspielte, das verhasste Tschutten zu beenden, um, ins Auto gesetzt, vom Lehrer zum Kantonsspital gefahren, auf halbem Weg, wenn der nervöse Vorturner ein Schlagloch übersieht, dass es den Käfer durchrüttelt, auf dem Hintersitz durch das Missgeschick an die Decke gehauen, die Situation nutzend mit einem Aufschrei so zu tun, als hätte sich der verrenkte Daumen just in dem Moment wieder von selbst gerichtet, diesen Trick brauchte er, um seinerseits der Turnprüfung zu entgehen, nach Lulatschs abverrecktem Looping an dem Tag gar nicht erst vorzuführen: alle mit einem Ungenügend benotend – schließlich war nicht allein Lulatsch wacklig auf den Beinen –, wird der Turnlehrer die Prüfung von sich aus abbrechen und für nächste Woche, am einzig freien Nachmittag, neu ansetzen, dann aber, im Sinne der vier F auf euren Leibchen, *frisch fromm fröhlich fit,* bittschön, alle nüchtern.

17

Einiger Strafrunden auf der Aschenbahn sicher, bedanken sich alle für die ihnen dank Lulatschs Kunststück unerwartet schnell zuteil gewordene Freiheit und traben, der Sturzflieger hat sich ein paar Freibiere redlich verdient, sogleich auf Sauftour, von Kneipe zu Kneipe etwas suchend, das es nicht gibt und das sie, in der Hoffnung, es dort zu finden, in die nächste treibt, vom *Rucherhof* in die *Schmiedstube* auf einen Jass, von *Rohrers Biergarten,* wo sie ein paar Runden flippern, über den *Falken* den *Frohsinn* den *Gansplatz* in die *Alpenrose* ins *Edelweiß,* von da in die *Bierhalle* die *Alte Brauerei* den *Calanda,* weiter in die *Drei Bünde,* als Zwischenstation auf einen Kaffee ins *Du Théâtre* (wo die schönen Mädchen der Klasse und die bei den Jungen der Surselva noch begehrteren Jungfrauen aus dem *Konstantineum,* wenn die sich einen Freigang ergattern, um den großgewachsenen Bühnenjungstar mit dem markigen norddeutschen Bariton buhlen, der ihnen – und nicht nur ihnen – bei der Schulaufführung, in *Santa Cruz,* vorn an der Rampe hockend als Vagant die Gitarre schlagend, mit seinem javanischen Lied, *das sie, die Matrosen, diese braunen Teufel mit den Katzenaugen, wenn sie droben auf dem Achterdeck lagen und nicht schlafen konnten vor Hitze, immer gesungen; wir fuhren,* so der blonde Sänger mit dem männlich kantigen Kopf, *um das große Kap, wir fuhren sieben Wochen lang, unsere Fässer stanken zum Himmel, aber der Mond* – welch ein gefundenes Fressen ist das für den Deutschlehrer wieder, der über alles höhnt, was nicht seiner scheuklappigen Sprachnorm entspricht, wenn die Floskel in poetischem Bemühen prompt in den nächsten Erlebnisaufsatz rutscht –, *der Mond hing wie ein silberner Gong über dem Meer, er hing wie ein Lampion zwischen den Masten, wenn sie Nächte lang, all die Nächte ohne Wind, das Lied immer gesungen,* eine nie zuvor gespürte

Glut in den Leib trieb, ihnen den Kopf verdrehte, dass in den späteren Aufführungen nicht nur in den vorderen Reihen etliche Plätze weniger leer blieben, ohne dass er sich aus Mädchen viel machte, und, falls ihm nebst dem Textpauken der zehn Hauptrollen von der Klassik über Boulevard bis zu den in Schwange stehenden Dioskuren Frisch und Dürrenmatt, die er, direkt nach der Schauspielschule von der Alster hierher ins Föhnloch verschlagen, während der kurzen Winter-Saison in seiner ersten Spielzeit am Rucher Stadttheater im alten Zeughaus einzuüben hatte, dafür überhaupt Zeit geblieben, statt zum Gekicher sich eher zu den Burschen an den Tisch gesetzt hätte); nach der kurzen Erholung vom *Du Théâtre* in den *Hirschen,* weil der wegen Todesfalls in der Familie geschlossen hat, über die Gasse in den *Süßwinkel,* der patenten blutjungen Serviertochter aus dem Vintschgau wegen, mit der jeder etwas gehabt haben will, längst doppelt sehend, ein jeder wie immer mit einem schiefen Blick in den im Trachtenmieder herrlich zur Schau gestellten Spalt ihres dem Wirt den Bierumsatz steigernden Vorbaus zufrieden; vom *Süßwinkel* weiter auf einen Sprung in die *Drei Mohren,* an den Tisch hinten rechts, unter das verblichene Portrait jenes berühmten Theatermanns, der, angeblich aus Passau, nach vielversprechenden Anfängen an großen Bühnen Jahre vor dem schönen Blonden in Ruch gelandet, zunächst im *Sternen* residierend, nach einem Treppensturz, um nicht einem schlimmeren Attentat zum Opfer zu fallen, bald über die Straße in die *Drei Mohren* wechselte, in ein Zimmer nach hinten, bevor er, langsam verdämmernd, sich mit einfacheren Unterkünften zufriedenzugeben hatte, aufgeschwemmt und entsprechend ungelenkig, vom Schauspieler ins Fach des Regisseurs gewechselt, über Jahre eine ihm ergebene Truppe um sich geschart an Projekten tüftelnd, bis am Ende der sich über Monate hinziehenden Proben, vom Zuchtmeister gedemütigt, jeweils alle Beteiligten beim selben Psychiater sich die Klinke in die Hand gegeben haben sollen, damit wenigstens die Premiere über die Bühne zu bringen war: fürs nächste Stück, das wieder niemand sehen wollte noch gar verstehen konnte, fanden sich neue Kräfte, und in jedem Stück hatte mindestens ein Kind, daumenlutschend an der Rampe nackt im Scheinwerferlicht hockend, in Mousse au Chocolat zu stochern und dazu in regelmäßigen Abständen eine Eisenkugel über die Bühne zu rollen, wie gleichfalls hinzunehmen war, dass keins seiner Stücke ohne Verse aus dem Alten Testament auskam, ergänzt durch solche von Paul Celan und Sätze, welche seinem vom Licht geblendet ein bisschen zu fest in die Wellen des Silsersees starrenden Meister auf Chasté eingefallen, die es zuvor aber erst einmal in allen Facetten zu ergründen galt, mit seinem ihm den Wein filternden Schnauz und dem kahlen Schädel, nachdem er sich in einer Anwandlung von Leid seiner Lockenpracht entledigt hatte, mehr einem geprügelten Schafskopf als dem verehrten Meister aus Sils Maria gleichend, in den *Drei Mohren* am Tisch rechts hinten unter den Hirschgeweihen, zwischen denen nun sein Portrait vergilbt, ab Mittag, umgeben von seinen Assistenten mit Rotem die Geistesbrände eindämmend, tagein tagaus über den gleichen paar Zeilen *Zarathustra* brütend, gegen Abend immer wortkarger werdend, dass bald keiner in der Runde ein Wort zu sagen wagte, um nach langem Schweigen, kurz vor Ausrufen der Polizeistunde, zusammen mit dem treuesten Adlatus am Tisch ihm gegenüber vom Geistesblitz getroffen mitsamt Stuhl synchron nach hinten zu Boden zu krachen, sodass der junge Wirt, das Gelage abräumend, jeweils erleichtert rief: Papa, es ist wieder soweit, kannst den gelben Wagen bestellen, worauf man das Genie und seinen spindeldürren Famulus, auf den in die Waagrechte gekippt als Bahre dienenden Stühlen wie ägyptische Gottheiten – besser spräche man von Dick und Doof – abgeholt von den kräftigen Mannen der Rettung, ein paar Wochen nicht mehr durch die Altstadt wanken sah, er sich, wie seine Getreuen sagten, zur Meditation ins Waldhaus zurückzog oder immer wieder für länger nach Haiti verreiste, wo er – selber abwechselnd in der Rolle Congo Huangos, eines alten Schwarzen, und Gustavs von der Ried, eines aus der Schweiz kommenden jungen Weißen – mit Nachfahren von Sklaven, ohne dass ein Jota oder Komma an des Dichters Text geändert werden dürfe, Kleists *Verlobung in Santo Domingo* aufzuführen gedachte, braungebrannt in Ruch zurück sofort loszeternd: Skandal, einmal mehr sei er von Stadt und Kanton bei den jährlichen Kulturvergabungen sträflich übergangen worden – die in Ruch herrschenden Gepflogenheiten im Umgang mit Kulturgeldern waren einem aus Passau einfach nicht beizubringen –, bis er, seinen Radius nach und nach stark einengend, nur noch zwischen der zugigen Dachkammer in der Storchengasse – ein Genie muss leiden – und den *Drei Mohren* pendelte und schließlich, als er eines Nachts im Furor gar hoch hinaus wollte, im Turm oben, damit ihn endlich alle hörten und verstünden, drauf und dran, seine ultimative Brandrede auf die Stadt loszulassen, mit einer Rolle vorwärts aus dem Glockenstuhl von Sankt Regula kippte, kopfvoran in die Nesseln im Hinterhof, mit einem Plumps, der die in den *Drei Mohren* und den umliegenden Wirtschaften Überhöckelnden von den Tischen aufspringen ließ, woraufhin es nur noch den schwarzen Wagen brauchte, damit die Jünger danach mit der Asche zum Silsersee pilgern konnten, um auf Chasté die Arven zu düngen – wie auch immer, jeder im *Mohren,* drauf angesprochen, verkauft für ein Zweierli Veltliner seine eigene Legende über das Theaterwunder von Ruch, doch bevor man am Ende noch böse Geister weckt, nach einem letzten Blick aufs Portrait hinüber zum *Sternen,* den man jedoch, wie Lulatsch rät, schon das Theatergenie habe die Erfahrung gemacht, besser auslasse, wolle man, an der Tür abgefangen, nicht die Sterne blitzen sehen, und ihm reiche der nachmittägliche Barrensturz, auf dem Absatz kehrt stracks auf einen Drink ins *Planaterra,* um den stotternden und leicht zischelnden, nach anstrengenden Kreuzfahrtwochen eben erst kugelrund aus Südostasien zurückgekehrten Barpianisten zu foppen, vom *Planaterra* den Stutz hinauf ins *Marsöl,* von da, mit Anlauf, über den Martinsplatz in die Obergasse hinein, speziell laut grölend in respektvollem Bogen am *Zschalèr* vorbei, wo sie sich auf der Tour paar Abende zuvor, als bei einer Rauferei mit einigen hierher verirrten englischen Hooligans – ob Fußball- oder Hockeyfans, so genau wollte man's nicht wissen, blau jedenfalls waren nicht allein die Shawls –, bei der im Lokal (es ist die Zeit, in der Innenarchitekten und Gastwirte auf Täferfüllungen, alte Arventüren und Bauerntruhen aus sind, auf Schiefertische, Stabellen, Zinnkannen, geschnitzte Präsentierteller, Fassdauben, Spinnräder, Ochsenjoche und allerhand andere für ein Trinkgeld aus Haus und Hof erbettelte Antiquitäten, die sie, zweckentfremdet in ihren Gaststuben verbaut, mit Romantik und Heimat verwechseln) ein an die Wand montierter Reitschlitten aus dem Tschamutt zu Schaden gekommen, vom Wirt mit dem Rat, sich nie mehr bei ihm blicken zu lassen – es ist doch stets das gleiche –, aus dem heimeligen Etablissement geschmissen, nebst Lokalverbot eine Schadenersatzklage einhandelten, statt danach rechts in die Untergasse abzubiegen, flugs durchs Tor hinaus und über die Brücke, ins *Zollhaus,* die, welche die steile Stiege in die Bierstube hoch noch schaffen und nicht, einen Zwischenhalt einlegend, übers Brückengeländer hängen; nach dem kurzen Abstecher nebenan die nicht weniger steile, aber abwärts ungleich leichter zu bewältigende Treppe in die *Felsenbar* hinunter, um vom schmiedeeisernen Eingangsgitter im Soussol aus – weiter kommt man bei dem Türsteher nie, und schon dafür drückt er großzügig ein Auge zu – über die Köpfe von ein paar stadtbekannten, angeblich der großen Whiskykarte wegen hier verkehrenden Kantonsschullehrern hinweg, die, als kennten sie einander nicht, vor der kleinen Rundbühne weit auseinander sitzend, vom Gejohle an der Tür aus dem Glubschen geschreckt, mit andern Gästen reflexartig tiefer in die orange Sofalandschaft rutschen, der Bagage so bessere Sicht verschaffend, einen knappen Blick auf die schwarze Stripperin zu erhaschen, bevor man, dem Rauswurf zuvorkommend – das letzte zu sehen, bleibt einem stets verwehrt, aber mehr als ein paar Sternchen und ein Strass-Dreieckchen sind am Ende auch den ihre Nötli zückenden Herren Professoren nicht vergönnt –, schon wieder abhauen muss, aus dem Welschdörfli mit ein paar kleineren Abstechern entlang der Grabenstraße zurück ins Gärtchen am Postplatz, wo dann natürlich jeder mehr als der andere gesehen haben will, bis es, überhockend solange es geht, nach dem dritten Ausrufen der Sperrstunde, wenn der Stadtpolizist, sein Blöckli zückend, vom Nicolaiposten her ums Eck der Kantonalbank gebogen kommt, allerhöchste Zeit ist – es sei denn, man will, hochheilig versprechend, das Fehlende anderntags auf den Posten zu bringen, ohne zu wissen, wie man das fertig bringt, die paar im Portemonnaie verbliebenen Rappen als Bußen-Kaution bei ihm deponieren –, dem Schroter eine lange Nase drehend, wie eine Schar Hühner, in die der Falke fährt, mit einem durch die Gasse gellenden *moinz* sich voneinander verabschiedend auseinanderzustieben und den Heimweg unter die plötzlich bleischweren Füße zu nehmen, jeder auf seiner Fährte, allein, oder, ein Stück gemeinsamen Wegs, einander gegenseitig stützend, zurück zu den Alten, wo die frühe Heimkehr wieder was absetzt, oder, wie er und Lulatsch, heim in die Pension, wo, endlich flachliegend blitzartig mehr als seekrank, ans Einschlafen natürlich nicht zu denken ist, weil der Zimmerkollege, der stocknüchtern schon wie eine stotternde Motorsäge die Nächte durchschnarcht, durch seine Bruchlandung am Barren und die anschließende Sauftour doppelt abgestürzt, kaum hat's ihn hintüber aufs Bett gehauen, halb im Delirium, als läge ein Mutterschaf in den Wehen, zum Geröchel hinzu mit den Zähnen knärschelt, leer zu schlucken beginnt, kotzt, den Kotz verschluckt, hustet, würgt und weiterschnarcht, selbst mit in die Nasenlöcher gedrückter Zahnpasta, was sonst garantiert wirkt, nicht von seiner Schwerstarbeit abzubringen, und anderntags von nichts weiß, ungläubig das verdreckte Laken bestaunt, es, ohne viel auszurichten, am Lavabo auszuwaschen versucht, übers Becken gebeugt mit dem nassen Fetzen sich stattdessen kaltes Wasser in den Nacken klatschend, und, kaum aufrecht, in einer Rolle rückwärts sich wieder hinlegt, abdreht und zum Embryo zusammengekrümmt weiterschnarcht, den geschlagenen Fronleichnamsvormittag hindurch, während die reformierten Bauern auf dem Land den ganzen Morgen ausgiebig Gülle führen, vom aufdringlichen Gewummer aus den Turmfenstern all der Betschuppen mit dem Kreuz statt dem Gockel auf dem Dach, gegen das man die Ohren verstopft, um den Brummschädel vor dem Bersten zu bewahren, nicht aus seiner Starre zu bimmeln

18

Wer dazugehören will, muss mehr bieten als mitsaufen und kotzen, beispielsweise allen Mut zusammenkratzen, um unter dem Johlen der aus dem Beizengärtchen das Geschehen kommentierenden Kumpane und deren Tschicks Bomben Besen Beeri Bienen steilen Zähne und wie die Schulschätze in Ruch und Umgebung noch genannt werden (mit denen man, ohne sich je offen eine tiefere Empfindung für sie einzugestehen, gleichgültig verwegen spöttisch in sich kreuzenden Scherzen und Angriffen, die hier reizen und dort verletzen, großspurig angibt und die man sich, bei einigen zumindest ist's eindeutig oberstes Ziel, gegenseitig auszuspannen versucht, um handkehrum, ist man mit einem der Mädchen allein, vor ihr zu kriechen zu betteln zu winseln, wenn sie, das Machogetue satt, dem Angeber den Laufpass zu geben droht, um, bald sich wieder in den Armen liegend, weil man einander halt doch mag, dennoch weiter mitzutun), auf dem Platz ennet der Straße der skaläraschiefernen Juno hoch auf dem Brunnen einen Büstenhalter überzuziehen (der für die strammsten Schöppen ist als erster Teil der Aufgabe zuvor in der Lingerie mit dem roten Herzen im Logo zu klauen): Wer wagt es? Aller Augen sind auf Knocha gerichtet, der sich ohne Murren der Aufgabe stellt, nach knapp einer halben Stunde, eben hat er den zweiten Teil der Prüfung erfolgreich bestanden, vom Brunnen herunterturnend einer Polizeipatrouille in die Arme zappelnd; Knocha, der es, was noch kein Rucher vor ihm geschafft hat, nach dem Motto *Der eine wartet, dass die Zeit es wandelt, der andere handelt,* jodelnd und alphornblasend vom Schweinehirten über den Kommandanten der Gebirgsgrenadiere sich die Karriereleiter bis zum Direktor des Nobelkurorts emporjassend, dessen Namen er mit dem als *Jenatsch-County* vermarkteten Hochtal zusammen zum Label stylt, auf die Frontseite der *Financial Times* bringen wird, Knocha tut alles; wenn man ihm weismacht, es trage zu seinem Renommee bei, stolziert er am hellichten Nachmittag lässig durch den aufkommenden Feierabendverkehr, um, wie ihm beauftragt, im Rondell mitten auf dem Verkehrskreisel in aller Ruhe die Hosen herunterzulassen und in die von einem Kranz roter Tulpen umschlossene frisch bepflanzte Blumenrabatte seinen Kegel zwischen die Stiefmütterchen zu setzen, und mit etwas Glück – laufen und Haken schlagen, das kann er wie keiner – entkommt er dem fuchtelnden Kadetten aus Saluzens Security-Corps, weil der einen Moment zu lange zögert, ob er sich weiter dem inzwischen stehenden Verkehr oder dem zwischen den Autos abhauenden Scheißer widmen soll, sodass der Vater den Buben abends nicht schon wieder im *Sennhof* auszulösen hat: als Lohn für seinen Mut darf der Held zu aller Gaudi auf dem nächsten Ball im Vollwichs die schönste Korpsdame betanzen.

Doch statt sich untätig an Knochas Spielchen zu ergötzen, unternimmt man im Sinne von Dantes Losung besser selbst etwas, flankt im Gärtchen flink über die Abschrankung, greift sich das erstbeste, achtlos vor der Beiz abgestellte Velo, schwingt sich zum Gezeter des rechtmäßigen Besitzers, wenn der hinter dem Tisch aufspringt und, weil ihm jemand das

Bein stellt, beim Versuch, einem hinterherzuhechten, an den Staketen hängenbleibt, den Fuß auf der Pedale wie mit einem Trottinett startend als Linkshänder von rechts in den Sattel, radelt freihändig ein paar Runden ums Rondell und, sobald der andere in zerfetzter Hose über den Platz hinterhergerannt kommt, scharf abbiegend mit Schwung zwischen Kunst- und Warenhaus die Bahnhofstraße hinab, unten vor dem *Café Maron* in den Rücktritt tretend, dass ob dem Quietsch zusammenfahrend den dort auf der Außenbestuhlung an ihrem *Coupe Capricorn* spachtelnden Touristen – *Ruch ist schön, verweile,* bewirbt der Verkehrs- und Verschönerungsverein nicht von ungefähr mit einem quer über den Platz gespannt im Föhn knatternden Spruchband das Städtchen – die Löffel aus der Hand fallen, um nach gewagter Abkürzung, die Mittelinsel, die Gleise der Lokalbahn, Trottoirkanten und alle weiteren Hindernisse ignorierend, in hohem Bogen rasant in der Unterführung zu verschwinden, im Sturzflug nach halbem Weg sich auf dem Treppenzwischenabsatz überschlagend, mit hinterherhüpfendem Vehikel, beim Aufprall das Vorderrad zur Acht verbogen, in vollem Karacho unten in eine vom Schnellzug aus dem Unterland einem Fähnchen hinterher auf die Schmalspur des *Glacier-Express* wechselnde, quäkend auseianderspritzende asiatische Reisegruppe hinein: damit, so einem das Glück beschieden, für die Heldentat glaubwürdige Zeugen aufzutreiben, ist man schon fast wer; für einige Stunden.

Richtig groß punkten ließ sich aber nur beim Eierschmeißen; an Regentagen, wenn es fürs Draußen-Sitzen zu kühl ist – abgesehen von den paar föhnig aufgehellten Sonnentagen also, an denen es jeden nach draußen treibt, die ganzen Wintermonate hindurch und, das hiesige Klima bedingt es, die Hälfte der übrigen Zeit –, in der Beiz von der Empore herab rückwärts über die Brüstung eine Batterie hartgekochter Eier, die neben der *Ménage* und dem Aschenbecher auf dem Tisch dafür bereitstehen, in die Gaststube hinunter werfen, das ist der Hit an Kitzel: Auf wie viele Treffer bringt es einer, bis unten der Tumult losgeht, im Tohuwabohu händeringend auch schon der Wirt auf der Treppe erscheint, ein Hüne, der für die ihm als ehemaligem Hockeyaner des Kantonsschul-Sport-Clubs bestens bekannten Empore-Sitzungen, so er es nur zugeben dürfte, eigentlich voller Verständnis sein müsste, die Bande eher

noch zu Unfug anspornend als davon abhaltend, doch stattdessen, vorn an die Brüstung tretend, den versammelten Schützen laut und deutlich, dass ihn oben wie unten alle hören und verstehen, wie er's meint, mit der Ordnungsmacht droht, eh er sich zum Gekicher derer oben unten in der Gaststube bei den Opfern, ihnen jede Entschädigung anbietend, tausendfach entschuldigt. Doch Treffer ist nicht gleich Treffer; durchs Geländer nieschend, haben zwei, per Los zu diesem verantwortungsvollen Richterposten bestimmt – sollte alles schief gehen, können sie danach immer noch behaupten, nichts gesehen zu haben –, genauestens zu registrieren, was von wem geworfen unten wo aufschlägt: Platzt die durch die Luft geflogen kommende grellbunt lackierte Mine zwischen Tischen und Stühlen auf dem Boden, zählt das nicht als Treffer, ergibt null Punkte und bringt dem Werfer gemäß dem Bierverschiss der jeweiligen Laune entsprechend neben den obligaten Buhs sogar Strafpunkte ein; klatscht die Bombe mitten in einen von der Serviertochter eben aufgetragenen Teller Rucher Gerstensuppe oder zerschmettert der Wurf ein dem Gast frisch nachgeschenktes Glas Blauburgunder, zählt das schon wesentlich mehr; wer eine Glatze tüpft, dem sind hundert Punkte sicher, und ganz groß kommt der heraus, dem es gelingt, blind wie alle anderen schmeißend – darauf wird streng geachtet –, sein Ei in einem Ausschnitt zu versenken, der Bedienung oder – mit Bonuspunkten belohnt – einer Dame, während sie, dem in die Jahre gekommen etwas verkachelten Mann gegenüber, mit dem sie sich, so wie er sie anstummt, kurz zuvor gefetzt haben dürfte, stur auf den Teller blickend an ihrem Schnitzel schnippelt: der nicht zu überbietende Trumpf, tausend Punkte auf einen Schlag, quittiert, unten wie oben, mit allgemeinem Aufkreischen, auf der Empore das Ereignis natürlich umgehend gebührend zu begießen: Zigezage zigezage hoch und ex –

19

Anstrengend auf Dauer das schnell erlernte Halbstarkengehabe; schlimmer: als Milchbub von Zuhause den Alkohol nicht gewöhnt, Wein hätte es im Keller zwar gegeben, der war aber für die Kühe bestimmt, die nach der Kälberung von Vater zum Dank für das gesunde Kalb – zur Beruhigung vom Geburtsstress, wie Neni es dem Buben erklärte, und um sich danach leichter zu putzen – eine Flasche *Montagner* eingeflößt bekamen, setzte ihm die Sauferei bald derart zu, dass er am Tag danach immer ärger litt, wenn er, für einmal allein unterwegs, am Vorabend jemanden getroffen, den er einige Zeit nicht gesehen hatte, wie letzthin den Schulkollegen, mit dem er, statt Vokabeln zu büffeln, die komplexesten Wälzer durchackernd, die in der Kantonsbibliothek aufzutreiben waren, sich in Diskursen über Sein und Nichtsein verrennend nächtelang philosophierte, bevor dieser, der dann am Ende der Schulzeit in der *Chinesischen Mauer,* dem Stück, das sie mit dem Klassenlehrer, dem zwar *Herkules und der Stall des Augias* oder *Frank der Fünfte,* eins seines Studienfreunds, lieber wäre, einüben werden, um Geld für die Maturareise zu beschaffen, in der Rolle des geschundenen *Stummen* alle weit stärker berühren wird als der Apothekersohn mit seinem heruntergebeteten Riesenpart in der Rolle des *Heutigen,* mitten im Schuljahr mit der Begründung, bei seiner überhitzten Birne brauche er zwischendurch dringend etwas für die Hände, ausriss, um auf einem Rheinschiff anzuheuern (und das natürlich ohne den Klassenlehrer orientiert zu haben, der ihm gegen den Willen der Schulleitung dann nachreiste und den Ausreißer nach ein paar Wochen wieder zurückholte), und er mit diesem Kollegen aus Wiedersehensfreude eine Nacht lang durchzechte, gegen die Unsicherheit antrinkend und die wachsende Nervosität, die ihn in der Öffentlichkeit – inzwischen, lang genug als gestört taxiert, dünnhäutig und überempfindlich geworden, bereits jede spöttische Geste als Tadel auf sich beziehend – regelmäßig überfällt und von Glas zu Glas zunimmt, vor allem, wenn er, mit andern auf Sumpftour unterwegs, aus Angst vor dem Gespött bei einem vorzeitigen Absprung, bis ans Ende der Geisterstunde überhockt, solange, wie sich in der Stadt ein offenes Lokal findet, danach bei neuen Freunden, denen man in Ruch auf solchen Touren unweigerlich über den Weg läuft, auf irgendeiner Bude, längst keine Gedanken mehr austauschend, nur Gedankenbrei, Gemeinplätze, halbverdaut wiedergekäute und nochmals wiedergekäute Sprüche aus dem Maul würgend, dorthin Mitgeschlepptes unkontrolliert weiter durcheinanderschüttet, Rot und Weiß und Bier, ob Veltliner oder Starkbräu oder Stierblut, spielt keine Rolle mehr, nur keine Schnäpse, die verträgt er gar nicht und kippt sie gegen Morgen dennoch mit tödlicher Regelmäßigkeit in sich hinein, wenn ihm, in einem Eck verkeilt oder wie eine vom Föhn gebeutelte Pappel mitten auf dem Teppich wankend, mit dem Glas in der Hand die Augen zufallen und er für einen Augenblick in gefrierender, gleichgültiger, fast amüsierter Ruhe an die entschwindende Nacht denkt, die paar Stunden, die ihm bei seinem Vulkan im Kopf in Bälde, ob er jetzt weitersäuft oder nicht, unausweichlich bevorstehen, Fetzen eines angstgequälten tumultuösen Schlafes, von kichernden, heulenden, wispernden Stimmen unterbrochen, die unvermittelt von ganz nah ins Ohr brabbeln, spitz und grell das Trommelfell strapazieren, sich entfernen, wieder näherkommen, in Wirklichkeit ist's Hundegebell aus der Nachbarschaft, oder es sind eingebildete Besucher, die Einlass fordernd seinen Namen rufen, ein grässliches Brüllen Knallen Bumsen ist's, ein Kampf gegen dreiste Erzfeinde, ein Tumult, ob dem früher oder später die Tür einbricht, dazu Stiche von unten durch die Matratze, das ekelerregende, zuckend über die Dielen flutschende Natterngeknäul, unter dem Bett darauf lauernd, dass man den Fuß auf den Teppich setzt, und draußen, vor den Fenstern, fortwährend das Schreien, die schreckliche Musik, die Spinette der Finsternis, bis, mit Herzklopfen aus der Vision aufgeschreckt das Glas fallen lassend, als Rettung nur der Griff zur Grappa-Flasche bleibt, man braucht einen Schluck, hat ihn jetzt bitter nötig, so dass einem am Morgen, ohne sich erinnern zu können, wie und wann man es schließlich nach Hause geschafft, todübel ist.

Fatal, wenn einen der Schuldirektor, vor dessen Spitzeln man sich nirgends sicher weiß, ausgerechnet an so einem Vormittag mitten aus einer Lektion heraus noch zur Standpauke zitiert: Er, betont der Direktor, unter dem expressiven Bergwald eines malenden Zeichenlehrer-Kollegen hinter dem Schreibtischbollwerk verschanzt – für einen echten Kirchner mangelt es der Schule an Kleingeld, jetzt, wo's dafür zu spät ist, nachdem andere sich mit Entartetem rechtzeitig günstig einzudecken gewusst –, er verstehe sich nicht auf den physischen Rausch, zu so etwas Schwachsinnigem, das jede

Selbstkritik betäube, er halte es mit Thomas Mann, ließe er sich nie hinreißen, und er befinde sich damit in guter Gesellschaft, Stimmung, das möge man sich von jemandem geraten sein lassen, der wisse, wovon er rede und nicht als Schande aller Rechtschaffenen die Tage vertrödle, Stimmung liege im Frischsein zur täglichen Arbeit, des Direktors Dozieren, mit aufs Pult pochendem Zeigefinger, der Meinung, dem ganzen dadurch zu mehr Nachdruck zu verhelfen, Wort für Wort unterstrichen, um nach einer Kunstpause fortzufahren: Er wisse nur zu gut, warum er ihn zu sich zitiert habe, das gestrige Gläserzertrümmern im *Falken,* das ihm zu Ohren gekommen, gut, dann eben in der *Blauen Kugel,* mache ja keinen Unterschied, diese destruktive Aktion, die alles Bisherige in den Schatten stelle, und wiederum mit ihm als Anstifter des Blödsinns, einem Walser ausgerechnet, von dem er als Davoser mehr erwartet hätte, zumal er bald vor Schülern zu stehen habe, abstreiten helfe nichts, den Wirt brauche er nicht zu fragen, dem gehe es nur um den Bierumsatz, dass er sie mit seiner Flöte zum Saufen geradezu animierte, nein, er habe es heut Morgen am Telefon vom Herrn Direktor der Werke bestätigt bekommen, dem es sein Sohn, nach dem Sturz mit dem Töffli beim Frühstück auf seine zerrissenen Hosen und den verbogenen Lenker angesprochen, in allen Einzelheiten beichtete, das sei ein Zacken zuviel des Guten gewesen und werde ein Nachspiel haben, was eigentlich nicht mehr erwähnt zu werden bräuchte, irgendwann sei jedes Fass voll, und schließlich gebe es für solche, die sich nicht zu benehmen wüssten noch gar Verantwortung zu übernehmen verstünden, tauglichere Beschäftigungen, undsoweiter und so fort, man hört gar nicht zu, vermag sich bei dem direktoralen Sermon – einmal mehr droht der Ausschluss von der Schule, soviel an Kombinatorik schafft das

Hirn selbst in diesem Zustand, und einmal mehr wird der Klassenlehrer die Sache einzurenken versuchen – kaum noch aufrechtzuhalten und stützte sich, so es erlaubt wäre, am liebsten auf dem Schreibtisch ab, statt, wie im Militär, einen Meter davor auf den Teppich genagelt strammstehen zu müssen, um – dem Direktor, einmal am Kropfleeren, fallen immer neue Verfehlungen ein – zusammengestaucht endlich entlassen, den nicht enden wollenden Tag danach, ohne viel mitzubekommen, irgendwie hinter sich zu bringen, und, aus den kühlen Gängen der Betonburg ins Freie tretend, wie von Turbulenzen geschüttelt mit zusammengekniffenen Augen in die über dem Asphalt flimmernde Luft spähend, ist es, als wären einem kleine Stücke von den Augenlidern weggebrochen und flirrten und zuckten vor einem herum, zu nervösen Formen und Schatten mutierend, deren Sprünge begleitet werden von einem nach und nach unwillkürlich sich einstellenden, diffus schuldbewussten Grummeln tief im Inneren, noch nicht ganz Stimme, aber quälend wiederkehrend; das Hirn zu lüften und den Direktor zu löschen, schlendert man im Anschluss an die Abreibung, Bäume zählend, ohne damit allzu weit zu kommen, im Schatten der Allee dem Fluss entlang talein Richtung Meiersboden und nach einem Stündchen auf einer Bank langsamer wieder zurück, damit man es am Nachmittag, in der Hoffnung auf eine seiner neuen Ochsengeschichten – passend zum Tag mit einem Drehmomentproblem, das sich in der kleinen Anekdote um einen von zwei Wasserbüffeln irgendwo im fernen Nepal schwerbeladen steil und immer steiler bergan gezogenen Zweiradkarren versteckt, als Frage, bei welcher Neigung des Wagens die Ladung drauf eigendynamisch ins Rutschen komme –, an der hirnend sich die grauen Windungen vielleicht wieder etwas regenerierten, wenigstens zum Bergsteiger-Klassenlehrer in die Physikstunde schafft, und erblickt plötzlich einen riesigen krähenden Hahn mit gespreizten Krallen auf einen zuflattern, hebt die Hände, zu spät, der Hahn, knapp über den Kopf hinwegschießend, scheißt einem schon ins Gesicht, direkt zwischen die Augen, es brennt, man wischt sich über die blutig gekrallte Stirn, dreht sich um und sieht einen tief hängenden Forsythienzweig in der Luft nachzittern; gegen Abend dünken einen die Straßenschluchten Kulissen für ein Gastspiel, dessen Text man vergessen hat, der Boden unter den Füßen scheint in der Luft zu schweben, als hauchdünne Bühne, durch die man mit jedem unbedachten Schritt einzubrechen droht, beginnt zu pulsieren, sobald man sich in abgezirkelten Schritten den Pflasterfugen entlang vorwärts bewegt, aus der Richtung brechend, vorn an einer Trottoirkante plötzlich die gähnende Badile-Nordwand unter sich; bei der kleinsten Kopfdrehung, einer wunderbar sicher dahinstöckelnden Frau nachstierend – wie schafft die das nur auf diesen Absätzen so leichtfüßig übers Katzenkopfsteinpflaster zu entkommen –, geht ein Karussell ab, man kneift die Augen, es hilft nichts, in einer Art Solarisationseffekt bleichen die Farben aus, bis der sich schlagartig verengende Blick mit unerträglichem Stechen hinter den Augäpfeln, dass man meint, sie auspressen zu müssen, plötzlich einrastet, als wollte er sich einwärts krümmen, auf die Eingeweide zu, die sich, kaum zum Stillstand zu bringen, weiter drehen: den ganzen Tag über konnte man nichts zu sich nehmen, nicht einmal Wasser blieb unten, und die am Morgen eingeworfenen Alkaseltzer – Schluck das, mein Sohn, denn es ist gut, hatte Lulatsch, der Zimmerkollege, seinen Honig-Alten parodierend, ihm das Gesöff reichend gesagt, als er ihn, wissend, wie es um ihn stand, am Morgen vorsichtig weckte – haben nur die Magenwände wundgescheuert –

Gut, Wetzstein hatte wieder einmal gesoffen, eins über den Durst, war blau und hat jetzt sein Kreuz zu tragen: man steht dazu, was bliebe einem anderes bei dem Brummschädel, der jeden Augenblick bersten kann; es hilft wenig, sich von unsäglichen Krämpfen malträtiert über alle Berge zu wünschen oder in geistvolle Reden zu verlaufen, Gefasel nachzubeten vom schwachen Fleisch und dergleichen schöne Betrachtungen trauriger Nachtvögel inmitten emsig arbeitsamer Tage: Stimmung liege im Frischsein allein der Geist papperlapapp – die Zunge im Mund ist und bleibt ein Stück Pappe, wenn man das Maul aufreißt und aufbegehrend herummault, bis einen selbst davor ekelt. Schließt man die Augen, flimmert als Loop wieder die vormittägliche Szene im Büro des Schulvorstehers über die Netzhaut, nur dass statt des bekannten direktoralen Zimmerschmucks (auf dem Pult das obligate Foto der Familie: die Frau, auf den Fersen sitzend den Schäferhund am Halsband, flankiert von zwei gequält kichernden Kindern; neben dem Kalender der Berghilfe ein Linolschnitt des Schulhausabwarts, auch er sichtlich Kirchnerbegeisterter) jetzt, unbestreitbar von genialer Hand gezeichnet, grimmige Kohlezeichnungen von den Wänden grinsen; auf einem Blatt zähneknirschende, sich auf einem zerwühlten Bett zwischen zerbrochenen Schnapsflaschen balgende Harpyien, deren Geschäft es ist, möglichst viel zu schlucken; nähertretend, im Durcheinander automatisch, aber vergeblich nach einer heilen Flasche suchend, erschrickt man, denn hinter dem Schreibtisch, an Stelle des Bergwalds, hängt ein Bild, das einem bei früheren Vorladungen noch nicht aufgefallen war, eine Art Wandteppich ist es, nein, vielmehr ein Mittelding zwischen einem primitiven Gemälde und einem Abstinenzler-Plakat: hinunter, Hals über Kopf in den Hades, in ein Gewühl von flammenumlohten Teufeln, Medusen und rülpsenden Ungeheuern, stürzen, selbstsüchtig und rotgesichtig, in flachem Sturzflug oder, ungeschickt rudernd, mit furchtsamen Rückwärtssprüngen, inmitten eines fallenden Flaschenregens schreiend die Trinker; hinauf, entsetzlich steil hinauf und direkt ins unerträglich blendende Himmelslicht hinein, fliegen, beschirmt von Engeln, blass und selbstlos die Nüchternen: edle Paare, der Mann die Frau stützend, fromme Einzelgänger, und ein paar einsame Weiblichkeiten aus den höheren Regionen ganz links oben scheinen sehnsüchtig ihren nach rechts abstürzenden Männern nachzublicken, deren Mienen unverkennbare Erleichterung verraten –

Sich ins Bett legen, selbst wenn liegend der hohe Seegang ärger zu schaffen macht, das wird das Beste sein; eine Runde schlafen, zu schlafen versuchen, denn irgendwann werden die Krämpfe ja nachlassen, ebbt das Pochen im Hirn vielleicht ab; aber nichts überstürzen jetzt, um einen Augenblick später, hingestreckt von einem Schlag in die Kniekehlen hilflos auf die Bettkante niedergeworfen, Insekten zu beobachten, die wie Boote am Ankerplatz an der Wand liegen, ohne Gefahr, überlegt man, solange man sich mucksmäuschenstill hält, was leichter gesagt als getan ist, und schon beginnt eine Raupe, die Fühler prüfend hierhin und dorthin ausstreckend, sich einem aus der Tapete entgegenzuwinden, und am Vorhang, direkt über einem, hängt ein fetter Heugümper mit blankem, grün pulsierendem Rumpf, bewegt diesen leise hin und her und putzt sich mit den Vorderbeinen das Gesicht, wie eine Katze, während die Facettenaugen in seinem Kopf rotieren; sich erneut gegen die Wand umdrehend, erwartet man, dass die Raupe nähergerückt ist, aber auch sie hat sich umgedreht und ist ein Stückchen weiter wandauf vor Anker gegangen, hält sich still, weil eine riesige Spinne, nein, ein giftgelber Skorpion hinter dem Bett hochkriecht, aber nicht die Furcht davor lässt einen zittern, sondern weil mit einemmal die dünnen Schatten einzelner Nägel und die Flecken erschlagener Mücken, sogar die Narben und Risse der Tapete einen zu umschwärmen beginnen: es ist, als wäre die ganze Insektenwelt näherrückend im Begriff, sich auf einen zu stürzen, einen einzuschließen, mit gefräßigen Kiefern zu zermalmen, wenn nicht mit allen Mitteln etwas dagegen unternommen wird.

Aber lieber die Delirien und Magenkrämpfe aushalten, sagt man sich, als unter Aufbietung des letzten Restchens Kraft vor Ladenschluss noch schnell zu Papa Giger in dessen Wunderlabor an der Storchengasse zu wanken, um, vom Apotheker auf den Arm genommen, der zwar für alles ein Mittelchen weiß, das Problem aber zu gut kennt, weil die Sauftour letzte Nacht einmal mehr bei seinem Sohn auslief, der in dem von ihm zur Geisterbahn umfunktionierten muffeligen Kohlenkeller tief in Ruchs Untergrund davon träumt, mit seinen Monstern einmal in Hollywood Science-Fiction-Filme auszustatten, in der Alchimistenküche sich mit Pharmaka vollpumpen zu lassen.

Schließlich ist gar nichts so Grässliches passiert, philosophiert man, indem man sich, während eine Prozession unsinnigster Überlegungen durch den Kopf defiliert, in seinem Stübchen oben, das schwankt wie eine Schaluppe bei Windstärke 12 auf der Beaufort-Skala – die See rundum vollkommen weiß, die Luft mit Schaum und Gischt gefüllt, ohne Sicht –, in mehreren Anläufen vom Bett hochrappelt, um, von einer Ecke in die andere geschleudert, schwitzend und dann wieder zitternd, sich mit etlicher Mühe der Kleider zu entledigen

20

Nebst diesen Imponiersaufereien, die ihm rascher auf den Magen schlugen, als er zugeben mochte, begannen mit scherbelndem Tritsch-Tratsch Operetten, Opernverschnitte, Kaiserwalzerpotpourris und Jägermeisterpolkas seine Gehörgänge zu verstopfen; ein Klangbrei, der ihm ungewohnt war, denn von Musik, zumal solcher, war er bislang verschont geblieben: Bis kurz bevor er von zu Hause wegzog, hatte es daheim kein Radio gegeben, also auch keinen Elvis, keinen Freddy, keinen Johnny Halliday, und in der Stadt sollte es statt Beatles und Rolling Stones bald Heftigeres, Wilderes geben.

Silvesterabend war am Berg der Männerchor von Hof zu Hof das Jahr aussingen gekommen, das immer gleiche Lied, und in der Kirche mahlten lückenhafte Gebisse mit zischender Entschlossenheit die Strophen des Predigtgesanges, dessen Melodie der Pfarrer schleppend aus dem Harmonium quetschte.

Anfangs August gab es die Chilbi in einem zum Tanzsaal umgebauten Heustadel oben auf dem Pass, über den im Herbst, wenn das Vieh aus den Alpen geholt und die Hochjagd zu Ende war, emporschießend aus dem Nachbartal, einer schattigen Scharte, unverhofft Krieg spielende Militärflugzeugstaffeln fegten, dröhnende Blechkisten, vorbei und außer Sicht, wenn der Schall, der wie ein plötzlicher Donner die Landschaft erbeben ließ und dessen verebbend zwischen Felsen hin und her rumpelndes Echo Scharen von Beerensammlern, die in ihrer Gier die weithin sichtbar an Telefonstangen und Zaungattern angeschlagenen Schießanzeigen ignorierten, mit denen, rot umrandet eigentlich unübersehbar, vor den militärischen Übungen gewarnt wurde, die Pflückkämme durch die Luft werfend und ihre halbvollen Kessel fallen lassend aus den Heidelbeerstauden schreckte; wo Venoms und Vampires, bis die über den Pass gezogene Hochspannungsleitung die Überflüge vereitelte, aus Bordkanonen in weißmarkierte Zielfelder feuernd das Moor zerfetzten, mit den Treffern schwarze Wunden in den Boden stanzend, in denen beim Alpauftrieb sich störrisch von der Herde absondernde Kälber absoffen, die einschlagenden Schüsse Erdfontänen hochspritzen ließen, bevor das dumpfe Hämmern ans Ohr schlug, derweil die Maschinen bereits weit unten, den Hängen entlang, talaus jagten, knapp über die Dächer hinweg, dass man ihnen, im Äckerchen auf dem Hügel über dem Hof das vom Hagel gewalzte Korn sichelnd, beim Vorbeiflug – habt ihr das gesehen, sie winken uns mit den Flügeln – von oben in die Kabinen blicken konnte, die Dreier-Staffel von der nächsten Krete verschluckt, der Schall und dessen von den Bergwänden zurückgeworfenes Echo wie abgeschnitten, wenn Großmutter händeringend aus dem Haus stürzte und in die Stille hinein den Hang hoch heepte: *z'Chuchichemmi isch zämmaghiit* – soeben sei der Küchenkamin eingestürzt. –

An diesem einen Chilbi-Sonntag im Spätsommer, wenn das Heu auch der Wiesen auf dem Glaspass größtenteils unter Dach war, spielten nach einer Bergpredigt drei aus dem Dorf zum Tanz auf, bis der mit Seifenflocken geschmierte

Saalboden unter den in schwerem Schuhwerk immer ausgelassener sich drehenden Paaren zu schwanken begann, der ganze Schopf ins Schwingen geriet, dass die Dielen zum Gaudi von uns Buben, die das überdrehte Treiben von unten verfolgten, die Ausgelassenheit mit sich in die Tiefe reißend, jeden Moment einzubrechen drohten, wären die ächzenden Bretter vom herbeieilenden Wirt nicht notdürftig abgestützt worden: Am Bass im Saal oben der lange, hagere Glatzköpfige, welchem das beim Austragen der Post Tag für Tag über ihn hereinstürzende Gekläff der angekettet erst scharf gemachten Hofhunde seine Fröhlichkeit nicht hatte nehmen können, so wie der, richtig in Fahrt kommend erst nach ein paar Zweiern Veltliner, die ausgestandenen Ängste vergessend sein angerußtes, nur noch dreisaitiges Instrument strich und immer wilder traktierte, dass in dem durch eine Wandritze schräg einfallenden Streifen Sonnenlicht Kolophoniumwölkchen von den vibrierenden Saiten aufstiegen; das Schwyzerörgeli walkte der von Kinderlähmung gezeichnete verwachsene Weißhaarige, mit dem Kinn auf dem Örgeli den gezöpfelten Bart, den er, bis ihm der Löffel aus der Hand falle, nicht zu stutzen schwor, in die Balgfalten gehängt, über das zuvorderst auf der Nasenspitze hängende Brillengestell hinweg selig knöpfelnd reihum nach sitzengebliebenen Dorfschönen linsend, in Nagelschuhen, an denen sofort die weitum bekannten roten Schnürsenkel auffielen, die man ihm am liebsten, ohne dass er es, in seine Knöpfe und Bälge vertieft, merkte, ausfädeln und selber einstecken würde, auf dem Boden den Takt angebend, während sein jüngerer, lediger Bruder an der Klarinette, mit geblähten Backen trillernd, als ginge es um den letzten Tanz, wenn er chromatische Läufe durchs tropfende Rohr jagte, es längst übers Alter hinaus nicht lassen konnte, nach den Mädchen zu schielen, die in die Tracht geschnürt von den Tänzern wie Trophäen vor ihm vorbeigedreht wurden; der vierte, ein Jenischer, der, wie erzählt wird, einst mit der Violine dazugehörte, konnte nicht mehr mittun, seit es ihm beim Holzen die linke Hand zerquetschte; selten nur, zu vorgerückter Stunde, gesellte er sich, vom *Montagner* weinselig, zum *Branteweinrauschwalzer* mit der Rechten zwei Löffel schlagend, hinzu, selbstvergessen klöpfelnd, die im Takt wippende Brissago im Mundwinkel längst erloschen.

In der Volksschule die üblichen Schullieder; dazu die langgezogenen Melodiebögen von Vaters die Grenzen zwischen Dur und Moll ignorierenden Tenorkoloraturen beim Melken, wenn er im feuchtwarmen Stall auf dem einbeinigen, mit einem Riemen umgeschnallten Schemel bei Tagesanbruch neben der Heimkuh kauerte: *Traute Heimat*

21

In der Villa am Stadtrand, leicht erhöht in einem Weinberg gelegen, wo man ihn nach dem Tod von Fräulein Schocher bei der alten Dame einquartiert hatte, hingen an den Wänden, im Stiegenhaus wie in den Zimmern, über die nachgedunkelten grünschwarzen Tafttapeten verteilt in Reihen nebeneinander und übereinander, unzählige Uhren. Ihr Gatte selig war Sammler ausgefallener Wanduhren gewesen, deren Perpendikeln dem Herrn in den wenigen Stunden zu Hause die kostbare Zeit zerschnipselte, während die teils recht verwegen geformten Testikel-Gewichte an Ketten unterschiedlich rasch zu Boden leierten, um, von ihm oder seiner Gattin hochgezogen, erneut den Gesetzen der Schwerkraft zu gehorchen; Uhren, die, nachdem der Herr überraschend verreist war, bei erlahmten Federn und heruntergeleierten Gewichten, die Zapfen nach und nach alle an erschlaffer Kette am Boden liegend oder wie umgehauene Kegel an der Täfelung lehnend, eine um die andere stehenblieben, von der Witwe nicht wieder aufgezogen: Neuenburgerpendulen, Schwarzwälderkuckuck, wertvoll und weniger wertvoll. Mittendrin die Herrin, so sie nicht gerade, auf das Stöckchen mit dem Silberknauf gestützt ihr Einkaufswägelchen an einem Schulterriemen hinter sich herschleppend, wie allmorgendlich bei ihrem

Kommissionenrundkurs über den Asphalt krückelte, eine Tour, die es in sich hatte, denn dabei war ihr mehrfach schon das Portemonnaie gestohlen worden, hinterrücks, ohne dass sie es bemerkte, heimtückisch aus der geschlossenen Handtasche gezupft, was hieß, dass er, aus der Schule heimgekehrt, sich abends vor dem Essen nochmals aufs Velo schwingen durfte, um nebst dem Portemonnaie auch alles andere, das ihr vielleicht noch gestohlen worden war, suchen zu gehen, was machbar war, galt es vor Ladenschluss doch einfach der Reihe nach die immer gleichen paar von ihr besuchten Geschäfte abzuklappern, in jedem kurz nachfragend, ob die Frau ihren Geldbeutel heute vielleicht hier liegengelassen habe, von der Post, wo sie das Fach leeren ging, vor allem aber täglich vorbeischaute, um die ihr Fach verstopfenden Reklamen und Gratisanzeiger, der reinste Raubbau an den Wäldern und geistige Umweltverschmutzung, ein Dreck, der ihr nicht ins Haus käme, zu zerfetzen und in der daneben bereitstehenden Tonne unentgeltlich zu entsorgen, über den Kolonialwarenladen, in welchem sie, am Abend der Hochzeit, einem zweitägigen rauschenden Fest im Hotel *Steinbock,* in des Gatten Villa im Lürlibad eingezogen, von der Schwiegermutter in die hiesigen Gebräuche eingeführt, wie es sich für ihr Haus gehöre, das es nicht nötig habe, wegen ein paar einzusparender Rappen in die Migros zu rennen, den Großteil ihrer Einkäufe besorgte, über die Bäckerei & Conditorei Stocker, in der sie das täglich für sie auf die Seite gelegte, gut gebackene Pfünderli Sankt-Galler abholen ging, um anschließend im Tea Room nebenan ihren Morgenkaffee zu nehmen, die Schale Gold, die ihr Fräulein Bürstner, kaum dass sie das Lokal betrat, ohne dass ein Wort zu verlieren war, zusammen mit zwei Croissants – außer samstags, da wollte sie zwei Brioches – am reservierten Tisch in der Ecke am Fenster servierte, von da zur Metzgerei Kunz, wo sie auf dem Heimweg für sich abwechselnd eine Niere oder ein Kalbsplätzchen und für den Zimmerherrn, damit dieser sich nicht über schmale Kost zu beklagen habe, ein tellergroßes Kotelett und zweimal wöchentlich Leber postete.

Die Suche nach dem Gebiss, das ihr abhandengekommen war, als man sie, nach der Metzg vollbepackt auf dem Heimweg, am heiterhellen Vormittag überfallen und zusammengeschlagen hatte, wie sie von Schrammen und Bläueln gezeichnet klagte, als er aus der Schule heimkehrte – ihrer Meinung nach für einmal entschieden zu spät, obwohl die Sonne über dem Einschnitt der Surselva noch hoch am Himmel stand –, diese Suche sollte sich schwieriger gestalten. Aber Mario, der Straßenkehrer des Quartiers, den er, nachdem er ihm auf dem Heimweg noch fast bei ihnen draußen begegnet war, weit stadteinwärts, kurz vor der Quader vorn schon, beim Zusammenpacken seiner Werkzeuge grad noch erwischte, um von ihm, bevor er sein Anliegen vorbringen konnte, wie jeder andere, ob zuzuhören gewillt oder nicht, erst einmal mit detaillierten Rheinschiffahrtsgeschichten und turbulenten Hamburger Erlebnissen, dem von Saison zu Saison üppigeren St. Pauli-Latein, belabert zu werden, wenn man schon dachte, das wär's wohl gewesen, durch immer neue Ausschmückungen seines Treibens in der Herbertstraße zu überraschen imstande, wo sich einer wie er nicht einfach so über den Tisch ziehen und auf die Schnelle abspeisen lasse, er nicht, und den die Dame, weil er ihren Eingang mitkehrte, wie es ihr Gatte, vertraut nicht nur mit Hamburgs Hafenanlagen und dem Elbtunnel, den Geschichten nicht abgeneigt, all die Jahre zu tun pflegte, zwei-dreimal jährlich auf einen Schnaps einlud, den Fingerhut Obstler ihm unter der Haustüre reichend, mit der Flasche im Arm im Türrahmen stehend, gut bei Laune durchaus auch nachzuschenken bereit –, Mario, das wusste er, konnte ihm weiterhelfen; und tatsächlich, beim Kehren des Gässchens, das durch vergessene, im Herbst den Wespen als Fest brachliegende Obstgärten zwischen Profilstangen für eine Großüberbauung bergab in Richtung Masans führt, hatte er das Malheur beobachtet, zugeschaut, wie sie, die Kastanienallee stadtauswärts dahergehumpelt gekommen, wenige Meter, bevor diese sich zum Krankenhaus und zur Psychiatrischen verzweigt, an der Kreuzung, wo die Einfahrt vom bischöflichen Weinberg herab in die Hauptstraße mündet und von da als kleines Gässchen steil hinunter zum Hochzeitskirchlein führt, talseits über den Trottoirrand hinaus ins Leere trampend strauchelte und der Länge nach hingefallen war, auf einen Schlag weg und nicht mehr zu sehen, um nach geraumer Zeit, als er schon überlegte, ob er nicht nachschauen sollte, wild rudernd und, indem sie, mit dem Stock die Luft bekriegend, die halbe Stadt verwünschte, umständlich sich wieder aus dem in die Einfahrt gewischten Laubhaufen hochzurappeln. Was blieb da anderes, als bei Mario sich für seine Geschichten und den Tip bedankend stadtaus an die vom Straßenwischer beschriebene Kreuzung zu radeln und den riesigen Laubberg durchzuschütteln, alles, was Mario zwischen seinen Geschichten im Laufe des Tages dort zusammengekehrt und auf einen Haufen gekarrt hatte, gründlich auseinanderzuzausen, die Buddelei im von Herbstmilben wimmelnden, mit ordentlich viel Hundedreck durchsetzten Laub durch einen ausgerechnet in dem Moment vom Montalin herab aufkommenden böigen, Laubregenschauer von den Bäumen über das eben erst gekehrte Pflaster fegenden Wind unterstützt, bis das mit Goldkronen bestückte Gebiss, sobald er was blinken sah, das Lied von der Moldau vor sich hin pfeifend, mit spitzen Fingern danach klaubend, am Grunde des Haufens zum Vorschein kam, sodass die Dame ihre Beißer, die sie vor dem Einsetzen, brabbelnd, diesmal kämen ihr die Halunken aber nicht ungeschoren weg, dafür werde sie sorgen, kurz unter dem Kaltwasserhahn schwenkte, pünktlich zum Nachtessen, das sie, lange genug die Uhrzeiten einzuhalten gezwungen, seit dem Abgang des Gatten ihr Leben strikt nach dem Lauf der Gestirne richtend, in der Zwischenzeit zubereitet hatte, komplett intakt zurückerhielt.

Dass der Frau in der sie umgebenden Zeitvielfalt die Zeit zwangsläufig durcheinander geraten war, sie beim Verhältnis, das sich im Lauf der Jahre zu ihrem Mann entwickelt hatte, nach seinem Tod das Diktat der Chronometrie ignorierte, war nicht verwunderlich – superlässig, Madame, Chapeau, hätte man ihr am liebsten dazu gratuliert und die schöne Alte in die Arme geschlossen, was bei ihr vermutlich nicht gut angekommen wär –, selbst die Golduhr trug sie nur noch zur Zierde, blieb diese stehen, wurde sie irgendwann, ohne die Zeiger zu richten, ein paar Drehungen aufgezogen, zeigte, wieder eine Weile laufend, die Unzeit an, ehe sie – nachgegangen war das Hochzeitsstück schon immer – erneut für ungewisse Zeit stehenblieb: Was brauche sie Uhren, ihre Antwort auf die Frage, ob man ihr da und dort beim Aufziehen helfen dürfe; ihr reiche die Sonne, und bei Schlechtwetter bliebe einem *z'Gschpüri,* das Gespür, und so gab es im Frühling, wenn es aufs Ende des Schuljahrs zuging, ihm passte das, erst spät und täglich später etwas auf den Teller, einige Zeit nach Sonnenuntergang, schließlich brauche die Kocherei ihre Zeit, während er vom Herbst an und den ganzen Winter hindurch, wenn er direkt nach der Schule, öfter, was sich nicht vermeiden ließ, erst nach einem kleinen Umweg über den *Calanda,* irgendwann nach sechs zuhause eintraf, Mal für Mal heftiger getadelt wurde, weshalb er dauernd und ohne sie auch nur einmal zu unterrichten erst mitten in der Nacht zum Essen erscheine – die Ermahnung ergänzt mit dem Ratschlag, falls ihm dran liege, sich nicht gegen den Wind jedes Mal am Mundgeruch zu verraten, der Meinung, eine alte Schachtel wie sie röche nichts, lege sie ihm dringend ans Herz, in Zukunft, bevor er ihr Haus betrete, auf dem Heimweg am gedeckten Brünneli an der Straße unten erst gründlich das Maul auszuspülen –, und wenn ihm, zum voraussehbaren Tadel hinzu, an solchen Abenden, wo ihm an der Türe bereits durchs Haus schwärende Dünste von angekohltem Fleisch und verbrannter Rösti in die Nase stiegen, der Appetit verging und er danach nicht essen mochte, obwohl ihm nach den *Calanda*-Sitzungen, zumal wenn diese länger gedauert hatten, etwas Deftiges im Magen nicht schlecht getan hätte, setzte das neuen Tadel ab: Beim Donner, Manieren seien das, ein teures Kotelett kaum angeschnefelt stehenzulassen, kein Wunder, dass aus so einem nie etwas werde; bei ihnen hätt es das nicht gegeben, da habe es geheißen, rübis und stübis aufessen, was auf den Tisch kommt, oder ohne Znacht ins Bett, sodass man rasch lernte, was die bessere Entscheidung war.

Neben ihren Bratkünsten hatte die neue Schlummermutter, welche, abgesehen vom Einkaufsbummel, den geschlagenen Tag im Salon in ihrem speckigen Ohrsessel lehnte (den alten

Basset, ein Relikt aus der mit dem Gatten selig verlebten Zeit, das Mitbringsel von einem Englandausflug mit dem Offiziersclub, das sich, von ihr gepäppelt, im Laufe der Jahre beinahe bewegungslos gefressen hatte, in Decken gebettet neben sich in einer Zaine; vor sich auf dem Tischchen die angebrochene Flasche *Dewar's White Label,* gleichfalls Erinnerungen an ihren Gatten warmhaltend), eine Eigenart, die ihm ärger zu schaffen machte als verkohlte Koteletts und angebrannte Rösti: Sie drehte das Radio, vor allem aber das Grammophon, das in ihrem *Grundig* Musikschrank auf achtundsiebzig Touren unentwegt *His-Master's-Voice*-Scheiben spielte, dauernd dermaßen laut auf, dass er glaubte, inmitten der stehengebliebenen Zeitvielfalt, wenn die Apparaturen, während die Platten mit der Nadel in der letzten Rille auf dem Teller weiterdrehten, nachts vorübergehend zur Ruhe kamen und die Erinnerungen an ihre schönsten Stunden nicht länger von den Wänden widerhallten, die Echos der in den Teppichen, Vorhängen und Polstern verfangenen Koloraturen in seinem Kopf nachschwingen zu hören: Carusos Tenorfermaten, die ihm mit den schaljapinschen Basstremoli, Joseph Schmidts Schmelz, dem Vibrato von Richard Tauber, dem Göttlichen, und Leo Slezak, dem mit seinen hundertfünfzig Kilo wahrlich Stattlichen, bis hin zu Marika Rökk, welche sie zweimal sogar im hiesigen Theater habe bewundern können, wo ihre sagenhaften Riesensprünge in die Kulissen, die habe ja mehr draufgehabt als nur Singen, zwei extra dafür engagierte Ringer auf den Armen abzufangen hatten, sowie all den anderen herrlichen Stimmen quer durch alle Lagen, die sie in die Zeit mit ihrem Gatten selig wiegten, je stärker sie ihm die Ohren verstopften, täglich unerträglicherer Schmalz wurden – Schuberts Singen, der *Kreisleriana,* Chopins Nachtstücken und Mahlers Scherzi, in denen die Musik mit überdrehter Fröhlichkeit sich selbst ins Messer rennt, sollte sein Gehör sich später erst öffnen, wiederum neu eigentlich erst nach dem Umweg über den Jazz in Willisau, während im Haus der Witwe ihn die immer gleichen Melodien verfolgten, an die Schläfen hämmerten, im Kopf widerhallten: *Trippel trippel trippeltrapp Lippen schweigen es flüstern Geigen mein Herz mein Herz heut ist der schönste Tag in meinem Leben tiri tiri tiritomba trippel trippel trippeltrapp* –,

bis er eines Abends, kurz vor Ostern war es, überrascht realisierend, wieder ein Jahr geschafft zu haben, nach Föhnzusammenbruch war über Nacht ein halber Meter Neuschnee in die Forsythienblüte gefallen, und die Dame – was mochte passiert sein? – hatte, vom Wintereinbruch verführt, auf dem Tischchen im Entree Stöße von Weihnachtskarten und Neujahrswünschen bereitgelegt, seinen Ohren nicht traute: Absolute Stille im Haus, an die er sich – ausnahmsweise, weil er in der Pause mit einem aus der Parallelklasse in die Haare geraten, zügig aus der Schule heimgekehrt, ratlos vor dem Brief- und Kartenstapel stehend, den er laut obenauf liegender Anweisung, damit bei den bevorstehenden vielen Feiertagen alles rechtzeitig ankäme, umgehend auf die Post zu tragen oder in die nächsten Briefkästen zu stopfen habe – erst gewöhnen musste, ehe er aus der Kammer der Herrin ein Stöhnen vernahm, und als dieses nicht aufhörte, zögernd nachschauen ging, um sich von ihr, die in Kissen versunken dalag, stur an die Decke starrte und, wenn er näherzutreten wagte, damit er sie besser verstehen konnte, mit dem Stock aufs Federbett trommelte, im ungelüfteten Zimmer sagen zu lassen, sie gedenke nicht mehr aufzustehen, obwohl sie absolut nicht krank sei, er solle sich also unterstehen, den Arzt zu rufen oder die Verwandten zu benachrichtigen, die Bagage könne ihr mit dem schönsten sonnigsten

Plätzchen im besten Altersheim Ruchs gestohlen bleiben, sollten ihretwegen selber dorthin pilgern, in diese Alterungs- und Sterbefabrik, und sich bei den guten Schwestern ins Bett legen, kreuzweise übereinander, oder wie ihnen grad zumute und sie es halt zu treiben gewohnt, sie bringe man mit allen Rossen und den windigsten Tricks nicht von hier weg, aus der Abendsonne in den schattigen *Bodmer* zuallerletzt, hätte grad noch gefehlt, so rüstig sich zu diesem mümmelnden sabbernden röchelnden Jammerverband zu gesellen, krank und vergrämt, wie die Leute dort allesamt seien, je miserabler gepflegt, desto intensiver umhegt von der gierigen Liebe
ihrer Erben, die sich, das sei bekannt, solang es ihnen gut gegangen, keinen Deut um sie gekümmert, doch je länger sie ihre Alten versorgt wüssten, immer regelmäßiger in der Sterbefabrik aufkreuzten, um zu sehen, wie weit es mit den Lieben sei, leicht auszumalen, worum es denen mit den Besuchen ginge, aber wer meine, ihr die Grube graben zu müssen, möge selbst als erster ins Loch purzeln, zu früh freue er sich, und der Schwiegersohn mit seiner exaltierten, scharwenzelnden, versoffenen Theaterkünstlerclique, ausgerechnet dieser Parvenü, der ihrem Gatten selig, an dem er zu Lebzeiten kein gutes Haar gelassen, im Auftrag der Stadt, seine zu Kunst deklarierte Steinmetzarbeit auf Staatskosten bestimmt doppelt und dreifach teuer verrechnend, aber die seien selber schuld, wenn sie so einem nicht auf die Finger schauten, eine solche Scheußlichkeit aufs Grab gespitzt, dass sie oftmals nicht wisse, wo hingucken vor Scham, wenn sie beim Pflanzengießen auf dem Friedhof jemandem begegne, das habe nun aber ein Ende, und dass ihr nicht auch so etwas auf den Kopf gesetzt werde, dafür habe sie vorgesorgt, notariell beglaubigt, dort, in der obersten Kommodenschublade verwahrt, liege der versiegelte Brief mit dem Testament,

dieser Aufschneider von Schwiegersohn möge ihretwegen weiter Grabsteine spitzen und Bilder spachteln, einen immerhin, den Farben-Candinas, freue jede der teuren Tuben, die der Schmierer vergeude, und sich feiern lassen, von wem er wolle, sich hier, in ihrem Haus, einzunisten, darauf könne er lange warten, noch, und zwar noch lange, liege sie hier, purlimunter und kerngesund, wenn sie auch nicht mehr aufzustehen gedenke, denn der heutige Morgen, der habe ihr den Rest gegeben, sei doch diese blöde Kuh, die Putzfrau, heut' morgen hingegangen und habe ihr die liebste Schallplatte zerschlagen, die liebste Erinnerung an ihren Gatten selig vom Nussbaumsekretär, beim Abstauben einfach vom Sekretär, man stelle sich das einmal vor, mit dem Staubwedel von der Marmorplatte des Sekretärs gewischt, unersetzlich hin, aus Blödheit, wenn nicht in perfider Absicht, als ob sie nicht bemerkt hätte, wie die jeweils am Morgen zur Arbeit erscheine, ein süßes, fröhliches Lächeln aufgesetzt, die meine wohl, ihr damit etwas abluchsen zu können, eine Masche, sowas spüre sie sofort, keine sei ihr bislang unter die Augen gekommen, die sich so schamlos aufgeführt, ohne die Spur Achtung und Respekt vor dem Alter, und das Tüpfi habe noch die Stirn gehabt, sich zu entschuldigen, händeringend mit der natürlichsten Miene zu stammeln, wie leid es ihr um die Platte sei, ja, um jetzt, groß anzugeben, aufgedonnert den Putzlohn verpulvernd an einer Bar herumzuhängen, hintenum zu höhnen, die dürre Vettel sei selber schuld, wenn sie alles so herumliegen lasse; als ob sie eine Putzfrau anstelle, damit die ihr die Platten zerhaue, jetzt, wo es zu spät sei, könne sie sich gut fragen, warum sie die so lange unterhalten, um nicht zu sagen ausgehalten habe, getan habe sie ja nie was, wenn man ihr nicht dauernd hinterhergewesen, nicht einmal abzustauben imstande, ohne einem die schönste

Schellackplatte vom Sekretär zu fegen, als wär's nichts als eine Single dieser päägenden Pilzköpfe gewesen, was zu Bruch gegangen – was es da blöd zu glotzen gebe, bleckt sie mit dem Stock fechtend einen plötzlich an; gut, dass sie ihn mal in einem ruhigen Moment zu Gesicht bekomme, lang hätt sie es ihm schon sagen wollen, höchste Zeit wär's, nach der Schule, statt herumzuschwanzen, aber ihre Meinung, die gelte ja nichts, wieder einmal beim Bucceri in der Reichsgasse vorbeizuschauen, das Moos stoße schon am Kragen an, oder ob man warten wolle, bis man sich mit den Haaren den Hintern wischen könne, den Ratschlag, indem sie sich leicht aufrichtet, mit einer weiteren Salve Stockschläge auf die Bettdecke unterstrichen –: Im Grab Pirouetten drehen würde ihr Gatte, wenn er erführe, dass seine aus Nürnberg heimgebrachte Platte in Splittern; beim Eintreten einen schönen guten Morgen wünschen, das vermaledeite Luder, der Frühling komme, aber ganz bestimmt, liebe Frau, und dann in einem halb durchsichtigen Geflüder, den Rocksaum am Arsch oben und das Décolleté bis zum Bauchnabel offen, lächelnd und trällernd durch die Wohnung schwänzeln, statt zu arbeiten, einem das Zeug zerschlagend, perfekt, dafür brauche sie keine Hilfe; ein Kreuzchen am Hals, das schon, und die Augen verdrehend zum Papst beten, das erst recht, auf den Strich gehöre eine in solcher Aufmachung, vorn bei der Molkerei am Amerikanerschlitten lehnend unter den Alleebäumen die Beine schwenken strenge auch weniger an als auf den Knien rutschend den ganzen Tag anständiger Leute Böden aufwischen; ihr Gatte selig habe immer gesagt, statt zu pickeln, suckelten die auf dem Bau den ganzen Tag im Schatten an ihren Bierflaschen, nichts als Fußball im Kopf, und aus den Gräben hoch den Mädchen unter die Röcke schielen, ihnen nachstreichend, kaum dass sie die

Schaufel fallen ließen, das einzige, was sie nicht anstrenge, junges Gemüse schwängern, man frage besser nicht wie und nicht wo, es stehe in der Zeitung, und zuhause die ausgelaugten angegrauten Ehefrauen mit dem Metzgerbeil abschlachten, leidtun könnten einem die Kinder, kaum eins von der Brust schon das nächste im Wägelchen, und da habe sie im Tagblatt neulich gar gelesen, die Stadt wolle denen jetzt das kommunale Stimmrecht einräumen, pervers, ihr Albert, als der noch im Rat gesessen, hätte solche Ungeheuerlichkeiten zu unterbinden gewusst, aber bei der Abstimmung, und auch die nächsten Wahlen stünden bevor, werde den Verantwortlichen die Rechnung präsentiert, noch gebe es ein paar Leute mit Verstand; ach, hätte sie doch auf ihren Albert gehört, der habe sie immer gewarnt, so eine anzustellen, bei den Nachbarn habe man ja gesehen, was dabei herauskomme, die Schlösser auswechseln hätten die eines Tages müssen, um ihrer Habe wieder sicher zu sein, wenn die auch noch so lang schon hier wohnten, zu trauen sei denen nie, zu fremd seien sie uns, den schlagendsten Beweis habe sie heut' morgen geliefert bekommen, über eine Viertelstunde zu spät zum Putzen angetreten, sei das Tüpfi doch hingegangen und habe, um aufzuholen, wie ein Furz in der Laterne mit dem Staubwedel herumfuchtelnd ihr prompt die liebste Schellackplatte vom Sekretär gewischt, ins Gesicht werfen hätte sie der die Scherben sollen, aber man wisse nicht, ob die nicht gleich rabiat würden, gespart jedenfalls habe sie mit der nichts, zahle lieber wieder recht, stelle eine Hiesige ein, undsoweiter und so fort – ächzend, keuchend, durch das Pfeifen ihres schweren Atems rhythmisiert sich in Rage redend, gegen die Zimmerdecke anwetternd, einer Antwort nicht die geringste Chance einräumend, zwischendurch, wenn sie nach Luft ringt und einen anstarrt, als begriffe sie nicht, warum man an ihrem Bett stünde, mit dem Stöckchen verwirrt aufs Federbett trommelnd, die eine Hand um den Knauf gekrallt, mit der anderen, die Fingernägel korallenrot, die Haut ausgetrocknet und geschuppt wie Hühnerbeine, im Bettzeug scharrend, die immer unverständlicheren Tiraden der so wunderbaren, plötzlich zutiefst verletzten Frau und ihr pfeifender Atem – wenn sie einen Moment innehält, hört man's deutlich – untermalt vom Flüstern und Knistern des zerlaufenden Frühlingsschnees, der in die Dachkänel tropft und durch die Traufrohre gurgelt, und sie schimpft weiter, keift unartikulierter, die sich wiederholenden Satzbruchstücke immer stärker zerhackend, noch, als er, nachdem seine schüchternen Versuche, der eigenwilligen Alten, die ihm mehr Freiheit gewährt als je zuvor jemand, beschwichtigend ins Solo zu fahren, den befremdlichen Redeschwall nicht zu besänftigen vermochten, von den ungewohnten Ausbrüchen seiner phänomenalen Schlummermutter – was war nur in sie gefahren – in Verlegenheit gebracht, ratlos nach Worten suchend wie ein geschlagener Hund vom Bett schleicht, zum wedelnden Basset in die Stube hinunter, wo er sich nach geraumer Weile, während sie, langsam ermattend, im Zimmer oben weitertobt, für einmal selber am Radioapparat herumzuknöpfeln traut, und aus dem Kasten heraus eine Musik über ihn hereinbricht, die aufhorchen lässt:

In einem seltsamen Mischklang von Dur und Moll, meint er zwischen wirbelnden Wolkenfetzen und durch schwebende Nebelschleier hindurch flüchtig Walzerpaare zu erkennen, und wie die Schleier sich auflösen, die Wolken sich lichten, wähnt er sich, mit dem Ohr als Kamera durch Raumfluchten und Zeiten segelnd, in einem riesigen, von zahllosen im Kreis wirbelnden Paaren bevölkerten Saal, der zunehmend aufhellt, bis die Kronleuchter in hellstem Glanz erstrahlen: Walzerseligkeit, wie er sie von der Schellackmusik kennt, ist herauszuhören, die über alle heraufziehenden Verfinsterungen hinwegzutäuschen versucht, immer mehr jedoch ist es, dünkt ihn, die latent tödliche Energie des Walzers, denn mit jeder weiteren Drehung verkehrt sich die aufgesetzte Lebensfreude, das Empfinden von Eleganz und Noblesse mehr in ein Gefühl der Unentrinnbarkeit, wird zum Zerrbild einer Welt gellender Widersprüche; das Tänzerische ist noch da, zugleich, als

dessen Übersteigerung, der Taumel, und wenn es eine Apotheose des Tanzes sein soll, was da über ihn hereinbricht, so ist es eine grelle, schwarze, mit der sich die Vorstellung dieses fanatischen rauschenden Wirbels verbindet, bei dem sich in kaum fassbaren, floskelhaften Melodiefetzen Rhythmus und Klang steigern, um, nach mehreren Anläufen zur Raserei gebracht, dem unaufhaltsamen Ende entgegenzustürzen, und der Rhythmus auf dem Höhepunkt zusammensackt: La valse est finie; il gioco delle copie, allegretto, scherzando, smorzando –

Mit der Konzertübertragung (weil bis zu den Zweiundzwanziguhr-Nachrichten – Radio Beromünster beendet sein Programm danach mit der Landeshymne – eine knappe halbe Stunde Zeit blieb, wurde noch etwas angehängt, etwas von Strawinsky, wie er aufgeschnappt zu haben glaubte, doch zugunsten der sakrosankten Nachrichten entfiel mit dem Schluss des Stücks – oder war er von der Musik überwältigt einfach unaufmerksam? – auch die Absage, sodass offen blieb, was genau es war, das als Zugabe nicht weniger in die Glieder fuhr) stürzten Klangeruptionen über ihn herein, bei denen er sich nicht wie üblich mit den ersten Tönen, die ihm im Haus entgegenschlugen, verkrampfte, sondern, auf einen Schlag hellwach, mitklang; Musik, die, mit ungestümem Lachen stampfend und schränzend wild dreinfahrend, das säuerliche Land des Lächelns, das in den Räumen und seinen Ohren hängende *Da geh ich ins Maxim* der lustigen Witwe zum Schweigen brachte

22

Anderntags, nachdem er ganz Ohr vor dem Radio den Namen des einen Komponisten notiert hatte – klang nicht allein der schon weniger verzärtelt als Kálmán, Lehár und von Suppé, mit welch letzterem, so wie die Dame ihn hauchte, er stets eine wässrig abgestandene Minestra assoziierte –, ging er, noch von der Musik aufgewühlt die erste Stunde schwänzend, im einzigen halbwegs brauchbaren Musikaliengeschäft der Stadt Noten von diesem Béla Bartók suchen: Klinge fast wie Hercli Bertogg, als Schlagerstar den Ruchern weit bekannter, meinte, über seine Nickelbrille hinwegzwinkernd, der alte Gmür, eine Figur wie aus Spitzwegs Zeiten; aber er glaube, von diesem Magyaren habe er was, und nach einigem Suchen, Leiter auf Leiter ab, kam er tatsächlich mit einem Stoß an den Tisch zurück, darunter das *Allegro barbaro,* ein Stück, das allein vom Titel gefiel, und die ersten drei Bände des *Mikrokosmos,* darin blätternd ihm nicht vom Anschauen bereits schwarz wurde, und statt tagsüber in den Lektionen aufzupassen – beim Deutschlehrer, der in erster Linie drauf bedacht ist, dass sein Haar akkurat über die Glatze gekämmt klebt und die rote Krawatte schön liegt, entgeht einem nichts; in der Geologie Steine bestimmen bringt wenig, da man ihre feinen Farbschattierungen, selbst wenn man die Brocken mit

Spucke annässt, nicht unterscheiden könnte, sodass alles zufällig und die daraus resultierende Benotung ein Rätsel bleibt; der Biologielehrer diktiert, was er Jahrs zuvor bereits diktierte, dass es reicht, sich das Heft eines Kollegen aus der höheren Klasse zu besorgen und für die nächste Prüfung auswendig zu lernen, und was der Geschichtslehrer über seinen Forschungsgegenstand zum besten gibt, das wiederholt er in der nächsten Stunde, und man kennt es vom Vorjahr und aus der Sekundarschule –, versuchte er den Tag über sich in Gedanken immer wieder zurechtzulegen, was zu sagen er sich in der vergangenen Nacht, vom in die Glieder fahrenden Ausbruch des Alten irritiert, vorgenommen, um dem Klavierlehrer in der letzten Nachmittagstunde, der er für einmal richtiggehend entgegenfieberte, zu dessen anfänglichem Erstaunen zu eröffnen, nach dem gestrigen Abend weigere er sich, weiter Vorspiele zu üben, an Etüden aus der Schule der Geläufigkeit zu fingern, Chopin und Schuberts schmerzendem Verlangen nach Wärme und Zärtlichkeit weiter ungewollt Gewalt anzutun, mit sperrigen Fingern in Klavierstundenstümperei die Stimmen der großen Meister kaputtzutraktieren, um sich nach einigem Diskutieren – immerhin hatte der Lehrer zugehört, allerdings ohne groß Gehör für seine plötzliche Musikbegeisterung zu zeigen, ihn bald ins Leere laufen lassend – dennoch widerwillig ans Klavier zu setzen: Takt halten Takt halten Takt halten, auf die Achsel getippt von hinten prompt die Antwort auf sein gewohnt holpriges Spiel, wo das Metronom genügte, jede Melodie, die man im Innern hört, im Keim zu ersticken (dass er, genervt ob des ihm in den Nacken gezischten Knoblauchatems, ständig die falschen Akkorde erwische und sich danach fast zwangsläufig in den Harmonien verheddere, das zu sagen, fehlte am Ende der Mut). –

So konnte es nicht weitergehen, und da es während der langen Ferienwochen nach Vaters Devise, die Arbeit finde am Boden statt, nicht in den Wolken, außer die Sense zu wetzen und mit Heugabel und Rechen umzugehen, während der langen Ferienwochen, bei ihm auf dem Dorf nichts zu üben gab und die gestrenge Schlummermutter,

(die Dame mit dem Hündchen, welche sich, statt dass sie, vom kurzen Kommissionentramp abgesehen, weiter den geschlagenen Tag mit dem Wauwau neben sich im Korb wie Nipper vor dem Phonographen des Master's Voice lauschte, nachdem ihr – lag's am Wetterumsturz, oder hatte sie nach dem nervenden Telefonat mit der Tochter, sie hätten ihr, da staune sie jetzt, ein wunderschönes Zimmerchen im *Bodmer* gefunden, der nobelsten Altersresidenz der Stadt, wofür andere jahrelang vergebens anstünden, vielleicht bereits am Vormittag zu tief ins Glas geschaut –, im Operettendunst sich in den Armen des Gatten selig wähnend, beim Aufstehen von einem plötzlichen Schwindel erfasst, eine ihrer Lieblingsplatten aus den Händen gerutscht und zu Bruch gegangen war, ins Bett gelegt hatte und ihre Drohung, zur Strafe für die der Putzfrau angekreidete Ungeschicklichkeit nie mehr aufzustehen, wahrzumachen schien, nach knapp einer Woche jedoch, als das ewige Liegen ihr zu fad geworden, selbst wenn oder gerade weil er ihr nach dem zweiten Tag, etwas musste er unternehmen, damit sie ihm nicht verhungerte, Abend für Abend Haferschleimsuppe mit eingerührtem Ei bereitgestellt hatte, in guten Treuen, was er mit seinen Kochkünsten zuwege brachte, und am Morgen, für ihn ungewohnt früh, aber bei länger werdenden Tagen war seine Gastgeberin halt erst recht Frühaufsteherin, und da er ihr ja was Gutes tun wollte, so raffte er sich eben auf, zum Frühstück Tee, Brot und Zwieback ans Bett trug, nur um, bevor es in die Schule ging, durch heftiges Klopfen aufgefordert, alles kaum angerührt abzuräumen – die Medizin, die ihr eines Abends, von den Verwandten gerufen, welche etwas geahnt haben mussten, nachdem sie ihr Großi telefonisch nicht mehr erreichen konnten, der Arzt gebracht, hatte sie, kaum dass jener mit seinem Köfferchen aus der Tür war, in den mit dem Stock unter dem Bett hervorgeangelten Nachttopf geschüttet –, als wäre nichts vorgefallen, wieder in der Stube in den Ohrsessel gemümmelt die Zeit verhockte, zwischendurch auf Einkauf krückelte und, der inneren Uhr folgend, für sich und den Zimmerherrn – den sie am liebsten mit Krawatte bei Tisch antreten gesehen hätte; damit er ihr nicht ständig so geschlampet herumliefe, hatte sie ihm kürzlich eine seidene ihres Gatten selig vermacht, und farbenblind konnte der Kostgänger ihr wegen der teuflisch scheußlichen Farbe, über die beim nächsten Fez alle lachten, nicht einmal guten Gewissens Vorhalte machen – das Abendessen richtete, zu Bratkartoffeln abwechselnd Koteletts und Leber, das Fleisch, und oft nicht nur das, durch irgendetwas abgelenkt wie üblich in der Pfanne ankohlen lassend)

ihren Blüthner, das schwarze Ungetüm, das raumgreifend im Salon protzte, in dem im Grunde unnützen Raum wie darauf wartend, dass ihm endlich jemand in die Tasten griffe, seit dem Tod ihres Mannes strikt verschlossen hielt und vom Zimmerherrn sich, weil der, gefragt, was er von ihrer Schellack-Musik hielte, bislang nur schnöd die Nase gerümpft hatte, partout nicht erweichen ließ, dem Flügel, von dessen verstaubtem Deckel mit blindem Blick wirr verzopft zwei Gipsköpfe die Wände mit der Unzahl drauf stehengebliebener Zeiten anstarrten, etwas anzutun, setzte er sich, während die meisten aus der Klasse zu Hause weiter täglich eine geschlagene Stunde *alla turca* in die Halle oder in den Salon hinter Mutters verstimmten Steinweg zu klein *Elise* verbannt wurden, in der Schule im Keller unten in einer der beidseits eines langen Ganges aufgereihten winzigen, nur von einer schmalen Lichtklappe an der Stirnseite aufgehellten, nach außen schalldichten Klavierübungszellen klangversessen hinter den *Mikrokosmos* und begann

(im Ohr Cecil Taylors *Unit Structures* und *Conquistador,* durch Archie Shepps *One for the Trane* ergänzt, die Version aus Donaueschingen, Free Jazz, wie es hieß, was allein schon gut klang, Musik jedenfalls, die er, gleichzeitig fast mit jenem Radiokonzert und nicht minder als dieses einfahrend, erstmals, Schulstunden schwänzend hinter geschlossenen Fensterläden, der Meinung, sich etwas total Verruchtes reinzuziehen, mächtig paffend verrauchten Bluenote-Groove zu simulieren versuchend, voll aufgedreht bei einem Schulkameraden zuhause zu hören bekommen, dessen älterer Bruder – Barbu, ein Grafiker und Texter, zu dessen *figugegl,* dem für die Schweizerische Käseunion kreierten Werbespruch *Fondue isch guet und git e gueti Luune,* die Touristen aus Fernost im Drehrestaurant auf dem Crap Sogn Gion winters wie sommers ihr Fondue rühren – selber jazzte; die Eindrücke wenig später ergänzt und vertieft durch Barbus eigenes Röhren Heulen Rotzen auf dem Tenorsaxophon, mit dem er, von Irène am Piano ungestüm vorangepeitscht, durch Mani am Bass und Pierre an der Batterie, oder war es Uli, zwei weitere jedenfalls, die in Ruch niemand kannte, erst richtig in Fahrt gebracht – Free Jazz, so Barbu in seinem unverwechselbaren Tonfall, in dem sich Glut und Sanftheit vereinten, Free Jazz muss durch die Ohren in die Beine fahren, in den Fingern kribbeln, unter die Haut gehen, das Publikum zum Schwitzen bringen –, im Theatersäli des Hotels *Drei Mohren* in einem Konzert, das nach der Pause im handfesten

Skandal gipfelte, dem einheimischen Swing, brav kopiertem Apothekerzahnärztepapierwarenhändlerdrogistengedudel, den Garaus gemacht und das baffe Publikum des *People-house*-Jazzclubs, das, überrumpelt von in Ruch zuvor nie freigewordener Ungebührlichkeit, geraume Zeit brauchte, bis es, nach dem ersten Schock, aufzubegehren wagte, dann jedoch um so heftiger, reihenweise Türen schletzend aus dem Saal fegte: Haut ab wohin ihr wollt, zum Teufel mit euch, ich spiel ohnehin einzig für Mama, hatte Barbu, wie um zwischen seinen sich überschlagend aus dem Horn gequetschten Läufen Atem zu holen, von Irène mit spitzen Schreien und Hieben in die Saiten aufgestachelt und tatkräftig unterstützt beide von Mani und von Pierre, der schlegelnd und beselnd den Phrasen auf Häuten und Blech mit dem nötigen Nachdruck zum Durchbruch verhalf, den aus dem Saal Stürmenden hinterher geheept: Ja, für Maria spiele er, die Wäscherin dort vorn mit den aufgetriebenen Beinen, die, ansonsten als Witwe von morgens bis abends unterwegs, damit es ihr gelang, wie die beiden andern auch den jüngsten ihrer drei Buben durch die Schulzeit zu füttern, von uns ins Konzert verführt, mitten im Parkett freudestrahlend an einem Tisch thronte und auch, als sich rundum Verständnislosigkeit Luft machte und wir, vor Begeisterung ausrastend, um sie herumhüpften und noch frenetischer Barbu und seinem wilden Trio zuklatschten, als einzige vergnügt dort sitzen blieb: Mein Barbu spielt für einmal hier in Ruch statt immer nur auswärts, hier, auf der bekanntesten Bühne unserer Stadt, wer hätte das gedacht, sogar von Scheinwerfern angestrahlt, farbigen – verstand sie? sie verstand –, während ihre zwei zum Konzert mitgenommenen Hundchen, vom Aufruhr erschreckt unter dem Tisch um den Gusseisenfuß winselnd, sich beinahe in ihren Leinen strangulierten), nochmals von vorn, vorsichtig, zunächst allein mit der Linken, dann, ängstlich vorerst, die Rechte oben dazugesellend, mit je einem Finger nur, zwei links dann zwei rechts, die Daumen und alternierend die vier andern, unisono staccato legato, die Tastatur auf und ab, bald mehr Finger dazugesellend, vom Pedal gehalten in Doppel- und Dreiergriffen sich durch Klangräume vorantastend, dorisch phrygisch lydisch mixolydisch und noch exotischer gefärbt das verkrustete Ohr lüftend, die Verbindlichkeit von Dur und Moll in Frage gestellt, beim Üben die Notenschrift in die Improvisation verlängernd, auf nachklingende Obertöne achtend sich Stück um Stück, Heft um Heft voranarbeitend, Schritt um Schritt, als ob im eigenen Kopf ein Tier säße, für das man eine Stimme suchte, der eigenen Klangwirklichkeit auf der Spur, der Antwort auf die Frage, *Was singt mir, der ich höre, in meinem Körper das Lied,* ohne Angst vor dem, was sich unter der Gürtellinie abspielt, dem Ostinato, dem Rendezvous der Sinne, Herzklopfen und Orgasmus, Rausch und Schrei, Rock'n'Roll und Trommeln in der Nacht, im Zwiegespräch mit dem Klavier alles, wofür ihm die Worte fehlen, Gefühle und Empfindungen und vieles, was in seinem Gedächtnis zuvor noch nie hochgekommen, was er zwar spüren, aber nicht benennen kann, in die Tastatur wuchtend, mit asymmetrischen Metren ringend, tirí tiríriri tíri tirítiti, im Halbtonabstand summend und surrend sich das Märchen von der kleinen Fliege mit den goldenen Flügeln erzählend, in alternierenden Terzen, zugleich durch metrische Unregelmäßigkeiten die Taktgrenzen verschiebend, auf Kahnpartie rudernd, den Reflex des Wellengangs illuminierend, ein Mädchenbildnis vor Augen, ganz Ohr für Klänge der Nacht, über Sekundostinati und gebrochene Cluster mit der Rechten Intervallsplitter einwerfend, Glissandi, Septimen in höchster Lage, die Vogelstimmen, natürlich, die er als Hüterbub im Ohr hat, das Raunen des Waldes, ins Flimmern choralhaften Gesang mischend, und, während über allem eine einsame Klarinettenmelodie tiriliert, in querständigen Harmonien als ländlichen Spaß den Drachentanz übend und das Fuchslied, streichelt, schlägt, tiltet er das Pianoforte, greift, quasi parlando, in energischen Sforzati und geräuschhaftem Martellato in den Grenzbereichen der Klaviatur mit Pfeifen und Trommeln unerschrocken in die Musik ein, horcht; und beginnt, plötzlich ohne Scheu und Panik, als Hanswurst dazustehen, Schicht um Schicht die schwarzweiße Tastennormalität zu durchdringen und abzutragen, auf die Seite zu schieben, was sich dem Zugang versperrt, statt, wie bislang, das Hämmern des eigenen Körpers ignorierend, von einem diffusen Klangreizkitzel gestachelt über die Tasten zu holpern: dank der weit geöffneten Harmonieschleusen (mit einem Mal ist nicht allein der Kopf, nein, sein ganzer Körper, zu völlig neuer, unbekannter Beweglichkeit erwacht, Bestandteil eines übermächtigen Tönens, die mit Czerny so klangtote Klavierübungszelle, in der es, unter Tag verdammt, bislang Strafe abzusitzen galt, plötzlich ein Laboratorium, der düstere, quälend enge Raum im Soussol ein strahlender Klangdom, das Klavier ein vibrierender, von keinem Radar zu lokalisierender, durch die aufgewühlte See rollender Frachter, alle Segel für die Reise ins Unbekannte gesetzt) verrinnen ihm die Übungsstunden wie im Flug, so dass er nach solchen Nachmittagen, erst beim Einbruch der Dämmerung, wenn das Licht auf der Tastatur so fahl wird, dass Schwarz und Weiß verschwimmen, ans Tageslicht zurückkehrend, zur Zeit, wenn unter dem Hoffelsen, in der steilen Brache hinter dem Fahrradunterstand, beim letzten Abendlichtschimmer auf der Kathedrale in einem Zeitrafferfilm die

Blüten der Nachtkerzen aufplatzen, von deren Duft betäubt sich aufs Velo schwingend und nach Hause radelnd, in der Festung der nach Sonnenstand kochenden Schlummermutter angekommen, in seinem Klangrausch immun ist gegen die in den Räumen stehengebliebene Zeit und den aus der Küche schwelenden Gestank angekohlter Koteletts.

23

Der Klavierlehrer, irritiert, aber vom plötzlichen Eifer des Schülers begeistert – endlich einer, der spielen will und nicht muss –, wie verwandelt, ein umgedrehter Handschuh gleichsam, um einen Ausdruck von Großvater zu benutzen; einer, der nicht mehr meint, den Zuchtmeister spielen zu müssen, sondern sich geduldig anhört, was die geplagten Finger zum Klingen oder eben nicht zum Klingen bringen, und, statt wie bislang, über dessen holpriges Spiel ausrastend, dem Eleven früher oder später auf die Finger zu hauen und damit endgültig alles kaputtzuklopfen, das, was sich unter dessen sperrigen Pfoten zu entfalten versucht, verständnisvoll zu korrigieren beginnt;

der mit ihm schwierige Rhythmen vierhändig übt und dem neugierig gewordenen Schüler eines Tages von eigenen Kompositionen erzählt, ihm vorzuspielen beginnt, Eigenes wie Fremdes, die *Wanderer-Fantasie* mit Schumanns Fantasie op. 11 und die *Goldbergvariationen,* deren Aria, die, durch alle Tonarten getrieben, am Ende wiederholt, obwohl haargenau die gleiche, wie aus einer andern Welt klinge, mit dem Witz und dem Ingrimm, dem Hohn und der in Wut umschlagenden Zartheit von Beethovens *Dreiunddreißig Veränderungen über einen Walzer von Diabelli* vergleichend;

der nach des Schülers Weigerung, sich länger an Chopin zu vergreifen, selber an den Flügel sitzt und den Vorlauten staunen macht, was an pianistisch Revolutionärem allein in dessen Etüden steckt – an ein Wunder grenze, dass ein solches Jugendwerk nicht nur neue Prinzipien des Klavierspiels einführte, nein, diese auch gleich mit höchster Präzision umsetzte, nicht die pianistische Neuartigkeit aber sei es, wodurch sich die Etüden bis heute im Konzertsaal behaupteten, nachdem ein zeitgenössischer Starkritiker – im Rückblick der beste Beweis, was von diesen Klugschießern zu halten sei – seinerzeit noch gehöhnt, wer krumme, verrenkte Finger habe, biege sie an diesen Stücken vielleicht wieder gerade, wer nicht, sollte sich nur an ihnen vergreifen, wenn er einen orthopädischer Handchirurgen in der Verwandtschaft wisse (wobei, nachdem es mit dem Aufkommen des Fortepianos, um dessen Potential, die Möglichkeiten eines ausgeglichenen Spiels auszukosten, die Töne innerhalb eines einzigen Akkords auszubalancieren sowie das Klangspektrum auf dem Instrument mit dem Pedal voll auszuschöpfen, unumgänglich geworden sei, in gewissem Maße der Anatomie der menschlichen Hand entgegenzuwirken, indem man die verschiedenen Finger zu funktionieren zwang, als hätten sie alle dieselbe Länge und verfügten über dieselbe Kraft, Chopin jedoch zu dem Konzept zurückkehrte, dass man, anstatt sie zu bekämpfen, sich die anatomischen Eigenschaften der Finger zunutze machen sollte, wenn auch auf einem neuen, sehr hohen Niveau), sondern weil nebst ihren zukunftweisenden technischen Anforderungen jede einzelne Etüde im Gegensatz zu anderen Übungswerken die perfekte Momentaufnahme eines genuinen musikalischen Gedankens sei, bei dem Instrument und Spieler gleichermaßen bis an die Grenzen und darüber hinaus getrieben würden (das Wissen, dass die ersten von ihnen das Werk eines Jungen sind, kaum älter als man selbst, dem gekrümmt am Flügel hockend vom Ansehen der Noten schon schwindelt, verböte es, sich je wieder an die Tastatur zu setzen, noch gar, wie einer aus der Klasse, nachdem er im Vollsuff mit dem Velo auf die Schnauze gefallen, dass er anderntags, wieder zu sich gekommen, seine Zähne suchen gehen konnte, durch den Sturz zum Genie geworden, größenwahnsinnig Notenpapier zu verschmieren, überlegt der Schüler, offenen Ohrs des Lehrers Spielen zuschauend und wie der in einer der Etüden, indem er allein die schwarzen Tasten anschlägt, Musik in den Raum zaubert) –;

der nach Chopin ihn mit Liszts Klangorgien bekannt macht, die weit besser seien als ihr Ruf, sodass man sich, statt dran herumzumäkeln, gescheiter auf die Stärken in dem tumultuös siedenden Chaos konzentrierte, schließlich hätten Generationen von Komponisten draus geschöpft, die nicht zuletzt, die es am vehementesten abstritten und nichts als Spott und Hohn für den früh ergrauten Warzenkopfigen übrig hätten, dessen virtuose Salonmusik am Ende seines Lebens, nachdem er alle Sicherheit aufgegeben, mit der *Bagatelle sans tonalité,* mit *Unstern* oder *Nuages gris* in Stücken verkargte, an die sich jeder interessierte Aficionado wagen könne, und gleichzeitig – außer Chopin vielleicht; man brauche dafür sich nur einmal die sangesverrückten Variationen über *Là ci darem la mano* des Siebzehnjährigen anzuhören – auf dem Klavier, das Töne durch eine raffinierte Mechanik erzeuge, mit Hebel und Hämmerchen, die es erlaubten, mit geringem Kraftaufwand viel Krach zu machen, und anders als Geige oder Klarinette nicht mit dem Körper des Spielers swinge, atme und singe, obwohl sich früher oder später natürlich jeder halbwegs begabte Pianist rühme, das Instrument zum Singen zu bringen, kaum einer wie Liszt zu singen verstanden, selbst in diesen Endstücken und nicht nur in den Gesängen, die er, einen mit dem *Erlkönig,* besser als es des Hofrats Ballade vermöchte, das Gruseln lehrend, fürs Klavier übersetzte, dass wir Beethovens *Adelaïde,* auch wenn er, Volten schlagend, das Lied immer vollgriffiger in die entlegensten wildesten Regionen entführe, am Ende eines Refrains, sobald der Ruf nach der unerreichbaren Geliebten ertöne, das Klavier mit großem Atem dennoch jedes Mal wieder, wortlos natürlich, *A-de-la-ii-i-de* singen hörten – in der letzten Strophe, die von Tod und Vergessen und den Blumen der Asche des Herzens spricht, welche aus des Sängers Grab sprießen, ist dem Schüler, wenn des Lehrers Finger die Tasten kaum noch berühren, ein Stück weit darüber zu schweben, zu fliegen scheinen, als zögen sie, reinste Magie, die Töne aus der Luft –;

der vorspielend ihm Schuberts Musik näher-, oder besser zurückbringt, welche die eigenen Hände, an den einfachsten Tänzen scheiternd, zu denen er eigentlich einen Zugang hätte haben müssen, nicht zum Tönen brachten, noch gar zum Glänzen und Glitzern, dass frustriert das Ohr wie die Finger sich ihr verweigerten, er aus Frust über sein Unvermögen, ohne eine Definition dafür zu haben, sie als Kitsch abtat – eine Musik, die, so der Lehrer beim Weiterspielen, an der Oberfläche tatsächlich oft traumverloren schön klinge, von einem inneren Leuchten erfüllt, doch lande, wer dem Lockruf der Schönheit folge, schnell in Abgründen, weil gerade im Vertrauten, im vermeintlich Vertrauten, stets das Unvertraute, die Verwirrnis lauere, nicht nur in den Heine-Liedern, wo alles nur noch Abgrund, Grauen sei, und weiterspielend, als ob es eine Melodie ins Endlose weiterzuspinnen gälte, führt ihm der Lehrer vor, wie im Andantino von Schuberts zweitletzter Sonate die Musik explodiert,

Wege weit ins zwanzigste Jahrhundert hinein freisprengend, dass man, ohne dafür Worte zu finden, nur noch verstört dasitzt –;

der den Schüler, welcher, kaum noch aus dem Staunen kommend, Stunde um Stunde, die ihm zu den liebsten des gesamten Schulunterrichts geworden sind, mehr erfahren will, schwierig zu lesende Chromatik, bei der die Finger nie mitkämen, auf dem Papier wenigstens entschlüsseln lehrt, immer komplexere Werke, nach Chopins Etüden die von Debussy, zusammen mit den *Préludes*, wo in *La terrasse des audiences du clair de lune* oder mit *Ondine* und *Les Fées sont d'exquises danseuses* Klanglandschaften hingezaubert werden, dass einen schwindelt, nicht weniger frappierend Ravels *Miroirs*, und als Einstieg die *Valses Nobles et Sentimentales*, bei denen den Komponisten, wie jemand beim Kopieren von Bildern selbst zum Maler wachse – oder wie Schönberg, der von sich meinte, dass er originell nur geworden sei, weil er stets Dinge nachzuahmen versuchte, die ihm gefielen, die er für gut hielt –, das Modell Schuberts gereizt habe, wobei Ravels Walzerechos, deren kühle Sinnlichkeit, nachdem sie zu Beginn mit Wucht einfielen, im Epilog sich, so der Lehrer, indem er es dem Schüler hörbar macht, in einem ausgedünnten melancholischen, morbiden Klang verliere (fast so wie die Märsche, überlegt der Schüler, die man damals mit Großvater auf dem Trichterphonographen bei erlahmender Feder im Apparat erst zu einem immer tieferen Grummeln abbremste und schließlich zum Schweigen brachte), mit ihrer eigenwillig dissonant gehärteten Harmonik seinerzeit, als die Tanz-Suite 1911 unter Protest- und Buh-Rufen in einem Konzert erstmals anonym erklang, fast zwangsläufig hätten irritieren müssen und der Pariser Haute volée aus Militär und Adel, welche die Niederlage von Sedan anscheinend nicht verwunden hatte, mit der immer wieder hervortretenden Walzerseligkeit, genau wie bei *La Valse*, dem Orchesterstück, mit dem Ravel der untergegangenen Epoche nach dem Krieg ein Epitaph setzte, ihre patriotischen Gefühle verletzte; als Krönung nach den Walzerfetzen ausführlich den *Gaspard de la nuit,* die gespenstischen *Trois Poèmes pour piano d'après Aloysius Bertrand,* zu Klang geronnene Alpträume, einer schwärzer als der andere, der radikalste vielleicht *Le Gibet,* der Mittelsatz mit den quälend ostinaten B – nicht weniger als hundertdreiundfünfzig Mal sei dieses B in den nur gut fünfzig Takten anzuschlagen, wobei

als größte Herausforderung das dynamische Spektrum allein zwischen *ppp* und *mf* changiere und Ravel, um die Qual des Ausführenden wie der Zuhörer noch zu steigern, ausdrücklich vorschreibe, das Stück von Anfang bis zum Schluss ohne schneller noch langsamer zu werden vorzutragen, lähmend – der Bezug zu Bertrands Versen übrigens, so der Lehrer, nirgends größer als in diesem Mittelstück, und wenn der Dichter darin zu Beginn noch frage, ist, was ich höre, der nächtliche Wind, der da kreischt, oder ist es der Erhängte, der am Galgen seufzt, sei er am Schluss gewiss: die Glocke ist es, die an den Mauern einer Stadt fern unter dem Horizont bimmelt, und ist gleichzeitig der Leichnam eines Erhängten in der Abendsonne (beim unregelmäßig synkopierten B des Armesünderglöckchens, das, umspielt, im Vordergrund, von einer Melodie, die zwischendurch aus der Mittelstimme des auf drei Systemen notierten Stücks in den Bass wandert oder hinauf in den Diskant, ab und zu, wie vom Wind herangeweht, näherkommend, dann wieder in die Ferne gerückt, monoton leise wiederholt, bis es einem in den Ohren gellt, tan taa tan taa taa tan taa tan taa taa tan taa, mal den Nachtwind, dann einen Seufzer, dann das Zirpen einer Grille, dann wieder eher Horn und Jagdfanfare evoziert, versucht der Schüler während des Lehrers Erklären und Spielen sich vorzustellen, wie es dem Klassenkameraden aus der Primarschule zumute gewesen sein musste, als sie nach dem Ausläuten der Predigt, während die jungen Männer hangauf hangab *Mazza cula* spielten, auf der sonntäglichen Schnitzeljagd im Lärchen-Tobel dessen Vater, den er, nachdem dieser sich am Vorabend, ihm übers Haar streichend, sei brav mein Bub, von ihm verabschiedet, auf dem Maiensäß glaubte, am knarrenden Strick baumelnd fanden, steifgefroren, vom aufkommenden Föhn leicht bewegt, das blauangelaufene Gesicht und die zu Fäusten geballten Hände im Schatten noch von Reif überzuckert) –; nach diesem lähmenden Mittelteil komme einem das abschließende Stück, der aberwitzig schwierige *Scarbo,* ob nur zuhörend oder indem man selber spiele – aber seit er Samson François in Paris Ravel und Debussy spielen gehört habe, verböte es sich eigentlich, derartige Wunder je wieder unter die Finger zu nehmen –, beinahe wie eine Erlösung vor, dieses für den Spieler wie den Zuhörer, der diesem Kampf auf Leben und Tod beiwohne, noch die hinterhältige Hammerklavierfuge an Härte überbietende Tongedicht eines Klopfgeists, der im Schein des Silbermonds nachts den Schlafenden ins Zimmer breche, wie eine Hexenspindel drin herumwirble, von einer Ecke in die andere husche, vor sich hingrummelnd im Winkel lauere, hervorspringe, durch den Raum trolle (der Schüler wird an Nenis Sagen vom *Toggeli* erinnert, welches, aus der Schwärze springend, einem sich nachts zum Wiehern eines fast durchsichtigen Schimmels auf die Brust höckt, bis man, nach Atem ringend, schweißgebadet erwacht und feststellt, dass statt des Rossgebisses nur der Mond durch einen Vorhangspalt ins Gesicht bleckt), sich wie die Figuren an einem gotischen Dom plötzlich zu Turmhöhe recke und gegen Morgen, diaphan werdend, wie eine ausgebrannte Kerze in sich zusammenfalle, verwehe, gleich Asche im Wind, ein wahrer Giftzwerg, der die Finger das Fürchten lehre, und dabei habe Ravel, wie er einem befreundeten Pianisten gegenüber betonte, mit dem Stück nur eine Karikatur auf die Romantik schreiben wollen, wenn auch – dabei lässt der Lehrer die Melodie von ganz oben in einem rasenden Lauf, keinem Glissando, über die ganze Tastatur in den Abgrund stürzen und, vom Pedal unterstützt, lange nachhallen – eine vertrackte dabei herausgekommen sei (von der sich, wie von gewissen Stücken Debussys, etwa wenn der im ersten Heft erzählt, was alles der Westwind gesehen, ehe die *Préludes* in einem Feuerwerk verglühen, viele Jahre später, auf dem Umweg über Willisau erst geht's einem auf, Cecil Taylor & Co. ordentlich was abgeschaut haben): mit einem verstohlenen Blick auf seine Hände im Schoß schaut der Schüler, welcher daneben, da gibt's kein Pardon, weiter an Stückchen aus dem *Mikrokosmos* zu üben hat – das müsse sein, wollten sie es bis zur Abschlussprüfung vor den Experten in der Aula am Flügel zu einem halbwegs ehrgeizigen Vortragsstück bringen, und wenn's am Ende zum *Allegro barbaro* nicht reiche, schaffe er es, ergänzt mit ein paar Bagatellen, zu einem tapsigen bulgarischen *Bärentanz,* der auch nicht ohne sei –, fasziniert und erschreckt zu, wie die überlangen, knochendürren Finger des Lehrers, der, den Klavierstuhl so tief wie es geht geschraubt, zusammengekrümmt zwischendurch sich so klein macht, als wollte er unter den Händen in den Flügel hineinkriechen, Klangstürme entfachend über die Tasten huschen, um, sich plötzlich aufrichtend, zuzuschlagen, zuzubeißen, die Musik durchschüttelnd wie die Spinne ihre Beute im Netz,

ehe sich der Lehrer mit ihm eines Tages an die Klangarchitekturen Mahlers wagt, verglichen mit Ravels Miniaturen titanische Tongebirge; die Erste oder die Fünfte (dass das Adagio verkitscht für die Vertonung von Viscontis *Tod in Venedig* würde herhalten müssen, konnte man noch nicht wissen, und das *Lied von der Erde* oder die Neunte, in welcher der Komponist auf die Spitze getrieben alles Vorausgegangene zusammenfasst, hätte man damals nicht auch nur ansatzweise verstehen können und macht einen heute jedesmal an den gleichen Stellen heulen), dazu Teile der Dritten und, allen voran, die Vierte – an deren Anfang, vom Tatendrang des Komponisten allerdings bald überholt, die Idee einer sinfonischen Humoreske gestanden habe; davon übriggeblieben sei die Sehnsucht nach einer Auszeit von der sinfonischen Schwerstarbeit, und die Schlüsselvokabeln *bedächtig, gemächlich, ruhevoll* und *behaglich* in den Satzüberschriften verrieten das damit korrespondierende Bedürfnis nach Frieden, herausgekommen sei am Ende etwas Drittes, als ein polyphon glitzerndes Echo auf Mozart ein letzter Versuch über die Leichtigkeit –, in welchen dem Schüler, als der Lehrer sie ihm auf einer Anlage, die er statt seines kleinen, vom Mund abgesparten Transistorradios liebend gern daheim stehen gehabt hätte, in brandneuen Aufnahmen mit dem New York Philharmonic Orchestra unter Leonard Bernstein vorspielt – viel anderes gab es damals noch nicht; die Mode, ausgelöst durch Viscontis Film, setzte später ein –, laut aufgedreht, dass der Geigenlehrer, der mit stets brennend zwischen die Saiten geklemmter Zigarette unterrichtete, dass dessen Schüler – mehr noch als er, wenn er, von der Musik aufgewühlt, nach der Stunde aus dem verqualmten Klavierzimmer kam und erst mal nach Luft schnappen musste – wie Rauchwürste rochen, den Mief kaum mehr aus den Kleidern bekamen und jedes Mädchen, zuhause wegen Rauchens gescholten, die wunderbarste Ausrede hatte, vom plötzlich losdonnernden Lärm nebenan überrumpelt an die Wand poltert, vieles irgendwie bekannt vorkommt und ihn gleichzeitig zutiefst verunsichert, bis er merkt, dass die Musik seiner Kindheit darin widerhallt, all das, wofür er sich vor den Klassenkameraden zu schämen hat, die mit tollen Plattenspielern zuhause und allem was *in* ist, in ihren Röhrlihosen und überspitzen Schuhen sich mit so etwas Rückständigem wie Volksmusik nicht abgeben, dass er, damit aufgewachsen, bald selbst nichts mehr davon wissen will und sich, ohne viel anderes zu kennen – die andern, aufgehoben in ihrer Schlagerwelt, hören ihm gar nicht zu –, an Feten drüber lustig macht, mit der Ausrede, die vielen Aufgaben erlaubten die allwöchentliche Probe am Berg nicht länger – Vater wird das nie verstehen können: sein Bub war im Tenor doch stimmsicher wie kaum einer –, am Ende klammheimlich aus dem Männerchor austritt, auf dem Umweg über die Symphonie, verwandelt und in einen Zusammenhang gestellt, von dem man bislang nichts wusste, mit einem Mal wieder lebendig wird:

in den Märschen der Einzug der Musikkorps auf dem Landsgemeindeplatz, wenn diese sich, in einer Art Surroundeffekt, mit wehenden Fahnen, Glockenspiel und Triangel im Sternmarsch aus den Dörfern außerhalb des Kreisorts hinter dem Schlosshügel auf der verwunschenen Waldwiese trafen, und wie man, vom Gold der Instrumente gelockt, zwischen den Beinen der Musiker vordrängelte, fasziniert, wie das in der Sonne blinkende Blech die Schatten hellte, Trompeten, Tuben, Posaunen, ein Sousaphon gar, in deren Windungen und blankpolierten Schalltrichtern sich die Welt spiegelte, und wie man in den Zerrspiegeln der Instrumente, wenn diese nach dem Aufmarsch am Rande der Waldwiese in Reih und Glied abgestellt waren, Fratzen ziehen konnte, während sich die Bläser, ihre Uniformen lockernd, von denen man liebend

gern einen der blinkenden Knöpfe gerissen hätte, um ihn als Talisman gegen böse Geister in der Hosentasche zu verwahren, das erste Bier gönnten, ehe auf einen Trillerpfiff des Fähnrichs die Korps zackig sich zum Carré formierten, um unter dem Stock von Herrn Cajöri, der, damit ihn auch die hinteren Musiker sehen, auf eine umgedreht als Dirigentenpodest dienende Bierkiste springt, zu Kuckuck- und Amselruf mit manchen sich falsch einschleichenden Tönen und wieder und wieder explodierenden Becken, ob denen der Wald erschallte und die Vögel kurz verstummten, alle vereint inbrünstig die Wahl des neuen Kreispräsidenten zu bejubeln;
und wie wir, stolz, dass im Pavillon über der großen, von einem Zopf aus Tannenzweigen umrankten Fahne mit dem weißen Kreuz im roten Feld, flankiert von den Gemeindefahnen, zuoberst unsere mit der goldenen Glocke im roten Feld über goldenem Stufengiebel, nach Auszählen der Stimmen beim Dank an die Wähler einer aus dem eignen Dorf stand, am Abend mit Mutters Pfannendeckeln lärmten und sie beim Versuch, die Musikkorps nachzuahmen, ohne dass der Zauber vom Fest sich einstellen wollte, kaputthauten, in einem Zerstörungsdrang, der hinter aller Triumphmusik Mahlers böse lauert und sie beschämt – man hat plötzlich die Bilder in Großvaters Erzählungen von der Grenzbesetzung 14/18 wieder vor Augen, und wie er auf der Wache das sinnlose Sterben drüben mit ansehen musste –, wenn, was durch dynamische Steigerung erreicht, unversehens in die Katastrophe umschlägt, als wär Gewesenes nicht mehr herzustellen, Spannungsfelder in schwindelerregendem Fall in sich zusammenstürzen, bis die Musik nur noch stammelt, als stockte ihr das Wort, wie nach einem großen Schock, oder aber urplötzlich in zarten Klängen verpufft, um, wenn im dritten Satz der ersten Sinfonie über trauermarschartigem

Rhythmus gedämpfter Pauken ein einzelner Kontrabass schleppend und dünn zu einem hoch gesetzten schleifenden Solo anhebt, das viel erbärmlicher klingen müsste, als je ein Orchestermusiker es zu spielen sich traut, und bald in eine besoffene, selige, sogleich nach herzzerreißend lausigem Kaffeehausgedudel klingende Trompetenmelodie in Terzen und Sexten übergeht, ehe der Trauermarsch wiederkehrt, an die brüchige Stimme des Kesselflickers erinnert zu werden, der einem, wenn man, vom Gleißen des geschmolzenen Metalls angezogen, zu ihm an die Feuerstelle im Tobel schlich, wo der Alte Kupferpfannen verzinnte, in immer neuen Variationen von seinem lahmen Bruder Jacques sang, der, am Umbrail oben auf der Wache von einem Querschläger getroffen, sein Leben danach im Rollstuhl abhockte;

die Trauerkapelle mir handkehrum das makabre Geschehen auf dem Friedhof heraufbeschwört, als den Totengräbern, weil sie die Grube im beinhart gefrorenen Boden zu kurz bemaßen, der schräg in die Erde hinabgesenkte Sarg der Tante aus den Seilen gerutscht ins Loch poltert, der Deckel aufspringt und der wie vom Blitz getroffen ums Grab stehenden Gemeinde (Wer's als Erster gesehen, wird der Nächste sein, entfuhr es Vater, ohne zu verraten, dass der Knochenkrebs bereits in ihm fraß, beim Gedanken: Wenn ich nicht, wer dann? seinen Ältesten erschrocken bei der Hand fassend) das Totenhemd aus der Gruft winkt; in die dumpfen Klänge sich das kreischend und überschlagend Lustige einer anderen Blechmusikkapelle mischt, die draußen an der Friedhofsmauer vorbeimarschiert, bei deren etwas täppisch und sehr derb durcheinanderstolpernd übereinanderherfallenden Tänzen man meint, Masken feixten über die Brüstung, mir zu Gesichtern werdend in Mutters Erzählung, wie sie als junges Mädchen am Aschermittwoch mit den Nachbarstöchtern die das Jahr über sie plagenden Buben abgepasst und überfallen habe, um sie mit zuvor lange durch den Kamin gezogenen Rußlumpen zu *bschuuren,* sodass die sich danach, ohne das Pech restlos aus Gesicht und *Häs* zu bekommen, lang im Schnee hätten wälzen müssen, bevor sie sich nach Haus trauten;

zwischen den Aufschreien des Entsetzens, Momenten, wo die Musik aus dem Trott gerät, im Lärm zusammenstürzt und untergeht, als fernes Echo die Tänze an der Chilbi auf dem Glaspass, und wie es dem ob der vor ihm vorbeiwalzerwirbelnden Paare übermütig werdenden Klarinettisten bei seinen immer rasenderen Läufen und Trillern aus dem Rohr tropfte;

oder Vaters Jodeln beim Melken, und wie seine Kantilenen, die ihn in höchste Höhen trugen und denen man Jahrzehnte später, vom Schmerz zerrissen, im Prolog der *Espaces acoustiques* von Gérard Grisey, dem langen Bratschen-Solo, wiederbegegnen wird, plötzlich abbrachen, in eine Volksweise kippten, die mitzusingen man aus dem Stall heraus aufgefordert wurde, wenn er gemerkt hatte, dass der Bub hinter der Tür versteckt seinen Oberton-Modulationen zugehört – Takte später steht Vater vor dem Stall auf dem Misthaufen und trällert, den Dung zu kunstvoll geformtem Gebilde aufstockend und feststampfend, Marschfetzen und Ländlerfloskeln in den Morgen hinaus: Traute Heimat –;

oder der in die Wipfel und unter die Blechdächer fahrende Föhnsturm, die Sommergewitter, das Pfeifen in der Luft, bevor der Hagel über die Weide fegt und im Krachen des Donners auf die vor Angst muhenden Tiere niederprasselt;

das Säuseln des Winds, das nie zarter klingt, als wenn er, nachdem die Erlen und Haselstauden aus der langen Winterstarre erwacht wieder biegsam geworden, dass man Flöten draus basteln kann, das frische Laub wedelt;

im Frühlingswald frühmorgens die Vögel, ein erster, der sich in einigen zaghaften Rufen versucht, dann ein zweiter, ihm antwortend, dann, kühner werdend, immer mehr, bis, fast auf einen Schlag, das betäubende Konzert aller losbricht;

oder die Schellen von hundert Ziegen, die der kleine Bub, nachdem der Hirte, den man dafür gedungen, aus Heimweh davongelaufen, einen Sommer lang, Tag für Tag bei jedem Wetter, vom Dorf zum Pass und über den großen Bühl in die Wänge, die steilen Gratborde des Piz Beverin zu treiben hatte, mittags und wann es ihn danach gelüstete den Durst stillend, indem er sich unter die mit einem Stück Brot und etwas Salz angelockte zahmste der Ziegen legte und sich Milch aus deren Euter in den Mund molk, und abends, wenn die Sonne gegen die Safierberge sinkt, wieder von den Balmen herunter, auf denen man neben einem Busch schwarzblauen Eisenhuts vorn an der Kante über der großen Wand hockend stundenlang die Flugkünste der Bergdohlen in der Nachmittagsthermik über dem Carnustal studierte, beim Eindämmern heim ins Dorf, stolz, dass nie ein Tier fehlte, und am nächsten Tag von neuem bergan (im Morgengrauen, fröstelnd die Nacht noch in den Knochen, sieht man sich zu Beginn von Mahlers Erster wieder in kurzen Hosen durchs Dorf ziehen: ein kleiner Ziegenhirt, der seine Herde zusammentreibt, schlaftrunken, dann immer beherzter und stolzgebläht schließlich ins Horn tutend, das der Onkel dem Hüterbuben als Einstandsgeschenk aus dem Gehörn seines kapitalsten Bocks geschnitzt hat – und der Bruder viele Jahre später, war's Rache, aber wofür, zusammen mit Nenis Flieger im Ofen verfeuerte –; aus den Gässchen klingelt's und trippelt's, das Geschell und Getrappel schwillt an, wird zum vielstimmigen Geläut; von Haus zu Haus, aus deren klein unterteilten Fensterchen im sonnengeschwärzten Strick, bevor den Häusern die Augen ausgestochen und durch Normfenster ersetzt wurden, die über dem Lenzerhorn aufgehende Morgensonne zurückblinzelt, verdichtet sich der Rhythmus, und mit ihm der von den Hufen aufgewirbelte Staub, und im Herbst, wenn die Böcke dazustoßen, von denen jeder einen Harem Geißen abseits zu drängen versucht, dass das Hüten, will man die Tiere zusammenhalten und vollzählig nach Hause bringen, zur reinsten Rennerei wird, die der Herde hinterherwehenden Brunstfahnen, die kaum mehr aus Hemd und Hose zu bekommen sind: *Ging heut' morgen übers Feld ...*, sonnig hebt es an, und eh' man sich's versieht, kippt die Stimmung, verfinstert sich alles, wie am schönsten Tag im lichtübergossenen Wald einen mitunter panischer Schrecken überfällt, wird spukhaft und schauerlich; wenn im Rauschen des Tals eben noch die Vögel erwachten, schiebt eine Wolke sich jetzt vor die Sonne, wird das Licht fahl, fährt Wind in die Wipfel, dampft Nebel, knarrt Gehölz, und den Gespenstern, gegen die man bei der eignen Stimme Zuflucht sucht, um aus Leibeskräften mit zittrigen Knien gegen sie anzujauchzen, ist freier Lauf gelassen, bis der Spuk auch schon vorbei ist, es noch da und dort aus den Zweigen tropft, während die Sonne wieder durchbricht);

nach Mahlers Symphonien, die im Dialekt zu ihm reden, in seinem, von aller Dumpfheit des Heimeligen gereinigt, bei aller Gebrochenheit, oder gerade deswegen, ihm zur Heimatkunde werden, indem die Musik nicht zitiert, sondern tut als ob, in einer Collage mit Herdengeläut, Jagdrufen, Vogeltrillern, Liedbruchstücken und Echos von Tanz- und Marschfetzen, alles mehr Ausdruck der Empfindung als Malerei, mir einen surrealen Film über etwas verwunschen Verschwundenes evozierend, der wie ein Bildersturm in schlafloser Nacht abspult –, nach diesen Tongebirgen, weil der Klavierschüler, der ohne die Angst im Nacken damit leben gelernt hat, dass seine Finger wenig von dem zustandebringen, was in seinem Kopf schwirrt, einmal auf den Geschmack gebracht immer noch nicht genug hat, als deren Endpunkt und äußerste Konzentration, woraus aber immer noch Fetzen des Vertrauten herauszuhören sind, die Sehnsucht nach dem Dreivierteltakt, und wo gleichzeitig alles Feste ins Wanken gerät, des Lehrers Vorbilder, die Gedichte der zweiten Wiener Schule, Alban Bergs und Anton Weberns Orchesterstücke op. 6, in denen

die Erweiterung der Tonalität bis an die äußersten Grenzen getrieben werde und dennoch ein Kern romantischer Tradition erhalten bleibe, der trotz der Verdichung des Ausdrucks das Zarte, verinnerlicht Sehnsüchtig-Rätselhafte bewahre, aber alle Äußerlichkeiten, alles Sentimentale und Wehleidige ausschließe, der Horizont weit offen stehe und der Neuen Musik noch der längst ihr abhandengekommene Zauber innewohne;

als Schlusspunkt die Rhythmusorgien von Strawinskys *le Sacre du printemps,* der Rausch einer blendend hellen Ekstase, der den Schüler, Bartóks *Mikrokosmos* im Kopf, nach all dem, was der Lehrer ihm vorgespielt und erklärt hatte, jetzt gar nicht mehr so bedrohlich dünkte wie an jenem Radiokonzertabend, als diese Musik brachial über ihn hereinbrach – aber, ergänzt der Lehrer, soviel gehöre zu Strawinskys Ehren dennoch gesagt, verständlich mache, dass, wie es die Sage wolle, Gott die Musik lediglich aus großen Trommeln und Zimbeln geschaffen habe, später erweitert vom Menschen mit dem Schrei aus Tierhörnern und allem was er mit seinem Atem und seinen Händen zustandebringe; einleuchtend, wenn man nach dem *Frühlingsopfer,* dem rüden Musikfick, wieder bei Sinnen, sich noch den wie als fernes

Echo aus einer einsamen Flötenmelodie herauswachsenden organisierten Großstadtlärm von Edgar Varèses *Amériques* anhöre, oder dessen *Déserts,* allein das Wort schon Raum, Einsamkeit, Loslösung beschwörend, wie Varèse in einem Kommentar geschrieben habe, dem Wüsten nicht nur Wüsten von Sand, Seen, Berge und Schnee bedeuteten, von äußerem Raum, der Ödnis der Städte, nicht nur dieses des Natürlichen Entblößten, das den Eindruck von Kahlheit und Ferne hervorrufe, sondern auch den weiten inneren Raum, in den kein Teleskop hineinreiche, eine Welt des Geheimnisses und der jedem ureigenen Einsamkeit –,

womit der Lehrer den Klavierschüler, was für diesen viel aufregender ist als das eigentliche Spielen, das im Laufe des Schuljahrs jeweils geläufiger wird, um nach den Ferien wieder mit steifen Fingern quasi von vorn zu beginnen, Schritt für Schritt immer tiefer in die Wunderwelt der Töne einweiht, anhand von dessen eignen, weit spröderen seriellen Stücken bis in die Gegenwart, doch nachdem der Schüler während einer Lektion gesteht, dass er sich an Gedichten versuche, und der Lehrer ein paar seiner Verse vertont, für hohe Stimme und Klavier gesetzt, und sie das Lied zusammen dann einüben, versagt dem Jungen, rot anlaufend beim Gedanken, die Klassenkameraden könnten ihn jetzt so am Flügel stehend singen sehen, ob der nicht zu bewältigenden Tonsprünge die Stimme, der er meinte weit mehr als den Fingern zutrauen zu können (im Geheimen ihrer so sicher, dass er sich als Vortragsübungen für die Abschlussprüfung, vorgeschrieben sind eins in Dur und eins in Moll, mit *Wehmut, Im Abendrot* und *An Silvia,* bei letzterem eine ganz bestimmte vor Augen, ohne dass diese von seinem Sehnen was weiß, gleich an drei Schubertlieder wagt, den *Schwanengesang* im Ohr öffentlich sich vielleicht noch das *Fischermädchen* zugetraut hätte, nicht aber die *Stadt,* nicht den *Doppelgänger,* über deren Akkorde improvisierend er unter Tag allen Liebeskummer und allen Schmerz, das, wofür die Sprache ihm fehlt, in die Tasten haute –, wonach, sind die Dissonanzen verhallt, die überbordende Fröhlichkeit in der *Taubenpost,* dem letzten Lied des Zyklus, das Schubert selber nicht mehr darin aufnahm, kaum mehr auszuhalten ist, weil das Lied die Kehle einem zuschnürend sagt, dass es mit den darin besungenen Schönheiten und Sehnsüchten auf Nimmerwiedersehen vorbei ist);

356 bis es eines Tages während einer der längst viel zu kurzen Unterrichtsstunden, die als Randstunden zum Glück, ohne dass man's merkt, oft doppelt so lang werden, aus dem Lehrer herausbricht, dass er den Klaviertyrannen nur spiele, dessen Ruch wie Kletten an ihm hafte und weit über Ruch hinaus Anlass zu den wildesten Gerüchten gebe – ein pädophiler Sadist müsse so einer doch sein –, und er, sich von dieser Rolle zu erholen, nach den Unterrichtsstunden, die ihm normalerweise nichts als Qual bedeuteten und oft schlicht nicht zu verkraften seien, in der Kathedrale, oben auf der Empore hinter dem Orgeltisch versteckt, das Vergessen suchend, in die Kosmen von Bach, Messiaen und Tournemire abtauche oder, nach einem ihn besonders nervenden Tag, aus Wut gegen sich selbst zur Beruhigung einfach stundenlang über ein ihm im Kopf pochendes Motiv improvisiere, bis er sich, den in der Architektur sich verlierenden Obertönen nachhorchend, wieder beruhigt habe, auch während der Messe und bei den größten Hochämtern, außer einem kleinen Spiegelchen, über das ihm der Priester, von einem bestimmten Punkt unten vor dem Altar zu ihm hochschauend, den Einsatz gebe, von niemandem gesehen nichts als die Manuale und Registerknöpfe vor sich, und das alles nur,

weil er nach dem Konservatorium, mit dem Konzertdiplom in der Tasche, stolz, es aus der Enge heraus zu etwas gebracht zu haben, bei seinem ersten öffentlichen Rezital, die Bühne betretend im Scheinwerferlicht schlagartig von Lampenfieber gelähmt, als Solopianist versagt habe, total, ausgerechnet im hiesigen Theater, vor den Rucher Honoratioren und der ganzen vor Scham sich in die Polster verkriechenden Verwandtschaft im Parkett; die ganze Surselva hinauf, bis nach Tschamutt, an den Oberalppass, ja drüber hinaus, habe man das Lachen über den Blindgänger gellen hören –

24

 Der Schüler versucht nachzuempfinden, meint zu ahnen, ja glaubt zu wissen, was seinen Lehrer, dessen Fingern, wenn er ihm vorspielt, doch nichts zu schwer ist, als Konzertpianist beim ersten Auftritt gelähmt haben musste, dass er das Rezital, seine Virtuosenkarriere beendend, bevor sie begonnen, voller Tatendrang aufs Podium gestürmt, um ohne Fisimatenten und langes Schrauben am Stuhl forsch in den Abend einzusteigen, kaum am Flügel auch schon abbrach, nach den ersten Takten der *Valses nobles et sentimentales* bereits, und nicht erst, was einleuchtender gewesen wäre, nach der Pause, mitten in der Fuge der Hammerklaviersonate, die ohnehin jedes menschliche Maß überfordert: Mutig, möchte der Schüler dem Lehrer zu dessen Entscheid gratulieren, der ihm verständlich ist, seit er, von einer Klassenkameradin, einem hoch aufgeschossenen Mädchen aus einer Künstler- und Musikerfamilie, das stets in den Wolken zu leben schien und doch, als er, nach der Schule in der Jochgasse sie einholend, vom Velo stieg, da sie beide ein gemeinsames Stück Heimweg hatten, im Bärenloch neben ihr hergehend – so unattraktiv wie die andern sie fanden, schaute sie, einen Kopf größer als er, gar nicht aus –, zu seiner Überraschung und nicht sonderlich verlegen meinte: Toll, dass er abgestiegen sei, sie habe für den Abend eine Konzertkarte übrig, ob er nicht mitkommen wolle, von ihr zu einem Rezital mit einem russischen Pianisten überredet, vom Balkon herab angesehen hatte, wie sich unten im Parkett die wasserstoffblonden oder dezent kupferrot getönten Haargebilde türmten, die geschwellten Hemdbrüste der Deckhengste blendeten und aus den Décolletés der noblen Zuchtstuten die Colliers blitzten;

neben dem mit den ersten Tönen ganz in die Musik abgetauchten Mädchen, welchem er irgendwann spontan, vielleicht nur, um sich angesichts der ihn wieder einmal überfordernden Eindrücke an irgendwas halten zu können,
die Hand auf den Arm zu legen wagte, ohne dass sie diese wegschob, verloren mitleidend, wie der als Wunderkind von Ravel Geförderte, der bei Prokofjew Komposition studiert und als Nachfolger von Dinu Lipatti am Conservatoire de Genève die Meisterklasse geleitet, auf dem Höhepunkt seines Ruhms, so der Konzertverein im Programmzettel, stolz, den weltberühmten Solisten zu Gast zu haben, im Rucher Stadttheater sich immer flüchtiger durch Stücke spielte, die Interpretation statt bloß Virtuosität verdient hätten;

wie der Pianist sich, die klangtoten Mienen vor Augen, tief und tiefer über die Tasten gekrümmt, bald nach Konzertbeginn mit im Scheinwerferlicht triefender Nase – war er erkältet oder weinte der Virtuose? – durch das Chopin-Programm quälte angesichts der auf den besten Plätzen sich ausbreitenden maßgeschneiderten Kampfhuster, die, einzig der besseren Hälfte zuliebe ins Konzert gekommen, verdrießlich, wie sie dasitzen, lieber die Sekretärin an ihrer Seite hätten, mit der so exponiert auszugehen sie sich in dem Kaff, wo jeder dem andern in die Suppe spuckt, aber nicht trauten, in Ruch wie in allen Konzertsälen der Welt das Rezital hindurch auf jedes Pianissimo lauern, um es – die feinen Herren so wenig wie ihre hüstelnden Gattinnen haben je frei atmen gelernt – mit Bronchialgewalt zuschanden zu bellen, protzige Brüllaffen, die, während Musikinteressierte sich mit der Akustik der Seitentribünen zu begnügen haben, vorn im Parkett – derweil ihre Angetrauten, sich an die Prachtsbusen greifend, ihr Genie anschmachten und am liebsten sich von ihren Gatten losreißend exaltiert über Stuhllehnen hechtend das Podium stürmten – gelangweilt Daumen drehen und, um nicht einzunicken, ihre unbezahlbare Zeit abzuhocken gezwungen, mit dem Programmheft raschelnd sich immer nervöser Luft zufächeln, damit sie beim Gähnen nicht den Kiefer ausrenken, und, falls sie es schaffen, wenigstens zwischen den einzelnen Sätzen einer Sonate sich zurückzuhalten, am Ende jedes Stücks ihre Bravos heepend, allen andern die Musik k.o. schlagen und dem Künstler, wie sehr der sich auch bemüht, die Musik nachklingen zu lassen, nicht die geringste Chance einräumen, ein wenig zur Ruhe zu kommen, sich auf den nächsten Satz, das nächste Notturno zu konzentrieren, und spätestens beim Schlussapplaus, kaum dass der letzte Akkord angeschlagen im Lärm untergeht, erst recht losbrüllen: Bravo, Bravo, dazu ihre manikürten wurstfingrigen Pfoten, mit denen sie endlich etwas anzufangen wissen, zusammenkartätschend, dass das Geklatsche wie Maschinengewehrsalven durchs Parkett bellt, dass dem Künstler, zu genervt, um mit den Fingern auf den Tasten die nach dem unsäglichsten Spiel noch – und niemand bräuchte ihm zu sagen, was alles schief gelaufen an jenem Abend, wie schlecht er gespielt – sogleich niederprasselnden und endgültig alles kaputthauenden Ovationen, besser Exekutionen, wenigstens einen Augenblick hinauszuzögern, von dem Getue gleichermaßen aufgewühlt wie von der Tatsache, dass er sich damit sein Spiel aufs schändlichste vermurksen ließ, am Ende eins blieb: vom Flügel aufzuspringen und mit dem Schweißtuch vor dem Mund, als wollte er sich am Schreien hindern – und Schreien wäre angesichts des Stumpfsinns und der ihm aus dem Saal entgegenbrandenden Frenesie, der er sich, durch kein noch so hohes Honorar aufzuwiegen, im Rucher Stadttheater einen Abend lang auszusetzen hatte, die einzig adäquate Antwort –, das Programm beendend vom Podium zu rennen, ohne nur einmal wiederzukommen; die Protzköpfe, glücklich, es endlich geschafft zu haben, im Parkett unten ihre Frauen hochreißend synchron mit ihm aufsprangen, durch die Reihen drängelnd dem Ausgang zu, in der Tür, gewichtig um sich blickend, prompt stehen bleiben, um Höflicheren den Weg zu versperren, nach dem Spurt durchs Foyer an die Garderobe, beim Vordrängeln einander flüchtig zunickend, im Kampf um die Mäntel wie mit Teleskoparmen trinkgeldlos ihre Marken vorstreckend, um, sind sie endlich im Besitz der Pelze ihrer Teuren, von allem Geklimper und Pflichtabsitzen im Abo erlöst, überstürzt, als wären sie am Verhungern, mit Geschäftspartnern vom Golf und aus Fernost, neidisch auf deren grazile, nicht weniger teure Begleitung, die am Tisch dann – Zeit, sich zu überlegen, wie das zu geschehen hat, blieb einem ja einen Abend lang – geschickt so zu plazieren ist, dass man, und wär's nur über Wandspiegel, optisch wenigstens etwas von ihr hat, zum Souper ins nächste Zunfthaus zu entfliehen

25

362 **Wachgerüttelt durch Bartóks Mikrokosmos,** betroffen von den befreienden wie schockierenden Ausführungen seines Klavierlehrers, welche er durch das sich ihm einprägende Konzerterlebnis bestätigt sah, hatte er es endgültig satt, Großen Meistern nachzueifern, sich länger eingängige Stimmen anzueignen, um, übte man brav lang genug, in Gesellschaft – zumal im Kreise jener Hörer, die, hören sie Hörner, vor ihrem Auge sogleich Eichenhagebuchenmischwald, ihr marschdurchbebtes, stiefeldurchstochenes Walhall erstehen lassen und das Konzertabonnement, das sie zufolge vielfältiger anderer Verpflichtungen kaum nutzen könnten, einzig aus Familien-Tradition, nachdem die Eltern es schon so hielten, denen man immerhin einiges zu verdanken hat, Jahr für Jahr erneuern – auf ein nigelnagelneues de Sade-Sofa vorgerückt, dessen Schildchen an der Lehne er aufgrund seiner Legasthenie, die ihn unter Druck jedesmal von neuem erwischt, selbstverständlich falsch liest, über den Konzertabend des Vortags mitreden zu können, nachdem er, um seine Nervosität zu drosseln, unbeobachtet erst drei Gläser runtergekippt, vor lauter Verlegenheit wie ein Bergbach daherbramarbasierend die andern, die sich taktvoll nichts anmerken lassen, solang wie es nur geht am Reden hindernd, aus Angst, zum Gaudi

der Runde könnte nach ein paar Drinks die Peinlichkeit der Peinlichkeiten zur Sprache kommen, welche er sich auf dem endlich geebnet geglaubten Weg in die Gesellschaft naturgemäß bereits bei der ersten *Invitation* hatte zu Schulden kommen lassen und die längst die Runde gemacht haben dürfte, die nämlich, wie er, eines Sonntags, vom in der gleichen Klasse sitzenden Sohn eines hohen Tiers aus der nahen Chemieunternehmung, damit der Bub vom Berg, wie die Mutter gemeint habe, sich einmal richtig den Bauch vollschlagen könne, in den Schatten mächtiger Ulmen auf die Terrasse der weitläufigen schmucken Villa im neoklassizistisch viktorianischen Deuxième-Empire-Rustico-Stil eingeladen, wenige Dörfer vor Ruch, auf einer Anhöhe gelegen, den Überresten eines prähistorischen Bergsturzes, von der aus sich, als Halbrund, orgelpfeifengleich, die Felstürme des Falknis im Rücken, der prächtigste Rundblick über die Stadt, das Rheintal, die Weinberge der Herrschaft und die alles umzäunende Gebirgskette vor einem öffnet (zurückversetzt auf dem Dach der Liegenschaft, beschirmt vom prächtigen Baumbestand, zwischen verwegene Aufbauten gebettet und über dem Grün des Hügels von außen nicht einsehbar, eine kleinere Terrasse samt Swimmingpool fürs ungestörte Sonnenbad; das Ganze überragt von zwei den Himmel kitzelnden Blitzableitern, damit die sich zwischen Bergen verfangend gern über dem Rucher Kessel entladenden Unbilden schön gleichmäßig verteilt nach Nordost und Südwest den Abhang hinunter ins Giebelgewirr subalterner Anlieger geleitet werden), beim bombastischen Brunch das rechtshändig zu köpfende Dreiminutenei, das, aufgetragen in einem Designerstück, wie er es zuvor noch nie zu Gesicht bekommen, ihm, dem Tölpel, der, wo es zu treffen gälte, bei den Bombardements von der Empore herab, nie trifft, bei der Operation sich derart linkisch anstellend, ohne dass er es halten konnte, einfach aus der Hand geflutscht, zum Geklipper des aus dem Teller hüpfenden Italo-Eierbechers quer über die Tafel spritzend in zielsicherer Parabel im Ausschnitt der Gastgeberin versenkte – einer Dame von Stand, wie ein jeder, der ihr erstmals begegnet, annehmen wird, wenn nicht gar Gräfin, so bestimmt aus dem Landadel, soviel Finesse und sonst allerhand Feines gibt es noch im nebensächlichsten Detail ihrer Aufmachung zu bestaunen – und ihr damit die raffiniert geschnittene Seidenbluse gründlich verkleckerte, ohne dass, zu seiner Überraschung und anders als zuhause, wo, wenn Neni ein Brotbrocken in den Milchkaffee plumpste, jemand aufgesprungen und ausgerastet wäre – in der Villa weiß man die Contenance zu wahren, nur die Mienen schienen für einen Moment eingefroren –, und das alles nur, weil man ihn, aus Angst zu spät einzutreffen völlig verschwitzt auf dem Velo angeradelt gekommen, von Mutter und Sohn in der Auffahrt im Park abgefangen, vor der sonntäglichen Frühstücksvöllerei unterrichtet hatte, bei ihnen werde dann anständig gegessen, rechts, Vater – ein Artillerie-Oberst der zwölften Gebirgs-Division, soviel wusste man – wünsche das so, dulde Linkshänder so wenig wie Linke.

Der Hausherr, als Bursche auf dem Ball einst bestimmt mit einer prächtigen Postur imponierend, von den Jahren inzwischen etwas birnenförmig geknetet, zum Brunch angetreten im schlichten dunklen, auf den Leib geschneiderten Anzug – man musste den jungen Gast ja nicht gleich in Uniform einschüchtern; auf Krawatte wird in der Freizeit verzichtet –, hatte sich, als man zum Wein überging, und damit überraschte er den Besucher dann doch etwas, derart scharlachrot, wie

Nase und Wangen des Gastgebers waren, was bei dessen Status kein Erröten aus Schuldbewusstsein, Bescheidenheit oder Ärger sein konnte, erklärte man sich, sondern nur ein freudiges Erröten, so jovial, wie er sich seinem jungen Gast gegenüber – vorgewarnt war der auf anderes gefasst gewesen – bei der Begrüßung und dem anschließenden kurzen Gang durch das ansehnliche Anwesen gab –, von der speziell zum Anlass geöffneten Flasche *Dom Perignon,* die er Jahrzehnte im eigenen Weinkeller, seinem Stolz, gepflegt, wie er beiläufig erwähnte, ein einziges Glas eingeschenkt, nicht einmal halbvoll, fiel dem Gast auf, ohne dass er vom korrekten Umgang mit Wein, oder gar Champagner, die kleinste Ahnung gehabt hätte, um am Ende, lange dran herumschnüffelnd, nur einen einzigen winzigen Schluck davon zu kosten, diesen allerdings in allen Nuancen durchspielend, und, nachdem er den Gästen eingeschenkt – à votre santé, pour le bien de tout –, den Rest, ihn im Glas schwenkend den im Kelch aufsteigenden Bläschen zuschauend, der gebührenden Aufmerksamkeit gewiss, mit wegwerfender Geste in einer golden aufblitzenden Fontäne übers Terrassengeländer in den Garten zu kippen, weil, wie er dozierte, jeder weitere Tropfen das Unvergleichliche des ersten nur trübe und er, notabene, es nicht nötig habe, frühmorgens den Trinker zu spielen. –

Die ansehnliche Schnapsbatterie – nebst gut gelagertem Calvados und spanischem Cognac ausgesuchte Whiskies, nicht so Supermarktschnäppchenzeug, das ihnen als Schüler gelegentlich bei *Vilan* zu stratzen gelingt – hält der Herr, neben ein paar Bänden Olympia Press und entschieden Härterem, zusammen mit einer Reitgerte, schwarz, lang und dünn, aus feinem Bambus, mit Leder bezogen, und der dazu passenden nudelndekorierten Offiziersmütze im Gestell hinter einigen Metern Klassikerattrappe verwahrt, wie man, nach dem Frühstück, das, abgesehen von einigen Auffälligkeiten und dem peinlichen Missgeschick zu Beginn, welches die Gastgeberin jedoch (eine patente Holländerin, wie sich herausstellen sollte, einiges jünger als ihr Gatte – vermutlich ist's bereits seine zweite –, die, nach jenem Brunch in Ruch auf Einkauf, die beiden Burschen, ihn und ihren vergötterten Buben, gelegentlich ins Café *Maron* auf einen *Coupe Capricorn* einladen wird, oder, da sichtlich in den neu engagierten hübschen blonden, aufs Haar ihrem Sohn gleichenden Schauspieler verknallt, lieber doch ins *Du Théâtre*) lachend wegsteckte, im Übrigen höchst angenehm verlief und – im Sinne der Einladung – prächtig sättigte, vom Hausherrn in die Bibliothek nebenan geführt, diese spontan – und vielleicht eine Spur übertrieben – bestaunend, dort ein paar sich in die Länge ziehende Minuten alleingelassen, feststellt, indem man, als Büchernarr, das Zucken und Gramseln in den Fingerkuppen nicht im Zaum zu halten imstande, von der einen umgebenden Pracht verführt – wie nimmt sich wohl Lehrer Clas Bibliothek im Verhältnis dazu aus? –, beim Versuch, hoch oben im Regal einen besonders prächtigen Band aus der Reihe zu ziehen, als Schweinsledereinbandrücken am Meter die ganze Reihe in Händen hält, verdattert, zugegeben (mehr als ungern – noch im Nachhinein treibt es einem die Schamröte ins Gesicht – hätte man sich in diesem Moment, mit halb ausgestrecktem Arm, der plötzlich, als wäre man an einen Stromdraht geraten, zurückzuckt, auf den Zehenspitzen wankend in einem Spiegel überrascht), gerade geistesgegenwärtig genug, die Attrappe im letzten Moment ins Schnapsregal zurückzukippen, mit auf den Rücken geschnellten Armen vor der wieder intakten Buchwand tief beeindruckt auf den Fußballen nachwippend, wenn der Gastgeber in den Raum zurückkehrt und auf dem die halbe Wandbreite einnehmenden, vom Alter geschönten Ledersofa Platz nimmt, auf dem rauchquarzfarbenen Kristalltischchen vor sich die Rauchwaren richtet, Zigarren Schneider Zündhölzer, den Aschenbecher zurechtrückt, ein Stammtischstück, mit dem Zirkel der Burschenschaft geschmückt, umständlich eine *Montecristo* präpariert, sie fachgerecht ansteckt:

Der Hodler – Rauch ausblasend mit der Zigarre nach oben deutend –, der Hodler sei gerade in Restauration; für eine Ausstellungstournee unter dem Patronat der Bank, über mehrere Destinationen quer durch Europa und zum Schluss, Anfang nächsten Jahres, in die USA, nach Cincinnati; so schwer man sich natürlich tue, eine solche Arbeit, zumal einen mit ihr derart viel verbände, wegzugeben, und sei's nur auf Zeit, man müsse jetzt, wie ihn der Kurator am Ende zu überreden vermochte, eine Zeitlang einfach drauf verzichten; aber die Wand bleibe natürlich nicht leer: bis er seinen *Holzfäller,* ein Geschenk des Künstlers übrigens, der bei der Familie seinerzeit als Pate des ältesten Bruders ein und aus gegangen sei, als wär's sein Zuhause, nach Ablauf der exposition itinérante *Vom Entwurf zum Bild* zurückerhalte – die wichtigste Studie zum eigentlichen, der ja, wie er lachend hinzuzufügen nicht vergisst, bei seinem Chef hinter dem Schreibtisch hänge –, komme nächste Woche, so das Rahmenatelier endlich vorwärts mache, er habe grad gestern wieder angerufen, das Finanzielle sei doch längst geregelt, vorübergehend der ihm kürzlich bei Koller günstig zugeschlagene Piranesi, den er eigentlich fürs Büro ausgelesen, an dessen Platz, das prächtigste Blatt aus den *Vedute di Roma,* keine Frage …

eine Darstellung aus der Vogelperspektive, stellt man fest, als der Herr einem übers Tischchen hinweg – man steht noch immer – im Auktionskatalog die Abbildung zeigt: das riesige Bauwerk wie eine ausgetrocknete Vulva oder die kratertiefe, klaffende Öffnung eines erloschenen Vulkans; darüberwegsegelnd sieht man, tief unten auf dem Grund des Runds, im Innern der gewaltigen Ruine einer für Riesen erbauten Stadt, das Gekrabbel einer Gesellschaft von Zwergen

… das Blatt verhältnismäßig günstig zu haben gewesen, unterstreicht der Herr, das Buch wieder an sich ziehend, zuklappend und, perfekt ausgerichtet, auf den Stapel Coffee Table Books zurücklegend, weil rechts leicht randbeschnitten, dafür, eine wahre Trouvaille, zertifiziert, und abgezogen noch vom Originalstock (doch wohl eher von der Originalplatte, überlegt man, vom gestrengen Zeichenlehrer, der einem mit der Begründung, alle Natur sei letztlich abstrakt, jedes Schummern verbietet, einen anhält, genau hinzusehen, bevor man das Gesehene, die Rundung eines Baums eines Ästchens im Schlaglicht beispielsweise, um dem Gegenstand Plastizität zu verleihen, in feinsten Abstufungen vom Hellen ins Dunkle übergehend, in klaren Strukturen aufs Papier und später auf die mit Asphaltlack eingefärbte Druckplatte übersetze, an freien Nachmittagen in die Tiefdrucktechniken eingewiesen worden – aber was tut das zur Sache: Hauptsache man hat das Blatt).

Wurmen, so der Herr nach einer Kunstpause, wurmen tue ihn, einer kurzen Unaufmerksamkeit wegen oder einfach glücklich über den guten Coup mit dem *Colosseo* – das Glück, wie Tolstoi sage, sei überall zwar dasselbe, Unglücklichsein hingegen auf unzählige Arten möglich –, auf der Auktion sich den Zuschlag für Füsslis *Nachtmahr* verpatzt zu haben, die in Stahl gestochene kleine Kopie natürlich, aber ein höchst rares Blatt, das nun halt jemand anderen erfreue, nachdem es, wie Courbets *Le milieu du monde* und Balthus' Bild *Leçon de guitare,* das er kürzlich, nach einer Skitour auf den Corvatsch, bei einem guten Tropfen als Entschädigung für seine Bergführerdienste in St. Moritz vom Sohn eines in Ruch mäzenatend geschäftenden Reeders und Mineralöltycoons, der auf Wellen entschieden besser surfe als auf Schnee, vorgeführt bekommen habe, die längste Zeit, hinter einem Vorhang verborgen, privatissime gezeigt worden sei, aber die Sitten hätten sich eben geändert, so der Herr, der sich, en passant einflechtend, in welchen Freundeskreisen er verkehrte und was alles ihm unter die Augen kommt, nach seinen Ausführungen zu fehlenden Bildwerken, mit denen er dem Jungen vom Berg zur Verdauung in einer Art sonntäglicher Nachhilfestunde nebenbei etwas von seiner Kultiviertheit und Bildung zukommen lässt, behaglich breit in die Polster zurücklehnt, die Beine überschlägt, sie wieder auseinandernimmt und anders übereinanderlegt, schmaucht, wartet, über den Tisch hin seinen Gast von oben bis unten musternd:

Lang schon hätten sie ihn gern kennengelernt, als Kameraden ihres Sohns, zumal der immer so viel zu erzählen wisse, wie lustig es mit ihm in der Klasse zu und her ginge, dass ein Treffen sich einfach nicht länger habe hinausschieben lassen (voilà, die Katz ist aus dem Sack; das also scheint der wahre Grund der Einladung, durchfährt es einen: es geht nicht um Sättigung, eine Unterredung steht bevor, am Sonntag ausgerechnet, dem Tag des Herrn, an dem man sich wenigstens vor den Nachstellungen des Schuldirektors sicher weiß).

Aber man solle sich um Gotteswillen doch setzen, ungeniert, ein Fliegengewicht wie ihn hielten seine Sessel, die anderes gewohnt seien, allemal aus. Zigarre könne er ihm allerdings keine anbieten; wenn er das Rauchen – gut, gelegentlich einen Zug an der Zigarette, da drücke er ein Auge zu, wenn's denn dabei bleibe – beim Stammhalter ungern sehe (das Töchterchen hätten sie, man werde davon gehört haben, vor einigen Jahren, noch keine zwölf, bei einem Unfall verloren, unten an der Kreuzung, durch einen idiotischen Lastwagenfahrer vom Steinbruch zu Tode gekommen, der, statt auf die Straße vermutlich in ein Magazin gaffend, das Mädchen auf dem Trottinett nicht habe bergab kurven sehen wollen, weil die Hecke ihm angeblich die Sicht versperrte, vor Gericht ungeschoren davonkommend), so wäre es nicht sonderlich konsequent, andere zum Rauchen zu verleiten; gleich mit Stärkerem als einer Gauloise, wie er mit der Montecristo fuchtelnd Rauchzeichen in die Luft malend meint, und nachdem der Rauch sich verflüchtigt:

Vom Land also komme man, sehr schön, ein ausgesprochenes Glück, nicht hoch genug einzuschätzen diese Herkunft; von der Wiege an das Einfache gewohnt, von morgens bis abends mit gesunder Luft verwöhnt, Gesundheit im Multipack gewissermaßen. Auch seine Familie stamme vom Land; von einem Gut am Genfersee; viel Wein und im Hinterland einige Hektar Getreide. Aber hierzulande, man brauche gar nicht allzu weit zurück zu gehen, stamme eigentlich jeder von der Scholle ab; wie weit es damit allerdings her sei, spüre man im Militär: Landleute, die echten, stellten heute noch ihren Mann, Soldaten mit Verlass, die früh gelernt hätten, was zugreifen heiße, Dreck nicht scheuten, eine starke Hand zu ästimieren wüssten, dem Kader nicht die immer bekannteren Schwierigkeiten böten; ein Vergnügen, mit denen zu arbeiten. Und wieder schiebt er, am Stengel saugend, eine Rauchpause ein:

Bergbauern also, habe der Sohn gesagt, seien die Eltern. In welcher Kompagnie, wenn er fragen dürfe, Vater eingeteilt sei; einzurücken, fügt er lachend hinzu, brauche er nach Ableisten der Wiederholungskurse in seinem Alter nicht mehr, dafür rückten die Jungen ja nach. –

Wie, weggekommen, sage man; in der Rekrutenschule bereits, während der Verlegung, bei einem Nachtmarsch über den Septimer im Schneetreiben ins Husten gekommen, ja, da wären die Leute eben gefordert, infolge einer blöden, sich daraus entwickelnden Brustfellentzündung, ob das aber überhaupt abgeklärt worden sei, es habe ja auch Drückeberger gegeben, zum Staatskrüppel gemacht; ausgemustert ausgerechnet zu Beginn des Aktivdienstes, wo jeder seinen Mann zu stellen gehabt hätte; unschön, sehr unschön; sowas hänge einem ein Leben lang an, als Offizier mit einigen tausend Diensttagen könne er das gut verstehen, sehr gut, um nach drei kurzen Zügen an der Zigarre diese verlutscht abzulegen:

Quand même; was die lieben Eltern denn, so sie überhaupt davon erführen, zu diesen Sauftouren sagten? Einer Zecherei wegen habe letzthin sogar eine Prüfung abgesagt werden müssen. Nein, er sehe keinen Grund, an dem, was sein Sohn ihm berichtet habe, zu zweifeln; im übrigen sei ihm heut Morgen vom Monsieur le Directeur des Seminars am Telefon alles Punkt für Punkt bestätigt worden: Die Höhe, platzt's aus dem Herrn. Nichts gegen einen Becher, auch mal zwei, wohlverstanden, aber, bitte, eins klar getrennt vom andern: Zuerst die Arbeit, dann das Vergnügen, das habe er seinem Sohn früh auf den Weg mitgegeben, und mit der Devise seien sie bislang beide gut gefahren. Es missfalle ihm drum auf das entschiedenste, seinen Sohn durch Leute wie ihn, die sich, weil sie es halt nie gelernt, zuhause es ihnen niemand habe beibringen können, wo denn und wie, nicht zu mäßigen verstünden, jetzt auf Abwege verleitet zu sehen. Damit sei jetzt aber Schluss; ab sofort verbiete er ihm jeden persönlichen Kontakt mit dem Sohn; es sei mit dem Schuldirektor im Übrigen so abgesprochen worden. Das habe er ihm von Mann zu Mann mitteilen wollen; und nach einer Pause, einen mit dem Blick durchbohrend: Er kenne Mittel, dass dies auch eingehalten werde; nicht jeder brauche ja Akademiker zu werden –

Schräg gegenüber dem Herrn, mit dem Rauchtischchen dazwischen als einzigem Schutz, immer tiefer in den Sessel versinkend, lässt man die Standpauke über sich ergehen: So ist das eben –

Auf der zweiten Poltrona hat der Schulfreund inzwischen Platz genommen, der, nachdem er, das Dienstmädchen vertretend, dem man sonntags frei gibt, beim Abräumen und danach in der Küche zur Hand zu gehen hatte, der Mutter hinterher, die, ein weiteres Mal neu eingekleidet, sich auf hochhackigen Sandaletten, die bestimmt ein Heidengeld gekostet, in einem eleganten Mini, der nicht billiger war, dazu einer weich fallenden Bluse aus roter Seide, die, am Hals gerafft, mit weiten, am Handgelenk eng anliegenden Ärmeln, bei jedem Anschmiegen an des Gatten Hemdbrust ihre darunter frei schwingenden Brüste ahnen lässt, klein neben den Herrn Gemahl gesetzt, ohne dass man es bemerkte, mit dem Kaffee und einer Schale Gebäck den Raum betreten haben musste: ein ihm schlagartig fremd gewordener Junge, der, an den Fingernägeln grübelnd, sich nicht mehr traut, ihn anzublicken, im Gegensatz zum Vater blond, die Frisur geschniegelt, stets mit dem nötigen Kleingeld versorgt, in der Klasse bekannt für seine große Röhre, zu Hause aufrecht und stumm jetzt den braven Louis markierend, um sich, wie er es wünscht, nein, fordert, am Montag, als wär er Belmondo mit der Vespa, den Scheitel verstrubbelt, die obligate Gauloise an die Unterlippe geklebt, à bout de souffle auf seinem frisierten Töffli angewetzt kommend, wieder Jean-Paul rufen zu lassen

26

Überfordert, nicht nur von der Konversation, wie um mit dem Blick sich an etwas Unverfänglichem halten zu können (die Bücherwand, die einen beim Eintreten noch faszinierte, eignet sich kaum, sowenig wie das Espressotässchen in der Linken) und ohne dazu aufgefordert zu werden es nicht wagend, nach dem Gebäck zu langen, mit der Abreibung gestraft verlegen und ohne eigentlich etwas zu sehen in den Raum hochblickend, von den, wie ihm schien, auf der Wand über dem Sofa mit einem Mal deutlicher hervortretenden Rauchschattenzeichnungen irritiert und zunehmend gefesselt, klammert er sich an diese Schatten: der Umriss eines großen Rahmens und darin, obwohl Monsieur le Directeur nur vom Holzfäller erzählt hatte, wenig blasser eingezeichnet der eines kleinen hochformatigen; aber nicht lange zurückliegend soll es ja, wie man von Neni wusste, eine Zeit gegeben haben, da hätte, gleichsam als Altarersatz, in jeder Stube, nicht allein in den besseren, wie auch in fast jedem Gasthaus bis in den hintersten Krachen – aus den guten Stuben längst verschwunden, in Landbeizen zusammen mit der Ménage auf dem Tisch nicht selten bis heute überdauernd –, das gleiche gehangen, bestimmt also auch auf diesem Anwesen: der General natürlich, insgeheim ein Verehrer des kleingewachsenen

Operettenpopanzes, der südlich der Alpen sein Unwesen trieb, über der straff gespannten Brust mit dem Kreuz der Lederriemen von Pistolenkoppel und Offizierstasche und dem eng und hoch geschlossenen, sternbesetzten laubdurchwirkten Uniformkragen in Haltung gezwängt der herrische Kopf mit dem knappen, bürstenartig gestutzten stahlgrauen Schnäuzchen, die Nase scharf geschnitten, der Schneid im Blick vom Mützenschild gemildert, aus wachen Augen ein eigentümliches Blitzen, das dem Gesicht erst jenen hoch verehrten ingrimmig jeden Nebelflor durchdringend im hehren Vaterland dort wo der Alpenfirn im Abendglühn sich rötet allen Wankelmut strafend den Felsen gleich freudvoll zum Streit bereit nie vor Gefahren bleich mit Herz und Hand Helvetia geweihten Ausdruck bedingungslos unbedingter Entschlossenheit zur Heimatliebe gibt, welchem jeden Morgen, einige, nicht nur in Gedanken, längst an anderem werkend, sich eine gesicherte Zukunft planend, mit verlogenem Kopfnicken die Ehre erwiesen wurde – was man von ihm hielt, brauchte er ja nicht zu wissen – und der vielen im Lande, die nichts wussten, tatsächlich Mut gemacht hatte; wobei im Tiefland, gegen die Grenze zu, manchen gewisse Zweifel gekommen wären, wenn sie alles aus dem Réduit erfahren hätten, doch einigen schwante etwas, oder sie waren über nicht allen bekannte Kanäle entsprechend unterrichtet worden, sodass nach der Kapitulation Frankreichs, als es für unser Land, so Großvater, brenzlig ausgeschaut habe und der Glaube an unsere Rüstungsfabriken, mit denen man sich über die Jahre den Frieden erkaufte, beim strammsten ins Wanken geriet (wenn die einmarschiert wären, erzählte der sanftmütige Vater zum Staunen der Buben einmal beim Zvieri, als das Gespräch auf jene nicht sehr weit zurückliegende Zeit gekommen, hätten sie als Trainsoldaten, auf der Luziensteig Wache schiebend, eh' es ihnen selber an den Kragen gegangen, als erstes und letztes ihrem sie ärger als der gröbste Bauer sein Vieh schindenden Offizier, wenn der mit offenen Armen auf seine Freunde zugegangen, ein Magazin ins Kreuz gefeuert – recht so, wie Neni, der immer das letzte Wort hatte, Vater ergänzte; dieser Von, einer der übelsten Unterzeichner der Eingabe der 200, denen der Anschluss nicht schnell genug habe gehen können, so einer verdiene nichts Besseres, wobei er ihm erst in die Kniekehlen gezielt hätte), plötzlich, anfangs habe man nicht verstanden warum, alle in Richtung Berge geflohen kamen – die, welche motorisiert gewesen und flexibel genug, jederzeit zu verreisen; mit Sack und Pack auf dem Dach ihrer feudalen Rumpelkisten, denen die Kühler schöner gedampft als einst die Lokomotiven der Rhätischen, seien sie, plötzlich alle am Landleben interessiert, aus dem Unterland in nicht enden wollenden Kolonnen die Kehren hochgeruckelt, um Unterkunft feilschend, dass, wer sich, bis der Zauber vorbei, die bessere Kammer über der Stube denen überlassend, in eine Blache gewickelt auf den Heustock schlafen gelegt, einen guten Schnitt gemacht hätte, aber da den noblen Herrschaften, denen die Lebensmittelmarken nirgends hinreichten, die angebotene Kammer mit dem Nachthafen unter dem Bett und einer Waschschüssel auf der Kommode, von Bidet nicht zu reden, dann doch zu wenig feudal gewesen, versuchten sie, die bislang bei einem Ausflug auf den Glaspass, wenn sie an einem Brunnen Kühlwasser für ihre dampfenden Maschinen geholt, nicht Dank und für die ihren Durst stillenden Mähder kein müdes Lächeln übrig gehabt hatten, auf dem Hof nun mit geerbtem Silber, Teppichwaren und allergattig Zeugs, sich dafür mit verkrampften Kiefern, so, dass man meinte, ihre Zähne knirschen zu hören, die *Hüüsli*-Gülle nicht gewohnt, die bei stößigem Wetter, wie der Wind auch wehe, halt um alle Gwetten stinke, diskret die Nase zuklemmend, am Tonfall hätte man es aber gemerkt, tausend Vergeltsgott abringend, wenigstens ein Stück Käse, Eier und Fleisch zu ergattern; verdammt achtgeben habe man müssen, dass die einem nächtens nicht auch noch über den Krautblätz herfielen, im Mondschein mit bloßen Händen vorzeitig die Kartoffeln ausgruben –

Dass es zu jener Zeit – auch wenn niemand mehr davon weiß – welche gegeben haben soll, die hinter dem Generalskonterfei der Schweizer Armee für alle Fälle das eines weitum bekannteren Führers mit ähnlich gestutztem Schnäuzchen im Rahmen parat hatten, behält man in Betrachtung der Wand für sich, tut, als hätte man ein Brett vor dem Kopf und fragt nicht, ob das der Grund sei, dass sich die Umrisszeichnung des kleineren Gevierts – die des Rähmchens fürs jeweils passende Portrait – richtiggehend in die Tapete eingeätzt und darum nichts anderes blieb, als das durch alle Tünche hindurchschimmernd nicht mehr von der Wand zu tilgende Menetekel im Herrenzimmer mit Größerformatigem zu überhängen, und diese doppelte Rauchspurenrahmenzeichnung über dem Sofa vor Augen, immer weniger mitbekommend vom munter weiterplätschernden Monolog des Direktors der einheimischen Chemie, die billiger längst überwiegend im Ausland produziert und gut geschützt nur die heikelsten Dinge im Werk hier in der Gegend – sollte jemand etwas dagegen einzuwenden haben: ein Schnippen mit dem Finger, und schon wären's rheinauf zehntausend Arbeitsplätze weniger, das weiß hier jeder, ohne dass es ihm gesagt werden muss –, beginnt man, statt ungehörig Fragen zu stellen, sich vorzustellen, wie der Herr vis à vis auf dem ausladenden

Sofa, in Fahrt gekommen bald das Jackett ablegend und die Ärmel hochgekrempelt mit sonorer Stimme daherredend, als wäre nichts vorgefallen, an einer weiteren Zigarre lutschend genüsslich rauchend, die sich an ihn kuschelnde aparte Gattin zur Seite, seinen vor allem Verderben zu bewahrenden, mit roten Ohren schon um einiges weniger aufrecht im Sessel sitzenden Sohn, der während Vaters Schwadronieren verstohlen immer wieder seiner Mutter zuzwinkert, hier im Herrenzimmer in stillen Stunden züchtigt – in des Direktors Ausdrucksweise: ihm dies und jenes fürs Leben mitgibt – und

hat jetzt plötzlich eine weit zurückliegende Szene vom Land vor Augen, die man sich zur Strafe einmal hatte mit ansehen müssen: nämlich wie ein Vater nach irgendeiner Bagatelle, an der man selbst beteiligt war (wir Buben hatten hinter dem Stall ballistische Sprengexperimente angestellt, indem wir in einer fast leeren *Wärala*-Tinktur-Blechflasche, welche wir auf einer kleinen Konsole am Trämel über dem Grabholz gefunden – um sie nutzbar zu machen, musste zuvor der Rest Flüssigkeit darin ins Güllenloch weggeschüttet werden: eine dickflüssige stinkende braunschwarze Sauce, die gegen die Große Rinderdasselfliege, *Hypoderma bovis*, einzusetzen sei, deren Larven, fast daumengroße Dasseln, *Wärelen* eben, wie der gewitzteste, im Lesen besser als die andern, bei unseren Unternehmungen sich gern als Veterinär aufspielend, dem Etikett zu entnehmen versteht, nach der Verpuppung, wenn nichts dagegen unternommen werde, im Laufe des Winters am Widerrist ein Atemloch durch die Haut bohrten, um am Ende, wenn das Vieh im Frühling wieder auf die Weide getrieben werde, das Tier durch dasselbe auch zu verlassen, ein Ärgernis bei der Ledergewinnung, da solche Schusshäute, zumal wenn der Befall zu groß, ziemlich wertlos seien –, ein paar Brocken stibitztes Karbid mit Wasser zusammen schüttelten, die Blechflasche, nach dem Schütteln, bevor die Mischung überzuschäumen begann, rasch dicht verschraubt, anschließend, wenn man als Abschussrampe keinen Ziegel mit passender Lochung zur Hand hatte, in die man die Verschlusskappe stecken konnte, im richtigen Winkel umgekehrt in die Erde gruben, doch statt dass die Flasche, sobald der Druck darin hoch genug war und der Schraubverschluss, ihre Schwachstelle, wie wir herausgefunden hatten – und darum eigneten sich gerade diese Flaschen für das ballistische Experiment besonders gut –, nach geraumer Zeit nachgab, in perfekter Parabel wie das Geschoss aus einem Minenwerfer übers Dach hinweg flog, war, wieder einmal – wohl weil wir die Flasche, etwas nervös, alles könnte zu früh hochgehen, nicht fest genug eingegraben hatten und sie durch ihr Gewicht vorzeitig kippte, sodass die Schussrichtung nicht mehr stimmte – nur eine Fensterscheibe im Unterstall zu Bruch gegangen), seinen Buben mit einer frisch geschnittenen Haselgerte durchbleute, dem Sohn, welcher mit gespreizten Beinen, die Hosen als Handorgel in den Kniekehlen unten, tief vornübergebeugt mit den Händen die Knöchel umklammernd, während der Prozedur vor dem Alten ohne zu mucken stillzuhalten gezwungen, den Arsch versohlte, ihm, derweil wir als Zuschauer laut mitzuzählen hatten, auf die nackten Backen ein tiefrot anlaufendes Striemenmuster zeichnend, dass es den Prügelknaben, schmerzdurchzuckt, bei jedem Hieb vom Boden abhob, hochschnellen und Schlag um Schlag ein Stück voranhüpfen ließ, als wollte er wegfliegen und fehlte ihm nur noch der letzte Schwung, ja, als flöge er, gleich der Amsel, die man mit dem Luftgewehr angeschossen vom Baum geholt: zu vernehmen, außer dem Sausen und Klatschen der Rute, kein Laut

IV

… jenes innere Rauschen, das eigentlich nichts ist, doch alles umfasst

Rémy de Gourmont

1

Silent Tongues – das wär' aber eine andere Geschichte, lang und verzwickt, mit wenigen Kadenzen nicht zu bewältigen, Willis Au kam später, und was damit alles zusammenhängt, nun, davon, *My Lord what a Morning,* wüssten Archie und Cecil besser zu erzählen; die hätten den nötigen Atem und die flinken Finger dafür. Drum nur so viel:

Wenn man inmitten gewitterträchtiger Gegend am Rand des Städtchens im Innern der stolzen, windigen Vieh-, Markt- und Festhalle – vielleicht eines mit wunderschönen Plakaten sehr geschickt getarnten Unterstandes geheimer, geheimnisvoller, unsichtbarer, zumindest von niemandem bemerkter Flugkörper und deren eigentümlicher Besatzungen – in den Rauchkegeln, die schräg einfallendes Sonnenlicht zwischen zwei Regenschauern durch improvisierte Fensteröffnungen in den Raum stellt, auf wackligem Klappstühlchen lang genug ausharrt, den Hintern unter sich ob der einem zu Gehör geführten Tongeschichten längst taub, immer eine Flasche *Willibräu* in der Rocktasche, um mit dem Bier die allerhitzigsten durch *Great Black Music* entfachten Brände einzudämmen, bevor die Flammen ins dürre Sparrenwerk schlagen;

wenn Urs Blöchlinger mit Rohren und Röhrchen Löcher ins Rauchfirmament der Festhalle stanzt und Roscoe Mitchell, als spiele er nur für sich allein, seelenruhig, geduldig und unbeirrt, trotz all der nach und nach gegen ihn aus dem Saal brandenden Anfeindungen und des immer ungeduldigeren Flaschen- und Gläserklirrens, Fußgetrampels und Stuhlrückens jener, die durch Musik allein nicht in Fahrt zu bringen sind, sondern erst abfahren – den Beat, neben dem Takt zwar, mitzuwippen vermögen –, wenn sie Bäche von schwarzem Schweiß tropfen sehen, endlos die gleiche und dennoch nicht genau gleiche Phrase wiederholt, *nonaah,* mit kleinsten Schattierungen, unscheinbarsten, vielen anscheinend unhörbaren Variationen seines Atems spielend;

oder wenn Leroy Jenkins und, mehr noch, Billy Bang – der sich einst, ehe er für Jahre nach Vietnam abkommandiert wurde, auf dem Weg durch die Bronx um sein dort so verpöntes Instrument balgen und prügeln musste, wollte er mit dem schwarzen Särglein unterm Arm heil durchkommen, und darum jetzt, ganz weit vorn auf der Bühne allein mit einer Geige, inmitten toter Mikrophone und der sich um ihn türmenden Instrumente, Verstärker und Lautsprecherkisten, einem agilen Leichtgewichtboxer gleicht – beginnen, den Blues als die schwärzeste glühende Klage aus den vier Saiten zu streicheln, zu kratzen und zu sägen, *Closer to the Flower and Know your Enemy,* jedenfalls das Gegenteil von Geklön und Gejammer, Billy aus den Kulissen angespornt vom schalkhaft durch eine große runde Nickelbrille zwinkernden, zufrieden lächelnden Onkel Peter aus Belch, der vor dem Konzert in der Festbeiz gescherzt hat, dem Kleinen, wenn es mit Billys *Bangception* heute nicht klappe, keine weitere Stunde zu berappen – und ob's klappte; wie die Frontalattacke auf die Sinne abging, *oh Thelonious,* ist am Mitschnitt zu überprüfen –, der Fiedler unterstützt am Schlagzeug vom alten Dennis Charles, der, mit hochgekrempelten Hosenstößen in letzter Minute aus dem Festzelt über die im Morast ausgelegten Bretter heranbalancierend auf die Bühne gestapft, hinter seinem Blech auf dem Stühlchen beinahe parat, bereits seine Besen schwingend, zur Sicherheit aber – *Air Traffic Control,* heisert er ins Mikrophon – in einem Zug, da er es des verdammten Durchzugs im Bretterschopf wegen im Hals habe, nur noch rasch ein weiteres Bätziwasser runterkippt, ehe er loslegt, kaum hörbar auf Hi-Hat und Becken beselt, um dann, mit ein paar Wirbeln und verstotterten Schlägen auf Pauke und Trommelrand unvermittelt dreinfahrend, den Luftraum kontrollierend und das Bierflaschengeklirre erschreckend, mithilfe von Alan Silva und Frank Wright, zwei Riesen, die mit ihren dicken Bässen plötzlich dastehen und so unvermittelt, wie sie aufgetaucht und dreingefahren, auch schon verschwinden, für den Geiger eine gewaltige Schneise ins Saalrumoren zu hauen, die Becken peitschend, dass Bang, will er mit der Dynamik Schritt halten, vorerst nichts bleibt als dazu auf Teufel komm raus Akkorde in die Saiten zu sägen, bevor er zu Dennis' nach erstem wildem Aufbegehren jetzt entspannt wischender Besen- und Beckenarbeit und einem Getrommel, das, nachdem das Gewitter sich beruhigt hat und Stille einkehrt, nur noch wie in der Ferne rollender Donner grollt, in großen Bögen empfindsam für *Lonely Woman* singt;

und wenn Randy Weston, jenen, die professoral immer Meilen voraus sind, ein Monk-Epigone, Spannungsbögen bauend durch Weglassen von Tönen, die trotzdem mitklingen und da sind, den Flügel antippt, streichelt, kost, bis man den dunkel glänzenden Sand fremder Küsten sieht;

wenn George Lewis auf der Posaune loslegt, von Bob Stewarts Tuba nachgedoppelt, oder wenn Anthony Braxton, der, wie ein auf dem Rohr dilettierender Freund behauptet, beim Spielen Kirschkerne kauend an vertracktes Brezelwerk denke, im Bunde mit David Murray, einem knapp einsfünfzig großen Hünen mit hundert Litern Lungeninhalt, das ihm weit unters Knie reichende Horn die natürlichste Verlängerung seines Atems, der einfach ein paar Windungen mehr braucht, um zur Geltung zu kommen, anhebt, im Duo Soli zu singen, Blumen für Albert zu pflücken, mit dem wuchernden Strauß *Flowers* einen in Klangräume jenseits von Schönklang entführend, im Bunde mit einem noch mächtigeren Hünen, dem anderen David, von annähernd zehn Metern Höhe, selbst wenn im Personalausweis von David S. Ware die bescheidene Körpergröße von einsfünfundneunzig angegeben sein wird, was, wieder einmal, überraschend deutlich, ja, unmissverständlich beweist, welch untauglicher Ausweis Ausweise aller Art sind:

ja, wenn auch nur einer von ihnen (nicht zu reden von Carla Bley und ihrer Band, Trevor Watts Moiré Music, Les Diaboliques, La Marmite Infernale, den Tonmechanikern der Association à la Recherche d'un Folklore Imaginaire, den wilden Willem Breuker Clowns sowie deren Szenenwechselmusik aus La Plagiata, *da is nietzsche aan te doen,* von Michèle Rosewoman und ihren New Yor-Uba-Band, dem Vienna Art Orchestra oder Schlippenbachs Globe Unity, deren *Intergalactic Blow* Sun Ras Archestra Paroli bietet, zu schweigen von den *Urban Bushmen* des Art Ensemble of Chicago, in welchem, daran ist nicht zu rütteln, jeder Musiker sein eigenes Orchester ist) zu ausufernden Soli ansetzt, *Ancient to the Future* oder wohin auch immer, uneins mit den Unzulänglichkeiten in den USA, zufrieden und voller Lust hier, auf Willis Au, ins Horn stoßend, ächzend stöhnend kratzend knebelnd kübelnd schöner aufbegehrend als das gewaltigste Gewitter, dass der Flügel in der Ecke mitschwingt, leise erst und bald heftiger, Steinway & Sons abzuheben und davonzufliegen drohen, wenn nicht in letzter Minute, derweil Phil Minton, der seit Stunden in eine Ecke verkrümelt entgrenzt seine Miners-Saufballaden röchelt jodelt schreit, jemand herspringt, unerschrocken in die Tasten greift, das scheuende schwarze Gespann an die Kandare nimmt;

wenn auf dem Kutschbock, mit Irrwitz den Flügel bearbeitend, das stampfende vibrierende Ungetüm bändigend, niemand anders als Irène Schweizer oder Cecil Taylor himself sitzt, die Tasten die Fortsetzung ihrer Finger, wobei Cecil auf den Bösendorfer Imperial mit verlängerter Tastatur schwört, weil er, um abheben zu können, auf siebenundneunzig statt der üblichen achtundachtzig Schwungfedern angewiesen sei,

und wenn Pierre Favre, solo oder unterstützt von Andrew Cyrille, Sunny Murray und Shannon Jackson, zu allem hinzu noch mit dem Schlagwerk schwatzt, aus einem Arsenal von Trommeln, Glockentürmen, Becken und anderen Blechanhäufungen Gamelanzäuerliorkane zaubert:

dann kann es leicht passieren, dass bei diesen Sounds sich urplötzlich ein ganzes Jodelchörli herausgeputzter Sennen tonlos und bleich aus den Kulissen stiehlt, aus den verstaubten Soffitten und dem Kleister des Landschaftsprospekts der letzten Liebhaberaufführung eines Ganghofer-Epigonen rappelt, in überstürztem Gerangel durch Astlöcher kullernd, durch

Spalten, Ritzen und Risse aus dem zugigen Bretterschopf sich ins Freie schwingt und hurtig auf den Heimweg macht, in weitem Bogen ums muschelgekrönt in den Nebel fluoreszierende Neon-Aquarium der Tankstelle – auch hier fehlt sie nicht –, respektvoll dem Maschinenpark vor der Unterhaltstation für Landwirtschaftsmaschinen ausweichend, um beim Davonhasten nicht über Deichseln zu stolpern, im Dunkeln nicht in heimtückisch aufragende Furken Messer Zacken Zinken Zähne zu treten, sich nicht in Ketten und Wellen reparaturbedürftiger Mistzetter Mähdrescher Heuladewagen, in Parallelpflügen und angerosteten Ackereggen zu verfangen, durch triefende Düsternis tief hinein in die Alpen, vorbei an der Liebfrauenkirche beim Teich mit den Wirbeln unter den weißen Haselsträuchern durchs Gatter nahe der Kirche des Heiligen Tysilio oder eines andern in der Gegend Verehrten, aus dem Städtchen hinaus, an der roten Höhle vorbei treppaufwärts, abgelegenen Gehöften entlang, um Stadel herum über unordentlich untergestellte Mähmotoren Schlepprechen Güllenpumprohre Heugebläseeinrichtungen strauchelnd, durch Wucherkraut und Dorngestrüpp querfeldein krachenwärts eilend, ohne Augen für geragelt voll hangende Brombeer-Himbeer-Heidelbeer-Sträucher, den Holunder und alle Preiseln, achtlos Pilze patschend napfwärts, heute unterschiedslos alles zertschalpend, was unter ihr schweres Schuhwerk gerät: Cantarellus cibarius Boletus edulis Boletus luridus satanoides Amanita phalloides, auf einem Phaeolus schweinitzii ausgerutscht an aufgestelltem Wurzelstock über einen Harzporling strauchelnd, längelang hingeflogen, sich aus dem modrigen Laub aufrappelnd, mit Fäden von Typhula erytropus und einem vertschieggten stinkigen Phallus impudicus am Hosenboden weiterkeuchend, zum Gotthard, in den schwärzesten Schwarzwald und über den Jura ins Burgundische, einige, noch verschreckter, weiter bis in die Ebenen um Nancy, nicht Karl dem Kühnen hinterher diesmal, nein, um sich dort hinter Kornfelder zu ducken und tief drin in den Alpen hinter Findlingen zu verkriechen, außer Atem mit einem fistelnden Zäuerli, einem kurzatmigen Naturjodel Mut anzusingen;

und anderntags, aber es ist längst Morgen, noch bevor es tagt, während unten im Flecken lange nach Konzertschluss die letzten mit der verrauchten Birne voll Kaffee Träsch, zumal wenn Fan, der Jazz-Experte aus Mostindien, hinterrücks und ohne das Gegenmittel mitzugeben noch ein paar seiner Spezialtropfen in den Trank fallen ließ, hellwach verschlafen aus dem Festzelt rudern, immer noch die Musik in den Knochen, welche die Sennen derart vergelstert in die Flucht schlug, den Blick zu Boden gerichtet in die gluttern-den Tiefen unter sich äugend, um im bodenlosen Morast nicht die Halbschuhe zu verlieren, von den als Stege durch den Sumpf ausgelegten Bretterbahnen zu glitschen (wobei es ausgerechnet jenen, der's am wenigsten verdient, selbst wenn er mit seinen schweren Händen in überschwenglicher Herzlichkeit manch Zarterbesaiteten, dem er seit dem letzten Festival nicht mehr begegnet ist, bei der Begrüßungsumarmung um Haaresbreite erschlägt und erdrückt, am Ende doch ärger erwischte, ihn, der sich seit Stunden bemühte, mit *Schafiser* seine glühende Begeisterung zu drosseln – und somit sturzbetrunken über die leicht abschüssigen Bretter auf die Toilette wankend –, hinter der Halle aus dem Gleichgewicht geraten, derart schwungvoll in den Dreck haute, dass er, vorbei am ins Eck brunzenden gelockten schönen Grauhaarigen, dem schönsten Dichter nicht nur seiner Generation, der, zu vorgerückter Stunde nicht mehr der Schnellste, den Baumstarken zwar noch aufzufangen versuchte, quer durch den Morast und, schwupp, über den Wegrand hinaus schliefernd, mit einer perfekten Rolle vorwärts den Abschrankungsbalken nehmend, wild im Leeren rudernd die steile Böschung hinunter im hochgehenden kanalisierten Stadtbach, der Wigger, landete, von der braunen Brühe mitgerissen im glitschigen Betonkännel vorn bei der Brücke mit Glück sich so lange an ein paar ins Wasser hängenden Weidenruten festzuklammern imstande, bis Freunde, allesamt noch nie und nun erst recht nicht mehr die flinksten, ihn patschnass heraus-

fischten und er, kaum auf dem Damm oben, als erstes, da mit Kies unter den Fußsohlen kein Schritt zu gehen sei, seelenruhig den Dreck aus den durchgespülten Schuhen kippte, das Hemd und die Hosen auswrang, ins Zelt zurückschwankte, um dort, wo zum allseitigen Erstaunen, und für alle überraschend, mittags zuvor sich der fast zwei Jahrzehnte verschollene Barbu vom Erdmittelpunkt zurückgemeldet hatte, mit einem Ausbruch, der so einschlug, dass – will man den Spezialisten unter den Ohrzeugen trauen, die das einander zwischen den Tischen noch Stunden nach dem Ereignis zuraunten – Sonne und Mond mitten am Tag gleichzeitig aufgegangen seien, sogleich mit einem letzten doppelten Kaffee Jazz den Schreck über den dank Freundeshilfe glimpflich verlaufenen Pirl oder Bachsturz hinunterzuspülen, bevor der sich in den Knochen festsetzen könne, ehe es, aufgeheizt von der doppelten Portion Träsch, in seinen beim Austreten im Festzelt liegengebliebenen und somit jetzt naturgemäß trockenen Militärcaput gewickelt, fix und foxy, mehr als groggy durch den feinen Frühnebel, welcher nach der Gewitternacht mit dem Tau sich übers Festzelt gelegt, in die Pfanne unters Deckbett ging), just wenn die Sennen, zur unchristlichsten Herrgottsfrüh oben hinter ihren Steinen hervorgekrochen, schon wieder auf den Beinen sind, um, während der vom Schlechtwetter der vergangenen Tage saubergespülte Firn in den ersten über den Horizont züngelnden Strahlen sich rötet und der Mond auf der gegenüberliegenden Talseite erbleichend hinter einen Grat rutscht, mit einem aus vollen Lungen in die klare kalte Morgenluft hinausgestoßenen, heute gar grellen, gellend zwischen schattigen Felswänden hin und her flatternden, von einer Talflanke zur anderen geworfenen und von dort wiederum zurückgereichten, zusammen mit ein paar rasch zerzausten Nebelchen, die von der sich verkriechenden Nacht hängengeblieben, in den Tobeln nach und nach verhallenden Jauchzer die Alp zu wecken, beim Melken den Kühen zu künden:

Unten in der Mehrzweckhalle ist letzte Nacht geblasen worden, gestriegelt, gesägt, gehobelt, gestampft und gehämmert, dass euch g'stabigen Vacchen mit so viel Musik im Grind das bibbernde Juchzen überfiele und ihr wie verwandelt, ja verhext geradezu, als wärt ihr über Nacht wieder zu jungen Rindern geworden, überstellig, die Schwänze hoch erhoben, mit wuchtig hin und her plumpendem Euter eure Milch in die Alpenrosensträucher und die Blacken verschießend, wie das Bisiwetter von der Weide zurück die *Traijen* entlang über den Stafel wetztet, den Kopf voller Flausen zu allem bereit, sogar eine Fluh hinunterzuspringen, nur eins nicht: zum Melken euch in den Schermen an die Barmen treiben zu lassen

Eine Blechmusik

Ei was Blechmusik; jeder einzelne der Bläser unten in der Festhalle ist soviel und mehr wert als die ganze Blasmusik hiesiger Mais- und Rübenpflanzer, mitsamt einem Jodelchörli, zusammengewürfelt aus breitbeinig im Halbkreis aufgereiht die Fäuste in die Hosensäcke stemmenden, ohne ein melkstuhlgroßes Stück Boden ihr Eigen zu nennen, mächtig das Lob der Heimatscholle röhrenden Schweinemastfabrikanten, in der Fabrik ackernden Feierabendbäuerchen, Kaninchenzüchtern, Angestellten des Verbands für künstliche Besamung, Hundedresseuren und Flugplatzbewachern, und mögen die Bläser der Harmonie ihre Hörner und die mit Sigolin auf Hochglanz polierten Trompeten noch so gen Himmel recken, die ihnen von den Frauen geplättete Uniformbrust plustern, so prächtig sie wollen, die Backen blähen und die Jodler sich die aufgerissenen Münder verrenken – sie bleiben allesamt brav in Eintracht marschnachblasend das Vorgegebene nachsingende Angestellte Züchter Pächter Krautkopfgärtner, Pflanzer von Hirse, Gerste und Raps, nicht zu vergessen den Mais für die Mastfabriken und der Polenta wegen, von der wir, sapperlot, noch viel essen müssen, bis wir es jenen unten gleichtun können

Nein, keine Blechmusik

Schwarz wie der Teufel, meint der mit den Bauern und den Sennen in ihren gestickten Chutteli geflüchtete Priester, ein vergifteter Pilzsammler, schreckbleich, noch Stunden danach außer Atem, sich mit der Soutane den Schweiß von der Stirn wischend

Jedenfalls alles andere als brav mit dem Köpfchen wackelnd wie das Negerli in der Kinderlehre, wenn wir bei der Kollekte sein Bäuchlein einst mit einem Fünferli stopften und das Mohrenköpfchen damit ins Dankeschön-Nicken geriet

So leicht kann einem die Realität abhandenkommen

Das spielt und hält deinen Tod zurück, meint der älteste der Sennen; eine Lehre sei's uns: Wackeln auch wir niemandem mehr mit in den Taschen geballten Fäusten etwas vor; rotten wir uns zusammen, damit unsereiner das nächste Mal, wenn wir, *chumm und lueg,* zu einem Kranzschwinget, auf ein Schützenfest, ein Grümpelturnier oder sonst was in den Stadel geladen werden, um in die Tracht gezwängt für Stadt und Land – *niene geit's so schöön u luschtig* – einen fröhlichen Abend lang vom *bluemete Trögli* zu jauchzen, ehe es nach überhöckelter Nacht am nächsten Morgen ohne zu murren wieder an den Maschinen hebeln, als Bügelhalter mit klammen Pfoten am Skilift stehen heißt, gewappnet ist, es den Fernsehunterhaltungsproduzenten, allesamt nichts als Speichellecker und ablenkungsgierig wieselwindig daherlavernde Vetterli, die uns, heb ratsch trütsch tatsch, nur verschaukeln, gehörig zu geben, ein für allemal

Durch Astlöcher und Ritzen in den Nebel hinaussingen wollen wir das geschniegelte Gschmäus, uns daran erinnernd, warum wir unsere Kutten und Kittel tragen, dass die TV-Kameras ins Schlottern kommen und nur ein Kabelriss oder ein Kurzschluss, besser beides zusammen, unser außer Rand und Band geratenes Jodeln, Höseln und Bödeln zu stoppen vermag

OOHM JAAH

Schön wär's. Aber das Singen ist unsereinem vergangen; mit zusammengepressten Zähnen krampfen wir uns durch Abgasschwaden und den von Maschinenmonstern über geschundenen Wiesen aufgewirbelten Dreck, hasten nach Hause in die Küche, um dort, von heraufziehenden Gewittern und der Uhr gehetzt – dem Lauf der Zeit angepasst das Anker-Mädchen an der Wand durch Motocrossposter und die bunten Ansichten der prächtigen Biochemiemilchviehvitaminkraftfutterreklamekalender ersetzt –, etwas hinunterzuschlingen, ohne drauf zu achten, was einem aufgetischt wird, ehe es mit einem Klumpen im Magen weiterzukrampfen gilt, in den Stall eilend, damit die Milch rechtzeitig zur Sammelstelle kommt, und sollte dem einen oder andern ums Singen sein, das Gluttern und Glucksen der Melkmaschinenpumpmotoren zu übertönen, aber da den Hochleistungskühen heute, statt dass ihnen beim Melken vorgesungen wird, Transistorgedudel die Milch aus den Eutern lockt, mehr und noch mehr Milch – was soll das Gerede von Milchschwemme und Butterberg, solange subventioniert wird –, bliebe uns, falls die Kraft dazu reicht und das Gespür für unsere Melodien uns mit dem Laubbläser auf dem Rücken nicht gänzlich abhanden gekommen ist, am Ende nur eins: gegen das Rattern und Rütteln und Kleppern der Mähmaschinen, das Gezwitscher der Kreiselheuer, das Kratzbodenächzen der Heuladewagen, das Brüllen der Güllendruckfässer, das Mistzetterknurren, das Kunstdüngerstreutrommelsirren und, im Winter, gegen die aus dem Bannwald herunter jaulenden Motorsägen und das die Landschaft niedernagelnde Rotorhämmern der das Holz des Kahlschlags Stamm um Stamm einzeln ausfliegenden Helikopter anzusingen, anzuschreien, bis die letzte Zunge im Lärm verstummt

Jachchchchhhhh —

2

Schwitzerland, erinnert man, auf der Suche nach Wärme Großmutters Ansichts-Kartei durchblätternd, für einen Film recherchierend auf der Suche nach Spuren vergangener Moden, interessiert, Gegenwärtiges aus dem Vergangenen zu erfahren, Vergangenes im Gegenwärtigen wiedererkennend –

Switzerland, nein: Schwitzerland eben, wie wir Buben einst lasen, bevor wir, zu einer Zeit, als anderswo Kinder in den Trümmerbergen der zu Ruinen zerbombten Städte bei den Besatzern Peppermint-Chewing-Gum erbettelnd Verstecken spielten und auf einem heil gebliebenen Stück Straße Himmel und Hölle, hier am Berg hinter am Berg alle Arbeit vorerst als angenehm abwechslungsreiches Spiel begreifend, am eigenen Leib erfuhren, was das eigentlich heißt –

Wenn der Bruder und ich den Schlepprechen anfangs spielerisch über die Börter schleiften, als Zweispänner an dem zur Deichsel ernannten Stiel dem ungeschlachten Eisenrechen vorgespannt, hin und her, wie ein schwer zu kutschierender Brauereirosszweispänner beim Wenden uns reichlich Zeit lassend, hin und her, den ganzen Nachmittag lang, ohne Augen für die über dem Grat bedrohlich hoch aufragende Wetterwand Rechenbreite um Rechenbreite die Halden hinab, während Mutter weit unten sich mit dem schwer dorrenden Heu der Einsaat abmüht, das sie, um es vielleicht auch noch einzubringen, bevor das Wetter umschlägt und danach wieder tagelang der Himmel weint, nach dem Mittagessen als erstes ein zweites Mal ausgezettet und es, zwischendurch weiter in ihm herumzappelnd, mit der Gabel schließlich auf dicke Mahden zusammenwirft, damit Vater, mit einem verschneuzten roten Nastuch sich die bei stößigem Wetter erst recht aggressiven Bremsen aus dem Gesicht scheuchend, nachdem der Rest des Dürren unter Dach ist und es seinem Rücken eigentlich reicht, von der Last gebückt auch dieses, immer noch bleischwer, Blache um Blache auf säbligen Beinen in langen Schritten zum Stall buckeln kann, so schlägt, was als Spiel begann, unversehens in Zwang um, hart, dass man, mit seiner Herkunft hadernd, wenn's in den Sommerferien, während die Klassenkameraden aus der Stadt im Bergell klettern dürfen oder in Rimini sich ihren Arsch rösten lassen, daheim auf dem Hof aushelfen heißt, jetzt, wo der Ladewagen das Tempo diktiert und man, um nachzukommen, mit dem Schlepprechen, dessen Zinken sich ein übers andere Mal in dem unebenen Boden verhaken, übers Feld zu eilen gezwungen ist, sich, wie Vater wenige Jahre zuvor beim Heutragen, beim Wenden in einer Verschnaufpause fluchend nun selbst den Schweiß aus der Stirn wischt, erst recht beim Abladen, das Heugebläse fütternd, oder wenn man auf dem Heustock oben unterm Blechdach im Heublumensturm stehend das eingebrachte Futter, damit alles Platz – doppelt soviel ist's im Vergleich zu früher, seit mit dem Hochdruckfass, tüchtig mit Kunstdünger nachgeholfen, selbst die steilsten Wiesen vergüllt werden können –, den Wänden entlang runterzustampfen hat, in diesem Schwitzerland, Weltmeister in der Disziplin Arbeitswut, dem, grundtüchtig, vor Krampfen der Schnauf ausgehen und wegbleiben wird; ein Land, das, ein Fluch und Jammer, jede Spur Zärtlichkeit einbetoniert, verbleit, frisst: den Krautblätz, die Frucht, das Vieh, nicht und nicht satt werdend; zerreißt, zerstört und weiterfrisst: das Grundwasser, den Wald, Wiesen, Höfe, Dörfer, ganze Stadtkerne, und wird und wird nicht satt; wo jeder, von Bergen umstellt, geborgen wie gefangen, zusätzlich eine Mauer ums Hirn gezogen hat, das, in der Sprache der Einheimischen, auf einen einzigen Namen geschrumpft ist: *Gältseckel* —

Schwitzerland, nicht von ungefähr – nun versteht man's – stand das Wort, doppelt unterstrichen und größer als der Rest, am Schluss der Adresse hinten auf jeder von Tante Bertas Karten. Damit, im Gegensatz zu den vorderseitigen Abbildungen, jenen Täuschungen, welche bis in den Traum hinein realer waren als das unbekannte, dahinter verborgene Reale: damit konnte nur unser Land gemeint sein, wir, oben am Berg, während rundum geackert geschuftet gekrampft wurde, im Bodenhof in die Stube verdammt uns die Welt ausmalend, in Eifer geratend mit Buntstiften gelegentlich dies und jenes ergänzend, korrigierend, übermalend, oder mit wütenden, die Konturen zerfetzenden Strichen einfach aus- und durchstreichend:

den Felspalast
die Freiheitsstatue
das weiße Schiff
die Rollschuhläufer im Central Park
den porzellanenen Gesichtsausdruck der Tanten, welche, von uns bewundert, so viel mehr gesehen haben, als wir je sehen werden

V

Das Beste im Neuen entspricht einem alten Bedürfnis Paul Valéry

1

Tante Bertas Karten waren es diesmal aber nicht, was Großmutter suchte; nein, nachdem der behäbige Herr – Nanas Schwager, dessen gefürchteter Visite wir Buben am Vorabend, damit es, so die Großen, eine *Gattig* mache, eine bessere Ausrede gegen unseren Widerstand fiel ihnen nicht ein, unter Vaters mit sicherem Griff einem eiskalt das Genick hochklickender Handhaarschneidmaschine unseren Pelz zu zollen hatten, weshalb wir diesen Besuch wie keinen sonst hassten –, mit Tante Anni am Arm von den Großeltern unten neben der Sennerei an der Postautohaltestelle abgeholt worden, kaum auf dem Hof angelangt, noch bevor in der Stube sich alle gesetzt, meiner Flugkünste überdrüssig, den mir aus der Stadt mitgebrachten Jahrmarktspropeller wieder entrissen und zerstört hatte und damit, wie ein Hagelwetter aus heiterem Himmel in den Familienfrieden einbrechend, das Besuchsritual schon zu Beginn mehr als derangierte (während Neni, der weder raucht noch Kautabak mampft, nicht spuckt und dennoch aus dem Mund stinkt, weil er den ganzen Tag Knoblauchpillen kaut, um sich damit jenen gegenüber, die er nicht mag, die nötige Distanz zu verschaffen, der die Wetterwechsel an den Wolkenformen, am Verhalten des Wildes, den Vogelzügen und am Wachsen der Eiszapfen ablesen kann, mit den Blumen spricht, den Bäumen, dem Großvieh und den Eidechsen, denen er ein Schälchen Milch aufs Mäuerchen stellt, den Lauf der Gestirne kennt und die Geräusche des im Kamin heulenden Winds zu deuten weiß, das Gurgeln des Wassers in der Brunnenröhre und, bei seinem Fimmel, die Eigenschaften der Kräuter zu verstehen, das Gras husten höre, wie die Leute frotzeln, also eine eigentümliche Sprache beherrscht, die all jenen geläufig ist, welche die Fähigkeit zu staunen nicht verlernt haben, als gehe ihn, was da in der Stube vorging, keinen Deut an, zum Fenster gedreht, wie abwesend zwischendurch aufs Simsbrett trommelnd, weiter über die von Bienen umsummten Blumen auf dem Meiengestell hinweg ins Weite glarte), suchte Nana, an der Kommode lehnend, in ihrer Kartei nach einem Kartengruß aus dem Aktivdienst 14/18, den sie, fündig geworden – hatte die Suche tatsächlich so lange gedauert, oder versuchte sie schlicht Zeit zu schinden –, sich umwendend, wie wenn sie etwas sagen wollte die Lippen schon zu einem Spottwort spitzend, in der Bewegung innehaltend sich die ihr auf der Zunge liegende Bemerkung *So ein Hirsch bist Du einmal gewesen und möchtest es heute noch sein,* mit der sie nur Öl ins Feuer gösse, schließlich verkneifend, freundlich lächelnd ihrem Schwager reichte, der, heftig atmend, dem Tisch näher rückte, mit dem Arm schwer sich auf dessen Kante abstützend

Das Foto, vergilbt, gelblich verwaschen – hat da wer drübergepisst, schoss es mir durch den Kopf, als Nana es aus der Schachtel gezogen dem Herrn reichte –, zeigt einen schlanken jüngeren, gleichzeitig seltsam alterslos wirkenden Mann, den Tschako in die Stirn gezogen, das zur Maske erstarrte Gesicht im Halbprofil, der Blick bohrend gradaus gerichtet, mit über die Kruppe des Pferdes gebreitetem Rock in eine Uniform gezwängt, als ritte er in einer Parade zu Ehren von General Wille, in die Steigbügel gestemmt mit durchgedrücktem Kreuz, wie wenn er einen Besen gefressen, bolzengerade im Sattel, in der Rechten den langen, leicht gekrümmten Dragonersäbel emporgereckt, mit der anderen Hand, straff in den Zügeln, den Rappen im Moment der Aufnahme in die Levade bäumend, ein junger, stolzer Kavallerie-Offizier zur Zeit der Grenzbesetzung, als ums Land der Krieg tobte, andernorts fliegende Kisten Feuer vom Himmel spien, Senfgas ganze Landstriche verätzte, Granaten und Schrapnellgeschosse unterschiedslos Reitern wie Pferden wie flüchtenden Zivilisten die Eingeweide zerfetzten, die Leiber, mit Erde zu einem blutgetränkten Brei vermanscht, reihenweise aus dem Dreck in den Dreck fegten, während hierzulande die asiatische Grippe die Reihen lichtete und Großvater, derweil die Verstümmelten anderswo auf freiem Feld verreckten und der gerettete Rest in überfüllten Notlazaretten am Wundfieber einging, als simpler Sanitäter, der sich zum Dank am Ende des Aktivdienstes den Dienstgrad des Gefreiten auf den blauen Rock nähen durfte, Grippekranke mit Senfwickeln zu pflegen hatte, Todkranke ans Bett binden musste, damit die im Fieberwahn wie Kleinkinder nach der Mutter plärrenden Soldaten (zuvor bereits einiges gewohnt, nachdem sie, am Umbrail auf der Wache in Schneehöhlen eingemauert die Gefechte ennet der Grenze beobachtend, im Anschluss an nächtliche Schießereien zwischen verfeindeten Truppenverbänden, die an den Uniformen kaum zu unterscheiden waren, im Morgengrauen, aus sicheren Unterständen mit Feldstechern die Hänge abstreifend, gegen das Stilfser Joch hoch die auf den Firnfeldern liegengebliebenen Toten einfangend, die gefrorenen Verrenkungen im Blickfeld der

Optik zum Greifen nahe gerückt, durch eine Igluscharte spähend eines Tages, als wär's eine Filmsequenz in Zeitlupe, mit ansehen mussten, wie es drüben, es schien dort wieder einmal etwas Warmes gegeben zu haben, einen Soldaten in weißem Tarnanzug, der, statt beim Fliegeralarm in Deckung zu stürzen, ausgehungert zuvor rasch noch eine Gamelle voll heiße Suppe in sich hineinzuschlürfen versuchte, ins Kreuz getroffen, ihm das Geschirr aus der Hand hauend, wobei die Suppe in weitem Bogen eine trübe Fontäne durch die Luft zeichnete, mit auseinandergerissenen Armen flach aufs Gesicht in den unter ihm sich unverzüglich rot färbenden Schnee geklatscht hatte) sich nachts in ihren Delirien nicht aus den Lazarettfenstern ins Schlachtgetümmel ihrer Fantasien stürzten, ehe, gegen Kriegsende, beim Generalstreik, von den Offizieren den von der Grippe leidlich gesundgepäppelten Wehrmännern befohlen werden sollte, die Langgewehre in Ermangelung des Feindes gegen hustende Mitbürger zu richten, um, im Sinne der Generalität noch rasch ein Exempel statuierend, den in den Städten aufbegehrenden Arbeitern – der verfaulten Schicht arbeitsscheuen Großstadtgesindels, indoktrinierter Jugendlicher und professioneller Arbeitsloser, wie der *Nationale Block* polterte – für das, laut *Tages-Zeitung*, Verbrechen an Volk und Land kurz vor der Demobilisierung den längst verdienten Denkzettel zu verpassen, welcher jenen (und nicht nur denen, so Neni, wenn er schimpfend erzählte, wie er als Sanitätssoldat, im Glauben, die Ehre des Roten Kreuzes hochzuhalten – bis heute habe er die Kirchenglocken der Mobilmachung von 1914 im Ohr, die ihnen, nach dem feuchtnassen Juli mit Heuen weit hintennach, als sie am dritten *Augsten*, dem ersten heißen Sommertag, zu läuten begannen, das Blut erstarren ließen, das Rauschen der Natur wie auf einen Schlag ausgelöscht, zu einer Art Schweigen gedrosselt, denn während der nicht enden wollend langen Minuten, in denen die Sturmglocke aus dem sich dem Nolla zu neigenden Kirchturm gellte, löste sich alles in den Klangkugeln auf, die in konzentrischen Wellen in den mit einem Mal vogellosen Himmel dröhnten, alles durchdrangen, in allem wiederhallten, in den Tälern, den Felsen der Foppa und den Planggen unter Masügg, den Wäldern, den Mauern der Gehöfte und den Herzen der Leute –, nachts sich auf der harten Pritsche wälzend, ohne beim Schnarchkonzert ringsum einschlafen zu können, mit sich gehadert, ob er, da seine Arbeitskraft daheim auf dem Hof an allen Ecken fehlte, die *Büez* von Marie und den Kindern allein nicht zu bewältigen war, und Knechte, die man hätt anstellen können, gab's keine, während sie, in der brütenden Hitze die steifen Uniformkragen bis aufs oberste Häftchen geschlossen zu halten gezwungen, sinnlos herumhängend die Zeit totzuschlagen hatten und zwischendurch, statt sich wenigstens in Verbandskunde zu üben, was noch Sinn gemacht hätte, von ihrem Hauptmann, naturgemäß einem Von, zudem noch Neffe des Generals, dieses bismarckvernarrten halbdementen Dickwansts von der Goldküste, dem stets jemand als Steigbügelhalter das Böckli zu machen hatte, damit der Habersack überhaupt auf seinen Wallach hoch kam, wenn's dem Idioten wieder mal ausgehängt, was ihm täglich passierte, dass sie ihm, wie der Sadist höhnte, nicht verfetteten, stundenlang zu exerzieren gezwungen wurden, mit dem Faschinenmesser als ihrer einzigen Waffe – aber auch damit hätte man ihm den Bauch aufschlitzen können, es hätte nur einer den Mut dazu haben müssen – über den von der Sonne aufgeweichten Asphalt des Kasernenhofs geschunden, bis die Kappennägel von den Schuhsohlen spickten, dem Leerlauf zu entrinnen, nicht besser türmen sollte, um in einer Gegend, die einem nicht bekannter war als Amerika, wie andere Deserteure schnell gefasst als Landesverräter an die Wand gestellt zu werden) in Erinnerung blieb;

wer weiß, am Ende vielleicht sogar Großonkel, der sich beim Abverdienen des Hauptmanns hoch zu Ross hatte ablichten lassen, als *Held vom Paradeplatz,* wie in seiner Sütterlinschönschrift, einem spitzen Gekritzel, das wir uns von Neni einmal hatten entziffern und erklären lassen, erstaunt, dass er dabei sogleich in Rage geriet, auf der Rückseite der von Großmutter aus jener Zeit aufgehobenen Feldpostkarte steht, und im Glauben, nach den Arbeitern im ersten auch noch den Hitler besiegt zu haben, wie Großvater am Abend grummeln wird, wenn der feine Besuch endlich weg ist, stinksauer auf seinen noblen Schwager, der ihm mit seiner werten Anwesenheit einen weiteren schönen Sonntag versaut habe, als Schreibtischtäter in den Büros der Fremdenpolizei den zweiten Krieg unbeschadet überstand und jetzt in unserer dämmrigen Stube zusammengekrümmt auf der für seinen Hintern viel zu kleinen Stabelle mit dem geschnitzten Steinbockwappen auf der Lehne, das ihm mit den plastisch herausgearbeiteteten Hörnern in den Rücken drückt, angestrengt in sein Kavalleristenfoto vertieft ist, die ihm von Nana überreichte Karte nah vors Gesicht hochgehoben derart verkniffen betrachtend, als sähe er sich zum ersten Mal, seine Rechte, die sich, wie groß und kräftig sie auch ist, im Gegensatz zu Nenis Hand bei der Begrüßung schlapp wie ein in Milch eingelegtes Leber-Plätzli anfühlt, seit dem Schlag auf den Propeller, der letztlich mir, dem Flieger, gegolten, immer noch zitternd (dass der in ähnlicher Manier als Halbrelief geprägte Reitersmann auf der Rückseite der Fünfschilling-Münze, die wir, nachdem mit dem von Großtante zu Weihnachten geschenkt erhaltenen Geldstück, das wir stolz überall herumzeigten, am Markt kein Magenbrot zu kaufen war, statt damit unser tönernes Sparschwein zu füttern, welches der Bankbeamte, um die paar von uns im Lauf des Jahres mit Botengängen zusammengesparten Fünferli auszuweiden, an Martini, wenn Vater zinsen ging, mit dem Hammer zerschlug, in unserer Schatztruhe besser aufgehoben wussten, kaum Großonkel sein konnte, nicht der jedenfalls, welcher am Tisch aufgestützt schwer atmend sich in sein im Aktivdienst abgelichtetes Reiterstandbild verbohrt: das konnten wir nicht wissen, wenn diese Karte, vor der wir im Gegensatz zu andern, ohne zu wissen warum, stets einen gewissen Respekt hatten und drum nicht an ihr herumzukorrigieren wagten, dem Bruder und mir, durch Großmutters Kartei blätternd, beim Ausmalen der Welt zu Gesicht kam, und sollte der Herr an jenem denkwürdigen Sonntagnachmittag in Betrachtung seines vergilbten Konterfeis beim Versuch, die langsam selbst ihm peinliche Stille zu durchbrechen, vor sich hin brummend nach geraumer Weile etwas geäußert haben, naturgemäß wie immer allein an die in der Stube versammelten Erwachsenen gerichtet – zur Einsicht, dass außer einer verlorenen Schlacht eine gewonnene das traurigste ist, was es gibt, konnte ich weder durch den echten Großonkel am Tisch noch dessen falsches Double auf der Münze und schon gar nicht durch die Feldpostkarte gelangt sein; eher schon durch Nenis Schimpfen). –

Auf dem Stuhl nebenan die Großtante, mager und bleich wie frischer Zieger, eine falsch zusammengesetzte, mit kostbaren Kleidern behängte Gliederpuppe, deren Unterarme wie verwitterte Stöcke aus Prälatenärmeln ragen, die Haut ihres verhärmten Gesichts, dünn und pergamenten wie die einer

Eidechse, fest, als könnte sie jeden Moment reißen, über hochliegende Wangenknochen gespannt, seltsam trocken, auch auf der furchenlosen Stirn, nicht glänzend glatt jedoch und nicht, wie bei Nana, von der Sonne gezeichnet, sondern pfirsichzart eher, als hätte man dieses Gesicht soeben aus dem Mehltopf gezogen, und dann, je nach Lichteinfall, wieder mehr an den Farbton des opalen Lampenschirms über unserem großen runden Stubentisch erinnernd, mit dem Unterschied, dass, im Gegensatz zur großzügig hingepinselten vertrauten Kleisterfarbenlandschaft auf dem Porzellanschirm, auf ihren Wangen uns ein feines, bläulich durchscheinendes Äderchengeflecht fremde Landkarten zeichnete; dazu konnte man, wenn Großtante ausnahmsweise keines ihrer feinen Hütchen trug, am Mittelscheitel ihre rosa Kopfhaut schimmern sehen, ungewohnt hell, dass wir, als wär's feines Seidenpapier, verdutzt draufguckend glaubten, durch diese in den Schädel hineinsehen zu können, auf etwas rosig Graues, Verschwommenes darunter, und so wie sie als geisterhaft aparte Erscheinung auf der Kante des Stuhls kerzengerade neben ihrem in sein Standbild-Konterfei verbohrten Gatten dasitzt, welk und zerbrechlich, in ihrem mausgrauen, engen, hochgeschlossenen Jackettkleid, das am Ende, so, wie es bei der kleinsten Bewegung knisterte und wisperte, gar aus Seide sein mochte, die Kragenrüsche am Kinn durch eine Kameebrosche zusammengehalten, als der materialisierte Ausdruck von Sauberkeit und einer ordentlich steifen Gepflegtheit, Düfte von milden Seifen, Kampfer, Naphthalin und Lavendel verströmend, welche, am Berg nur als Ingredienzen des Städtischen zu deuten, gewiss mit Tante Bertas Karten zu tun haben mussten, ist Großtante, zusammen mit den drei bezaubernden Schönheiten beim Tee, die einem letztlich fremd bleiben, sie im Gegensatz zu jenen auf der New-

Yorker-Postkarte aber leibhaftig in unserer Stube anwesend, der untrügliche Beweis für die Existenz einer Welt außerhalb des Rahmens unseres Hofes,

und Großtante, die, über Großonkels Hantieren rot geworden, fortwährend, jedesmal nur leicht anders betont, *Buob Buob pass uf* hüstelte und dabei nervös sich ihr feines weißes Haar glatt strich, die paar Strähnen, die unter ihrem schwarzen Hütchen mit dem kleinen, hochgeschlagenen Schleierchen abstanden, nickte die ganze Zeit bedeutungsvoll und reckte mir, als ob das Gehüstel nicht gereicht hätte, den bleichen Mahnfinger, welcher so anders ausschaute als der von Nana, die ihn gelegentlich auch recken konnte, mich aber immerhin gehen gelehrt hatte, mir den aufrechten Gang beigebracht, indem sie mich, während die Eltern tagsüber hangauf hangab bei der Feldarbeit werkten, geduldig der auf dem kleinen ebenen Wiesenstück oberhalb des alten Stalls vom Vater zwischen zwei in den Boden gerammten Sparren gespannten Latte entlang hin und her geleitete, bis ich, ohne dass ich nach ein paar wackligen Schrittchen wieder hinfiel, bald kaum noch von ihr gestützt und dann gar nicht mehr, nach und nach mein Gleichgewicht fand, dessen Entdeckung für mich mit dem Druck schwieliger, arthritisch verkrümmter, rauer, warmer Hände verbunden bleibt,

und der zarte, weder von Werkzeugen noch vom Frost versehrt in die Luft gereckte Finger an Großtantes Guter Hand, die mich, den *Linggitschinggi,* bei der Begrüßung zu liebkosen versucht hatte, wie von einer anderen Welt kommend mir die Wange gestreichelt und – was sie nicht hätte tun dürfen – das Genick und die Schläfen hoch über meine Haarstoppeln gestrichen, bis ich, unter ihren Berührungen zusammenzuckend, plötzlich nur noch deren Kälte spürte, dieser vermaledeite Finger (der, wie einem einfällt, während man das niederschreibt, dem erhobenen Händchen der englischen Königin glich, die, solarbetrieben viele Jahr später im Marktflecken unten im Schaufenster von Selma Bünzlis Bijouterie stand und deren Gewinke immerhin zum Erlahmen zu bringen war, indem man sich, eine Zeitlang Schatten auf die blassblau gekleidete Lady mit der Handtasche am angewinkelten Arm werfend, davorstellte) winkte aufdringlich solange weiter, bis ich außer der stummen, unerträglichen Zurechtweisung, dieser Geste, die ich nicht ausstehen konnte, ja, die mir ärger zuwider war als selbst die Haarschneidtortur, mit der sie indirekt dennoch zusammenhing, am Ende nichts anderes mehr als diesen Finger sah, sodass mir, um dem Heulen zuvorzukommen, indes Großtante, bestimmt gut gemeint, die eingefrorene Konversation wieder in Gang zu bringen versuchte und Großonkel nach dem Betrachten seines vergilbten Konterfeis, den Blick, wie um sich irgendwo festzuhalten, ins Leder der polierten Insignien aus besseren Tagen gebohrt unverwandt auf die Spitzen seiner gewichsten Stiefel starrte, schließlich nur eins blieb: die Zunge streckend mit zündrotem Kopf, gleichzeitig weiß vor Wut, wie ein Pfurri quer durch den Raum ab in den Wandschrank in der Ecke unter der Treppe zu fliehen, die von der Stube in die Schlafkammer der Großeltern hoch führt, ein Dröhnen im Schädel, als hätte der vermaledeite Protzkopf, indem er mir mit gezieltem Hieb seinen aus der Stadt mitgebrachten Propeller zerschmetterte, statt des Fluggeräts mich getroffen und mit einer ungeheuren Ohrfeige aus der Bahn gehauen

2

In der Schwärze des Kastens, die Tür, die in der Hektik mehr als sonst klemmte, hinter mir zugerissen und von innen verriegelt, hocke ich mich auf einen Stapel zerlesener Bücher, Andachtsschinken und in Schweinsleder gebundene Moralbreviere aus dem letzten und vorletzten Jahrhundert, in deren Deckeln der Wurm nistet, die man, bevor Neni das Klump einem Antiquitätenhändler verhökern konnte, als Bausteine in die Spielburg gerettet, mit Warenhauskatalogen beschwert und den zu Bündeln geschnürten Jahrgängen des *Pur grischun,* sowie den gesammelten Mitteilungen des Verbands für künstliche Besamung – das interessanteste darin die Fotos der ihr Gemächt zur Schau stellenden Bullen –, zuoberst mein Bilderbuch, und auf diesem Buchturm bleibe ich schmollend hocken, den dröhnenden Kopf in Händen, die Ellenbogen auf den Knien, der wieder mal sinnlos geopferten Haarpracht nachtrauernd, mit den Daumen an den Schläfen über die kratzenden Stoppeln meines kahlgeschorenen Schädels streichend, dem durch den Türspalt hereinrauschenden Sonntagnachmittagspalaver lauschend;

versuche, sobald ich mich beruhigt habe und soweit das gelingt, den Aufzählungen der die Erwachsenen draußen plagenden Gebresten zu folgen, unerbaulichem Geklön über

Rheumatismus, Hexenschuss, Stechen in der Brust, Appetitlosigkeit, Wind zu jeder Unzeit und die Probleme beim Wasserlösen, mit denen nicht zu spaßen sei;

füge und reime aus den durch die Ritze zu mir hereindringenden Bruchstücken der Rede draußen in der Stube eine Geschichte zusammen: das also ist sie, die Familie und deren weitverzweigte Verwandtschaft. –

Röbi müsste man sein, überlegt man, hinter der Tür ganz Ohr, Röbi, der krummgewachsene Dorftrottel, welcher, bei der Wäscherin in der oberen Kammer der alten Mühle einquartiert, die dem Schmied, nachdem die Anbauschlacht geschlagen und am Berg nach dem Krieg kein Getreide mehr angepflanzt wird, jetzt als Werkstatt dient, im Sommer die Heimkühe des Dorfes hütet und im Winter da oder dort beim Füttern des Galtviehs aushilft – unter einen Bauch lassen könne man den *Galööri* ja nicht, es sei denn, man wolle ihn mitsamt dem zerbeult im Tenn kreiselnden Melkeimer hinter der ausschlagenden Kuh aus der verschütteten Milch im Schorrgraben auflesen –;

Röbi, der, unter jedem noch so kleinen Stein, jedem Blech, jedem moosbewachsenen und vergammelten Ast und Rindenstück herumschnüffelnd, alle Sorten von mehr oder minder abstoßenden Tieren hervorbefördert, die der Idiot, zum Spott auch mal der Glückliche genannt, sofort in eins seiner Schraubgläser steckt und jede freie Minute daneben in ungelenker Handschrift an vertrackten Geschichten webt, mit seinem unentzifferbaren Unfug stapelweise blau linierte Schulhefte vollschmiert, die ihm der Lehrer zum Üben gibt, in der vergeblichen Hoffnung wohl, das Geschreibsel werde vielleicht irgendwann lesbar, so Großvater; obgleich man, als dieser eines Tages nicht aufstehen wollte – er habe es wieder mit dem bösen Bein, munkelte Nana, bevor sie mit einer Wärmeflasche, welche sie mit siedend heißem Wasser aus dem Schiff im Holzherd zu einem schwabbelnden Kissen gefüllt, unleidig vom Frühstück weg aus der Küche die Treppe hinauf verschwand –, und man, weil es einem in der Stube allein bald zu langweilig wurde – vom gelegentlichen Quietschen der Bettstatt abgesehen, rührte oben sich über Stunden nichts –, am späten Vormittag beschließt, selber nachschauen zu gehen, leise die enge Treppe zu ihm ins Zimmer hochschleicht (wenn man ihm gut zuredet, wird Großvater, wie immer, etwas zu erzählen wissen, und indem man gemeinsam über die Späße lacht und sich weiteren Unfug ausdenkt, wird ihn das von seinen Schmerzen im Bein ablenken), auf der Treppe oben einen Moment innehaltend, überrascht, dass auch Neni mit seinem immer griffbereit im Brusttuchtäschchen steckenden abgespitzten Tintenstift, den er im Mund wieder und wieder anfeuchtet, in die hochgestellten Kissen gebettet etwas, das, wie man auf Zehenspitzen nähertrippelnd sieht, kaum leserlicher ausschaut als das von des Deppen Hand Geschriebene, in ein vom häufigen Gebrauch aus der Form geratenes blassrötliches Heft notiert, seine *Brattig*, den Rätischen Kalender mit den in Stahl gestochenen Monatsbildchen (im Dezember etwa, bevor das Christkind kommt – im Gepäck natürlich wieder kaum etwas von dem, was wir im Jelmoli-Katalog ankreuzten –, im Dezember, was uns speziell faszinierte, vielleicht weil wir, noch als alle andern längst wussten, wie's ablief, nie zuschauen durften und, um elf aus der Schule heimkehrend, das ganze jeweils bereits vorbei war und schon die ersten Blutwürste auf dem Esstisch dampften, ist Schlachttag: der Metzger dabei, unser fettes, schneeweiß geschabt aus dem Bad auf den Tisch gewuchtetes Schwein aufzuschneiden, dem Mama wieder den halben Winter nachtrauern wird, von dessen Substanz wir aber, seit Vater nicht mehr auf die Jagd geht und es mit dem Gemsfleisch aus ist, von der luftgetrockneten Binde abgesehen, die Neni einfach braucht und sich nun halt vom alten Blumer besorgt, dem in Carnusa immer wieder eine alte Geiß vors Rohr läuft, ergänzt durch etwas Rindfleisch und ein oder zwei Schafe, das Jahr über zehren, und wie immer hat sich Mutter am Morgen, es ein letztes Mal kraulend und ihm zuredend, mit einer Handvoll Kastanien schweren Herzens auch von diesem Tier verabschiedet und in die Küche zurückgezogen, bevor der Störmetzger es, lang eh' die Sonne sich am späten Vormittag hinter dem Zechni-Horn hervor über den Berg schiebt, zum Schießen aus dem Stall in die blaue Kälte führt), und man, verstohlen Neni bei seiner Beschäftigung zuschauend, somit feststellt, dass sich, um mit den das Hirn zermarternden Gedanken klar zu kommen, nicht allein der Dorftrottel Notizen macht, bemüht, alles, was er sieht und was ihm zu Ohren kommt, in seiner Krakelschrift festzuhalten, weit mehr, als was die ihn nicht für voll nehmenden Erwachsenen bei ihrer arg eingeschränkten Sichtweise sich vorzustellen vermögen – aber schreiben, dass es etwas heißt, schreiben können eben nur die Großen, denn was man selbst schreibt, mit den Buchstaben, die man bereits kennt, nicht wenig ist es, sei's ins Bilderbuch, kaum dass man eins erhalten hat, oder kreuz und quer auf die Zeitung, am liebsten gleich nachdem sie der Pöstler, in der Hoffnung, den schlafenden Hund nicht zu wecken, übervorsichtig durch den Türschlitz geschoben, und noch bevor die Großen sie zerlesen haben, oder im *Buach,* der bleischwer auf der Kommode lastenden Familienbibel, die Marginalien ergänzend, auch Mutters Kochbuch bietet sich an, das große aus der *Hauswirtschaftsschule,* wie man den schnörkeligen Zungenbrecher in Schnürlischrift zu buchstabieren versucht, und speziell dazu geeignet, weil bereits vorliniert, sind Vaters Männerchornoten, trägt einem nichts als Rüffel ein, und je nachdem, wie groß der Schreibeifer war und was als Unterlage diente, hat man zum Lohn und Dank danach, ohne dass Neni etwas dagegen auszurichten vermag, von Mutter verbannt ein paar Stunden im Finstern unter der Kellertreppe abzusitzen, wo einem, von der Angst an der Gurgel gepackt, Hören und Sehen vergeht und man sich bei der kleinsten Bewegung, derweil mardergroße Mäuse mit für die Erwachsenen unhörbar hohen Schreien über den Lehmboden huschen und züngelnde Nattern aus dem Salpeter fluoreszieren, in verstaubten, klebrigen Spinnweben verheddert

3

Während die Familienzusammenkunft nach geraumer Zeit, durch Stühleschieben, Geschirrklirren, Besteckklappern angekündigt, näher an den Schiefertisch rückend, über dessen Platte sonntags, zumal wenn's höheren Besuch gab, Nana am Morgen anstelle des gewöhnlichen Überwurfs, eines trotz allem Wischen von Fett und Schweiß immer leicht schmierigen rotweiß gewürfelten Wachstuchs mit seinen im Lauf der Zeit immer zahlreicheren nachgedunkelten Rissen und Schnitten, welche mich, dran herumgrübelnd, an vernarbte Kratzer und Wunden erinnern, die mit ochsenblutroten Kreuzstichmustern verzierte handgewobene Leinendecke mit Hohlsaum gebreitet hatte und, dem Ton nach, jetzt dran ist, den Gästen zu Ehren ihr feines Service für besondere Anlässe, das ich bei meinen Flugrunden, immer aufgedrehter um den Tisch kurvend, jeweils zum Klirren und Schwingen bringe, aus dem Glaskasten zu nehmen und aufzudecken, draußen in der Stube sich zum sonntäglichen Zvieri setzt, dem kleinen Imbiss, der, wie üblich bei Besuch, doppelt üppig, für Stunden sättigt, und Großtante, wie sie gleich jammern wird, derweil Großonkel wie das letzte Mal, als wär er am Verhungern, Trockenfleisch und Birnbrot mit zentimeterdick Alpbutter drauf in sich hineinfuttern wird, für Tage auf dem Magen liegen werde, beginne ich, da das Interesse an erwachsenem Gebrestenklatsch und allen Wetterregeln rasch an Grenzen stößt, weil ohne nachfragen zu können nicht die Hälfte zu verstehen ist, mit den hölzernen Fadenspülchen zu spielen, die mir Mutter überlässt, sobald sie den letzten Meter Zwirn von ihnen abgewickelt und vernäht hat, und die ich zusammen mit den Perlmuttknöpfchen, welche Nana sich beim Zuknöpfen gelegentlich vom Nachthemd reißt und, mit den ungelenken Fingern von ihr nicht mehr zu halten noch am Boden zu finden, unters Bett gerollt anderntags für mich dort bereitliegen, ergänzt mit Druckknöpfen und Kleiderhäftchen, Gummibandresten und farbigen Wollknäuelchen, welche ich, wenn Nana und Mama bei strubem Wetter in der Stube durchgewetzte Socken stopfen oder, jede für sich ins eigne Gedankennetz verstrickt, Unterhosen Leibchen Hemden flicken, die von Vater beim Füttern Meistern Holzen zerrissenen Überkleider wiefeln, bei jeder sich mir bietenden Gelegenheit unbemerkt aus ihren Nähtruhen stibitze, als wertvollen Schatz fein säuberlich magaziniert in meinem Spielversteck unter der Treppe horte;

baue aus den Rädchen und den kurzgespitzt in die Spülchenlöcher verkeilten Farbstiften, die ich mit Konfitürenglasgummi fest zurre, meine Odradeks, welche ich, nach Gusto, bald als dies, dann wieder als das einsetzen kann;

beginne, Großvaters viel zu großen Tschako mit der kugeligen blauen Kokarde über den Blechziffern seiner Regimentsnummer aufgesetzt, der mir nur dank meiner Fledermausohren nicht über die Augen rutscht, mit dem Hammer auf den dreiteiligen, gusseisernen Schusteramboss zu dengeln, den Neni kaum noch benutzt, seit am Markt Latschen verschleudert werden, die so billig seien, dass sie im Gegensatz zu seinen zwiegenähten von früher kein Jahr hielten und sich bei dem verschweißten Gummizeug auch nicht neu sohlen ließen; leise aufs Metall klöpfelnd erst, mit feinem Klingeln, dass kaum mehr als Obertöne zu vernehmen sind, den Rhythmus steigernd, immer eindringlicher, bis zum Dröhnen schließlich, dass es, als hätte der Blitz unmittelbar nebenan eingeschlagen, an die Kastentür polternd prompt aus der Stube zurückdonnert;

treibe, sobald meine Hammerschläge wie das Plunten von draußen verhallt sind, in Gedanken meine Astgabelrinder zu Markte, veranstalte mit den Beinochsen Alpaufzüge oder formiere die rot und blau und grün lackierten Gelenkknochenochsen und die ausgesottenen unterschiedlich großen Ochsenschwanzwirbel, die mir als Ziegen und Zicklein dienen, zu einer wilden Herde, um diese, durch mein Summen und Surren aufgestachelt, als wären sie von Rossbremsenschwärmen närrisch gemacht, die ich in meinem Kopf schwirren höre, aus der Weide brechen zu lassen, ohne sie zu prügeln nach Belieben dahin und dorthin lenkend, damit die Tiere, auf mein Kommando, alles, was sich ihnen in den Weg stellt, niederpreschen, als erstes die Zäune, dann die vom Hagel gewalzte Frucht, das Kartoffeläckerchen und im Krautblätz, in der linken unteren Ackerecke, die zur Abwehr gegen die aus dem Tal hangauf inzwischen bis zum Pass hoch schleimenden Nacktschnecken von einer Reihe Hanf umpflanzten Beete für die Zwiebeln, den Stielmangold für die *Capuns,* die Karotten, die Erbsen, die zwei Zeilen Stangenbohnen, die Runkeln, welche in Grüsche geschnetzelt den frisch gekalbten Kühen nach dem Füttern als Dessert vorgesetzt werden, die Randen und die Kabisköpfe, in denen die Raupen der Kohlweißlinge, denen man im Sommer, bewegungslos zwischen den Pflanzen auf dem Rücken liegend, beim Liebestanz zugeschaut hatte, ihre gewundenen

Gänge bohren, hoffentlich bis ins Herz hinein und ohne dass außen von ihrem Fraß etwas zu bemerken ist, um sich dort zu verpuppen, eh die Köpfe winters im Keller am großen Trämel aufgehängt ausbleichen und vor sich hinschrumpfen, bis Großmutter, lang vor dem Frühling, den letzten von ihnen in die mit einer Handvoll Wacholderbeeren gewürzte Gerstensuppe gehobelt hat und mit dem verdammten Kaninchenfutter, wie Neni mault, endlich Schluss ist.

Den Schuhleisten als Amboss zwischen den Knien, kommt es mir, nachdem ich mich an die Verhältnisse in dem oben sich stufenweise verengenden Schutzraum gewöhnt habe, der mit dem Duft alten Papiers, alten Leders und dem beißenden, in die Nase steigenden Wurmmehlstaub zum Niesen reizt, das es jetzt um jeden Preis zu unterdrücken gilt, in meiner Fluchtburg geradezu hell vor, soviel Licht dringt durch die Türritze herein, und je heller es hier drinnen wird, desto stärker fühle ich mich, als Riese auf meinem Buchturm thronend, imstande, den Kasten zu sprengen und mit größerem Druck – allein die Gewissheit beruhigt, unnötig, den Plan umzusetzen – die Stube und den verdammten Besuch mitsamt dem Haus in die Luft zu jagen.

Verschanzt, verstockt, in mir Trotzwälle gegen Kuchenduft und Kaffeedampf aufwerfend, beleidigt, nein, mehr: nach wie vor zutiefst verletzt von Großonkels Anmaßung, dieser unverschämten Frechheit (ich müsste mir mal sowas, ja nicht einmal etwas entfernt ähnliches zuschulden kommen lassen: einfach zuschlagen, aus heiterem Himmel, und wär's nur zurückhauen, um danach seine Ruhe zu haben, wer möchte das nicht, etwa wenn der kleine Bruder mich wieder kitzelt und damit, obwohl drei Jahre jünger mir kräftemäßig unterlegen, außer Gefecht setzt – aber wo es einzustecken gilt, wird nicht geschlagen), lasse ich Mutters durch die Ritze zu mir hereingewehtes Bitten, wieder aus meiner Spielburg zu kommen, mich zu ihnen an den Tisch mit all den feinen Köstlichkeiten zu setzen, Nussring und *Schwarzer Peter* gäb's, aus der Stadt habe Großtante Crèmeschnitten mitgebracht und *Schnudergugen,* etwas ganz Spezielles, das ich mir sicher nicht entgehen lassen wolle, und, was einen am ärgsten sticht: alles sei nicht halb so schlimm, vom Öhi nicht halb so arg gemeint gewesen, wie Durchzug durch den Kopf sausen, zum einen Ohr rein und, möglichst ungehindert, flugs zum andern wieder hinaus, ohne an eine Antwort auch nur zu denken: wozu habe ich denn überhaupt zwei Ohren, wenn nicht gerade dafür, dieses Bitten und Betteln, dem nachgebend einen draußen nur bedeutungsvoll nachsichtiges Lächeln empfinge, ins Leere schallen zu lassen? Einzig ein wenig Angst – wovor eigentlich; doch nicht gar vor diesem Großhans, der sich in unserer Stube wie ein geschwollener Ochsenfrosch, nein, schlimmer: als das leibhaftige, in Rage geratene vieläugige Ungeheuer aus dem Lüschsee gebärdet – nistet sich, von Mutters versöhnlichen Verführungen gelockt, mit dem schwindenden Trotz in meinem Kopf nach und nach ein

4

Als die Lockungen von außen nachgelassen und irgendwann aufgehört haben, da die Herrschaften hatten einsehen müssen, dass sie nichts fruchteten, lange nachdem der hohe Besuch verreist war – Großonkel selbstverständlich den verflixten Grenzerwetterhut auf, den ich so gern hätte, ohne ihn von diesem Sturkopf wohl je zu bekommen, obwohl es mir dieser Filz, warum merkt das der Löffel nicht endlich, mehr angetan hat als alles, was mir, von einem Luftgewehr abgesehen, sonst geschenkt werden könnte; mehr jedenfalls als Großtantes Weihnachtsmünzen, die einem, da hilft es wenig, sie mit Sigolin auf Hochglanz zu polieren, dass das kurz vor dem Anschluss anno Achtunddreißig geprägte Kleingeld ein gutes Dutzend Jahre später wieder wie neu ausschaut, am nächsten großen Herbstmarkt, wenn man damit etwas zu ergattern versucht, es müsste nicht unbedingt Magenbrot sein, falls der Händler aus der Gaster zu schnöd ist, es einem dafür herzugeben, von Stand zu Stand Gelächter einfängt: Was willst denn du mit deinem Blech schon wieder, junger Mann, wir sind hier nicht im Ausland; und mehr noch als sämtliche von Großonkel herausgeschossenen farbigen Jahrmarktspropeller, die er mir, wie seine übrigen Geschenke, spätestens seit heute weiß ich's, nur mitbringt, damit ich während seiner Besuche stillsitze, insgeheim vielleicht, aber soweit wird er kaum denken, als Trösterli, dass ich vor seinem Großen Besuch – in dieser Hinsicht sind die gelegentlich vorbeischauenden Verwandten vom Berg zum Glück keine Gefahr – die Schur hab über mich ergehen lassen müssen, wie sie einem sonst nur vor Weihnachten und Ostern blüht, wenn die Kirche ihren Tribut fordert und einem damit im Voraus jede Festfreude vergällt, beäugt von meinem Bruder, der als jüngerer nach mir dran kommt, in der Einfahrtsrampe unter dem Scheunenvordach, von Vater mit der mir ins Haar gekrallten Linken auf den Küchenhocker niedergezwungen, den Blick, um mich während der Opferung irgendwo festklammern zu können, auf die übers Tenntor genagelten Hörner der Kühe geheftet, welche im Lauf der Jahre, wenn sie nicht mehr aufnehmen und trächtig werden wollen, nach dem letzten ihnen aus dem Euter gequetschten Tropfen Milch auf dem Hof geschlachtet worden sind, derweil Vater in der Rechten vor meinen Augen den stählern blau blitzenden Apparat begutachtet und wiegt, der, die übrige Zeit, als permanente Bedrohung durch die Glastür gut sichtbar, verwahrt neben Großmutters feinem Service, einigen Packungen Flobertkugeln, der alten Jagdstutzermunition sowie der Notpackung für den Armeekarabiner, in der matt glänzenden ochsenblutroten Schachtel im Stubenbuffet die ganze Zeit drauf lauert, dass er, wenn wieder eins dieser üblen Feste naht, die abzuschaffen man alles Spielzeug, die buntesten Ostereier, Schokoladehasen und Lebkuchenherzen hergäbe, endlich feierlich daraus erlöst wird, damit Papa einem mit dem verhassten Gerät, nachdem er es mit einem Sprutz Nähmaschinenöl geschmiert und den Stahl mit dem Schnupftuch saubergewischt hat, wie er es dem alten Parrucchiere Gian Figliazzi im Flecken unten abgeschaut hat, von dem er sich an Markttagen bei einem kleinen Schwatz für einen Fünfliber oder ein Suppenhuhn die Mähne stutzen lässt, an den Pelz gehen kann, seine Handhaarschneidmaschine, auf die er so stolz ist – und die er, geübt im Umgang mit Stechbeitel, Schnitzmesser und Stemmeisen, auch besser als die meisten anderen Väter im Dorf zu handhaben weiß, das sei zu seiner Ehre zugegeben, auch wenn's ein verdammt schwacher Trost ist, dass andere Buben noch weit schlimmer ausschauen –, in der Luft einige Male leer klacken lässt, bevor das kalte Metall unerbittlich über den Nacken hochschnappt, das Genick freilegt, den Hinterkopf, die Schläfen, dass die Ohren erst recht wie Henkeltassengriffe abstehen, ja, wie es der Brauch will, den Schädel rundum bis hoch hinauf kahl schält und nur ganz zuoberst ein läppisches Haarkäppi die Prozedur überdauert, als wär einem, anstelle von Vaters Hand, ein Kindernachttopf aufs Haupt gesetzt worden, um alles, was darunter vorsteht, rücksichtslos wegzuschnipseln:

Ein Foto zeigt den Buben neben seinem Bruder, beide zu Schanden geschoren, beide mit langen Schnudernasen, inmitten blühender Alpenrosenstauden heulend zwischen zwei Mädchen mit langen schwarzen Zöpfen sitzen, den Cousinen vom *Sonnenheim,* die den beiden Brüdern beim Dökterlen im Gruabliwald den Unterschied zeigten,

den man im Kreuzmattenstall mit den Buben vom Unterdorf an Gion Giusep und Maria dann genauer studierte, den beiden aus der Surselva zugezogenen Gastwirtkindern, die sich mit unserem hochheiligen Versprechen, sie wegen ihrer gutturalen Oberländer-Laute nicht länger zu hänseln, für ein paar Täfelchen Schokolade und eine Handvoll seit Ostern aufgesparter Zuckereier bereit sich auszuziehen, wenn man es niemandem sage, zuhause nicht und zuallerletzt dem Pfaff, wobei auch sie es niemandem beichten würden, nach einigem Feilschen zu diesem Spiel des Schweineschlachtens hergegeben, angeleitet von dem schon ein paar Jahre älteren Sohn des Kreispräsidenten, der den Störmetzger spielen wollte und als der älteste auch spielen durfte, weil sich vor ihm, einem Verwandten des Lehrers, der in den Turnstunden beim Böcklispringen den kleineren zu helfen vorgab und ihnen stattdessen im letzten Moment geschickt das Bein stellte, dass es sie hinhaute und sie sich eine blutige Nase

holten, bis der Oberseminarist, für drei Wochen in der Bergschule auf Praktikum, das sah und ihn, bevor der verdutzte Lehrer intervenieren konnte, mit einer spontanen Ohrfeige ins Eck geschletzt, dass er die hinterhältigen Hilfeleiste-Späße für einige Zeit sein ließ, alle ein wenig fürchteten:

nach dem Eber, der, zuerst drankommend, vor dem Schlachten, wie beim Tierarzt abgeschaut, hinten im Stall, im Heu nach Fressbarem rüsselnd, blitzschnell gepackt und auf den Rücken geworfen, von vieren am Boden festgehalten, mit Konfitürenglasgümmeli zu kastrieren war, wobei, ohne sich wehren und loswinden zu können, sein Schnäbi zum Erstaunen von uns jüngeren, die zuschauten und mithelfen durften, bei der Prozedur zum Schwanz anschwoll, und nach dem Abstechen, die Arme ihm, was ausschaute, als hätte man bereits die Vorderschinken rausgeschnitten, an den Handgelenken satt auf den Rücken gebunden, die Beine gespreizt an den Fesseln an einem Ochsenjoch fixiert, mit dem Flaschenzug hochgezogen, bereits kopfunter an eine quer über die Obertennpfetten gelegte Leiter gehängt bambelt und ausplampt, während der Metzger-Lehrling, der jüngere der beiden Jenischenbuben, der mit dem kahl geschorenen, ewig verschorften Grind, sich abmüht, den Feisten auszuweiden, ihm das Stroh aus dem satt damit ausgestopften Pullover zu schälen, ist die Sau an der Reihe, die, geködert mit vor ihr ausgestreuten Bröckchen Schokolade und ein paar farbigen Zückerchen anstelle von Dörrkastanien, die sie – als Sau mächtiger denn er –, von dem den Kreuz-Bauern spielenden Stotterer am Hals gekrault, auch brav aus den Heublumen vom Boden auffrisst, bis aufs verrutschte Leibchen nackt – schließlich wollte sie ihrem mutigen Bruder in nichts nachstehen –, auf allen vieren mit schweinischem Hüftschwung aus ihrem Krommen, einer Kälberkiste hinten im seitlich an den Stall angebauten Schopf, mit einem Rütlein gelenkt und getrieben durch die aus den Rundhölzern der Wand gesägte türgroße Öffnung, dort kurz bockend und, den Kopf hin- und herwerfend, einige Male grunzend, bevor sie sich weitertreiben lässt, über die leere Heubühne zum Schlachtplatz auf der Tenne zu watscheln hat, wo ihr, derweil der Bauer ihr lieb den Rücken streichelt und die Schinken tätschelt und der Metzger prüft, ob sie auch so fett wie versprochen, mit Schokolade beruhigt genügsam an den aufgelesenen Eilein lutschend und zufrieden vor sich hin schnüffelnd nach weiteren ihr hingestreuten Leckereien in den Heublumen suchend – schließlich erwartet der Bauer einen schönen Ertrag von ihr, da soll ihn nichts reuen –, am rechten ihr gestreckt angehobenen Hinterbein mit dem Strick, an dem sie der Kreuz-Marti aus dem Schopf hergeführt, zum Schießen an einen Trämel geknotet, nach dem Verbinden der Augen der Bolzen verpasst wird, sie getroffen vorne schlagartig einzuknicken und, sobald sie der über ihr, der sie für den Schuss festgehalten, im Abspringen leicht anstößt, schwer auf die rechte Seite zu kippen hat, im Fallen noch vom Metzger ihr das linke Vorderbein hochgerissen, nach dem Stechen mit den Hinterbeinen ausschlagend, wild erst und langsam nachlassend, bis nach ein paar letzten Zuckungen der auf ihr kniende Schlächter alles Blut aus ihr gepresst hat, das einer in einem ihr unter den Halsstich geschobenen leeren roten Leckbecken aufzufangen und, damit es nicht klumpt, zu rühren hat, und das Mädchen, wie vorgesehen, als betäubte und abgestochene Sau am Boden zur Schau gestellt ausgebreitet schlaff daliegt, umstanden von den sie anerkennend begutachtenden Buben, sich zwacken und, auf den Rücken gedreht, ungerührt an sich herum stupsen lassend, die Augen halb offen der Kopf mit aus dem Mund hängender schokoladebrauner Zunge wie tot zur Seite geknickt, losgepflockt von zweien an den Beinen rückwärts über den Boden zum Brühtrog geschleift und über ein breites Brett in diesen hineingewuchtet, nach dem Brühen, bei dem sie zwei mit einer ihr doppelt um den Leib geschlungenen Tretsche aus geflochtenen Lederriemen wie einen Baumstamm in den Heublumen, die als Glaubersalz dienen, hin und her trölen, bis davon aufgeweicht ihr die ersten Büschel Borsten ausfallen und die Sau, sich schwer machend, aus dem Trog auf eine umgekippte große Kiste als Tisch gehievt wird zum anschließenden Sauberschaben und ausgiebigen Metzgen;

wobei es an dem Tag so weit nicht kommen sollte: denn als der Metzger dem Gehilfen sein Nastuch hinwirft, um sie zu blenden (wie man das einst vor dem Schlagen auch bei Kühen und Kälbern gemacht habe, so der Präsidentensohn in der Vorbesprechung, indem man ihnen die mit einem Stirnbolzen versehene lederne Maske vor die Augen band), dass er ihr als der Chef, seitlich vor sie tretend, ohne die gestresste Sau, der so der letzte Blick auf die Welt genommen sei, weiter unnötig zu schrecken, in aller Ruhe die Bierflasche, die als Schießapparat dient, bei gespanntem Bügel mit dem kalten Porzellanverschluss auf die Stirn setzen und, durch einen Schlag der flachen Hand auf den Glasboden akustisch entsprechend untermalt, abdrücken kann, schreit sie, die, wie ihr befohlen, gut gemästet bis dahin bereitwillig alles über sich ergehen ließ, plötzlich wie am Spieß auf, weil sie in dem Augenblick, wo jener, breitbeinig über ihr, sie statt an den Ohren, wie bei der Schlachtung zuhause auf dem Hof, und auch beim Beringen der Ferkel, wenn man diesen, um sie auf der Alp am Wühlen zu hindern, einen Kranz metallene Rüsselklammern einzwackt, an den Zöpfen gepackt hochreißt, um ihr mit dem ihm zugeworfenen verrotzten Fetzen Stoff die Augen zu verbinden, sieht, wie dem Bruder, nachdem er – da alle mit der Sau beschäftigt waren, fiel das keinem auf – zu zucken und zu schlucken begann, außer Rand und Band, als würde ihn jemand mit einem Halm an den Fußsohlen kitzeln, sich wand und verrenkte, zwei drei Minuten vielleicht, ehe er aufgab und, am ganzen Leib zitternd, verkrampft sich ins hohle Kreuz stemmend, nur noch, soweit ihm das im Hängen gelingt, den Kopf in den Nacken zu biegen versucht, damit ihm nicht alles den Rachen runterrinnt und er an der eindickenden süßlichen Sauce würgend erstickt, das Blut aus der Nase quillt, übers Gesicht schliert und von der Stirn ins Stroh tropft, derweil die Schwester, entsetzt auf den verblutenden Bruder zeigend, ohne ein Wort herauszubekommen, nur noch quiekt und schreit, außer Atem schreit, sich herum wirft und schreiend um sich schlagend aufzustehen versucht, strauchelt und hinfällt, endlich hochgekommen, auf dem freien Bein hüpfend lange braucht, bis es ihr gelingt, sich vom Trämel loszubinden, zurück in die Kiste stürzt, dort nach ihren Schuhen und Kleidern grapscht und, diese vor den Leib gepresst, immer noch den, als hätte eine Viper sich in der Ferse verbissen, ihr hinterher peitschenden Kälberstrick am Bein, die Stalltür aufstoßend ins Freie rennt, die Bäuerlein, der Metzger und seine Schlachtgehilfen, außer einem, der, ohne viel Gedanken daran zu verschwenden, was da los sei, im Eck am Putzen der imaginären Eberdärme erst noch kurz auflacht, bevor er zu schlucken und, sich abdrehend, zu speien beginnt, alle wie vom Blitz getroffen, bis der Jüngste, für den sowas, wie der Viehexpertensohn bei der Vorbesprechung großspurig meinte, noch nichts wäre und der darum draußen an der Stallecke Schmiere zu stehen hatte, um als Fido – eine wichtige Aufgabe – sofort Laut zu geben, falls an dem regnerischen Sonntagnachmittag sich doch jemand dem abgelegenen Gut nähern sollte, vom Kreuz herab oder aus den Maiensäßen über den gedeckten Kanal, was von weitem zu hören gewesen wäre, im schlimmsten Fall, aus dem Wald herauf geschlichen kommend, zurück von der andern Talseite gar der Wilderer –, jetzt, offenen Munds und die Augen weit aufgesperrt, erschrocken in der Tür stehend, endlich losheult: Jessasmariaundjosef so helft ihm doch, und die andern, durch den Entsetzensschrei des Kleinen aus ihrer Starre erwachend, den Buben hierauf, so rasch es geht, aus seiner ungemütlichen Lage zu befreien versuchen, ihm, nachdem er heruntergelassen auf die Knie gekommen und sie ihm hastig Hände und Füße losgebunden, ein Schnupftuch reichen, einer dem Nackten eine Heublache überwirft – den Schlotternden in die Arme zu nehmen traut sich keiner –, bis, wieder aufrecht, sein Nasenbluten bald gestillt ist und auch er, stauchenbleich den ihm nach dem Ausweiden ins Genick gestülpten Pullover richtend, hinter dem kleinen Haufen angegrautem Heu, von wo man ihn, den heißen Eber, nach der Kastration zur Schlachtung getrieben, seine Kleider zusammensucht, die Blache abwirft, stolpernd hastig in die Hosen steigt und, mit den restlichen Klamotten unter den Arm geklemmt, stier zu Boden blickend, ohne ein Wort an die Spielkameraden zu richten, den immer noch wie festgenagelt in der Tür stehenden Jüngsten grob zur Seite schubsend, aus dem Stall abhaut, Konsternation und Ratlosigkeit auf der Tenne zurücklassend, wo sich lange keiner zu rühren wagt, bis der Obermetzger den verdattert ins Eck verkrochenen Ausweider, der, aus Angst, abgestraft zu werden, mit den Händen seinen Kopf schützend stammelt, er habe ihm doch nichts tun wollen, mit sich ins Falsett überschlagender Stimme anherrscht: Herrgottheilandsack du Blödian verreckter, hast denn nicht besser aufpassen können –;

jedenfalls, mit dem Schweineschlachten war es nun aus, und statt weiter Unterschiede zu studieren – wie's in etwa aussah und auch wie es funktionierte, wusste man ja längst von den Tieren, abgesehen von den Hühnern vielleicht, bei denen es ewig zu rätseln gab – imitierte man, was nahe lag, da es ohnehin auf den Herbst zuging, während der Sohn des Präsidenten, nachdem er nur dank seines Verwandten die Prüfung bestanden, bald in die ein paar Wochen früher beginnende Sekundarschule musste und mit den Aufgaben mehr als genug zu tun hatte, von nun an besser die Jäger im Dorf, ging wie sie, nach gemeinsamem Einschießen der Waffen in der Frühe die Holzstutzer schulternd, auf die Hochjagd und schleppte als kapitale Hirschstiere massenweise knorrige Wurzelstrünke der vom Föhnsturm letzten Herbst gefällten Tannen aus dem Wald nach Hause, alles Sechzehnender mindestens, mit der Axt danach tagelang an ihnen herumhackend, sie mit dem Flaschenzug hochziehend, damit auch die letzten hartnäckig darin verfangenen kleinen Steine und der Lehm sauber aus dem Wurzelwerk zu bekommen waren, ihnen ein widerspenstiges Bein, das, federnd einem das Beil zurückschlagend, sonst nicht abzubekommen ist, oder das Geweih abzusägen, dabei immer wieder die Bilder der Schlachtung vor Augen;

und nach der Alpentladung, wenn das Vieh wieder zuhause war, traf man umschnellt von den weidenden Tieren beim Hüten auf dem Tristelboden die Sonnenheim-Mädchen wieder, mit ihnen friedlich am Spielen, bis man sich beim *Huschuma,* wo es galt, ein kurzes Aststück, das Schwein, von einem durch Abzählen bestimmten Spieler rückwärts über die Schulter geworfen, nach komplizierten Spielregeln mit dem Hirtenstock, die Störmanöver der ebenfalls mit Stöcken bewehrten Mitspielenden austricksend, in den Koben, ein Loch inmitten des Spielerkreises, zu bugsieren, handkehrum in den Haaren lag und das Kriegsbeil ausgrub, als die jüngere dem kleinen Bruder unvermittelt eine Handvoll grünbraunen Pflöder ins Gesicht klatschte, nach kurzer Überwindung alle vier gleichzeitig wild entschlossen hineingriffen und lustvoll aufeinander loszuschmeißen begannen, um sich, immer mehr ins Feuer geratend, gegenseitig von Kopf bis Fuß mit dem von den Tieren, die nach dem Ende Sommer dürr gewordenen Alpgras das saftige Futter der Herbstwiesen nicht mehr gewohnt sind, voll Rohr frisch geschissenen, fast flüssigen Emdmist einzusalben, was abends, von der Weide heimgekehrt, ordentlich was setzte, den im Grunde sanftmütigen Vater, der einen (im Gegensatz zu Mutter, die schneller die Beherrschung verlor und vor der man letztlich mehr Respekt hatte, weil sie nach einer Dummheit, die man beging, oft tagelang schmollend schwieg und einen damit ohne zu schlagen erst recht schlug, und nannte sie einen gar noch undankbar, traf das doppelt) kaum je strafte – dass seine Haarschneiderei Strafe war, wollte oder konnte er nicht verstehen –, derart auf die Palme brachte, dass er seine beiden Stinker, nachdem er sie erst das Vieh einstallen ließ – Neni hatte beim Zvieri geunkt, wenn der Föhn in der Nacht zusammenbreche, könnte es, so wie es heut in der großen Wand am Horn wieder gerumpelt, bis in der Früh einen Chlapf Schnee geben –, vor der Haustür abgefangen und am Genick gepackt samt den Mistklamotten im eiskalten Brunnentrog schwenkte, bis sie, blau anlaufend, am Ende keinen Ton mehr aus der Kehle brachten und Mutter, vom Stubenfenster aus dem Ganzen zuschauend, meinte, nun reiche es aber – dem Geschrei nach zu schließen, schien es den Mädchen von nebenan nicht viel besser zu ergehen,

die auf dem besagten Foto, verlegen in den Apparat lächelnd, den zwischen ihnen in den Alpenrosen hockenden geschorenen Bengeln, um deren Heulen zu bremsen, den Arm überzulegen versuchen, damit die Wut über den verlorenen Pelz und die Scham, dass Mutter das Ganze mit ihrer Agfa-Box fotografisch verewigte, noch steigernd: der Jüngere zur Schur hinzu auf der Stirn von einer schwarzverkrusteten Schramme gezeichnet, der Spur eines Unfalls vor wenigen Tagen, als er, der Kleinste und beim Fangspiel darum langsamer, oberhalb der Sägerei, neben dem Schuppen, in welchem die Gemeinde die Feuerwehrschläuche und Zaunsparren aufbewahrt, das Gässchen herunter ums Eck der Gartenmauer gerannt kam, ohne dass er noch zu warnen gewesen wäre, direkt in einen grünen Käfer hinein, dass es den *Höseler,* mit der chromblinkend abstehenden Stoßstange gerammt, in hohem Bogen mitten auf die Maitlatobel-Brücke schleuderte, wo er, umstanden von den erst auseinandergestobenen, nach und nach mit hängenden Kiefern an den Tatort zurückgeschlichen kommenden, blöd glotzenden Spielkameraden und dem nach einem drohend sich in die Länge ziehenden Schreckmoment die Hände vom Steuerrad lösend aus dem VW gestiegenen, zwischen Ärger, Wut und Angst schwankend hilflos Entschuldigungen stammelnden Fahrer, auf dem Rücken ausgestreckt bleich im Kies liegenblieb, im Gegensatz zu Neni, wenn der den toten Mann spielte, weder durch

Zureden, Wangentätscheln oder Kitzeln unter dem Kinn zur kleinsten Regung zu bewegen, quer über der Stirn zur Schläfe hin von einer tiefen Schramme gezeichnet, durch welche man den Schädelknochen weiß blinken sieht, bevor diese sich rot färbt und das Blut draus hervorschießt, das gerinnend sich über den geschlossenen Augen staut, eh es dem Brüderchen klebrige Fäden ziehend seitlich übers Gesicht rinnend in den Kies tropft

5

Die verfluchte Opferung, was kann mir die schon anhaben, sag ich mir, weiter im Kasten verschanzt; was brauche ich Münzen, was Großonkels Hut, was den ganzen mir zerbrochenen Trost: ich kann ja fliegen, auch ohne Propeller, und somit, allen Gefahren entkommend, spielend leicht jede Grenze überwinden; zudem ist der Onkel pensioniert, kann mir also nichts mehr antun, selbst wenn ich so genau nicht verstanden haben dürfte, was sich hinter dem fremden Wort *pensioniert* verbirgt – er habe es auf dem Herzen, hat es am Nachmittag geheißen: klar, darum schüttet er sich in immer kürzeren Abständen aus einem mit der goldenen Sackuhr im Gilettäschchen verwahrten Holzschächteli genau abgezählt winzige pastellfarbige Kügelchen in die Handschale, um sie, mit Schwung ins Maul geworfen, mit einem Schluck Kaffee, oder was es an Flüssigem gibt, runterzuspülen, dabei wie ein nasser Kläffer sich schüttelnd, zwei- dreimal leer nachschluckend als das personifizierte Leiden mit zusammengepressten Augen und bibbernden Tränensäcken das Gesicht verziehend. Und wie Großonkel mir nichts mehr anhaben kann, wird er im Val di Livigno auch den Kaffeeschmugglern nicht mehr nachstellen können, soviel verstehe selbst ich, indem ich mir vergegenwärtige, wie er mit dem vergilbten Foto in der Zitterhand dagesessen, gebeugt, massig, müd, mit ledrig gebräunter Haut, durch welche fleckig die Altersgräue drückt, sodass sie erst recht schlaff wirkt, in den Mundwinkeln ein waberndes Zucken, ohne Zeit und Geduld für etwas Abwechslung im Eingespielten aufbrausend wegen nichts und wieder nichts, um danach dazuhocken, als spannte und zwackte ihn, ohne es wahrhaben zu wollen, von innen her ein Gefühl der Scham, des Unwillens darüber, oder als wallte Ärger über den Ärger ihm das Blut, den Blick, ohne dass nach der vollbrachten Heldentat auf seinen Zügen der kleinste Ausdruck von Schuld auszumachen wäre, zur Beruhigung in Relikte verblasster Tage gebohrt, und in der Vorstellung ihn in der Stube draußen am Tisch sitzen sehend, frage ich mich im Kasten, meiner Spielburg, deren Enge immer besser auszuhalten ist, angenehm fast, solange man sich gegen das Eingesperrtsein nicht wehrt – und wehrend sich aufriebe –, wo der Herr den wunderbaren rotweißen Propeller her hatte: selbst ausgeschossen wird er ihn bei seiner Sehkraft und der zittrigen Hand kaum haben; vermutlich wird er ihn, obwohl der Kümmelspalter, soviel weiß man von Neni, eigentlich zu geizig ist, für jemand anderen auch nur ein Fünferli auszugeben, an Magenbrot munggend um die Buden mit den gestuft aufgebauten Preisen und an Spannleinen hängenden Puppen und Plüschtieren strielend, im Vorbeigehen, während alle auf den Schützen konzentriert sind, klammheimlich an einem Stand gekauft haben, um, angesäuselt vom Markt heimgekehrt ins Haus gestolpert, stolz die Trophäe präsentierend, vor der Tante mit seiner, wie sie sehe, immer noch absolut intakten Treffsicherheit zu prahlen. – Aber warum zum Teufel und um alles in der Welt benötigt der Prahlhans für seine Spielchen dennoch weiter diesen Grenzwächterwetterhut, mit dem er, groß und

mächtig alle andern überragend dahertappend, doch nur auffällt und sich verdächtig macht, wie er munngend um die Buden streicht; ein feines hellbeiges Leinenkäppi tät's, um sein Oberstübchen zu schützen, eins wie das, mit dem der Fercher, der Schweinehändler, seine Speckglatze abdeckt, damit ob dem Geblinke nicht wie vom Blitz getroffen die Vögel aus dem Himmel auf die spiegelnde Platte in den Tod stürzen. Aber da Großonkel sich kaum noch nach draußen in die Unbilden wird trauen dürfen bei all seinen Gebresten, die er, von der Großtante, die ihm dauernd dazwischenredet und mit dem Geschwätz auch alle andern am Reden hindert,
durch immer neue Details ergänzt, zu Besuch jedesmal von neuem mitleidheischend herunterbetet, dass einem, selbst wenn man nur die Hälfte des medizinischen Fremdwörtergefasels verstehe, wie Neni schimpfen wird, das Kotzen komme und man besser weghöre, wolle man sich nicht nachhaltig den Appetit verderben lassen, braucht er das Markenzeichen mit dem Gamsbart, den er zusammen mit dem, wie Fotos zeigen, in jungen Jahren braungewichsten, stets perfekt gestutzten Schnäuzchen bestimmt jeden Tag einige Male sorgfältig kämmt – alles muss ja eine *Gattig* machen –, am Ende einzig, um damit behutet, einen mit Zeitungspapier prall ausgestopften Gebirgsrucksack aus schwerem Segeltuch mit lederverstärkten Rändern und Nähten übergehängt, in der Hand als Wanderstock den Eispickel, dessen Dorn – das ist er Großtante, damit bei der Tour der Parkettboden nicht ruiniert wird, als Kompromiss schuldig – ein Champagnerkorken schützt, in genagelten Ordonnanzschuhen, die in Filzpantoffeln stecken, halbe Tage die Stube auf und ab zu stolzieren, in abgezirkelten Schrittchen über die spiegelglatt gebohnerte Fläche schlurfend, in Gedanken, waghalsig wie in seinen besten Jahren, das Gebirge durchsteigend Banditen

stellend und diese Flüchtlinge aus dem Reich, die selbst nach Zweiundvierzig noch, wie Großonkel sich auch heut wieder geplustert, dreist wie Ungeziefer auf unwegsamsten Schleichpfaden über die offiziell doch längst geschlossene Grenze zu uns ins volle Boot einzudringen versuchten

6

Großonkel, die, einem Schatten gleich, bei ihm eingehängte Tante am Arm – die beiden alten Leutchen, unsicher vorantäppelnd, selbst bergab nach spätestens drei kleinen Schrittchen stehenzubleiben gezwungen, nur um, statt zu verschnaufen, wie ein Wasserfall weiterzuplappern, sind nach dem Zvieri, wie es sich gehört, von der Familie mit einem Korb voller Geschenke an die Postautohaltestelle geleitet worden: mit Eiern und Rauchwürsten, einem saftigen Stück vom besten Hinterschinken, der, nach dem Einsalzen und zehn Tagen im großen Zuber in der Beize, mit einer über die Glut gelegten Schicht Sägemehl und darüber Tannen- und Arvenreisig im Winter in der aus dem Flur das Stiegenhaus hinauf nebelnden Rauchkammer, dem eisernen Kasten neben der Einfeuerung, zusammen mit Halswürsten Siedwürsten Salsiz und Rippli mindestens zwei Wochen geräuchert, zum Nachtrocknen und Ausreifen in einem feinen Sack, den Nana aus einem alten verwaschenen Kästuch genäht hat, auf dem Estrich oben im Durchzug hängend, dem Besuch zu Ehren nun um eine handbreite Tranche nahe der Nuss leichter; dazu ein Viertel vom frisch angeschnittenen jungen Alpkäse und ein Mödeli der Butter, die Vater nach der Feldarbeit gestern extra von der Alp holen gegangen war – doch warum gibt man all das ihnen mit, da Großonkel in Ruch von den Köstlichkeiten kaum mehr etwas wird anrühren dürfen, weil der Großtante, die, sehr gesundheitsbedacht, ganz auf diesen Doktor Bircher schwöre, bei ihrer faden Reformhausdiätküche alles vom Hof, wie Neni später grummeln wird, zu räß, zu fett sei, zu cholesterinreich, wie sie ihrem Alten, man höre es geradezu, daheim wieder des langen und breiten vordozieren werde, nachdem sie beim Zvieri mit an den Körper gepressten Ellenbogen, so halt, wie Nanas kleine Schwester, die, als junges Mädchen früh vom Hof weggekommen, in der Haushaltungsschule und danach, in ein paar Villen sich hochdienend, wie die Mehrbesseren eben essen gelernt habe, das Mündchen spitzend munter an allem herumgabelnd und herumschnetzelnd das Aufgetischte nicht genug habe rühmen können, um schließlich – im Gegensatz zu ihrem den Mund stets voll vor sich hin munggend brav zu allem nickenden Exgrenzergatten, dem es, wie der zulangte, und für einmal, weil's nach dem Eklat beim letzten Besuch der Tante ihr Anstand verbot, erneut dazwischenzufahren, weder von ihr noch sonst jemandem zurechtgewiesen, ungehindert zulangen durfte, herrlich zu munden schien – vom Tisch zu gehen, ohne wirklich etwas angerührt zu haben: die Katzen und das Mastschwein jedenfalls, so Neni am Abend, die haben sich gefreut über das, was diskret unter den Tisch gewischt für sie abfiel –, und obenauf im Korb, zur Tarnung vor den Blicken der nebenan durch einen Vorhangspalt spähenden Romontscha, ein Strauß Feldblumen, Wiesensalbei Skabiosen Wolfsmilch und was sonst farblich dazu passt, die Nana, nicht unglücklich, zwischendurch eine Weile dem Gerede in der Stube zu entkommen, hinter dem Haus in der Magerwiese am steilen, trockenen, der Nachmittagssonne zugekehrten Bord, in welchem die Hummeln nisten, pflückte, angereichert mit ein paar dazwischengesteckten Gartenmargeriten und einer Blaudistel in eine nasse Zeitung eingeschlagen, damit das Bouquet auf der Heimreise, obwohl Feldblumen sich eigentlich rasch erholten, nicht den *Lätsch* mache: mehr könne man ihnen nicht mitgeben, aber was sie wieder alles aus der Stadt heraufgebracht, es wär doch nicht nötig gewesen, wie oft habe man ihnen das schon gesagt, das wüsste man eh in keiner Weise zu verdanken – dieses verdammte Klump, das denen bei ihrem Aufräumfimmel doch nur im Weg gestanden habe, wie Großvater anderntags wettern wird, als er es mit mir auf dem Stall zu verstauen versucht und ihm dabei vom Obertenn herab, nachdem hochgewuchtet und, endlich oben, sorgfältig gebüschelt ins Gleichgewicht gebracht, alles einen Moment still hielt, beim die Leiter Hinuntersteigen irgendein Trumm auf den Kopf zurückfällt –; das Gemüse, das Großtante so schätze, sei heuer halt gar spät, und ob aus den Kartoffeln etwas werde, Bintje Ackersegen Parli, den immer schon gesteckten drei Sorten, dazu, seit man vor zwei Jahren am Markt bei einem lombardischen Händler auf sie aufmerksam geworden, paar Zeilen Blaue Veltliner, für die Pizzoccheri, die Neni so möge, sei bei dem ewigen Sudelwetter mehr als ungewiss, über einen Monat später als üblich habe man häufeln können, und immer noch, was einen nicht wundere, denn einen solch schönen Sommertag wie heut hätt' es seit Wochen keinen mehr gegeben, blühten sie nicht, dabei hätte man es an Mist nicht fehlen lassen) –,

abends, wenn der Besuch, von Herrn Battaglia, welcher schlecht bei Laune, im Normalzustand also, mit der Begründung, in seiner Kutsche keine Fahnenschwinger zu dulden, daherschwankenden Passagieren auch schon den Zustieg verwehrte und Schüler, die ihm zu laut waren, in den Schnee hinausstellte, heute, zu Ehren der feinen Fahrgäste, für einmal sogar ausstieg, um ihnen galant die Tritte hoch in den Wagen zu helfen, mit dem Postauto die in den Kurven zu einem Waschbrett ausgefahrene Naturstraße den Berg hinab ins Tal gerüttelt, ohne dass die Blähungen nachgelassen – das habe man halt davon, wenn man den Kaffee mit unpasteurisierter Milch zu trinken gezwungen sei –, im Marktflecken in die Bahn umgestiegen, auf den reservierten Plätzen in einem Erstklassabteil des Schnellzugs aus den Kurorten (blöd wie die seien, natürlich im Nichtraucher, in den ihn keine zehn Rosse brächten, so Neni, denn in diesen Nichtraucherabteilen machten sich, schwach auf der Lunge, nichts als noch Kränkere breit) in einer Dreiviertelstunde zurück nach Ruch gefahren, nach dem anstrengenden Tag bei den Verwandten sich für einmal ein Taxi gönnend, vom Bahnhof von Herrn Mettler persönlich ins Lürlibad hinauskutschiert, längst wieder daheim in ihrem gepützelt umgärtelten Häuschen am Stadtrand bei einer Verdauungsinfusion in den Poltronen mit den zum Schutz der Kopfpolster drübergelegten Häkeldeckchen sitzt, Großonkel gegen das Magenbrennen vor dem Zubettgehen sich von Tante Anni, welche die Flasche ansonsten gut verwahrt, noch einen Appenzelleralpenbitter reichen lassend,

fliege ich bereits wieder weiter, das vierflügelige Windrädchen in Händen, das mir Neni nach dem Zvieri, um mich, als die Luft endlich rein war, aus dem Kasten zu locken, als Ersatz für das vom Schwager aus der Stadt mitgebrachte Lumpenzeug aus einer Lärchenschindel geschnitzt hat, statt das Rädchen nur auf einen Stecken zu montieren, das Ganze gleich zu einem veritablen Flugzeug ausgebaut, um alle Ecken herum beim Eindämmern erst etliche Runden über den Hof pfurrend, danach im Haus um den Stubentisch kurvend, bis es der sich in der Wärme von der Nachmittagsstrapaze erholenden Familie erneut zu viel wird, Vater aus der Zeitung aufblickt und, als das allein nicht genügt, die Faust auf den Tisch schmetternd Ruhe brüllt, dass ich, kurz schreckstarr, um dem Heulen zuvorzukommen aus der Stube die knarrende Stiege hoch ins Schlafzimmer unter die Federbetten fliehe, mit der knallenden Tür unten Kopfschütteln, Lächeln, Gleichgültigkeit zurücklassend; anders als sonst, wenn man eine Treppe hoch rennt oder ausgelassen über den Hof wetzt und einen Chor Stimmen hinter sich her zetern hört: pass auf, Buob, wo du hintrampst, nicht so zapplig, Buob, schau auf deine Füße, Buob, pfurr nicht so durch die Gegend, Buob, sonst musst dich nicht wundern, wenn es dich über die eignen Zehen stolpernd in den neuen Sonntagshosen von der Gotte in den Mist haut – den Buckel runter konnten sie ihm mit dem elenden verfluchten gottverdammten idiotischen kreuzsausackdummen ewigen Bubtudiesnichtunterlassjenesgibachtsonst –: doch, jetzt erst recht; wär' ja gelacht

7

Nachts dann, lange nachdem Mutter mir eine Gute Nacht wünschen gekommen, mir mit ihrer heute seltsam kühlen Hand zärtlich die Stirn gestreichelt und dazu, wie üblich, ein Liedchen gesungen, das obligate, wenngleich um etliche Strophen abgekürzt, und Geschichte, weder eins der grimmigen Märchen noch eine der von ihr spontan erfundenen, deren Fortsetzung man sich allein ausdenken konnte, um sie anderntags ihr zu erzählen, gab's überhaupt keine, eh sie, kurzangebunden, das Licht löschte und die Tür, die sonst einen Spalt offen blieb, hinter sich zuzog und mich in der Kammer mit meinem kleinen braunen Teddybären frühzeitig allein ließ, dem Freund, ohne den ich nicht einschlafen kann, ebensowenig wie dieser, ohne von mir zuvor gestreichelt worden zu sein, von dem sich, außer Mama und ich, alle andern, nichts als Spott für ihn übrig, angewidert abwenden: Pfui Teufel, was für einen Grauslichen hast denn da wieder aufgelesen;

der mich jedoch, selbst wenn er leicht schielt, weil eins seiner schwarzroten Knopfäuglein nur mehr an einem Nervenfaden hängt, und aus einem seiner havarierten Füßchen, wenn man nicht aufpasst und es unsanft anfasst, das Sägemehl rieselt, weit schöner dünkt als die aufgedonnerten

Bäbi, die mit dem Luftgewehr, dessen Lauf gezinkt sein muss, wenn der beste Jäger mindestens fünf Schüsse braucht, bis er endlich das Röhrchen trifft, auf dem Jahrmarkt zu gewinnen sind;

für den ich, je hämischer die andern ihn verlachen, umso heftiger Partei ergreife (schon deshalb, weil Teddy, wie übrigens auch Großvater nachgesagt wird, leicht farbenblind sein soll und manches tatsächlich etwas anders sieht – aber wer sieht schon richtig; vor allem: wer bestimmt, was richtig ist? ich jedenfalls kann ihm seine Sicht nachfühlen: wie ich findet er Walderdbeeren und Preiseln erst, wenn sie an den Umrissen vom Laub zu unterscheiden sind, meist also zu spät, wenn die andern sie einem schon vor der Nase weggepflückt haben);

den ich im finsteren Zimmer eng an mich gekuschelt im Arm wiegele, bis wir zusammen ins Träumen geraten, zum Lärmen der Mäuse, die sich, kaum dass Mutter mich mit Teddy allein gelassen, direkt über unserem Bett auf dem Estrich tummeln, die Dachbodenbretter hin und her wischen, an etwas raspelnd, und nach einem kurzen Moment der Ruhe um all die in Schachteln verpackten Erinnerungen herum weiterhuschen, mit hohem Pfeifen zwischendurch – was tun die da oben, Abend für Abend, wo man schlafen sollte und es bei dem Gerenne und Getue schlecht kann? Verständlich, dass die Erwachsenen in der Stube unten über ihrer Zeitung dösen, bis der Tanz oben sich ausgetobt hat. – Spielen die, oder jagen die sich, oder wovor fliehen sie? Vor dem großen Kater sind sie jedenfalls sicher, seit Vater ihm den Zugang übers Gwett vernagelt hat, dass er, älter werdend gezwungen, den an Größe und Kraft überlegenen jüngeren Rivalen auszuweichen, die unsere rollige Dreifarbige alle paar Wochen anlockt, mit seiner zerkratzten Nase und den von Revierkämpfen zerfetzten Stummelohren nicht mehr in den Estrich hoch kann, um dort, statt zu mausen, mit durch Mark und Bein gehendem Jaulen über seinen Schmerz wehklagend, den Schwanz zitternd kerzengerade in die Höhe gereckt, seine Not an Spinnräder und Schachteln zu brunzen –, spätnachts, wenn, außer den Mäusen, alles schläft und es, vom Schnarchen aus der Nebenkammer abgesehen, im Haus ruhig ist, schleiche ich, den durch das Getrippel der Mäusequadrillen irgendwann in Schlummer und Traum getäppelten Kumpan unters Pyjama geschnallt, auf Zehenspitzen aus dem Zimmer und über den Gang;

stoße mich, die steile Stiege hinunter Schwung holend, von der zweituntersten Stufe ab;

schraube mich durchs rauchschwarze Treppenhaus hoch, im Steigen mich von den aus dem *Beobachter* gerissen auf die Wand gepinnten Bildern verabschiedend, die alle Nana bei der Arbeit zeigen: mit den Schafen im Hintergrund und dem Dorf in der Ferne als stolze junge Hirtin, den Blick in die Weite gerichtet, eine Hand am Strohhut, um die Sonne abzuschirmen und damit der wirblige Frühlingswind, der die Dohlen über den Graten durch den Azur tanzen lässt, ihr diesen nicht vom Kopf weht; oder, ganz oben, als alte Frau, wie sie im strengen Winter, lang nach Sonnenuntergang, wenn die im Widerschein erst rosa anlaufende Schneelandschaft in blauer Kälte erstarrt, einen Hornschlitten Brennholz ins Dorf schleift, für Kathrina, die Witwe im Häuschen ennet des Tobels – damit die Gehbehinderte am Ende nicht der Frost wegbeiße und sie danach steifgefroren verkrümmt in keinen Sarg mehr passe, wie Neni auf dem Ofen höhnte, nachdem er sich erkundigt hatte, wo Nana sich wieder bis zum

Eindunkeln in der Kälte draußen herumtreibe, dafür werde seine Marie wieder die halbe Nacht husten, dass man meine, jeden Moment käm ihr die Lunge hoch –;

segle, während es, ein untrügliches Zeichen, dass Föhn aufkommt, in den Pfetten orgelt, durch das auf dem Flur neben der Türe zum Plumpsklo offenstehende Fenster, auf und davon:

in einer engen Kurve scharf am Scheißhaus vorbei und wie in Zeitlupe übers Stalldach hinweg, von dem aus wir, nachdem der im Fenster lehnende Nachbar mit dem steifem Bein uns weis gemacht hatte, Katzen, aus wie großer Höhe auch immer abstürzend – aber hat schon wer einmal eine Katze von selber fallen sehen? –, landeten, den Fall sanft auffangend, immer weich auf allen vier Pfoten, eines Tages unsere dreifarbige Katze, die, welche hinkt, seit ihr der einäugige Nachbar, der sie beim Würsteklauen ertappte, mit einem gezielt hinterhergeschleuderten Zaunsparren das rechte Hinterbeinchen zertrümmerte, vom Dachfirst auf den gestampften, halbgefrorenen Mist hinunterwarfen; mit der einen Hand das plötzlich erschreckte Tier, das sich, nachdem ihm Mutter das Bein mit einem Lärchenharzpflaster geschient und unser armes Büsi, das ja nicht unterscheiden könne, wem die Würste gehörten, ob uns, mit der unter dem Giebel eingebauten Fleischkammer vorn raus, oder der Romontscha, deren Kammer, leichter zugänglich, nach hinten gehe, im Schafstall eingesperrt einige Wochen in der Rauffel auf altes Emd und einen Fetzen Schaffell gebettet hochgepäppelt, von seinem Bruch erholt wieder zutraulich geworden, von uns am Genick gepackt, wie es seine Jungen rumträgt, nicht mehr wehren kann, über den First ins Leere hinaus gehalten fallen ließen, fasziniert und erstaunt, wie das Tier, das im Flug sich reflexartig wand und wild mit dem gebauschten Schwanz rudernd verrenkte, tatsächlich auf allen Vieren landete, Mal um Mal, wenn wir, so oft es zu erwischen war, das von Mal zu Mal scheuer gewordene Tier aufs Dach schleiften, um es von dort wiederum in die Tiefe fallen zu lassen, das Spiel so lange wiederholten, bis Mitzi eines Morgens, der Torturen überdrüssig, verschwunden blieb, sein Nest auf dem Emd, als Mutter die Schafe besorgen ging, kalt, die Milch, die sie ihm am Vorabend, nachdem sie während des Fütterns nicht zum Lappen in den Stall gekommen war, bereitgestellt hatte, am nächsten Morgen nicht angerührt, das Tier unauffindbar, obwohl Mama, der wir unsere Experimente wohlweislich nicht beichteten – wieviel leichter haben es in so einem Fall doch die aus der Surselva –, über Stunden und Tage in allen Winkeln nach ihm suchte, bis es Ende Winter, als das Futter auf dem Stall zur Neige ging, hinter der letzten Heustockbisse, dem letzten Rest Heu, zum Vorschein kam, dürr wie eine Schindel;

über den Brunnen im Hof, der weiter seine Geschichten gurgelt – und plötzlich faucht, guddert und spuckt, wenn die Nachbarin im Wasser des Trogs, an den abends unsere Schafe zur Tränke getrieben werden und der darum, wie uns eingeschärft wurde, stets sauber zu bleiben habe, ihren aschestarrenden Ofenwisch ausschwenkt;

über den Miststock, in dem die *Süberi,* die Nachgeburt der Heimkuh, die am Morgen ihr Kalb zu früh abgestoßen, außer Reichweite der Katzen und im Dorf streunenden Hunde vergraben liegt;

über die Güllengrube, in welcher die jungen Kätzchen, bevor ihre blauen Augen sich öffnen, ersäuft werden;

über den granitplattengepflästerten Stallvorplatz, mit dem ich Reiter spielend Bekanntschaft gemacht, als der alte Fuchs, auf dessen breiten Rücken Vater mich nach dem Ausschirren gesetzt hatte, um durch die Stalltür zu kommen, unbeeindruckt von meinen Jockey-Bemühungen, einfach den Kopf senkte, ohne dass ich imstande war, so fest ich mich auch an seine Mähne klammerte, den vom Hafer gestochen zügellos über die Schwelle trottenden Gaul anzuhalten, am niederen Türsturz mir den Schädel anstoßend dem Wallach von der hohen Kruppe gestrichen, über den mir ins Gesicht peitschenden Schweif rutschend ungebremst rücklings dahinter auf die Steinplatte knallte, der Plumps dem Pferd der letzte Kick, um, die kräftige Hinterhand in die Höhe werfend und mit beiden Hufen gleichzeitig knapp über mir ins Leere auskeilend, in einem gewaltigen Satz im Stall zu verschwinden;

über die Judenköpfe hinter dem Miststock, das blauviolett blühende mastige Distelgestrüpp, das meiner Gotte, der letzten Kräuterfrau im Dorf, die alle, seit man gegen die Gebresten Pillen schluckt, nur noch belächeln, als Heilpflanze galt, eine wahre Bienenweide, wie sie mir gezeigt hatte, die wunderbar dufte, den Bauern hingegen nichts als Wucherkraut, Drecks-Wucherkraut sei, vermaledeites Unkraut, dem man kaum mehr beikomme, wenn es sich einmal irgendwo angesät habe, dessen Blüten wir Buben, auf einem Besen als Steckenpferd einherreitend, mit unseren Holzschwertern wie Kreuzritter um uns säbelnd, zur Freude und unter dem Gelächter der die Fäuste in die Hüften gestemmt unserem Gemetzel zuschauenden Großen nach Lust und Laune köpfen und niedermachen durften, um am Abend den Hintern versohlt zu bekommen, nachdem wir es am Nachmittag mit den in Blüte stehenden Kartoffelstauden, die uns nicht weniger mastig dünkten, auf dem Acker gleich getrieben;

über die brennnesselüberwucherte Abfallhalde, wo wir auf Schatzsuche ausschwärmen, Bettfedern, zerbeultes Nachtgeschirr, Pillenröhrchen und allerhand weiteres Material aus dem Gerümpel buddeln, ohne dass wir mit dem Zeug im Moment unbedingt etwas anzufangen wüssten, im Gegensatz zum Tollsten, den Kohlestäben, die wir aus weißverquollen ausgelaufenen Taschenlampenbatterien geschält als unsere süßsauren Lollipops lutschten, überglücklich, dank dieser Spezialitäten, von denen wir niemandem was erzählten, den mit Süßzeug verwöhnten Stadtbuben gleichgestellt zu sein, bei der Buddelei im Eifer früher oder später in rostige Nägel tretend;

über die alte Mühle mit der improvisierten Schmiede untendrin (einer aschigen, rußigen, nahezu lichtlosen Höhle voll urtümlicher Gerätschaften, an deren Ende, wo das Feuer in der Esse glimmt, als riesige Silhouette der Schmied sich über seine Arbeit beugt, eine alte, schartig gewordene Axt so herrichtend, dass sie danach doppelt so gut wie jedes nagelneu gekaufte Stück aus der *Landi* schneidet, den Axtkopf mit einer langen Zange in der Glut drehend heiß macht, bis er anfängt heller zu werden, um das von Hitze wabernde Eisenteil, sobald es durchscheinend gelb glüht, auf den Amboss geschwungen mit dem Hammer zu bearbeiten, den weichen Stahl, der mit einem eigenartig dumpfen Klingen unter dem federnden Schlag nachgibt, auf beiden Seiten gegen die Schneide aushämmert, das Werkstück nochmals ins Feuer legt, sobald es hellrot glüht, auf dem Amboss, von der Schneide weg diesmal, mit einem kleineren Hammer weiter dran arbeitend, wobei es sich unter den Schlägen abkühlt, das Licht zu einer schwach pulsierenden Blutfarbe schwindet, es nach Abschroten der ausfransenden Ränder ein weiteres Mal erhitzend, kurz nur, damit der Stahl die nötige Härte kriege, um an dem Ding solang weiterzuhämmern, bis es von einem Glanz überzogen blau, dann schwarz wird, eh er das pulsierende Stück, das einem, mit bloßer Hand danach greifend, immer noch glatt die Finger wegbrennte, senkrecht in den Abschreckeimer taucht, das Metall, das beim Eintauchen zischend eine Dampfwolke aufwallen lässt, damit dieses keine Risse kriegt und die Arbeit somit für die Katz gewesen wär, langsam in dem mit Salz weichgemachten Wasser auf und ab bewegend, bis die Axt ausgekühlt ist und, anschließend nachgeschliffen, jetzt nur noch den passenden Eschenstiel braucht, den der Schmied in der Werkstatt sucht), aus der zurückkehrend einen am Abend, nachdem man Abraham einen Nachmittag lang bei seinem Wirken zugeschaut und bald, von ihm nach hinten gerufen, voller Stolz sogar den Blasebalg hat treten dürfen, mit rot blühenden Wangen neben dem Meister am Amboss in die mit jedem Luftstoß heller aufflammende Esse staunend, bei deren Wummern und Lodern, wenn er ein neues Werkstück dreht und wendet (ein Ersatzteil für den Zapfwellenanhänger, den der Kreuz-Bauer, kaum gekauft, mit einer Fuhre Mist im Gädemli ins Tobel getrölt, soll draus werden, das Eisen diesmal erhitzend, bis es fast weiß glüht und es sich unter dem Hammer plötzlich wie Wachs formen lässt), einem die Zeit abhandenkommt, mit ihr das Dorf und die im Niesel vom Nebel verschluckt draußen verdämmernde Landschaft, zu Hause selbst erstaunt, dass nach solchen Werknachmittagen die Hosen, das Hemd, das Gesicht, von dem man sich mit Rußhänden den Schweiß gewischt, sowie das blonde Haar tatsächlich nicht mehr blütenrein ausschauen, Mutters stets gleiches Geklön empfängt: Hast dich wieder bei Meister Hämmerli im Dreckloch gesuhlt, du Bengel, und ich darf mir beim Waschen im Hof draußen dann die Finger abfrieren;

über die Sennerei, wo im Mai, bevor die Kühe gealpt werden, ein paar Wochen gekäst wird und man vom Käser aus Nauders, dessen Sprache nicht weiß, ob sie sich für Italienisch, Rätoromanisch oder Südtiroler Deutsch entscheiden soll, einen Gon heiße Schotte ausgeschenkt bekommt – und so viel nachgeschenkt, wie man, ihn dazu über seine Arbeit ausfragend, zu trinken imstande ist, da sie, frisch aus dem Kessi geschöpft, zehnmal besser schmeckt als das anderswo daraus zu *Rivella* verarbeitete Getränk –, von der Mast in wenigen Wochen mit immer rosigeren Backen wie ein gekneteter Brotteig schöner aufgehend als der Fardel und die Ferkel, für welche die goldgelbe Sirte bestimmt ist (deren Farbe, wie ich sähe, so Ruinatscha, der Käser, der auf jede Frage eine Antwort weiß, beim Abkühlen wegen der in ihr enthaltenen Vitamine, des Vitamins B insbesondere, ins Grünstichige spiele), sodass man am Mittag, aus der Schule zurück, zum Dank für die eigene Labung, nach dem Schwatz mit dem Käser auf dem Heimweg, ohne zuhause am Tisch danach noch groß Hunger zu haben, für die Tiere jeweils eine Milchtanse voll Schotte bergauf nach Hause buckeln darf, Schritt um Schritt, so vorsichtig sich das mit der überschweren Last machen lässt, damit diese beim Schreiten nicht ins Schwappen gerät und einem die Hälfte – es ginge sich danach zwar leichter – lauwarm den Rücken hinunter in den Arschspalt rinnt;

übers Schützenhaus und den Scheibenstand, wo wir im Frühling, nach den ersten Schießsonntagen, mit den großen Buben zusammen, welche, beaufsichtigt von einem alten Schützen, nachdem diese Arbeit nicht mehr, wie einst, in Feuerpausen, die vom Schießstand durch ein Tuten angekündigt wurden, auf das mit einem Signalhorn in anderer Tonart durch drei Stöße zu antworten war, trotz dieser Absicherung stets ein mulmiges Gefühl im Magen, vom Zeigermeister angetrieben in roten Kutten hinter einem hüttengroßen Findling hervor ins Freie spurtend, für alle als Ziel gut sichtbar, vor den Scheiben zu erledigen war, am Nachmittag während der nicht abreißenden Pölverei, im eiskalten Graben die modernen Zugscheiben auf- und abschiebend, als Zeiger und Kleber wirkten, beim Eindunkeln, während die einen Schützen im Stall beim Melken sind und die andern in der *Heimat* beim Bier jassen, auf dem Kugelfang nach den Projektilen graben gehen, die, abgebremst durch den im Schatten der Tannen hier am Waldrand oft Wochen länger liegenbleibenden Schnee, je höher der liegt, desto weniger versehrt und beinahe obenauf darin steckenbleiben, vor den Mädchen danach prahlend, die einen hätten wir nach Zuteilen der Munition hinterrücks aus den Patronenhülsen gedreht, dass die Schützen, im Feuer es meist nicht einmal merkend, gelegentlich mit Platzpatronen schossen, und die andern, die vom Drill durch den längeren Lauf der alten Karabiner stärker gerillten, knapp bevor sie mitten in der Musche auf die Scheibe trafen, beim Zeigen aus dem Graben hochspringend mit der bloßen Hand blitzschnell im Flug aus der Luft abgefangen, dem Kranzschützen, welchem vor dem letzten Schuss bereits alle zum Schützenkönig gratulierten, beim Obligatorischen einen der unerklärlichen Nuller bescherend, die noch Jahre zu rätseln geben werden;

segle über die für uns wie Lastkähne oder Panzerkreuzer am Rand der Allmend aufgeschichteten Holzstapel des Sägewerks nahe der Straßenbrücke beim *Sonnenheim,* dem von Nenis Schwester vormals geführten Gasthaus, das weiterhin so heißt, obwohl das Haus, dessen getäferte Stube zwar immer noch nach Brissagorauch und Bierdunst mieft, längst keine Beiz mehr ist, wo wir, hinter Scheiterbeigen versteckt halbe Nachmittage auf der Lauer liegend, die während der Herbstmanöver vom Glaspass herab getrottet kommenden Trainzüge abpassen, um, eine schwarze Binde übers Auge gebunden und einen mit Ofenruß geschwärzten Papierzweispitz aufgesetzt, als Freibeuter aus der Deckung ums Eck stürmend, den von uns gestellten Soldaten, die sich und den mit Tarnblachen abgedeckten Pferden, nach Lockern der Sattelgurte ins Tobel an die Tränke geführt, einen Marschhalt gönnen, ihre *Bundesziegel,* die staubtrockenen Armee-Biskuits, abzubetteln, wobei wir es in erster Linie auf den *Gestampften Jud* abgesehen haben, die Ordonnanzfleischkonserven – *Corned Beef,* wie einer der Unteroffiziere, schon mal im Ausland gewesen, mehr als den hiesigen Dialekt zu verstehen vorgebend, wichtig tut –, welche von den mit Bündnerfleisch und Hirschbinden verwöhnten Bauernsöhnen wenig geschätzt werden und, unser Glück, von ihnen darum leichter zu ergattern sind, nicht des trockenen, undefinierbaren Inhalts wegen, welcher den Katzen weit besser als uns schmeckt und es, wie Neni meint, mit dem beinharten Bindenfleisch einer alten Carnusa-Gemsgeiß, das man einfach lang genug kauen und munggen müsse, damit der Geschmack sich richtig entfalte, nie und nimmer aufnehmen könne, sondern, um mit den Weißblechdöschen in unserer Beinochsenwelt Milchgebsen für die Sennerei zu basteln, während die Dosendeckel mit dem verstärkten Rand beim Bau unserer Holztraktoren als Rädchen dienen;

fliege, ungeachtet der beim Hüten gebauten Stege, die das nächste Gewitterhochwasser wieder mit sich reißt, übers Maitlatobel, in dessen Tümpeln, wie gemunkelt wird, gefallene Mädchen ihre mit Hexensalbe losgewordenen Föten verschwinden ließen, die in kalten Vollmondnächten als feine weiße Schleierchen über dem Wasser dampften;

über die Feuerstelle am Bach, wo Ludi, der alte Kesselflicker, am spratzelnden Feuer Kupferpfannen verzinnt und mit seinem auf dem *Räf* mitgetragenen Drehstein den Leuten abgeluchste Scheren verschleift – Schafscheren und eines von Nanas Nähscherchen, das sie dem Alten, damit er etwas zu tun habe, Jahr für Jahr zum Schärfen gibt –, daneben an Klauenwerkzeug und Klappmessern wetzt, während Regina, seine alterslose Frau (welche mir mit ihrer an Stirn und Kinn durch Indigopunkte tätowierten fast schwarz gegerbten Haut und dem ihr wie ein Natternnest wirr vom Kopf abstehenden rabenschwarzen Haar, in das sie Münzen geflochten hat, die bei jeder Bewegung in der Sonne aufblitzen, sowie mit dem Funkeln ihrer im Vergleich mit uns Blauäugigen unverschämt dunklen rußumschwärzten Augen, wenn sie, Zeichen gebend ums Eck biegend in seltsamen Lauten unserem Bless zuredend, dass dieser, den Kopf gesenkt und den Schwanz eingezogen, ohne Laut zu geben ins Scheithaus abschleicht, mit näselnder Stimme nicht enden wollende Vergeltsgott, tausend Dank im Voraus und was ihr sonst an Schmuch grad einfällt herunterleiernd, an der Tür eine Speckschwarte oder ein Stück alten Käse schnorren kommt – auch einen Zinken beinhartes Brot nicht ungern nimmt, selbst wenn dem nur noch mit der Axt beizukommen ist –, jedesmal die Gänsehaut über den Rücken jagt, nachdem Großvater uns Buben gewarnt hatte, wenn wir es mit unseren Hänseleien und

Spergamenten zu bunt trieben, verzaubere sie uns behütete Prinzen in Kröten), auf Bettelgang unterwegs, in die schellenbehangenen Hände klatschend, den Takt skandierend die Flöhe aus ihren vielfach übereinandergetragenen, mit glänzenden Silberfäden durchwirkten farbigen Röcken schüttelnd, von langgezogenen Schreien begleitete Lieder singend mitten auf dem Brückenbogen oben tanzt, wie ein Kreisel immer rasender im Kreis sich drehend die Röcke wie Reifen und Räder hochwirbelt, mit den Stöckelstiefelchen den Kies in alle Richtungen spickend, bis, feierlich und gemessen, ohne zu schleppen, ein als schwarzer Wurm aus dem Unterdorf vom Börtli herauf bergan kriechender Trauerzug – dessen vorneweg träg dahinknirschender Karren dem Hinterbliebenen, nachts in der Kammer mit dem leeren Bett neben sich immer wieder die unwiederbringliche Hochzeitsnacht vor Augen, noch lange durch die Träume gieren und tröndeln wird, im anbrechenden Morgendämmer erst sich in leises Rattern auflösend, in zartes Grauen – dem Treiben auf der Brücke brüsk ein Ende setzt, die mit beschwörenden Gesten Schritt um Schritt langsam rückwärts davonstöckelnde Frau, deren Haarpracht, durch den ausgelassenen Reigen gelockert, aufgelöst in Wellen ihr über die halb entblößten Schultern wallt, vom Tanzplatz vertreibt, dem föhnzerzausten, windwurflöchrigen Wald entgegen, aus dem nachts, wenn man aus Visionen aufschreckend gebannt in die Schwärze hinaushorcht, halb erstorben die Schreie des Ziegenmelkers oder Geißmeckmers aufsteigen;

über die in Betonkännel gezwängt mit Wuhrwerken vernäht den Wald durchschneidenden Wasserläufe, deren abschüssige Wildheit Verbauungen in die Waagrechte zähmen, der Sturz durch Fangbecken gebremst;

über die zerschundene Masse des Gebirgs zu den Wolken empor, weiter und weiter, in den von Lichtpunkten durchlöcherten dunklen Himmel hinein, vorbei am Fratzen schneidenden Mond, der winters steil herab auf den Frost starrt und sommers sich knapp über den Graten die Bergflanken hochtrölt;

sternwärts

Ich muss mich nicht länger piesacken lassen, muss weder weglaufen noch mich unter der Treppe verstecken oder, um der Haarschneidetortur zu entkommen, mich wie die von uns gequälte, um sich sterben zu legen über Nacht unauffällig verschwundene dreifarbige Katze tief im Heuschober verkriechen, noch habe ich es nötig, wie der Taglöhnerbub, der seinem Bruder im Streit ein mit einem rostigem Nagel gespicktes Ofenholzscheit in den Kopf hackte, dass dieser, während ihm Blutzeichnungen übers Gesicht rannen, als durchgeknallter, bis auf diese letzte, geknickt schräg ihm am Schädel hängende Feder gerupfter Sioux-Chief in grellem Diskant durchs Dorf heulte, bevor er, schwankend über einen Stein stolpernd von der Straße katapultiert auf einem Miststock zusammenbrach, tagelang im Staudenwald zu verschwinden, wie jener aus Angst vor den Schlägen des Vaters hinter dem Galgenbühl rückwärts in einen aufgelassenen Fuchsbau abtauchend: nein, ich brauche mich nur in die Luft zu werfen, spät nachts, himmelwärts, um handkehrum, im Sturzflug, wie ein Hühnerhabicht aus der Bläue niederstechend, auf Großonkels Kopf zuzupfeilen, ihm mit einem gezielten Flügelschlag den Hut von der Birne zu rasieren und mit dem nächsten in den Staub zu rollen, ein Lachen aus den

Backen pfitschend den überschüssigen Schwung nutzend die Flügel herumwerfend mich senkrecht erneut in den Himmel bohrend, allen außer Reichweite entkommen, über den unten mit dem Besuch verdutzt an der Postautohaltestelle auf den Kurswagen Wartenden ein paar elegante, beim Ziegenhüten in den Krachen den Bergdohlen abgeschaute Kreise zeichnend, mich stetig höher schraubend, in die Dunkelheit hinein kleiner und kleiner werdend, die Arme fest am Körper angelegt, der Kopf gibt die Richtung, fein nachgesteuert mit ausgestellten Handflächen, unterstützt vom aufkommenden Sturm, der im Blechdach donnert, von der Nacht davongetragen, lichtaufwärts, verschwindend klein, wie ein Falter, angezogen von einem fernen Blinken, das plötzlich in ein Glühen übergeht

VI

Unsere Begierde verschluckt, wie der Armpolype, mit der Beute zugleich die eigenen Arme, die diese griffen

Jean Paul

1

Ein verspätet gezündeter Feuerwerkskörper steigt hoch, zerplatzt im Morgendämmer. Blériot, im grauen, milchigen Licht am Fenster stehend, nackt, wie versteinert, unfähig sich zu rühren – wie lange mag ich so dagestanden haben; ein paar Stunden, die halbe Nacht? –, reibt sich die rauchgeröteten Augen, dreht sich ins Zimmer zurück, zur in der Tiefe des Raums in die Lakenlandschaft des zerwühlten riesigen Rundbetts gekuschelten Schönen; an den Sims gelehnt, mit Ellbogen sich abstützend, schaut er eine Weile ohne Groll auf ihr wirres Haar und ihren halboffenen Mund, lauscht ihren tiefen Atemzügen, betrachtet sie im Schlaf: Wie musste sie damals gewesen sein, in jener Zeit ihrer ersten mädchenhaften Schönheit; aber einer nach dem anderen werden wir alle zu Schatten. Seine Augen wandern zum Stuhl, über den die Kleider geworfen sind: vom Korsett baumelt ein Band auf den Boden; ein Stiefel steht aufrecht, das schlaffe Oberteil ist umgeknickt, sein Kamerad liegt auf der Seite daneben. Die Luft im Zimmer lässt ihn frösteln; er schaut wieder hinaus: Es tagt, demnächst geht's wieder los; was soll's, der Kanal ist nun mal überquert, da hilft kein Träumen mehr; alle, ein jeder glaubt ein Anrecht drauf zu haben, wollen ihn jetzt sehen, ohne ihn, den Pionier, zu sehen – zumal nicht den in blauen, bauschigen Monteurhosen, der am Ende eines anstrengenden, zwischenfallreichen Tages abgespannt übers Feld einhergeschritten kommt, die Hände, Handwerkerhände sind's, ölverschmiert und von Schmiere verklebt, den runden Kopf mit anliegender Baskenmütze und borstigem Schnurrbart fast halslos auf gedrungenem, untersetzt kompaktem Körper, das Gesicht von der Sonne gebräunt, nicht bronzen und nicht in dem goldglänzenden Braun wie auf dem Mehrfarbendruck für den Sonnenschutz, der mit seinem Namen wirbt und der Freizeitgesellschaft sanfte Bräunung verspricht, nein, ausgedörrt, gegerbt, die lohfarben ins Grau spielende Haut von Leuten, welche im Freien werken, bei jedem Wetter draußen sind –, sondern vielmehr den, welchen sie in ihm zu sehen *wünschen,* den er, ob's ihm passt oder nicht, jetzt zu repräsentieren hat und, so gut es geht, repräsentiert: den Übermenschen, den gepflegten Eroberer, der, eine Illustrierte lässig unter die Achsel geklemmt, im Blitzlichtgewitter mit ein paar kernigen Standardsätzen Red und Antwort steht; den Reklamestar, der, von goldtriefenden Sonnen und schwülen roten Monden überstrahlt, inzwischen gut ist für den letzten Dreck; den Dressman, der, von einem Sternenkranz umrahmt, vor violettblauem Nachthimmel zu posieren hat; den smarten Modeaffen, den er, der einstige Tüftler, durchaus durchschnittlich, unauffällig, schüchtern fast, auf der Straße und unter Schichtarbeitern vor Fabriktoren zuvor mit Unzähligen leicht zu verwechseln, als Folge jenes Unfalls bei der misslichen Landung nach dem Rekordflug über den Kanal sichtlich hinkend, im Grunde hasst und eigentlich nicht spielen mag; doch erwünscht sind schöne Sprüche, verlangt werden strahlende Sieger, todesnahe Kämpfernaturen, die zum Ruhme der Nation das Äußerste wagen, Hochmut und Härte. Auf also in den Kampf, Torero, es zahlt sich aus. Zuvor kurz ins Bad: vielleicht hilft kalt duschen, endlich wach zu werden; beim Rasieren, mit den Klingen selbstverständlich, von deren Packung das eigne Konterfei munter in den Morgen strahlt, die Abgespanntheit gleich mit von den Wangen zu schaben versuchen, wenn möglich Kater inklusive; nach der Rasur aus dem angenehm in der Hand liegendem sandgestrahlten Flacon in Form eines Frauentorsos, der an die Venus von Willendorf und Brassempouy erinnert, auf dem, positiv herausgearbeitet nicht allein von Blinden zu ertasten, nein, so deutlich, dass damit der Arsch gestempelt werden könnte, der von einem Designer stark stilisierte Schriftzug des plötzlich so klangvollen eignen Namens zu spüren ist, eine Handvoll des Eau de Cologne ins Gesicht geklatscht, das jetzt, obwohl es nichts als in der Nase beißt, alle plötzlich riechen wollen. Um sich nicht gänzlich fremd zu werden, geputzt und gekämmt ein letzter prüfender Blick in den Spiegel, einmal am Tag wenigstens sich vergewissernd, wer einen da fremd aus dem Glas anbleckt, ja ob da überhaupt noch jemand vis-à-vis ist. –

Und die schlafende Schöne? Die mag weiterschlafen. Zum Service des ganzen Zirkus gehörend – die Veranstalter lassen sich nicht lumpen, glauben den Luftpionieren was zu schulden –, wird sie, von den Zimmermädchen, für welche, nicht zu klein bemessen, das obligate Nötli bereitliegt, verstört aus ihren Träumen in den Tag gerissen, in der großen Halle vom Concierge des Grand Hotel, darauf ist Verlass wie auf das Amen in der Kirche, nach dem Cüpli Sekt für solche Fälle, das selbstverständlich aufs Haus geht, höchst anständig, ohne sich was anmerken zu lassen, an den weidlich sich an ihrer Figur weidend den Sternen an der Fassade angemessen mit gefrorener Visage lächelnden Portier übergeben, der sie elegant durch die gut geölte Drehtür hinauskomplimentiert; in der Auffahrt wartet schon ein Wagen mit Fahrer auf sie, die am Abend, für ihre Dienste ordentlich entschädigt, die Pioniere geizen mit Geldscheinen nicht, als Escort-Dame, mit ihrem Auftreten am Meeting tagsüber für Furore sorgend, dass die Herren auf den billigen Plätzen vor Ehrfurcht erblassen, Lust fingierend dem nächsten Helden in den Armen zu liegen hat. Zum Kotzen. –

Im Lift der Blick in den Terminkalender; ein Stress, wie gewohnt, wird's wieder werden, aber Spektakel wie Sponsoren fordern den Firlefanz: Die Meere sind erobert, Neptun ist tot, hoch lebe Blériot & Co., il gran circo aereo, das ist Trumpf – wie Rattenfänger wackeln Sandwichmänner es durch die Straßen, unter Platanen die Promenaden lang, mit Ausrufungszeichen gespickt schreit es von Plakatwänden, und selbst beim Frühstückskaffee entkommt man sich nicht, springt einen zur Illustration martialischer Schlagzeilen die eigne, einem fremdgewordene Visage aus den Frontseiten fortschrittlicher Blätter an

2

An zwei Enden des Platzes, hinter hüfthohen Absperrzäunen, auf niederen Podesten in unmittelbarer Nähe der Ehrentribünen, denen entlang die von Polizisten zu Pferd an ihre Standplätze eingewiesenen Automobile aufgestellt sind (Darracq neben Delage, Spyker Phaeton neben Delauney-Belleville, sportlicher Wolseley neben Maudslay, Aston Martin, Knight-Minerva, umschwirrt von an ihnen wienernden Chauffeuren die ersten Rolls Royces, die neuesten Double Phaetons, Bugattis, Cadillacs und was sonst noch in Mode ist, ein paar wenige in Privatbesitz, die Mehrzahl für halbe oder ganze Tage gemietet, offeriert von der Centralgarage an der Dreikönigstraße während der Flug-Woche zu Spezialpreisen am besten gleich fürs ganze Meeting, ob mit, ob ohne Fahrer, Hauptsache, man fährt vor), schmettern in perfekt auf den Leib geschneiderten Uniformen, die Instrumente blitzend gen Himmel gereckt, Musikcorps um die Wette Militärmärsche: tschin bumm tschin bumm tschin bumm pumm pumm tschädarapängg.

Die Hektik auf dem Platz nimmt zu; Monteure, an Motoren bastelnd, pützelnd und polierend, sind mit letzten Vorbereitungsarbeiten an den in Reih und Glied am Pistenrand aufgereihten Flugmaschinen beschäftigt. In dem abgezäunten

Platz vor der ihm zugewiesenen Halle, durch deren ein wenig gelüftete Vorhänge sein Apparat, größer, als man erzählt, zu sehen ist, sitzt Curtiss, hält den *Newyork Herald* in die Höh und liest, eine Zeile ganz oben auf der Seite; nach einer halben Stunde hält er den Finger schon in der Mitte dieser Seite; wieder eine halbe Stunde später ist er mit der Seite fertig und fängt, fliegen will er heut offenbar nicht, eine neue an. Vor dem benachbarten Hangar, einem wackligen Unterstand wie all die anderen, in dessen Giebelfeld unter dem an einem Stecken flatternden obligaten Fetzen in den Landesfarben linkisch hingepinselt sein Name prangt, läuft Henri Rougier, ein kleiner Mensch, das Auffallendste an ihm die Nase, in Hemdsärmeln auf und ab, seit zwei Tagen am *Voisin* mit seinen Leuten herumhantierend, verwirft die Arme, betastet sich im Gehen überall – was sucht er nur in all den vielen ausgebeulten Taschen der Montur? –, pfeift seine Arbeiter hinter die Hangar-Gardine, ruft sie auf den Platz zurück, geht, mit stark bewegten Händen alle von sich drängend, selbst hinein, kommt wieder, ein Arbeiter fasst den einen Flügel des Propellers, reißt an ihm, ein Ruck – man hört etwas, kaum mehr aber als der Atemzug eines starken Manns im Schlafe ist es nicht, die Schraube jedenfalls rührt sich nicht weiter, blockt –; nochmals will man's wissen, zehnmal wird's versucht, manchmal bleibt sie sogleich stehn, schlägt zurück und haut die Hand vom Holz, manchmal gibt sie sich für ein paar Umdrehungen her – klar, kann nur am Motor liegen, das die einhellige Meinung der Tribünen. Neue Arbeiten fangen an, noch ermüdender für die in den hinteren Rängen, die nicht sehen können, was sich vorn am Boden tut. Man ölt den Motor jetzt von allen Seiten, lockert verborgene Schrauben am Zylinderstern, um sie mit dem Drehmomentschlüssel, den man sich vom Konkurrenten lieh, sogleich neu festzuziehen, es hilft nichts; einer rennt nach hinten, holt ein Ersatzstück, wieder passt es nicht; er eilt zurück, und hockend auf dem Boden bearbeitet er es mit einem Hammer zwischen seinen Beinen. Blériot, sogleich erkannt, den Kopf fest auf dem Hals, schaut derweil, im jüngsten Modell zum Wettkampf bereit, einem Biplan mit kanarienvogelgelben Flügeln, aus allen herausstechend das erste Mal gezeigt, gelassen seinen Mechanikern auf die Finger, wechselt den Sitz mit einem der Techniker, der Techniker mit Leblanc, seinem ihm von der Konkurrenz abgeworbenen Freund und einstigen Werkstatt-Assistenten, dieser wieder mit Blériot, der sich über das Treiben nebenan famos zu amüsieren scheint. Dort beratschlagt man weiter; bald reißt dieser an der Schraube, bald tut es jener, aber der Motor ist unbarmherzig, wie ein Schüler, dem man helfen möchte, die ganze Klasse sagt ihm ein, aber nein, er kann es nicht, bleibt immer wieder stecken, immer wieder bei der gleichen Stelle bleibt er stecken, versagt. Blériot, seiner Sache sicher, den Blick vom Geschehen zu den Windsäcken, zum Signalmast hebend, sitzt still in seinem Sitz und wartet; elf seiner Mitarbeiter, ohne sich zu rühren, umstehen ihn, ganz so, als ob sie allesamt zu träumen schienen. Unmut kommt auf, macht sich auf den Tribünen breit. Doch dann: der erste Apparat rollt an, wird, am Kopf der Startbahn, auf dem Rasen in Position geschoben: Ist's der von Blériot, ruft spitz ein Kleingewachsener von weit hinten; oder wird als erster Leblanc fliegen? Und wo ist Nungisser, wo Chailley, wo Pasquale Bianchi, wo unser Oskar Bider, und wo plötzlich ist Legagneux jetzt hin, der doch dafür bekannt sein soll, ein Faible für Fabrikkamine, für Schlösser Kirchen Kathedralen zu besitzen, mit den Mauerseglern um die Wette deren Spitzen zu umkreisen, warum also nicht auch Chrysopolis' Münstertürme, die rechtsseits aus dem Flusse ragen?

Der Rauch und die Öldünste über dem Festgelände werden dichter, beißender; Lärm erfüllt das Aerodrom, kompakt und laut, dass er mit keinem Hammer zu zertrümmern wär; wogt auf, sobald sich was bewegt; verebbt, um an anderer Stelle sich mächtiger zu ballen: ein Tohuwabohu von Stimmen, ohne dass Einzelheiten der hin und her fliegenden Befehle beim Motorengestotter zu lokalisieren wären. Beifallsbrausen. Stille.

Der Dirigent des Armeespiels, mit Fähnrich und Feldzeichen vor den Ehrentribünen aufmarschiert, streng zum Karree gerichtet jetzt, hebt, angesichts von so viel Interessantem auf dem Platz fast unbemerkt, den Taktstock, just als sich aus der ersten Reihe im Publikum mit glänzenden Augen ein kleines Mädchen vom Rockzipfel der Mutter stiehlt, die, den Schleier ihres zierlichen Hütchens gelüftet, in einem für die Jahreszeit zu warmen Mantel, dessen Kragen sie, wie zum Schutz, darin sich zu verbergen, hochgeschlagen, mit Döschen und Puderquaste hantierend absorbiert ist, ihr Make-up aufzufrischen –; das Gör huscht unter den Absperrseilen durch; robbt zwischen den Beinen der Musiker vor; zwängt sich, als der Dirigent, auf Zehenspitzen wippend, mit einem Auftakt das Zeichen zum Losschmettern geben will, zwischen den Knien des ersten Trompeters hervor, der durch das Gekrabbel an seinen Hosenbeinen für den Bruchteil einer Sekunde, der Dauer eines Falterflügelschlags, mehr ist es nicht, aus der Fassung gerät, dass sein Instrument kurz zuckt und, nachvibrierend, vom Blech zurückgeworfene Sonnenkringel über seine Wangen tanzen; das Kind, einen Moment lang stutzend, lässt sich vom Podest auf den Platz fallen, hüpft, die Arme ausgestreckt, mit fliegenden Zöpfen und flatterndem Matrosenkragen über den Rasen den auf Hochglanz polierten Maschinen entgegen, bringt, von deren

Blinken gelockt und dem Wunsch, dieses mit Händen zu haschen, das strenge Zeremoniell aus dem Takt; für einen Moment; bis ein berittener schnauzbärtiger Schutzmann mit einer Hahnenfeder auf dem grünen Hut sein Pferd herumreißt, entschlossen aus der Reihe bricht, vorprescht, im Galopp auf das Kind zu, das sich, in dem Augenblick erst der Gefahr bewusst, erschrocken strauchelnd zu Boden wirft, das Mädchen, sosehr es sich auch flach zu machen versucht, gleich einem afghanischen Bushkashi-Reiter, der, im Kampfspiel über die Hochsteppe jagend, seitwärts aus dem Sattel nach dem toten Kalb angelt, an einem Bein erwischt, es mit festem Griff vom Boden hochreißt, zurücksprengt, mit der zappelnden Beute sich vom Pferd schwingt, das Kind, wie sehr es auch strampeln, mit Armen und dem freien Bein um sich schlagend die Luft zerfetzen und heulen mag – und es heult, tatsächlich, heult, heult wie ein Hund, krächzt und strampelt und schreit, spitze, grelle Schreie, bis ans Ende seines Atems –, wie ein flatterndes Huhn, das spürt, was ihm bevorsteht und sich, das ganze Blut zu Kopf geschossen ihm in den Schläfen hämmernd, nach und nach ergibt, hinter die Absperrung trägt, zurück in die geschlossenen Reihen, wo er – *parbleu* – das winselnde Bündel kurzerhand in den beschützenden Arm der zunächst errötenden und dann, getroffen von den schneidend strafenden Blicken sie umgebender Lemuren, schlagartig bleich werdenden Mutter fallen lässt; sich auf dem Stiefelabsatz dreht, in einem Schwung aufs Pferd: *ein Mordskerl,* platzt ein Dicker in der zweiten Tribünenreihe rechts, *ein Mordskerl, ja,* der neben ihm, als der Reiter, den Hut in die Augen gedrückt, den Rappen am Zügel in die Levade reißt, in die Steigbügel gestemmt salutiert, wendet und, indem er mit einem verächtlichen Blick gegen die Tribüne tüchtig vom Leder zieht und dem

Hengst die Sporen gibt – *ein Mordskerl,* der Dicke kann sich nicht erholen –, in gestrecktem Galopp von dannen sprengt, quer über den Platz zurück, hinten sich in die Phalanx der Chasseure einzureihen.

Es kann weitergehen, und weiter geht es. Der Dirigent, als ob nichts vorgefallen wäre, und dennoch, von der Unterbrechung sichtlich genervt, den Kopf kurz nach links, nach rechts werfend, hebt, von Neuem auf den Zehenspitzen wippend, den Taktstock, gibt mit einem Auftakt das Einsatz-Zeichen, und die Nationalhymne – welche ist es über-

haupt? – schmettert los, ohne den kleinsten Zwischenfall, alle Strophen lang; ein Trommelwirbel baut sich auf, reißt ab; nochmals, heftiger, und ein drittes Mal, endend in einem Tusch: der Wettkampf ist eröffnet.

Der erste Aeroplan ist startklar – endlich endlich endlich, schallt es, zwischen den Tribünen widerhallend, übers Feld –, und sobald es sich der Pilot, der während der Hymne, seine Sturmkappe aufbehaltend, die Rechte, wie es sich geziemt, auf der Brust seiner Bomberjacke, steif neben der Maschine stand, vor dem Einsteigen, derweil ihm am Signalmast für den Start geflaggt wurde, mit geübtem Griff ein letztes Mal Schraubenflügel und Spanndrähte prüfte und, bevor er sich den zweiten Handschuh überstreifte, den schwarz gestrichenen Panzer streichelte, der, um Kühlluft durchzulassen, einer gotischen Kathedralenrosette gleich von Schlitzen durchbrochen ist, aus denen die Stahlzylinder des Motors der Sonne entgegenblitzen, in seinem im Gestänge verstrebten Sitz bequem gemacht, wird auf sein Zeichen auch schon der Propeller angeworfen. – Da: eine Fehlzündung, und gleich die zweite, und, wie zu erwarten, eine dritte, mit ein paar weiteren blauschwarze Rauchstöße spuckend, doch der siebenzylindrige Rotationsmotor ist nicht totzukriegen, kommt knatternd auf Touren und wird, sobald er halbwegs rund läuft, auf volle Leistung hochgedrückt, bis die hölzerne Doppelflügelschraube mit dem vertausendfachten Lärm einer Libelle als sirrende Scheibe schwirrt: *en avant!* Der vibrierende Apparat rollt an, schneller und schneller, hüpft weg, hebt, ein einziger gekonnter Druck aufs Höhensteuer reicht dem Meister, nach knapp vierzig Metern Anlauf ab und schwebt – leicht verdreht, aber der Pilot hat ihn sogleich im Griff –, kommt hoch – *geschafft!* –; steigt in steilem Winkel höher; kreist um den Signalmast; jagt – *Chapeau, Monsieur Blériot!* aber ist er's überhaupt? – seinem Schatten nach, der tief unten über ein Meer uniform in den Nacken geworfener Köpfe huscht; wirft sich – ein Aufschrei – gewagt nach links und dreht in steiler Kurve weg; entschwebt, leicht schwankend, über die sich vor ihm vergrößernde Ebene zu den Wäldern in der Ferne; entschwindet über dem Eichen- und Buchenwipfelmeer, das dünner werdende Rattern vom Tusch für den nächst Startenden überdröhnt, undsoweiter und so fort, den geschlagenen Tag wird das so weitergehen

3

472 **Welch eine Musik,** eifert der Leitartikler in der Samstagsausgabe der *Tages-Zeitung* (deren Kopf-Vignette am Festtag anstelle des stilisierten Löwen mit erhobener Pranke, der anno Tobak den posthornend berittenen Boten von diesem Platz verdrängte, Blériots Flugapparat ziert); welche Klänge, welche Töne, den Ohren traut man kaum, erschüttern, endlich, unsere Gegend: Besingen wollen wir länger drum nicht allein die nächtliche vibrierende Glut der Arsenale, der Werften, die Fabriken, die Orgeln der Kamine, die von elektrischen Monden grell erleuchtet mit den sich hochwindenden Rauchfäden an den Wolken hängen, die Brücken, die, gleich gigantischen Athleten, Flüsse überspannend, wie Messer in der Sonne blitzen, die gefräßigen, rauchende Schlangen verschlingenden Bahnhöfe und die aus ihnen herausdonnernden Lokomotiven, die auf den Schienen wie riesige, mit Rohren gezäumte Stahlrosse einherstampfen: zu besingen, hier und heute, gilt es die angriffslustige Bewegung, die fiebrige Schlaflosigkeit, die Vertrautheit mit Energie, mit Verwegenheit, die Liebe zur Gefahr, den Salto mortale, jetzt, wo mit dem Flug der Aeroplane, deren Propeller gleich den ihnen begeistert zujubelnden Massen Beifall zu klatschen scheinen, die Herrlichkeit der Welt sich um eine neue Schönheit

bereichert hat: die Schönheit der Geschwindigkeit, und es, allem voran, den Mann feiern heißt, dem wir die Zukunft verdanken, den Mann, der den Steuerknüppel eisern in Händen hält, dessen Idealachse, wie Meister Marinetti in seinem Manifest im *Figaro* schrieb, gleichsam die Erde durchquert, die selbst, alle wissen das längst, auf ihrer eignen Bahn dahinjagt – wer heute mitreden will, und wer möchte das nicht: mit eignen Augen ist hier die Zukunft zu bewundern, nicht allein von den Vertretern unserer Elite, nein, auch der kleine Mann fiebert mit, wenn er sieht, wie die unförmigen, auf den ersten Blick einen geradezu lächerlich dünkenden, aber dennoch, wie zerbrechlich sie auch wirken, ungemein robust gebauten Dinger gleich lahmenden Riesenvögeln aus ihren Unterständen zum Startplatz geschoben werden; wie der Motor angeworfen wird und tobt, mit der Maschine gleichsam die ganze Umgebung in Erregung versetzt; wie der Apparat nach ein paar grotesken Sprüngen sich aus der Schwere löst und hoch und höher seine Kreise zieht – um dann, wenn jener, auf Gedeih und Verderb seinen Schwingen ausgeliefert, sich wieder der Erde zuwendet, die gespannte Aufmerksamkeit des Piloten zu verfolgen, dem gerade jetzt nichts entgehen darf, will er mit seiner Maschine, die zwar noch als Herrscherin des Himmels sich gebärdet und beim Abbremsen, wenn das Triebwerk gedrosselt wird, eine letzte stinkende Dusche aus Ruß und Öl auf die ehrfürchtig Emporstaunenden speit, am Knüppel gesteuert von sicherer Hand, heil dem Luftreich entrinnen, und selbst wer den Anflug, die Landung glücklich beinah vollzogen glaubt, täuscht sich nicht selten, denn sicher noch ist nichts, ergreift doch und fasst vielleicht, im allerletzten Augenblicke kann's passieren, eine tückische Strömung das Spielzeug des Menschen und lässt es wie den Maikäfer, der auf dem Weg zum Flugfeld mir in die Windschutzscheibe meines Bugatti klatschte, direkt vor unseren Augen am Boden zerschellen – so der enthusiasmierte Feuilletonchef, der, scheu, ansonsten andere nach seinem Gusto große Worte machen lässt –; doch ungeachtet aller Gefahren, der Flieger Zahl ist zu einer recht stattlichen gewachsen, und Dutzende von Aerodromen (wie das hiesige auch, das unsere, auf welches wir, alles dafür herzugeben bereit, so stolz sind, draußen im einstmals so unrentablen Moor, wo auf dem mit Wagenladungen zweieinhalb Meter hoher Palisaden weiträumig abgesperrten Gelände, nachdem das Ried gerodet, die Bäume umgeschlagen, zeitweise, gleich emsigen Heinzelmännchen, die im Mantel der Nacht allein am Schmatzen der Stiefel zu erraten waren, über zweihundert Mann im Akkord rund um die Uhr im Schutze einer Hundertschaft Gendarmen klopften und sägten, an Gräben gruben, hieben, brachen, wühlten und mengten und mischten und stopften und wischten, bemüht, das Terrain zu ebnen und die wenigen drauf verbliebenen Turbenhüttchen abzutragen, in denen sich ein paar erzürnte Torfstecher, die in Zeiten, wo glorreich sich auch hierzulande ein neues Säkulum anbahnt, als ewig Gestrige nicht verstehen konnten noch wollten, dass sich das Rad der Geschichte längst an ihnen vorbeigedreht, angekettet verschiedentlich zu verschanzen suchten) wurden, über Nacht beinah, aus drainiertem Grund gestampft oder sind im Entstehen, und wer heute noch einer der Vielen ist, vom Publikum ignoriert, als nichtssagende Nummer weit hinten im Pilotenverzeichnis rangierend, kann es, Blériots Beispiel beweist es aufs Schönste, mit einem kühnen Flug morgen zum weltbekannten Manne schaffen, und landet der Meister der Lüfte nach dreiundzwanzig Flugminuten glatt, ist des Jubelns kein Ende; ach, wie jauchzten wir doch, als jener den Ärmelkanal überflog und in uns sich, als wäre es ein Held unserer Heimat, aus Stolz auf die Triumphe unserer Technik, unserer Wissenschaft, zu denen unsere ehrwürdige technische Hochschule ihren Teil beigetragen, ein grenzüberspannendes Gemeinschaftsgefühl eingestellt; wie sinnlos, triumphierten wir, sind mit einem Mal alle Grenzen, wenn jedes Flugzeug sie spielend leicht überschwingt, wie provinziell, wie künstlich alle Zäune und Zollschranken, wie widersprechend dem Sinn unserer Zeit, der sichtlich Bindung und Weltbrüderschaft begehrt – um von all dem bald nichts mehr zu wissen …

4

Und was nicht vorgesehen war, trifft ein: die Schranken brechen; von der Diplomatenloge wie von den Freiplätzen weit hinten stürzt alles dem ausrollenden Aeroplan entgegen, und eh man sich's versieht, ist der strahlend lächelnde Held – ist's am Ende Baron von Richthofen in Person, der gestern mit einer von allen Blättern verbreiteten Depesche für heut sich angemeldet – von Tausenden und Abertausenden hurrajauchzend umzingelt; jeder will die Hände ihm jetzt drücken, ihn mit einem Finger wenigstens berühren; die schöne Blonde vom Stadttheater wirft mit großer Geste sich an seinen Hals, gibt ihm den Fliegerkuss; auf Händen trägt man den Bezwinger des Himmels durch einen Wald geschwungener Hüte; die Nationalhymne wird ein weiteres Mal geschmettert, Strophe um Strophe, alternierend die Kaiserhymne mit *Heil dir Helvetia,* endlos schier; um besser sehen zu können, schwappt ein Großteil der Massen zurück auf die Tribünen, die dem Ansturm nicht länger standhalten und einbrechen; nebenan kracht gleichzeitig das große Restaurationszelt des *Grand Buffet International* an einer Ecke ein; Industrielle, Ratsherren, Diplomaten, ob Hochadel oder neureich, alle um ihre Zwicker, Monokel, zerdrückten Zylinder bangend, sowie die teuren, ihnen im Durcheinander

– wenn sie's merken, ist es längst passiert – aus den mit Senf und Saucenspritzern verkleckerten Gehröcken gerutscht ins Sägemehl gestampften edlen Zeitmesser (falls die durch alle Zeitläufte stolz in Ehren gehaltenen Erbstücke illustrer Ahnen von dunklen Gestalten, welche die Gunst der Stunde geschickt zu nutzen wissen, ihnen nicht samt Goldkette im Sturz bereits auf Nimmerwiedersehen vom Gilet gerissen wurden), werden, die Hosen zerfetzt und voller Schrammen, mit Stiefelputzern und Lakaien, im Missgeschick einander alle plötzlich gleichgestellt, wehklagend unter Grillrosten, Gulaschkanonen und Bergen zerbrochenen Geschirrs hervorgezogen; das Volk macht sich über die am Boden verstreuten Bratwürste her, stürmt die Bierhähne, stopft die Taschen mit Kottelets, ob gebraten oder roh, Hauptsache Fleisch; im Versuch zu beschwichtigen durch die Menge irrend, bekommen die vom Geschehen völlig überforderten Organisatoren selber ordentlich was ab, bis es der berittenen Ordnungsmacht, aus den Kasernen zu Hilfe gerufen, unter den aufmerksamen Blicken der Berichterstatter und angespornt von sich am Desaster ergötzenden Gaffern gelingt, des Tumults der plündernden Meute Herr zu werden, als Retter in der Not der verworrenen Keilerei um einen ausgiebigen Schluck Freibier und etwas zwischen die Zähne ein Ende zu bereiten, sie erfolgreich auseinanderzuhauen, niederzusäbeln, niederzustechen, bis nichts mehr sich regt und die wagemutigen Kürassiere, die, mit ihrem beherzten Eingreifen zufrieden, zur Erholung, für den kurzen Einsatz ein jeder seiner hundert Franken Ehrensold sicher, weit mehr, als ein Weber in einer Woche erschuftet, sich einen tüchtigen Schluck aus dem Flachmann genehmigen und entlang den in Mitleidenschaft gezogenen Tribünen schnurgerade aufgereiht ihre Uniformen und die in Unordnung geratenen Helmbüsche richtend, zur Sicherheit noch eine Zeitlang auf dem Platz präsent verbleiben, indes ein Détachement Sanitäter mit Bahren hin und her rennend aufräumt, bevor die Reiter, ist auf dem Festgelände wieder stabile Ruhe eingekehrt – nebst vereinzeltem Stöhnen und wehleidigem Wimmern von ein paar Unbelehrbaren ist nur mehr das Wiehern der Pferde und das knatternde Geräusch der schwarzen Hutbüsche im Wind zu hören –, auf das Kommando *Ruhn* in aller Ruh die blutigen Bajonette von ihren Langgewehren nehmen dürfen und sie, wie die blutigen Säbel an den Satteldecken blankgewischt – Statistik über Opfer bei dem Zwischenfall wird es keine geben –, unter Applaus zurück in die Scheiden stoßen.

Glück für einmal hatten die Zerlumpten, welche, käsig bleich, ohne dass sie sich, um adliger zu wirken, nach neuster Mode bleich schminken hätten müssen, weit hinten, hinter zweimal mannshohen Abschrankungen, Tag für Tag auf Einlass harren; die clevereren unter ihnen, weniger lang an der Flasche und eine Spur besser bei Kräften, vom Zirkus, wenn auch verschwindend klein in die Ferne gerückt, wenigstens etwas mitbekommend, indem sie am Gegenhang auf Bäume klettern, ohne allerdings viel von dem Zauber zu verstehen, doch die Bedeutung immerhin der zu gegebener Stunde in der Stadt auf Brücken, Plätzen, besseren Hotels und Bankpalästen gehissten roten Fahnen, die an zwei Masten selbstverständlich auch links und rechts über der Passerelle am Ausgang des Provinzbahnhofes wehen, damit die in Sonderzügen eintreffenden Scharen beim Aussteigen sogleich unterrichtet sind, ob und wann geflogen wird, dieselben roten Flaggen, die an Schützenfesten vor dem Betreten des Feuerraums warnen, in Schießstandnähe im Wind knatternd anzeigen, dass geballert wird – als ob beides nicht ohnehin zu hören wäre –, die ist mit und ohne Festführer allen klar, und geflogen wird an heiteren Tagen so gut wie immer; der Rest hingegen, das vielfarbige Geblinkte in unterschiedlicher Frequenz, sowie die Bedeutung all der verschiedenen Signalflaggen, die farbigen Quadrate etwa, jede Farbe einem Flugpionier zugeordnet, kündigen an, dass der Betreffende im Begriff zu starten ist, im Gegensatz zu den diagonal unterteilten Feldern, die ein Malheur vermelden, das Außenbeobachter mit transportablen Marconistationen aufs Flugfeld übermittelten – zur Hälfte in den Farben des Aviatikers, zur andern weiß beispielsweise heißt, dass ein Langstreckenflug durch eine Zwischenlandung unterbrochen werden musste –, dazu die farbigen Dreieckswimpel, Ringe, Scheiben und was es sonst noch zu bestaunen gibt, einzeln oder kombiniert, dieser ganze Rest ist den Gebildeten auf dem Flugfeld vorbehalten, die mit der teuer erstandenen Eintrittskarte den Festführer in die Hand gedrückt bekamen, und auf den besseren Plätzen, den Blick in die Zukunft gerichtet, schert's die in ihrem Flugfieber wenig, wenn der eine oder andere der weit draußen wuselnden Bagage eines schönen Tages – an Regentagen wird ja nicht geflogen – fehlt: vereinsamt, still und leise unter einer Brücke abgekratzt, oder, so unauffällig sich das machen lässt, eingebuchtet worden, nachdem, ein Beispiel unter vielen, der freche Hund, der übers verlängerte Festwochenende von einem bessergestellten Kollegen aus Zeiten, als sie gemeinsam die Schulbank drückend voneinander abgeschrieben – der andere als Schreibkraft im Kontor eines Erfinderunternehmers den lieben langen Tag jetzt angestrengt am Federhalter kauend –, sich dessen bestes und abgesehen von den beim Arbeiten an den Ellenbogen in Mitleidenschaft gezogenen Ärmeln tadellos erhaltenes hellbeiges Jackett in feinstem Hahnentritt geliehen, das ihm, dem Größeren – und, zwischendurch auf dem Bau aushelfend, verglichen mit dem bessergestellten weit schmächtigeren Kontor-Bürschchen entsprechend Korpulenteren –, an Achseln und Rücken leicht spannt, doch ergänzt mit einem steifen weißen Hemdkragen und einem himbeerroten Foulard sowie einer breiten nachtblauen Atlaskrawatte, ordentlich was hergibt, dergestalt herausgeputzt am ersten Tag des Meetings, wo die Kontrollen weit schlampiger waren, um nicht zu sagen überhaupt nicht existierten, eine Zigarette im Mundwinkel,

den Flaneur markierend, im Pulk mit andern Dandys in der Menge lässig ungehindert bis zu den Restaurationszelten vor geschlendert, dort sich, ohne dass dies in der Hektik jemandem aufgefallen wär, aus einer Vorratskiste flink mit rohen Würsten eingedeckt, in der Absicht, daraufhin, sei es in fataler Fehleinschätzung der Lage, sei es aus blankem Übermut, sich an den für einen Moment unbeaufsichtigten Kassenschrank heranzuwagen, auf halbem Weg jedoch, der Sache nicht mehr sicher, plötzlich innehaltend, um – nebst den ergatterten paar Würsten mit zwei im Vorbeigehen an einem Tresen behändigten Bügelflaschen Bier, die ihm seitlich aus den ausgebeulten Hosensäcken ragen, wenn man bedenkt, was alles der arme Hund aus der Kasse hätt holen können, ist's beschämend wenig –, letztlich so gut wie unverrichteter Dinge aus der ihm ohne Unterstützung zu brenzlig gewordenen Kampfzone abhauend, betont leger, wenn vielleicht auch gar auffallend ausstaffiert, der misslichen Lage bewusst, in die ihn der Mut, sich soweit vorgewagt zu haben, brachte, drauf hoffend jetzt, in der Absperrung klaffe baldmöglichst eine kleine Lücke, dieser entlang davonhasend, im Zurückweichen prompt einem zwischen den Buden patrouillierenden Gendarmen in die Quere zu laufen (einem der rund um die Uhr im Einsatz stehenden Beamten der Ortspolizei, die nach anfänglicher Eingewöhnung ihr Bestes tut, die Ordnung aufrechtzuerhalten – in Situationen, wo gutes Zureden wenig helfe, wie der frisch eingestellte Korrespondent der *Tages-Zeitung,* nachdem ihn der Chefredakteur mit dem arg rechts hängend schiefen Maul in der zur Maske erstarrten Visage, auf der Toilette Mann neben Mann das Wasser abschlagend, mit freundschaftlichem Rat zusammengestaucht, dass er weiß, was er unter seiner Führung zu schreiben hat, brav anzufügen nicht vergisst, zum Schutz der Bevölkerung einzig die energische Anwendung von Gewalt am Platze sei), der den in flagranti ertappten Dieb, damit der pflichtbewusste Beamte und Familienvater zweier schulpflichtiger Söhne seiner überhaupt habhaft werden konnte (eines siebenunddreißigjährigen angeblichen Tagelöhners, weiß die Zeitung unter der Rubrik *Aus Stadt und Umgebung* anderntags in ihrer Morgenausgabe zu berichten, eines jener sattsam bekannten Zuzügler, der, Bürger von Vaz, als vielfach bestrafter Gewohnheitsverbrecher bereits über die Hälfte seines Lebens hinter Schloss und Riegel verwahrt zugebracht und wegen seines neuesten, ihm zum Glück missglückten Raubzugs die nächsten anderthalb Jahre erneut niemanden behelligen werde), mit einem gezielten Knüppelschlag hinters linke Ohr wie ein Kaninchen kurzentschlossen niederstreckte, sodass der Delinquent – durch das wagemutige Eingreifen der Ordnungsmacht, wie hervorzuheben der junge Korrespondent nicht unterlassen wird, nachhaltig außer Gefecht gesetzt –, mit Hilfe zweier herbeigeeilter Küchenburschen, ohne, worauf alle an der Aktion beteiligten stolz sind, den Flugbetrieb zu beeinträchtigen noch die Festgemeinde zu stören, gefesselt und geknebelt in den von einem Zweispänner gezogenen Knastwagen verfrachtet, problemlos dem ihm zugedachten Ort im Bezirksgefängnis zugeführt werden konnte: einer jener notorisch unverbesserlichen Debauchierer, die, solange sie eine Gefahr für die menschliche Gesellschaft blieben, in Anstalten verwahrt gehörten, wie das Blatt, die jüngste Motion einer staatstragenden Partei zitierend, die Kurzmeldung abschließen wird –,

das ausgesperrte Elend, eine malerische Kulisse für die Kultivierten mit nichts als Fest im Kopf, hatte, von paar Ausnahmen abgesehen, einmal wenigstens Glück, kam, grosso modo, heil davon, und die in den Astgabeln oben, von ihren Hochsitzen aus das Geschehen mitverfolgend, konnten nach unten kommentieren, wie erstaunlich rasch in der Ferne nach dem tumultuösen Intermezzo die in Heldeneuphorie zu Bruch gegangenen Tribünen notdürftig wieder flottgemacht wurden; bis zum nächsten Morgen, als wär der Aufmarsch der alles niederhauenden Polizeikohorten nichts als eine Fata Morgana gewesen, ist alles Blut von Holz und Rasen gewaschen und dürfte auch das Restaurationszelt wieder picobello stehen, das Dach intakt sein und die Grillbuden auf dem Platz wieder stinken und rauchen wie eh und je: Hauptsache, der Wettkampf geht weiter

5

Der nächste, Legagneux ist's, *l'homme des cathédrales,* für jedermann auf einen Blick ersichtlich, macht sich startbereit, leicht nervös, aber das sind in dem Moment fast alle Flieger, mit seinem scharfkantigen Gesicht, als ob selbst dieses auf den geringsten Luftwiderstand zugeschnitten wäre, eine Figur aus Wallensteins Nähe quasi, möchte man fast sagen, derart unnahbar, düster und verschlossen, wie er in seine schwere Fliegerweste gepanzert einen aus dem offiziellen Bild im Festführer, einer Xylographie in Zeitmanier, anblickt, und dennoch, sobald man ihn auf dem Rasen stehen sieht, trotz der klobigen Montur eine schlanke Figur von höchster Eleganz, die im schwersten Eisenkleide nichts von ihrer geschmeidigen Gelenkigkeit verlöre und die sperrigste Rüstung wie ein seidenes Hofkostüm vom besten aller Schneider in der Galleria Vittorio Emanuele II trüge, wird der Reporter des *Corriere* seine Impression am Abend aus dem *Baur au Lac* für die morgige Ausgabe in die Redaktion nach Mailand kurbeln. – Das schön gescheitelte Haupt steckt Henri Legagneux vorerst, auch das ein Markenzeichen von ihm, in eine genügend große, lange blaue Zipfelmütze, ehe er sich die lederne Sturzkappe drüberstülpt, die Brille umschnallt und, nach ein paar Lockerungsübungen, mit kühnem Schwung über Draht und Speichen in sein im Gestänge verstrebtes Sitzgehäuse klettert, den Propeller anwerfen lässt, was dem Mechaniker zu einer Salve von Flüchen auch gelingt, worauf der Motor, der nach ein paar Hustern auf Touren kommt und, die Ouvertüre surrend, in immer höhere Tonlagen getrieben, bald wie mit spitzen Hämmern die Trommelfelle strapaziert, bis der von zwei kräftigen Burschen im Zaum gehaltene, immer ungebärdiger vibrierende Apparat, sobald der Pilot, wenn er glaubt, die richtige Drehzahl schmeichle sein geübtes Ohr, das Startzeichen gibt (nüchtern betrachtet, aber wer wagt sich das laut einzugestehen, ist der Zirkus auf dem Flugfeld so langweilig wie und frisst nicht weniger Moneten als ein Tennismatch beim French Open im Roland Garros oder ein Automobilrennen zu Monaco, wo sich, außer für den Kenner, dem nicht das kleinste Detail entgeht und der danach spaltenlang darüber zu referieren weiß, stets das ewig gleiche wiederholt), immer lauter, dass eigentlich alle nur auf einen Unfall warten, zu dem dann der hinterstletzte Laie sich das Maul verrenkt, mit einem Ruck anzurollen beginnt, heckschwanzend in Fahrt kommt, schneller und schneller wird, wie ein fliehender Hahn mit zum Kampf gesträubten Flügeln über die Wiese saust, für einmal quer zur Bahn, da, wie dem Piloten angezeigt wurde, ein ziemlich scharfer Nordost weht, sodass er die Maschine, gegen die Hangars startend, um die Strömung voll unter die Tragflächen zu bekommen, will er weder sich noch sonst jemand gefährden, nach knappstem Anlauf vom Boden hochzureißen gezwungen ist, und Legagneux reißt sie hoch, kurvt, steilstmöglich steigend, mit seinem in tagelanger Tüftelei modifizierten Fluggerät in engem Bogen äußerst knapp über die große Plakatwand hinweg (auf der eine Schöne zu einem Flugzeug emporschmachtet, welches, ein Turmpaar, das Wahrzeichen der Stadt, umkreisend, über dem föhnig herangerückt gleichsam aus dem See dahinter emporwachsenden Alpenkranz, worin im gezackten Firn deutlich Jungfrau, Mönch und Vrenelis Gärtli auszumachen sind, ein sich im Wind bauschendes Spruchband mit dem Namen des Produkts, für das – der letzte Schrei – in Lüften jetzt geworben wird, durch den Azur schleift); dreht, über dem Platz noch, ab und gleitet, dem Flug des Hähers ähnlich, in gewellter Linie rasch an Höhe gewinnend, geradewegs der sich als elliptischer Feuerball gen Abend neigenden Sonne entgegen, wie um darin aufzugehen – *Sunlight, die Seife der Seifen, von Pionieren wie Stars geschätzt,* stünde auf der Plakatwand, hätte jemand zwischendurch, vom Sonnenglast ins Aug getroffen, den Blick für einen Moment zu senken gezwungen, die Muße, das zu lesen –; kommt nochmals zurückgeflogen, wirft sich in die Schräge – ohhhh!, ein Aufschrei der Bewunderung erfüllt das Aerodrom, auf das Kunststück warteten aber alle, seit Blériot es erstmals vorgeführt –; zieht, in immer größeren Radien, seine Kreise um den Platz und schießt, nach der dritten Runde oder vielleicht der vierten – geblendet hatte man zwischendurch doch kurz weggeschaut, war, eine Schöne im Blick, ein wenig abgelenkt – auf gut vierhundert Meter über Grund geschraubt zu einem Gleitflug ansetzend, der – *aber was macht er denn* – sogleich in einen Sturzflug kippt, wie ein Pfeil vom Himmel rasant auf das unten in der Platzmitte durch vier rote Fahnen markierte Startgeviert zu, der Motor stottert, setzt aus, der Rotor dreht leer und allzu zarte Damen, sich ihren Gefährten fester unterhakend, hören schon einen tausendstimmigen Entsetzensschrei zwischen den Tribünen widerhallen, während Väter ihre Buben, damit ihnen von der Szene nichts entgeht, höher über die kahlen

Köpfe stemmen, bevor Leblanc – tatsächlich, es ist Leblanc und nicht Legagneux, der Gewinner vom Vortag –, im Sturz beinahe den Signalmast streifend – *Sapperment, der ist, glaub' ich, vom Satan besessen,* ruft, vor dem Eingang breitbeinig das Spektakel mitverfolgend, Metzgermeister Schinthelm, der Wirt vom großen Restaurationszelt, *so ein Mordskerl,* er kann und kann es nicht fassen –, den Motor, der knatternd drei Fahnen schmutzigen Rußes über den Platz hustet, nach Auskosten des allerletzten Meters Kitzel im letzten Moment, erschreckend tief, tiefer ginge es nicht mehr,

wiederum anspringen lässt, um sich, indem er der Maschine das Äußerste abverlangt, aufs neue himmelan zu schrauben, einen letzten Schweif rauchenden Öls über das Publikum und die in den Schuppen gegenüber den Tribünen hantierenden Kollegen peitschend: *post zang tumb ho hoho hooo!,* Leblancs Hohn aus den Lüften ist insbesondere Oberstleutnant Bianchi zugedacht, der, mit dem Einbau eines neuen Motors, welcher ums Verrecken nicht aufs Getriebe passen will, der Eigenkonstruktion einer der beiden im Clinch liegenden chrysopolitanischen Maschinenfabriken, Zeit vertrödelnd wie seit Tagen, seine längst ratlosen Gehilfen, sie von Stunde zu Stunde gehässiger anschnauzend, überreizt bald zu diesem, dann, immer kopfloser, zu jenem antreibt, um schließlich, mit den Händen wirr in der Luft herumgestikulierend, gegen den ihn bis ins Innerste verletzenden frenetischen Jubel die Ohren mit Wachs verstopft – zu viel wird irgendwann dem strammsten Offizier zu viel, doch, wenn auch reichlich spät die Einsicht, selber schuld ist, wer aus purem Patriotismus sich auf ein so unprobates Produkt einlassen zu müssen meint –, verbissen zu Boden starrend gedemütigt hinter den Vorhang in den Schutz des Hangars zu flüchten, Legagneux' Künste den ganzen Tag nicht eines

Blickes würdigend, erst recht nicht die Leblancs, dieses zum Jähzorn neigenden Jungspunds, der, als einstiger Assistent Blériots, es satt, von niemandem ernst genommen stets hintanstehen zu müssen, dem vom Publikum gehätschelten Schönling der Lüfte einmal wenigstens den Meister hatte zeigen wollen und nach klammheimlicher Vorbereitung, in Rage sich um alle Reglements foutierend, aber da alle Blicke hoch zu Legagneux gerichtet waren, von den wenigsten bemerkt, unvermittelt direkt aus dem Hangar heraus gestartet, durch die geschlossenen Vorhänge, welche die flirrende Schraube zerfetzt zur Seite geschletzt, mit Vollgas, woher der Wind auch wehen mochte, *direktemang* – wie der Korrespondent der *Berliner Illustrierten* vermerken wird – auf die Zuschauer los, knapp vor den Tribünen (Blutbad wollte er schließlich keins riskieren; von der Druckwelle erfasst, flog den Honoratioren nur vom spitzen Kopf der Hut und wurde – in allen Lüften hallte es wie Geschrei, aber Dachdecker, nach dem gestrigen Malheur bei Abschluss-Reparaturen auf der Festhütte, Dachdecker stürzten keine ab, und keine Eisenbahnen fielen von den Brücken – in einem Knäuel von verwaisten Damenhüten, Halbschleiern, Foulards und seidenen Shawls übers Geländer nach hinten auf den Platz gewirbelt, wo Fahrer und Gehilfen, den ganzen Tag damit beschäftigt, jedes Stäubchen von den aufgereihten Edelkarossen zu pützeln, als willkommene Abwechslung die dahersegelnden Flugobjekte aus der Luft zu angeln versuchten) derart brüsk sich in die Kurve zu werfen gezwungen, dass bei dem rasanten Wendemanöver eine Windböe ihn beinahe seitwärts zurück auf den Rasen gekippt, um, wäre ja gelacht, mit mehr Glück denn Verstand die Tücke grad noch meisternd, auch schon in entgegengesetzter Richtung davonzuflitzen und, immer noch so gut wie unbeachtet, kaum dass

Legagneux, dem die ganze Aufmerksamkeit des Publikums gilt, insbesondere die der Damen, mit seinem Apparat über den Signalmast hinaus ist, diesen von hinten abzufangen und, in gebührendem Abstand rückseitig ihm ein Stück weit sekundierend, geschickt ihn dann zu überfliegen, Schleife um Schleife höher, auf dem Kulminationspunkt für einen Augenblick schief in der Luft hängenbleibend, ehe er sich, beim Abschmieren vornüberkippend, sozusagen aus der Sonne heraus kopfvoran fallen ließ, wahrgenommen von vielen erst, als er über Legagneux herabgeschossen kam, pfeilgerade auf diesen zu und, wie es von unten ausschaute, äußerst knapp dessen Bahn kreuzend, frech ihm vor der Schnauze durch, im Sturz herangezoomt frontal zu erkennen seitlich abstehend die beiden an ihren Enden vibrierenden Tragflächen mit den längeren Oberflügeln und den schräg gestutzten Unterflügeln, darunter ausgestreckt die Beinchen des Traggestells mit den leer im Wind drehenden Speichenrädern, und mittendrin im Rumpfgestänge, hinter dem im Fallen allein vom Luftdruck angetriebenen Propellerrad und dem halbsternförmigen Zylinderblock, der Aeronaut, mit dem Rücken an den nur zum Teil sichtbaren kupfernen Treibstofftank gepresst, dessen polierte Oberfläche, bei einem bestimmten Neigungswinkel aufblitzend, den Glanz der Sonne stroboskopartig über Tribünen und Rasen warf und damit erst die Aufmerksamkeit aller auf ihn, Leblanc, den Hasardeur, und seine vom Himmel rasend schnell herabgeschossen kommende Kiste lenkte, mit der er seine Sturzflugkünste bis derart knapp über Grund ausgekostet, dass manche schon dem Spektakel eines tödlichen Absturzes beizuwohnen hofften, ehe es ihm, das Höhensteuer herumreißend, nach Wiederanspringen des Motors, den außer Kontrolle geratenen Apparat kurz vor dem Aufschlagen abzufangen gelang und er sich einer Bergdohle gleich, wenn die von einem Felsvorsprung in die Tiefe stürzt, um hernach, den Schwung und die Thermik nutzend, höher hinaus zu kommen, in immer engeren Kreisen, als wollte er einen imaginären Kegel umspinnen, in den von feinen Wölkchen gesprenkelten Glast emporschraubt (Leblanc, obwohl ein Monoplan vom Typ Blériot sich für seine Späße besser eignete als der sicherere, aber eben ungleich schwerere Voisin-Farman-Biplan der Konkurrenz, die ihn mit diesem stärkeren Prototypen aus Blériots Werkstatt abgeworben, er, der mit seiner gewagten Lektion zweifellos Legagneux, den Liebling der Massen, pflanzen wollte, hat es insgeheim auf etwas ganz anderes abgesehen: den nach wie vor vom Holländer Wijnmalen gehaltenen Höhenrekord – nur, wird es ihm gelingen, im Zweikampf mit dem smarten Kollegen offensichtlich in Schwung gekommen, diesen heute zu brechen, nachdem kein Flieger die Marke bislang zu knacken geschafft, ja selbst nur in deren Nähe zu kommen, weil nachmittags, wenn die Sonneneinstrahlung stark genug wäre, ein lästiger Abwind jede Thermik wieder schmälert), während Legagneux, der durch Leblancs Attacken (mochte der Ehrgeizling Loopings oder was auch immer üben und, kaum in der Luft, zum Spott auf die gestandenen Kollegen seinetwegen, solang wie ihm der Atem reicht, d'Annunzio und Marinetti deklamieren, oder, angefeuert von einem Teil der Masse, die, im Bierdunst längst auf wackligen Füssen, wenig sauber intonierend beim Versuch, sich gegenseitig zu übertönen, vielstimmig mitröhrt, das nachäffen, was ein Sternchen mit rauchiger Stimme ab Wachsmatrize durch den Trichter des Phonographen trällert: *Das Herz eines Fliegers kennt eine Liebe nur: den Kampf um den Sieg ganz allein. Und schlägt sein Herz mal für eine Frau, das Herz eines Flie-*

gers muss alles vergessen: einer Motte gleich holt sonst ihn die nächste Windbö vom Himmel, und, als Refrain: *die richtigen Geister zur rechten Zeit, was uns nicht umbringt, macht uns härter,* oder *kälter,* die verrauschten Rillen, das Gegröle lassen derart feine Unterscheidung nicht zu: was interessiert das ihn, den taffen Legagneux) weder aus der Ruhe noch von seinem Kurs und Vorhaben abzubringen, seelenruhig zu einem Weitflug ansetzt, in dieser Disziplin, heut zumindest, kaum zu gefährden und des damit verbundenen Preises von Beginn an eigentlich so gut wie sicher – nebst der Ehre winkt ein schöner Batzen Geld –, und wie ein Pfeil davongeschossen, ist der Kämpfer mit seiner Kiste in Kürze am Himmel ein kleiner T-Strich nur, bald hat man Mühe, ihn im rosagrauen Abendhimmel mit bloßem Aug als verschwindend kleinen Punkt tief am Horizont knapp über der Silhouette der Bäume auszumachen, dann ist er ganz verschwunden, auf und davon in Richtung Schloss, welchem, hinter ein paar für einen wie ihn harmlosen Hügelchen weitab in der Provinz gelegen, sein Besuch heute gilt

(in dessen Mauern, sowie zu Füßen des Schlosshügels, auf dem Hauptplatz des Städtchens und den dank der Schönwetterperiode in den letzten Tagen rechtzeitig abgeernteten Feldern rundum Tausende des Spektakels harren, als Kenner die Zeit totschlagend, denn selbst dem dörflichen Publikum sind Flugtechnik und Fluggeschichte inzwischen gründlich eingepaukt worden; die Vertreter der Lokalbehörden, daheim vor dem Spiegel von den ihnen hilfreich zur Hand gehenden Gattinnen umtänzelt, die da was umstecken, dort was zurechtzupfen, seit dem frühen Morgen mit der Garderobe beschäftigt, die feinen Westen aufknöpfend und falsch wieder zuknöpfend, die nie richtig liegenden Seidenschleifen um die blütenweißen Vatermörder, deren lose bis übers Kinn nach oben abstehenden spitzen Enden steif wie Blech den Herren die wabbelnden Wangen stützen, in Ordnung und schusselig wieder in Unordnung bringend, die gestärkten Handkrausen aus den Ärmelschößen zerrend und mit dem Schnupftuch das wieder und wieder angehauchte Stammwappen auf den silbernen Manschettenknöpfen polierend, erleben den großen Tag ihrer Karriere; den Wirten vom *Ochsen* und vom *Kreuz*, schweißgebadet mit von Minute zu Minute röterem Kopf in den neben der Kirche im Schlosshof aufgeschlagenen Feldküchen an Suppenhäfen und Grillrosten hantierend, steigt und schwillt angesichts des Gehabes mächtig der Kamm; die gravitätisch aus Gassen und Gässchen heranstolzierenden festlich herausgeputzten wackeren Mannen der Obrigkeit, einander in höherer Stellung vermutend mit Bücklingen begrüßend, stecken auf dem Schlossplatz alsbald gewichtig die Köpfe zusammen, fingern nervös an prächtigen Uhrketten, lassen die Deckel springen, um auf ihren Chronometern untereinander die Zeit abzugleichen, dann wieder, die Daumen in die Hosenträger und Westentäschchen eingehakt, storchen sie als ausgestopfte Fräcke mit geschwellter Brust auf dem Platz umher und werfen in immer kürzeren Abständen fragende Blicke gen Himmel, der eine oder andere fast so, als befürchtete er, wenn sich nicht bald was tue, die vom Pionier der Lüfte zu bewältigende Strecke mit diversen Hügeln und Hügelchen als tödlichen Fallen hat ihre Tücken, am Ende als Seldwyler ausgelacht zu werden; dem Publikum bei dem Jahrhundertereignis die Zeit zu verkürzen, darf selbstverständlich die Dorfmusik nicht fehlen, rekrutiert, zur Hauptsache, aus zugewanderten Steinhauern, Calabresen und Sizilianern, die tagsüber in den Brüchen des Seerückens werken, am Jubeltag die Banda verstärkt durch Spitzenbläser aus den Polizeiharmoniemusikcorps der Umgebung und mit vierfachem Schlagwerk besetzt, und sobald die Menge das Surren in der Luft zu hören meint, kennt die Festfreude keine Grenzen),

um – allzuviel Zeit ist seit Legagneux' Verschwinden hinter den Bäumen eigentlich nicht verstrichen, selbst wenn sie allen endlos lang erschien – hoch in den Lüften auch schon wiederum aufzutauchen, sekundiert bald vom gleichzeitig aus schwindelnder Höhe herabkurvenden Leblanc (ob der den Rekord heut gebrochen hat, das werden – keine leichte Aufgabe – nach Prüfung der Instrumente die Kampfrichter auszuhandeln haben); kommt, als stünde er in der Luft still, allmählich nur sich vergrößernd über das große Moor zurückgetuckert, während sein Markenkollege und Kontrahent noch nicht genug zu haben scheint, scharf abdreht und, mit den Flügeln winkend, sich zu einem weiteren Kreisflug aufmacht, in den er, wie man den Aventurier inzwischen kennt, bestimmt einen seiner gewagten Loopings integrieren wird,

derweilen der Dritte des Trios, unser Oskar Bider (ein Vierter, Chailley, offiziell ebenfalls auf dem Programm, weiterhin jedoch zur Untätigkeit verdammt, weil sein Apparat aufgrund eines Eisenbahnerstreiks und widriger Grenzkomplikationen erst zu Teilen und teils arg beschädigt eingetroffen ist, verfolgt die vom Speaker angekündigte Apotheose der Aviatik von den Hangars aus), im zweiten Versuch – drei insgesamt stehen bei einem Wettbewerb jedem Flieger zu –, nachdem der Ringkampf mit dem Propeller seines Voisins das erste Mal nichts fruchtete und Biders vormittägliches Unterfangen damit endete, dass der Apparat, um den Motor zu überholen, mit hängenden Flügeln unverrichteter Dinge in den Wartungsschuppen zurückgeschoben werden musste, jetzt, die *fuga a tre voci con alcune licenze* vervollkommnend, mit Kantonsratspräsident Wyprächtiger-Wyssling, welcher, gegen den Widerstand aller wirtschaft- und fortschrittfeindlicher Kreise im Rat, das Meeting großherzig mitorganisierte, der Event, nebst einer Reihe Sponsoren, die ungenannt sein wollen, unterstützt, allen voran, von des Seidenbarons junger Witwe (die, in Chrysopolis vom Quietschen und Rumpeln der Trams genervt, mit ihrer Dienerschaft nach dem Abgang ihres Herrn Gemahl vor ein paar Jahren samt der fein säuberlich numeriert in Einzelteile zerlegten und am neuen Standort originalgetreu wiederaufgebauten Villa vom Paradeplatz an den See hinaus dislozierte), sowie mit Auktionär Koller-Ogurkowsky als zweitem Gast, schier endlos lang Anlauf nehmend, ohne dennoch recht in Schwung zu kommen, vom hiesigen Aerodrom zum ersten Tripel-Passagierflug, der, anders geplant, angesichts einer aus Westen heranrückenden Wetterwand, der Reste einer zerfallenden Gewitterfront und der damit verbunden wesentlich früher anbrechenden Dunkelheit am Vortag nicht mehr zu wagen war, nach dem Missgeschick am Morgen jetzt mühsam vom Rasen abhebt und, aus Rücksicht auf seine beiden nicht ganz leichtgewichtigen und des Fliegens ungewohnten Passagiere, in mäßiger Höhe unter Legagneux weggondelt, ohne, erneut vom Pech verfolgt, allzu weit zu kommen, sondern, will er nicht riskieren, mit seiner sperrigen Kiste und der teuren Fracht von der inzwischen recht ruppigen Bise, die hier im Spätsommer gegen Abend, insbesondere bei Hochdrucklagen, fast auf die Minute genau, dass man die Uhren danach richten könnte, aufkommt, immer weiter abgetrieben zu werden, nachdem er, seinen beiden flugungewohnten Passagieren zuliebe schwach geneigt nur und in äußerst großem Radius, etwa die Hälfte der dritten Runde geschafft hat – vielleicht ist es auch erst die zweite –, womit er wenigstens eine minimale Flughöhe zu gewinnen versuchte, stattdessen immer tiefer sinkend, grad gut und recht übers Flugfeld hinausgekommen, bereits zu einer Zwischenlandung anzusetzen sich gezwungen sieht, als Zuschauern auffällt (aller Aufmerksamkeit gilt also doch nicht weiterhin Legagneux allein sowie dem just in dem Moment, nun offensichtlich ganz mit sich in Frieden, aber – ärgerlich ist das schon – wiederum kaum beachtet, nach glatter Landung in ein paar Hopsern ausrollenden Leblanc), dass Biders Apparat, vom Wind gerüttelt, plötzlich bedrohlich schwankt, wenige Meter über dem Boden nur, ausgerechnet über noch undrainiertem, von Brackwassertümpeln durchsetztem Gebiet, welches die Luftschiffer gewöhnlich zu umkurven suchen, und, in diesem Augenblick, vom nächsten Windstoß gepackt, wie eine lumpige Kartonschachtel aus dem Gleichgewicht gewackelt, auch schon vor aller Augen ins Moor plumpst, an der sumpfigsten Stelle natürlich, die vormals schon manch einem sich von der Herde entfernenden Kalb zum Verhängnis geworden und wo für eine Notlandung nicht der geringste Halt zu finden war: das überladen in Schräglage geratene Vehikel, mit einem Flügel die hochstehenden Rohrkolben köpfend und gleichzeitig, als wär's eine in Ölschlick wassernde fette Seeschwalbe, vom Morast an einem der beiden dabei wegknickenden Vorderräder erwischt, kippte, derart brutal abgeblockt, durch den Drall mit dem Heck steil sich aufstellend in einer Halbdrehung nach von geschletzt, seitwärts in den Dreck, die untere rechte Tragfläche riss vom Rumpf, die obere sackte durch, Spanndrähte peitschten die Luft, kurz, innert Sekunden ging in den Binsen so ziemlich alles zu Bruch, mit Ausnahme des Motors, der sich beim Crash, Glück wie Pech, durch die Hebelwirkung aus dem Gestänge gerissen, wuchtig ins Moor rammte und, abgesehen vom Propeller, der noch ein paar Drehungen Morastpatzen schleuderte, bevor als letztes in einem Sperrfeuer eine Salve Holzsplitter aus den Kanonenputzern schossen, wie in Zeitlupe weitgehend unversehrt in dem von ihm beim Aufprall ins Ried gestanzten Torfloch absoff; aber nicht nur der Motor – den zu bergen, allein logistisch, einiges zu tun geben würde –, nein, an ein Wunder grenze es, auch Bider und seine beiden Passagiere kamen glimpflich davon: der Auktionär, verkrampft in seinem Sitz zwischen verbogenen Streben verkeilt nach Luft japsend, das Gesicht weißer als Birkenrinde, aber ohne dass sein kahles Haupt mehr Kratzer abbekommen als weiland das des unglückseligen Oberrichters Adam (übel hätt' mein Traum vom Fliegen enden können, verdammt viel übler, wird der Kunstsinnige am Abend, wohlriechend der Wanne entstiegen, im Schlafrock auf der Terrasse an der Meerschaumpfeife suckelnd, verstohlen über die das eigne Grundstück einfriedende Buchshecke nach der Magd in Nachbars Garten schielend, seiner lieben Frau Gemahlin beichten, derweil sie ihm, übers Verandageländer gelehnt wie eine vom durch den Krautgarten strielenden Hauskater genervte Amselmutter vor sich hin zeternd, sie hätt' ja immer gewusst, dass die Aviatik für so ein Weichei wie ihn nichts wäre, den eingetrockneten Torf vor der montäglichen Sitzung aus seinem wieder trockenen Sonntagsanzug bürstet); sein Rats- und Bridgekollege bei den Rotariern in der Zunft zur Meisen, Präsident Wyprächtiger-Wyssling, war misslicher dran, steckte, nachdem es ihn dem Motor hinterher – nein, hinten sitzend des längeren Hebels wegen mit noch größerem Schwung diesem voraus – im hohen Bogen aus dem Apparat katapultiert, in seinem dunklen, fürs Fliegen wenig geeigneten Frack wie ein an falscher Stelle gewasserter Pinguin bis an die Hüfte im

Moor fest, dergestalt, dass er sich, durch seine Leibesfülle wie mit Bleigewichten stetig tiefer in den Sumpf gedrückt, nicht mehr aus eigner Kraft zu befreien vermochte und nur dank gemeinsamer Anstrengung der beiden anderen (der Auktionär, in der Not sich auf seine Lebensretterausbildung als Bub in den Weihnachtsferien bei der masurischen Großmutter im Brandenburgischen besinnend und wie bei im Eis einbrechenden Schlittschuhläufern vorzugehen sei, noch aus dem Gestänge herab seine Anweisungen gebend, derweil Bider, als Pilot sich seiner Verantwortung bewusst, das ins Leere stakende Steuer in Händen auf einen Flügel hinauskroch und, sich an dessen Spitze klammernd angesichts der Gefahr, in der sein Passagier steckte, beherzt in den Sumpf hüpfte) dem Schicksal des Motors entging, weil es gelang, ihn, bevor er genau wie der Motor rettungslos absoff, mit einer ihm in den Tümpel gereichten abgebrochenen Flügelstrebe soweit heranzufischen, dass er wie die beiden andern, wehklagend auf rasche Hilfe hoffend, sich ans Wrack zu klammern imstande, das dank ausgebreiteter Tragflächen zum Glück obenauf blieb; dennoch schauten alle drei schließlich eher wie Kanalisationsarbeiter aus, als das Publikum und sonstiges Gelichter, das, unglücksgeil, von allen Seiten in knapp zehn Minuten – was zehn: jeder einigermaßen sportliche schafft die Distanz vom Festgelände hierher in fünfen – zur Unfallstelle herbeigeströmt, auf die bis zur Unkenntlichkeit bekleckerten Herren traf, die, verstört am Apparat hängend, von Schmatzern grundiert in einem eigentümlichen Tanz, als stampfte das Trio bei der Weinlese im Trottenhäuschen in einem Bottich Blauburgundertrauben aus den Weinbergen der Goldküste, den Morast traten, wobei es zwischen Biders Wartungspersonal, das im Spurt als erstes zur Stelle war, und Teilen der hinterhergehechelten Massen –

wem ist zu verargen, wenn er die nicht alltägliche Gelegenheit nutzt, ein Stückchen *Voisin* zu ergattern? – bald zu wüsten Szenen kam, handfesten Schlägereien, und als die Polizei, die, weil, wie schon die Schlacht am Morgarten bewies, im Sumpf zu Pferd nichts auszurichten ist, per pedes zum Unglücksort herangepatscht, auf in aller Eile im Ried ausgelegten Brettern und Wrackteilen balancierend unter den Vandalen Verhaftungen vorzunehmen versuchte, stieß sie, bis die zur Verstärkung aufgebotenen Pontoniere mit dem nötigen Material aus der nahen Kaserne eintrafen, auf heftigen Widerstand von außerhalb der Umzäunungen herbeigeeilt in die Schlammschlacht gestürzt sich am Spektakel ergötzender Kreise, Schlafgänger, Lumpensammler, Wurstmaxe –,

indes Legagneux, der Bider nach dessen wenig überzeugenden Proben an den Tagen zuvor von diesem Tripelflug entschieden abgeraten und dem nun nicht grad Anfänger nach dem verpatztem Start am Morgen in der Mittagspause, im VIP-Bereich mit einem Glas Champagner auf gutes Gelingen anstoßend, den kameradschaftlichen Tip gegeben, mit der leer bereits gewichtigen Kiste vielleicht besser einige Runden solo zu drehen, ehe er mit ihr das Wagnis zu dritt eingehe, jetzt, nach seinem Abstecher in die Provinz im Anflug schmunzelnd das Schauspiel überschauend, das von oben dem eines durch äußere Gewaltanwendung gestörten Ameisenhaufens gleicht, weiter sanft herniedergleitet, tiefer und tiefer – vom schon falber werdenden Abendhimmel scharf abgehoben sind für das bloße Auge die feinsten Operationen mit dem Seiten- und Höhensteuer zu erkennen –, und, als spürte er kaum einen Hauch der Bise, die dem abgetriebenen Kollegen zum Verhängnis geworden, gekonnt an der großen Plakatwand vorbeimanövrierend glatt landet, in einer leichten Linkskurve den Apparat sanft ausrollen lässt, steht; beinah punktgenau da, wo er mit seiner, je nach Tankfüllung und Treibstoffvorrat, zwischen vierhundert und fünfhundertfünfzig Kilo schweren Farman III mit dem Aussehen einer futuristischen Riesenlibelle, der in der neuesten Serie ein siebenzylindriger, fünfzig PS starker und vor dem heutigen Wettkampf sicherheitshalber heimlich frisierter Gnome-Umlaufmotor die nötige Kraft verleiht, eine gute halbe Stunde zuvor zu seinem ihn zwischenlandungslos satte zwanzig Kilometer weit tragenden Überlandflug gestartet ist, den er, von der Konkurrenz bei seiner Routine, dessen war er vor dem Start gewiss, da Curtiss, der einzig ernsthafte Herausforderer, der ihm mit einem Flug über fünfzig Kilometer in neunundvierzig Minuten und vierundzwanzig Sekunden den Großen Preis von Brescia weggeschnappt, heute nicht fliegen würde, weder solo noch im Trio zu gefährden, mit einer durchschnittlichen Geschwindigkeit von, ordentlich gerundet, an die sechzig Kilometern in der Stunde – darob sich in die Haare geratende Kopfrechner, der eine oder andere, seit dem Morgen unter freiem Himmel bratend, als Banker und Beamter so viel Sonnenexposition nicht gewöhnt, bei dem ewigen Hochschauen trotz Hut mit einem veritablen Sonnenstich, haben das über den Daumen gepeilt schnell beisammen – wettkampfreglementsgemäß absolvierte; hüpft wie ein Kranzturner am Eidgenössischen, wenn der sich nach erfolgreich abgearbeiteter Pflicht vom Barren schwingt, mit leichtem Sprung vergnügt aus dem Gondelsitz im Gestänge auf den Rasen; streckt sich und steckt, während ringsum Beifallsstürme toben, kaltblütig eine Zigarette an, von der Marke, die mit seinem Namen wirbt, *die Zigarette für Unzimperliche und Verwegene,* nach ein paar genüsslichen Zügen seelenruhig Rauchringel in die Luft zaubernd und dazu, indem er wie ein Eskomateur, der im Varieté mit dem As spielt, das Objekt zwischen Daumen und Mittelfinger mit ausgestrecktem Arm einen eleganten Halbkreis auf und ab beschreibend, der Menge die blaue Blechschachtel mit dem plastisch erhöhten weißen Schriftzug präsentiert, eh er diese – viel mehr als ein Kaninchen aus dem Hut gezaubert hat er bei seinen Fähigkeiten mit dem heutigen Flug ja nicht –, Hokuspokus, auch schon in einer der vielen Taschen seiner Jacke verschwinden lässt, bereit jetzt, die Ovationen entgegenzunehmen, zusammen mit den Preisen, die ihm zwei quer über den ramponierten Rasen daherhüpfende kleine Trachtenmädchen überreichen: *Zur Erinnerung an die Flugtage dediziert,* wie eins der Mädchen die auf dem Rand der diskusgroßen Messingscheibe eingravierte Widmung redlich abzulesen sich bemüht, eine Medaille der Behörde, bevor es dem sich artig herniederbückenden Helden den Orden am seidenen Band in den Kantons- und Stadtfarben wie eine Schelle etwas linkisch um den Hals hängt, dazu, als *spontaner Dank der Jugend,* wie, selbst für den ihm sein Ohr zuneigenden Helden kaum hörbar, das andere Mädchen stottert, ein reizendes, aus Blumen gebautes Luftschiff – einen Blériot-Monoplan, versteht sich, denn des Gewinners neue Farman konnten die Schüler von Lehrer Spörri, vulgo Schluck, seines Zeichens Aktuar der Terraingenossenschaft, ja noch gar nicht kennen – und als Krönung, dargeboten auf purpurnem Kissen von einer Ehrendame in der blauweißen Landbäuerinnentracht, überreicht, wie der Speaker durch den Blechtrichter lobt, vom Präsidenten des Organisationskomitees höchstpersönlich, den von der Werkzeugmaschinenfabrik Oerlikon und der Schweizer Hypothekenbank gestifteten Spezialpreis für den mit Bravour reglementskonform bewältigten Langstreckenrundflug zu den lieben Freunden im Städtchen Greifensee und, nach ein paar Runden um den

Schlossturm zu Ehren des von der Zinne winkenden Landvogts, über den angrenzenden See retour: tausend Franken in bar, in Zehnerstückelung sauber aufgefächert in einem mit Samt ausgepolsterten schweinsledernen Etui in den Landesfarben: Georges Legagneux – der für seinen Mut, seine Fröhlichkeit auch gefeierte *homme oiseau* wird als Legende morgen unter dem Bild der Preisverleihung in der Zeitung stehen –, an den Propeller seiner Farman III gelehnt sich den Magnesiumblitzen der Fotografen stellend, den Blick, wie von ihm erwartet, erhaben über die Niederungen des Alltags in weite Fernen und Höhen gerichtet, dankt hierauf, an den Präsidenten gewandt militärisch salutierend, in den ihm vom Speaker gehaltenen Trichter hinein für Preis und Ovation, verneigt sich knapp zur Ehrendame, die vermutlich mehr erwartet hat, und verabschiedet sodann, indem er die Kinder eins nach dem andern hochhebt und über den Kopf gestemmt kurz den Flieger spielen lässt, die beiden Trachtenmädchen und das nach dem Triumphflug nun ungehindert zu ihm vorgelassene, an seine Knie geklammert vor Verlegenheit bis hinter beide Ohren errötende kleine Fräulein, sein Patenkind, die Tochter des Freundes und am Morgen beim Parallelstart nach k.o.-Prinzip erstmals besiegten Konkurrenten, mit je einem tüchtigen aviatischen Küsschen auf beide Wangen – eine Szene, die der unentwegt drehorgelnde Kinematographenmann sich natürlich nicht entgehen lässt –, ehe der Pionier, eine betörend Schöne am Arm – ein Stein sein muss die Frau, die jetzt nicht sich statt ihrer an Legagneux' Seite wünschte –, freundlich lächelnd den von Schulkindern ihm zum Ruhme gebastelten Blumenblériot schwenkend, den Massen zuwinkend, dass nicht allein die Maßliebchen arg darunter leiden, in Richtung Ausgang von dannen schreitet: sein heutiges Pensum ist erfüllt, als Heros des Tages steht er fest – zum Glück ist alles rund gelaufen –, und morgen, in Gedanken kurz den Terminplan überschlagend: morgen Augsburg, ja. Nach dem heutigen heißen Tag freut er sich zuvor jedoch auf etwas Abkühlung (laut Prognose der Meteorologischen Zentralanstalt – und, welch ein Zufall, aber macht es einen Unterschied, auch von den Muotathaler Wetterschmeckern prognostiziert, denen die Laufrichtung der Schnecken als Kriterium ihrer Berechnungen dient, sofern sie, selten einig, die Wetterentwicklung, nachdem sie mit einem Stecken deren Haufen durchstochert, nicht am Verhalten der Waldameisen sowie am Harzfluss der Lärchen ablesen – soll eine Kaltfront, ausgehend von einem Tiefdruckgebiet zwischen Island und Großbritannien, in der zweiten Nachthälfte das Land überqueren, deren Restfeuchtigkeit sich am Morgen mit der nordwestlichen Höhenströmung vorerst noch am Alpennordhang staue, bevor aus Westen ein neues Zwischenhoch vorstoße und für rasche Abtrocknung sorge). Anschließend an den Abstecher in die bayerische Provinz wird es per Bahn heim zu Frau und Kind gehen, und nach den zwei Tagen im Kreise der Familie – kürzer als geplant, doch von Brescia kommend waren die hiesigen Tage ihm willkommenes Training, und der morgige Wettkampf ist gut fürs Renommée – will er, die Gehilfen werden auch dafür alles vorbereiten, die Maschine fachgerecht zerlegen, verpacken und spedieren, um den großen Preis Paris - Brüssel fliegen, oder aber, wer weiß, denn kürzlich soll – der Impresario hat zum Glück den Überblick – aus Sankt Petersburg eine Depesche des Zaren eingetroffen sein, es geht sonstwo weiter; Hauptsache weiter

6

Weißt du, wird Elena A., indem sie sich ihm zuwendet, sich an ihn schmiegt, zu Legagneux dann sagen, wenn sie beide, nach der kurzen Pressekonferenz in der improvisierten Kabine am Ausgang des Aerodroms eskortiert von einem Tross Motorräder in einem rot-weiß gepolsterten Mors Phaeton ins Hotel zurückchauffiert, vor dem abendlichen Bankett dem Rummel für einen Moment entronnen, im Hotelzimmer erschöpft auf dem riesigen Bett in den Kissen lehnen – sie damit beschäftigt, ihn seiner ölverdreckten, verschwitzten Uniform und der Springerstiefel zu entledigen –, weißt du, dass es in jenem fernen Land, aus dem ich komme, eine Flöte gibt, deren Ton nur der vernimmt, der selbst sie spielt

VII

Sprechen ist Erfinden. Falsch – ganz wie zu erwarten war Samuel Beckett

Durch die klimatisierten, neondurchfluteten Korridore und Abfertigungshallen, in die und aus denen Rolltreppen unentwegt von Hektik gestresste Reisende baggern (solariengebräunte Geschäftsleute, das Aktenköfferchen ans Handgelenk geschweißt, auf dem Weg nach Mailand, Frankfurt, Paris und London, um mit einem eingeheimsten Auftrag in der Tasche abends wieder zurück bei den Lieben zu sein; andere, die in den Urlaub hasten, und solche, die, schlappkrempige Sombreros sich aufs schwitzende Haupt gesetzt und knallbunte südostasiatische Seidenhemden vor die von der Sonne ferkelrot versengt ihnen über die Shorts schwappenden Bäuche geknotet, souvenirbeladen in vom Meerwasser ausgebleichten Flip Flops ihren Taschen und Koffer schleppenden Freundinnen und Partnern hinterher aus den Ferien heimkehren und nach den drei Wochen mit entsprechend Hochprozentigem durchgemachten Nächten alle dringend Erholung bräuchten), patrouillieren gelangweilt Uniformen.

Doch was, wenn jetzt, zu dieser frühen Vormittagsstunde, wenige Minuten, nachdem mit den Kursflügen aus Südostasien die Linienmaschinen der Swiss und der Pan Am aus New York und San Francisco gelandet sind, auf einen Schlag die Lichter ausgingen, die Rolltreppen stillstünden, der Flughafen von einer Sekunde auf die andere verstummte, erstarrt daläge? Von außen fiele wenig Licht durch die verspiegelten Glasfronten, und die kümmerlichen Notleuchten vermöchten die Dämmerung kaum aufzuhellen: die Stunde der Taschendiebe hätte geschlagen, und im Terminal B bräuchten die erwartungsfrohen Abholer – Junge, Alte, ein paar hoffnungsselige Singles, Väter, Mütter, die beim Versuch, ihre vom plötzlichen Einbruch der Dunkelheit geschreckt greinenden Kinder zu trösten, flinken Fingern Freiwild sind – im Duster sich gar nicht erst anzustrengen, die Verwandten und Bekannten aus Übersee hinter den abgetönten Scheiben in der Zollhalle zu erkennen. Die Grenzpolizeibeamten in der Einreise-Schleuse wären gezwungen ihre kugelsicheren Kabinen zu verlassen, um die Pässe und dazugehörigen Gesichter im fahlen Tageslicht nahe den Fensterschächten zu überprüfen, und die Kontrollierten, geblendet vom gleißenden, noch während des Anflugs vom Rheinfall her durch die Luken gefluteten Licht, müssten, verunsichert, die Stufen der Treppen, die sie in die Zollhalle hinunterführen, anschließend mehr ertasten, nur um, bis dorthin vorgedrungen, festzustellen, dass hier die Anschrift von Flugnummer und Herkunftsort über den Gepäckförderbändern nicht zu lesen wäre, und selbst wenn die Displays nicht schwarz blieben, was brächte das: die Förderbänder und Drehtische hätte die Strompanne ebenfalls stillgelegt. Einzig von tief unten dränge, einer Erleuchtung gleich, so etwas wie ein Lichtschimmer, bis man, diesem nachgehend, zaghaft vorantappend, im Hellerwerden dann wieder sichereren Schritts, in der lichten, von Farbbändern aufgelockerten Bahnhofshalle über den Gleisen perplex vor dem *Statiönli* stünde, wo zur großen Überraschung, weil die Bahn vom Flughafen abgetrennt den Strom anderswo zu beziehen scheint, die Kaffeemaschinen und die Dampferhitzer zischten und fauchten wie eh, dass man sich, alle Düsternis verdrängend, in diesem Zwitter aus Alphütte und Nebenlinienbahnhöfli kurzentschlossen, wenn auch nicht sonderlich elegant, an der Theke in einer Halbdrehung auf einen der Hocker hievte, die Unterarme breit auf der Zinkimitation abgestützt, während ein Barkeeper, der, in einem roten Sennenchutteli vor den Flaschenbatterien mit einprägsamen Hunde- und Pferdesymbolen und den dazugehörigen bekannten Schriftzügen in klassischen, teils kyrillischen Lettern flink zwischen Zapfhähnen, Abwasch, Kaffeemaschine und Kühlschrank hin und her hantierend, erst dem mit der Bestellung einem zuvorgekommenen Gast auf dem Nebenhocker das in einem einzigen Hebelzug gezapfte Bier, eine Stange hell mit überlaufendem Schaum, welcher allzu bald schal in sich zusammensacken würde, auf die Chromplatte knallte – alles hat hier rasch zu gehen, kaum einer der Gäste kehrt wieder, mochte der den Schweizer Älpler markierende Montenegriner sich sagen, nach der Spätschicht unausgeschlafen bereits wieder hinter dem Tresen –, ehe er, gezwungenermaßen fast, sich einem als dem nächsten Gast zuwenden würde und man von ihm ohne langes Warten, indem er nach Aufnahme der Bestellung mit der Rechten roboterhaft die Kaffeemaschine bediente und das Geschirr vorbereitete, dann, einen Moment unschlüssig auf die Flaschenbatterien weisend, als wollte er so früh am Morgen sichergehen, ob man's wirklich ernst meine, sich leicht auf die Zehenspitzen stellend (einem den Rücken kehrend den Kopf ins Genick geworfen, wölbte sich bei dieser Körperhaltung zwischen dem Kittelkragen in einem vom vielen Waschen verschossenen Rot und der pomadisierten, im Neonlicht stahlblau glänzenden hoch hinauf rasierten Frisurkappe ein zusammengestauchter Nackenwulst, die

Haut weiß oder, in der schlechten Luft tief unter Tag ständig dem Rauch ausgesetzt, vielmehr gräulich und dicht von kurzen Härchen überzogen), mit hochgerecktem Arm bei gestrecktem Zeigefinger die Reihen auf und ab nach der richtigen Flasche suchte, vor einer bereits zu zwei Dritteln leeren, in der ausgelaugt eine bläulichgrüne Pflanze kümmerte, Halt machte, die avisierte Flasche routiniert aus dem Regal zöge, um, sie im Herunterholen aufschraubend, draus einen ordentlichen Schuss in den in diesem Moment schon neben dem Automaten auf der Ablage bereitstehenden Espresso zu kippen, die Flasche ins Regal zurückstellte, einem das auf ein zuvor mit Aufmerksamkeit heischendem Zwinkern in einem zigtausendmal eingeübten Kunststückchen auf den Pseudozink hingeklacktes Untertellerchen gestellte Tässchen hierauf wie einen schlecht gesetzten Curlingstein derart schwungvoll über die Theke hin zwischen die aufgestützten Arme schlittern lassend, dass der halbe Inhalt über den Rand ins Untertässchen und aus diesem aufs Metall schwappen würde, in einer der hierzulande an Tresen umgekehrt proportional zu den steigenden Preisen vor die Hunde gegangenen Höflichkeit den bestellten Corretto Grappa serviert erhielte.

Das Licht ist natürlich nicht ausgegangen, und man ist nicht, spontan sich anders besinnend, statt abzufliegen am Ende wiederum im Bahnhof unten gelandet, in einer dieser alle dem gleichen Besitzer gehörenden Schnellabfertigungen an die Theke auf einen Corretto Grappa – oder was von ihm bei der Art des Servierens übrig bliebe – geflohen; nein, störungsfrei ist alles verlaufen: Ankunft Check-in Passkontrolle Security Duty-free-Einkauf Gate Boarding Start. In den Schalter- und Abfertigungshallen und durch die Korridore, entlang illuminierten Reklamekästen (hier ein schlankes, verschwenderisch langes Bein hochgereckt: *Mode fürs*

Bein und nichts anderes; dort, vor nachtblau fluoreszierendem Hintergrund eine blanke Schulter, die in Weltformat dreifach nebeneinander aus provokativ verrutschtem Pelz blendet: *Opium, der Duft, aus dem die Träume sind / der Duft, der nach Sucht ruft / mehr als ein Duft;* die Hallen und Gänge bis in die Toiletten hinein von der gleichen Muzak durchrieselt, die einen nach dem Einsteigen im Flugzeug erneut überfallen wird), patrouillieren in wadenhohen schwarzledernen Springerstiefeln wie jeden Tag und zu jeder Stunde auffällig diskret Uniformen, Zweiergruppen graublauer Overalls, die Maschinenpistole geschultert, am Faustriemen den schwarzen Schlagstock schlenkernd, an der einen Seite aus dem Halfter abstehend ein geriffelter Revolverknauf, an der anderen, in ein längliches Lederfutteral geschoben, am Gürtel eingehakt oder an einem Riemen vor die Schussweste geschnallt, das Funkgerät, den Antennenstummel ausgezogen, dessen verdickter Kopf bei jedem Schritt leicht wippt und nachvibriert. Gesichter, verunsichert, ja paralysiert, wie man durch die einem auf Schritt und Tritt ins Auge springende Rüstung ist, keine zu erkennen

Draußen Militärfahrzeuge, Radpanzer, deren grün-braun lackierter Stahl das Licht der Morgensonne zu verschlucken scheint, und Spähwagen, die wie Schildkröten am Pistenrand auf versengtem Rasen in Bereitschaft stehen, oder wie Laufkäfer entlang dem Nato-Stacheldraht, der das Flughafengelände umfriedet und, an dessen Rand, die landwirtschaftlich genutzten Felder, die Büsche und das darin am Tag X zum Abschuss freigegebene Wild, über gekieste und größtenteils geteerte Wege auf und ab rollen; andere sorgen für Sicherheit, indem sie jenseits eines begradigten Wasserlaufs gleich ruckweise auf und ab krabbelnden Riesen-insekten die von einem Wäldchen, einer kleinen Aufforstung umwachsene, unauffällig in die Natur eingebettete Anlage der Unterflur-Betankungsanlage umkurven, von deren Speicher, erfährt man aus der im Spann-Netz an der Lehne des Vorder-sitzes steckenden, vom Amt für Luftverkehr gemeinsam mit der Flughafendirektion herausgegebenen zweisprachigen Werbebroschüre, die man auf die Startfreigabe wartend durchblättert, eine Pipeline tief unter dem Boden zum riesigen Werftvorplatz mit drei gigantischen flachen Hallen führe, an dessen Rand, wie mächtige Orgelpfeifen, in Reih und Glied die Schalldämpferanlagen stünden, an welche, um in den umliegenden Siedlungen die Bevölkerung vor unnötigen Lärmimmissionen zu bewahren, bei Wartungsarbeiten und den Tests in sogenannten Standläufen die Triebwerke unterschiedlichster Flugzeugtypen gekoppelt seien; daneben wendige tarngrün gestrichene Piranhas, deren Antennen wie die langen Fühler eines Heugümpers im Wind federn, dreiachsige gepanzerte Radfahrzeuge, die sich, weil pistenschonend, wie es heißt, für die Einsätze auf dem Flughafengelände besser als die Raupenfahrzeuge eigneten, Militär-Vehikel auch sie – aber wo, wenn nicht hier, abgesehen von den die Alpen zulärmenden Militärjets, soll die Armee ihr Kampfwerkzeug denn einsetzen –, die spitzen Schnauzen hochgereckt, das Heck abgestumpft, die Luken geschlossen, Geschütze in Stellung –

Ein beschützter Abschied. Zeit, den Flachmann aus der Duty-Free-Shop-Tüte zu kramen (Zuger Kirsch von der besten Sorte, laut Etikett, habe ich mir, betäubt vom Nebel der Parfums und Eaux de Toilettes und vom Angebot der

Schokoladekreationen überfordert, dem gesamten Sortiment Rauchwaren und den dreiunddreißig oder wieviel Whiskysorten und sonstigen gebrannten Wässerlein, ziemlich ratlos aus den angebotenen Schnäpsen ausgewählt), und unauffällig an der Tüte nestelnd, nicht jeder braucht es zu sehen, und so, dass der breite Plastikkleber mit dem Aufdruck *Erst nach Ankunft zu öffnen* nicht reißt – korrekt gelesen hieße es *Erst nach Abflug,* aber nervös, bei derart viel Überwachung etwas falsch zu machen, las ich falsch –, gelingt es mir, das Fläschchen bereits kurz nach dem Abheben an der Stange *Parisienne carrée* vorbei aus dem Sack zu manövrieren: dieser Abschied – oder ist's Flucht? – gehört gewürdigt. Ein tüchtiger Schluck, und noch einer, wie teuflisch es auch brennt und obwohl man, beim Blick durch die Luken des Meisters Gedicht über die Bahnhofstraße auf der Zunge, dem Iren zu Ehren und der Tageszeit angemessener, dem gebrannten Wasser einen weißen Walliser aus der *Kronenhalle,* zur Not ungekühlt, vorzöge, mag fürs erste alles runterspülen, während die vom Zufall zusammengewürfelte kleine Männergesellschaft, welche die Piloten beim Einsteigen, als wären alle ihre Freunde oder zumindest gute Bekannte, der Reihe nach mit Handschlag begrüßt hatten, im halbleeren, von der Crossair gecharterten neunzehnplätzigen Fairchild-Swearingen-Metroliner, von Piste 28 nach Westen gestartet, rasch Höhe gewinnend weich in weiter Schleife nach links übers Land gekurvt wird, über Städte und Dörfer, eins ins andere übergehend, die sich, von Lärm gewalzt, zu ducken scheinen; aber sonderlich ruhig soll es dort unten nie gewesen sein: bevor das Riedland zubetoniert wurde, explodierten auf der einstmals als Artilleriewaffenplatz genutzten Brache die großkalibrigen Geschosse unserer Krieg spielenden Armee, Löcher ins Moor stanzend, die Kälbern zur Falle wurden. Der von Windzeichnungen gemustert ins Blickfeld rückende See, abwechselnd spiegelglatt tiefblau, dann wieder grünstichig aufgerauht, von schillernden, flirrenden Sonnenkringeln geriffelt, zu dieser frühen Vormittagsstunde eines hundsgewöhnlichen Werktags gespickt mit unzähligen Booten, und um den von Segeln gezackten Haifischteich des Wohlstands hingebröselt die bekannte Idylle: als Kaleidoskop der Kleinstadt zugleich Schaufenster zur Welt, *Metropolis made in Switzerland,* wie der Verkehrsverein in einer mit extremem Fischauge aufgenommenen, von einem Kreis

Himmel umrandeten Panoramaaufnahme für dieses betonkimsche Dorf mit großstädtischen Allüren ganzseitig wirbt. *Welcome to Chrysopolis* träfe es besser, überlegt man, beim Blick in die Tiefe sich des Briefs an einen polnischen Freund erinnernd.

Und wie groß die kleine Stadt ist, Downtown Switzerland, wie sie sich aufbläht, die heimliche Hauptstadt, man hätte es ihr nicht zugetraut. Aber wo fängt sie überhaupt an? Sie hört ja nirgends richtig auf, und den See nimmt sie nicht mehr nur in die Zange: sie garottiert ihn, dünkt es einen, den Mauern entrückt, zur Bewegungslosigkeit verdammt in der Leere drüberwegschießend, irritiert in die Tiefe linsend das aus ungewohnter Perspektive mit einem Mal fast schmerzlich fremd Vertraute vor Augen: Spucken wollte man auf das blankgescheuerte Blei der polierten Alltäglichkeit eben noch, um stattdessen gegen den sogleich wieder aufkommenden Ärger mit einem weiteren Schluck aus dem Flachmann die Kehle zu ölen, unterwegs ins Ungewisse, im Gepäck das halbfertige Skript eines kaum je zu realisierenden Films über sich letztlich jeder Visualisierung verweigernde, einander eigentlich ausschließende und ausufernd dennoch miteinander verflochtene Themenbereiche, zusammen mit dem Arbeitsmaterial und den Notizen sich ins Uferlose verzettelnder Recherchen ein Koffer voll Papierkram, angefangen bei den von Kinderhand mit Farbstiften korrigierte Postkarten, auf einigen klapprige Kisten abgebildet, angesichts derer einem, im schnittigen Jet übers Land getragen, die Vorstellung schwer fällt, dass sie, gesteuert von abenteuerlich gewandeten Männern und an Verwegenheit und Können ihren Kollegen in nichts nachstehenden umwerfend schönen Frauen, an deren Seite kein Held gute Figur machte, je abgehoben, geschweige denn fliegen konnten; neben den Postkarten ein Bündel verwackelter Familienfotos, die bei jedem Betrachten einen Rattenschwanz immer anderer Erinnerungen, Trauer wie Sehnsüchte wecken, die geplante Arbeit ergänzend dazu Briefe und Briefentwürfe, Exzerpte aus Romanen, die, verballhornt oder, als versteckte Hommage an die Meister zu Paraphrasen erweitert, so lange, wie daran gefeilt wurde, meist kaum mehr auf das Original schließen lassen, Zeitungsausschnitte voller Unterstreichungen und an den Rand gekritzelter Annotationen, ergänzt mit Stichworten für weitere Erörterungen, ein Wust mit dem Bleistift malträtierter Zettel, die, sich vornehmend, nichts Falsches zu sagen und gleichzeitig sich das Recht nehmend, nicht alles zu sagen, durch Verschweigen zu lügen, und man lügt nie besser, seit Montaigne ist das bekannt, als mit der Beteuerung, aufrichtig sein zu wollen, es sei denn, man überlegt es sich am Ende doch anders, in lauter Nebensächlichkeiten verzettelt kaum den Ansatz einer Geschichte hergeben (aber wie man weiß, erst kürzlich hat man es sich bei der Lektüre notiert, ist ein Text ja keine lineare Wortfolge, die eine einzige, gewissermaßen theologische Bedeutung freisetzt – das wäre die Botschaft des Autor-Gottes –, sondern ein mehrdimensionaler Raum, in dem sich eine Vielzahl von

Schreibweisen vereinigt und streitet, der Text ein Gewebe von Zitaten unterschiedlichster kultureller Provenienz, und gleich den so erhabenen wie komischen Kopisten Bouvard und Pécuchet in ihrer abgrundtiefen Lächerlichkeit kann der Schreiber, so Roland Barthes, nur bereits Gedachtes, nichts davon original, nachahmen; seine Macht, so er eine hat, besteht darin, die Schriften zu vermischen und miteinander zu konfrontieren, ohne sich jemals, denn wen kümmert's, wer spricht, auf eine einzelne von ihnen zu stützen), dafür alles mit Akribie, süchtig fast, registriert, die vermeintliche Übergenauigkeit, mit der es geschah, Vorsorge, denn wollte man heute etwas beschreiben, müsste es, um zu irritieren, immer detaillierter, ausufernder, verworrener beschrieben werden, als es die zunehmend dürftige Imaginationsfähigkeit verkraftet.

Welche Augen, überlegt man, leider erst jetzt, als Laie der irrigen Meinung, den Beamten würde jemand, den er kontrolliere, übers Kontrollieren hinaus interessieren, wird nach der Ankunft der Zöllner machen, wenn man, sei es aus Schüchternheit oder einfach nur unbeholfen in einigem Abstand der Gruppe hintennachtäppelnd, prompt den Koffer zu öffnen hat, und statt einem halben Alp-Käse, zwei Binden Bündnerfleisch, einer übergroßen Schachtel assortierter *Sprüngli*-Pralinen, oder was auch immer der Beamte sucht – Gras, auf das er vielleicht aus ist, wächst anderswo nicht schlechter –, nebst den paar Klamotten, dem Necessaire und, tatsächlich, einem reichhaltigen Sortiment Schweizer Käse, das man für helvetoaffine Freunde besorgt hat, korrekt, wie man sich des nicht businessclassmäßigen Aussehens wegen anstrengt, in den erlaubten Quantitäten, und dennoch schwerlich als Reiseproviant zu deklarieren, nichts als dieser Wust Papier zum Vorschein kommt

Das Land zersiedelt, die Stadt ausufernd in einstmals behäbige, nur hie und da von ein paar Böllern aus dem Dösen aufgeschreckte, schleichend versteinerte Bauerndörfer, deren von Straßenkreuzungen gesprengte Kerne ein Gürtel aus Beton und Zement erstickt: Wohnen im Grünen, mit Blick auf die Berge; am einstigen Siedlungsrand die dicht an dicht in die Höhe getürmten Wohneinheiten nach allen Richtungen in Ansammlungen meist einstöckiger Funktionsbauten auswuchernd, in Areale der Verrottung mit allem, was der Wohlstandverwahrloste zur Freizeitbewältigung im Geländewagen bequem zu erreichen möglichst nah vor seiner Haustür begehrt, ein von Gräben durchpflügter, das Land zerfransender Trümmerhaufen von ins Raster gezwängtem Architektur-Müll, ausgekippt über den Moränen verschwundener Gletscher, die nur mehr als Erinnerung über den abgewetzten, bis oben bewaldeten Linien des Vorgebirges vom Horizont her blinken: die Mythen grüßen, der große neben dem kleinen, Pilatus buckelt, dahinter, als feingeschliffene Säge, die ganze imposante Pizeria vom Mont Blanc bis zur Bernina Piz an Piz täuschend echt; in der Bläue darüber ein paar Föhnwölkchen, und am Rande des Himmels, zwischen Gebirg und Azur, die gleißende Naht; nur im Westen, über dem Mittelland, suppt trüb der Nebel, draus aufsteigend, als im Emporwachsen auseinanderklumpender Pilz, der Kühldampf aus einem der Kernkraftwerke, der manche mehr ängstigt als ihr strahlendes Handy, von dem sie sich das Hirn sieden lassen. Im Hintergrund düster der Jura, langgestreckte, beinahe parallel verlaufende Höhenzüge, bald eng zusammengerafft, bald wieder auseinanderstrebend, Leiber in Frühzeit gestrandeter Wale, Rümpfe gekenterter Schiffe, in düsterem Grünschwarz, in bleiernem Ultramarin, mit hell schimmernden Kalkrissen dazwischen, wo Baur mir auf einer Spazierfahrt – wegen der Hunde, da man nie wissen könne, ob sie angekettet wären, meide er Spaziergänge im Umkreis von Höfen – hoch über Amrein, das tief unten im Sommerglast döste, seine Kreidefelsen auf Rügen gezeigt hatte, bis wir beide, am Wegrand auf Knien staunend über den Abgrund in die Tiefe spähend, während Baurs Frau, an einen Baumstamm gelehnt, mit ausgestreckter Hand ins Leere deutend uns die Geographie erklärte, zwischen den Schroffen hinunter tatsächlich auf die Ostsee hinausschauten, bevor sich uns nach der nächsten Wegbiegung Ausschnitte aus John Fords Filmlandschaften auftaten und Baur einen erneut höflich anzuhalten bat, um sich, allein aussteigend – wir sollten derweil im Wagen auf ihn warten, es daure nicht lange –, kurz mit seinen Indianern zu unterhalten, damit die uns, auf sein Zureden hin (ungeübten Auges war nicht auszumachen, von wo genau sie, die Bogen im Anschlag, am Horizont oben, auf den aufrecht gestellten Mantelschichten, die Erosion aus einem aufgerissenen Scheitelgewölbe gewaschen, zur Verteidigung ihres Territoriums bereit, über die gerundeten Grate der steil abfallenden Wände zu uns herunter spähten, aber sie waren da, Baurs Bekannte, er sah sie und sprach mit ihnen), unbehelligt passieren ließen, heil zum Nachmittagstee zurück in die Stube des alten Bauernhauses am Dorfrand, in der die Zeit zirpt, während unseres ausufernden Palaverns Stückchen von Dorlis Streuselkuchen in den Tee tunkend, wenn die Themen nicht mehr weiterzuführen sind, eine Generalpause einlegend, von Bruckner zum Bau von Mahlers Sinfonien wechselnd und mit Schostakowitsch uns in den russischen Schneeweiten verlierend, beim *Twanner,* über Wind und Gras parlierend, über Straßen in Flandern, Krieg und Frieden, dies und das, von Baur auf ein in seinem jüngsten Bindschädler-Roman verstecktes Foucault-Zitat hingewiesen, in dem sich, als Anspielung durch Anspielung, eigentlich, wie er meinte, eins von Beckett verstecke, über die Notwendigkeit des Weiterredens, Weiterschreibens, Weitermachens sowie die damit verbundenen, eigentlich unüberwindbaren Schwierigkeiten, unser Schmunzeln darüber, dass es keiner aus der Gilde der Siebengescheiten bislang bemerkt zu haben schien, keiner dieser Weisheitsvögel im Hellen, die, wie Aaskrähen in allen Jurys und Gremien nistend, mit ihrem Gepluster einem nachhaltig wirksam ins Metier pfuschend, sogleich zu zerrupfenden Raubvögeln würden, sobald sie ein wenig Finsternis gewännen, um es, so Baur – dabei blitzte der Schalk aus seinen Augen, und sogleich denkt man an Janusz, den polnischen Freund –, mit den Worten unseres abschweifungsvernarrten Sprachluftschiffers zu sagen, des großen Richter alias Leibgeber, der ohne Schreiben, was die andern darüber auch denken mochten, nicht leben konnte, beim Reden durch die Türöffnung für Augenblicke im Anblick eines Porträts verharrend, eines von einem Kind gemalten Clowns, der, als würde er lächeln, von einem Spiegel gespiegelt sich einem im Lichtspiel vom Wind vor den Fenstern bewegter Zweige aus dem dritten Raum jetzt zuwendet, genau wie von Baur beschrieben

Wir drehen ab, in Richtung Bodensee. Gleichmäßig sirren die Triebwerkmotoren, deren Vibrationen, als wohliges Kribbeln zu spüren, einschläfernd den vor den Luken vorbeigleitenden Film untermalen – das als Reiselektüre eingesteckte Buch brauche ich nicht aus der Tasche zu nehmen: zwar ziehen die hell schimmernden Schweizergebirge mit ihren Tiefen und Zinnen an mir vorbei und schütten weiter den Rhein weg, aber hinter mir wachsen nicht, wie zu Giannozzos Zeit, die Gewitterwolken eilig in den Himmel herauf und schweigen grimmig

Klar sind die Lüfte, voll fiebernder Farben. Dann und wann leichtes Schütteln, ein kaum merkliches Slippen, durch Flattern der Flügelenden angezeigt, ein Rütteln, wenn eine heftigere Aufwindströmung gekreuzt wird. Sitzreihe links, Sitz hinter Sitz; Sitzreihe rechts; in der Mitte ein schmaler Gang, beim Einsteigen knapp aufrecht darin zu gehen.

Hinter mir zwei Flugpassagiere, jeder sein Aktenköfferchen auf den Knien, das er hütet, als wäre es der Reliquienschrein der Glaubensbrüder jener klandestinen Religion zu Usura (wo, wie der Dichter, welcher das Unmögliche gewollt, eingedenk der ungeheuren Tragik des Traums im krummen Rücken des Bauern, als Beistand, da die wilden Vögel sein Weißbrot verschmähten, eine Eidechse nur, ausgesetzt der glühenden Sonne im Drahtkäfig zu Pisa gesungen hatte, bis sein Mundwerk ihm weggekommen und er, entlassen, den Zeitbegriff längst verloren, als ein gebrochener Greis nur mehr tagelang reglos an seinem hohen Fenster hockte – nein, er ist nicht ausgestopft, ab und zu bewegt er den Kopf, wie ein Vogel, der späht –, um, aus der Starre sich reckend, plötzlich mit rabenheiserer Stimme DISORDER in die Calle zu grölen – was würd heut er erst heulen, vor Augen die Horden der vor San Marco ankernd die Stadt jeden Tag neu überfallenden Kreuzfahrer? –, und falls jemand auf der kleinen Piazza sich umdrehte: DISORDER, DISORDER!, für den Rest des Tages wieder verstummend, dass einem, durch den Grand Erg Occidental unterwegs nach Aïn Salah, beim Schrauben an einem zirpenden Kurzwellenempfänger nachts von seinem Tod in Venedig erfahren und dass sie ihn bereits nach San Michele gerudert, die Leere zu füllen nichts blieb, als im Schein des Sternenhimmels auf die nächste Düne zu steigen und, den Blick zum Polarstern gerichtet – dran erinnert, fühlt man wieder die Kälte der Wüste über den Rücken kriechen –, in die alles verschluckende Stille hinein ihm nachzurufen: keiner ein Haus hat von gutem Stein, wohlbehauen die Quader, dass die Stirnfläche zum Muster sich gliedert, keiner ein Paradies auf die Kirchenwand gemalt, von Duccio, von Zuan Bellin, *harpes et luz,* der Steinmetz nicht zum Stein kommt, Wolle nicht auf den Markt, der Näherin die Nadel in der Hand stumpf wird und Webstühle reihum stillgelegt werden, keine Weberin lernt Botschaft mehr wirken in die Ornamente, wo kein Bild gedacht ist, zu dauern, damit zu leben, der Pinselstrich breit wird, die Ränder verlaufen und kein Mensch Platz für seine Bleibe mehr findet, Handwerk und Handwerker verkümmern, das Brot, papiertrocken, altbacknes Gelump ist, der Azur Krebs hat, Purpurtuch nicht mehr mit der Schildlaus gefärbt wird und der Smaragd keinen Memling findet, sondern jeder nur drauf aus ist, seinen Schnitt zu machen, rasch seinen Schnitt zu machen): zwei schwäbelnde, schwerhörig in die Jahre gekommene Juristen anscheinend sind's, die beiden Herren hinter einem, die, als wären sie Missionare im Auftrag Usuras, die Köpfe zusammensteckend lauthals sich über Frauen unterhaltend handkehrum bei Zweitehen landen, welche, wie Scheidungsklagen bewiesen, viel kosteten und selten gut gingen, weil beide Parteien zumindest ein Vorleben hinter sich hätten, das sie geprägt und ihnen bei jedem Neuanfang im Weg stünd', die hauptsächlich aber die bevorstehende Konferenz absprechen, ohne Lärchenwickler und Borkenkäfer ein einziges Mal zu erwähnen, um Ertragsziffern allein geht's, in ihrem Kalkulationskauderwelsch über Waldnutzung ständig wiederkehrend die Wörter Motorsägen Schälapparate Haflinger im Mund, der Korpulentere, immer dezidierter aufs Köfferchen, seinen Reliquienschrein, pochend, kurzatmig dem Sitznachbarn einmal übers andere Nicht locker lassen ins Gerede bellend, die Krawatte lockernd, da es dem Brüller, wie man sich umwendend sieht, im Eifer rot anlaufend trotz der Kühlung den Schweiß auf die Stirn treibt: Nicht locker lassen, nochmals und noch einmal, Nicht locker lassen – mit dem Geklopfe zusammen kann man's nicht mehr hören. –

Schräg links vorn einer, der während des Flugs wie in die Schulbank gezwängt brav angeschnallt bleibt, das als Pult dienende Köfferchen aufgeklappt auf den Knien, über Tabellen gekrümmt in Soll und Haben verstrickt mit dem Rechner Kolonne um Kolonne nachkontrollierend da und dort etwas ergänzend; nach zu kurzer Nacht – schließlich wollte die nach dem erfolgreichen Verhandlungstag zu einer Flasche Champagner aufs Zimmer gerufene Begleitung ausgekostet werden –, verspätet geweckt mit dem falschen Bein aufgestanden, fehlt ihm bei seiner Geschäftigkeit die Zeit, von anderem verführt sich dem fürchterlich grünen, dennoch erstaunlich süßen Apfel zu widmen, der auch ihm jetzt bestimmt gut täte, wie das Fläschchen Hohes C, das in Cellophan eingeschlagene schlappe Sandwich und, zum Dessert, das hygienisch verschweißte *Echte Appenzeller Biberli* (die Lunch-Box, die jedem Passagier auf dem Sitz bereitlag, hat er, ohne sie danach nochmals anzurühren, ärgerlich unter den Sitz weggestopft), noch gar bemüht er sich, was gibt's auf einem Geschäftsflug schon zu sehen, durch die Luke nach draußen zu blicken oder zwischendurch die Passagiere zu studieren; alles längst kennend – zur Entspannung, sollte dazu mal Zeit bleiben, liegt im Köfferchen ein Magazin –, hat er auch dem zusammen mit der Dokumentation zur Entwicklungsgeschichte des Flughafens und einem Papiersack für alle Fälle im Netz der Lehne des Vordersitzes steckenden, leicht schmuddeligen plastifizierten Faltblatt keine Beachtung geschenkt, auf dessen Umschlag vor dem Hintergrund eines winterlichen Gebirgspanoramas aus der Vogelschau als Brustbild in graublauer Uniform, einem Blau, das als Farbton den Namen der Fluggesellschaft trägt, eine junge Frau abgebildet ist, die, den Betrachter anlächelnd, das Modell des Mini-Turboprop hochhält, der einen gerade sanft durch die Luft über die Alpen trägt, während die Innenseiten, die zu studieren man zu Beginn der Reise über Bordlautsprecher angehalten worden ist, nebst illustrierten Verhaltensanweisungen für Notfälle schematisch einen Längs- und einen Querschnitt des Flugzeugs zeigen und einem auf Detailzeichnungen, mit kleinen Pfeilen markiert, die Positionen von Sauerstoffdüsen und Notmasken sowie, in einer dreiteiligen Bildfolge, Sitz und Handhabung der Schwimmweste erklärt werden: als ob es bei diesem Flug, von den paar in Glazialtrögen gestauten Seelein und Seen abgesehen, auf die ich Nichtschwimmer nicht mal zur Not niedergehen wollte, viel zu wassern gäbe, dann doch lieber auf einem Gletscher landen, mit allen von Max Frisch im *Homo faber* beschriebenen Folgen – obwohl, länger als eine Stunde möchte man sich in der Gesellschaft hier eigentlich nicht aufhalten. –

Einzelne Passagiere (elf insgesamt sind es, da im letzten Moment, als die übrigen bereits die Plätz eingenommen hatten, noch vier mit Blaulicht in einem Diplomatenwagen herangefahrene italienische Geschäftsherren, die in Chrysopolis länger als erwartet beschäftigt waren, dazustießen) gehen flüchtig die beim Einstieg behändigten Zeitungen durch, oder, was bei den engen Raumverhältnissen bequemer geht, sie haben Illustrierte vors Gesicht gehoben, die in rascher Folge überflogenen Bildseiten eine Abfolge des alltäglichen Irrsinns, auf den man sich konditioniert hat, damit einem am Morgen der Appetit aufs Frühstücksgipfeli nicht vergeht und nachts einen keine Alpträume aus dem Schlaf schrecken: einträchtig nebeneinander, getrennt durch den Falz nur, Kriegsgräuel und Werbung, die aufgedunsenen, wie Müllsäcke übereinandergeworfen in einer Zimmerecke zusammengedrängt von Fliegenschwärmen überzogenen Opfer eines Giftgasangriffs, die Mütter im Tod ihre Babies mit blau angelaufenem Gesicht im Arm, neben lasziv sich räkelnden Bodies, die Lingerie vorführen oder in edlem Schwarzweiß mit viel nackter Haut für Rasierklingen, ein Parfum werben.

Ganz vorn, hinter dem offenen Cockpit, seiner Größe wegen leicht seitlich in den Sitz gefaltet, ein Tennis-Champion, die Rackettasche, von der er sich so wenig trennt wie die Geigerin von ihrer Stradivari, als seine Begleitung im Sitz neben ihm angeschnallt; zurück vielleicht von einem Turnier aus Übersee und zurechtgemacht, wie man sich Tennis-Champions vorstellt, auf Hose, Schuhen und T-Shirt die Logos der Ausstattersponsoren, als Werbeträger nach einer Zwischenlandung unterwegs auf eine Woche Erholung in einen Bade- und Wellness-Kurort am See weiterreisend, überfliegt er flüchtig den Sportteil mehrerer Zeitungen – so, wie er sich des Papiers bedient, es ausschließlich nach Meldungen über sich und seine Siege scannend –, ehe er sie achtlos beiseite stopft, um in den Sessel geflätzt einen Comic mit Snoopy als Helden durchzublättern, der sich in seiner Hundehütte als Baron von Richthofen im Luftkampf wähnt, bis ihm erschlaffend das Heft aus der Hand fällt. –

Nur der Alte im Jagdkostüm, der den gamsbartgeschmückten Hut während des Flugs aufbehält und sich als Stütze seine in olivgrünes Segeltuch eingeschlagene Jagdwaffe zwischen die Beine gestemmt hat – seltsam, dass das einem bislang nicht auffiel, aber so natürlich, wie er die Waffe als Stockersatz handhabt, unterlässt man zu fragen, wie er es sie mitzunehmen schaffte (man wird's erfahren: Mein Jagdstutzer, Martini, Kaliber zehn Komma drei mit Unterzugspannbügel und Ladeklappe, bevor die Karabiner aufkamen, die längst Sturmgewehren Platz machten, bei uns in den Alpen einst auch als Waffe, wie sie jeder diensttaugliche Bürger für den Ernstfall im Schrank parat hält, beim Feldschießen zum Üben auf Manns-Scheiben eingesetzt, heute, ausgebohrt und mit Zielfernrohr aufgerüstet, von ein paar älteren Semestern noch für den Jagdsport benutzt, wie der Alte bei der Einreisekontrolle auf die Nachfrage des Grenzpolizisten auskunftsfreudig ohne zu stocken wie am Schnürchen herunterbeten wird, und du, als letzter hinter den vordrängelnden Businessmen, die es heim zu ihrem Wald zieht, wirst, nachdem du mehr linkisch als höflich dem Alten den Vortritt ließest, Gelegenheit haben, des längeren zwei Jagdliebhabern zuzuhören, im Fachsimpeln über Munitionsarten und Kaliber, Vorzüge und Nachteile von Teilmantelgeschossen und Spitzmunition, Begriffe wie Treibjagd Passjagd Revierjagd aufschnappend, beim Warten nebenher einiges über die Hirschbrunft und deren Abhängigkeit von der Witterung, das Abstoßen der Stangen, über Bast und Schonzeiten erfahrend, bevor der Beamte, wenn er den Alten, ihm immer wieder kameradschaftlich auf die Schulter klopfend, nach mehrmaligem Weidmannsheil, die beiden scheinen unzertrennlich, für eine letzte Information läuft er ihm gar ein paar Schritte hinterher, endlich verabschiedet hat, Zeit finden wird, sich deiner anzunehmen, ausgiebig, und bei dir – wie bei Hunden ist's, die sofort spüren, wenn jemand sich vor ihnen ängstigt –, wiederum ganz Beamter, weniger an einem Gespräch als am Inhalt deines Koffers interessiert, deiner ledernen Umhängetasche, sämtlicher Hosen- und Joppensäcken, vergegenwärtigt man sich in Beobachtung des Grünrocks, was einem nach der Landung bevorstehen wird, und beim nie zu überwindenden Graus vor Grenzen, der einem, wie der vor Polizisten, nach einschlägigen Erfahrungen anscheinend unauslöschlich ins Gesicht eingeschrieben steht, sodass man bei

jedem Übertritt prompt im Raster hängenbleibt (es sei denn, man passiert die Grenze, aus dem Süden zurückkehrend regelmäßig wesentlich mehr Flaschen Wein von Gianni aus den Colli senesi im Kofferraum, als zollfrei zugelassen sind, indem man, sich kurz vor Chiasso eine doofe, im Handschuhfach für solche Fälle parat liegende Baseballmütze aufsetzend und eine dicke dunkle Sonnenbrille schief auf die Nase drückend, als Beifahrer neben einer viel Einblick gewährenden Schönen den Debilen spielt), verspürt man jetzt, wiewohl drüberwegfliegend Grenzen nicht sichtbar sind, nicht überall wenigstens, wenn aber – man hat, nachdem man die Fahrt im Zug durch die Zone mit all den Kontrollen nicht mehr aushielt, die Bilder von früheren Flügen nach Berlin vor Augen –, als sichtbare Wunden umso brutaler in die Landschaft geschlagen, sogleich ein mulmiges Gefühl im Magen, gegen das ein tüchtiger Schluck aus dem Flachmann hülfe, wär der nicht bereits leer: Als schmökerte er in einem Kriminalroman, wird der Zöllner, immer faszinierter vom Stoff, je länger er darin blättert, wie ein Film in Zeitlupe läuft es vor einem ab, bestimmt wieder endlos lang Stempel um Stempel, speziell die in arabischer Schrift, auf ihre Echtheit prüfen, vor und zurück und nochmals von vorn, ehe er aus der Innentasche seiner speckig verschossenen grünbraunen Uniformjacke ein eselsohriges Heft zieht, vom Umfang her ist's eher ein aus der Form geratenes umschlagloses Taschenbuch, um, mit einer Hand die Kladde durchblätternd, nachzuschlagen, ob die vor ihm stehende Person, männlichen Geschlechts – was zu stimmen scheint –, ohne besondere Kennzeichen – was zu überprüfen wäre –, die sich, mit etwas Goodwill dem Foto im Dokument gleichend, auch wenn weder Kopfhaltung, Haarlänge noch Brillengestell stimmen und das Ohr zu wenig sichtbar ist, als Protagonist des roten Heftchens mit dem weißen Kreuz ausgibt, welches er, die aufgeschlagenen Pass-Seiten immer wieder gegen das Licht haltend, in der andern Hand weiter dreht und wendet, in seinem abgegriffenen Brevier nicht etwa als international zur Fahndung ausgeschriebenes Subjekt vermerkt ist; zu dies und jenem, zumal die Konsultation im Fahndungsbuch, aber man kann ja nie wissen, enttäuschend ausfallen wird, darf dem Beamten, der, weil so bald kein nächster Flug ansteht, endlos Zeit für dich zu haben scheint, nach Öffnen des Gepäcks umfassend Auskunft gegeben werden, derweil er, offensichtlich nicht fündig geworden, seine Antiterror-Bibel wegsteckend und sich dann Latexhandschuhe überstreifend, gelangweilt – wenn auch höchst systematisch, wie sich zeigen wird – die Bündel deiner Notizen und Materialien zu durchforsten beginnt: Soso, meint er, in seine elliptischen Kommentare immer wieder lange Pausen einschiebend, von Freunden eingeladen, ob die vielleicht Namen hätten, aha, auf Vortragsreise, geschäftlich also, nicht zum Vergnügen, warum man das nicht gleich gesagt, was man denn aber mit dem mitgeführten Kram vorhabe, vor allem mit all den Zeitungsauschnitten, Zeitungen gebe es überall, ohne sie zu lesen, wisse man, was drin stehe, in allen das gleiche, Unglücksfälle und Verbrechen, Schlechtmachen von Autoritäten, um sich schließlich, durch jede deiner Antworten, bei denen du dich, im Bemühen, vage zu bleiben, keine Namen zu verraten, immer ärger verhaspelst, zu neuen Fragen angeregt – die Neugierde des Zöllners scheint unerschöpflich – von dir noch das Necessaire öffnen zu lassen, mit spitzem Finger darin wühlend dies und das draus entnehmend und säuberlich auf dem Chromstahl ablegend, die Tube Zahnpasta durchknetend, ein Röhrchen Tabletten gegen Wetterfühligkeit aufschraubend, den Inhalt auf ein Tellerchen ausschüttend, bevor du – sein Beamteninteresse

wird erst gestillt sein, wenn nichts mehr auseinanderzunehmen ist, Zeit für dich wird er aber weiterhin haben – unter seinen Augen die Auslegeordnung wieder zusammenpacken darfst und vom Herrn ein paar Tips zu Sehenswürdigkeiten, die man sich neben dem Lindwurm auf dem Hauptplatz, der nicht zu übersehen sei, keineswegs entgehen lassen dürfe, wenn man seine herrliche Heimat schon mal besuche – das auf den Ortstafeln übersprayte Slowenisch wie auch das Komponistenhäuschen wird er nicht erwähnen –, freundlich verabschiedet, die Schranke passieren und in die längst leere Empfangshalle hinaustreten kannst) –: einzig dieser mich ins Spekulieren bringende Alte im hirschhornknopfverzierten Jagdkostüm mit seinem Stutzer als Stütze schräg gegenüber zwei Sitze vor mir, der vor dem Start in der Halle alles apathisch hinnahm, dass man dachte, der sei nicht ganz hell, ist während des Flugs nicht weniger als ich von der Aussicht fasziniert; offensichtlich wenig fluggewohnt – und darum nicht minder flugvernarrt als man selbst –, äugt er, elektrisiert von der Fantastik der wie als Teppich ausgerollten Landschaft, die, viel zu rasch und ohne dass alle Details zu erfassen wären, sogleich wiederum unter einem weggezogen wird, bald auf seiner Seite durch die Luken, dann wieder, indem er sich agil über den schmalen Zwischengang lehnt und mit der Rechten auf dem leeren Nebensitz abstützt, auf meiner, um möglichst viel davon zu erfassen, sich dafür gelegentlich sogar halb erhebend (um bei dem für ihn zu niederen Sitz mit den Beinen besser zurandezukommen, wie er entschuldigend meint, habe er sich, wie einem nicht entgangen sei, kaum in der Luft, wiewohl das leuchtende Signet an der Decke es untersagte, sogleich losgeschnallt): was genau sein Röntgenblick jedoch registriert, was der Alte während des Flugs über Chrysopolis gesehen haben mag, mit anderem Erfahrungshintergrund kaum das Gleiche, möchte man zu gerne erfahren, schafft es aber nicht, ihn drauf anzusprechen; er wird es, als kehrte er, wie einst als Junge, begeistert vom ersten Schulausflug in die Metropole nach Hause zurück, abends vielleicht, in ein Gutnachtgeschichtchen eingeflochten, dem kleinen Buben erzählen, der, seinen Teddybären im Arm, zusammen mit der Mutter in ihrem für die Jahreszeit etwas zu warmen Lodenmantel am Flughafen in der Halle auf ihn wartet, aufgeregt dem Moment entgegenfiebernd, wo er, wenn der seit Tagen ersehnte Großvater nach der Unterhaltung mit dem Zöllner endlich durch die Schranke geschritten kommt, in ein paar bockspröngigen Sätzen zu ihm hin und an ihm hochhüpfen darf, in die Arme genommen sich an seinen Hals kuschelnd, während der Alte die junge Frau – seine Tochter, oder seine Zweite? – zur Begrüßung zart auf die Wangen küsst

Als säße man auf einem Alpenrundflug mit Bekannten in einer Ju 52, orientieren einen knisternde Lautsprecher während der ganzen Reise über die Geographie: Dort links sehen Sie die Hügel des Allgäus, die Agglomerationen in der

Ferne – hinten gegen den Horizont, an der Dunstgrenze, wo das Land in den Himmel übergeht, verschwimmend in der gelbgrauen Leere hell noch schwach auszumachen – gehören bereits zu München; vorn rechts tut sich in wenigen Minuten jenseits der Nordkette das Inntal auf, da heute in Innsbruck aber niemand zusteigen will und keiner uns verlassen, verzichten wir auf eine Zwischenlandung und genießen das Wetter, kommentieren Pilot und Copilot abwechselnd: den Champion, das Gesicht verrutscht schief im Sitz, scheint das Gerede beim Dösen nicht zu stören, und der schräg gegenüber, nach der letzten Nacht von der Furcht vor Verlusten absorbiert, hebt bei so banalen Meldungen nicht einmal den Kopf aus seinen Tabellen, es sei denn, um verärgert über die Störung aus dem Cockpit jedesmal einen entsprechenden Blick nach vorn zu werfen, derweil der im Rücken über den Mittelgang einmal mehr Nicht locker lassen bellt

Längere Zeit, über Hügelvorland langsam sich ihnen nähernd, geht es den Alpen entlang – viel zu rasch alles; in einer Montgolfiere müsste man reisen, in Giannozzos Siechkobel –, dann, nach einer weiteren leichten Wendung nach rechts, übergangslos und doch fast unmerklich, in sie hinein: tief drinnen, irgendwo im Gewirr der in der Verkürzung gesehen noch verschachtelteren Bergzüge, hinter Spitzen und Graten versteckt, weit rechts hinten müsste es sein, vielleicht noch knapp zu erkennen, genau, dort ist's ja, rechts, am Fuße jener markanten Pyramide, welche, den höchsten Gipfeln vorgelagert, alles rundum überragt – ein Stich durchfährt einen, als man, ganz aufgeregt, die weiße Spitze im letzten Moment durch die Luke erspäht –, das in einem Stausee ertränkte Tal der Kindheit

Alles so licht, so leicht. Vom Schatten des Flugzeugs geleitet, huscht und hüpft das Auge über Schotterhalden und falbe Bergflanken, auf denen man Bauern mit Schiltertraktoren Mist ausführen sieht, während andere auf den Weiden beim Zerschlagen der *Teischlige* sind, mit der Mistfurke von Sonne und Wetter gedörrte Kuhfladen zerkleinern, aus denen – wenn auch wohl kaum beachtet, aber man weiß ja nie –, bestimmt ein paar Spitzkegelige Kahlköpfe sprießen; springt Runsen und Schroffen querend über Kreten und Kuppen und weiche weiße Rundungen

Die Landschaft sackt weg: ein Taltrog öffnet sich; doch schon rücken, von unten sich auftürmend, grün erst, dann braun, falb – im Fels alle Farben gebrochen, auf den Schattseiten von Reif verschleiert, weiter oben alles weiß gepudert –, neue Gebirgsformationen näher: In dieser gleißenden Wüste, die, von Spuren durchzogen, weiter unten noch ab und zu von einem Gemsrudel durchkreuzt wird, müsste jeder Berggänger bei seinem Gipfelaufstieg mit bloßem Auge auszumachen sein

Musik sollte man zu den im Hirn nachklopfenden Versen des Sängers im Käfig zu Pisa jetzt hören können – nicht die aber, welche dem Champion beim Dösen aus dem Kopfhörer ins Ohr dröhnt, dass man noch Sitze hinter ihm ungewollt etwas vom Gewummer abkriegt –, Musik, wie man sie, jetzt, wo man drauf achtet und ohne sich dessen bislang bewusst gewesen zu sein, auf dem Flug eigentlich die ganze Zeit schon im Kopf hatte: Was genau aber ist es, was das Ohr sieht? Nicht Richard Strauss, der sich anböte, nicht die *Alpensymphonie* und kein Heldenleben, verschränzt und untermalt, ja überdeckt vom Sirren der Triebwerkmotoren, auch keine Collage aus Debussys *Jeux* und Skrjabins *Poème de l'extase,* das Adagio aus Bruckners Dritter eher, oder – wiewohl es Adorno einem natürlich verböte, aber der verbot ja auch neben dem Jazz gerne mal was –, der Schönheit angemessen, als Schwelgerei an der Grenze des Erträglichen, Sibelius' Violinkonzert, mit Baiba Skride als Solistin, deren Geigenton in den Kadenzen wie eine Flaumfeder durch den Raum schwingt und echot, eine Montage aus dessen erstem und den zweiten Satz, nein, reduzierter, jetzt erkennt man's, weit passender, in ihrem Ausdrucksbegehren den auf die Sinne prasselnden Eindrücken entsprechender, Musik von Anton Webern ist's: *Im Sommerwind,* eine Hymne auf die Nacht und die Natur, aus dem Fin de siècle herübermahlernd pianissimo anhebend, am Ende wiederum zurückgenommen zur gänzlichen Unhörbarkeit, draus herauswachsend die *Passacaglia,* nahtlos übergehend in die siebenteiligen *Variationen op. 30,* ohne eigentliches Thema das eine aus dem andern sich entwickelnd, nach immerfort verändertem Ausdruck suchend, Stufe um Stufe aus einem ineinander verflochtenen thematischen Gebilde das nach außen treibend, was, als Anfang wie Endpunkt, in der Grundgestalt bereits vorgezeichnet ist, und von da wiederum zurückweisend auf den Anfang, auf die zwei mit den ersten beiden Takten gesetzten knappen Floskeln – eigentlich reduziert es sich noch mehr; die zweite Gestalt, in der Oboe, ist in sich schon rückläufig –; und dazwischen (heraufbeschworen wohl von der unter einem weggezogenen Topographie mit den Bauern beim Misten, hat man plötzlich – doch warum nur und warum gerade jetzt? – die Mutter vor sich, vom Bild berührt, wie ihr, ohne noch einmal die Augen zu öffnen und ihren Ältesten angesehen zu haben, der am Bett stehend

ihr die Hand hielt, im Moment, als sie zu atmen aufgehört und er mit einem Mal keinen Druck mehr spürte, eine kleine Träne aus dem Augwinkel über die Wange kullerte) Weberns *Sechs Stücke op. 6,* die jener im Gedenken an seine Mutter geschrieben, mit dem wie als böse Vorahnung detonierenden Trauermarsch nach der Mitte, von dem die Musik sich nicht mehr erholt (heute noch, so Webern in einem Brief an seinen Lehrer, verstehe er seine Empfindung nicht, wie er hinter dem Sarg her zum Friedhof gegangen; er wisse nur, dass er den ganzen Weg hoch aufgerichtet ging, vielleicht um in weitem Umkreis alles zu bannen); einige der Stücke, das dritte
etwa, *zart bewegt* überschrieben, das anmutigste der Reihe, als fragilster, zerbrechlichster, zartester Gegensatz zur *marcia funebre,* ein Hauch nur, kaum noch wahrzunehmen, dass man meint, man müsse diese Musik vors Teleskop schieben, um besser in sie hineinsehen zu können, damit sie einem zugänglicher werde, bestätigend gleichzeitig, so Webern in jenem Brief, dass es eine Sinnhaftigkeit und Stimmigkeit der Sprache – und manchmal auch des Lebens – jenseits des rational Begreifbaren gibt, wie der Duft, nein, allein der Eindruck, die Impression des Duftes der Erika, wie sie der Komponist der Mutter auf die Bahre legte, und Weberns sechs Tongedichte gleichsam das Echo auf das fis-Moll-Andantino in Schuberts zweitletzter Sonate, welches das Ohr jetzt, während sich die Maschine dem Scheitelpunkt des Überflugs nähert, vor sich sieht, der Anfang, zwischen Dur und Moll balancierend, an die *Winterreise* erinnernd, einen jener schubertschen Wandergesänge, bei denen einem so wohl und weh wird in unruhvoller Brust, bevor der unbewegliche Bass darunter einfriert und ein immer rascher werdender Lauf in der Oberstimme dem Lied entflieht, wie in Gedanken während des Anflugs beim Blick zurück auf das ersäufte Dorf der Kind-

heit, ehe, vorausblickend, auf der Suche nach einem Ausweg, umherirrend in Tönen, ein gespenstisches Rezitativ einbricht, das, gesteigert und sich überschlagend, mit unerhörten Klängen, seinen Abstürzen, der beginnenden Panik, dem Rasen in klirrenden Dissonanzen bis zum Zusammenbruch, schließlich in gellend aufs Hirn nagelnden Ostinati explodiert, dass die Musik selbst nicht mehr weiß, was hier gespielt wird, ach was, ein Schreien ist's, Brüllen, Kreischen, die Lunge aus dem Hals, das Hirn aus dem Kopf, das Blut aus dem Herzen, Hände, die in die Tasten hauen, wie letzten Herbst, als man

beim Abstieg vom Pizo Tambo, spät dran, aber die schwierigsten Stellen bereits gemeistert, den Blick ins Weite gerichtet zu wenig auf die Füße achtend, über einem losen Steinchen ausrutschte, im Stürzen haltlos über den Granit kratzend, dass die Fingernägel brechen, die Fingerbeeren aufreißen, ein Schmerz, der jetzt selbst schreiend wird, aber noch hat alles Namen, wenn man, über die Platte schlitternd – du stürzt nicht zweimal in denselben Abgrund, aber du stürzt immer auf dieselbe Weise, in einer Mischung aus Lächerlichkeit und Entsetzen –, mit dem Absatz an einer Felsnase anhängend im letzten Moment wieder Halt findet, mit der Faust, während es im Kopf nur noch hämmert hämmert hämmert hämmert hämmert hämmert hämmert hämmert hämmert hämmert hämmert hämmert hämmert, auf den Fels schlägt, und noch einmal, mit äußerster Kraft, nicht aufgeben, dreinschlagen, und noch einmal zuschlagen, ach, was tust du nur, armer Franz, was widerfährt dir, meine liebe Seele, und während die Schläge in einem nachhallen – auch die Raserei hat ihre Vernunft; ja, was, wenn nicht sie –, modulierst du schon wieder, lässt dir, außer Atem und ohne Kraft zum Widerstand, die Zwangsjacke Harmonie überziehen, bist, schwer zwar nur zur Ruhe zurückfindend, bereits wieder am Singen, und am Ende, wie ein nochmaliger und allerletzter Blick zurück, auch wenn die weiße Pyramide, dein Hausberg, du weißt es, längst im Gipfelmeer verschwunden ist, kehrt, melancholischer noch, der Anfang variiert wieder, in diesen Klängen eingebettet die Eruptionen im Mittelteil zum Bild dessen machend, was Heine in den *Reisebildern* mit dem *Riss durch die Welt* gemeint haben könnte: Man sieht hörend in Gegenden, hat man sich kürzlich daheim auf dem Balkon notiert, in die einen der Fuß nie hinträgt, weil man in gewissen, ja, in den meisten nie etwas zu suchen hat; sei es, weil man keinen Zugang findet, sei's, weil sie für einen zu groß sind

Ein Schwenker. Schrundige Gletscher. Schnee blendet unter stahlblauem Himmel, bis einem, in die unvermittelt durch die Luke einfallende Sonne guckend, während es im Schädel weiterhämmert, Kringel und purpurne Schleier vor den Augen zu tanzen beginnen – scheint mit dem Kabinendruck etwas nicht zu stimmen? –, und schlagartig, ohne das Buch aus der Tasche zu ziehen, hat man jetzt doch Giannozzo vor Augen, wie er, eben noch voller Spott frech mit Jean Jean gezeichnete Briefe abwerfend, auf seinem Flug, der auch ihn hätte über die Alpen tragen sollen, im Orlogkobel gegen die Unbilden anzukämpfen hat, eine Stelle aus dem *Almanach für Matrosen, wie sie sein sollten,* die man vor dem Start, in der Halle auf den Abflug wartend, gelesen hatte, Großhansens Gewitterfahrt: Soldatenhaufen sprengen über Hügel – Landleute rennen – ein Dorf brennt, als Wachfeuer – in einem Garten seh' ich tote Pferde, und ein Kind trägt einen abgerissenen Arm fort – ich höre nur die dumpfen Axtschläge, womit der Tod sein Schlachtvieh trifft, aber noch keine Stimme des Viehs – ringsum im Blauen liegen die Gewitter und schauen gerüstet zu, bis sie aufstehen und auch in die Schlacht ziehen – was willst du auf meiner Kugel, schwerer niederdrückender Räuber? bist du der schwarze Hahn, der letzte Nacht an meinem Herzen grub

Oder sollte alles nur Traum sein –

In wenigen Minuten überfliegen wir die höchste Erhebung

unserer Route, da vorn links zu sehen, jener blendende Kamm

Wie wird es drüben ausschauen; wie das Wetter dort sein

Krachendes Eis glaubt man zu hören; Eisbrocken, die von der Einstrahlungswärme gelockert niederpoltern, im Wegsacken zerstiebend über den Fels in die Tiefe rieselnd

Nebelfetzen, aus der Brühe gerissen, in welcher gegen Süden hin, die Farben zu einem schmutzigen Schwarzweiß ausbleichend, alles in Dunst aufgeht, huschen die unter einem weggezogen rasch zurückbleibenden Wände hoch, zerreißen im Blau

Die Formen werden weicher, es geht über langgestreckte Täler, die sich weiter und weiter öffnen, ein sanftes stetiges Abwärtsgleiten ist's, tiefer und tiefer, über Waldgebiete hinweg, hinaus auf das schaumig aufgewühlte Meer, an den

Rändern gesäumt von wie Nadeln aus dem Nebel stachelnden Fichten – oder versinkt der Wald in einem stetig steigenden Stausee aus Watte

Der Schatten des Flugzeugs, kreuzförmig, von einem irisierenden, in den Farben des Regenbogens schillernden Kreis umschlossen, jagt unten zitternd über Wolken hüpfend dahin

in wenigen Minuten landen wir in

rasend kommt einem das gewellte Weiß entgegen, die ersten Wellenkämme werden gestreift, peitschen wie Gischt als helle Schleier lautlos an den Luken vorbei

beim Einsacken in die wabernde Brühe – das eben noch von draußen hereinflutende Licht, kurz flackernd, mit einem Schlag weg – geht ein Rütteln durch die Maschine

sind wir bereits zerschellt

es ist wie ein Sturz durch den Spiegel, mehr weiß einer nicht,
wenn er wieder erwacht, ein Sturz wie durch alle Spiegel,
und nachher, kurz darauf, setzt die Welt sich wieder zusammen,
als wäre nichts geschehen. Es ist auch nichts geschehen

Max Frisch

Anhang

Das bleierne Zwielicht lastet auf den spröden Knochen eines alten Mannes. Als beschädigte Puppe inmitten der Menge lackierter Gliederpuppen trottet er mit gesenktem Kopf hinein in das bebende Gewimmel. Früher waren hier bloß Wiesen, knurrt er dem kleinen Buben zu.

John Dos Passos

Aus einem Brief an einen polnischen Freund

… wie kommt es, mein lieber Janusz, wie kommt es, dass Sie bei Ihrer Skepsis allem Festgefahrenen gegenüber, die Sie bislang doch nicht schlecht leitete, nach unseren Gesprächen im Zusammenhang mit dem, was Sie mir als Ihrem Gast von Przemyśl bis Lublin und von Bydgoszcz über Gdańsk bis Szczecin, inklusive ein paar Tagen in der Hauptstadt mit dem potemkinschen historischen Kern und dem zum Konsumtempel umfunktionierten Pałac Kultury i Nauki, von Ihrem Land zeigten, welches sich, von der Geschichte gebeutelt, eigentlich in dauerndem Umbruch befinde, zum Guten und, naturgemäß, öfter, wie jetzt grad wieder, schrieben Sie, zum Schlechten, plötzlich den Wunsch haben, die Schweiz zu besuchen, die sich zwar, und so gesehen ist Ihr Reisewunsch mir verständlich, ebenfalls, im Gegensatz zu Polen aber von der Geschichte übergangen, als Sonderfall kapriziert? Hocherfreut über Ihren Wunsch, wird es mir, so oder so, eine Ehre sein, Sie hier zu empfangen: Luftveränderung ist nie schlecht, schärft die Sicht, und da das Land sich wieder mal anschickt, es gilt ja alleweil irgendetwas zu gedenken, mit dem Mythos dreier als Hirten verkleidet pathetisch die Finger in die Höhe reckender Großgrundbesitzer *auf stillem Gelände am See* die uns von Schiller so schön drapierte

Vergangenheit zu zementieren, wobei den Patrioten (dem Teil der Bevölkerung, welcher sich mit dem Volk gleichsetzt, wie sie mit jeder ihrer Feiern beweisen, was nicht wundert, solang man das alte Märchen, sie hätten sich vor Urzeiten von einem Tyrannen befreit und seien darum zwangsläufig bis heute frei geblieben, in Spiritus aufbewahrt wie eine Monstranz herumzeigt und ihr populistischer Vorbeter, als Großindustrieeller selbst sich natürlich davon ausnehmend, das kleine, aber nicht unbedeutende Detail, dass ihnen die güldne Sonne, wer denn sonst könnte es gewesen sein, durch eine sonderbare Wiedergeburt aus dem Aas des Unterdrückers einen Schwarm neuer Tyrannen erschuf, so brillant zu übersehen versteht, dass dem Ex-Magistraten dafür alle wie aus dem Häuschen noch zuklatschen) die undemokratische Vorgeschichte der Schweiz entschieden lieber ist als die Geschichte ihres demokratischen Staats – man möchte ja nicht wissen, sondern glauben, zum Beispiel an wirtschaftliche Sachzwänge –, und diese tumben Patrioten, nicht müde werdend, ihre rotweißen Fetzen zu schwingen, eigentlich alle Jahre, insbesondere in jenen, wo das Parlament zu bestellen ist – ich hab nicht gesagt das verluderte, ich hab's gelesen –, zurückblickend in jene Hirten-Urzeiten und gewissermaßen ständig im Wahlkampf (nach der Abstimmung ist vor der Abstimmung; wird eine verloren, versucht man einfach mit der nächsten, noch unsinnigeren Initiative den Parlamentsbetrieb zu blockieren), nicht nur einen, sondern dreihunderfünfundsechzig Tage lang Nationalfeiertag haben, es aber, so hoffe ich für Sie, längst nicht mehr ist wie zu Goethes Zeiten – als Germanisten sind Ihnen des Legationssekretärs Werther *Briefe aus der Schweiz* ja geläufig, und Sie haben die Stelle, auf die ich anspiele, gleich wiedererkannt –, dass man, *wo man nur wieder ihnen hier begegnet, vor den Menschen und ihren Werken gleich davonfliehen möchte*, werden wir es bei Ihrem Besuch, mein lieber Janusz, bestimmt beide höchst vergnüglich haben. –

Eins jedoch hat mich in Ihrem Brief irritiert: ausgerechnet Sie, der alles erforscht, dreht und wendet und auf Schein und Sein abklopft und jede hohle Stelle findet, wollen mich besuchen und noch nie etwas von Chrysopolis gehört haben; wie passt das zusammen? Nicht dass ich Ihnen etwas vorenthalten wollte, im Gegenteil, und wiewohl Sie mich ja mehrfach ausdrücklich um detailliertere Auskünfte zu diesem und jenem gebeten hatten, worauf ich nicht im Traum gekommen wäre (Fragen, die Sie mir im Übrigen, wie ich dachte, und dabei sah ich den Schalk aus Ihren Augen blitzen, nur stellten, um mich damit – auch in unseren Gesprächen bei Ihnen zuhause bin ich jedes Mal drauf reingefallen, bis Sie das Glas hebend jeweils in Gelächter ausbrachen – auf Ihre eigenwillige Art zu pflanzen; etwa wenn Sie fragten, in welchem Verhältnis Höhe und Breite der Toblerone-Zacken sowie deren Zwischenräume zur realen Topografie der in natura oft etwas engen Täler und zu dem geistigen Horizont von deren Bewohnern stünden, und ob die Züge hierzulande tatsächlich taktgenauer verkehrten, als die genauesten Schweizer Uhren dies anzuzeigen vermöchten, eine Grande Complication der IWC aus Schaffhausen beispielsweise, die Sie wohl kaufen wollten, sich aber nicht leisten könnten, und in welchem Verhältnis diese Tatsache wiederum zur Psychologie C. G. Jungs und zu dessen Wasserturm am Obersee stünde; oder, für mich noch abwegiger – schließlich sind wir hier nicht im Schwarzwald, wenn mit gewissen unserer Dialekte auch an einer ähnlichen Stimmbänder-Krankheit wie dort leidend –, ob der Handelsreisende in Schweizer Hotels, statt sich von einem Radiowecker auf dem Nachtkästchen wecken zu lassen, der unentwegt daran erinnere, wie sinnlos ungenutzt für jemanden, der mit seinen Träumen nichts anzufangen wisse, die Zeit im Schlaf verrinne, sich tatsächlich wie in guten alten Zeiten von einer, heute aus der Réception elektronisch gesteuerten, Kuckucksuhr wecken lassen könne, welche in jedem Zimmer an der im Stile alter Hirtenhemden mit Edelweiß geblümten Tapetenwand hänge und hierzulande – da muss ich Ihnen recht geben – mit der obligaten Bibel in der Nachttischschublade, multikulturell, wie das Land sich gebe, ergänzt um den Einheitskoran, eine Sammlung Veden und das Lún Yu, die Sprüche des gestrengen Konfuzius, die man heutigen Reisenden aus dem Reich der Mitte und dessen Raubritterkapitalismus schuldig ist, zur Standardausstattung eines jeden anständigen Hauses gehöre), glaubte ich doch annehmen zu dürfen, über unsere heimliche Hauptstadt wenigstens seien Sie hinreichend informiert, und hätte es drum als geradezu peinlich empfunden, auf Chrysopolis speziell einzugehen; da Sie aber ernsthaft wissen wollen, was Sie bei einem Besuch hier erwartet, bin ich selbstverständlich gern bereit, so gut ich das bei meinen unzureichenden Kenntnissen der Stadt vermag, ausführlicher auf diese sich geschwürartig ins Land fressende Agglomeration mit ihrer auf vergoldetem Boden zu Tode sanierten Altstadt als Herz einzugehen, obgleich ich, mein lieber Janusz, mit meinen Informationen nun leider, so oder so, zu spät komme, denn seit Ihrem letzten Brief – bei Ihren freien Medien, um die es kaum besser bestellt sein dürfte als um die unseren, die demnächst alle dem gleichen Konzern gehören, werden Sie das nicht erfahren haben – hat sich in Chrysopolis Schreckliches

zugetragen: Will man einem römischen Gelehrten glauben, der in seinem, vom Eidgenössischen Atom- und Katastrophenschutz in Auftrag gegeben, sicherheitshalber dann im Ausland, von den seriösen Adelphi Edizioni in Mailand, verlegten und, geschickt vordatiert, als Roman getarnten Untersuchungsbericht mit dem, zugegeben, etwas gestelzten Titel *Dissipatio humani generis* zu diesem Schluss kommt, soll sich die gesamte Bevölkerung – wie viele waren es? vierhunderttausend, vierhundertfünfzigtausend; wie auch immer, sie *waren* – ohne die geringsten Spuren ihrer selbst zu hinterlassen, abgesehen vom Müll ihrer als Reliquien übrig-
gebliebenen Artefakte und, seltsamerweise, auch der Fauna, durch Verdunstung oder Zerstäubung über Nacht in nichts aufgelöst haben, ohne dazwischenliegende Verbrennung, wie der Bericht kommentiert, in ein Aerosol oder ein nicht wahrnehmbares Gas verwandelt: *Die Börsentempel mit einem Schlag tot wie die Atrien von Baalbek; kaum verlassen, gehörte die Stadt anderntags bereits der Archäologie.*

An Stelle der Hektik, die tagsüber großstädtische Geschäftigkeit und abends im *Dörfli*, dazu verheimeligten Einheimische ihre Ausgehmeile, den Teil der Altstadt rechtsseitig des Flüsschens mit den tausend Beizen und Spüntchen und drei Dutzend Zupfstuben – was die professionelle Prostitution angeht, so ist es nichts als gerecht, dass der Bericht auch die Damen dazuzählt, welche sie legalisiert mit ihrem Gatten betreiben, den sie nicht oder nicht mehr lieben, der jedoch fortfährt, sie mit Annehmlichkeiten und diversen Zuwendungen zu honorieren –, feuchtfröhliche Heiterkeit vortäuschte, einschließlich des nicht geringen, durch die Umtriebigkeit bedingten Lärms und Gestanks (wo, außer hier, gab es als politische

Gruppierung denn schon eine Auto-Partei, welche mit der Velopartei und der Fußgängerpartei im über die Jahre immer heftigeren Streit lag, nicht minder die letzteren beiden untereinander – von einer Flaneurpartei ist mir als Auswärtigem nichts bekannt, aber vermutlich hat es sie nie gegeben, noch wird es sie, will man dem Gelehrten glauben, nun jemals geben können –, und wenn man bei einem Abstecher in die Metropole bis vor Kurzem beobachten konnte, wie es auf den Straßen im Kampf aller gegen alle zu- und hergegangen ist, schienen dieser vom Volksmund SUV-Fraktion genannten Bewegung, als die sich diese Partei geschichtsbewusst gerierte, mehr oder weniger alle angehört zu haben, zumindest alle Übermotorisierten, die Mehrzahl also, insbesondere jene, die gezwungen waren, mit ihren Boliden am Morgen auf dem Weg ins Büro gestresst noch rasch den beim Frühstück wieder einmal trödelnden Nachwuchs, für welchen die öffentlichen Verkehrsmittel eine Zumutung gewesen wären, hätten die armen Geschöpfe, obwohl man doch wahrlich Steuern genug zahle, dass den Sprösslingen mit prallen Schulsäcken in der S-Bahn wie im Tram zu zweit mindestens ein Viererabteil zustehe, unausgeschlafen hundsmüd unterwegs damit rechnen müssen, von einem Tattergreis aufgefordert zu werden, ihm Platz zu machen, in den Privat-Schulen abzugeben, wie üblich zu spät von zuhause weggekommen prompt im Stau steckenbleibend, um, endlich vor Ort, auf den Schulhausplätzen dann natürlich nicht mit soviel Schwung, dass der Kies wie Salven einer Kalaschnikow durch die Gegend stiebt, direkt vor die Pforten der Lernburgen kurven zu dürfen (in Chrysopolis, hörte man in der Älpli-Bar Skifahrer, die Wochenende für Wochenende in langen Kolonnen dem Nebel entflohen, nach jedem Kaffee Schnaps mehr in der Birne reihum immer lauter klagen, werde einem bald alles verboten, und da der Status des Autos von der Rechtsprechung traditionellerweise dem eines individuellen Wohnsitzes gleichgesetzt wird, ist der eigene Wagen nicht nur für Besitzer von Haustieren und für Raucher eine der, wie ein französischer Soziologe kürzlich formulierte, letzten *Temporären Autonomen Zonen*, die den Menschen zu Beginn des dritten Jahrtausends geblieben seien), und diese Schikanierei einzig, weil die Schulhausplätze, nachdem eine deutlich signalisierte Geschwindigkeitsbeschränkung auf Schritt-Tempo nichts gebracht habe – jeden Tag, in dieser Hinsicht schien die Fantasie der Stadtobern keine Grenzen zu kennen, musste mit neuen Restriktionen gerechnet werden –, in Absprache der Elternvereinigung mit den städtischen Behörden, der die SUV-ler schließlich unterlagen, gegen die Straße durch rammresistente Poller abgesichert werden mussten, damit beim Bringen und Abholen im hektischen Vehikelgedränge nicht täglich mehr des teuren Nachwuchses – wer verliert schon gern sein eigenes Kind – zu Tode komme, sodass hinter dem Steuer in Gedanken, was einem da im Stau wieder durch die Latten gegangen, spätestens beim zweiten Blick auf die Uhr bei manch einem die Nerven blank lagen und nur mit dem Druck aufs Gaspedal zu beruhigen waren – wo sich die Freiheit auf den Besitz beschränkt und sich am freiesten wähnt, wer den schnellsten Schlitten besitzt, sieht dieser schwer ein, warum ihm nicht das Recht zusteht, überall und jederzeit freie Fahrt zu haben): item, anstelle von Hektik, Lärm und Gestank sowie der damit verbundenen Aggressivität und Gewalt, was bei einem Flecken dieser Größe, der sich – so viel Vorausinformation wird vielleicht bis zu Ihnen nach Warszawa gedrungen sein – in Prospekten gern als Weltstadt feierte und in längst versunkenen Zeiten, einem finanzgesteuerten Heutigen klingt's wie die Sage von

Atlantis, tatsächlich zu den geistigen Hauptstädten Europas gezählt haben soll, doch etwas erstaunt, laut Bericht von einem Tag auf den andern die friedlichste Ruhe; Avaritia und Invidia, Hass, Gier, die Rachsucht, zusammen mit ein paar weiteren Todsünden und Süchten – die laut der von einer Arbeitsgruppe des sozialmedizinischen Instituts mit dem medizinhistorischen Museum unter der Leitung des emeritierten, nach dem Verlust seiner politischen Mandate in der wissenschaftlichen Tätigkeit erneut aufgeblühten Professors Dietrich Hüterli erarbeiteten und präsentierten Studie alle Teil der im Städtchen vorherrschenden Gewalt gewesen sein sollen –, das, sowie alle übrigen das Bild gepflegter Wohlgeordnetheit negativ beeinträchtigenden Erscheinungen, bis hin zu den flinken Taschendieben, die am Hauptbahnhof, einem Sackbahnhof, der mit der S-Bahn und der neuen Durchmesserlinie unterirdisch wenigstens zum Durchgangsbahnhof wurde, manch ankommende Reisende mit dreisten Späßen in helle Aufregung zu versetzen verstanden, und nicht zuletzt den Nacktbadern – Sie mögen jetzt lachen, das war aber, selbst der *Spiegel* hatte darüber berichtet, auf das vom Rat seinerzeit mitten im Sommer erlassene allgemeine Vermummungsverbot die einzig mögliche Antwort all jener, die sich ihres Körpers nicht zu schämen brauchten und weiter auf das Recht pochten, in Gemeinschaft spazieren gehen zu dürfen –: alle Süchte und was das Image der Stadt in irgendeiner Weise sonst noch schädigte, über Nacht überwunden, getilgt; wo der Wucher blühte, begann es zu grünen, sprossen Gräser aus bröckelndem Beton und den nicht mehr alle Tage aufwendig geflickt immer weiter auseinanderklaffenden Pflastersteinfugen; kurz: was vorausgegangene Spekulation intakt gelassen – Krieg war dafür keiner nötig –, ist zum Biotop geworden.

Die Oper etwa – deren teures Facelifting, über das an der Urne gut demokratisch abgestimmt worden war und das, in Relation zu den Tarifen der in Chrysopolis praktizierenden Nobelknochenschlosser und der Legionen schnetzelnder Schönheitschirurgen, deren Einkommen dem Steueramt als Richtlinie aller Freischaffenden diente, sodass es in der Stadt, von ein paar Stars abgesehen, deren Produkte, als Wertpapiere gehandelt, in den Safes und gut gesicherten Privatmuseen verschwanden, längst keine Künstler mehr gab, durchaus nicht überrissen teuer ausfiel –, dieses in neuem Glanz erstrahlende Opernhaus, mein lieber Janusz, sollen ihre Gewohnheiten ändernde Greifvögel, die es leid waren, im Land draußen am Rand überdüngter, pestizidgesättigter Äcker von Lattenkreuzen aus ein paar zwischen Maisstorzen und Stoppeln wuselnde kontaminierte Mäuse zu jagen, rasch zum Horstplatz erkoren haben, einige sogar in den weit geöffneten Schwingen der vom Dach über dem verwaisten Eingang, in dessen Glastüren sich die gähnende Leere des Platzes davor spiegelt, aus gereckten Instrumenten stumme Fanfaren gen Himmel stoßenden schneeweißen, bald verkackten Engel nistend, wobei die Vögel das sinnlose Blinken der Ampeln nicht groß gestört haben dürfte, die am Quai rund um die Uhr weiter den mehrspurig ausbleibenden Verkehr regelten, bis nach dem Kurzschluss in der Straßenbeleuchtung auch sie erloschen und man nachts über der Stadt wieder die Sterne blinken sähe, so denn dieses einen in der Kindheit immer wieder in Staunen versetzende Wunder, das in den Bergen, dort wenigstens, wo die Gemeinden nicht mit Orgien vom Elektrizitätswerk gesponserter Straßenlaternen, die anderswo nicht mehr zu verkaufen sind, den hintersten Winkel totleuchten und sich damit, in der Meinung, im nachtschlafenen Dorf Füchsen den Weg in die Hühnerställe zu erleichtern und Einbrechern bei den Zweitwohnungen das Arbeiten ohne hinderliche Taschenlampen zu ermöglichen, willentlich um ihr größtes touristisches Potenzial, den Nachthimmel, bringen, noch heute jedes Christbaumgefunkel und das in Chrysopolis alljährlich in den tiefhängenden Hochnebel gejagte Silvesterfeuerwerk in den Schatten stellt, am inzwischen bereits deutlich weniger versmogten Himmel über der Stadt noch jemandem zuteilwürde, wo seit je, koste es was es wolle, einfach alles zu glänzen hatte, in diesem, wie es nach der älteren Sprache heißt, wonnig sonnigen Ort – und

so ist, mein lieber Janusz, in der Tat die Stadt auch gelegen: eingebettet in grüne Hügel, die nach der Mittagseite zu offen sind, dass wohl die Sonne hereinkomme, aber kein rauhes Lüftchen, wie es ein Kulturredaktor im Leitartikel einer der letzten Ausgaben der *Tages-Zeitung* trefflich auf den Nenner brachte, wobei man bei dem nie so genau wusste, wie er es meinte, denn, wie er im gleichen Artikel scheu philosophierte, *was man sieht, ist nicht das, was wirklich ist, zumindest nicht immer, und vor allem nicht immer ganz.* –

Was muss in diesem Chrysopolis nicht gelitten, geschuftet und gerafft worden sein, um sich allein die Preziosen an der Prachtstraße leisten zu können, hatte ich mir, aus Ruch seinerzeit unterwegs zu Ihnen nach Warszawa (es ist ja längst nicht mehr so, wie Alain Tanner im Film *Messidor* witzelte, dass der Schweizer zwar regelmäßig zum Bahnhof fahre, dann aber nicht abreise, und auch des weitgereisten Giacomo Casanova Beobachtung, dass ein Schweizer, in ein anderes Land verpflanzt, bald befallen von einer unheilbaren Krankheit, die, im Volksmund Heimweh geheißen, als Morbus helveticus in die Fachliteratur einging, in kürzester Zeit absterbe, auch diese Irrmeinung darf als überholt angesehen werden – mein Besuch bei Ihnen ist der Beweis), im stickigen Ersatzzug, aus Wagenmaterial zusammengestoppelt, wie es gewöhnlich nach Fußballspielen eingesetzt wird, um die eh alles kurz und klein hauenden Hooligans, jeder von ihnen mit Batterien von Sixpacks aufgerüstet, zur nächsten Schlacht zu dislozieren (die offizielle Formation musste am Gotthard aushelfen, wo wieder einmal ein Pendolino aus Milano auf der steilen Rampe im Pianotondo-Kehrtunnel hängengeblieben war), in der Metropole angekommen, mit Zeit vor dem Einchecken für einen kleinen Spaziergang durch die Stadt, angesichts der nervösen Prozessionen verspannter Masken gesagt. –

Aber nicht nur dieses eine Mal, nein, wer sich vor der allgemeinen Verdampfung stark genug wähnte, es einen Tag lang unter dem Hochnebel auszuhalten, so ihm Ruch zu fad wurde, und das kann jedem Nicht-Rätoromanen leicht passieren

– ja, mein lieber Janusz, da staunen Sie jetzt vielleicht, aber die gibt es in Ruch und seinem Hinterland tatsächlich, in nicht geringer Zahl sogar, was Auswärtigen allerdings immer schwerer beizubringen ist, wenn sie, aus dem Unterland anreisend im zugigen Bahnhof der altrömischen Alpenmetropole angekommen (welcher von weitem einem Unterstand für unsere Kampfjets gleicht, die sich, um das Jahr hindurch die Alpen zu beschallen, damit jeder dem Stadtlärm entflohene Berggänger sich daheim fühlt – der ganze Krach fast rund um die Uhr nur, damit während fünf Tagen einer Handvoll Großkopfeter aus Politik und Wirtschaft am WEF der sichere Luftraum garantiert ist –, senkrecht in den

Himmel zu bohren gezwungen sind, wollen sie nicht beim Start gleich über die Grenzen hinausschießen, um nach ausgiebigem Rumkurven in den Lüften aus dem Blau herniederstürzend mit Überschallknall das Land aus seinem Dämmerschlaf zu schrecken; wer dann im Rucher Bahnhof aussteigt, meint, so wie es ihm in der Halle um die Ohren pfeift, in einem futuristischen Windkanal zu stehen, dank dessen genialer Konstruktion die Perrons bei Föhn wie bei Bise stets saubergefegt sind, ohne dass zu Laubbläsern gegriffen werden muss, jenen von der SUVA als gesundheitsschädigend zu verbietenden Geräten, mit denen Bergbauern – auch das, mein lieber Janusz, werden wir uns anschauen: lokale Tourismusunternehmen planen Besichtigungstouren anzubieten und, wie zuvor schon bei Waldarbeitern mit der Kettensäge, auch in dieser Disziplin Wettkämpfe zu organisieren – seit neuestem ihr Heu für den Ladewagen zu Mahden blasen und sich, nachdem sie den ganzen Morgen über (seit sie das Dengeln und Wetzen sowie den Umgang mit dem Worb verlernt haben, ohne es zu merken, damit blöderweise den von ihnen verspotteten Zweitwohnungsbesitzern gleichgestellt, welchen fürs Fitnesstraining nichts besseres einfällt, als mit so einem Ding umgehängt die auf ihren Terrassen am Radio hängend Ruhe suchende Nachbarschaft zu unterhalten, der nächste mit der schweißtreibenden Arbeit auf seinem Stück Gärtli beginnend, wenn der erste, um nicht zu kollabieren, erschöpft zur Flasche greift) an Halden, wo der Balkenmäher nicht hinkommt, mit der jaulenden Motorsense zugange, vom Feld heim wetzend mittags gezwungen, sich mit ein paar rasch hinuntergedrückten Sandwiches aus dem VOLG zufriedenzugeben, weil die Frau, um das Leasing des Allrad-BMW abstottern zu können, solange noch nicht alles zu hundert Prozent vom Staat subventioniert wird, mit dem man, abgesehen vom Geld, nichts zu tun haben will – die Classe politique in Bern unten soll nur wacker beschließen, wir hier oben machen, was wir wollen, ihre Devise –, zwischendurch als Pflegerin im Altersheim aushelfen muss, am Nachmittag, statt wie früher Heugabel und Rechen zur Hand zu nehmen, den noch schwereren Motor des Bläsers schräg auf dem Rücken, nebst dem Gehör die Bandscheiben ruinieren, um im Winter, jetzt, wo sie das Vieh in ihren modernen Mastfabriken, von denen jede halb so groß wie die Siedlung ist, weitgehend sich selbst überlassen, dank dreimal wöchentlich Physiotherapie wenigstens etwas zu tun haben), kaum sind die Anreisenden vom verspäteten Intercity in die Schmalspurbahn gehechtet, um sich zur Erholung, nach der man dringend Ferien bräuchte, von der Rhätischen Bahn durch ein Weltkulturerbe, wo sie aus Panoramawagen die Hightech-Bauern bei ihrer harten Arbeit an den steilen Börtern filmen können, in die einstigen Kurorte rütteln zu lassen, aus allen Lautsprechern, stark englisch gefärbt, damit auch die Gäste in der Ersten Klasse es verstehen, im Idiom der Unterengadiner mit *allegra* begrüßt werden, sodass jeder Fremde, frustriert die Sprache nicht selber zu sprechen, nach dem bewährten Prinzip *Stete Wiederholung höhlt das Bewusstsein* mürb gemacht, felsenfest überzeugt sein muss, im Land der Grisonen würde von der Kapitale bis in die hintersten Krachen ausschließlich Rätoromanisch gesprochen und außer Englisch keine andere Sprache verstanden –,

wer also einstmalen, als Walser das Getue um diese herrliche Sprache leid – aber wer sie nicht spricht, kann nur neidisch sein –, Ruch satt hatte und aus dem Kaff, auch Mare Crisium, ins Flachland entfloh, selbst ohne die Absicht, vom großstädtischen Aktionismus rasch angewidert umgehend ins Ausland weiter- oder, gezwungenermaßen, am Abend halt doch wieder ins Föhnloch zwischen Mittenberg und Pizoggel zurückzureisen – vorzugsweise unternahm man die Reise an einem der vielen Feiertage, an denen im katholischem Um- und Hinterland die Shoppingmalls im Grünen aus Pietät jenen gegenüber, die sich aus Liebe zum Kreuz martern ließen, wenigstens vormittags dicht zu bleiben haben und die Seelenhirten mit ihren gefügigen Ministrantenbuben im Schlepp, rein, demütig und weich, voller Milde, Hoffnung und Erwartung, umso schöner herausgeputzt in schwitzender Selbstgefälligkeit das Weihrauchfass schwenkend aus dem Schutz der Sakristei vor die Altäre ans Licht wedeln, um den Märtyrern und Kreuzrittern sowie all den ihnen verheißenen Jungfrauen und was mehr, je voller die Schuppen, im Angesicht der Gemeinde – *die Wärme Jesu Christi erfülle eure Seelen mit Freude hosianna halleluja* – desto inbrünstiger zu huldigen, wobei sich die Kirche in Zeiten, wo der impfresistente Shopping-Virus im hintersten Schlitz die Leute infiziert hat, immer schwerer tut, die Schiffe der goldstrotzenden barocken Prunkbauten selbst an diesen speziellen Hochämtern nur halb voll zu kriegen, wenn noch Massen zusätzlicher Kaufwilliger, die, um draußen im Grünen mit Sicht auf die Berge nicht unter Konsum-Entzug zu leiden wie Fixer beim *Cold Turkey*, aus den schwarzen Sprengeln in zwinglianisches Hoheitsgebiet einfielen –, der konnte beim Anflug in die Metropole in Chrysopolis täglich Paraden elegant herausgeputzter Gliederpuppen live bei der Einübung des unnatürlichen Gangs zuschauen, in ganzer Länge den Laufsteg der Via Dolorosa auf und ab (und, je näher dem Bahnhof, in Aufregung versetzt durch immer mehr *Sale*-Affichen rund um den Globus identisch ausschauender Boutiquen, wie auf einem Ameisenhaufen, in dem ein Flegel mit dem Hirtenstecken stochert, kreuz und quer durcheinanderhastend, dass die sich mühsam durch die Menge pflügenden blauweißen Straßenbahnen, die mit Werbung zugekleistert ihre ursprüngliche Farbe, das Ihnen bekannte Max-Frisch-Blau, größtenteils einbüßten, irgendwann, speziell an Verkaufssonntagen vor Weihnachten, trotz Dauerbimmeln nicht mehr vorwärtskamen):

aus dem bedeutungsvoll *ShopVille* genannten Bahnhofs-Untergrund quellend, ohne mit Schnäppchenblick das Monument zu Ehren von König Alfred I. zu beachten, der bekackt, das Haupt von Tauben umschwirrt, diesen Flugratten, die sich, wie die Krähen ohne natürliche Feinde und von vereinsamten Mütterchen hinterrücks noch gefüttert, rasant vermehren, zwischen Straßen und Tramgleisen eingezwängt auf seinem Sockel reichlich verloren wirkt und bei all dem, was er angerichtet hat, einen richtigen Platz verdient hätte, wie nicht allein die meinen, denen sein Wirken, realisiert von einigen Tausend lausig entlöhnten Mineuren, die für diese technische Meisterleistung ihren Blutzoll zu entrichten hatten, unter der Leitung eines genialen Ingenieurs, über den heute niemand mehr spricht, den Weg nach Arkadien verkürzte (zum Dank für den Tunnel – nicht alle nahmen dazumal für den Weg gen Süden wie heute das Auto, gespannt, auf wieviel Stunden Stau man es vor Ostern oder andern verlängerten Wochenenden auf den Alpentransversalen wieder bringen würde – huldigte man dem Gründer der *Creditanstalt* mit Rudolf Kollers Bild *Die Gotthardpost*, der eindrücklichen Darstellung eines Unternehmens, welches der Plutokrat mit der freien Fahrt für die Bahn durch den Berg in den Ruin getrieben hatte, wobei der Künstler – ob die Donatoren das bemerkten, die Frage bleibe offen, denn Koller wurde damals als Tiermaler belächelt, grad gut, eine Kuh, die, mit dem Schwanz die Fliegen verscheuchend, vergnügt am *Chabis* kaut, dass ihr der

Kohlsaft links und rechts Fäden ziehend nur so grün aus dem Maul tropft, im Krautgarten rumtrampeln zu lassen; reizvoll sich vorzustellen, wie die Kuh, statt Kraut zu verschlingen, in der Städtischen Verwaltung jetzt gerade dabei ist, des Römers Bericht *Dissipatio humani generis* aufzufressen, behaglich die broschierten Bände mit grünem Umschlag mampfend, bei ihrem Tun überrascht den Kopf hebend, das Schreckensknäuel in einer Art dankbarer Zärtlichkeit lösend, dass man nicht umhin käme, das Tier, das sich buchstäblich von des Forschers Denken nährt, zwischen den Hörnern zu kraulen – in der komponierten Dynamik seines Kutschenbilds von 1873, das bei uns auf dem Dorf als originalgroße goldgerahmte Reproduktion im Schulzimmer an der Wand schräg hinter der mächtigen Geranie hing, in welche der Lehrer zwischendurch, während wir unsere Rechen-Stöckli lösten, gegen die Blattläuse, das Bild kurz mit einnebelnd, Tabakrauch paffte, raffiniert verschiedene Geschwindigkeiten aktualisiert, nicht nur die paradoxe Tempodifferenz zwischen den zwei braunen und den drei weißen Pferden, sondern auch den Gegensatz zwischen dem bergab donnernden Gefährt und den stehenden Kühen, die, erstarrt, in einer Mischung aus Angst und Neugier einem Ereignis, das ihre Fassungskraft übersteigt, zuschauen, während der schwarze Bulle übergewichtig eine Kehre weiter oben dem Harem hinterhertrottet; die entscheidende Rolle allerdings kommt dem Kalb zu, das, obwohl es rennt, tatsächlich sogar Staub aufwirbelt wie die Pferde, diesen nicht entkommen kann, in der gemalten Sekunde, mit keinem Fuß am Boden, in der Luft schwebt und, von den rasenden Rossen gehetzt, von den Kühen verlassen, als Teil der Herde zum Opfer der zivilisatorischen Geschwindigkeit wird, sein schwingender Schwanz – dadurch ist es in die Hauptbewegung integriert und darin gefangen – korrespondierend mit dem Schweif der Schimmel und der Peitschenschnur des Postillons, der, in den Gesichtszügen verdächtig dem umtriebigen Unternehmer gleichend, ohne das muhende Kalb zu bemerken und dass sein Gefährt kippend über die Mauer stürzen wird, wenn er das schutzlose Tier überfährt, auffällig gelassen mit der Geißel ausholend das Gespann sogar noch anzutreiben scheint),

einmal dem Gedränge in der Bahnhofsumgebung entronnen, ja, nach dem Knick an der Urania erst richtig in Schwung kommend, zielgerichtet gradaus weiter zum von Confiserien, Galerien und Banken umstellten Paradeplatz, dem einstigen *Säumärt* extra muros,

und von dort, weniger überlaufen, bis ans obere Ende der Prachtstraße, zu dem nach Stadtingenieur Bürkli benannten Platz, welcher, entstanden, als der Marktflecken sich ins Offne, dem See zugewandt und die in prosperierenden Zeiten, in denen man vor den aufmüpfigen Bauern aus dem Umland keine Angst mehr zu haben brauchte, mit einem Mal nur noch hinderlichen Schanzen und Bollwerke der zum Schutz der stinkenden Idylle über die Jahrhunderte gepflegten Befestigung geschleift wurden, deren Abbruchmaterial, in Chrysopolis wird nichts weggeworfen, entlang des sumpfigen, einstigen Pfahlbaugeländes aufgeschüttet wurde, womit der weitsichtige Planer zusammen mit der gleichzeitig gebauten Quaibrücke der Stadt zu einer durchgehenden Seepromenade mit Villen und Gärten verhalf, im Lauf der Jahrzehnte, eher aufgrund der günstigen Lage als der speziell an Föhntagen von hier aus unvergleichlichen Aussicht auf See und Berge – Japaner und Chinesen gab's hier damals noch keine oder sie fielen nicht auf (und heute weiß man auch mit denen gewinnmehrend fertigzuwerden, bis man merkt, dass man längst von ihnen aufgekauft wurde und sie nur unterwegs sind, ihre Besitzungen zu begutachten) –, mit den Anlegestellen für Seerundfahrten, Tanzschiffe, Fondueschiffe, Wein- und Whiskyschiffe, ja sogar ein Bücherschiff soll hier schon geankert haben, um dem serbelnden Buchhandel mit Pronto-soccorso-Literatur den Weihnachtsmarkt anzukurbeln, nicht zu vergessen – inklusive Graffiti – die öffentlichen Toiletten für die an- und abreisenden Rentner- und Schulreisegruppen und die abends im nahen Arboretum unter den Bäumen ihren Mann stehenden Stricher und was sich hier sonst noch gegenseitig im Weg steht

und den Platz streitig macht, zu einem Nadelöhr des privaten wie des öffentlichen Verkehrs wurde, bevor die teure Meile (*Chrysopolis, Stadt der schönen Geschäfte*, lautete der Slogan des Poststempels, mit dem die Metropole breitformatig wie im Kino zu alten Zeiten bis vor kurzem, das eine ihrer Wahrzeichen, der Salz- und der Pfefferstreuer auf Zwinglis Zwingburg, gleich einer Staffel Kampfjets der Patrouille Suisse von Möwen umkurvt, in aller Welt um Kunden geworben, wobei im Nachhinein weder der Gewerbeverband noch die Vereinigung Via dolorosa mit der Werbeaktion offiziell etwas zu tun haben wollten, denn kreativ lukrative Geschäfte, das lernt jeder Knirps, verlangen äußerste Diskretion; als kleiner Test: wer ein guter Kunde war, und sei er ein ausgepichter Gauner, einer jener Geier, die es sich leisten konnten, jeden, der sie Geier hieß, vor Gericht zu zerren, und die, damit der Schwarzmarkt umso schöner für sie blühte, an nichts mehr interessiert als an Sauberkeit, einer nach ihrem Gusto, prohibitiv gegen jegliche Drogen wetternd, mit Ausnahme der längst eingebürgerten Rauchwaren und harten Wässerchen, bei deren legalem Handel schon reichlich was herausschaut, ihren Profit, den sie mit dem Elend der Sucht gemacht und anderswo weiter machen, wenn's nicht anders geht, mittels ein paar Umwegen über Wechsler auf demnächst im Meer absaufenden Kleinst-Eilanden, regelmäßig sauberwaschen ließen, dem wurden die ihm beim Bündeln des Schwarzgelds versehentlich in den Koffer gerutschten Blüten, ohne dass Polizei oder Finanzamt etwas zu erfahren brauchten, im Hinterzimmerchen anstandslos durch blütenreine ausgetauscht) hinter dem Tempel der Schweizerischen Nationalbank mit dem Platz seeseits, auf dem, um einen lauschigen Musikpavillon gruppiert, wo zur Adventszeit mit den Kindern zu Engelsgesang Kerzen gezogen wurden, Marktfahrer, unter den vielen schattenspendenden Bäumen vor leichteren Regenschauern geschützt, zweimal wöchentlich ihr Biogemüse von den Feldern an der Autobahn feilboten und im Sommer samstags jeweils der Flohmarkt zu Preisen, die mit den Produkten der Pharmaindustrie aus der Apotheke jenseits des Flusses, welche vor Jahren die bessere Hälfte des letzten schönen Kaffeehauses der Stadt aufgefressen, spielend mithalten konnten, den Touristen Antiquitäten made in China andrehte, Engel und Hirten, die man sich Jahrs zuvor am Weihnachtsmarkt erstanden, vom vier- und bald sechsspurig rollenden und öfter als rollend stehenden Verkehr gekappt dort, wo Ganymed, der schönste aller unsterblichen Jünglinge, seinen Vogel füttert, damit ihn dieser auf Adlerschwingen endlich aus der Gräue zu den Göttern in hellere Gefilde entführe, nach knapp einem Kilometer, abgeschnürt wie das Ende der Wurst, stillos in den See kippt. –

Tempi passati, mein lieber Janusz; überdauert, laut dem römischen Forscher, haben Türme, Artefakte undsoweiter, alles intakt – weder die Tischchen vor dem Café *Odeon* noch dessen Jugendstilfassade wiesen irgendwelche Spuren von

Gewaltanwendung auf, auch nicht die Fensterscheiben, hinter denen vor tausend Jahren Trotzki und seine Frau, Tristan Tzara, Hugo Ball und Emmy Hennings mit Lenin über die Weltrevolution stritten –, und, natürlich, die Möwen, die, so der Verkehrs- und Verschönerungsverein, wie der See mit seinen lieblichen Gestaden seit je zu Chrysopolis gehörten.

Auf den Treppen der Notenwäschereien, in deren Sakristeien im schwachen Schein der Notleuchten, bis deren Akkus leer waren, das Gold weiter still und immer sanfter vor sich hin glänzte und nach dem Verduften der Wechsler, deren Gekläff im Ring über Nacht auf einen Schlag verstummte, auch deren Monitore nach und nach erblindeten, paaren sich wie zu Rom im Colosseo mit kakophonischem Jaulen und Heulen die verwilderten Katzen, derweil hoch oben in den gründerzeitlich pompös zerklüfteten Fassaden der *Creditanstalt* und des Hotels *Baur en Ville* auf Architraven, Fensterbrüstungen und Zierbalkonen zwischen verwildernden Geranien sich Krähen und Elstern eingenistet haben, die von diesen Hochsitzen aus Singvögel jagen, welche reichlich zu picken finden, seit die überdüngten englischen Rasen in Stadt und Umgebung vergrasten und versamten, am Berg oben die Gullys zudem bald verstopften und bergabschießende Rinnsale bei Gewittern Material aus den teuren Gärten in die Innenstadt schwemmten, das mit dem vom Wind herangetragenen als dünne Humusschicht über den Asphalt gebreitet, nicht viel mehr als ein Schleier erst, und doch grünte und gedieh bald etwas, und zwar nicht der übliche grüne Beton, welchen Gartenbauunternehmen den Eigenheimbesitzern landauf landab als wöchentlich zweimal möglichst lärmintensiv zu kultivierende Natur andrehen, nein Wildpflanzen, die mit Wiesenschaumkraut, Hahnenfuß und Wegwarte, Wolfsmilch, Augentrost und Klappertopf, mit

Brustwurz Rapunzel Skabiose Türkenbund und Feuerlilie den Markt der Märkte in die prächtigste Wiesenlandschaft verwandelten.

Gegen den Fluss zu, auf dem Wein-Plätzchen vor dem *Storchen* und dem Hotel *Zum Schwert*, wo von Goethe bis Casanova – der im steinernen Gästebuch an der Fassade unterschlagen wird – die Größen eines untergegangenen Europa logierten, ehe sich das erste Haus am Platz, nachdem es den Ansprüchen einer in solchen Häusern residierenden Klientel nicht mehr genügte, erst kurz das kantonale Steueramt beherbergte und sich danach zur Samenhandlung mauserte, die dann besser rentierenden Lingerien und in den übrigen Stockwerken Luxus-Appartements für Wochenendler aus der Außerschweiz Platz zu machen hatte, zeigen sich eines Morgens – die *Leuen*, sie zieren schließlich Chrysopolis' Wappen, werden nicht lang auf sich warten lassen – friedlich schnaubende Sumpfochsen (ist die Goldstadt, fragt sich besorgt der zuhause am Computer virtuell mit Satellitenkameras Reisende, am Ende auf dem besten Weg zurück zu jener *Dreckstadt*, wie der Humanist Johann Jakob Bodmer sie in einem Brief an den Dichterfürsten schimpfte, der ihm, durch solch kleinliche Injurien nicht abzuhalten, beim nächsten Versuch, es über den Gotthard nach Arkadien zu schaffen, erneut einen Besuch abzustatten gedachte, auf Durchreise, bis er sich mit diesem überwarf, besser aufgehoben wie stets bei Freund Lavater absteigend, dem scharf profilierten Physiognomiker, der dem Herrn Hofrat, damit bei jenem nicht gut ankommend, nach seinem letzten gescheiterten Anlauf über die Alpen auf den Weg zurück ins Herzogtum als Losung mitgegeben haben soll: *Siehe zuerst, was du bist und was du hast und was du kannst und weißt, ehe du bedenkst, was du nicht bist, nicht hast, nicht weißt und nicht kannst*), derweil beim Bellevue, vorn am See, wo sich jener faustische Nichtschwimmer aus Weimar in fast schon paradiesischer Vorzeit, wie er von Gott geschaffen und als dessen Ebenbild posierend, gleich einem Hippopotamus amphibius planschend und wild um sich spritzend, bis zu den Hüften im Wasser mit ein paar hübschen Nixen verlustierte, eine Herde Wildschweine die Wiese umwühlt, welche, bevor sie mit Valser Granit pflegeleicht abgedichtet und die allgemeine Verduftung *humani generis* dem Zauber ein Ende bereitete, alljährlich von Pferdehufen aufgerissen wurde, wenn am dritten Montag im Ostermond Banden netter Banker und Immobilienrambos, zu Mohren oder, als Zeichen der Verbundenheit mit ihren wichtigsten Geschäftspartnern, zu Wüstenscheichs und Beduinen aufgehübscht, oder zu Schlächtern und Zimmerleuten, die sich, wenn sie die geschulterte Axt und den Hammer wirklich bedienten und die Gerätschaften nicht nur vorzeigten, beim ersten Schlag ihre vom Wertpapierzählen dünnhäutig geschmirgelten feinen Fingerkuppen ruinierten, andere wiederum, eine Nelke im Revers, als steife Biedermänner getarnt, denen die 48er heimzuzünden versäumten, aus lieblich gelegenen Seegemeinden und den Hügel herab, der, entgegen der Tendenz, alles, was man besitzt und hortet, eisern kleinzureden, großspurig Berg genannt wird, unflätig in die Stadt einfielen, um einem alljährlichen Schabernack zu huldigen, indem sie nach stundenlangem Paradieren Straß auf und Gass ab auf gutmütigen, für den Anlass abgerichteten Gäulen, von denen ob der Knallerei oder eines im Schutz der Menge ihnen untergeworfenen Nonnenfürzchens der eine oder andere, im Hochgehen seine Last abwerfend und unter sich begrabend, samt dieser an Herzstillstand draufging, zu lüpfigen Märschen wie verfressene Reiter der Apokalypse höchst albern über einem akkurat gezogenen Sägemehlkreis um einen inmitten des Platzes angesteckten Holzstoß herum galoppierten, für die Kondition der Reiter erstaunlich ausdauernd, solange nämlich zu galoppieren gezwungen, bis dem gemästeten, schneeweiß gewandeten zwitterhaften Dickwanst, der, bestückt mit Donnerschlägen und Böllern, auf dem lodernden Holzstoß zum Flammentod verdammt, unter dem Gejohle und frenetischen Applaus der auf dem weiten Platze dicht an dicht gedrängt der Hinrichtung beiwohnenden Massen mit wüstem Krachen der Schädel barst und, vom Rumpf gesprengt, als Funkenregen niederging – *Pingpong! There's the Belle for Sexaloitez! And Concepta de Send-us-pray! Pang! Wring out the clothes! Wring in the dew!*, wie der irre Ire, der, statt auf die grüne Insel zurückzukehren, wegen ein paar vermögender Freunde und für seine Augen auf erstklassige Ärzte angewiesen, immer wieder, wenn auch nicht zu aller Frommen, im schnupfenfreundlichen Chrysopolis sein Glück gesucht und bei der einen oder andern Dame der besseren Gesellschaft ein Stück weit auch fand und mit Elias Canetti als Sekundanten, ohne dass die beiden Herren das nächtliche Brüllen der im nahen Zoo von der Weite der Savanne träumenden Löwen, die niemand mehr füttert, in ihrer ewigen Ruhe zu stören scheint, bis zum heutigen Tag von Chrysopolis nicht losgekommen, in der *Kronenhalle*, ob dem Getöse draußen auf dem Platz ungehalten von seinem Fendant aufblickend, der Tochter Anna Livia die Szene kennerhaft kommentierte. –

Die alljährliche Hinrichtung des Winters, deren Dauer, gerechnet vom Anstecken des zur Schonung der Reiter wie der unter deren Gewicht leidenden Gäule jeweils mit reichlich Brandbeschleuniger geimpften Holzstoßes Schlag sechs von Sankt Peter bis zu dem Moment, wo es dem Verurteilten den Kopf wegsprengt, so der Abgeurteilte nicht, das Desaster der Desaster und dem Renommée der Stadt weit abträglicher als das Malheur im Jahr Fünfundsechzig, in dem die tapferen Herrenreiter infolge der Maul- und Klauenseuche, welche in den das Jahr über die Wallache betreuenden Gutsbetrieben im Umland grassierte, auf Steckenpferde auszuweichen gezwungen waren, kaum am Saume angerußt und längst bevor die Flammen seinem Schmerbauch gefährlich wurden, zur Häme des Gastkantons vom Rheinknie, diesem damit das wunderbarste Sujet für die kommende Fasnacht schenkend, steif wie ein sturzbetrunkener *Zöifter* auf dem Beizenkehr am Vorabend aus der Tür des Zunfthauses *Zum Kropf*, praktisch unversehrt vom lausig schlecht geschichteten Holzstoß purzelte, eingefleischten Goldstädtern die Qualität des bevorstehenden Sommers prognostizierte (der verregnet sich kaum groß von jenem des Vorjahrs unterscheiden dürfte; dafür wird zu Weihnachten der Flieder blühen, zu Ostern Schnee fallen, nasser Schnee, nachdem es zuvor keinen Wintersport gab, nur Grippe, und bereits naht Pfingsten, wieder verregnet, zwischendurch ein paar Tage Föhn, der es nicht bis ins Flachland schafft und Kopfweh verursacht, kurzum: jedem Wetterfühligen eine verseuchte Saison mehr) und, wenn schon als Wetterschmecker nicht sonderlich zuverlässig, nach Meinung der Zünfter als chrysopolitanisches Brauchtum von der UNESCO längst zum immateriellen Weltkulturerbe geschlagen gehörte (dann aber, begehren die Rucher zu Recht auf, da von der *Lia rumantscha* kürzlich nicht nur die Reservate von Tschlin bis Tschamutt, sondern gleich das gesamte Territorium der Confoederatio Helvetica zum rätoromanischen Sprachgebiet erkoren wurde, bitte zusammen mit der *Catscha sil capricorn en Cavrein*, der rätischen Steinbockjagd, und die Innerschweizer Steueroase sähe ihren Stierenmarkt gern auf der Liste, genauso wie für die Vereinigung *Pro Tell* das Knabenschießen im Albisgüetli drauf gehörte – am besten mit dem alljährlich einmal sich dort einfindend zu Bratwurst und Rösti ihrem Tribun lauschenden Volk –, und selbstverständlich, *Morgestraich, vorwärts maarsch!*, die Basler Fasnacht, aber die ist es ja bereits, umso schöner und erfreulicher, als sie, gemeinhin das ausschlagkräftigste Aufnahmekriterium, weder vom Aussterben noch vom Vergessen noch von der Vernichtung bedroht, auf keiner roten Liste steht, denn während in anderen protestantischen Hochburgen der Brauch der Fasnacht zur Anekdote schrumpfte – Goldstädter am Rollator etwa schwärmten angesichts der paar herumschleichenden Farbflecken im Lärmverkehr von ihrem legendären Künstlermaskenball hinter verschlossenen Türen –, laufen in Basel Zehntausende auf der Straße oder frieren am Cortège bei jedem Sauwetter im *Räppli*-Matsch, und das drei Tage und drei Nächte hintereinander, dass nur noch Lozärn, die katholische Leuchtenstadt – vor Aschermittwoch allerdings, denn dann ist's wie in allen katholischen Orten mit dem Spuk aus –, auf ungezähmte Art halbwegs mitzuhalten vermag, wohingegen am Rheinknie, weil dort das Licht auf die Sekunde genau erst ausgeht und es für den Morgenstreich dunkel zu werden hat, wenn andernorts sich alle ausgetobt und zur Blutauffrischung für wild gezeugten Nachwuchs gesorgt haben, das Wildsein reglementiert ist, es strenge ungeschriebene Gesetze gibt, beispielsweise das Tragen von Larven und das Pfeifen auf Piccolos betreffend, und nicht minder rigorose soziale Sanktionen bei deren Nichteinhaltung, doch möglicherweise, vermutete ein westafrikanischer Ethnologe aus Ouagadougou, Burkina Faso, trage gerade dieser hohe Ritualisierungsgrad der Basler Fasnacht zu deren Langlebigkeit bei, was wiederum nicht nur Vorteile hat, angefangen bei der vorgeschriebenen Musik, welche jemandem, dessen Gehör nicht seit Kindsbeinen drauf geeicht ist, mit dem grellen Spalttongepfeife unsauber gestimmter Plastik-Kleinflöten nichts als Ohrensausen verursacht, ja, leicht einen irreparablen Tinnitus auszulösen vermag – natürlich, auch am Rheinknie gibt es daneben immer mehr von diesen Guggenmusiken, von denen Sie, mein lieber Janusz, schon gehört haben dürften, doch wie die dort und anderswo im Niesel und bei Schneetreiben außer Takt die heiße Karibik verschränzen, das tut nicht weniger weh –, und ist für einen jeden, der nicht verstehen kann, dass es immer noch Leute gibt, die das Militärmarsch-Geprätsche, welches allenfalls noch Spaß machen könnte, wenn man es wie einst, von Großvater als scratchendem Ur-DJ angeleitet, mittels ein paar zerkratzter Schellackscheiben und eines zugeschliffenen Zahnarztbohrers als Tonabnehmer auf dem von Vater auf die Alp gebuckelten Trichterphonographen inszenierte, mit Rhythmus verwechseln, so unzumutbar wie der ums Seebecken wummernde Viervierteltakt der Streetparade, nach der das *Dörfli*, selbst wenn Petrus es mit ein paar kräftigen Gewittern gut meinte, über Tage schlimmer als das versiffteste Pissoir hinter den Boule-Plätzen im Jardin du Luxembourg zu Paris seichelte) –:

Nun, ich möchte ja nicht gerade behaupten, bei meinen gelegentlichen Besuchen diese Stadt je wirklich ins Herz geschlossen zu haben – ohne in ihr, um es mit Guido Morsellis, des römischen Gelehrten Worten zu sagen, meinen

Antityp, die triumphale Durchsetzung all dessen, was ich ablehne, ein *caput mundi* im negativen Sinn gefunden zu haben (meine *fuga saeculi* war schon damals, wenn man, um Welt zu schnuppern, in Ruch wieder mal einen Tag Schule schwänzend per Anhalter das Weite gesucht hatte, bei jedem Besuch erneut Flucht aus dieser *präzisen Lokalisierung des Jahrhunderts*; es gab Zeiten, da genügte schon ihr Name oder ihr Emblem, um mich zu ärgern, eine Feindseligkeit, über deren Motive nachzudenken ich jedoch längst aufgegeben habe; im besten Fall, wenn nicht zu umgehen, ginge ich ansonsten, wie Morselli rät, per Exklusion vor: Es ist nicht dies, es ist nicht jenes; beispielsweise keine wütende Ablehnung auf Grund bewusster sozio-politischer Impulse; Chrysopolis verkörperte einfach eines der Antriebszentren des Monopols, eines der Gehirne des Systems, vielleicht seinen gewaltigsten Magen, das ich aber nicht deswegen und als solches ablehnte, und es hat auch nichts mit Ambivalenz, mit Hass-Liebe zu tun, dem Groll gegenüber einer Stadt, von der man sich Belohnungen, Kontakte, Erfolge erwartete, die sie einem verweigert – im Gegenteil, diesbezüglich kann ich nicht klagen; wenn schon, träfe dies viel eher auf Ruch zu: in Chrysopolis war ich stets nur Zuschauer, in Ruch, der Stadt, die mir das Zentrum der Paralyse zu sein scheint, da muss ich leben, wogegen einem als Antidot nur zweierlei bleibt, Schweigen oder ins Exil zu gehen, um von dort auf die Heimat zu schauen –, nein, es muss etwas anderes gewesen sein: biologische Unverträglichkeit? vielleicht, oder Atavismus des Bergbewohners? was weiß ich, und es liegt mir auch nichts daran, es zu wissen; schließlich, und das wissen wir beide, mein lieber Janusz, muss man sich leben lassen, oder, wie Old Sam einer Freundin schrieb: *wünsch Dir nicht, dass ich mich ändere*; ich weiß nur, dass ich das Wappen von Chrysopolis einmal mit Steinen bewarf, aus zwanzig Metern Entfernung hatte ich es unkenntlich gemacht und mich dabei amüsiert wie ein kleiner Junge) –, weshalb also, wie Sie jetzt vielleicht vermuten, der Gedanke, dass Chrysopolis über Nacht zur Nekropolis, besser sagte man: zu einem Kenotaph in Form jener Stadt, die der einst bewohnten aufs Haar gleicht, geworden sein soll (was erstaunt und überall, nur hier nicht zu erwarten gewesen wäre, denn der Arbeitsfriede, das hält der Bericht des Römers zurecht fest, war hierzulande seit Jahrzehnten nie mehr gefährdet gewesen, eigentlich seit dem Generalstreik vor hundert Jahren nicht – wobei zu untersuchen bliebe, wie eine Fußnote ergänzt, ob das ein Zeichen der Zufriedenheit und der dankbaren Zuneigung der Arbeiter gegenüber dem System gewesen war, in das sie sich mit so viel Eifer integrierten), in mir keine allzu große Trauer wecken dürfte – warum auch: nie, und wer möchte Morselli da nicht zustimmen, *nie wäre die Welt lebendiger, als wenn eine gewisse Gattung Zweifüßler, nicht nur in Chrysopolis, aufhörte, sie zu frequentieren; nie wär sie sauberer, leuchtend und fröhlich* wie am ersten Tag, nach einem allesreinigenden Gewitter – *o Menschheit*, eifert Morselli, *du wolltest gegen die Verschmutzung kämpfen? Ganz einfach: man brauchte nur die verschmutzende Gattung zu eliminieren*, und schon war erreicht, was man wollte; anders gesagt: Hegel habe eine Wirklichkeit an sich und für sich erträumt; er, Morselli, erträume sich eine Wirklichkeit mit sich und für sich, *in der die andern keinen Platz haben, weil es sie nicht gibt*: Mit dem *Ereignis* in jener entscheidenden Nacht, nach der nichts mehr wie vorher war, hat, wie der Bericht zum Schluss kommt, das denkende Leben aufgehört, und damit die Geschichte; ist die Logik im Eimer. –

Nein, sagte ich mir in Ruch nach reiflichem Überlegen (man will sich ja nicht leichtfertig in Gefahr begeben): Bevor ich nicht alles mit eignen Augen gesehen habe, kann und will ich das, was der Römer mir schildert und kommentiert, nicht glauben; zumal er ja im Bericht – nicht nur zwischen den Zeilen – zugibt, mit seinen weit über vierhunderttausend Krämern sei das Operationszentrum des Landes, *wo die Entscheidungen getroffen werden, insbesondere die schändlichen, so konkret wie das Konkrete schlechthin, für alles verfügbar, außer für Wunder, und mit dem Ballast von geprägtem Gold in den Sakristeien seiner sechzig Banken* (Zählen scheint des Berichterstatters Stärke nicht, oder er sagte sich: was kommt es neben den paar Dutzend wichtigsten auf Hunderte weiterer Geld-Institute an) könne das Liebgewonnene *nicht einfach ins Wunderbare oder auch nur Unvorhersehbare entschweben; die höchste Konzentration von Reichtum, die man auf dem Globus kenne: eine solch konkrete Substanz könne sich weder durch Zauberwerk des Teufels noch durch einen Gnaden- oder Strafakt des Himmels über Nacht einfach in nichts auflösen; ihre Wurzeln berühren das* aeternum *des Kapitals, die Quintessenz der Wirklichkeit.* –

Und tatsächlich – aber war es anders zu erwarten? –: nichts hat sich verflüchtigt, natürlich nicht; Morselli irrte, und wie – leider, meinen Sie? Nein, aber ein Narr musste sein, wer glaubte, mit einer sich den Anstrich der Wissenschaftlichkeit gebenden Epistel, gespickt mit reichlich literarischen persönlichen Invektiven, sich an einem sakrosankten Ort vergreifen zu können, ohne zum Gespött zu werden, sodass dem Waghalsigen, nachdem seine Fake News aufflogen, verständlicherweise, und da möchte ich Morselli nicht folgen, nichts anderes blieb, als sich durch einen Treppenschacht Freund Hein in die Arme zu stürzen. –

Alles läuft, wie es immer lief; Chrysopolis' neue Regierung regiert wie die alte: über die Köpfe hinweg. Warum sollte es ausgerechnet hier anders sein, wo nicht wenige seit langem träumen, dass endlich wieder einer namens Leonard Zelig, dank der Eigenschaft – und wär's aus reiner Unsicherheit –, chamäleonhaft sich an die jeweilige Umgebung anzupassen, in der Nähe von Gangstern selbst zum Gangster werdend (problematisch, und dem gilt es zeitig vorzubeugen, das weiß jeder, der für so ein Amt kandidiert, wird es für den Magnaten erst, wenn seine private Vergangenheit allzu sehr in den öffentlichen Fokus geriete, ehemalige Geliebte und Gattinnen zu Hauf sich einfänden, die, einander bald wüst in den Haaren liegend, im Amtsanwärter, der sich auf Plakaten seriös mit Frau und Kindern an der Seite ausstellt, ihren höchst persönlichen Zahnarzt wiedererkennen, ihren Seelentröster, ihren privaten Masseur, und viele andere noch, die nun Regress fordern, sodass dem armen Teufel allein die Flucht bliebe; es braucht, aufgrund der äußeren Umstände, ja nicht unbedingt zurück zu den übelsten Nationalisten zu sein, ob West ob Ost, bleibt sich gleich), als Repräsentationsperson, für den Part prädestinierter als jede Frau, perfekt angepasst die Rolle des Stadtpräsidenten spielt, nicht ahnend, dass die Vorstellung längst läuft. –

Sie sehen, hier funktioniert, soweit ich das zu beurteilen vermag, alles, wie es seit je zu funktionieren hatte; gelten weiterhin Chrysopolis' solide Gesetze, und auch der Alltag ist ganz der alte; ich hab's überprüft, als ich kürzlich eine Kollegin aus

Hamburg, die auf Durchreise Station machte, mit dem ICE verspätet eingetroffen in der Bahnhof genannten Permanentbaustelle abgeholt, unter Niki de Saint Phalles mit schlaffem Expander über allem wachenden fetten Engel und – an der Oberlichtfront gegenüber – Mario Merz' Philosophischem Ei in Form einer Fibonacci-Spirale, auf der ein Schwarm Raben einen Hirsch in die Flucht schlägt, ohne gesundheitsschädigende Folgen ein paar vergnügliche Stunden übers teure Pflaster begleitete.

Kommen Sie mich also baldmöglichst besuchen; ich zeig Ihnen – und wenn es uns zu viel wird, werden wir einfach die Augen schließen und gemeinsam Morsellis Utopie nachhängen – das wunderschöne Chrysopolis gern: Alle Morgen wird hier wie seit je mit dem Zahnbürstchen die Prachtstraße poliert, dass wir unsere Suppe, falls wir die, verträumt in die Bläue blinzelnd uns die Nistplätze der Raubvögel ausmalend, von einem schussligen Börsianer im Gedränge angestoßen am Paradeplatz verschütten, wie zu Joyce's Zeiten ohne Bedenken aus dem Rinnstein löffeln dürfen, und auch hinter dem Landesmuseum, um den Platzspitz herum, wo der Meister, ans Geländer gelehnt und halb blind vom vielen Sehen, vor dem inneren Auge Anna Liffey und eins der von links mündenden Nebengewässer, gerne dem Zusammenfluss zweier hiesiger Flüsse zugehört, wurde der weitum für Negativschlagzeilen sorgende Abschaum des Konsums bereits vor Jahren weggespritzt: Obdachlose, Säufer, Fixer, das Elend, das es in Chrysopolis, wo man, wie ein alter Freund, bevor er sich, um seine Strahlenbelastung zu testen, nach Fukushima aufmachte, konstatierte, *gewohnt ist, etwas gegen das Elend zu unternehmen, doch nicht gern etwas für die Elenden unternimmt*, nicht geben darf: Das bisschen Ordnung, mein lieber Janusz, muss einfach sein, bis hin zum Maroni-Rösten in genormten Häuschen –

und spätestens jetzt, nach Erwähnen dieser Maronibraterhäuschen, müssten Sie sich erinnern, von Chrysopolis schon gehört zu haben, hatte ich Ihnen doch, als wir uns in Warszawas Altstadt, wo nicht nur an den Hausecken die Armierungseisen durch den Putz der nach dem Krieg als Akt des Widerstands wiederhergestellten Gotik drücken, an einem aus ein paar alten Benzinfässern improvisierten Maronistand die Hände wärmten, von diesem Beispiel durchorganisierter Urbanität berichtet; wozu also erzähl ich Ihnen das alles? – Dürrenmatt, unser zum Nationalkauz verharmloster Querdenker mit der schweren, doch darum nicht weniger spitzen Zunge, der undeutscheste Schweizer Autor der Schweiz, die in der deutschsprachigen Hälfte ihre Literatur, wie Sie wissen – seit an hiesigen Hochschulen angesichts all der gendergerechten Bachelor-Literatur, die, auf Teufel komm raus gefördert, das Tagesgespräch diktiert, kaum noch wer sich ihrer annimmt, man also froh über Auswärtige sein muss, die's tun, leben Sie als Germanist, weit schlechter zwar, als wenn Sie hier unterrichteten, schließlich ein Stück weit von ihr, sind also Experte – mit dem uns von den lieben nördlichen Nachbarn aufoktroyierten Begriff stolz auf ihren Käse *Schweizer* Literatur nennt –, Dürrenmatt, kein Liberaler, kein Sozialist, kein Weltverbesserer und, laut Bichsel, der beide kannte, mit seinem deftigen Pessimismus letztlich wesentlich respektloser als Frisch, der lange an die Veränderbarkeit zum Guten glaubte und als Architekt für Chrysopolis Altstadt Zukunftweisendes vorgehabt hatte, das zum Glück nicht realisiert wurde, portraitierte die Stadt im *Turmbau* trefflicher, als ich es je vermöchte, bevor er, der Große aus dem Vallon de l'Ermitage, der es satt hatte, länger den Hofnarren zu spielen, uns viel zu früh allein gelassen hat, keinen Monat nach jener denkwürdigen

Feier zu Ehren seines dissidenten Kollegen aus Prag, bei der er im Gottlieb Duttweiler Institut mit seiner letzten Rede, indem er die Schweiz mit einem Gefängnis verglich, dessen Gefangene gleichzeitig ihre eigenen Wärter seien – vielleicht das Gescheiteste, was je über das Land gesagt wurde, und das Böseste auch, wie ein Freund meinte, nachdem er sich die Philippika kürzlich wieder angeschaut –, den Gips der in corpore anwesenden Hohlformen helvetischer Gesellschaft etliche Helligkeitsgrade fahler werden ließ, was ihm vom Erziehungsminister aus dem Saal heraus umgehend das Attest der Senilität eintrug, ergänzt, als es die Honoratioren, die, nachdem das Eis für den Unmut gebrochen war, ob der Gardinenpredigt nicht länger auf den Sitzen hielt und sie noch vor Ende der Rede reihenweise lauthals den Saal verließen, mit dem Zusatz, für einen Nestbeschmutzer wie ihn habe das *Burghölzli* alleweil noch Platz – ein Glück, mein lieber Janusz, sag ich mir, dass die Herrschaften (um den Redner nicht grüßen zu müssen, verdünnisierte sich mit den anderen Ehrengästen auch der anwesende Bundespräsident; der nachfolgende sprach drei Monate später dann vor handverlesenen Gästen umso weihevoller an der Totenfeier) nur abwählbare Politiker oder Wirtschaftsführer und Finanzjongleure sind und mit ihren träfen Diagnosen nicht als Ärzte Schindluder treiben.

Doch ungeachtet all dessen: wer es sich einzurichten versteht, und das schaffen nicht wenige, freiwillig oder durch äußere Umstände gezwungen, schlecht lebt es sich in Chrysopolis nicht; Sie werden nur die hier arbeitenden Rätoromanen zu fragen brauchen, und alle werden es Ihnen bestätigen, bevor sie mit durchgedrücktem Gaspedal

Wochenende für Wochenende den Seen entlang über die Autobahn heim zu Muttern flüchten, aber nicht etwa, weil Chrysopolis ihnen zu teuer wäre – als Weltmeister im Jammern, denen am Futterplatz alle den Vortritt lassen, verstehen es die Rätoromanen auch sonst, gewandt und mit allen Wassern gewaschen tüchtige Schwimmer und Surfer in allen Gewässern wie kaum eine Spezies, sich bei jedem Wellengang bestens über Wasser zu halten –, nein, sondern nur, weil sie es ohne Maluns und Capuns bei den Nebelschnecken nicht länger als ein paar Tage hintereinander aushielten, und schwärmen sie zuhause in der Sonne dann bei in Hightechkammern getrocknetem Bündnerfleisch aus argentinischem Angus-Beef und einer Flasche überteuertem Herrschäftler in ihren klangvollen Idiomen, derentwegen sie sich, weil jeder glaubt, das schönste zu sprechen, untereinander zerfleischen, bis kein Individuum mehr eins spricht, von der Event-City, so schwärmen sie weder von Chrysopolis noch von Münsterburg, sondern von *Turitg* oder *Too Rich,* nicht wenige kulturgeschichtsbewusst bis heute stolz, von altem Militäradel abzustammen, in Erinnerung an den altehrwürdigen lateinischen Burschenschafts-Namen *Turicum* von der Stadt der Türme, negativen gewissermaßen, denn im Gegensatz zu Großstädten, wo jede Bank mit der Konkurrenz um die Wette himmelwärts protzt, bohren sich Chrysopolis' Kreditanstalten Stockwerk um Stockwerk und Tresor um Tresor in die Tiefe, ins bombensichere Réduit; wie einst unsere Helden des letzten Kriegs, die sich, derweil die Anbauschlacht am Bellevue, der im Frühjahr bei der Hinrichtung des Winters umgepflügten einstigen Wiese vor dem Opernhaus, jeden Herbst ein paar Säcke Kartoffeln abwarf, in ihre bombensicheren Bunker im Urgestein verkrochen. –

Der langen Rede kurzer Sinn, mein lieber Janusz, ich freue mich auf Ihre Visite; vergessen Sie was ich Ihnen geschildert, buchen Sie heute noch Ihren Flug: *Die Schweiz ist ein Land, das berühmt dafür ist, dass Sie dort frei sein können. Sie müssen aber*, wie Brecht in den *Flüchtlingsgesprächen* schreibt, *Tourist sein* – und Sie kommen ja als Reisender nach Chrysopolis, nicht als Flüchtling

Anmerkung zum Text und Dank

Wie jeder dichterische Text, ist STURZ nicht mehr und nicht weniger als ein Spiel mit Rhythmen und Lauten. Getreu der Devise, Literatur entstehe aus Literatur und im Dialog mit ihr, sind in den Text, der vom Materialkomplex FLUG ausgeht – im Sinne Flauberts, welcher in einem Brief an seine Muse Louise Colet schreibt, ich habe erfunden, ich habe mich erinnert und ich habe kombiniert –, mit Spuren und Ablagerungen der täglichen Lektüre als Hommage an die Meister zahlreiche fremde *Dinten* und Farben eingegangen; die aus dem geborgten Sprachmaterial unter der Hand entstandenen Pasticci und Paraphrasen dienten als Text-Generatoren.

Großen Dank den Autoren César Aira, John Alec Baker, Roland Barthes, Samuel Beckett, John Berger, Peter Bichsel, Cla Biert, Georg Büchner, Dante, Jean-Baptiste Del Amo, Denis Diderot, Friedrich Dürrenmatt, Marc Eichelberg, Dorothee Elmiger, Hans Magnus Enzensberger, William Faulkner, Gustave Flaubert, Max Frisch, Carlo Emilio Gadda, Johann Wolfgang Goethe, Günther Grass, Hans Jakob Christoffel von Grimmelshausen, Heinrich Heine, Dieter Hildebrandt, Thomas Hürlimann, Jean Paul, James Joyce, Franz Kafka, Daniel Kehlmann, Gottfried Keller, Danilo Kiš, Heinrich von Kleist, Filippo Tommaso Marinetti, Peter von Matt, Karl May, Cormac McCarthy, Gerhard Meier, Robert Menasse, C. F. Meyer, Guido Morselli, Adolf Muschg, Ovid, Ezra Pound, Marcel Proust, Christoph Ransmayr, Claude Simon, Jón Kalman Stefánsson, Laurence Sterne, Anton Webern, Peter Weiss, Ludwig Wittgenstein, Dieter Zwicky.

Mein innigster Dank gilt Eva Caflisch für ihre Unterstützung meines STURZ-Projekts, das zu realisieren ohne ihre Förderung, ihre Geduld und ihre Hilfe bei Recherchen und bei der Ausarbeitung des Texts nicht möglich gewesen, sowie – wiederum – Hans-Ulrich Müller-Schwefe, meinem langjährigen Lektor, ohne den auch dieses Buch nicht fertiggeworden wäre.

Inhaltsverzeichnis

Der Autor dankt der UBS Kulturstiftung,
die das Projekt Sturz gefördert hat.

Erste Auflage, Berlin 2020

MSB Matthes & Seitz Berlin
Verlagsgesellschaft mbH
Göhrener Str. 7, 10437 Berlin
info@matthes-seitz-berlin.de

Umschlag und typographisches Konzept:
Felix Humm, Mailand
Gesetzt aus der Sabon, Avenir Next,
Linotype Didot
Herstellung: Hermann Zanier, Berlin
Druck und Bindung: Pustet, Regensburg
ISBN 978-3-95757-870-9
www.matthes-seitz-berlin.de